Dorothee Markert

Momo, Pippi, Rote Zora ... was kommt dann?

D1927278

Aktuelle Frauenforschung

Dorothee Markert

Momo, Pippi, Rote Zora ... was kommt dann?

Leseerziehung, weibliche Autorität und Geschlechterdemokratie

ULRIKE HELMER VERLAG

Die Deutsche Bibliothek – CIP-Einheitsaufnahme

Markert, Dorothee:
Momo, Pippi, Rote Zora ... was kommt dann? : Leseerziehung, weibliche Autorität und Geschlechterdemokratie / Dorothee Markert. – Königstein/Taunus : Helmer, 1998
(Aktuelle Frauenforschung)
Zugl.: Freiburg (Breisgau), Pädag. Hochsch., Diss., 1998
ISBN 3-927164-67-4

© 1998 Ulrike Helmer Verlag, Königstein/Taunus
Alle Rechte vorbehalten
Herstellung: Niederland Verlagsservice, Königstein/Ts.
Printed in Germany

Inhalt

Vorwort

Durch meine Eltern lernte ich das Lesen als etwas Besonderes, Festliches kennen, auf das man sich freute: In der Adventszeit wurde uns jeden Abend vorgelesen. Mit Lesen belohnte man sich nach getaner Arbeit, sonntags oder abends.

Ein Grundschullehrer, der Bücher auslieh, ermöglichte mir die ersten heimlichen, meist nächtlichen Leseexzesse.

Durch die schwierige Zeit meiner Adoleszenz begleitete mich nach dem Tod meiner Mutter die Psychagogin Martha Zink. Ihr verdanke ich die Erfahrung, daß Bücher Kummer und Einsamkeit mildern können. Später lernte ich von der über Achtzigjährigen, wissenschaftlicher Literatur nicht gläubig gegenüberzutreten, sondern sie – von meiner Erfahrung ausgehend – so zu lesen, als setzte ich mich in einem Gespräch mit dem Autor oder der Autorin auseinander.

Nicht meine SchülerInnen, sondern die Frauen in den Lesegruppen der Erwachsenenbildung brachten mich auf die Idee, daß meine Gedanken über Gelesenes für andere wertvoll sein könnten. So kam ich zum Schreiben.

Damit ein Buch daraus wurde, hatte ich noch viel Ermutigung, Unterstützung und Kritik nötig. Dafür danke ich Frau Prof. Dr. Oomen-Welke, Herrn Prof. Dr. Gerhard Rückert, Frau Bauer-Gendrullis und Herrn Prof. Dr. Schwark von der Pädagogischen Hochschule Freiburg, Gisela Kochendörfer, Gabriele Maute und vor allem meiner Lebensgefährtin Ute Knüfer.

1. Einleitung

1.1. Der Theorie-Praxis-Bezug zwischen Lehramtsstudium und Schule[1]

Schon beim ersten Schulpraktikum 1970 wurde mir von meinen Mentoren vermittelt, daß sie wenig von dem hielten, was wir an der Hochschule lernten, da ihnen selbst das Studium für die Praxis kaum etwas genützt hatte, wie sie behaupteten. In der zweiten Phase der Ausbildung – ein Referendariat gab es damals noch nicht – wehrten die unterrichtenden Schulräte und Schulleiter die Ideen, die wir aus unserem Studium mitbrachten, sogar ausgesprochen aggressiv ab. Das sollten wir alles vergessen, in der Schule komme es auf ganz andere Dinge an. In den folgenden zwanzig Jahren wurde zweifellos an den Pädagogischen Hochschulen einiges dafür getan, um diese Theorie-Praxis-Kluft zu überbrücken. Und doch klagten auch in den 90er Jahren in meinen Seminaren an der Pädagogischen Hochschule Freiburg die Studierenden über den mangelnden Praxisbezug der angebotenen Lehrveranstaltungen, und ein junger Lehrer, der Ende 1996 neu an unsere Schule kam, meinte, sein Studium habe ihn überhaupt nicht auf das vorbereitet, was er hier in der Praxis vorfinde.

Wenn ich nun nach über zwanzig Jahren im Schuldienst eine wissenschaftliche Arbeit schreiben möchte, in die die Erfahrungen aus meiner Praxis nicht nur am Rande zur Illustration mit einfließen, sondern in der die Praxis der Ausgangspunkt und eine verbesserte Praxis das Ziel ist, stehe ich vor all den Schwierigkeiten, die den Dialog zwischen diesen beiden Bereichen erschweren:

Damit meine Arbeit als wissenschaftlich anerkannt wird, glaube ich mich an die vorgegebenen Konventionen von Wissenschaftlichkeit anpassen zu müssen, wobei die Hochschule die

Maßstäbe setzt, nicht meine Praxis. Ich muß also deren Einteilungen in Einzeldisziplinen und Fächer beachten, ihren wissenschaftstheoretischen Schulen folgen, ihre Verallgemeinerungen und Abstraktionen nachvollziehen, ihrer Prioritätensetzung zustimmen und meine Arbeit entsprechend aufbauen. Da auch ich die gesellschaftlich vermittelte Höherbewertung der »Theorie« gegenüber der »Praxis« verinnerlicht habe, werde ich bereits meine Fragestellung so wählen, daß ich mit diesen Konventionen möglichst wenig in Konflikt komme, d.h., ich werde die Erfordernisse meiner Praxis von Anfang an verraten. Ein möglicher innovativer Einfluß von der Praxis auf die dann von mir produzierte Theorie geht dabei weitgehend verloren.

Wage ich es, dieses hierarchische Verhältnis zwischen Theorie und Praxis in Frage zu stellen, so betrete ich überall Neuland. Da die Fragestellungen der Praxis quer zu den Einteilungen der wissenschaftlichen Disziplinen liegen, muß ich interdisziplinär arbeiten, was eine Fülle von Problemen mit sich bringt. Auch genügt mir eine einzige wissenschaftstheoretische Perspektive nicht, um das Problem in seiner ganzen Komplexität zu erfassen. Ich muß mich also in verschiedene Denkrichtungen einarbeiten, was mir natürlich im Vergleich zu denen, die in einer Denkrichtung zu Hause sind, nur unvollständig gelingen kann. Darüber hinaus muß ich nach Möglichkeiten suchen, die verschiedenen Teile wieder zu einem sinnvollen Ganzen zusammenzufügen. Der Vorwurf der »Unwissenschaftlichkeit« verfolgt mich dabei auf Schritt und Tritt. Eine weitere Schwierigkeit sehe ich darin, für die Einzelerfahrungen der Praxis eine Sprache zu finden, sie so zusammenzufassen und darzustellen, daß sie in einen wissenschaftlichen Dialog eingebracht werden können, ohne daß dabei ihre Komplexität verlorengeht.

Es ist üblich, den TheoretikerInnen fehlenden Praxisbezug vorzuwerfen: Für die mangelnde Wertschätzung gegenüber ihren Erfahrungen rächt sich die »Praxis«, indem sie ihrerseits leugnet, daß die »Theorie« für sie in irgendeiner Weise von Nutzen sein könnte. Ein Gegeneinanderarbeiten, wie ich es zwischen der Ausbildung von Lehrkräften an der Schule und an der Pädagogischen Hochschule erlebt habe, ist die Folge. Daß jedoch bei allem Bemühen der »Theorie«, sich der »Praxis« zuzuwenden, kein Dialog entstehen kann, wenn die »Praxis« nicht ihrerseits darum bemüht ist, für ihre Erfahrungen eine Sprache zu entwickeln, mit der diese in einen solchen Dialog eingebracht werden können – also ihrerseits Theoriearbeit zu leisten – wurde mir 1991 beim ersten Flensburger Frauenforschungssymposium deutlich:

Zu der Frage nach den Erträgen der Frauenforschung für die LehrerInnenbildung schwiegen die Lehrerinnen drei Tage lang, um sich dann am Ende darüber zu beklagen, daß sie sich nicht hätten einbringen können, da die Theoretikerinnen sie mit ihrer wissenschaftlichen Sprache und mit dem, was sie an Wissen voraussetzten, so sehr eingeschüchtert hätten. Während die Wissenschaftlerinnen sich wenigstens untereinander austauschten, war die Anwesenheit der Frauen aus der Praxis völlig sinnlos, ein Dialog fand nicht statt. Auch ein eigener Austausch unter den Praktikerinnen war weder vorgesehen noch wurde seine Notwendigkeit während des Symposiums erkannt. Das Vorhaben des Symposiums, die Erträge der Frauenforschung durch Praktikerinnen beurteilen zu lassen, wurde noch nicht einmal im Ansatz verwirklicht, da die Praktikerinnen sich dazu nicht autorisierten und auch keine Struktur schufen, innerhalb derer sie sich leichter hätten autorisieren können. Diese Erfahrung war für mich deshalb so lehrreich, weil hier das sonst prägende gesellschaftliche hierarchische Verhältnis – das zwischen Männern und Frauen – nicht für das Scheitern des Symposions verantwortlich gemacht werden konnte, da ausschließlich Frauen beteiligt waren.

Um aus dem Schüler-Lehrer-Verhältnis gegenüber den Hochschulen herauszukommen, müssen PraktikerInnen daran arbeiten, eigene Forschungskonventionen zu etablieren, indem sie aus ihrer Perspektive die Erträge der Theoriearbeit der Hochschulen beurteilen und ihre eigenen Maßstäbe für Wissenschaftlichkeit denen der Hochschulen gegenüberstellen. Eine eigenständig arbeitende Gemeinschaft forschender PraktikerInnen könnte die von ihr entwickelten Maßstäbe in einen dann gleichberechtigten Dialog mit Hochschulangehörigen über eine Theorie und Praxis umfassende Forschungsarbeit einbringen. Dabei würde schnell deutlich, daß auch die WissenschaftlerInnen an der Hochschule ihre Praxis, z.B. die Praxis ihrer Lehre, reflektieren müßten, wie dies ja auch in Ansätzen bereits geschieht.[2]

Im Rahmen der Frauenbewegung lernte ich in den 70er Jahren in den USA eine Theoriearbeit aus der Praxis heraus kennen: das »consciousness-raising«.[3] Der Versuch, eine ähnliche Theoriearbeit aus der Alltagspraxis der Frauen heraus in Deutschland zu etablieren, scheiterte. Bis auf wenige kleinere Gruppen, die an diesem Konzept festhielten und es weiterentwickelten, zerfiel die Bewegung in eine theoriefeindliche Basis und eine Hochschul-Frauenforschung, die sich weitgehend an die Konventionen der Hochschulen anpaßte.[4] Die Frauenbewegung in Deutschland vollzog also die gesellschaftlich vorgegebene Theorie-Praxis-Kluft weitgehend mit.

Die überzeugendste Erfahrung mit der Produktivität einer Forschungsarbeit von PraktikerInnen machte ich in der Zeit zwischen 1974 und 1980 mit der französischen (und internationalen) Freinet-Bewegung und ihrem kleinen deutschen Ableger, an dessen Aufbau ich in dieser Zeit beteiligt war. Obwohl der Einfluß dieser Bewegung auf die Schulpraxis in Deutschland, vor allem auf die Reform der Grundschule, nicht zu unterschätzen ist, gelang es in diesem Bereich in Deutschland ebenfalls nicht, eine größere Zahl von PraktikerInnen mit langjähriger Unterrichtserfahrung für eine solche Arbeit zu gewinnen.

Daß ein Dialog zwischen einer selbstbewußten Theoriearbeit aus der Praxis heraus und einer Theoriearbeit an der Hochschule, die sich der Praxis zuwendet, möglich ist und gesellschaftlichen Einfluß gewinnen kann, zeigt die Erfahrung der italienischen Frauenbewegung. Seit den 80er Jahren gibt es dort eine fruchtbare Zusammenarbeit zwischen den Frauen des Mailänder Frauenbuchladens, die die Ergebnisse ihrer aus ihren Erfahrungen heraus erarbeiteten Theorien in unregelmäßig erscheinenden Flugschriften (»Sotto sopra«) zur Diskussion stellen, und der Philosophinnengruppe »Diotima« an der Universität Verona, die dort u.a. an der LehrerInnenaus- und fortbildung beteiligt ist. Seit 1988 arbeite ich daran mit, eine entsprechende Arbeit auch in Deutschland aufzubauen. Der Zusammenarbeit mit den italienischen Feministinnen und der Arbeit in den Freiburger Gruppen verdanke ich die wichtigsten Anstöße für diese Arbeit.[5]

Die Autoren und Autorinnen von der Theorieseite der Theorie-Praxis-Dichotomie, auf die ich mich in dieser Arbeit beziehe, haben sich mit besonderer Wertschätzung der Praxis zugewandt. Dies gilt vor allem für den Erziehungswissenschaftler Hartmut von Hentig, der von sich sagt, daß er keine Erziehungswissenschaft treibe, sondern Lehrer von Kindern sei, der sich auch als Hochschullehrer vornehmlich um die praktischen Probleme der Erziehung und Bildung, des Lehrens und Lernens kümmere und dazu wissenschaftliche Erkenntnis und Theorie heranziehe. »Dabei sehe ich mich oft genötigt, die Lehren der Wissenschaft zu verändern, Forschungsergebnisse anders zu interpretieren, die Begriffe, Denkformen, Beziehungsmuster zu kritisieren und neue zu schaffen. Aber ich tue dies nicht, um eine Theorie anwendbar, sondern um die Praxis verständlich, kritisierbar, lehrbar zu machen« (Hentig 1991: 67). Wertschätzende Hinwendung zur Praxis finde ich auch bei Annedore Prengel, die in ihrer »Pädagogik der Vielfalt« aus Erfahrungen der Praxis der Frauenbewegung, der interkulturellen Pädagogik und der Integrationspädagogik schöpft. Die Entwicklung eines Konzepts für einen differenzierenden Deutschunterricht (Linke/Oomen-Welke 1995) wird ebenfalls in Auseinandersetzung mit Berichten aus der Praxis entwickelt. Ein weiterer Bereich, in dem mir Ansätze eines gleichberechtigten Dialogs zwischen ForscherInnen mit Theorie- und mit Praxisschwerpunkt verwirklicht zu sein scheinen, ist die Erwachsenenbildung, besonders der Frauen-Bildungsbereich.

1.2. Entwicklung der Fragestellung aus vorläufigen Erkenntnissen und Problemen meiner Schulpraxis

Von einigen Erfahrungen meiner Praxis, die zu der Entscheidung geführt haben, den Zusammenhang zwischen Lesen und Geschlechterverhältnissen zu untersuchen, möchte ich im folgenden berichten.

1.2.1. Jenseits von intrinsischer und extrinsischer Motivation: Lernen für und durch eine geliebte Person

In einem Bildungssystem, in dem Autonomie der einzelnen den höchsten Stellenwert hat, kann die Erfahrung der Bedeutung personaler Bindung für das Lernen nur mit schlechtem Gewissen geäußert werden. Nach dem Motto, daß nicht sein kann, was nicht sein darf, müssen Erfahrungen, die auf die Bedeutung von Bindung für die Bereitschaft zum Lernen hinweisen, uminterpretiert werden. Wenn eine Schülerin, die oft gefehlt hat, plötzlich regelmäßig in die Schule kommt, wird dies dann einfach so erklärt, daß sie eingesehen hat, wie wichtig ein guter Schulabschluß ist, oder daran, daß die Eltern mehr Druck machen. Es hat nichts mit ihrer Bindung an eine bestimmte Lehrerin zu tun, auch dann nicht, wenn sie nach wie vor an den Tagen fehlt, an denen diese Lehrerin nicht da ist.

Erst seit einer meiner Kollegen an der Hauptschule es wagte, in einem persönlichen Gespräch mit mir den Verdacht zu äußern, daß seine Schülerinnen und Schüler vor allem ihm zuliebe lernten, begann auch ich meine Wahrnehmung an dieser Stelle ernst zu nehmen. Zu denken gab mir, daß der Kollege gleichzeitig vermittelte, daß dies eigentlich nicht so sein dürfe: Die Schule sollte doch zur Lösung von Bindungen beitragen und nicht neue Bindungen schaffen, wenn Erwachsenwerden mit zunehmender Unabhängigkeit gleichgesetzt wird. Aus zahlreichen Beobachtungen gewann ich die Überzeugung, daß Lernen in der Regel einem Menschen zuliebe stattfindet: dem Lehrer, der Lehrerin, der Mutter, dem Vater zuliebe. Erst wenn ein Kind befürchten muß, daß es die geliebte Person mit seinem Bemühen nicht erreichen kann, hört es auf, sich anzustrengen. Auch die Entwicklung von Interesse an Sachthemen ist meiner Erfahrung nach mit der Bindung an einen Menschen verknüpft, dem diese Sache etwas bedeutet oder der mit dieser Sache in Verbindung gebracht wird. Für LeserInnen kann eine solche Person auch ein Autor oder eine Autorin sein bzw. die von ihm oder ihr gestalteten literarischen Personen.

In Schulorganisation, Erziehungswissenschaft und Fachdidaktik geht dieses Wissen um die Bedeutung der Bindung an andere Menschen für das Lernen kaum ein, solange Autonomie als Bildungsziel gilt und damit das Sichlösen aus Bindungen für erstrebenswert gehalten wird. Daher betrachte ich es als wichtige Aufgabe, dieses Bildungsziel zu hinterfragen bzw. zu einem anderen Freiheitsverständnis zu finden, das die Bindung an andere Menschen einschließt. Bestärkt werde ich in diesem Ansatz durch Untersuchungen amerikanischer Psychologinnen, die neben den in der Öffentlichkeit hoch angesehenen Kriterien für erwachsenes moralisches Handeln und »unabhängiges« Denken ein anderes – ihrer Meinung nach nicht weniger erwachsenes – Urteilen und Denken entdeckten, in dem die Verbundenheit mit anderen Menschen einen hohen Stellenwert hat (vgl. Gilligan 1984, Belenky u.a. 1991). Daß dieses andere Urteilen und Denken entsprechend geschlechterstereotyper Zuschreibung als »weibliche Moral« und »weibliches Denken« bekannt wurde, gefährdet allerdings die dieser Entdeckung innewohnende Möglichkeit für eine Neubestimmung dessen, was erwachsenes Menschsein für alle bedeuten könnte.

In den Arbeiten amerikanischer und englischer PsychoanalytikerInnen, die hierzulande viel zu wenig rezipiert wurden, wird ebenfalls davon ausgegangen, daß Bindung und Autonomie sich nicht gegenseitig ausschließen, so z.B. bei Bowlby, der eine eigene Bindungstheorie entwickelt hat.[6] Bindung gerade auch in ihrer Bedeutung für Jungen und für Männer sichtbar zu machen, wird ein weiterer Schwerpunkt meiner Arbeit sein.[7]

1.2.2. Fehlendes pädagogisches Wissen über weibliche und männliche Vorbilder

Mangelndes Interesse der Erziehungswissenschaften an der Bedeutung personaler Bindung für schulisches Lernen erklärt auch, warum seit den 70er Jahren nicht mehr über die Wirkung von Vorbildern geforscht wurde. So konnte auch die Erkenntnis der Frauenforschung, daß das Geschlecht für die Wahl eines Vorbilds möglicherweise eine zentrale Rolle spielt, bisher nicht in eine schon bestehende Vorbildforschung einbezogen werden. Der Behauptung, Mädchen könnten genausogut von männlichen Vorbildern lernen wie von weiblichen, hatte ich bisher nichts anderes entgegenzusetzen als einzelne Unterrichtserfahrungen. Mit dieser Behauptung wurde bislang oft die Forderung der feministischen Schulforschung zurückgewiesen, in allen Unterrichtsmaterialien darauf zu achten, daß Mädchen ebenso viele und vielfältige Vorbilder geboten bekommen wie Jungen.

Wie groß das Bedürfnis der Lernenden nach gleichgeschlechtlichen Vorbildern ist und wie wenig diesem Bedürfnis in bezug auf die Mädchen Rechnung getragen wird, zeigen z.B. folgende Erfahrungen:

- Im Religionsunterricht einer zweiten Grundschulklasse nahmen wir 1982 die Josefsgeschichten durch. Ein Mädchen stellte schließlich die Frage, ob denn Josef keine Schwestern gehabt habe. Als ich dies in eine ReligionslehrerInnenfortbildung über die Josefsgeschichten einbrachte, stieß das Problem mangelnder Identifizierungsmöglichkeiten für Mädchen in den im Religionsunterricht erzählten biblischen Geschichten auf absolutes Unverständnis beim Leiter der Fortbildung und den KollegInnen.
- 1989 sprachen wir in einer vierten Grundschulklasse im Sachkundeunterricht über die mittelalterliche Stadt. Das Sachkundebuch vermittelte ein anschauliches Bild vom Leben der Menschen dort. Im Text wurden auch die Aufgaben des Marktrichters beschrieben. Eine Schülerin stellte daraufhin die Frage, ob es auch Marktrichterinnen gegeben hätte. Ich drückte mich um eine klare Antwort herum, da ich spürte, wie sehr ihr die Vorstellung einer Marktrichterin gefiel, wie groß ihr Bedürfnis war (und auch meines), an die Möglichkeit einer Frau in einer solchen Position zu glauben.
- Als ich mich darüber empörte, daß in dem an meiner damaligen Grund- und Hauptschule eingeführten Lesebuch für die 6. Klasse nur zwei von Frauen geschriebene Texte abgedruckt waren – einer davon eine Tiergeschichte – und daß es nur in einem Text eine weibliche Hauptperson gab – ein Mädchen, das Probleme mit seiner Figur hat –, fand ich auch bei meinen

KollegInnen kein Verständnis, geschweige denn Unterstützung für die Einführung neuer Lesebücher.

1.2.3. Ratlosigkeit über Weg und Ziel einer Veränderung der Geschlechterverhältnisse

Als Pionierin der neuen Frauenbewegung richtete ich von Anfang meiner Lehrerinnentätigkeit an das Augenmerk auf die Beziehungen zwischen Mädchen und Jungen. Die Unzufriedenheit über meine Unfähigkeit, als Lehrerin etwas an den Geschlechterverhältnissen in meinen Klassen und Schulen zu ändern, durchzieht die fast 25 Jahre meiner Arbeit als Lehrerin. Die Notwendigkeit einer Veränderung war mir täglich gegenwärtig, z.B. bei auf das Geschlecht bezogenen abwertenden Äußerungen der Schüler und Schülerinnen untereinander oder bei entsprechenden Äußerungen über Lehrerinnen, bei geschlechtsstereotypen Aussagen der Kolleginnen und Kollegen über Schüler und Schülerinnen oder übereinander. An die Notwendigkeit einer Veränderung der Geschlechterverhältnisse dachte ich auch, wenn – zumeist – Jungen sich weigerten, eine Arbeit zu erledigen, weil sie sie als mit ihrem Geschlecht unvereinbar empfanden. Es gelang mir jedoch äußerst selten, solche Aussagen zurückzuweisen oder die entsprechenden Verhaltensweisen zu kritisieren, ohne eine sinnlose geschlechterklischeehafte Streiterei mit gegenseitigen Beschuldigungen und Rechtfertigungen auszulösen.

Ich gewann den Eindruck, daß ich jedesmal, wenn ich für eine Auseinandersetzung über Geschlechterklischees, Geschlechtsrollen oder geschlechtsspezifische Erziehung Unterrichtszeit zur Verfügung stellte oder eine solche Diskussion sogar selbst initiierte, den Jungen ein Forum bot, aus dem sie bestärkt in ihrem Glauben an die Überlegenheit alles Männlichen als die Sieger hervorgingen, während die Mädchen und ich beschämt und manchmal in ohnmächtiger Wut zurückblieben.

Woher das kam, verstand ich etwas besser nach einem Gespräch mit Siebtklässlerinnen, die im Rahmen des Geschichts- und Gemeinschaftskundeunterrichts an einem von einer feministisch orientierten Museumspädagogin angebotenen Workshop zum Thema »Der Kampf der Geschlechter« teilgenommen hatten. Die Schülerinnen und Schüler betrachteten dort einen mittelalterlichen Wandteppich, auf dem dargestellt ist, was Männer und Frauen damals aneinander auszusetzen hatten. Die Jugendlichen sollten dann aktuelle Vorwürfe der Geschlechter aneinander formulieren und diese in einer Collage darstellen. Die Jungen gingen mit großem Spaß und »Erfolg« an diese Aufgabe, während die Mädchen nichts Richtiges zustande brachten. Nach der Rückkehr in die Schule gab es einen heftigen Streit zwischen den Mädchen und Jungen der Klasse darüber, ob die Jungen ihre Collagen im Klassenzimmer aufhängen durften. Ich erlebte die Mädchen bei diesem Streit nicht als aggressiv, sondern eher als traurig, beschämt und betroffen über den offenen Frauenhaß, der ihnen aus den Collagen der Jungen entgegensprang. Im Gespräch mit einigen dieser Mädchen erfuhr ich, daß ihnen weder etwas Entsprechendes über Jungen eingefallen war, noch hatten sie in dem zur Verfügung stehenden Zeitschriftenmaterial etwas gefunden, das ihnen für eine Collage aus ihrer Sicht geeignet erschien.

Diese Aussage lenkte meinen Blick auf das »Material«, das unsere Kultur für die Auseinandersetzung um die Geschlechterverhältnisse zur Verfügung stellt. Während die Jungen für diese Auseinandersetzung durch zahlreiche vorgefertigte Bilder zu ihren Gunsten, durch fertige sprachliche Formulierungen, die sie nur übernehmen müssen, durch Vorbilder, die sie bestärken, selbst durch die Vorgabe, daß es sich hier um einen Kampf handle, von vornherein im Vorteil sind, müssen die Mädchen lange suchen, bis sie etwas ihnen Entsprechendes finden, manchmal müssen sie es erst neu »erfinden«. Schon die Aufgabenstellung geht an ihren Bedürfnissen vorbei. Solche entmutigenden Erfahrungen mit Unterrichtsgesprächen über Geschlechterverhältnisse erklären, warum es mit zunehmendem Alter oft die Schülerinnen sind, die sich im Unterricht dem Thema »Geschlechterverhältnisse« verweigern (vgl. Kliewer 1995: 190-206). Wer ist schon bereit, an einem Spiel teilzunehmen, bei dem die Verliererin schon von vornherein feststeht?

Aus dieser Erkenntnis zog ich den Schluß, daß es die »Material«-Ebene ist, auf der Lehrerinnen und Lehrer an einer Veränderung der Geschlechterverhältnisse in der Schule mitwirken können. »Material« meint hier die ganze Ebene des »Symbolischen«: Sprache, Bilder, Strukturen, Texte, Darstellungsweisen, Bücher, Filme, Bauwerke, Gedenktage, Religionen, Traditionen, Brauchtum, Witze usw.

Überall muß die Zweigeschlechtlichkeit bedacht, muß neu interpretiert und müssen Gewichte neu verteilt werden, wenn sich an den Geschlechterverhältnissen etwas ändern soll.

Zweigeschlechtlichkeit sprachlich sichtbar machen

Als vordringliche Aufgabe erschien es mir, die Zweigeschlechtlichkeit der Lehrenden und Lernenden den Lehrkräften und denen, die Lehrkräfte ausbilden, bewußtzumachen. An dieser Stelle hatten sprachliche Veränderungen bezüglich der Personenbezeichnungen eine nicht zu unterschätzende Bedeutung. Auch hierzu ein Beispiel:

1985 wurde ein Mädchen aus meiner damaligen 6. Hauptschulklasse Schulsiegerin beim Vorlesewettbewerb. Ich begleitete sie zur Kreisausscheidung. Sowohl in den Formularen als auch in den Ansprachen der VeranstalterInnen gab es damals ausschließlich Schüler, Lehrer, Leser, Sieger. Bei der Veranstaltung waren – mit wenigen Ausnahmen – Schülerinnen, Lehrerinnen, Mütter. Daß es hierbei nicht nur um eine sprachliche Formsache ging, wurde mir eindrücklich demonstriert: Als »unbekannter Text«, aus dem alle ein Stück vorlesen mußten, war eine Abenteuergeschichte mit einem männlichen Protagonisten ausgewählt worden, Mädchen und Frauen kamen darin nicht vor. Auch die Buchpreise für die SiegerInnen waren so ausgewählt, als ob nur Jungen für den Sieg in Frage kämen.

Auch fast zehn Jahre später an einer anderen Grund- und Hauptschule stieß mein Hinweis bei der Vorbesprechung zum Vorlesewettbewerb, daß es voraussichtlich nicht nur Schüler, sondern überwiegend Schülerinnen sein würden, die an der Schulausscheidung teilnehmen würden, immer noch auf absolutes Unverständnis bei den KollegInnen, insbesondere auch bem Initiator des Vorlesewettbewerbs an unserer Schule, der auch Fortbildungen des staatlichen Schulamts für Deutsch leitete.

Daß es sich bei den zweigeschlechtlichen Personenbezeichnungen nicht nur um eine Marotte übereifriger Feministinnen handelt, die Freude daran haben, andere Menschen zu maßregeln, zeigten auch die Gespräche im Doktorandenkolloquium 1996/97 über Promotionsvorhaben im erziehungswissenschaftlichen Bereich. Fast durchgehend entsprach dem Weglassen weiblicher Personenbezeichnungen auch die inhaltliche Vernachlässigung der weiblichen Perspektive. So plante ein Doktorand eine Arbeit über Umwelterziehung, ohne sich darüber Gedanken gemacht zu haben, daß jede seiner Fragen für Mädchen und Jungen unterschiedlich gestellt werden mußte aufgrund der unterschiedlichen Vorerfahrungen und Voreinstellungen, die mit der Geschlechtertypisierung zusammenhängen. Natürlich ist nichts gewonnen, wenn nur die Personenbezeichnungen geändert werden, ohne die Zweigeschlechtlichkeit auch inhaltlich zu beachten.[8] Ähnlich wie bei der Theorie-Praxis-Dichotomie erschwert das Beachten der Zweigeschlechtlichkeit in jeder einzelnen Frage das wissenschaftliche Arbeiten, da auch hier ständig Neuland betreten werden muß. Andererseits können wir es uns Ende der 90er Jahre nicht mehr leisten, in Schulpädagogik und Didaktik so zu tun, als hätten wir nur Jungen (oder nur Mittelschichtskinder, nur christlich Erzogene, nur Kinder aus vollständigen Familien, nur Kinder mit deutschem kulturellen Hintergrund, nur heterosexuell orientierte Jugendliche) in unseren Schulklassen sitzen.[9]

Das Problem der Auswahl geeigneter Texte

Als Deutschlehrerin bin ich immer wieder an Entscheidungen über die Gestaltung des »Material«-Angebots in Form von Texten für die Schülerinnen und Schüler der ganzen Schule beteiligt. Ich entscheide mit, wenn neue Lesebücher ausgewählt werden, ich entscheide über die Anschaffung von Kinder- und Jugendbüchern für die Klassen- oder Schulbibliothek; auch die Anschaffung von Kinder- und Jugendbüchern im Klassensatz wird mir in der Regel selbst überlassen. Oft baten mich Mütter um Empfehlungen für Kinder- und Jugendbücher für ihre Söhne, um deren mangelnde Leselust sie sich sorgten, auch KollegInnen suchten nach Unterstützung bei der Suche nach geeigneter Lektüre für ihre SchülerInnen und für ihre eigenen Kinder.

Leider konnte ich diese zahlreichen Möglichkeiten, über die Gestaltung des vorhandenen »Materials« Einfluß zu nehmen, so lange nicht nutzen, wie ich mir selbst nicht über die Ziele der von mir angestrebten Einflußnahme auf die Geschlechterverhältnisse im klaren war. Die von feministischen Schulforscherinnen aufgestellten Kriterien genügten hierfür nicht. Darin wurde zum einen auf die Berücksichtigung der Zweigeschlechtlichkeit im quantitativen Sinne geachtet, worum ich mich immer schon bemühte, zum anderen ging es um eine Anpassung der Texte an die bereits erfolgten Veränderungen in den Geschlechterverhältnissen, z.B. in bezug auf die Darstellung berufstätiger Frauen und unvollständiger Familien oder bezüglich Kleidung und Spielgewohnheiten von Mädchen (vgl. z.B. Kommission Rollenklischees 1988, Fichera 1990).

Bei der Auswahl von Ganzschriften für meine Hauptschulklassen merkte ich schnell, daß ich hier mit »emanzipatorischer Mädchenliteratur« nicht landen konnte. Da die Mehrzahl der Jungen sowieso nicht gern las, wagte ich es lange nicht, ihnen auch noch eine weibliche Hauptperson zuzumuten. Aber auch die meisten Mädchen schienen weit davon entfernt zu sein, sich für eines der »starken Mädchen« aus einem feministischen Kinderbuch begeistern zu können, da ihre eigene Realität und ihre Interessen zu weit von der im Buch dargestellten Welt entfernt waren. Angesichts meiner eigenen Ratlosigkeit orientierte ich mich zunächst einfach an Unterrichtsthemen und wählte Bücher aus, die ein einigermaßen gelungener Kompromiß zu sein schienen. So wählte ich während des Berufswahlunterrichts in der 8. Klasse das Buch »Blaufrau« (Ladiges 1981), in dem die weibliche Hauptfigur sich nach einer abgebrochenen Lehre im Büro für die Ausbildung zur Werkzeugmacherin entscheidet. Parallel dazu wird die Entwicklung eines Jungen dargestellt, der schließlich die Werkzeugmacherlehre aufgibt und Blumen verkauft. Diese Nebenhandlung und die für die Jungen interessante männliche Arbeitswelt sollte die Jungen für die Lektüre dieses Buches motivieren; die weibliche Hauptfigur, ihre Beziehungen zu Kolleginnen und zu ihrer Großmutter, ihre erste Liebe und ihre Auseinandersetzung mit den Eltern schienen mir ein geeignetes Angebot an die Mädchen. Mein eigener Wunsch nach einer Beeinflussung entgegen den gängigen Geschlechterklischees wurde durch die ungewöhnliche Berufswahlentscheidung der beiden jungen Leute im Buch befriedigt. Während wir das Buch lasen, nahm die Lesefreude in der Klasse kontinuierlich ab. In den folgenden Jahren wurde dieses Buch von den Jugendlichen nie mehr erwähnt, sprach ich sie darauf an, erinnerten sie sich nicht. Auf andere Personen aus gemeinsam gelesenen Büchern, sogar aus Büchern, die ich nur vorgelesen hatte, bezogen sich die Schülerinnen und Schüler dagegen immer wieder einmal.

Bei der Lektüre der Schulgeschichte »Der Denker greift ein« (Nöstlinger 1981) erfüllten die Schülerinnen und Schüler meiner damaligen 6. Klasse meine Erwartungen zunächst ebenfalls nicht. Die Jungen begeisterten sich nicht für die männliche Hauptfigur, die körperliche Auseinandersetzungen verabscheute, gern zu Hause blieb, viel las, Tagebuch schrieb und nachdachte. Mit diesem Angebot eines »anderen Jungen« rechtfertigte ich aber vor mir selbst, daß dieses Buch den Mädchen meiner Meinung nach nichts Emanzipatorisches bot und mit zwei negativen Mutterfiguren sogar ein negatives Frauenbild verstärken konnte, wie ich befürchtete.

Dieses Buch lasen die Kinder gern. Verblüffend war für mich, daß eine relativ unbedeutende Nebenhandlung für einige Mädchen in meiner Klasse so wichtig wurde, daß sie bis zu ihrem Schulabschluß immer wieder davon sprachen:

Lilibeth, dem einzigen Mädchen in der Clique um den »Denker«, gelingt es im Lauf der Geschichte, sich mit Hilfe ihrer Freunde und ihres Vaters gegen ihre überängstliche Mutter so weit durchzusetzen, daß sie mehr Bewegungsfreiheit bekommt. Eine Schülerin meiner Klasse, die selbst eine »Lilibeth-Mutter« hatte, wie sie sagte, ließ sich durch die Begegnung mit Lilibeth ermutigen, in der Beziehung zu ihrer Mutter ebenfalls um mehr Bewegungsfreiheit zu kämpfen. Während sie sich bis dahin fast nie gemeldet hatte und in ihren Leistungen meiner Einschätzung nach weit hinter ihren Möglichkeiten zurückgeblieben war, wurde sie nun selbstbewußter, gewann neue Freundinnen und beteiligte sich mehr am Unterricht. Die ganze Klasse wußte auch noch Jahre später, welche Probleme ein Mädchen mit seiner »Lilibeth-Mutter« haben kann, und zeigte immer wieder Interesse an diesem Thema. Trotz freundlicher Anteilnahme gegenüber unserer »Lilibeth« wurde nicht abfällig über deren Mutter geredet. Andere Mädchen der Klasse suchten sogar die Nähe zu dieser Mutter und genossen ihre Fürsorglichkeit und Zugewandtheit, die unsere »Lilibeth« bereitwillig mit ihren Freundinnen teilte. (Christine Nöstlinger geht in ihrem Buch weit weniger verständnisvoll mit der »Lilibeth-Mutter« um.)

Meine Vermutung, daß sich Kinder und Jugendliche aus Büchern Ermutigung für das Ausprobieren neuer Möglichkeiten der Gestaltung ihrer eigenen Beziehungen zu nahen Bezugspersonen holen können, auch wenn diese »Vorbildbeziehung« in der Erzählhandlung gar keine zentrale Rolle spielt, wurde durch ein weiteres Erlebnis bestätigt. In der 9. Klasse sprach ein Junge, den ich aufgrund seiner schwachen Lesekompetenz eher als Nicht-Leser einschätzte, mit großer Begeisterung von dem Buch »Halim von der fernen Insel« (Michels 1989), das er mit seiner Klasse in der Grundschule gelesen hatte. Er konnte mir aber nicht sagen, was ihm an dem Buch so gut gefallen hatte. Der Halim sei einfach ein ganz toller Kerl gewesen, alles weitere habe er vergessen. Bei der Lektüre des Buches stellte ich fest, daß der Protagonist dieses Buches nicht Halim ist, sondern ein Junge, der denselben Vornamen wie mein Schüler trägt. Vielleicht war für diesen, der damals als »schlimmster Schüler der ganzen Schule« bekannt war, allein die Namensgleichheit mit der Hauptfigur hilfreich.

Wenn es stimmt, daß Kinder und Jugendliche von Buch-Figuren etwas für die Gestaltung ihrer eigenen Beziehungen lernen können, daß es vielleicht sogar diese Möglichkeit ist, die ihr Interesse an einem Buch wecken und die Erinnerung an ein Buch aufrechterhalten kann, rückt die Gestaltung der Buch-Beziehungen in den Mittelpunkt der Aufmerksamkeit, wenn es um die Auswahl geeigneter Lektüre geht. Es wäre dann darauf zu achten, daß Mädchen und Jungen in den gemeinsam gelesenen Büchern Vorbilder für die Gestaltung der Beziehungen zu ihren jeweils wichtigsten Bezugspersonen bekommen. Es wäre darüber hinaus sinnvoll, sich zu überlegen, wie diese Beziehungen gestaltet sein sollen, damit sie nicht die gegenwärtigen Geschlechterverhältnisse widerspiegeln, sondern neue Möglichkeiten eröffnen.

1.3. Fragestellung

Aus den in meiner Praxis aufgetretenen Fragen und Problemen läßt sich nun folgende Fragestellung ableiten:

a) Welche Rolle spielen die in Büchern dargestellten Personen und ihre Beziehungen bei einer Beeinflussung durch Bücher?
b) Welche Rolle spielt das Geschlecht bei der Wahl von Vorbildern aus Kinder- und Jugendbüchern?
c) Worauf soll eine Veränderung der Geschlechterverhältnisse abzielen?
d) Wie müssen Vorbild-Beziehungen in Kinder- und Jugendbüchern gestaltet sein, damit sie zu einer veränderten Gestaltung eigener Beziehungen im Sinne einer Veränderung der Geschlechterverhältnisse ermutigen?
e) Finden wir in diesem Sinne vorbildliche Beziehungen in der vorhandenen Kinder- und Jugendliteratur dargestellt?

1.4. Aufbau der Arbeit

Im zweiten Kapitel wird der Forschungsstand in Pädagogik/Schulpädagogik, Fachdidaktik Deutsch/Lesedidaktik und Literaturwissenschaft/Kinder- und Jugendliteraturwissenschaft dargestellt und kritisch kommentiert.

Im dritten Kapitel gehe ich der Frage nach, welche Rolle weibliche und männliche Vorbilder spielen: Einerseits frage ich nach dem Einfluß von Vorbildern auf das Lesen eines Kindes oder Jugendlichen; hierzu greife ich auf Ergebnisse aus der Leseforschung und aus Lese- und Lernpsychologie zurück. Andererseits untersuche ich mit Hilfe einer schriftlichen SchülerInnenbefragung den Einfluß von weiblichen und männlichen Personen aus Büchern.

Das vierte Kapitel geht in drei Abschnitten der Frage nach, was Demokratisierung der Geschlechterverhältnisse heißt, mit dem Ziel, Kriterien für die Auswahl von Kinder- und Jugendliteratur zu erstellen, die eine Demokratisierung der Geschlechterverhältnisse unterstützen könnten: Mit Untersuchungsergebnissen aus sozialisationswissenschaftlicher, entwicklungspsychologischer und psychoanalytischer Forschung belege ich in Kap. 4.1. meine Thesen zum unterschiedlichen Stellenwert von Respekt und Bindung und der unterschiedlichen Bedeutung von männlicher und weiblicher Autorität beim Aufwachsen als Mädchen oder Junge.

Kap. 4.2. nähert sich der Frage nach einer Demokratisierung der Geschlechterverhältnisse kultur- und gesellschaftswissenschaftlich mit Hilfe eines diskursanalytischen Modells. Anhand einer Gegenüberstellung von traditionellen Geschlechterdiskursen und den Geschlechterdiskursen der Frauenbewegung können gesellschaftliche Veränderungen beschrieben und bewertet werden. Welche weiteren Veränderungen notwendig sind, um einer Demokratisierung der Geschlechterverhältnisse näher zu kommen, kann mit Hilfe dieser Analyse gezeigt werden. Wie sich Geschlechterdiskurse in der Kinder- und Jugendliteraturforschung und in der Kinder- und Jugendliteratur selbst spiegeln, wird ebenfalls in diesem Abschnitt gezeigt. Mit normativ-bildungstheoretischen Fragen beschäftigt sich Kap. 4.3.: Nach einer Auseinandersetzung mit den Idealen der Aufklärung an Hand der Thesen der italienischen Philosophin Luisa Muraro und des Bildungsforschers Hartmut von Hentig formuliere ich Erziehungs- und Bildungsziele, in die die Ergebnisse der vorhergehenden Abschnitte mit eingehen.

Nach dieser gründlichen Erarbeitung inhaltlicher Kategorien für eine qualitative Inhaltsanalyse wende ich mich im 5. Kapitel der Kinder- und Jugendliteratur zu. Analysiert werden 270 Kinder- und Jugendbücher daraufhin, ob in ihnen vorbildhafte Beziehungen gestaltet sind, die Kinder und Jugendliche in Richtung einer Demokratisierung der Geschlechterverhältnisse beeinflussen könnten. Neben dem Ziel, Eltern und Lehrkräften, die zu einer Veränderung der Geschlechterverhältnisse beitragen wollen, die Auswahl von Kinder- und Jugendbüchern zu erleichtern, geht es mir hierbei um das Hervorheben von in diesem Sinne innovativen Elementen in der Kinder- und Jugendliteratur, um diese in ihrer Wirkung zu verstärken. Daher werde ich zu jedem Aspekt Kinder- und Jugendbücher für Kinder unterschiedlicher Altersstufen vorstellen und das Vorbildhafte an den jeweiligen in diesen Büchern gestalteten Beziehungen durch die entsprechenden Textstellen ausführlich belegen.

2. Forschungsstand

2.1. Der (schul-)pädagogische Kontext

2.1.1. Koedukationsdiskussion

Die »Koedukationsdebatte« zeigt beispielhaft die Schwierigkeiten des Theorie-Praxis-Verhältnisses sowohl zwischen erziehungswissenschaftlicher Hochschulforschung und Schule als auch zwischen Hochschul-Frauenforschung und Frauenbewegung. Diese »Debatte« hat eher Verwirrung und Ärger hervorgebracht, als daß sie zur Klärung der Frage nach dem Stellenwert der Kategorie »Geschlecht« beigetragen hat. Weder bei der neuen noch bei der »älteren Koedukationsdebatte«[1] ist die Koedukation, d.h. die Frage, ob Mädchen und Jungen gemeinsam oder getrennt unterrichtet werden sollen, das zentrale Thema. Nur scheinbar geht es in den hierzu erschienenen Büchern feministischer Schulforscherinnen um die Abschaffung der Koedukation, obwohl die Titel diese Erwartung wecken (z.B. »Abschied von der Koedukation?«, Faulstich-Wieland 1987; »Zurück zur Mädchenschule?« Pfister 1988).[2] Hier liegt der Verdacht nahe, daß durch provokative Fragestellungen auf die Dringlichkeit einer weiteren Auseinandersetzung mit der Erziehung der Geschlechter hingewiesen werden sollte. Dies ging auf Kosten der Klarheit der Positionen und der Forderungen.

Der Begriff »Koedukation« suggeriert in diesem Diskussionszusammenhang, es gäbe ein geschlechtsneutrales gesellschaftliches Interesse an der Verbesserung von Bildung und Ausbildung in bezug auf die Zweigeschlechtlichkeit der Lehrenden und Lernenden. Interesse an einer Ausarbeitung einer Theorie der Schule unter Einbeziehung der Kategorie Geschlecht hatten aber historisch nur die Frauen, da sie aus einem Denken, das »Mensch« gleich »Mann« setzte, herausfielen.[3] Erst Anfang der 90er Jahre erkannten auch einzelne männliche Pädagogen die Notwendigkeit, sich mit Jungen und Männern in der pädagogisch-didaktischen Forschung *auch* als Geschlechtswesen zu befassen und damit Pädagogik und Didaktik unter Einbeziehung der Zweigeschlechtlichkeit neu zu denken (Neutzling/Schnack 1990 u. 1992; Böhnisch/Winter 1993; Tillmann 1992; Ottemeier-Glücks 1987 u. 1994; Buschmann 1994).

Problematisch am Koedukationsbegriff ist zweitens, daß er für eine Diskussion steht, in der von Anfang an Schulalltag, politischer und wissenschaftlicher Diskurs auf eine Weise vermischt wurden, die in allen drei Bereichen Schaden anrichtete. Ein junger und noch nicht allgemein anerkannter Forschungsbereich, die feministische Schulforschung, mußte schnell für eine politische Diskussion verwertbare Forschungsergebnisse liefern, zu einem Zeitpunkt, als die erkenntnistheoretischen Grundlagen dieses Forschungsbereichs noch nicht ausreichend problematisiert worden waren. In ihrer »Bestandsaufnahme feministischer Schulforschung« kritisiert Breitenbach eine Tendenz, »Daten und Ergebnisse additiv zusammenzufügen, ohne nach ihrer Vergleichbarkeit z.B. aufgrund des kulturellen oder zeitlichen Kontextes, nach ihrem theoretischen Hintergrund, nach ihrem Stellenwert und ihrer Verallgemeinerbarkeit zu fragen«. Die vorschnelle Popularisierung von Forschungsergebnissen, um sie in den politischen und sozialen Kämpfen um die Veränderung der Situation von Mädchen und Frauen einsetzen zu können (z.B. der Koedukationsdebatte, aber auch der Gewaltdiskussion), verführte dazu, »Einzelergebnisse zur besseren Durchsetzung von Forderungen stark zu betonen bzw. eklektizistisch zu verwenden« (Breitenbach 1994: 184/185).

Untersuchungen über Unterrichtsmaterialien und Interaktionsstrukturen im Unterricht haben zwar eindeutig ergeben, daß in der koedukativen Schule geschlechterstereotypen Festlegungen nicht entgegengewirkt, sondern zugearbeitet wird, in welchen Aspekten und auf welche Weise dies jedoch mit der Koedukation zusammenhängt, wurde nicht gründlich genug erforscht, um z.B. Aussagen wie »Die Schule macht die Mädchen dumm« (Stalmann 1991) oder »Koedukation macht Mädchen brav« (Pfister/Valtin 1993) zu rechtfertigen. Die neben der Hessischen Interaktionsstudie[4] am häufigsten zitierte Untersuchung von Monika Barz (1990) über Jungengewalt gegen Mädchen in der Schule wird ebenfalls problematisch durch ihre Verwendung: Barz' These, die Gewaltausübung der Jungen in der Schule hänge damit zusammen, daß sie dort erleben müssen, daß sie nicht besser sind als die Mädchen, wie sie es aufgrund der an sie gerichteten Erwartungen von klein an geglaubt haben, muß nicht falsch sein. Problematisch an Barz' Untersuchung ist aber ihre Beschränkung auf Gewalthandlungen zwischen Jungen und Mädchen, wodurch der Eindruck entsteht, die Gewaltausübung von Jungen richte sich hauptsächlich gegen Mädchen. Wie andere Untersuchungen und auch die Augenscheinvalidität im Klassenzimmer und auf Schulhöfen zeigen, sind dagegen überwiegend Jungen die Opfer schulischer Gewalt (vgl. Benard/Schlaffer 1994: 73 ff.).

Zitiert man Marianne Horstkempers beeindruckende Längsschnittuntersuchung »Schule, Geschlecht und Selbstvertrauen« (Horstkemper 1987), sollte dazu gesagt werden, daß ihre Ergebnisse nur etwas über das jeweilige Konstrukt von Selbstvertrauen aussagen, das sich aus Selbstwertgefühl, Leistungsselbstbild und Schulangst zusammensetzt. Daß dieses »Selbstvertrauen« bei den Mädchen im Laufe ihrer Schulzeit deutlich weniger zunimmt als das der Jungen, obwohl ihre tatsächlichen schulischen Leistungen gleich gut oder sogar besser sind, nimmt Horstkemper als Beleg für die Benachteiligung der Mädchen durch die Schule.[5] Daß sich Mädchen (aufgrund ihres geringeren Selbstvertrauens) im Berufsleben schlechter durchsetzen können als Jungen, erscheint damit als Folge schulischer Benachteiligung der Mädchen (vgl. Horstkemper 1987: 218). Dieser Zusammenhang ist jedoch schwer nachzuweisen.

Möglicherweise wurde die Koedukationsdebatte inszeniert, da die Frauen-und-Schule-Bewegung, die seit 1982 jährliche bundesweite Kongresse veranstaltete, mit ihren bescheidenen Forderungen »Berücksichtigung von Mädchen und Frauen in Inhalten, Methoden, Interaktionen« und »Verankerung der Gleichberechtigung als grundlegendes Erziehungsziel in den Schulgesetzen aller Bundesländer« (Kindermann u.a. 1987: 195) weder an den Hochschulen noch in der politischen Öffentlichkeit Gehör fand. Die Gelegenheit, eine breitere Öffentlichkeit für diese Themen zu interessieren, bot sich, als das Interesse der Frauenbewegung mit wirtschaftlichen Interessen zusammenfiel: In einigen Wirtschaftszweigen wurden mehr FacharbeiterInnen benötigt, so wurde plötzlich das eingeschränkte Berufswahlspektrum der Mädchen beklagt.[6] Der Beginn der Bemühungen, die Mädchen für »Männerberufe« zu interessieren, fiel zeitlich zusammen mit der Entdeckung, daß Mädchen aus Mädchenschulen sich während der Schulzeit ein breiteres Interessenspektrum erhalten als Mädchen an Koedukationsschulen, und zwar gerade in den für »Männerberufe« relevanten Fächern Naturwissenschaften, Mathematik und Informatik. Die Dortmunder Untersuchung (Kauermann-Walter u.a. 1988), deren Ergebnisse – signifikant mehr Studentinnen der Chemie und Informatik kamen aus Mädchenschulen – inzwischen relativiert wurden,[7] brachte die Koedukations«debatte« in die Schlagzeilen. Das öffentliche Interesse beschränkte sich dabei überwiegend auf zwei Fragen: Muß die Koedukation wieder abgeschafft werden, damit Mädchen gleiche Bildungschancen in Naturwissenschaften und Technik haben? Wie kann der »Technikdistanz« der Mädchen im Rahmen koedukativer Bildung entgegengewirkt werden? Im Rahmen dieses Fragenkomplexes gab es Geld für wissenschaftliche Untersuchungen und Modellprojekte, in einigen Bundesländern sogar für Lehrstühle. Der feministischen Schulforschung schien damit der Durchbruch gelungen zu sein. Zweifellos übte die öffentlich geführte Debatte auch Druck auf Kultusministerien und Schulbehörden aus, sich für eine Verbesserung der Mädchenbildung einzusetzen,[8] gleichzeitig führte aber die Einengung auf das Koedukationsthema dazu, daß wichtige politische Ansätze der frühen Frauen-und-Schule-Bewegung unter den Tisch fielen, z.B. die Bearbeitung des Interessengegensatzes zwischen Müttern und Lehrerinnen in bezug auf Ganztagsschule und Hausaufgaben. Eingeengt wurde damit die Debatte auf eine der sechs möglichen Grundvorstellungen von Schule, die von Hentig nennt, nämlich auf eine Vorstellung, derzufolge Schule einzig und allein die Aufgabe hat, Zukunftschancen zu verteilen. Diese Funktion von Schule wurde größtenteils noch zusätzlich eingeengt auf berufliche Zukunftschancen, diese wiederum auf Zukunftschancen in gewerblich-technischen Berufen (vgl. Hentig 1994: 186-189).[9] Wieviel feministische Schulforschung zum »Neudenken von Schule« (vgl. den Titel von v. Hentigs Entwurf) beitragen könnte, kam damit nicht mehr in den Blick.

Die Infragestellung der Koedukation stieß bei den meisten in der Schule Tätigen auf absolute Verständnislosigkeit. Schließlich war es im Rahmen eines koedukativen Schulsystems gelungen, Chancengleichheit zwischen Mädchen und Jungen in bezug auf Bildungsabschlüsse zu erreichen (vgl. K. Hurrelmann/Ulich 1991: 394). Außerdem erschien das Zusammenleben der Geschlechter im Vergleich mit Problemen sozialer und ethnischer Unterschiedlichkeit eher als unproblematisch, da der Zusammenhang zwischen Disziplinproblemen, Ausländerproblematik, schulischer Gewalt, Lernunlust usw. mit den Geschlechterverhältnissen nicht gesehen wurde. Anstatt aufzuzeigen, daß Geschlechterverhältnisse nicht nur die Beziehungen zwischen Mädchen und Jungen, Frauen und Männern meinen, sondern ebensosehr auf die Beziehungen zwischen Jungen, zwischen Mädchen, zwischen Frauen und Mädchen und zwischen Männern und Jungen wirken, trug die Koedukationsdebatte zur Beibehaltung eines eingeschränkten Blickwinkels auf die Geschlechterfrage bei. Das Desinteresse an einer derart verkürzten Fragestellung bestand m.E. zu Recht.

2.1.2. Theorieentwicklung zur Kategorie Geschlecht in der Pädagogik

Schulischer Bereich

Der Schwerpunkt der Frauenforschung im Bereich von Pädagogik, Didaktik und Bildungsorganisation bestand bisher in dem Bemühen, die Bedeutung der Kategorie Geschlecht zu unterstreichen und die Einsicht in die Notwendigkeit einer grundlegenden Neukonzeption dieser Wissenschaftszweige unter Einbeziehung der Kategorie Geschlecht zu belegen. Inzwischen wurde diese Forderung auch vereinzelt von männlichen Pädagogen aufgegriffen. So schreibt Herzog:

> Das Geschlecht ist in bildungstheoretischen und didaktischen Überlegungen weitgehend ausgeklammert worden. »Allgemeine Pädagogiken« und »Allgemeine Didaktiken« glauben, ihre Begriffe und Analysen ohne Rücksicht auf die Besonderheiten der Geschlechter entwickeln zu können. [...] Die feministische Pädagogik hat jedoch gezeigt, daß die »allgemeinen« pädagogischen Theorien so allgemein nicht sind, wie sie prätendieren (Herzog 1994: 81).

Über die Frage, wie eine Pädagogik aussehen soll, die die Kategorie Geschlecht in ihre Überlegungen einbezieht, gibt es bis jetzt nur sehr allgemeine und auch widersprüchliche Aussagen. Meist sind sie negativ formuliert und begnügen sich damit, sich von einer als androzentrisch wahrgenommenen Bildungstheorie abzugrenzen. Auf der anderen Seite finden wir konkrete Unterrichtsvorschläge, deren pädagogischer bzw. weltanschaulicher Hintergrund wenig oder gar nicht reflektiert ist. Um einen positiven Entwurf über den Stellenwert der Kategorie Geschlecht in der Pädagogik formulieren zu können, müßten sich feministische Schulforscherinnen mehr mit der Theorieentwicklung in der Frauenforschung auseinandersetzen. So gesteht z.B. Faulstich-Wieland am Ende ihrer »Bilanz der Koedukationsdebatte« ein, daß »Reflexionen des Geschlechterverhältnisses und seiner Konstitutionsbedingungen« noch ausstehen, daß dies aber Voraussetzung für eine Verbesserung der Koedukation sei. Insbesondere Lehrerinnen und Lehrer sollten angeregt werden, »über ihre eigenen Vorstellungen von ›Weiblichkeit‹ und ›Männlichkeit‹ und ihre Sicht der Geschlechterverhältnisse nachzudenken« (Faulstich-Wieland 1993: 45). Meines Erachtens kann dies nicht von Lehrerinnen und Lehrern erwartet werden, es ist zuallererst Aufgabe der pädagogischen Forschung!

Die besondere Schwierigkeit im Umgang mit der Kategorie Geschlecht liegt darin, daß das Bemühen, »Weibliches« aufzuwerten und ihm zur Anerkennung zu verhelfen, sobald es inhaltlich und konkret wird – und um für die Praxis zu taugen, muß es konkret werden – zu essentialistischem, polarem Geschlechterdenken führen kann und damit zur Bestätigung alter Geschlechterklischees.

Diese Gefahr besteht z.B., wenn Schaeffer-Hegel die »Wiederentdeckung des ›Weiblichen‹ als Richtschnur für feministische Bildungsarbeit« propagiert (Schaeffer-Hegel 1987: 123). Sobald wir versuchen, »Weibliches« inhaltlich zu bestimmen, landen wir in einem Geschlechterstereotyp. Um diese Gefahr zu vermeiden, bleiben die Aussagen oft so abstrakt und vage, daß daraus nur schwer eine Richtung für pädagogisches Handeln gewonnen werden kann.

Prengels Konzept »egalitärer Differenz«, das sie entwickelte vor dem Hintergrund Kritischer Theorie, kulturanthropologischer, ethnopsychoanalytischer und poststrukturalistischer Theoreme auf der einen Seite und den Veränderungsforderungen der Frauenbewegung auf der anderen Seite (vgl. Prengel 1990: 42/43), verdanke ich wichtige Anregungen für meinen eigenen Ansatz. Prengel distanziert sich deutlich von essentialistischem Denken, wenn sie schreibt: »Eine Bildung, deren Ziel die Fähigkeit zur Gleichberechtigung ist, fragt nun nicht etwa: Wie mögen sich Mädchen und Jungen ihrem Wesen nach unterscheiden? – Sie fragt vielmehr: Wie können Mädchen und Jungen ihre eigenen Wege finden, ohne sich selbst oder andere zu unterwerfen?« (Prengel 1986: 421). Damit Prengels Ansatz zu einer Richtung pädagogischer Praxis werden kann, die die Veränderung der Geschlechterverhältnisse im Sinne einer Demokratisierung voranbringt, muß er jedoch erweitert und konkretisiert werden, was im 4. Kapitel dieser Arbeit geschehen soll.

Das Fehlen eines überzeugenden geschlechterpädagogischen Ansatzes der feministischen Schulforschung mag sicher – neben der üblichen mangelnden Beachtung weiblicher Forschungsanstrengungen durch männliche Wissenschaftler – dazu beigetragen haben, daß die Auseinandersetzung mit der Frage der Geschlechterverhältnisse in einem Werk wie von Hentigs »Die Schule neu denken« (Hentig 1994) nicht stattfindet, obwohl der Autor bei den »Schwierigen Veränderungen«, die sich auf die Schule auswirken – z.B. Fernsehen, Computer, Europa, multikulturelle Gesellschaft, Arbeitslosigkeit, Altersaufbau –, die Veränderungen der Situation der Geschlechter wohl kaum übersehen haben kann. Im Rahmen meiner im vierten Kapitel zu entwickelnden »Pädagogik der Differenz« werde ich zeigen, auf welche Weise das Beachten von Zweigeschlechtlichkeit und Geschlechterdifferenz von Hentigs Reformkonzept verändert und ergänzt.

Bereich außerschulische Jugendarbeit

Pädagogische Forschung unter Einbeziehung der Kategorie Geschlecht wurde seit den siebziger Jahren auch im Bereich der Freizeitpädagogik geleistet. Dennoch sprechen die »›großen Theorien‹ des Jugendalters« – so Tillmann – »überwiegend von ›den Jugendlichen‹, um aber – explizit oder implizit – vor allem die jungen Männer zu meinen. Mädchen werden dabei entweder subsumiert, oder sie erscheinen als Abweichung vom männlichen ›Normalfall‹« (Tillmann 1992: 7). Obwohl dies häufig kritisiert worden sei, habe diese Kritik auf die Theorieproduktion bisher wenig Einfluß gehabt, schreibt Tillmann weiter. Auch in dem von ihm herausgegebenen Buch »Jugend weiblich – Jugend männlich« fällt der Theorieteil eher mager aus: Scarbath legt z.B. dar, warum »psychoanalytisches Sehen und Denken [...] zur Aufklärung und Neubestimmung der Geschlechtersozialisation [...] auch künftig einen wesentlichen Beitrag leisten und andere Sichtweisen kritisch-konstruktiv herausfordern und ergänzen« kann (Scarbath 1992: 112), behauptet jedoch, seine Disziplin liefere »außer fragmentarischen Hinweisen und elementaren Bausteinen ehestens Umrisse eines Konzepts«. Scarbath scheint allerdings die Arbeiten von Psychoanalytikerinnen aus dem Umfeld der Frauenbewegung, wie z.B. Chodorow, J. Benjamin und Irigaray, nicht zu kennen.[10]

»Geschlechtskompensatorische Erziehung«

Der Ansatz »geschlechtskompensatorischer Erziehung« verdient besondere Beachtung, da er den meisten Praxismodellen gegenwärtiger verändernder Geschlechtererziehung, die sowohl Jungen als auch Mädchen im Blick haben, implizit oder explizit zugrunde liegt.[11] Im Bereich der Jugendarbeit entstand die geschlechtskompensatorische Erziehung aus einem Dialog von feministischer Mädchenarbeit und antisexistischer Jungenarbeit, also aus der Praxis (vgl. Heimvolkshochschule Alte Molkerei Frille o.J.). Ihr Ziel ist es, den Vereinseitigungen, zu denen das Aufwachsen im jeweiligen geschlechtlichen Kontext geführt hat, durch Ausgleichen der jeweils entstandenen »Defizite« entgegenzuarbeiten. So sollen Jungen in ihrer Körper- und Gefühlswahrnehmung, in ihrer Kommunikations- und Beziehungsfähigkeit bzw. im Sozialverhalten generell gestärkt werden, im schulischen Bereich in den sprachlichen und künstlerischen Fächern, während Mädchen ermutigt werden sollen, sich durchzusetzen, Raum einzunehmen, zu expandieren, Jungen – auch aggressiv – Grenzen zu setzen und ihre Distanz zu Technik und Naturwissenschaften abzubauen (vgl. Metz-Göckel 1988, Nyssen/Metz-Göckel 1990, Markert 1992, Hochuli-Freund 1995, Pfister/Valtin 1993, Friedrich Jahresheft 1989). So überzeugend dieser Ansatz überall dort ist, wo es um konkrete Situationen mit einzelnen Jungen und Mädchen in einem bestimmten Kontext geht, d.h. um die Bildung des/der einzelnen, so stereotypisierend wirkt er sich in der Verallgemeinerung aus. Sobald wir »die Stärken« oder »die Schwächen« *der* Jungen oder Mädchen, »weibliches« oder »männliches« Denken, Fühlen, Können, moralisches Urteilen usw. konkret benennen, lassen wir außer acht, daß wir zwar beim jeweiligen Geschlecht bestimmte Schwerpunkte und Häufungen empirisch nachweisen können, daß wir aber in der Realität eine Vielzahl an »Männlichkeiten« und »Weiblichkeiten« vorfinden, die überdies in ständiger Veränderung begriffen sind. Wenn unser Ziel die Aufhebung geschlechtlicher Festlegungen ist, dürfen wir nicht gleichzeitig von (zwar als vorläufig gedachten) geschlechtlichen Festlegungen ausgehen, die wir dann wiederum verändern wollen. Statt dessen sollten wir – so schlagen Brenner/Grubauer vor – Weiblichkeits- und Männlichkeitsstereotype auf ihren Ideologiegehalt prüfen, indem wir uns die realen Männer und Frauen, Jungen und Mädchen anschauen und uns ständig auch die Gegenbeispiele zu den Stereotypen vergegenwärtigen, anstatt sie als Ausnahmen, die die Regel bestätigen, auszugrenzen. Erst dann wird nämlich deutlich, wie wenig stereotyp gesellschaftliche Wirklichkeit ist (vgl. Brenner/Grubauer 1991). An zahlreichen neueren Kinder- und Jugendbüchern, die geschlechtskompensatorisch wirken möchten, wird deutlich, wie verarmend und typisierend sich dieser Ansatz auswirken kann, wenn statt der »starken« Jungen und »schwachen« Mädchen nun nur noch »schwache« Jungen und »starke« Mädchen dargestellt werden (vgl. Arbeitskreis für Jugendliteratur 1995: 4).

Im Rahmen der Schulpädagogik arbeitete Kaiser den Ansatz geschlechtskompensatorischer Erziehung weiter aus, indem sie ihn auf die gesellschaftliche Arbeitsteilung bezog. Kaiser geht davon aus, daß geschlechtliche Arbeitsteilung das zentrale Strukturmerkmal der Gesellschaft ist, auf dem die geschlechtspolare Sozialisation transportiert wird. In der Theorie der Allgemeinbildung würden hausarbeitsnahe Qualifikationen vernachlässigt. Also müßte Hausarbeit »zum zentralen inhaltlichen Bezugsfeld für konkrete bildungstheoretische Entscheidungen werden« (Kaiser 1988: 372), Themen aus der Lebenswelt von Frauen müßten verstärkt unterrichtsrelevant gemacht werden. Die Schule habe sich nicht nur am Erwerbsleben auszurichten, sondern sie müsse den Reproduktionsbereich gleichermaßen für beide Geschlechter thematisieren. »Das konkrete Bildungsideal wäre die Aufhebung der geschlechtlichen Arbeitsteilung in ihrer bisherigen rigiden Form der Hausarbeitsnähe für Frauen und Mädchen und der Hausarbeitsferne bei Männern und Jungen« (ebd.: 373). Unter dem Begriff »Hausarbeitsdidaktik für Jungen« fordert Kaiser ein verändertes Schulleben, »das konkrete Erfahrungsmöglichkeiten bietet, um Beziehungsfähigkeit, Empathie und die Fähigkeit zur Lösung zwischenmenschlicher Konflikte zu entwickeln« (Kaiser 1993: 170). Denn »ein Schulleben, in dem Sorge und Pflege für andere zu institutionell anerkannten Zielen gehört, gibt nicht nur strukturelle Hilfen für Jungen, in den jeweiligen Lernsituationen Beziehungsfähigkeit zu lernen, sondern durchbricht auch die fatale Koppelung von Beziehungsarbeit und weiblichem Geschlecht, was letztlich zu einer Abwertung von Beziehungsarbeit führt« (ebd.: 171). Von einer gesellschaftlichen Institution wie der Schule vertretene Ziele und Inhalte hätten mehr Bedeutung als Appelle von Müttern.

Stimmig erscheint mir Kaisers Ansatz, wo sie bei ihrem Ziel struktureller Veränderungen bleibt, wo es ihr um die tendenzielle Richtung schulpädagogischer Arbeit geht, einer Bildungsarbeit, die den jeweiligen Vereinseitigungen gegenzusteuern sucht. Zustimmen kann ich ihr insbesondere dort, wo sie dieses Ziel nicht primär auf der Ebene der Unterrichtsinhalte, sondern in einer Veränderung des Schullebens anstreben möchte. Leider bleibt aber auch sie bei traditionellen Geschlechterpolarisierungen, wenn sie von der – bereits problematischen – geschlechtsspezifischen Zuordung von Haus- und Berufsarbeit auch noch weitere Gegensätze ableitet, die durch geschlechtskompensatorische Erziehung überwunden werden sollen: Sachwelt gegen Gefühlswelt, Öffentlichkeit gegen Privatheit, Autonomie gegen Bezogensein (vgl. Kaiser 1988: 374). Wir überwinden diese Gegensätze, die in der historischen Entwicklung mit der Polarisierung der Geschlechtscharaktere verknüpft wurden (vgl. Alder 1992), eben gerade nicht, wenn wir sie wieder mit konkreten Mädchen und Frauen, Jungen und Männern wesensmäßig in Verbindung bringen.

Bereich Erwachsenenbildung

Wichtige Anregungen zur pädagogischen Theoriebildung in bezug auf die Veränderung der Geschlechterverhältnisse kommen aus der Erwachsenenbildung. Die in diesem Rahmen entwickelten Theorien feministischer Bildung entstanden in der Auseinandersetzung mit einer langjährigen Praxis der Frauenbildung und den dort erarbeiteten pädagogisch-didaktischen Konzepten (vgl. Heuer 1994: 75). Zwar gibt es auch in diesem Bereich der »geschlechtskompensatorischen Erziehung« verwandte Ansätze, wenn behauptet wird, »geschlechtsdifferenzierte Förderkonzepte mit unterschiedlichen didaktischen Prinzipien« seien »als historische Ausgangsbasis für zweigeschlechtlich orientierte Bildung unerläßlich«, da Männer und Frauen unterschiedliche Lernstrategien hätten (ebd.: 89).

Fruchtbare Neuansätze entstanden jedoch bei der theoretischen Aufarbeitung der Schwierigkeiten, die immer wieder in reinen Frauen-Lerngruppen bei der Arbeit mit emanzipatorischen Konzepten auftraten. Hierzu gehörte die Erfahrung, »daß Frauenbildungsveranstaltungen noch keine Gewähr dafür bieten, daß ein förderliches Lernklima entsteht« (Heuer 1994: 88). Frauen gingen z.B. »nicht sehr pfleglich mit den Leiterinnen in den eigenen Reihen um«, es gab Schwierigkeiten, sobald Dissenz auftauchte. Diese Schwierigkeiten lenkten den Blick auf bestimmte Aspekte der Beziehungen unter Frauen. Heuer beurteilt dies negativ-resignativ: »Hoffnungsfrohe Erwartungen in pädagogisch-didaktische Konzepte in bezug auf die Korrigierbarkeit der sozialen Organisation des Geschlechterverhältnisses« seien dadurch relativiert worden (vgl. ebd.: 75).

Ich schätze dagegen die Erkenntnis als positiv ein, daß die Beziehungen unter Frauen für eine Veränderung der Geschlechterverhältnisse grundlegende Bedeutung haben. Für äußerst fruchtbar halte ich den Ansatz, Frauen zu stärken, indem die Beziehungen unter ihnen gestärkt werden. Möglicherweise sind die bisherigen Versuche, die Geschlechterverhältnisse zu verändern, deshalb so wenig erfolgreich, weil sie an der Mann-Frau-Beziehung ansetzen. Wenn die Probleme dieser Beziehung ihre Grundlage in Strukturen haben, die in den Beziehungen innerhalb der jeweiligen Geschlechtergruppe entstanden sind, wäre es sinnvoller, eine Veränderung der Beziehungen unter Frauen und entsprechend eine Veränderung der Beziehungen unter Männern anzustreben. Die folgenden Überlegungen zweier Autorinnen aus dem Bereich der Erwachsenenbildung gehen in dieselbe Richtung:

- Gieseke wies darauf hin, daß die beobachteten Schwierigkeiten mit der mangelnden Liebe von Frauen zum eigenen Geschlecht zusammenhingen. Diese bewirke Selbstabwertung zwischen Frauen, was die Entfaltung der weiblichen Potentiale behindere (vgl. Gieseke 1991). Widerstände von Frauen, die ihnen gesellschaftlich zugewiesene Zweitrangigkeit aufzugeben, stünden in Zusammenhang mit dieser mangelnden Liebe der Frauen zum eigenen Geschlecht. Daher müsse das Ziel feministischer Bildung sein, »daß Frauen und Mädchen lernen, ihr eigenes Geschlecht ernst zu nehmen. Solange sie das nicht können, werden sie nicht in der Lage sein, andere Frauen zu respektieren und zu fördern. Das ist jedoch die unabdingbare Voraussetzung dafür, daß das weibliche Potential in der Gesellschaft adäquat gestärkt werden kann« (Gieseke 1993: 52).

- Hagemann-White zeigte in ihrem Aufsatz über Lebensperspektive und Berufsfindung von Mädchen in der Adoleszenz als wesentliches Problem für die Entwicklung von Mädchen das Fehlen »symbolischer Repräsentanzen für aktive, selbstbewußte Weiblichkeit« auf. Die Folge davon sei, daß »der Narzißmus, das Bedürfnis nach Größenphantasien, nach Aneignung von Welt und nach verläßlicher Selbstliebe [...] in Hingabe an die Bedürfnisse anderer umgedeutet« würden (Hagemann-White 1992: 79).

Bei diesen beiden Autorinnen kommt eine ganz andere Notwendigkeit geschlechtsspezifischer Bildungsarbeit in den Blick. Diese Bildungsarbeit orientiert sich nicht an einem »Defizit«, das angeblich mit der Geschlechtszugehörigkeit verbunden ist und das durch kompensatorische Maßnahmen »aufgearbeitet« werden muß. Die reine Frauengruppe wird nicht bevorzugt, um einen Schonraum zu bieten, was letztlich dieser Gruppe einen Opfer- oder zumindest Benachteiligtenstatus zuweist. Die Arbeit in der eingeschlechtlichen Gruppe ist auch nicht auf das andere Geschlecht bezogen, indem für die Auseinandersetzung mit diesem konfliktfähig gemacht bzw. zu sozialerem Verhalten erzogen werden soll. Hier richtet sich der Blick auf die Beziehungen innerhalb der eigenen Geschlechtsgruppe, auf den Umgang mit den Verschiedenheiten in diesem Rahmen, die als Grundlage für die Auseinandersetzung mit sich selbst und der »Welt« – und dazu gehört auch das andere Geschlecht – betrachtet werden.

In bezug auf Bildungsarbeit für Männer kommt der Erwachsenenbildner Nuissl zu ähnlichen Ergebnissen. Es gehe nicht so sehr darum, Programme zu entwerfen, nach denen sich Männer konkret verändern sollten, sondern herauszuarbeiten, was als individuelle und gesellschaftliche Norm männliches Lernen beeinflußt und Männer*bildung* erschwert. Wichtig ist dabei, daß die Norm der Männlichkeit ein *vernetztes* System ist, in das sich Ideologien, Utopien und Phantasien ebenso einordnen wie reales Alltagsverhalten. Männerbildung, die nur isolierte Aspekte berücksichtigt, wird immer scheitern« (Nuissl 1993: 10). »Bildungsanlässe« könnten z.B. folgende Schwierigkeiten sein: Die Angst um den Arbeitsplatz, die Angst vor Machtverlust bei so vielen zunehmend gebildeten und emanzipierten Frauen, die Angst vor der eigenen Erotik, Unzufriedenheit, Unausgefülltsein und Ziellosigkeit (vgl. ebd.: 21). Bisher begegnen Männer diesen Schwierigkeiten in der Regel – so Nuissl – entweder mit erhöhter Aggressivität gegenüber Frauen und Ausländern, oder sie entwickeln ein rein instrumentelles Bildungsinteresse: das Erlernen weiterer spezieller Kenntnisse und Fähigkeiten. Männerbildung habe große Schwierigkeiten, solange Männern Erfahrungen darüber fehlten, was jenseits von Herrschaftssicherung der Sinn von Bildung sei (vgl. ebd.: 66/67).

Sozialisationsforschung

Bildens Artikel »Geschlechtsspezifische Sozialisation« im »Neuen Handbuch Sozialisationsforschung« (1991) faßt den damaligen Stand der psychologischen und soziologischen Forschung zum Thema »Geschlechterverhältnisse« zusammen. Bildens besonderes Verdienst ist es, diese Forschungsergebnisse in einen – im folgenden skizzierten – Denkzusammenhang gestellt zu haben, der ihrem Gegenstand angemessener ist als das alte Konzept »geschlechtsspezifischer Sozialisation«.

Bilden begründet ihre Abwendung vom Konzept »Geschlechtsspezifische Sozialisation« damit, daß mit diesem Konzept »grundlegende Annahmen« verknüpft sind, die sie nicht mehr teilt: »erstens die Trennung von Individuum und Gesellschaft sowie die Vorstellung, das sich bildende Individuum sei Objekt von Sozialisationsprozessen, und zweitens das Konzept der stabilen Persönlichkeit / bzw. des (hoffentlich) mit sich identischen Individuums, das durch Sozialisation entstünde« (Bilden 1991: 279). Weiter bedeute die Frage nach geschlechtsspezifischer Sozialisation, daß »nach geschlechtsdifferenzierenden ›typischen‹ Sozialisationsbedingungen und nach Geschlechtsunterschieden im Verhalten, Denken, Fühlen« gefragt werde, was auf die »Konstruktion eines männlichen und eines weiblichen Sozialcharakters« hinauslaufe. Die Suche nach *den* typischen Sozialisationsprozessen und Sozialcharakteren von Frauen und Männern werde aber weitgehend sinnlos durch »Wandeltendenzen in unserer Gesellschaft wie auch die Erweiterung des Blicks von weißen euroamerikanischen Mittelschichten auf Schwarze, Türkinnen, die ›Dritte Welt‹«.

Ebenfalls als unangemessen lehnt Bilden das Konzept der »Geschlechtsrolle« ab, da das Geschlecht psychisch zentral und nicht ablegbar sei. Außerdem habe auch dieses Konzept eine »fatale Nähe zum vorherrschenden Denken von Geschlecht in polaren psychologischen Eigenschaften«. Darüber hinaus unterschlage es Macht- und Dominanzverhältnisse und sei ungeeignet, »historische Veränderungen aus einer inneren Dynamik zu konzipieren« (Bilden 1991: 280).

Feministische Forschung sei daher weitergegangen. Sie analysiere nun – aus verschiedenen wissenschaftlichen Richtungen – das Geschlechterverhältnis und arbeite jetzt deutlicher die Differenzierungen zwischen den Frauen heraus, folglich spreche feministische Forschung nun von »Geschlechterverhältnissen«. Bilden favorisiert eine sozialkonstruktivistische Sichtweise, deren zentrale Annahme ist, »daß wir unsere Wirklichkeit andauernd in sozialen Praktiken produzieren«. In diesem Denkrahmen wäre »Sozialisation bzw. Entwicklung des Individuums als Selbst-Bildung in sozialen Praktiken« zu verstehen. Fundiert ist diese Sichtweise einerseits materialistisch (Arbeitsteilung, Macht/Dominanz) und andererseits kultur- und symboltheoretisch, wobei Bilden in Anlehnung an den Symbolischen Interaktionismus davon ausgeht, daß Handeln und Selbst-Bildung zustandekommen »aufgrund symbolischer Bedeutungen, die interpretiert werden müssen und Gegenstand von Verhandlung sein können«.

Bilden belegt mit zahlreichen Studien, daß soziales Handeln geschlechtsbezogen ist »auf das Geschlecht des Gegenübers wie auf das eigene« (ebd.: 281). Das Geschlechtskonzept sei in unserer Kultur vorrangig vor anderen Konzepten:

> Die Selbst-Konstruktion des Kindes als Mädchen oder Junge und die Geschlechtsunterscheidung mit zugehörigen Symbolen ermöglichen seine Einordnung in die soziale Welt. Die sich entwickelnden Konzepte davon gehen bestärkend, wunschlenkend, mögliche Vorbilder markierend in die weitere Tätigkeit des Kindes ein (Bilden 1991: 282).

Dabei müsse die Geschlechtszugehörigkeit auch »verkörpert, d.h. in körperlichen Zeichen und Darstellungen symbolisiert werden« (ebd.: 284, ausführlicher hierzu Maihofer 1995). Männlichkeits- und Weiblichkeitsvorstellungen bzw. -stereotype gingen z.B. ein in die »elterliche Wahrnehmung und Interaktion mit dem Säugling«, in die »elterliche Ermutigung und Peer-Unterstützung für Grenzüberschreitungen«, in »geschlechtstypische Spiele« sowie in »direkte und indirekte Prozesse emotionaler Sozialisation« (Bilden 1991: 284/285). Bilden konstatiert, es sei noch »sehr viel theoretische Arbeit nötig«, um eine Forschung zu etablieren, die »die soziale Produktion von Weiblichkeiten und Männlichkeiten in der Dynamik der Geschlechterverhältnisse betrachtet, (sie) aber im Begriff sozialer Praktiken mit der Lebenstätigkeit der Individuen vermittelt« (ebd.: 301).

2.2. Das fachdidaktische Thema: Zum Leser / zur Leserin erziehen

Leser und Leserinnen sind Menschen, denen »die Selbstverständigung im Medium der Literatur ein inneres Bedürfnis ist« (Garbe 1996: 90). Mit dieser Definition, die den Schwerpunkt auf die Lesemotivation legt, sind die Begriffe Leser und Nichtleser deutlich abgegrenzt von den Begriffen »Alphabet«, »Analphabet«, »Sekundäranalphabet«, »funktioneller Analphabet«, die etwas über das Lesevermögen aussagen.[12] Mit der Entwicklung und dem Wiederverlieren von Lesekompetenz werde ich mich in dieser Arbeit nicht befassen. Hier geht es um das Bücherlesen, das eine gewisse Lesekompetenz voraussetzt.[13] Wenn es allerdings gelingt, Kinder zu LeserInnen zu erziehen, ist die Wahrscheinlichkeit sehr gering, daß sie ihre Lesekompetenz wieder verlieren. Nach Garbe wächst die Zahl der sekundären Analphabeten in den unteren Bildungsschichten (Garbe 1996: 88), sie liegt mittlerweile in den alten Bundesländern bereits bei 15% (Badische Zeitung 15. 6. 1996). Als einen ersten Grund dafür, alles zu tun, damit aus Kindern Leser und Leserinnen werden, könnte daher die Prävention gegen diesen steigenden Trend zum Verlust der Lesekompetenz gelten.[14]

2.2.1. Unterschiedliche Aspekte des Phänomens »Lesen«

Lesen als Freizeitbeschäftigung

Heute stehen als Begründungen für Leseförderung Aussagen im Vordergrund, die das Lesen als sinnvolle Freizeitbeschäftigung loben. In Werbekampagnen für das Lesen wird betont, daß Lesen Spaß mache, eine Kinderbuchwoche wird z.B. »Lirum larum Lesefest« genannt. Auch die neuen Lehrpläne wollen neben dem Lesevermögen vor allem »Leselust verstärken«: »Lesen als sinnvolle Freizeitbeschäftigung« wird zumindest für Grund-, Haupt- und Realschule vorrangig genannt (vgl. Schulintern 12/1994: 6/7). Da die meisten Veranstaltungen zugunsten des Bücherlesens vom Buchhandel gefördert oder gar initiiert werden, ist es kein Geheimnis, daß es hier vor allem darum geht, daß sich der Buchmarkt gegenüber der Konkurrenz der anderen Medien seinen Platz sichern will. Mittlerweile ist man davon abgekommen, das Buch hochzuloben und gleichzeitig das Fernsehen abzuwerten, wie das in den 80er Jahren noch üblich war (z.B. Landherr 1991: 18). Die neuesten Studien der

Bertelsmann-Stiftung (Bonfadelli u.a. 1993, B. Hurrelmann u.a. 1993, Fritz u.a. 1991) betonen die Lesekompetenz als »Schlüsselkompetenz für die Medienkultur«, d.h. sie weisen nach, daß Leser und Leserinnen auch andere Medien besser und sinnvoller nutzen können (vgl. B. Hurrelmann u.a. 1993: 8). Die These, das Fernsehen verdränge das Lesen, wurde in diesen Untersuchungen nicht bestätigt (vgl. B. Hurrelmann/Dahrendorf 1995: 22).

Daß ausgerechnet der Spaß am Lesen in den gegenwärtigen Kampagnen so sehr betont wird, halte ich für problematisch. Denn das Fernsehen bringt dieselben Gratifikationen wie das Lesen (Spaß, Spannung, Unterhaltung) bei geringerer Anstrengung. Kinder und Jugendliche wissen sehr gut, daß das Lesen zunächst mehr Mühe als Spaß bringt, besonders gilt dies für SchülerInnen aus buchfernen Elternhäusern, z.B. für viele HauptschülerInnen. Eine Lesewerbung, die den Spaß betont, erreicht also überwiegend diejenigen, die ohnehin schon lesen.

Lesen im Dienste des Schulerfolgs

Da Lesen sich positiv in bezug auf schulische Anforderungen auswirkt, sind mittlerweile sogar Eltern, die selbst nicht lesen, davon überzeugt, daß sie das Lesen ihres Kindes fördern sollten. 90% der befragten Mütter fanden es laut Bertelsmann-Studie wichtig, daß ihr Kind zum Leser oder zur Leserin wird.

Nach Landherr fördert Buchlesen die Sprachentwicklung: insbesondere für Wortschatzerweiterung, schriftliche Sprachleistung und Rechtschreibsicherheit bringe es Gewinn (Landherr 1991: 19). Außerdem rege es die Phantasie an, so daß »Buchleser in der Regel phantasievollere Ideen entwickeln und diese auch in kreatives Schaffen umsetzen können.« Buchlesen schaffe Zugang zur Welt, es fördere die Persönlichkeitsentwicklung und gewähre Einblick in den Literaturbetrieb (ebd.: 20 u. 23; vgl. auch Sahr 1992: 11).

Rutschky wendet sich gegen eine solche »Funktionalisierung« des Lesens »im Dienst der Pädagogik« (Rutschky 1985: 37). Sie bezeuge Kindern als Lesern gegenüber wenig Respekt. Auch Saxer sieht in diesem Punkt »fatale Parallelen elterlicher und schulischer Leseerziehung«:

So ist das Lesen als soziale Norm zwar auch bei den Eltern, durchaus schulgetreu, regelmäßig sehr positiv besetzt. Daraus resultieren aber kaum elterliche Belohnungen, z.B. durch interessierte Zuwendung zur Lektüre und den Leseerlebnissen von Kindern, in erster Linie Mädchen, die dieser Norm entsprechen. Hingegen werten die elterliche Überbetonung des instrumentellen Charakters der Buchlektüre ihrer Sprößlinge auf Kosten von deren rekreativem Potential im Verein mit der häufig rigiden Beschränkung des Lese- und dann des Deutschunterrichts auf das »gute« Buch, unter Mißachtung der tatsächlichen Schülerpräferenzen, das Gratifikationspotential von Fernsehen und Tonträgern indirekt erst recht auf – zu Lasten des Lesens! (Saxer 1991: 125)

Lesen als Selbstverständlichkeit in der demokratischen Gesellschaft

Aus seinen Erfahrungen an der Bielefelder Laborschule schließt von Hentig, daß dort Lesefreude und länger andauernde Lesebereitschaft im wesentlichen dadurch erreicht werden konnten, »daß die Kinder das Lesen nicht als Schulgegenstand, als eine der drei Kulturtechniken kennenlernen, sondern als eine hochgeschätzte, ausgeruhte, erfreuliche und bedeutende Nebensache. Lesen ist hier eine Selbstverständlichkeit unter Menschen, die Wichtiges miteinander vorhaben« (Hentig 1990: 43). An anderer Stelle seines Essays macht von Hentig sich aber dennoch Gedanken, warum das Lesen ein solches Gut sei. Leser seien Menschen, die »sich auf etwas ihnen Wichtiges konzentrieren«, die »bei klärendem Streit [...] auf Zeugen und Zeugnisse zurückgreifen, zu denen alle Zugang haben«, die »nicht voreilig urteilen«, die »allein sein können, ohne einsam zu sein, und die darum selbständig sind«, die »am Gelesenen Widerstand üben [...]« (ebd.: 12). Lesen mache »Kontaktaufnahme mit dem entfernten, möglicherweise längst verstorbenen Autor« möglich (ebd.: 23), fördere »die Menschenkenntnis, die Fähigkeit, sich auszudrücken, die Bereitschaft und Möglichkeit, sich mit anderen zu unterhalten« (ebd.: 13). Zusammenfassend meint von Hentig, Leser seien »für die Demokratie notwendig: Für die

Kontrolle der Regierenden, [...] vor allem für die Vision möglicher anderer und besserer Welten, als wir sie haben« (ebd.: 59).

Lesen als Lebenshilfe und als Hilfe bei der Persönlichkeitsentwicklung

Rückert plädiert dafür, in der Leseerziehung vom Kind, »von seinen Voraussetzungen und Bedürfnissen« auszugehen und diese in den Mittelpunkt zu stellen (vgl. Rückert 1980: 10). Dabei betont er unter anderem den »psychohygienischen« Aspekt des Umgangs mit Literatur. Er berichtet über Erfahrungen mit Kindern, die sich mit Hilfe von Literatur immer wieder mit schmerzhaften oder ängstigenden Situationen konfrontierten, die eigene Probleme und Schwierigkeiten damit regelrecht »abzuarbeiten« schienen. Rückert vergleicht dieses Geschehen mit einem »Desensibilisierungstraining«, bei dem »man die Angst erzeugenden Situationen in der Vorstellung Schritt für Schritt, bei leichtererträglichen beginnend, vorwegnimmt und sich ihnen stellt.« Dies sei in der »– vorsichtig dosierten – Vorstellung eher möglich als in der viel stärker angstbesetzten – und nicht dosierbaren – Realität«. Zusätzlich zu den im literarischen Text angelegten Hilfestellungen für diesen Prozeß könnte das »Erzählen durch die Mutter« helfen, beim Vorlesen könnten kleine Änderungen vorgenommen oder beruhigende Bemerkungen hinzugefügt werden, hilfreich sei auch eine geborgene Atmosphäre und die »Möglichkeit, mit einem Erwachsenen darüber zu sprechen« (vgl. Rückert 1980: 17/18).

Ein weiterer Aspekt des Lesens, der für die Fragestellung dieser Arbeit wichtig ist, ist die Aussage, Lesen biete Unterstützung bei der Identitätsentwicklung. Aufbauend auf dem interaktionistischen Identitätsmodell von G.H. Mead und seiner Weiterentwicklung durch Krappmann zeigt Herwig, daß die Beschäftigung mit Literatur, insbesondere mit literarisch vermittelten Lebensgeschichten, einen Beitrag zur Identitätsbildung von SchülerInnen leisten kann (Herwig 1980: 15). Ich-Identität wird nach diesem Ansatz nicht als dauerhaft erworbenes Persönlichkeitsmerkmal beschrieben, im Gegensatz zu psychoanalytischen

Modellen. Die Identität des Menschen kann sich – so Herwig – »nur im Bezug zu den Identitäten anderer aufbauen und aufrechterhalten lassen«, und jeder ist darauf angewiesen, von anderen zu erfahren, wer er ist (ebd.: 17). Mit dem Begriff »Identitätsbalance« beschreibt Herwig die immer wieder neu zu erbringende Vermittlungsleistung eines einzelnen zwischen dem Aufgehen in den Erwartungen der anderen und der Notwendigkeit, sich selbst treu zu bleiben und sich in seiner Einmaligkeit zu präsentieren (ebd.: 19). Das Lesen erzählter Lebensgeschichten bietet nun die Möglichkeit, sich in dieser Vermittlungstätigkeit ohne unmittelbaren Handlungsdruck zu üben: Die Bereitschaft, sich mehr und mehr für zunächst fremd Anmutendes zu öffnen, nimmt in dem Maß zu, wie dies als Bereicherung und nicht mehr nur als Bedrohung erlebt wird. »Gerade durch die Fremdheit ist der Leser aufgerufen, sich entweder abzugrenzen und durch eine bewußtere Bestimmung seines eigenen Standorts sein Anderssein zu erfahren oder sich auf das Fremdartige einzulassen und damit sein vertrautes Sinnsystem aufs Spiel zu setzen« (ebd.: 25).

Mit einem Begriff aus der Sozialpsychologie bezeichnet Spinner die »Perspektivenübernahme« als eine »Entwicklungsaufgabe des Menschen überhaupt« (vgl. Spinner 1994: 150). Perspektivenübernahme ist die Fähigkeit, andere Erfahrungsweisen nachzuvollziehen – emotional und gedanklich. Spinner zufolge ist die Perspektivenübernahme »eine Fähigkeit, für die der Deutschunterricht in besonderem Maße zuständig ist«. Neben Schreibdidaktik und mündlicher Kommunikation ist es insbesondere die Literaturdidaktik, für die diese Fähigkeit »immer mehr als grundlegendes Ziel gesehen« wird, da »Literatur perspektivisches Verstehen erfordert und ausbildet«. Interpretation bedeutet in einem solchen Literaturunterricht nicht nur die Arbeit am Text, sondern auch am eigenen Verstehen, »das Nachdenken über die eigenen Empfindungen und Gedanken, die man zu einem Text entwickelt« (Spinner 1994: 151).

2.2.2. Emanzipative versus eskapistische Funktion des Lesens

Durch die Betonung des Freizeitaspekts von Lesen und der Leselust auf der einen Seite sowie seiner Nützlichkeit für den Schulerfolg auf der anderen Seite wurde eine Einstellung gefördert, die Lesen grundsätzlich zu etwas Positivem erklärt, und zwar weitgehend unabhängig davon, was bzw. wie gelesen wird. Nur wenige Stimmen erinnern daran, daß Lesen noch bis Anfang dieses Jahrhunderts von Pädagogen als Laster bekämpft wurde, daß von Lesesucht, Lesewut und Leseseuche gesprochen wurde (Rutschky 1985: 46, Dahrendorf 1994: 12). Zweifellos kann Lesen genauso wie Computerspielen, Fernsehen und andere Freizeitbeschäftigungen zu einer Sucht werden, die Flucht aus der Realität bewirkt und gleichzeitig die Bewältigung des Alltags zunehmend erschwert. Auch von Hentig räumt ein, daß Lesen dazu führen kann, »das Notwendige in der Wirklichkeit (zu) versäumen« (von Hentig 1990: 60). Als Beispiel führt er an, daß seine Kollegen es seit Jahrzehnten über dem Studium erziehungswissenschaftlicher Bücher versäumt hätten, »leibhaftige Kinder zu beobachten«. Zwar sei Lesen für die Demokratie wichtig,

> ... aber auch für die Demokratie ist die, die liest, nicht so wichtig wie die, die wachsam ist, die mitdenkt und mithandelt, die sich verantwortlich fühlt, die sich einmischt und »gegenhält«. Es ist nicht bewiesen und wohl auch nicht beweisbar, daß man so eine wird durch Lesen (Hentig 1990: 60; Änderung der Personalform D.M.).

Individuelles Lesen bewegt sich zwischen den Extrempolen eskapistischen und emanzipatorischen Lesens. Es ist nicht möglich, eine eindeutige Trennungslinie zwischen diesen beiden Polen zu ziehen. Als völlig ungeeignet erwiesen hat sich die »Dichotomisierung des Lesens« (Dahrendorf 1994: 12), die die Anfänge der Literaturdidaktik prägten: Einem »distanzlos-identifikatorischen«, den »Tagtraum genießenden« »weiblichen« Lesen wurde eine »männliche« Form des Lesens gegenübergestellt, die »distanziert-kritisch«, »formbeachtend-reflektierend« sein sollte und die zu einer Lesedidaktik führte, die eine »kognitivistisch überformte, in Selbstbeherrschung, vielleicht sogar Selbstverleugnung einübende Leseweise« förderte. Sowohl die einseitige Betonung von Lesespaß in der neueren Literaturdidaktik als auch die Einwände gegen das Lesen von Kinder- und Jugendliteratur in der Schule, die sich gegen eine negative Gleichsetzung von Schule mit Lesen richten, halte ich für eine Folge von Erfahrungen mit einer solchen »männlichen« Literaturdidaktik. Immerhin zeigte sich bei der Rekonstruktion der eigenen Lesebiographie von erwachsenen Lesern und Leserinnen, daß der Deutschunterricht, wenn überhaupt erwähnt, negativ bewertet wurde. Er wurde für den Verlust von Lesefreude verantwortlich gemacht (Schön 1993: 25). Von positiven Erfahrungen mit der Schullektüre wurde berichtet, wenn die Befragten sich – gegen die Absichten des Unterrichts – eine identifikatorische Leseweise eines Textes erhalten konnten (ebd.: 26). Köchers Befragung von ehemaligen LeserInnen, die ihre Lesekarriere abgebrochen hatten, ergab bei 50% Frustrationserlebnisse mit Schultexten, bei den kontinuierlichen LeserInnen berichteten davon nur 38% (Köcher 1993: 231).

Denn es sind gerade die als »weibliches Lesen« bisher im literaturdidaktischen Kontext so negativ bewerteten »eskapistischen« Aspekte des Lesens, die sowohl kontinuierliche als auch ehemalige LeserInnen gleichermaßen mit dem Lesen während der Kindheit assoziieren: die Erfahrung der Selbstvergessenheit und völligen Versenkung, die Identifikation mit den ProtagonistInnen, die Anregung der Phantasietätigkeit (vgl. Köcher 1993: 230 u. 232). Offensichtlich hat eine stabile Lesemotivation solche Leseerfahrungen – intensive Leseerlebnisse – zur Voraussetzung. Ein Literaturunterricht, der zu »distanziert-kritischem« Lesen erziehen will, bevor durch »distanzlos-identifikatorische« Leseerlebnisse Leselust geweckt wurde, verbaut möglicherweise den Zugang zum Lesen für immer. Daß gerade die späteren regelmäßigen Leser vom »suchthaften Lesen in der Pubertät« (Schön 1993: 23) berichten, ist auch für Schön ein Hinweis, daß die Lese-Pubertät »eine Phase von hoher Funktionalität für die literarische Sozialisation« ist. Man könne sie »ohne Schaden für die literarische Biographie offenbar ebensowenig auslassen wie in der allgemeinen Entwicklung die biologische« (ebd.: 25).

Die Dichotomisierung von Leseweisen und ihre Verknüpfung mit »Weiblichkeit« und »Männlichkeit« machen es notwendig, sich auf dem Weg zu einer anderen Lesedidaktik mit traditionellen Vorstellungen von Männlichkeit und Weiblichkeit auseinanderzusetzen.

2.2.3. Ergebnisse der Leseforschung: Der Faktor »Geschlecht«

Schon Anfang der 70er Jahre zeigten empirische Untersuchungen zum Leseverhalten eindeutige geschlechtsspezifische Unterschiede (vgl. Gilges 1992: 40-48). Diese Befunde wurden in weiteren Studien bestätigt (Stiftung Lesen 1993, B. Hurrelmann u.a., Bonfadelli u.a. 1993; vgl. auch Eggert/Garbe 1995). Es zeigte sich übereinstimmend in Studien über Kinder, Jugendliche oder Erwachsene, daß Frauen und Mädchen häufiger und länger lesen, daß sie einen höheren Anteil der Viellesenden und einen geringeren der Nichtlesenden stellen, daß also das Geschlecht neben der Bildung der wichtigste Prädiktor dafür ist, ob jemand zum Leser / zur Leserin wird, wobei Frauen und Mädchen auf jedem Bildungsniveau deutlich mehr lesen als Männer und Jungen. Die Unterschiede in der Lesehäufigkeit ließen sich nicht auf Unterschiede in der Lesekompetenz zurückführen, diese war bei Frauen und Männern annähernd gleich (Bonfadelli u.a. 1993: 99).[15] Der Hauptunterschied besteht offensichtlich darin, daß Frauen und Mädchen eine höhere Lesemotivation haben, da sie stärker lustorientiert und mit größerer emotionaler Anteilnahme lesen als Jungen und Männer (vgl. Eggert/Garbe 1995: 80). Überraschenderweise verstärkten sich die geschlechtsspezifischen Unterschiede in der Leseintensität in den letzten zwei Jahrzehnten, da sich in diesem Zeitraum die Leseintensität von Frauen weit überdurchschnittlich erhöht hat (vgl. Köcher 1993: 302). Dies kann nicht allein mit Veränderungen der Bildungsstruktur erklärt werden, wie Köcher ebenfalls nachweist (ebd.: 306). Sie nimmt als wichtigen Veränderungsfaktor an, »daß Interessensfelder, die Frauen überdurchschnittlich ansprechen, nachhaltiger verteidigt werden« (ebd.: 304). Für diese These spricht auch die Tatsache, daß Frauen, die ihre Lesekarriere abgebrochen haben – z.B. aus Zeitmangel während der Familienphase – ihre positive Einstellung zum Lesen beibehalten und – häufiger als männliche »Abbrecher« – später zum Lesen zurückkehren (ebd.: 300). Offensichtlich gelingt es weniger Männern als Frauen, aus dem Lesen die Gratifikationen zu ziehen, die eine dauerhafte Lesefreude garantieren. So ist es eigentlich nicht verwunderlich, daß Männer mehr an einer Verbindung von Lesen mit pragmatischem Nutzen interessiert sind als Frauen, also an Informations- und Sachlektüre. Informationsbedürfnisse kann aber das Fernsehen bequemer und manchmal auch besser befriedigen als Buchlektüre; auch Zeitungen und Zeitschriften – neuerdings auch Computerprogramme – sind zu diesem Zweck eher geeignet. So ist damit zu rechnen, daß das Interesse von Jungen und Männern an Büchern weiterhin abnimmt (vgl. Eggert/Garbe 1995: 79), wenn ihnen nicht durch entsprechende pädagogisch-didaktische Maßnahmen der Zugang zu einem anderen Lese-Erleben eröffnet wird.

Wenn andere Gründe für das Lesen von Büchern sprechen als das Einüben der Fähigkeit zur Informationsentnahme aus Texten, wenn Lesen für die volle Teilhabe am kulturellen und politischen Leben demokratischer Staaten bzw. als Lebenshilfe und zur Unterstützung bei der Entwicklung für unverzichtbar gehalten wird, so muß man sich doch sehr wundern, daß die geschlechtsspezifischen Unterschiede im Lesen bisher von Pädagogik und Fachdidaktik kaum wahrgenommen werden. Angesichts der Deutlichkeit der Ergebnisse und der Tendenz, daß sich die Unterschiede in diesem Bereich sogar noch vergrößern, wäre es doch naheliegend, ihrer weiteren Erforschung Priorität einzuräumen. Nur Dahrendorf scheint sich der Tragweite des Problems bewußt zu sein, wenn er schreibt:

> Wie läßt sich miteinander vermitteln, daß Jungen und Männer immer noch die Gesellschaft dominieren, die beherrschenden Positionen einnehmen, bestimmen, wo es langgeht – in Politik, Wirtschaft, Bildung (insbesondere »höherer«), und dies in einer (immer noch) schriftbestimmten Kultur, an der offenbar die von ihnen dominierten Mädchen einen höheren Anteil haben. Zwar bestimmen noch weitere Variablen

das Lesen in der Gesellschaft, außer dem Geschlecht zum Beispiel (und insbesondere) der soziale Status und der Bildungsgrad, offenbar ist aber das Geschlecht eine Primärvariable, die nicht nur auf die Einstellung zum Lesen, sondern auf das Verhältnis zur Sprache insgesamt Einfluß nimmt (Dahrendorf 1994: 11).

2.2.4. Leseförderung: Quantität versus Qualität

Wesentlichen Einfluß darauf, ob aus Kindern Leser und Leserinnen werden, hat die Familie. Dort wirken verschiedene Einflußfaktoren zusammen. Lesefördernd – so B. Hurrelmann u.a. in ihrer Untersuchung zur Lesesozialisation – wirken vor allem das elterliche Vorbild,[16] der selbstverständliche Umgang mit Büchern in der Familie und die kommunikative Einbettung des Lesens in den Familienalltag. Lange bevor sie selbständig lesen können, lernen Kinder die Bedeutung des Lesens durch Beobachtung kennen. Als Brücke zum Lesen erwiesen sich alle Formen spielerischen sprachlichen Austauschs, an denen sich das Kind aktiv beteiligen konnte, wie z.B. das Erzählen, das Spiel mit der Sprache oder das Lernen von Liedern, Gedichten und Kinderreimen. Auch das regelmäßige Vorlesen spielte eine wichtige Rolle, um Kindern Freude am Lesen zu vermitteln (B. Hurrelmann u.a. 1993: 78/79). Wenn Eltern, die selbst nicht lesen, ihre Kinder zum Lesen auffordern oder ihnen vorlesen, wirkt dies eher kontraproduktiv. »Die Verführung zum Lesen ist wesentlich wirksamer als jede intentionale Leseerziehung« (Eggert/Garbe 1995: 112). Das Leseklima in der Familie beeinflußt die Einstellung zum Lesen lebenslang. Köchers Untersuchung über Kontinuität und Brüche in Lesekarrieren ergab, daß die Wahrscheinlichkeit eines Leseabbruchs bei Menschen aus Familien mit positivem Leseklima geringer war, ebenso war die Rückkehr zum Lesen bei diesen Menschen wahrscheinlicher, falls es doch zu einem Abbruch kam (Köcher 1993: 216/217).

Der erhebliche Einfluß, den die Familie nachgewiesenermaßen auf das spätere Leseverhalten hat, läßt die Bemühungen der Schule um Leseförderung zunächst als wenig aussichtsreich erscheinen. Der Versuch, über Elternarbeit in Kindergarten und Schule auf das Leseklima in den Familien einzuwirken, brachte nach B. Hurrelmanns Einschätzung eher problematische Ergebnisse. Denn Eltern, denen der Zugang zum Buch selbst fehlt, sind auch nicht in der Lage, kompetent vorzulesen. Sie können ihre Kinder nicht in der Wahl des Lesestoffs beraten, an Gesprächen über das Gelesene werden sie wenig Interesse zeigen. Ihr primär unter Leistungsgesichtspunkten stehendes Bemühen, ihre Kinder zum Lesen zu bringen, zeigt wenig Wirkung. So scheinen für Kinder aus buchfernen Elternhäusern kaum Chancen zu bestehen, zum Lesen zu finden. Dies trifft sowohl auf eine Buchferne zu, die mit niedrigem Bildungsstand zusammenhängt, als auch auf die Buchferne der Mehrheit der Väter aus allen Bildungsschichten. Diese bringt wiederum eine Buchferne von Söhnen hervor, wenn ihnen das Ablehnen von Büchern als Aspekt erwachsener »Männlichkeit« gilt (vgl. Bonfadelli u.a. 1993: 102). Das Wissen, daß Kinder, die von Mutter und Vater im Lesen gefördert werden, mehr von dieser Förderung profitieren, als wenn sich nur die Mutter darum bemüht (B. Hurrelmann 1993: 80), nützt uns hier genausowenig wie die Feststellung, daß es vor allem den Jungen zugute kommen könnte, wenn sich Väter in stärkerem Maße für die Leseerziehung engagieren würden. Denn buchferne Väter werden dazu ebensowenig in der Lage sein wie buchferne Menschen mit niedriger Bildung, solange ihnen selbst der Zugang zum Buch verschlossen bleibt.

So bleibt unsere einzige Hoffnung, auch Kindern aus nichtprivilegierten Elternhäusern und mehr Jungen zu ermöglichen, Leser zu werden, daß die Schule eine Leseförderung entwickelt, die diese Nachteile ausgleicht. Daß die Bedingungen hierfür gar nicht so schlecht sind, zeigen die Ergebnisse von B. Hurrelmanns Untersuchung zur Lesesozialisation in der Schule. Im Gegensatz zu früheren Untersuchungen, die ausschließlich an der Lesequantität interessiert waren, fragte sie nach den Bedingungen der Leseerziehung aus Sicht der Kinder, und nach der Art der Leseerfahrungen, also nach der Qualität des Lesens (vgl. B. Hurrelmann 1993: 70).

Daß der wesentliche Beitrag der schulischen Lesesozialisation im Bereich der qualitativen Merkmale der Lesetätigkeit liegt, ist ein besonders ermutigendes Ergebnis dieser Studie. Hierin ist die Schule sogar der familiären Lesesozialisation überlegen. In der Schule besonders im Lesen geförderte SchülerInnen berichteten durchweg über intensivere Leseerfahrungen als die übrigen SchülerInnen. Offensichtlich vertieft eine intensive schulische Förderung die emotionale und intellektuelle Auseinandersetzung mit Büchern (vgl. ebd.: 50). Daß die Möglichkeiten der Schule zur intensiven Leseförderung längst noch nicht ausgeschöpft sind, schließt B. Hurrelmann aus der Befragung neun- bis elfjähriger Kinder: Nur 21% berichteten von einem buchorientierten Unterricht und fühlten sich gleichzeitig von der Lehrerin in der außerschulischen Lektüre unterstützt. 14% fanden eine überdurchschnittlich gute Ausstattung der Schule vor, aber auf das Buchlesen wurde im Unterricht nicht eingegangen, so daß die Anreize fehlten, das Bücherangebot zu nutzen. Bei 27% wurde das Lesen im Unterricht hin und wieder gefördert, aber der Bezug zur Freizeitlektüre fehlte. Bei der größten Gruppe (fast 40%!) wurde Bücherlesen weder im Unterricht noch in bezug auf die Freizeitlektüre gefördert. So hatten fast 80% der Kinder »das Gefühl, daß sich ihre Lehrerin eigentlich gar nicht oder kaum für ihre Freizeitlektüre interessiert« (ebd.: 48/49).

Bei Kindern, die in der Familie kaum im Lesen gefördert wurden, brachte die schulische Leseförderung sogar auch quantitative Erfolge. Zwischen der Häufigkeit buchbezogener Anregungen im Unterricht und der Häufigkeit des Lesens in der Freizeit ergaben sich bei diesen Kindern signifikante Zusammenhänge (vgl. ebd.: 50). Dieses Forschungsergebnis unterstreicht nachhaltig, wie wichtig es ist, gerade an den Schulen, an denen überwiegend Kinder aus bildungsmäßig unterprivilegierten Familien unterrichtet werden, also z.B. an Hauptschulen, die Leseförderung zu intensivieren. Doch gerade an diesen Schulen wird von Hentigs Forderung, die Umstände des Lesens zu erleichtern, nicht seinen Gegenstand, bisher noch kaum erfüllt (vgl. Hentig 1990: 62). Mit seiner Anregung, alle Schulen mit einer kleinen zentralen Bibliothek auszustatten, sollte an den Hauptschulen begonnen werden, nicht an den Gymnasien. Wie wichtig es wäre, gerade HauptschülerInnen bei der Wahl ihrer Lektüre zu unterstützen, zeigt folgendes Ergebnis der Studie über Jugendliche:

Mit der Suche nach neuem Lesestoff tun sich vor allem Hauptschüler, Knaben, die jüngeren Jugendlichen und am stärksten die Wenigleser schwer. Von den Weniglesern geben nämlich 44 Prozent an, beim Finden von neuen und interessanten Büchern Probleme zu haben (Bonfadelli 1993: 159).

Wichtiger noch als die Ausstattung einer Schule – auch dies zeigten B. Hurrelmanns Ergebnisse – sind Anregungen, Ermutigung und Interesse von den Menschen aus dem sozialen Umfeld: Lehrpersonen, Geschwister, MitschülerInnen, FreundInnen. Der Vergleich zwischen WenigleserInnen und VielleserInnen zeigte einen deutlichen Unterschied in der Fähigkeit, bei der Suche nach geeigneten Büchern Eigenaktivität zu entwickeln: VielleserInnen berichten mit 47% fast doppelt so häufig wie WenigleserInnen mit 25% von eigenaktiver Lektüresuche, d.h. Weniglesende sind stärker davon abhängig, ob sie von außen auf neue Bücher hingewiesen werden oder nicht (Bonfadelli 1993: 160).

Auch die recht hohe Zahl von fast 20% »unerwarteten Lesern« oder »Büchereroberern«, die trotz eines wenig lesefreundlichen Elternhauses später zu Lesern wurden (B. Hurrelmann 1993: 70/71), zeigen, daß es noch Möglichkeiten späterer Einflußnahme auf das Leseverhalten gibt.[17] Allerdings bedarf es dazu offensichtlich der Vermittlung durch einen Menschen, zu dem eine gute Beziehung besteht. In diesem Zusammenhang scheint mir Härters Aussage berechtigt, Leseförderung sei in der Lehrerbildung »eine ausbildungsbedingte Notwendigkeit« (Härter 1994: 189).

2.2.5. Schlußfolgerungen für den Leseunterricht

Die Ergebnisse der Leseforschung geben deutliche Hinweise darauf, welche Schwerpunkte eine erfolgversprechende Leseförderung in der Schule haben müßte. Im Vorfeld aller weiteren Überlegungen müßten sich LesepädagogInnen bewußtmachen, daß sie es mit zwei völlig unterschiedlichen Zielgruppen zu tun haben, für die sie sich eine geeignete Förderung überlegen müssen: Die LeserInnen und die (Noch-)NichtleserInnen. Beide Gruppen finden wir in allen Klassen und Schularten in unterschiedlicher Mischung. Der wesentliche Unterschied zwischen den beiden Gruppen ist der, daß die NichtleserInnen eine bestimmte Erfahrung mit dem Lesen noch nicht gemacht haben: Sie hatten noch kein intensives Leseerlebnis, durch das sie die besonderen Gratifikationen kennengelernt haben, die das Lesen zu bieten hat. Für diese Gruppe von SchülerInnen muß in der Schule eine lesefreundliche Umgebung geschaffen werden, in der sie Neugier auf Bücher entwickeln können und soviel Anregung und Unterstützung bekommen, daß sie diese für das Entstehen von Lesemotivation unverzichtbare Erfahrung machen können. Den LeserInnen sollten von einer behutsamen Lesedidaktik Angebote zur Verfeinerung ihres Lesegeschmacks gemacht und ihnen sollte die Erfahrung ermöglicht werden, daß Gespräche über Gelesenes das Lesen noch zusätzlich bereichern können. Die Frage nach Kriterien der Buchauswahl für einen Deutschunterricht, der beiden Gruppen gerecht wird, wird uns in dieser Arbeit noch weiter beschäftigen. Deutlich ist schon jetzt, daß die Förderung für beide Gruppen qualitativ ausgerichtet sein muß.

Die Erkenntnis, daß Leseförderung in der Schule sich auch mit Nichtlesern und Nichtleserinnen befassen muß, hat sich leider nicht in den neuen Bildungsplänen niedergeschlagen, auch wenn darin eine »handlungs- und produktionsorientierte Texterschließung« gefordert wird (Bildungsplan Hauptschule 1994: 57). Als Erziehungs- und Bildungsziele des Deutschunterrichts werden zwar sowohl »Wecken der Freude am entdeckenden Lesen, auch im Hinblick auf sinnvolle Freizeitgestaltung« als auch »Einführung in die Literatur, Befähigung zum Verstehen literarischer Kunstwerke und Vermittlung literarischer Bildung« genannt (ebd.: 19). Aber bei den Plänen für die einzelnen Klassen stellt sich die Frage, wo der Raum für das »Wecken der Lesefreude« bleiben soll. So muß ich Gerhard Haas zustimmen, wenn er kritisiert, daß die Schule »allzu häufig [...] den quasi fertigen Leser einfach voraus(setzt)«, was zur Folge hat, »daß Nicht- und Kaum-Leser in der Schule genötigt werden, über Texte zu sprechen, die ihnen auch nicht einen Hauch bedeuten, und daß ein hoher Prozentsatz die Schule als Nichtleser verläßt«.

Haas entwickelte zusammen mit Menzel und Spinner Vorschläge zu einem Literaturunterricht, in dem die Lernenden, bevor sie sich mit Texten »auseinandersetzen« müssen, die Möglichkeit gehabt haben, sich mit Texten »zusammenzusetzen« (Haas 1994: 34). Dieser Ansatz basiert u.a. auf der Erkenntnis der Rezeptionsästhetik, »daß der Sinn eines Textes immer vom Leser mitgeschaffen wird« (Haas/Menzel/Spinner 1994: 18). »Die Schülerinnen und Schüler werden angeregt, eigene Vorstellungen zum Text zu entfalten und sie in mannigfacher Form gestaltend zum Ausdruck zu bringen«. Es widerspricht diesem Ansatz grundlegend, »allzu hastig« auf »interpretatorische ›Einsichten‹« zu zielen und zu drängen (ebd.: 20; vgl. auch Frommer 1988).

2.3. Das fachwissenschaftliche Thema: Kinder- und Jugendliteratur

Die wissenschaftliche Literatur über Kinder- und Jugendbücher ist sehr umfangreich. Fast gleichzeitig mit der Entstehung einer spezifischen Kinder- und Jugendliteratur gegen Ende des achtzehnten Jahrhunderts wurde auch damit begonnen, über diese zu schreiben, zunächst ausschließlich unter pädagogisch-didaktischen Gesichtspunkten. Heute liegen ausführliche Werke zu ihrer Systematik und Geschichte vor,[18] gerade in den letzten Jahren kamen zahlreiche Einzeluntersuchungen zu verschiedenen inhaltlichen Aspekten hinzu.

2.3.1. Pädagogischer und literarischer Aspekt von Kinder- und Jugendliteratur

Es gibt kaum ein Werk, in dem die Frage nach dem Primat des Pädagogischen oder des Literarischen nicht thematisiert wird. Seit Wolgasts Kritik an der Kinder- und Jugendliteratur seiner

Zeit (1896) wurde immer wieder seine Forderung nach »Absichtslosigkeit« vehement vertreten: Weder sollte auf das Alter der Lesenden Rücksicht genommen noch sollte versucht werden, sie mit Hilfe der Literatur zu beeinflussen (vgl. Kaminski 1994: 131). Offensichtlich fällt es einigen Forschern schwer, sich mit der Tatsache abzufinden, daß Kinder- und Jugendliteratur sowohl einen pädagogischen als auch einen literarischen Aspekt hat. »Beide sind untrennbar verwoben: Konzentriert sich das Augenmerk auf den einen, so mag der andere in den Hintergrund treten – aber er verschwindet nicht« (Gaschke 1995: VI). Denn der wesentliche Unterschied zu Produktion, Vermarktung, Erforschung und Kritik von Erwachsenenliteratur besteht darin, daß »hier immer für andere entschieden wird« (ebd.: 2), da Kinder weitgehend nicht selbst bestimmen, was sie lesen. Jede Entscheidung für oder gegen ein Kinderbuch ist eine Erziehungshandlung, auch wenn sie literarisch begründet wird. Sie setzt ein Qualitätsurteil voraus.

2.3.2. »Literatur für Anfänger«

Eng verknüpft mit der Frage nach der literarischen Qualität von Kinderbüchern ist eine weitere, häufig angesprochene Frage, die ebenfalls bereits von Wolgast aufgeworfen wurde (vgl. Kaminski 1994: 131). Sie bezieht sich auf die »Einfachheit« von Kinderbüchern (vgl. Lypp 1984). Immer wieder wird die Forderung vertreten, wer Kinderbücher schreibe, dürfe nicht für Kinder schreiben, bzw. wie Ladenthin es ausdrückt, Kinder- und Jugendliteratur dürfe nicht »verniedlichen, aussparen, reduzieren. Wenn der Sachverhalt zu komplex ist, ist es besser, über ein Thema zu schweigen« (Ladenthin 1993: 241). Dahrendorf widerspricht dieser Position, die sich »gegen jede Differenzierung zwischen Erwachsenen- und Kinder- und Jugendliteratur wehrt«. Es sei überhaupt nicht möglich, ein Buch zu schreiben, ohne sich auf den »impliziten Leser« (Iser) zu beziehen (Dahrendorf 1993: 246). Auch wenn vielen Autoren die »immanente Didaktik« ihres Schreibens nicht bewußt sei, »so verfahren sie (die AutorInnen von Kinder- und Jugendliteratur, D.M.) doch ›instinktiv‹ in diesem Sinne« (Dahrendorf 1995: 7). Ohne in diese Kontroverse einzusteigen, betonen sowohl Mattenklott als auch B. Hurrelmann, daß Kinder- und Jugendliteratur »Einstiegsliteratur« (Hurrelmann 1995: 10) bzw. »Durchgangslektüre« (Mattenklott 1994: 5) sei. Mattenklott bezieht sich auf Lypps »nüchterne Feststellung«, Kinder seien nicht eingelebt in die Verhältnisse, die sie vorfinden:

> Natürlich sind sie Anfänger – im Erwerb der sprachlichen Kompetenz wie der Lesefähigkeit, in allen Wissensgebieten wie in der Erkenntnis und Bewältigung der komplexen und unübersichtlichen Wirklichkeit. Deshalb sind Kinderbücher nicht überflüssig. In der Lebensphase der Kindheit können sie hilfreiche, tröstende, ermutigende Begleiter sein. Sie bieten, wenn sie gut sind, Informationen, öffnen Horizonte, schärfen die sinnliche Wahrnehmungsfähigkeit, fördern die soziale Phantasie, wecken die sprachlich-literarische Genuß- und Erkenntnisfähigkeit (Mattenklott 1994: 5).

Als »Literatur für Anfänger« hat Kinder- und Jugendliteratur nach B. Hurrelmann die Verpflichtung, »literarische Kommunikation möglichst dicht an die alltägliche Kommunikation anzuschließen« (B. Hurrelmann 1995: 10). Sie habe sich daher auf den »Übergang zwischen alltäglichem Erzählen und literarischem Erzählen, zwischen alltäglicher und literarischer Wirklichkeit, zwischen alltäglichem und literarischem Verstehen« zu konzentrieren (ebd.: 10/11). Es erscheint selbstverständlich, daß Kinder- und Jugendliteratur folglich ästhetisch weniger komplex ist als hochbewertete Erwachsenenliteratur.

2.3.3. Minderwertige Literatur?

Daß die Auseinandersetzung um literarische Qualität von Kinderbüchern bzw. um ihre Merkmale als Einstiegsliteratur nicht verstummt, obwohl sie angesichts solcher Argumente unsinnig erscheint, hängt m. E. damit zusammen, daß die Kinder- und Jugendliteraturforscher meinen, sich gegen die Abwertung ihres Forschungsgegenstandes wehren zu müssen. Gaschke spricht von Statusproblemen der Kinderbuchforschung im allgemeinen Wissenschaftsbetrieb, da Kinderliteratur im öffentlichen Bewußtsein weniger Bedeutung zugemessen werde als der Erwachsenenliteratur, insbesondere werde ihr Trivialität vorgeworfen. »Dementsprechend genießen diejenigen, die sich mit ihr befassen, kein sehr hohes Ansehen« (Gaschke 1995: 29). Kaminski schreibt, da Kinderliteratur »an die Didaxis gebunden« sei, scheine sie »nicht Literatur per se, sondern Vorstufe zur Literatur zu sein, Propädeutikum. Mit dieser Zuordnung geht eine Abwertung einher« (Kaminski 1994: 135).

Für Mattenklott hat die Vorstellung der Kindheit als Passage nichts Entwertendes, »so wenig wie das Reisen wertlos ist gegenüber der Ankunft«. Für sie gehören Kinderbuchschriftsteller überwiegend zu den »poetae minores«. »Weder diese Zugehörigkeit, noch die Beschäftigung mit ihnen ist ehrenrührig oder bedarf besonderer Legitimation und krampfhafter Aufwertung« (Mattenklott 1994: 5/6). Mit derselben gelassenen Sachlichkeit stellt Mattenklott fest, daß Kinderbücher, die, obwohl leicht lesbar und verständlich, »eine gewisse ästhetische Komplexität erreichen« und damit dem Trivialitätsvorwurf entgehen, in der Geschichte der Kinderliteratur selten seien. Für Mattenklott sind dies Bücher, die »am weitesten mitgehen«, die eine Art Brücke zwischen Kindheit und Erwachsenenwelt bilden, die etwas enthalten, »was noch lange, vielleicht ein Leben lang zu denken und zu erinnern gibt«. Das letztere Kriterium, an die Erwachsenenliteratur angelegt, zeigt, wie unsinnig eine Abwertung der Kinder- und Jugendliteratur gegenüber der Erwachsenenliteratur ist, denn auch hier sind solche Meisterwerke selten. Auch die von Schön aus der Lesebiographieforschung und von Bonfadelli u.a. aus der Leseforschung belegte Tatsache, daß Leser und Leserinnen von »hoher Literatur« nebenher weiterhin auch Triviales lesen, läßt die damit verbundene Abwertung als wenig angebracht erscheinen (vgl. Bonfadelli/Fritz 1993: 55).

B. Hurrelmann bemerkt treffend, daß mit Hilfe von »Innovation« (Erwartungsbruch, Eigenwilligkeit, höhere Schwelle der Zugänglichkeit) als Qualitätskriterium für literarisch-ästhetisch hochbewertete Werke eine Abgrenzung zur »großen Masse der traditionellen oder als trivial eingeschätzten Titel« vorgenommen wird, womit auch Publika nach kulturellen und sozialen Voraussetzungen segmentiert werden (vgl. B. Hurrelmann 1992: 10). Dieses Kriterium habe eben nicht nur die Funktion, das Literaturerlebnis der LeserInnen zu steigern und das Ausdrucksspektrum der Literatur zu erweitern, sondern es sei »für ein kleines gebildetes Lesepublikum [...] genau die ästhetische Erwartung, die sich bestätigen muß, um den ›feinen Unterschied‹ zu sichern, der das ›eigentliche‹ Literaturpublikum von der Menge der übrigen Leser unterscheidet«. Solche mit Abwertung verbundenen Abgrenzungen, wenn sie über die Ausbildung von Lehrkräften bzw. deren herkunftsbedingter Zugehörigkeit zum speziellen Literaturpublikum in die Schule hineinwirken, sind der Förderung von Lesemotivation bei Kindern aus nichtprivilegierten Familien ganz sicher nicht dienlich.[19]

2.3.4. Der Begriff »Mädchenliteratur«

Bei der Beschäftigung mit der Sonderstellung, die der sogenannten Mädchenliteratur innerhalb der Kinder- und Jugendliteratur gegeben wird, fiel mir auf, daß diese dort eine ähnliche Abwertung erfährt wie die Kinder- und Jugendliteratur innerhalb des gesamten Literatursystems (vgl. auch Lehnert 1994: 37). Diese Parallele scheint mir kein Zufall zu sein, da bereits bei Wolgast Trivialitätsvorwurf an speziell für Kinder und Jugendliche geschriebene Literatur und besondere Kritik an der Mädchenliteratur als Instrument der Frauenunterdrückung zusammenfallen (vgl. Dahrendorf 1984: 115). Seither gehört die Verbindung von pauschal abwertendem Urteil über (fast ausschließlich) von Frauen für Mädchen und junge Frauen geschriebene Literatur unter dem Deckmantel der Sorge um deren Emanzipation fast durchgehend zur Beschäftigung mit »Mädchenliteratur«. Was immer der Kinder- und Jugendliteratur vorgeworfen wird – Trivialität, literarische Minderwertigkeit, Manipulations- und Rollenanpassungsfunktion, Verführung zur Flucht aus der Wirklichkeit – scheint in erhöhtem Maß für die Mädchenliteratur zu gelten.[20] So wie die von Literaturkritikern für problematisch erachteten Aspekte der Gesamtliteratur auf die Kinder- und Jugendliteratur übertragen werden, die deshalb abgewertet wird, scheinen mir an der Mädchenliteratur bestimmte Aspekte der Kinder- und Jugendliteratur besonders problematisiert zu werden. Auch wenn dies nicht immer direkt geäußert wird, herrscht weitgehende Übereinstimmung unter den Forschern bezüglich der Minderwertigkeit von Mädchenliteratur, wie folgende Beispiele zeigen:

Dahrendorf, der als *der* Experte für Mädchenliteratur fast immer zuerst zitiert wird, da er lange der einzige Mann war, der sich damit befaßte, räumt über die Produktionsjahre 1978 bis 1980 gönnerhaft ein, »daß das Mädchenbuch, soweit es nicht primär absatzmotiviert ist, weitere Fortschritte gemacht hat und die traditionelle Differenz zur Kinder- und Jugendliteratur allgemein geringer geworden ist« (Dahrendorf 1984: 118/119). Auch Knobloch äußert seine Geringschätzung von »Mädchenbüchern« in seinem Artikel »Nun red doch endlich – ein ›Mädchenbuch‹ im Unterricht der Hauptschule« nur sehr subtil. Immerhin will er ja dazu ermutigen, trotz der zu erwartenden Ablehnung durch die Schüler (von der er ausgeht!), dieses Buch im Unterricht zu behandeln. Allerdings begründet er die Wahl seiner Ganzschrift damit, »daß Mirjam Presslers Bücher das *diskriminierende* (Hervorh. D.M.) Prädikat ›Mädchenbuch‹ nicht tragen« (Knobloch 1995: 48). Zwar ließen sich einige Bücher Presslers in thematischen Zusammenstellungen unter der Rubrik »Mädchenbücher« finden, es lasse sich aber nicht daraus ableiten, daß die Autorin ihre Bücher speziell für Mädchen geschrieben habe. In dem Buch gehe es um Probleme, »wie sie auch und gerade Hauptschüler kennen – und zwar unabhängig von ihrem Geschlecht«. Einen Platz im Unterricht räumt Knobloch dem Mädchenbuch also nur ein, wenn es in Wirklichkeit gar kein Mädchenbuch ist, denn das »explizit als Mädchenbuch ausgewiesene Kinder- und Jugendbuch hätte seinen schulischen Platz allenfalls in der Klassen- oder Schulbibliothek, als – wie man das so nennt – ›Lesefutter‹« (ebd.: 46). Sogar Keiner, die eine Untersuchung zum Thema »Emanzipatorische Mädchenliteratur 1980 bis 1990« verfaßt hat, geht von der Minderwertigkeit der traditionellen Mädchenliteratur aus. Denn für sie »rückt die emanzipatorische Mädchenliteratur« nur durch die In-Frage-Stellung der Geschlechterrollen »in die Nähe zur allgemeinen KJL« (vgl. Keiner 1994: 59) »Emanzipatorisch« versteht sie »vor allem als Abgrenzungsbegriff gegenüber dem traditionellen Mädchenbuch« (Keiner 1994: 58).

Glücklicherweise legte Wilkending eine Textsammlung zur Mädchenliteratur vor, die geeignet ist, das negative Pauschalurteil gegenüber dieser Literatur zu relativieren, einer Literatur, »über die bis in die Gegenwart hinein häufig verständnislos und in grob verzeichnender Form geredet und geschrieben wird« (Wilkending 1994: 5). Wilkending will auf verschiedene Dimensionen der Geschichte der Mädchenliteratur aufmerksam machen. Verhindern möchte sie, »daß sich die Lektüre der ausgewählten Texte dieser Sammlung schnell auf eine einzige Lesart verengt« (ebd.: 8).[21] Diese Gefahr sieht sie bei Dahrendorfs Arbeit »Das Mädchenbuch und seine Leserin«: Die Dominanz des rollensoziologischen Ansatzes »und das Fehlen eines tiefenhermeneutischen Zugangs in der Gesamtuntersuchung bedingen, daß in ihr eine Wirkungshypothese zum Tragen kommt, in der sich der sonst offene Blick auf die untersuchte literarische Situation problematisch verengt« (Wilkending 1994: 69/70).

Daß an dieser »problematischen Verengung« festgehalten wird, auch wenn mittlerweile eine Fülle von differenzierten Forschungsergebnissen von Frauen dagegen sprechen, legt die Vermutung nahe, daß die Darstellung der »Mädchenliteratur« als besonders problematischer Sonderbereich der Kinder- und Jugendliteratur eine bestimmte Funktion erfüllt. Offensichtlich hilft die Beschäftigung mit diesem Sonderbereich, die Auswirkungen der Geschlechterdichotomie auf das Lesen und die Literatur zu verdrängen, so wie die Einrichtung von Sonderbereichen »Frau« in Politik, Gesellschaft und Wissenschaft es ermöglicht, Fragen der Zweigeschlechtlichkeit aus den »allgemeinen Themen« herauszuhalten. Dies führt dazu, daß sich Männer nicht mit den problematischen Aspekten ihrer Geschlechtlichkeit bzw. des Geschlechterverhältnisses auseinandersetzen müssen und weiterhin, wie es bis zur Entstehung der Geschlechterforschung allgemein üblich war, Fragen des Geschlechts bei den Frauen ansiedeln und Probleme des Geschlechterverhältnisses den Frauen anlasten können. Erst vor diesem Hintergrund wird verständlich, warum Dahrendorf z.B. Härtlings Buch über eine Kinderliebe, »Ben liebt Anna«, das diese Liebe erfreulicherweise einmal aus der Perspektive des Jungen darstellt, zur Mädchenliteratur rechnet (Dahrendorf 1984: 119), denn Liebe hat – wenn gleichgeschlechtliche Liebe totgeschwiegen wird – mit dem Verhältnis zwischen Frauen und Männern zu tun und gehört in dieser Logik folglich zum Bereich der Frauen und Mädchen. Weiterhin wird verständlich, warum es, wenn »Mädchenbuch« ein zielgruppenbezogener Begriff sein soll, den entsprechend verwendeten zielgruppenbezogenen Begriff »Jungenbuch« nicht gibt. Auch in neuesten »themenbezogenen« Buchzusammenstellungen von Verlagen sowie im »Ellermann Leselexikon« (Wildermuth 1993) kommen zwar »Mädchenbücher«, »Frauenbücher« und das Stichwort »Jugendliteratur«, aber keine »Jungenbücher« vor. Entsprechend konnte die Kinderliteraturforschung bedauerlicherweise bis jetzt auch noch keine Untersuchung über die rollenanpassende Funktion von Jungenbüchern vorlegen. Dahrendorfs Ausführungen über »Jungenbücher« möchte ich hier vollständig zitieren, da sie die Paradoxien, zu denen die Verdrängung der Zweigeschlechtlichkeit in der Kinderliteraturwissenschaft führte, besonders deutlich veranschaulichen:

> Unter Jungenbuch verstehen einige Theoretiker des Jugendbuches Formen wie Bandengeschichten, Umweltabenteuer und Jugendkrimi des Typs ›Emil und die Detektive‹. Jedoch ist eine vergleichende Betrachtung von Mädchen- und Jungenbuch geeignet, den eigenartigen Charakter des Mädchenbuches aus der Erwartungs- und Lesehaltung seiner Leser[22] zu entwickeln. Generalisierbare Erfahrungen und wissenschaftliche Untersuchungen des Leseverhaltens der Geschlechter lassen es zu, folgendes festzustellen: Während das Mädchenbuch fast ausschließlich von Mädchen gelesen wird [...] und die Jungen es meist schroff ablehnen, wird das sogenannte Jungenbuch durchaus auch gern von Mädchen gelesen. Das hängt vermutlich mit der traditionellen Rolle der Frau in den abendländischen Gesellschaften zusammen, deren Bild

über die Erziehung unbewußt das Mädchen bereits geprägt hat, bevor es selbständig zu lesen beginnt. Es lernt sich dadurch nicht nur zu unterscheiden und Männliches als Gegenpol und Ergänzung zu verstehen, sondern auch als das Überlegene, Übergeordnete, Privilegierte, Allgemeine, innerhalb dessen sich die Frau als »speziellen Fall« versteht. Die Folge wäre, daß das Mädchen eher das »Männliche« als das übergeordnete Allgemeine zur Kenntnis nimmt als umgekehrt der Junge typisch »Weibliches« als untergeordneten Teilaspekt (Dahrendorf 1984: 113).

Die besondere Schieflage der Literaturwissenschaft kommt dadurch zustande, daß hier das, was als »das Allgemeine« und das, was als »untergeordneter Teilaspekt« dargestellt wird, den tatsächlichen Mehrheitsverhältnissen diametral entgegengesetzt ist. Verdrängt wird die Tatsache, daß das »literarisch-ästhetische Lesen in der bürgerlichen Gesellschaft immer schon strukturell eine ›weibliche‹ Domäne gewesen (ist), vorbehalten den Frauen, Kindern und Jugendlichen« (Garbe 1993: 14; vgl. auch Schön 1990: 23). Folglich müsse man – so Garbe – »die Leserin zum Paradigma nehmen und nicht als Sonderfall des ›allgemeinmenschlichen‹ Lesers betrachten, der sich unter der Hand immer als ein Mann entpuppt« (Garbe 1993: 15). Akzeptiert werden müsse die Tatsache, daß die Frau das »primäre lesende Geschlecht« sei.

Daß eine Entzerrung der Wahrnehmung hier überfällig ist, belegen die Ergebnisse der Leseforschung, die gezeigt haben, daß Mädchen und Frauen nicht nur mehr und häufiger lesen, sondern daß ihre Lektüreinteressen auch breiter gestreut sind als die der Jungen und der Männer.[23] Es ist daher geradezu absurd, weiterhin so zu tun, als ob es spezielle »Mädchenbücher« gebe, es sei denn, man wolle die Jungen davon abhalten, bestimmte Bücher zu lesen. Überfällig ist es also, sich von dem Begriff »Mädchenliteratur« zu verabschieden. Nur in historischen Untersuchungen mag seine Verwendung weiterhin sinnvoll sein. Selbst Dahrendorf schreibt bereits 1984 am Ende seines Artikels »Mädchenliteratur« über die neue Mädchenliteratur, sie sei »kaum noch zu Recht so benennbar« (Dahrendorf 1984: 125).

Sabine Keiner meint, die Grenze zwischen emanzipatorischer Mädchenliteratur und der allgemeinen Jugendliteratur sei »nicht immer klar zu ziehen«. Das Verwischen der Grenzen könne sogar als ein typisches Merkmal dieser Literatur gelten (vgl. Keiner 1994: 59). Nicht überzeugend finde ich ihr Argument für die Beibehaltung des Begriffs »Mädchenliteratur«: Er mache eine Aussage darüber, »wessen Emanzipation hauptsächlich gemeint ist bzw. im Mittelpunkt der thematischen Auseinandersetzung steht«.

Wie Kinderliteraturforschung aussehen kann, die ohne den Begriff »Mädchenbuch« auskommt und trotzdem Zweigeschlechtlichkeit sichtbar macht, zeigt Mattenklott mit ihrem bereits 1989 erstmals erschienenen Buch »Zauberkreide«, in dem sie einen thematisch gegliederten Überblick über die Kinderliteratur seit 1945 und die in ihr aufscheinenden Kindheitsvorstellungen vorlegte. Die vier zentralen Entwicklungslinien, die sie in ihrem Anfangskapitel nachzeichnet, betreffen »das Verhältnis der Kinderliteratur zur Politik; den Wandel der Moralvorstellungen und Erziehungsziele, die das Kinderbuch prägen; *die Veränderungen in der Darstellung von Mädchen und Jungen, Frauen und Männern* (Hervorh. D.M.) und schließlich das Phantastische im Kinderbuch« (Mattenklott 1994: 17). Damit hat sie das Thema Zweigeschlechtlichkeit aber nicht ein für allemal abgehandelt, sondern in jedem ihrer weiteren themenbezogenen Abschnitte wie »Geheimnis«, »Phantastische Reisen und andere Abenteuer«, »Sonderbare Freunde, phantastische Erzieher«, »Die Kinder an die Macht« macht sie allein durch die Auswahl der von ihr besprochenen Bücher und die gewählten Schwerpunkte in ihren Besprechungen deutlich, daß Kindheit immer zweigeschlechtliche Kindheit ist, daß Erziehende zweigeschlechtlich sind und daß auch Kinderliteratur in bezug auf jedes ihrer Themen im Hinblick auf die vorrangige Perspektive von jeweils weiblichen oder männlichen Personen gestaltet ist.

2.3.5. Die Auswahl geeigneter Bücher für den Unterricht

Manche Hauptschüler oder manche Hauptschülerinnen lesen vielleicht in ihrem ganzen Leben nicht mehr Bücher als die, denen sie im Unterricht begegnen. Dies scheint mir ein ausreichender Grund zu sein, diese Bücher mit großer Sorgfalt auszuwählen. Zu dieser Sorgfalt gehört zunächst einmal, daß der Tatsache Rechnung getragen wird, daß in jeder Klasse Jungen und Mädchen unterrichtet werden. Offensichtlich spielt aber gerade dieser Aspekt bei der Auswahl der Bücher für den Unterricht bis jetzt eine sehr geringe Rolle.

Der Faktor Geschlecht

Auch die Kinderliteratur-Didaktik setzte sich bisher – von wenigen Ausnahmen abgesehen – nicht mit der Zweigeschlechtlichkeit auseinander. Zum Beispiel überprüfte ich die an der Pädagogischen Hochschule geschriebenen Wissenschaftlichen Hausarbeiten daraufhin, ob sie die Zweigeschlechtlichkeit beachten:

Von 1976 bis 1995 wurden 79 wissenschaftliche Hausarbeiten im Fach Deutsch über Kinder- und Jugendbücher geschrieben, 73 von weiblichen, 6 von männlichen Studierenden. Zweigeschlechtlichkeit wurde nur einmal im Titel explizit thematisiert: »Mädchen und Jungen, Mann und Frau in den Kindergeschichten von Ursula Wölfel«. Sechs Arbeiten befassen sich mit Aspekten des Mädchenbuchs bzw. der Rolle der Frau im Mädchenbuch, eine mit Magersucht und Eßstörungen, zwei mit Hexengestalten, und eine hat den Titel: »Räuber, Räuberbräute, Räubertöchter«. Immerhin eine Arbeit thematisiert Vaterfiguren, wobei die Autorin sich ausschließlich mit der Vater-Sohn-Beziehung beschäftigt. Die Auseinandersetzung mit der Tatsache, daß in jeder Klasse Jungen und Mädchen sitzen, findet sich in keiner der 22 von mir gelesenen Arbeiten aus den Jahren 1988 bis 1995, obwohl fast alle an die Ausarbeitung ihres Themas didaktische Überlegungen anschließen. Als besonders schwerwiegend empfand ich das Fehlen dieses Aspekts in einer Arbeit zum Thema »Jugendbücher als Hilfe zur Identitätsfindung«. Die genannten Jugendbücher hatten ausschließlich männliche Protagonisten. Die Suche nach dem Vater bzw. die Auseinandersetzung mit dem Vater stand im Mittelpunkt der Betrachtungen. Identitätsfindung schien nur als männliche Identitätsfindung von Interesse zu sein.

Wenn an den Pädagogischen Hochschulen die Zweigeschlechtlichkeit der Lernenden kein Thema ist, kann auch nicht erwartet werden, daß Lehrerinnen und Lehrer bei der Auswahl der im Unterricht gelesenen Bücher im Bewußtsein haben, daß sie auch Mädchen unterrichten, obwohl sie es doch täglich vor Augen haben. Dies bestätigte sich in Fischers Untersuchung zum »Bild der Frau im Kinder- und Jugendbuch der Hauptschule«:

Fischer befragte 1989 die Lehrenden der 261 Hauptschulen in Schleswig-Holstein, welche Bücher im Unterricht gelesen worden waren. Sie ging davon aus, daß die im Unterricht gelesenen Bücher einen Beitrag leisten zum geschlechtsspezifischen Verhalten und untersuchte die angegebenen Bücher daraufhin, »welches Bild von Mann und Frau, von Mädchen und Jungen« sie vermitteln (Fischer 1991: 86). Obwohl die Bücher überwiegend von Frauen ausgewählt worden waren (vgl. ebd.: 240), standen Denkweisen, Gefühlswelt und Lebensperspektiven von Jungen in diesen Büchern im Vordergrund: Haupthandlungsfiguren waren zu 73% männlich, Titelbilder und Abbildungen im Buch zeigten sogar zu 80% männliche Personen. Waren weibliche Personen abgebildet, so stellte nur die Hälfte der Bücher diese auf einer Ebene mit den männlichen Personen dar, 50% der Bilder zeigten Frauen im Hintergrund oder im Abseits, wie sie auch im Handlungsablauf hauptsächlich nebengeordnet oder im Hintergrund vorkamen. 75% der männlichen Personen waren auf den Bildern als aktiv dargestellt gegenüber 25% weiblicher Personen; passiv erschienen 65% der weiblichen Personen gegenüber 35% männlicher Personen (vgl. ebd.: 175-190). Eigenschaften und Gefühlszustände waren ebenfalls den Geschlechterklischees entsprechend verteilt, Berufe wurden überwiegend von Männern ausgeübt (vgl. ebd: 240).

Die Nichtberücksichtigung der Zweigeschlechtlichkeit der Lernenden zeigt sich auch in der Auswahl der im neuen Bildungsplan für Hauptschulen in Baden-Württemberg zur Lektüre empfohlenen Literatur (Bildungsplan 1994: 391-395). Mindestens die Hälfte der für Lese- und Literaturunterricht vorgesehenen Unterrichtszeit muß für Texte aus diesem Lektüreverzeichnis verwendet werden. Fassen wir die für Klasse 5 bis 10 vorgeschlagenen Erzählungen, Novellen, Jugendbücher und Romane zusammen, so finden wir die männliche Perspektive in einem Ausmaß überrepräsentiert, wie man es angesichts der Fülle von Literatur von Frauen nicht für möglich halten sollte: 77 Texten von männlichen Autoren stehen nur 15 Texte weiblicher Autoren gegenüber.

Bertschi-Kaufmann bezeichnete es beim Symposion Deutschdidaktik (Zürich 1994) als »faulen Kompromiß«, wenn sich auch Lehrende, die sich der Zweigeschlechtlichkeit der Lernenden durchaus bewußt sind, letztlich für Bücher mit männlichen Protagonisten entscheiden. Dieser »Kompromiß« komme dadurch zustande, daß Lehrende durch die Entscheidung für Fiktionsliteratur schon das Gefühl haben, die Mädchen zu bevorzugen. Also fühlen sie sich verpflichtet, den Jungen durch die Wahl der Themen und durch männliche Protagonisten entgegenzukommen. Daß dies dazu führt, daß den Mädchen weibliche Identifikationsfiguren und die (im Rahmen der Schulklasse) öffentliche Auseinandersetzung mit für sie wichtigen Themen verweigert werden, wodurch wiederum Mädchen und Jungen lernen, daß diese nicht von allgemeinem Interesse sind, kann offensichtlich in dieser kurzschlüssigen Art von Gerechtigkeitsdenken nicht berücksichtigt werden.

Sachbuch oder Roman?

B. Hurrelmann kritisierte beim Symposium Deutschdidaktik (Zürich 1994), daß Kinder- und Jugendliteraturwissenschaft sich zu wenig mit Sachbüchern für Kinder und Jugendliche befaßt habe. Sie wies darauf hin, daß in diesem Literaturbereich in den letzten Jahren große Anstrengungen in Richtung einer Qualitätsverbesserung unternommen worden sind, die zu Unrecht von der Kinderliteraturwissenschaft ignoriert werden. Positiv bewertete B. Hurrelmann Sachbücher, die einen personalen Bezug herstellen, in denen die Bedeutung einer »Sache« für die Menschen nachvollziehbar gemacht wird. Ein solcher personaler Bezug wird auch zunehmend in Schulbüchern für die Sachfächer beachtet. Eine Einbeziehung menschlicher Anliegen in

Sachliteratur legen auch Untersuchungen im Zusammenhang mit der Technik- und Naturwissenschaftsdistanz von Mädchen nahe. Sie zeigten bei Mädchen eher die Tendenz, wenig Interesse an einer »Sache« zu entwickeln, wenn deren Bezug zum Leben der Menschen nicht in die Vermittlung mit einbezogen war (vgl. z.B. Herzog 1994: 85-92).

Die Aufrechterhaltung einer Dichotomie zwischen Sachbuch und Roman macht offensichtlich nur dort einen Sinn, wo die Polarisierung in eine menschenleere Sach- und Fachwelt auf der einen Seite und in eine Darstellung menschlichen Beziehungsgeschehens ohne »Welt«-Bezug auf der anderen Seite gepflegt wird. Es ist unschwer zu erkennen, daß sich hier wieder die realitätsverzerrende Polarisierung der Geschlechterdichotomie spiegelt.[24] Gerade in der Kinder- und Jugendliteratur erscheint es mir unsinnig, einander ausschließende Gegensätze aufzubauen, anstatt zwei Literaturbereiche mit unterschiedlichem Schwerpunkt nebeneinanderzustellen. So wird auch kein Roman als literarisch gelungen bewertet werden, in dem der »sachliche« Aspekt nicht ausreichend recherchiert ist. Viele Kinderromane vermitteln im Rahmen einer mehr oder weniger spannenden Handlung Sachwissen über fremde Länder und Völker, über andere Zeiten, über Tiere, über Landwirtschaft, auch über Sport und Technik.

Für ausgesprochen schädlich halte ich das Gegeneinanderausspielen von Sach- und Fiktionslektüre, wenn es um eine Verbesserung der Leseförderung von Mädchen und Jungen geht. Mit dem Hinweis auf geschlechtsspezifische Lektürepräferenzen wird von einer Benachteiligung der Jungen im Literaturunterricht gesprochen. Hiermit soll der weibliche Vorsprung im Lesen erklärt werden. Mädchen profitierten aufgrund ihrer Vorliebe für Romane und Erzählungen mehr vom Literaturunterricht als Jungen, wenn dieser sich weiterhin auf fiktionale Texte beschränke, so argumentiert B. Hurrelmann (Hurrelmann 1993: 81). Daher müßte die »breite Vielfalt der Sachliteratur« im Unterricht mehr berücksichtigt werden, um Jungen besser anzusprechen, aber auch »um das so wichtige informatorische Lesen [...] bei Mädchen stärker zu fördern«.[25] Dahrendorf hält dies ebenfalls für eine der »Lösungsalternativen«, um etwas gegen die »Benachteiligung« der Jungen im Literaturunterricht zu unternehmen (vgl. Dahrendorf 1994: 14).

Hier wird übersehen, daß der Unterschied in der Leseintensität zwischen männlichen und weiblichen Personen auf eine unterschiedliche Lesemotivation zurückzuführen ist. Eine Leseförderung, die keine Steigerung der Lesemotivation erreicht, erfüllt ihre Aufgabe nicht. Die Freude am Lesen selbst, nicht an dem, was man mit Lesen vielleicht erreichen kann, die Erfahrung von intensiven Leseerlebnissen, scheint eher mit dem Lesen von Romanen als mit dem Lesen von Sachliteratur verbunden zu sein. So meint Härter, die »Vertreter der Leseförderung« seien sich darin einig, daß die Lektüre von Literatur eher förderungswürdig sei als die Lektüre von Sach- und Gebrauchstexten. »Oder vielleicht sollte man sagen: Die Lektüre von Literatur ist offenbar nicht nur förderungswürdiger, sondern auch (und vielleicht vor allem) förderungs*bedürftiger* als die Sach- und Gebrauchstextlektüre« (Härter 1994: 187). Wer der Meinung ist, das informatorische Lesen komme in der Schule zu kurz gegenüber dem Lesen von Fiktionslektüre, vergißt völlig, daß das informatorische Lesen dort in fast allen Fächern schon längst breiten Raum einnimmt. Denn was sind denn Schulbücher in Geschichte, Politik, Erdkunde, Biologie, Hauswirtschaftslehre, Physik und Chemie anderes als – manchmal etwas langweilig gestaltete und durch Übungsaufgaben ergänzte – Sachbücher? Natürlich können in diesen Fächern auch noch zusätzlich Sachbücher der Kinder- und Jugendliteratur eingesetzt werden. Müssen sie aber auch noch im Deutschunterricht gelesen werden, wo der eigentliche Literaturunterricht angesichts der zahlreichen Aufgaben, die dem Deutschunterricht aufgebürdet wurden, sowieso viel zu kurz kommt? Ich halte die Entscheidung der Bildungsplaner für falsch, daß in den Klassen 7 bis 10 an Hauptschulen neuerdings statt des einen pro Schuljahr vorgeschriebenen Kinder- und Jugendbuches auch ein Sachbuch gelesen werden kann (Bildungsplan 1994). Auch in den Lesebüchern nimmt ja die Zahl der Sachtexte zwischen dem 5. und 10. Schuljahr immer weiter zu. Nebenbei wird so auch vermittelt, daß das Lesen von Erzählungen zur Kindheit gehört, während Sachtexte etwas für Erwachsene sind. Das Interesse an den Sachtexten im Lesebuch war übrigens in den von mir unterrichteten Klassen nicht nur bei den Mädchen, sondern auch bei den Jungen äußerst gering, sogar bei den hierbei überwiegenden Technik-Themen.

Inhaltliche oder existentielle Themen

Für viel wichtiger als die Frage nach dem Geschlecht von ProtagonistInnen und AutorInnen wird bis jetzt in bezug auf die Wahl geeigneter Bücher für den Unterricht neben ihren literarischen Qualitäten ihre Thematik angesehen. Bertschi-Kaufmann stellt fest, daß Texte für den Unterricht entsprechend bestimmter »Nützlichkeiten« ausgewählt werden: Sie sollen als »Einstiegshilfen für Gespräche zu aktuellen Problemen oder zu Fachinhalten (dienen), zu welchen sie sozusagen die Lesestoff-Lieferanten sind« (Bertschi-Kaufmann/Gschwend-Hauser 1994). Falls Lehrkräfte wirklich auswählen und nicht einfach das nehmen, was für die entsprechende Klassenstufe schon im Klassensatz in der Schule vorhanden ist, orientieren sie sich wohl in der Regel daran, ob das Buch vom Inhalt her zu bestimmten Unterrichtsthemen paßt. So las ich z.B. während des Berufswahlunterrichts mit meiner Klasse das Buch »Blaufrau« (Ladiges 1987), und während wir in Geschichte und Englisch die Geschichte Amerikas behandelten, »Auf nach Amerika« (Cummings 1993). Beide Bücher brachten nicht den von mir gewünschten Motivationsschub, weder in bezug auf das jeweilige Unterrichtsthema noch in bezug auf die Freude am Lesen.

B. Hurrelmann, die sich damit auseinandersetzt, ob »Aktualität« ein Auswahlkriterium für Kinderbücher sein kann und was »aktuell« in diesem Zusammenhang heißt, verwendet in ihrem Artikel den Begriff »Thema« im Sinne der Medienrezeptionsforschung: Unter dem Begriff »Thema« verstehen Neumann/Charlton die »vom Subjekt, aber auch von der Gesellschaft konstruierten, übergeordneten Sinnperspektiven, unter denen Welt betrachtet wird« (Neumann/Charlton 1990: 32). Wenn es darauf ankomme, so Hurrelmann, »mit dem Textangebot die Beteiligungsmotive von Kindern und Jugendlichen zu treffen«, so sei es plausibel, »daß dabei die gegenwärtigen Lebensthemen und Entwicklungsprobleme, mit denen die Leser beschäftigt sind, die allergrößte Rolle spielen« (B. Hurrelmann 1992: 16). Solche Lebens- und Entwicklungsthemen sind z.B. »Gewinnung von Selbständigkeit von den Eltern, die Selbstbehauptung in der Gleichaltrigengruppe, die Auseinandersetzung mit der eigenen Geschlechtsrolle«, der »Gewinn von Selbständigkeit in einer noch unbekannten Welt«, die »Ausbildung von moralischen Konzepten« und die »Antizipation des Erwachsenwerdens« (vgl. Hurrelmann 1995, S. 17). In all diesen von Hurrelmann genannten Themen spielt das Geschlecht eine Rolle, denn es ist z.B. nicht gleichgültig, ob Selbständigkeit gegenüber Mutter oder Vater gewonnen werden muß, bzw. ob ein Mädchen oder ein Junge diese Selbständigkeit zu gewinnen sucht. Ebenso gestaltet sich das Problem der Selbstbehauptung in der Gleichaltrigengruppe unterschiedlich, je nach Geschlecht der beteiligten Kinder. Verstehen wir also Themen nicht als inhaltliche Themen, sondern als Lebensthemen, d.h. als existentielle Themen, dann wird deutlich, daß bei der Auswahl nach »Themen« in diesem Sinne das Geschlecht der literarischen Figuren immer eine Rolle spielt.

2.3.6. Kinder- und Jugendbuchkritik und ihre Beurteilungskriterien

Bei mehr als 4000 Kinder- und Jugendbüchern, die jährlich in der Bundesrepublik erscheinen (vgl. Hurrelmann 1992: 9), sind Lehrende darauf angewiesen, daß SpezialistInnen ihnen die Vor-Auswahl abnehmen. So ist der Einfluß der öffentlichen und privaten Institutionen und Organisationen, die sich dies zur Aufgabe gemacht haben, sehr groß. Um so wichtiger ist es, daß die Kriterien, nach denen dort ausgewählt wird, immer wieder überprüft werden. Dies gilt um so mehr, da – wie B. Hurrelmann betont – nicht zu bestreiten ist, »daß [...] erfolgreiche Kinderliteratur, ehe sie ihre eigentlichen Leser erreicht, ihre Durchsetzung zunächst einmal der Anpassung an die Erwartungen und ideologischen Präferenzen der Erwachsenengesellschaft verdankt« (Hurrelmann 1995: 13). So gibt es kaum ein Werk der Kinder- und Jugendliteraturforschung, in dem die Diskussion über geeignete Beurteilungskriterien nicht geführt wird.[26] Auch die beurteilenden Organisationen, wie z.B. der Arbeitskreis für Jugendliteratur, veröffentlichen ihre Beurteilungskriterien, die – wie Kaminski feststellt, »nach der Art der Blickrichtung und des Interesses sehr unterschiedlich sind«, obwohl sie alle die »Qualität der Kinder- und Jugendliteratur verbessern« wollen (Kaminski 1994: 132).

Es wird nicht weiter überraschen, daß die von mir zum Vergleich herangezogenen Beurteilungskriterien von Grenz, Harranth, Kaminski und Mattenklott die Zweigeschlechtlichkeit der Kinder, für die sie Literatur beurteilen, kaum beachten.

Beurteilungskriterien für Kinder- und Jugendbücher, die eine Veränderung der Geschlechterverhältnisse im Sinne einer Demokratisierung unterstützen könnten, wurden bis jetzt noch nicht entwickelt. Das Sichtbarmachen von Zweigeschlechtlichkeit wäre nur der erste Schritt auf dem Weg dorthin.

Symptomatisch für das Fehlen von differenzierten Beurteilungskriterien in diesem Bereich ist das vom Arbeitskreis für Jugendliteratur herausgegebene Heft »Ich Tarzan – du Jane?« über »geschlechtsspezifisches Rollenverhalten in Kinderbüchern« (Arbeitskreis f. Jugendliteratur 1995). Der »Empfehlungsliste« werden zwei Artikel vorangestellt (Pressler 1995, Schweikart 1995), in denen vor allem die Schwierigkeiten beschrieben werden, brauchbare Maßstäbe zu finden. Vorgestellt werden sollten – so Susanne Stark und Kattrin Stier im Vorwort – »Bilder- und Kinderbücher [...], die das veränderte Verhältnis zwischen Mädchen und Jungen, Frauen und Männern thematisieren«, »die *unserer Meinung nach* (Hervorh. D.M.) positive Muster für ein gleichberechtigtes Miteinander bieten oder das Problem traditioneller Rollenzuschreibungen auf angemessene Weise reflektieren« (ebd.: 4). Über die Kriterien, die zu der Auswahl geführt haben, erfahren wir nichts.

Differenziertere Kriterienkataloge liegen vor zur Beurteilung von Bilderbüchern, Kinderbüchern und vor allem von Schulbüchern in bezug auf die Darstellung von Frauen und Mädchen, bzw. von »Geschlechtsrollen« aus feministischer Perspektive.[27] Mit diesen Beurteilungskriterien werde ich mich im vierten Kapitel dieser Arbeit im Zusammenhang mit den Geschlechterdiskursen der Frauenbewegung kritisch auseinandersetzen.

2.4. Schlußfolgerungen

1. Die feministische Schulforschung hat wichtige Untersuchungen zur schulischen Geschlechterrealität vorgelegt, jedoch ist der Rahmen der Koedukationsdiskussion, in den diese Untersuchungen meist gestellt wurden, nicht geeignet, um Ansätze für eine Veränderung von Schule und Unterricht in Richtung einer Demokratisierung der Geschlechterverhältnisse zu entwickeln. Insbesondere die in diesem Zusammenhang empfohlene »geschlechtskompensatorische Erziehung« kann diesen Zielen nicht dienen, da sie die Polarisierungen, die sie aufbrechen will, ständig wieder neu erzeugt und damit zementiert.

Weiterzuentwickeln ist Prengels Ansatz »egalitärer Differenz«, wobei insbesondere die Erfahrungen aus der von der Frauenforschung beeinflußten Praxis der Erwachsenenbildung einzubeziehen sind, in denen die grundlegende Bedeutung der Beziehungen innerhalb der Geschlechtsgruppe für eine Veränderung der Geschlechterverhältnisse in den Blick kam.

Die von Bilden favorisierten theoretischen Zugänge einer sozialkonstruktivistischen Sichtweise, in der »Geschlecht« als Kategorie sozialer Struktur und als duales System von Symbolisierungen verstanden wird, werden den Ausgangspunkt weiterer Überlegungen zu einer Veränderung der Geschlechterverhältnisse im 4. Kapitel dieser Arbeit bilden.

2. Ohne Lesen ist eine volle Teilhabe am gesellschaftlichen, politischen und kulturellen Leben nicht möglich. Lesen ist damit weit mehr als die Fähigkeit zur Informationsentnahme aus Texten oder als eine Möglichkeit sinnvoller Freizeitbeschäftigung.

Lesen ist Grundlage und Vorbedingung von Bildung. Dabei ermöglicht gerade das Lesen von fiktionalen Texten die Entwicklung der Fähigkeit zu Empathie und Perspektivenübernahme. Das Lesen von Romanen kann als Lebenshilfe und als Hilfe bei der Entwicklung von großer Bedeutung sein.

Schule könnte auch Kindern aus bildungsmäßig weniger privilegierten Elternhäusern die Chance geben, zu LeserInnen zu werden, würde sie dieser Aufgabe Priorität einräumen. Dabei spielt es eine wichtige Rolle, daß sich Lehrer und Lehrerinnen selbst als Leser und Leserinnen präsentieren und daß dem Lesen bzw. dem Vorlesen und dem Sprechen über Gelesenes viel Unterrichtszeit gewidmet wird. Bei der Suche nach geeigneten Kinder- und Jugendbüchern müssen Lehrer und Lehrerinnen unterstützt werden. Die Beschäftigung mit Kinder- und Jugendliteratur sollte zu einem zentralen Bestandteil der LehrerInnenaus- und -fortbildung werden.

Um auch mehr Jungen das Lesen zu ermöglichen, muß die unglückselige Verknüpfung von »Weiblichkeit« mit Lesen, insbesondere mit dem Lesen von Romanen, aufgebrochen werden. Zu untersuchen ist daher, auf welche Weise »Männlichkeit« und »Lesen« positiv verknüpft werden könnten. Wegen des Mangels an männlichen Lese-Vorbildern ist dies vielleicht nur möglich, wenn Jungen gleichzeitig die Erfahrung machen, daß »Männlichkeit« und »Bezogensein auf Frauen« bzw. »von Frauen lernen« sich nicht gegenseitig ausschließen.

3. Kinder- und Jugendliteratur ist zwar Literatur für Anfänger, sie muß aber genauso als Literatur ernstgenommen werden wie die Erwachsenenliteratur. Daher ist sie nach literarischen Kriterien zu beurteilen, wobei sich auch die literarischen Beurteilungskriterien verändern werden, wenn das Prinzip aufgegeben wird, Teile der Literaturproduktion von vornherein als minderwertig auszugrenzen.

Kinder- und JugendliteraturforscherInnen sollte bewußt sein, daß ein Zusammenhang besteht zwischen der Ausgrenzung und Abwertung von Kinder- und Jugendliteratur aus der Gesamtliteratur und ihrer eigenen Ausgrenzung und Abwertung der »Mädchenliteratur«. Der Abschied vom Begriff »Mädchenliteratur« ist daher überfällig. Statt die androzentrische Herstellung eines »Allgemeinen« und eines abgewerteten, ausgegrenzten »Anderen« fortzusetzen, muß die Auseinandersetzung mit der Zweigeschlechtlichkeit auf allen Ebenen selbstverständlich werden, ob es sich um die realen Autoren und Autorinnen, Leser und Leserinnen, Literaturvermittler und -vermittlerinnen oder um Protagonisten und Protagonistinnen, implizite Autoren und Autorinnen, implizite Leser/Vermittler und Leserinnen/Vermittlerinnen im Text handelt.

Von grundlegender Bedeutung für die Auswahl von geeigneten Kinder- und Jugendbüchern für den koedukativen Unterricht ist es, daß die Zweigeschlechtlichkeit der Lernenden beachtet wird. Für die Auswahl von Kinder- und Jugendbüchern, die eine Veränderung der Geschlechterverhältnisse unterstützen könnten, fehlen bisher geeignete Kriterien, da das Ziel einer solchen Veränderung in Pädagogik und Didaktik noch unklar ist. Entsprechende Kriterien sollen in den folgenden Kapiteln entwikkelt werden.

Um Kriterien für die Auswahl von Büchern entwickeln zu können, die eine tatsächliche Beeinflussung in die gewünschte Richtung wahrscheinlich machen, müssen bereits bei der Entwicklung der Beurteilungskriterien Ergebnisse der literarischen Wirkungsforschung in die Überlegungen mit einbezogen werden. Dies soll im folgenden Kapitel geschehen.

3. Einfluß auf das Lesen – Beeinflussung durch Lesen: Die Bedeutung weiblicher und männlicher Vorbilder

3.1. Zum Begriff »Vorbild«

Der Begriff »Vorbild« war zwischen dem Ende der siebziger und Anfang der neunziger Jahre fast vollständig aus der Pädagogik verschwunden. Nun taucht er immer häufiger wieder auf: In Texten der feministischen Schulforschung, in der Lesedidaktik, sogar in der Erziehungswissenschaft wird er wieder verwendet, als hätte man sich nie – ausführlich begründet – von ihm verabschiedet. Zum Beispiel schreibt von Hentig:

> Wenn ich der Schule als Lebens- und Erfahrungsraum die Maxime »Beteiligung statt Belehrung« verordnet habe, dann bin ich zu einem alten Rezept der Pädagogik zurückgekehrt – zum Vorbild. So wie es einen gibt, der wahrhaftig, tapfer und freundlich *ist* – und ich will werden wie er –, so gibt es da einen, der *macht* etwas ordentlich, kunstvoll und gut – und ich darf mitmachen, bis ich es selber kann. Seins-Vorbilder sind auch heute nicht selten. Die Gelegenheiten für Könnens-Vorbilder nehmen in unserer Welt ab. Fast ganz fehlen uns Vorbilder für die gute Gemeinschaft (Hentig 1994: 247).

Knab umschreibt die Bedeutung, die der Begriff »Vorbild« für sie hat in Abgrenzung zu seinem konservativen Gebrauch, nach dem »Lehrern und Lehrerinnen, Vätern und Müttern, Pfarrern und Pfarrfrauen« eingeschärft wurde, sie hätten Vorbild zu sein, das hieß, sie sollten »bestimmte gute Traditionen glaubwürdig verkörpern«. Dagegen schließt sie aus der Befragung von Frauen, daß für diese vor allem »Vor-Bilder als Ermutigung zum Anderssein« wichtig waren und sind (Knab 1995: 24/25):

> Wichtig für die eigene Lebensplanung sind offenbar Menschen, an de-

nen einem etwas über sich selber aufgeht. Sie müssen nicht als Vorbild zur Nachahmung wirken, sondern sie wirken auch, weil sie einem etwas zutrauen, auf das man selber nicht gekommen wäre oder das man nicht riskiert hätte. Es sind Menschen, die schüchtern aufkeimende Wünsche und Interessen stärken, ihnen überhaupt erst eine Richtung geben (Knab 1995: 24).

In der Bibliothek der Pädagogischen Hochschule Freiburg waren 1996 unter der Rubrik »Vorbild« beim Fach »Pädagogik« insgesamt nur vier Bücher zu finden, drei davon aus den 70er Jahren. Im vierten, 1993 erschienen, beklagt Hufnagel, die pädagogische Vorbildtheorie liege im argen, und was noch mißlicher sei, kaum jemand aus der Pädagogen-Zunft habe es bemerkt. Dies sei durch tiefgreifende Wandlungen im Selbstverständnis der wissenschaftlichen Pädagogik verursacht worden, der »sozialwissenschaftlichen Transkription der philosophisch-geisteswissenschaftlichen Pädagogik«. Diese hatte nicht nur terminologische Folgen – der Begriff »Vorbild« wurde weitgehend durch den Begriff »Leitbild« ersetzt –, sondern führte zu einer »pädagogische Hinsichten weitgehend vernachlässigenden Neubestimmung des Problems« (vgl. Hufnagel 1993: 5/6).

Was für von Hentig nur ein »altes Rezept« ist, stellt für Hufnagel die »pädagogische Zentralproblematik« dar, die es von ihrem »gefährlichen Schattendasein« zu befreien gilt. Ich teile Hufnagels Ansicht, die Pädagogik könne dadurch »größere Klarheit über ihren Begriff und ihre humane Aufgabe« gewinnen (vgl. ebd.: 12).

3.1.1. Vorbild – Leitbild – Verzicht auf Leitbilder

Der Begriff »Vorbild« wird im Herder-Lexikon Pädagogik von 1971 (Bd. IV: 328) noch folgendermaßen definiert:

> Zum Vorbild wird eine Person, wenn ihr konkreter Lebensvollzug einen anderen Menschen so zu beeindrucken vermag, daß dieser sich – auf der Suche nach Wegen eigener Lebensführung – mit ihr identifiziert und in seinem Handeln bemüht, ihr nachzufolgen.

Thomae stellt schon 1965 die Begriffe »Vorbild« und »Leitbild«

nebeneinander. Für ihn sagen Vorbilder und Leitbilder etwas aus über Aspekte zukunftsbezogenen Verhaltens Jugendlicher, wobei er »Vorbild« definiert als »Ausrichtung eigenen Verhaltens an konkreten Personen und Beispielen«, während »Leitbild« sich bezieht auf »allgemeine ›Entwürfe‹ des eigenen künftigen Daseins, aber auch der ›Welt‹« (vgl. Thomae 1965: 44). Schon 1965 bemerkt Thomae, der Begriff »Leitbild« werde »immer mehr stellvertretend für beide Termini angewendet«.

Lutte, der 1970 eine Untersuchung über »Leitbilder und Ideale« von Jugendlichen aus sieben europäischen Ländern veröffentlichte, unterschied »Nahideale« (oder »Nahvorbilder«), »Fernideale« und ein »abstraktes, konstruiertes Ideal«, bei dem es vor allem um Persönlichkeitsmerkmale und Werte ging. Hier taucht der Begriff »Vorbild« nur noch am Rande, quasi als untergeordnete Bezeichnung auf, er ist bereits durch die entpersonalisierten Begriffe »Leitbild« und »Ideal« ersetzt worden.

Bittner plädiert in seiner Schrift »Für und wider die Leitbilder« im wesentlichen für eine »Überwindung der Erzieherideale« und für »Freiheit vom Leitbild« (Bittner 1964: 125). Denn – so Bittner – »Leitbilder und Ideale deuten die Wirklichkeit um, verdecken und verleugnen sie«. »Leitbild« sei ein »modernes Kunstwort«, es sei »unscharf und schillernd« und werde teilweise gleichgesetzt mit dem Begriff »Ideal«. In der Soziologie habe ein Leitbild die Funktion des Regulationsprinzips von Verhalten, sei also ausschließlich pragmatisch definiert. Ein Leitbild enthalte eine bildhaft erlebbare Selbstdeutung. Unter »Ideal« versteht Bittner ein »Hochbild der eigenen erstrebten oder gewünschten Vollkommenheit« (ebd.: 14 u. 16). Das »Vorbild« stehe in naher Beziehung zum Ideal, da es das Ziel beinhalte, »so vollkommen zu sein wie dieser Mensch«. Das Ideal werde also in einem anderen Menschen verkörpert gesehen, der Unterschied zwischen Ideal und Vorbild liege somit in der »Eigenart der personalen *Bindung*«. Durch die Beziehung zu einem Vorbild ist ein Mensch »an die Lebenswerte eines anderen *gebunden*« (ebd.: 15; Hervorh. D.M.).

Bittner liefert hier mit dem Wort »Bindung« einen Schlüssel zum Verständnis des Prozesses, den ich hier am Beispiel des

Wandels der Begriffe veranschaulicht habe. In dem Maße, wie das Aufklärungs-Ideal »Autonomie«/«Selbstbestimmung« – maßgeblich vorangetrieben durch die von der Kritischen Theorie beeinflußte 68er-Studentenbewegung – den Erziehungsbereich zu durchdringen begann, rückte personale Bindung und schließlich Bindung überhaupt in die Nähe von Unmündigkeit, Unfreiheit und damit auch von Herrschaft und Unterdrückung, so daß der Begriff »Vorbild« zunächst durch das unpersönliche »Leitbild« ersetzt werden mußte, während schließlich »Selbstbestimmung« nur noch ohne Leitbilder denkbar schien.[1] Auch Hufnagel stellt die Vorbildproblematik in den Zusammenhang mit den Idealen der Aufklärung, wobei er deren Bindung verleugnende Autonomievorstellung ebenfalls nicht hinterfragt (Hufnagel 1993: 19/20).

Obwohl Margarete Mitscherlich in ihrem 1978 erschienenen Buch »Das Ende der Vorbilder« deutlich macht, daß Menschen sich immer an Vorbildern orientieren (vgl. M. Mitscherlich 1978: 14), konnte sie den Prozeß der Verbannung des Begriffs aus den Erziehungswissenschaften nicht aufhalten. Auf dem Hintergrund der Psychoanalyse finden wir in ihrer Darstellung eine Erklärung dafür, warum im Rahmen dichotomer Denkstrukturen das Vorbild zunächst ausschließlich positiv bewertet wurde, während die Bewertung dann in eine ausschließlich negative umkippte: Idealisierungen sind grundsätzlich ambivalent. Sie können dem Leben förderlich sein, aber sie können Entwicklung auch behindern (vgl. Mitscherlich 1978: 18-20 u. 23). Glorifizierung von Menschen, Ideen und Gegenständen sei jedoch notwendig für die menschliche Entwicklung. Der Mensch produziere immer Bilder (Idole, Ideale, Ideologien). Diese imaginative Produktion hänge mit tiefen personalen Konflikten und lebenswichtigen Konfliktlösungen zusammen. Die Psychoanalyse könne nun aber darauf achten, daß die Welt der Bilder mit der Wirklichkeit des jeweiligen Menschen abgestimmt sei.

Mitscherlich zufolge sollten sich Pädagogen und Pädagoginnen bemühen, sich als Identifikationsobjekt zu gestalten und darzustellen, da die Idealisierung des eigenen Selbst – zumindest über weite Zeitstrecken – von der Idealisierung der Eltern bzw.

bedeutsamer sozialer Bezugspersonen abhängt. Mitscherlich kritisiert Eltern, die ihren Kindern »z.B. durch falsch verstandene Kameradschaft oder Demonstration der eigenen Hilfsbedürftigkeit die Möglichkeit nahmen, sich mit Hilfe der zeitweilig notwendigen Illusion über elterliche Macht und Vollkommenheit geborgen und in der idealisierenden Identifikation mit ihnen des eigenen Wertes sicher zu fühlen« (vgl. ebd.: 30).[2]

Wird dem heranwachsenden Menschen durch das Fehlen oder die neurotische Zerrissenheit von Vorbildpersonen die Chance der Selbstidealisierung vorenthalten, so besteht nach Mitscherlich außerdem die Gefahr, daß er durch die Glorifizierung eines Führers Selbstwertgefühl zu gewinnen sucht (vgl. ebd.: 14).

Mitscherlichs Betrachtung der Vorbildproblematik macht deutlich, daß Bilderlosigkeit und damit auch Vorbildlosigkeit nicht erreichbar sind, »wohl aber eine reflektierte und insofern befreiende Distanz zur jeweiligen Bild- (bzw. Vorbild-) Bindung« (Hufnagel 1993: 11). Bildung erweise sich – so Hufnagel weiter – »im kritischen, höchstmögliches Selbstsein erstrebenden Umgang mit Bildern und Vorbildern«.

Wenn aber in den Erziehungswissenschaften nicht mehr über Vorbilder nachgedacht werden kann, weil diese nicht einmal mehr begrifflich erfaßbar sind, können Pädagogen und Pädagoginnen weder über ihre eigene Wirkung als Vorbild reflektieren noch bei der »Loslösung von Selbstsein einschränkenden oder vernichtenden Fixierungen an Bilder resp. Vorbilder« helfen. So merkt Prengel, die gerade in bezug auf die Demokratisierung des Geschlechterverhältnisses immer wieder den »Verzicht auf Leitbilder« propagiert (z.B. Prengel 1986: 48), bei ihrem Bericht über den – aus ihrer Sicht – gelungenen Umgang mit geschlechtstypischem Spielzeug in einer Grundschulklasse nicht, daß der Prozeß, den sie als Beispiel für »wirklich selbstbestimmte Lernprozesse« anführt, viel besser verständlich wird, wenn wir die Wirkung des Lehrerinnenvorbilds bzw. ihrer Autorität in die Überlegungen mit einbeziehen:

Nach Prengels Darstellung gaben Mädchen und Jungen nach einer Zeit der »Auseinandersetzung mit den real vorhandenen

Gefühlen, Wünschen und Erfahrungen [...] von sich aus« die Spiele mit Barbie- und He-man-Puppen auf, wobei die Lehrerin, wie Prengel besonders hervorhebt, den Mädchen und Jungen nicht »ihre eigene politische Option überstülpte«. Sie respektierte »die Eigenverantwortlichkeit der Schülerinnen und Schüler«, verleugnete aber dabei zugleich »ihre eigene Verantwortung als Pädagogin nicht«, wobei ihre feministische Sicht durchaus wirksam wurde (vgl. Prengel 1990: 44). Prengels Blick richtet sich hier ausschließlich auf die Lernprozesse der Kinder, die die Lehrerin ihnen ermöglicht, sie achtet nicht darauf, auf welche Weise der Einfluß der Lehrerin wirksam wird.

Auch Keiner plädiert für die »Abkehr von festen Leitbildern«, die sie für ein »konstituierendes Merkmal emanzipatorischer Literatur« hält (Keiner 1994: 283/284). Ihrer Meinung nach entwirft die emanzipatorische Mädchenliteratur »keine neuen normativen Bilder von Weiblichkeit«, auch »keine neuen Lebensmodelle«. »Was Frausein heißen kann, bleibt mehr oder weniger offen, und traditionelle Leitbilder werden im allgemeinen kritisch hinterfragt.« Darin spiegle sich die in der allgemeinen Diskussion und in der Frauenbewegung vorhandene »Offenheit, aber auch Unklarheit, gegenüber Entwürfen von Weiblichkeit« (ebd.: 283). Wie ich im folgenden Kapitel zeigen werde, bedeutet eine kritische Haltung gegenüber traditionellen weiblichen Lebensentwürfen nicht, daß offen bleibt, »was Frausein heißen kann«. Mir scheint die Wirkung von Vorbildern, Leitbildern und Lebensmodellen in der »emanzipatorischen Mädchenliteratur« nicht überwunden, allerdings scheint mir die Fähigkeit und Begrifflichkeit zur Auseinandersetzung mit dieser Wirkung durch die Vorgabe, keine Leitbilder zu haben, erschwert. Auch Keiner zeichnet ein Bild von Weiblichkeit, wenn sie z.B. vom »Problem, ein Mädchen zu sein« spricht (ebd.: 62) oder von der »Tragik der weiblichen Identitätsproblematik« ausgeht (ebd.: 282). Besonders in der neueren Adoleszenzliteratur mit weiblichen Hauptfiguren gewinnen wir den Eindruck, daß Mädchen es vor allem schwer haben, daß ihr Leben ausschließlich aus dem Lösen schwieriger Probleme besteht, z.B. in Kekule: »Ich bin eine Wolke« und »Das Blaue vom Himmel«,

Pressler: »Novemberkatzen«, Kutsch: »Nichts bleibt wie es ist«, Heyne: »Treffpunkt Weltzeituhr«, Steenfatt: »Unvermeidliche Begegnungen«, Rauprich: »Das Mädchen unter der Brücke«, Welsh: »Johanna«. Wird hier etwa kein Bild entworfen?[3]

Etwa ab Anfang der neunziger Jahre tauchen die Begriffe »Vorbild« und »Leitbild« wieder auf, ohne daß in der Pädagogik – außer bei Hufnagel – darüber reflektiert und an die alte Auseinandersetzung mit dieser Problematik angeknüpft wird. Für von Hentig ist das Vorbild ein »altes Rezept«, für den Schulforscher Rolff das Leitbild eine Erfindung der betrieblichen Organisationsentwicklung, als zu propagierendes Selbstbild der Kern von Professionalität (vgl. Rolff/Philipp 1990; Heinemann 1996: 12). Auch Keiner fällt ihre eigene Inkonsequenz nicht auf, wenn sie, nachdem sie sich gerade positiv über die »Abkehr von Leitbildern« geäußert hat, im übernächsten Satz über dieselbe Literatur positiv vermerkt, jetzt würden »auch oft ältere Frauen zum Vorbild oder zu Orientierungsfiguren für die Protagonistinnen« (Keiner 1994: 284, vgl. auch 172).

3.2. Weibliche und männliche Lesevorbilder

Wie in feministischer Schulforschung und Geschlechterforschung wird auch in Leseforschung und Lesedidaktik der Begriff »Vorbild« ohne genauere Unterscheidungen neben anderen Begriffen wie »Identifikationsmodell«, »Verhaltensmodell«, »Leitfigur« oder »Lebensentwurf« gebraucht, am häufigsten ist hier der Begriff »(Lese-)Modell«.

Bettina Hurrelmann geht in ihrer Untersuchung zur Lesesozialisation davon aus, daß die Lesepraxis sich nicht als »einsame geistige Tätigkeit« entwickle, allein auf das Individuum bezogen. »Vielmehr erfahren Kinder durch Beobachtung und Koorientierung, welchen Wert das Buch für seine Leser hat« (B. Hurrelmann 1993: 38). Als die wichtigste Begleiterin des Alltags der Kinder stelle die Mutter das bedeutendste Lesevorbild dar. »Die Lesehäufigkeit und -dauer der Mutter sind für die Lesefreude und

Lesefrequenz der Kinder von ausschlaggebender Bedeutung«. Dagegen spiele das Leseverhalten des Vaters nur am Rande eine Rolle. Die Mütter seien für die Kinder die »wichtigeren Vermittlerinnen von Lesekultur«, dieser Erklärungsfaktor für das Leseverhalten der Kinder werde unabhängig von den Bildungsvoraussetzungen der Familie wirksam. Die Beobachtung der Eltern als Bücherleser wirkte für die Kinder vor allem dann motivationssteigernd, wenn in der Familie über Bücher gesprochen wurde, die die Erwachsenen und die Kinder gelesen hatten. Es zeigte sich in Hurrelmanns Untersuchung, »daß die Mütter ihre Leseinteressen denen der Kinder häufiger anpassen und daß ein großer Anteil der Mütter (ca. 50 Prozent) sich regelmäßig mit den Kindern über deren Bücher unterhält. Dies läßt sich nur von einem Viertel der Väter sagen« (ebd. 39). Allerdings wirke bei den Vätern schon die Bereitschaft, mit dem Kind über die eigenen Leseerfahrungen zu sprechen, positiv auf die Lesepraxis des Kindes.

Ein schönes Beispiel für den Einfluß eines Vaters auf das Leseverhalten seines Sohnes fand ich in Elias Canettis »Geschichte einer Jugend«:

> Einige Monate nachdem ich in die Schule gekommen war, geschah etwas Feierliches und Aufregendes, das mein ganzes weiteres Leben bestimmte. Der Vater brachte ein Buch für mich nach Hause. Er nahm mich allein in ein hinteres Zimmer, in dem wir Kinder schliefen, und erklärte es mir. [...] Er sprach sehr aufmunternd und ernst zu mir und sagte, wie schön es wäre zu lesen. Er las mir eine Geschichte vor: so schön wie diese seien auch alle anderen Geschichten im Buch. Ich solle nun versuchen, sie zu lesen, und ihm am Abend immer erzählen, was ich gelesen hätte. Wenn ich das Buch fertig hätte, werde er mir ein anderes bringen. Ich ließ mir das nicht zweimal sagen, und obwohl ich in der Schule eben erst lesen gelernt hatte, machte ich mich über das wunderbare Buch gleich her und hatte ihm jeden Abend etwas zu berichten. Er hielt sein Versprechen, immer war ein neues Buch da, keinen einzigen Tag mußte ich mit meiner Lektüre aussetzen. [...]
> Es wäre leicht zu zeigen, daß fast alles, woraus ich später bestand, in diesen Büchern enthalten war, die ich *dem Vater zuliebe* (Hervorhebung D.M.) im siebenten Jahr meines Lebens las (Canetti 1993: 48/49).

Saxer und Dahrendorf beurteilen das Überwiegen weiblicher Vorbilder in der Lesesozialisation negativ. Sie sehen darin eine

Benachteiligung der Jungen. Lesen werde »in gewisser Weise feminin geprägt«, außer der Mutter als Vorleserin werde es auch noch vorwiegend von weiblichen Lehrkräften im Elementarunterricht instruiert.

> Dies hat aber letztlich zur Folge, daß die Abstützung solcher dominant weiblicher Lesesozialisation fragil bleibt. Dies wird unter anderem daran deutlich, daß Frauen selber unter dem Druck sozialer Umstände eher zum Leseabbruch veranlaßt werden (Saxer 1993: 349).[4]

Für Dahrendorf steht die Kindheit von Mädchen und Jungen »immer noch überwiegend ›im Banne‹ von Frauen«. Dies wirke auf Mädchen und Jungen, »wenn auch unterschiedlich – modellbildend: indem die Mutter als primär familien- und kindbezogen erlebt wird, erfahren die Mädchen ein unmittelbar zur Nachahmung animierendes Modell, während die Jungen, sobald sie ihres Geschlechts innewerden, sich als das ›andere‹ entdekken, das ›mehr‹ erwartet als ›nur‹ Familien- und Kinderbetreuung« (Dahrendorf 1994: 12). Hier drückt Dahrendorf wiederum deutlich aus, wie wenig Wert er dem beimißt, was Frauen tun. Wenn erwachsene Männer (und Frauen) ihre Geringschätzung gegenüber Tätigkeiten von Frauen weiterhin auf diese Weise propagieren und es sogar »wissenschaftlich« zu untermauern suchen, welche Chance sollen dann kleine Jungen haben, öffentlich (z.B. in der Schule) zu bekennen, welche Bedeutung Frauen in ihrem Leben haben?

Richter stellt dagegen die Frage, warum die Benachteiligung der Jungen durch eine »feminisierte« Schule ausschließlich den Schriftsprachbereich betreffen soll und nicht auch den mathematischen, da dieser – vor allem in der Grundschule – ja auch überwiegend von Frauen unterrichtet werde. Die These von der Benachteiligung der Jungen durch die »Feminisierung« der Schule sei außerdem inzwischen empirisch widerlegt: In den beiden deutschen Stichproben der internationalen Lesestudie der IEA zeigte sich, »daß die von Frauen unterrichteten Klassen generell bessere Ergebnisse erzielten als die von Männern unterrichteten. Dieser Effekt war bei den Jungen eher noch stärker ausgeprägt als bei den Mädchen« (Richter 1996: 177).

Warum wird selbstverständlich davon ausgegangen, daß es für Jungen ein Nachteil sei, wenn sie von Frauen lernen und sich an Frauen orientieren, während Mädchen kaum zugestanden wird, neben dem Überangebot an männlichen Vorbildern, das zumindest im symbolischen Material besteht, auch weibliche geboten zu bekommen? Offensichtlich ist es doch für Mädchen in bezug auf schulisches Lernen, insbesondere im schriftsprachlichen Bereich, ein Vorteil, daß sie sich an beiden Geschlechtern orientieren können. Warum wird Jungen diese Möglichkeit nicht ebenso eröffnet, indem ihnen vermittelt wird, daß Frauen selbstverständlich auch für sie Maßstäbe setzen können, ohne daß dadurch ihre Männlichkeit Schaden erleidet? Damit möchte ich die Bedeutung gleichgeschlechtlicher Vorbilder für Mädchen und Jungen, für Frauen und Männer, nicht herunterspielen. Solange aber eine nennenswerte Präsenz von Männern in Kinderzimmern, Kindergärten und Grundschulen nicht in Sicht ist, scheint mir das Festhalten an der Meinung, Frauen könnten Jungen nicht richtig erziehen und fördern, sich tatsächlich negativ auf die Erziehung und Förderung der Jungen auszuwirken, da sie auf das pädagogische Verhältnis bei Erzieherinnen und Jungen in erster Linie *verunsichernd* wirkt. Natürlich brauchen Jungen reale und realistische männliche Vorbilder. Vor allem brauchen sie aber die Begegnung mit Männern, die dazu stehen, wie wichtig Frauen für sie sind, und die zugeben, wieviel Bedeutung auch die Bereiche für ihr Leben haben, die bis jetzt überwiegend mit Weiblichkeit in Verbindung gebracht und damit als für Jungen unbedeutend dargestellt werden. Solange Männer Jungen weiterhin vormachen, daß Bereiche, die für Frauen wichtig sind, deshalb für das Leben von Männern keine Bedeutung mehr haben dürfen, wenn sie »richtige Männer« sein wollen, werden ihnen Schritt für Schritt die Bereiche verschlossen werden, die Frauen sich erobern. Für die Verarmung, die dies bedeutet, ist der Verlust der Fähigkeit, Romane zu lesen, nur ein Beispiel.[5]

3.3. Weibliche und männliche Vorbilder in feministischer Schulforschung und in neueren Ansätzen der Frauen- und Geschlechterforschung

Im Rahmen des Gleichheitsdiskurses[6] sprachen Verfasserinnen von Schulbuch- und Bilderbuchanalysen noch ausschließlich von »Rollenbildern«, die bei der »Geschlechtsrollendifferenzierung« auf Mädchen und Jungen einwirken. Es wurde untersucht, welche »Geschlechtsrollenbilder« den Kindern – »auch unter der Hand – geboten werden« (Matthiae 1986: 11, vgl. auch Hagemann 1991). Schon aus Gleichheitsgründen sollte es mehr weibliche Hauptpersonen geben. Bilderbücher mit »vitalen, kreativen weiblichen Hauptpersonen« sollten darüber hinaus dazu beitragen, »daß Jungen ›weiblich‹ nicht mit ›unwichtig‹ gleichsetzen« (ebd.).

Der Begriff »Vorbild« tauchte wieder auf, als Frauen der Frauenbewegung im Rahmen des Differenzdiskurses der Aufwertung des Weiblichen – zunächst in der Geschichte – nach »großen Frauen« zu suchen begannen. Luisa Muraro und den Frauen des Mailänder Frauenbuchladens verdanken wir die Erkenntnis, daß »weibliche Freiheit« mit der Gestaltung der Beziehungen unter Frauen zusammenhängt. Ihr Buch »Wie weibliche Freiheit entsteht« (Libreria 1988) »handelt von der Notwendigkeit, der Beziehung einer Frau zu einer anderen Frau Sinn und Wert zu verleihen, sie in Worten und Bildern darzustellen« (ebd.: 17). Obwohl in diesem Buch nicht von weiblichen Vorbildern die Rede ist, sondern von »Lehrmeisterinnen« und »Symbolischen Müttern«, hat dieser Ansatz sicher dazu beigetragen, daß in der Frauenbewegung etwa seit Beginn der neunziger Jahre wieder von der Bedeutung des weiblichen Vorbilds gesprochen wurde. Zunehmend wurde es für Frauen aus der Frauenbewegung selbstverständlich, daß Frauen sich nicht an Männern, sondern an Frauen orientieren müssen, um Stärke und »Eigensinn« zu entwickeln.

> Es ist wichtiger, Lehrmeisterinnen zu haben, als anerkannte Rechte zu besitzen. Eine Frau braucht *eine positive weibliche Autorität* (Hervorh. D.M.), wenn sie ihr Leben in einem Entwurf der Freiheit leben und darauf ihr Frausein gründen will. Der weibliche Geist ohne symbolischen

Bezugsrahmen ist furchtsam. Er findet sich unvorhersehbaren Ereignissen ausgeliefert – alles stürzt von außen auf den Körper ein. Aber Sicherheit bekommt eine Frau nicht durch Gesetze und nicht durch Rechte. Unverletzbar wird eine Frau, wenn sie ihre Existenz von sich selbst ausgehend entwirft und innerhalb sozialer weiblicher Lebenszusammenhänge Stabilität gewinnt (Libreria 1988: 25/26).

Überall da, wo eine Frau ihre hohen Ansprüche (ans Menschsein D.M.) mit dem Wissen um die sexuelle Differenz verbunden hat, entdecken wir, daß sich diese Frau eine andere Frau als Bezugspunkt gewählt hat (ebd.: 27).

Daß die Unterstützung und das Vorbild von Frauen für Frauen gerade dann am wichtigsten sind, wenn sie die mit der Mutter verbundene Lebensweise verlassen, bestätigen zahlreiche Untersuchungen der sozialwissenschaftlichen Frauenforschung, die Flaake unter der Fragestellung zusammengetragen hat, wie »Selbstbeschränkungen und innere Barrieren« öffentlich sichtbare Einflußnahme von Frauen verhindern. Flaake kommt zu dem Schluß, daß ein für Frauen befriedigender Weg heraus aus den traditionellen Festlegungen des Geschlechterverhältnisses nur möglich zu sein scheine »auf der Basis einer Neubestimmung ihrer Weiblichkeit, auf der Grundlage einer Verbindung von öffentlich sichtbarer Einflußnahme und dem Selbstgefühl als Frau« (Flaake 1991: 140). Zwar werde die Bedeutung des Vaters – »als Vorbild oder aktiv Unterstützender« – in allen Untersuchungen über beruflich erfolgreiche Frauen deutlich. Seine Rolle sei jedoch nicht unproblematisch: Seine Unterstützung gelte nur für die Bereiche und nur so lange, wie die Tochter »in der Rolle der loyalen Tochter bleibt«, wie sie ihre Energien auf die Unterstützung des väterlichen Werkes richte, wie sie für ihn als Sprachrohr fungiere (vgl. ebd.: 137/138). Außerdem sei die Abwendung von der Mutter zugunsten des Vaters mit Schuldgefühlen verbunden (vgl. Flaake/King 1992: 18). Dagegen falle in empirischen Untersuchungen über beruflich erfolgreiche Frauen sowie in Interviews und biographischen Berichten auf, »daß Frauen in von Männern dominierten Bereichen dann am produktivsten und kreativsten sind, wenn ihrem Handeln ein Selbstverständnis und Selbstbewußtsein als Frau zugrunde liegt«. Frauen können oft erst dann »sie hemmende Konfliktstrukturen auflösen und zu eigener Produktivität finden [...], wenn sie die Ablehnung ihrer Weiblichkeit aufzugeben in der Lage sind« (ebd.: 140).[7]

Besonders in der feministischen Schulforschung wird seit Beginn der neunziger Jahre endlich zum Skandal erklärt, daß den Mädchen in der Schule weibliche Vorbilder vorenthalten werden,[8] daß ihnen fast nur männliche Größe vermittelt wird, vor allem im Geschichts- und Literaturunterricht.[9] Kritik an der Schulhierarchie übt Kreienbaum ebenfalls unter dem Aspekt des Vorenthaltens »wichtiger Vorbilder, Modelle und Lebensentwürfe« für Mädchen (Kreienbaum 1992, S. 70).[10]

Obwohl vielfach belegt wurde, daß männliche und weibliche Kinder unterschiedlich auf Lehrende verschiedenen Geschlechts reagieren (vgl. Bilden 1991: 283), findet diese Tatsache kaum Beachtung in Ausbildung und Fortbildung von Lehrkräften, folglich wird ihr auch im Schulalltag kaum Rechnung getragen.

So groß die Skepsis gegenüber der Forderung von Frauen nach weiblichen Vorbildern für Mädchen ist, so selbstverständlich wird davon ausgegangen, daß Frauen für Jungen nicht Vorbilder sein können.[11] Wenn behauptet wird, die »Feminisierung der Schule« wirke sich auf die Erziehung der Jungen negativ aus, liegt dieser Einschätzung ebenfalls diese Annahme zugrunde. So stellt Buschmann in seinem Beitrag über »Jungen und Koedukation«, nachdem er im Anschluß an Enders-Dragässer festgestellt hat, Jungen seien »in gleichem Maße wie Mädchen auf Empathiefähigkeit, kooperative Aushandlungsprozesse und kompetente Interaktionsstrategien angewiesen«, die Frage: »Wer macht sie ihnen vor?« Hier sei »freilich insbesondere das männliche Vorbild gefragt«. Buschmann kritisiert zu Recht, daß (männliche) Lehrer sich nicht der Frage stellen, »welches Vorbild sie selbst für die Jungen abgeben« (Buschmann 1994: 198).[12] Wenn in einer Fußballgeschichte in einer Fibel neuerdings auch mal ein Mädchen im Tor steht, so sieht Richter darin die Gefahr, »daß den Jungen in den Texten die für sie emotional wichtige männliche Identifikationsperson genommen wird«, was letztlich das »fatale Nebenergebnis« hätte, »den Schriftspracherwerb der Jungen zu behindern« (Richter 1996: 336). Sie schätzt dies wahrscheinlich richtig ein, doch m.E. kommt diese Reaktion der Jungen daher, daß ihnen bereits gründlich beigebracht wurde, sich von allem fernzuhalten, was mit Mädchen und Frauen zu tun hat. Diese Einstellung halte ich allerdings für veränderbar. In den folgenden Kapiteln werde ich Wege zu einer solchen Veränderung aufzeigen.

Das »Fehlen männlicher Vorbilder« wird insbesondere dort beklagt, wo Männer sich Gedanken über eine veränderte Jungenerziehung machen. Der Erwachsenenbildner Nuissl kritisiert, daß Männer, insbesondere als Väter, »die notwendige Aufgabe ungenügend wahrnehmen, positiv für männliche Kinder Vorbild, Leitfigur und Verhaltensmuster zu sein«. Eigentlich gäbe es kaum Männer, die über eine solche positive Identifikationsfigur verfügten. Diejenigen Väter, die in der Familie von ihren Söhnen wahrgenommen würden, seien meist solche, die man sich als Vater eher weniger wünschen würde (Nuissl 1993: 54 – 56). Infolge dieses Fehlens der Väter könnten sich Söhne nur an einem »Idealbild des Vaters« orientieren, »das aus besonderen Situationen, aus Erzählungen oder aus Visionen entsteht, nicht jedoch am männlichen Alltag überprüft ist«. Daher müssen Männer – so Nuissl – »ihre eigene Identität in der Abwertung der Frauen bzw. des Weiblichen finden [...], also in einer negativen Identifikation, nicht in einer positiven« (ebd.: 57).

Kammerer, die sich – vor allem von ihren Erfahrungen als Mutter von Söhnen ausgehend – Gedanken über »Aggression und Gewalt bei Jungen« machte, geht in ihrer Beschreibung eines positiven Vaterbildes u.a. auch darauf ein, wie der Vater die Beziehung zu Frauen vorlebt:

> Dabei könnte der Vater Vorbild sein, wie man mit der Mutter leben kann, ohne von ihr gefressen zu werden, aber auch ohne sich ihr ständig zu entziehen. Er sollte Vorbild sein, daß ein Mann sich mit seinen Problemen nicht immer an die Frau, die Familientherapeutin wendet, sondern sich bei einem Freund ausspricht (Kammerer 1993: 134).

3.3.1. Empirische Untersuchungen über weibliche und männliche Vorbilder

Mit weiblichen und männlichen Vorbildern befassen sich zwei empirische Untersuchungen im Kontext der Frage nach Variablen, die die Berufswahl von Frauen beeinflussen:

- In der Flensburger Berufsorientierungsstudie wurden Aufsätze von GrundschülerInnen u.a. im Hinblick auf »geschlechtsspezifische Orientierungsdifferenzen« ausgewertet. Vorbilder oder Auslöser für den genannten Berufswunsch wurden in ca. 25% der Aufsätze erwähnt. Während für Mädchen neben den weiblichen auch männliche Vorbilder wichtig waren, insbesondere dann, wenn sie sich für traditionell Männern vorbehaltene Berufe interessierten, wurden von Jungen weibliche Vorbilder kaum genannt (vgl. Glumpler 1993: 60-62).
- Da »im Zusammenhang mit der Unterrepräsentanz von Frauen in ingenieurwissenschaftlichen Studiengängen und den entsprechenden akademischen Berufspositionen [...] immer wieder auf den Mangel an ›weiblichen Vorbildern‹ hingewiesen« werde, wollte Engler empirisch überprüfen, ob »sich Studentinnen der Ingenieurwissenschaften an ›weiblichen Vorbildern‹ orientieren«. Denn mit der Feststellung, daß es wenig weibliche Vorbilder gibt, sei die Annahme verbunden, daß gleichgeschlechtliche Vorbilder für Studentinnen wichtig sind. Es werde damit auch unterstellt, »daß Frauen sich an Frauen orientieren«. Dies könne zwar »unter Bezug auf Identitätskonzepte theoretisch hergeleitet werden«, müsse aber empirisch überprüft werden (Engler 1995: 147). Ausgewertet wurden die Antworten von 201 Studentinnen und 1392 Studenten auf die Frage nach einer Persönlichkeit aus der Geschichte der Technik, die sie beeindruckt hatte, nach LieblingsschriftstellerInnen, LieblingsmalerInnen und nach ihren Lieblings-Musikgruppen bzw. SängerInnen. Außer im Bereich Musik nannten Studenten fast ausschließlich Männer, der Anteil der von den Studentinnen genannten Frauen variierte dagegen entsprechend der Zahl der allgemein bekannten Frauen in diesem Bereich zwischen 26,2% bei den Schriftstellerinnen

und 4,6% bei den Malerinnen. Bei den beeindruckenden Persönlichkeiten aus der Geschichte der Technik nannten immerhin 12,4% der Studentinnen Frauen, obwohl hier außer Marie Curie und Lise Meitner kaum Frauen bekannt sind. Hier war auch die Zahl der Studentinnen, die keine Antwort gaben, deutlich höher als die der Studenten, was so interpretiert werden kann, daß sie kein männliches Vorbild nennen wollten, ein weibliches in diesem Bereich aber nicht kannten.

Wir können aus diesen Untersuchungen schließen, daß sich Mädchen und Frauen erstens sowohl an männlichen als auch an weiblichen Personen orientieren, daß dabei zweitens eine Rolle spielt, ob ihnen überhaupt in dem Bereich, für den sie sich interessieren, Frauen bekannt sind, während drittens für Jungen und Männer fast ausschließlich Männer als Vorbilder in Frage kommen.

Wieweit dies auch für die Orientierung an literarischen Figuren der Kinder- und Jugendliteratur gilt, soll im folgenden Abschnitt anhand einer schriftlichen Befragung von HauptschülerInnen diskutiert werden.

3.4. Befragung von Hauptschülern und Hauptschülerinnen über weibliche und männliche Vorbilder aus der Kinder- und Jugendliteratur

3.4.1. Fragestellung und Hypothesen

Hypothese 1

Die Ergebnisse der beiden zuletzt zitierten Studien legen den Schluß nahe, daß Mädchen und junge Frauen vor allem dann männliche Vorbilder wählen, wenn in den sie interessierenden Bereichen beeindruckende Frauen nicht existieren oder ihnen nicht bekannt sind. Vielfach belegt ist auch die Tatsache, daß die Schule bisher ebenfalls dazu beitrug, Schülerinnen Informationen über Frauen vorzuenthalten, die ihnen die Wahl weiblicher

Vorbilder ermöglicht haben könnten. Da die Mädchen in der Kinder- und Jugendliteratur mittlerweile ein breites Angebot unterschiedlicher Frauen und Mädchen in Verbindung mit unterschiedlichen Themen und Lebensbereichen finden können, ist zu erwarten, daß sie bei der Frage nach Vorbildern aus Büchern deutlich mehr Mädchen und Frauen als Jungen und Männer nennen. Überprüft werden soll also folgende Aussage:

- *Bei der Frage nach Vorbildpersonen aus Büchern nennen Mädchen überwiegend weibliche Personen, Jungen nennen überwiegend männliche Personen.*

Hypothese 2

Von Beeinflussungen durch die in Büchern dargestellten Personen wissen wir bisher nur etwas aus Lesebiographien und Interviews, die hauptsächlich mit kompetenten Lesern und Leserinnen durchgeführt wurden. Es stellt sich die Frage, ob auch Kinder aus weniger privilegierten Familien, unter denen die weniger kompetenten LeserInnen überrepräsentiert sind, von in Büchern dargestellten Personen beeinflußt werden können. Da ich im Unterricht mit diesen Kindern immer wieder die Erfahrung machte, daß sie sich bereits nach kurzer Zeit nicht mehr an das im Unterricht Besprochene erinnern konnten[13], schien mir zunächst einmal die Frage interessant, ob sie sich überhaupt an Personen aus Büchern erinnern können. Sollte dies nicht der Fall sein, könnten wir uns einen großen Teil der Überlegungen bezüglich der Auswahl pädagogisch wertvoller Kinder- und Jugendbücher sparen. Zu überprüfen ist also folgende Aussage:

- *Hauptschüler und Hauptschülerinnen erinnern sich an Personen aus Büchern, die sie gelesen haben oder die ihnen vorgelesen wurden.*

Hypothese 3

Bereits in den sechziger Jahren zeigte Klingberg durch mehrere Untersuchungen zu den unterschiedlichen Lektürepräferenzen von Mädchen und Jungen, daß deren Bevorzugung bestimmter Bücher eher durch das Geschlecht der Hauptperson(en) im Buch bestimmt ist als durch den »Stoff« des Buches. Als Mädchen und Jungen der 4. bis 6. Schulstufe aus fiktiven Buchtiteln mit Inhaltsangaben, in denen in jeder Literaturkategorie gleich viele männliche und weibliche Hauptpersonen vorkamen, die Bücher auswählen sollten, die sie gerne lesen würden, wählten die 136 Mädchen 1285 »Bücher« mit weiblichen Protagonistinnen gegenüber 1079 mit männlichen Protagonisten. Die 129 Jungen wählten dagegen nur 743 Bücher mit weiblicher Hauptfigur und 1036 mit männlicher. In einer anderen Untersuchung, in der für vier Lektürerichtungen je zwei fiktive Buchtitel ähnlicher Art, aber mit verschiedenem Geschlecht der mit Namen genannten Hauptpersonen angegeben waren, verringerten sich die Geschlechtsunterschiede bezüglich der Lektürepräferenzen deutlich oder verschwanden sogar ganz (vgl. Klingberg 1973: 167/168). Aus diesen Ergebnissen kann geschlossen werden, daß Jungen im Gegensatz zu Mädchen nicht die Freiheit haben, sich für Bücher mit Hauptpersonen des anderen Geschlechts zu interessieren. Es ist also zu erwarten, daß Jungen sich an weniger weibliche Personen aus Büchern erinnern. Auch Mädchen werden sich wahrscheinlich an mehr weibliche als an männliche Personen erinnern. Jedoch dürfte der Unterschied bei Jungen wesentlich größer sein. Daraus ergeben sich folgende Annahmen:

- *Mädchen erinnern sich an mehr weibliche Personen aus Büchern als an männliche Personen. Jungen erinnern sich an mehr männliche Personen als an weibliche Personen. Mädchen nennen mehr Personen des anderen Geschlechts als Jungen.*

Hypothese 4

Von Hentig unterscheidet »Seins-Vorbilder«, »Könnens-Vorbilder« und »Vorbilder für die gute Gemeinschaft«, wobei er einen Mangel an den letzteren beklagt (vgl. Hentig 1994: 247). In den Begründungen, die die Schülerinnen und Schüler für die Wahl ihres Vorbilds geben, müßten diese drei Aspekte ebenfalls auftauchen. Mich interessiert die Frage, in welchem Verhältnis diese Dimensionen der Vorbildfiguren in den Aussagen der SchülerInnen genannt werden und ob sich Mädchen und Jungen dabei unterscheiden. Nach geschlechtertypischen Zuordnungen wäre zu erwarten, daß bei Jungen Aussagen überwiegen, die auf das Verhältnis ihres Vorbilds zur »Welt« bezogen sind, während bei Mädchen beziehungsorientierte Aussagen häufiger vorkommen müßten. Gehen wir davon aus, daß für Mädchen und Jungen beide Dimensionen gleichermaßen existentiell wichtig sind und daß sie sich nur sachbezogen bzw. beziehungsorientiert darstellen, um dem Geschlechterklischee zu entsprechen, müßten beide Dimensionen bei Mädchen und Jungen etwa gleich oft auftauchen. Daraus ergibt sich folgende Annahme:

- *In Texten über Personen aus Büchern, die sie beeindruckt haben, machen jeweils etwa gleich viele Jungen wie Mädchen Ist-, Beziehungs- und Weltaussagen.*

3.4.2. Vorgehen und Methode

Befragt wurden insgesamt 133 Schülerinnen und Schüler aus zwei Hauptschulen mit Hilfe des folgenden Fragebogens:

Fragebogen zum Bücherlesen

Klasse: ________ O Mädchen O Junge (ankreuzen)

1. Welche *Bücher* hast du gelesen? Nenne die *Titel*:

Wie viele Bücher hast du insgesamt gelesen? Schreibe die geschätzte Gesamtzahl hier auf: _________

2. An welche *Personen aus Büchern*, die du gelesen hast oder die dir vorgelesen wurden, erinnerst du dich? Nenne Namen.

3. Wenn es eine *Person aus einem Buch* gibt, die dir gut gefiel, (die du gern mochtest, die du gut leiden konntest, von der du vielleicht etwas gelernt hast, bei der du gedacht hast: »So möchte ich auch sein«, ...) schreibe ihren Namen auf. (Du kannst auch mehrere nennen).

________________________aus dem Buch:__________________________

4. Diese Person gefiel mir, weil ...

Die Befragung wurde in Klasse 6 – 9 einer ländlichen Grund- und Hauptschule und in Klasse 6 – 8 einer städtischen Hauptschule durchgeführt. Sie erfolgte wenige Wochen vor dem Schuljahresende im Juni und Juli 1995. Der Pretest (Klasse 9, 17 Jugendliche) fand bereits zwei Monate früher statt und wurde ebenfalls in die Auswertung einbezogen. Die Schülerinnen und Schüler waren zum Zeitpunkt der Befragung zwischen 12 und 16 Jahre alt. Sie verteilten sich folgendermaßen auf die Klassen 6 – 9:

6	43
7	39
8	34
9	17

Tab. 1: SchülerInnen pro Klassenstufe

Die beiden beteiligten Schulen unterschieden sich deutlich in bezug auf den sozialen Hintergrund der Lernenden: Die Stadtschule liegt in einem »Sozialen Brennpunkt«. Während der Ausländeranteil in der Land-Schule sehr gering war, betrug er in der Stadt-Schule ca. 25% . In bezug auf meine Fragen ergab sich jedoch ein signifikanter Unterschied zwischen den Ergebnissen der beiden Schulen nur in einem Punkt: Die Zahl der gelesenen Bücher, die die Kinder der Land-Klassen angaben, lag deutlich höher als in der Stadt. Darüber hinaus zeigte sich eine Tendenz bei den Aussagen über die gewählten Vorbilder: Stadtkinder äußerten sich etwas weniger geschlechterstereotyp als Landkinder. Dieses Ergebnis war aber nicht signifikant.

Da die Klassen in der Land-Schule kleiner waren, ergab sich trotz der zusätzlichen Klasse eine annähernd gleiche Zahl von Befragten: 68 in der Land-Schule gegenüber 65 in der Stadt-Schule. Auch die Geschlechtsverteilung war ausgeglichen: 65 Mädchen und 68 Jungen nahmen an der Befragung teil.

Die Befragung erfolgte klassenweise im Rahmen des regulären Unterrichts. Nachdem alle Fragebögen ausgefüllt waren, befragte ich die ganze Klasse mit Hilfe eines Klassen-Fragebogens, um Auskunft über die gemeinsam gelesenen Ganzschriften zu erhalten. Ich führte alle Befragungen selbst durch. Beim Ausfüllen der Fragebögen las ich jede Frage nochmals vor und beantwortete Verständnisfragen. Hierbei ging es hauptsächlich um die Definition von »Buch« (keine Zeitschrift, keine Comics) und von »Person« (Auch Phantasiefiguren gelten als Personen, Tiere nur dann, wenn sie wie Menschen dargestellt sind, also wenn sie z.B. sprechen). Erst wenn alle mit einer Frage fertig waren, wurde die nächste vorgelesen. Nach meiner Erfahrung mit HauptschülerInnen haben einige von ihnen große Schwierigkeiten, schriftliche Fragen zu verstehen. Daher unterscheiden sich mündliche Leistungen oft deutlich von den Leistungen in schriftlichen Tests. Daher wählte ich diese Kombination aus schriftlicher und mündlicher Befragung und beschränkte mich bewußt in den schriftlichen Anweisungen auf das Notwendigste.

Die befragten Klassen wußten nicht, daß mich bei der Befragung Geschlechtsunterschiede interessierten. Ich begründete die Untersuchung damit, daß es Leute gäbe, die behaupteten, Hauptschüler und Hauptschülerinnen würden keine Bücher lesen. Ich sei da anderer Ansicht und wolle dies belegen. Mit dieser Hinführung bewirkte ich möglicherweise eine Verfälschung dahingehend, daß die Kinder und Jugendlichen bei der ersten Frage mehr Bücher angaben, als sie tatsächlich gelesen hatten. Da die Frage nach den gelesenen Büchern aber für die Auswertung keine wesentliche Rolle spielte, sondern hauptsächlich der »Erwärmung« für das Thema diente, konnte ich dies in Kauf nehmen. Die Angabe des Geschlechts begründete ich damit, daß der Fragebogen ja anonym sei, und ich schon gerne wissen möchte, ob ein Junge oder ein Mädchen ihn ausgefüllt hat.

Diese Vorgehensweise erschwerte die Auswertung, da ich aus den Namen der »erinnerten Personen« und der »beeindruckenden Personen« selbst das jeweilige Geschlecht ermitteln mußte, was mir bei 43 Nennungen (26 bei Mädchen und 17 bei Jungen) nicht gelang. Bei 1055 »erinnerten Personen« spielt dies aber keine wesentliche Rolle, zumal sich der Anteil der nicht identifizierbaren Personen entsprechend dem der »erinnerten Personen« auf die Geschlechter verteilte.

Die Schülerinnen und Schüler gaben sich große Mühe beim Ausfüllen der Fragebögen. Bis auf zwei Jungen und ein Mädchen konnten alle, die eine Person nennen konnten, die sie beeindruckt hatte (Frage 3), diese Wahl auch begründen (Frage 4). Ich gehe davon aus, daß die 9 Jungen und 7 Mädchen, die beide Fragen nicht beantworteten, sich an keine Person aus einem Buch erinnern konnten, die sie beeindruckt hatte, und folglich beide Fragen nicht beantworten konnten.

In den Klassen, zu denen ich nach der Befragung noch Kontakt hatte, zog die Befragung Gespräche über Bücher nach sich, sie wirkte sich also positiv auf das Interesse am Bücherlesen aus.[14]

3.4.3. Zahl der gelesenen Bücher nach Selbsteinschätzung (Frage 1)

Die erste Frage des Fragebogens nach Titeln gelesener Bücher diente hauptsächlich dazu, den Schülerinnen und Schülern die Erinnerung an die Personen aus Büchern (Frage 2) zu erleichtern. Die genannten Titel halfen mir auch, manche der »erinnerten Personen« in Frage 2 zu identifizieren.

Die angegebene Zahl der gelesenen Bücher ist nur beschränkt aussagekräftig, da die Fähigkeit, die Zahl richtig zu schätzen, bei den SchülerInnen unterschiedlich gut entwickelt ist. Bei einer Gruppierung in drei Kategorien konnte anhand der geschätzten Angaben über die gelesenen Bücher jedoch eine Einteilung in »WenigleserInnen«, eine »mittlere Gruppe« und »VielleserInnen« vorgenommen werden. Damit konnte überprüft werden, ob in dieser Stichprobe die Ergebnisse der Leseforschung über Geschlechtsunterschiede bezüglich der Leseintensität bestätigt werden. Die Gruppe der »WenigleserInnen«, die 1 bis 9 Bücher angaben, umfaßte 31,1% der Befragten, zur mittleren Gruppe, 10 bis 45 gelesene Bücher, gehörten 50,7% , als »VielleserInnen« stufte ich 18,2% ein, die 50 bis 350 gelesene Bücher angaben. Die statistische Auswertung nach dem Mann-Whitney und Wilcoxon-Rank-Sum-Test ergab einen signifikanten Unterschied zwischen Mädchen und Jungen. Aus Tabelle 2 ist ersichtlich, daß Jungen bei den WenigleserInnen deutlich und Mädchen bei den VielleserInnen etwas überrepräsentiert sind. Dies war nach den Ergebnissen der Leseforschung zu erwarten (vgl. Kap 2.2.3.).

Frage 1:	weiblich	männlich
wenig	15	26
mittel	35	32
hoch	14	10

Tab. 2: Zahl der gelesenen Bücher nach Geschlecht

Sehr signifikant war der Unterschied in der Zahl der angegebenen Bücher zwischen den beiden Schulen.[15] Da der familiäre Hintergrund der Stadtkinder insgesamt noch weniger privilegiert ist als bei den Landkindern, bestätigten sich hier ebenfalls die Ergebnisse der Leseforschung. Zudem wirkte sich hier sicher der höhere Ausländeranteil unter den Stadtkindern aus. Besonders deutlich ist der Unterschied bei den WenigleserInnen und in der mittleren Gruppe.

Frage 1:	Land	Stadt
wenig	12	29
mittel	43	24
hoch	13	11

Tab. 3: Zahl der gelesenen Bücher nach Schule

3.4.4. Erinnerung an weibliche und männliche Personen aus Büchern (Frage 2, Hypothesen 2 und 3)

Alle Befragten konnten mindestens eine Person aus einem Buch nennen, an die sie sich erinnerten. Die höchste Zahl der genannten Personen betrug 25. Damit scheint Hypothese 2, »HauptschülerInnen erinnern sich an Personen aus Büchern«, auf den ersten Blick bestätigt zu sein.

Besonders bei den WenigleserInnen, die sich bei einem Anteil von 31,1% nur an 19,3% der insgesamt 1055 genannten Personen erinnerten, muß dieses Ergebnis aber relativiert werden. Ein großer Teil der von ihnen überwiegend genannten Personen kommt nicht nur in Büchern vor, sondern auch in Hörspielen, Fernseh-, Video- und Kinofilmen. So können wir nicht feststellen, ob die Erinnerung an eine Person aufgrund eines Buches, eines Films oder aufgrund der Kombination von beidem möglich wurde. Personen aus bekannten Märchen kamen bei den WenigleserInnen besonders häufig vor. Sie nannten auch häufiger Comic-Figuren, die ebenfalls nicht gewertet wurden. Auffallend war auch, daß WenigleserInnen sich oft auf Personen aus der aktuellen Klassenlektüre bezogen.

Trotz dieser Einschränkung, die vor allem für die WenigleserInnen gilt, können wir davon ausgehen, daß sich Hauptschüler und Hauptschülerinnen an Personen aus Büchern erinnern. Es ist daher sinnvoll, sich Gedanken darüber zu machen, wie diese Personen dargestellt sein sollen, damit ihr möglicher Einfluß auf die Schülerinnen und Schüler pädagogisch zu vertreten ist.

Die Überprüfung von Hypothese 3, ob das Geschlecht der Personen, an die sich Jungen oder Mädchen erinnern, eine Rolle spielt, brachte ein deutliches Ergebnis:

Während Mädchen sich an 341 weibliche und an 273 männliche Personen aus Büchern erinnerten, fielen Jungen nur 95 weibliche Personen, aber 346 männliche Personen ein. Nach der statistischen Überprüfung erwies sich der Unterschied zwischen Mädchen und Jungen bezüglich der männlichen Personen als möglicherweise zufällig, während der Unterschied in bezug auf weibliche Personen ein sehr signifikantes Ergebnis darstellte.[16]

Frage 2:	weiblich	männlich
männl. Personen	273	346
weibl. Personen	341	95
Tiere	27	42

Tab. 4: Zahl der erinnerten Personen und Tiere nach Geschlecht

Betrachten wir die 95 von Jungen genannten weiblichen Personen genauer, so fällt folgendes auf: 32 der genannten weiblichen Personen sind bekannte Märchenfiguren, z. B. Dornröschen, Schneewittchen, (Hänsel und) Gretel, Hexen. Vermutlich haben die Jungen sie schon in ihrer Kleinkind- oder Kindergartenzeit kennengelernt, als ihnen Märchen vorgelesen, Märchenhörspiele vorgespielt und Märchenfilme gezeigt wurden. Auch in der Schule werden Märchen behandelt. Zwölf der von Jungen genannten Mädchen gehören zu einer Kindergruppe und werden

»mitgenannt«, am häufigsten (7mal) kommt hier Gabi aus der TKKG-Serie vor.[17] Achtzehn der genannten weiblichen Personen stammen aus Büchern, die in der Klasse gemeinsam gelesen wurden. Am häufigsten war hier das Indianermädchen Won-a-pa-lei aus dem Buch »Insel der blauen Delphine« (O'Dell), einer »Robinsongeschichte«.[18]

Damit wird das Ergebnis noch deutlicher: Jungen erinnern sich kaum an weibliche Personen aus Büchern. Sie vermeiden es durch die Auswahl ihrer Bücher, sich mit weiblichen Personen zu beschäftigen. Nur wenn sie zu einer Auseinandersetzung mit weiblichen Personen »gezwungen« werden, z.B. durch ein in der Schule gelesenes Buch, wenden sie sich diesen zu. Mädchen erinnern sich dagegen sowohl an männliche als auch an weibliche Personen aus Büchern.

Da bei den erinnerten Personen auffallend oft Tiere genannt wurden, die ich nicht werten konnte, da sie in den Büchern nicht »wie Menschen« dargestellt sind, führte ich eine eigene Rubrik »Tiere« ein. Daraus ergab sich ein interessantes Nebenergebnis (vgl. Tab. 4).

Sogar bei der Frage nach Vorbildern (Frage 3) nannten zwei Mädchen und drei Jungen ein Tier als »besonders beeindruckende Person«. Ein Junge, der hier einen Hund genannt hatte, begründete dies folgendermaßen: »Weil Joey (der Hund) den kleinen elternlosen R. wieder fröhlich gemacht hat und der dann wieder am Leben Freude hatte.« Eine solche Formulierung war dem Schüler wahrscheinlich nur in bezug auf ein Tier möglich. Eine weibliche Person hätte er nicht als Vorbild wählen können, eine männliche Person, die sich so verhält, hätte er nicht beeindruckend finden dürfen.

Meine Vermutung, daß die Zuwendung zu Tieren für Jungen eine Möglichkeit darstellen könnte, mit ihrem Geschlecht (unter den gegenwärtigen Geschlechterverhältnissen) nicht zu Vereinbarendes auszudrücken, wurde in der Tendenz dadurch bestätigt, daß Jungen als »Personen« 42 Tiere nennen, Mädchen nur 27.[19] Eine weitere Überprüfung wäre hier interessant.[20]

3.4.5. Weibliche und männliche Vorbilder (Frage 3, Hypothese 1)

Die Frage nach Vorbildern aus Büchern stellte ich bewußt nicht direkt. Zum einen war ich nicht sicher, ob alle Befragten mit dem Begriff »Vorbild« etwas anfangen konnten, zum anderen wollte ich verhindern, daß hier eine verengte Vorstellung dieses Begriffs zum Tragen kam, wie die Kinder und Jugendlichen ihn möglicherweise aus Zeitschriften kennen. Dort wird unter »Vorbild« häufig dasselbe verstanden wie unter »Idol«, nur berühmte Persönlichkeiten kommen in Frage, um als »Vorbild« genannt zu werden.[21]

Daß die Frage nach einer Person aus einem Buch, »die dir gut gefiel, die du gern mochtest, die du gut leiden konntest, von der du vielleicht etwas gelernt hast, bei der du gedacht hast: ›So möchte ich auch sein‹« (Frage 3) als Frage nach einem Vorbild verstanden wurde, auch wenn der Begriff »Vorbild« nicht darin vorkam, ist aus den Begründungen der Schülerinnen und Schüler für ihre Wahl zu erkennen. Zehn Befragte stellten darin einen direkten Bezug zwischen sich selbst und der Buch-Figur her:

»Ich wollte einmal so stark werden wie Asterix und Obelix« (Kl. 6, m.), »Er kann gut tanzen, das würde ich auch gern können (Kl. 6, w.), »Er ist ein Junge in meinem Alter« (Kl. 7, m.), »Weil man wirklich darüber nachdenken kann, weil sie so oft geschlagen wird« (Kl. 7, w.), »Ich habe (von ihm) gelernt, daß Stärke nicht allein zählt, sondern Freundschaft zählt mehr« (Kl. 7, m.), »(Momo) [...] konnte [...] lange zuhören, so würde ich auch gerne sein« (Kl. 8, w.), »Ich habe sie bewundert« (Kl. 8, w.), »[...] weil ich viel von ihnen lernen konnte und mich gut mit ihnen vergleichen konnte« (Kl. 8, m.), » [...] weil er mein Vorbild ist« (Kl. 8, m.), »[...] und von allen Personen konnte ich was lernen« (Kl. 9, m.).

Auch die übrigen Begründungen, die etwas darüber aussagen, wie die gewählten Personen sind, was sie können, welche Einstellung sie zum Leben haben und wie sie sich gegenüber anderen Menschen verhalten, befassen sich mit Aspekten von »Vorbildern«. Mir scheint es daher legitim, die von den Schülerinnen und Schülern in Frage 3 genannten Personen aus Büchern im weiteren als »Vorbilder« zu bezeichnen.

Im Gegensatz zu den »erinnerten Personen« nennen bei der Frage nach Vorbildern auch Mädchen fast ausschließlich Personen ihres eigenen Geschlechts. Männliche Vorbilder werden zehnmal zusätzlich zu einem oder mehreren weiblichen Vorbildern genannt, einmal davon als Teil einer Kindergruppe (Blyton: »Fünf Freunde«).

Frage 3:	weiblich	männlich
keine Nennung	9	50
Nennung	50	9

Tab. 5: Weibliches Vorbild nach Geschlecht

Nur ein Junge wählte ausschließlich weibliche Vorbilder, die übrigen wählten diese zusätzlich zu männlichen, einer nannte ein Mädchen, das Teil einer Kindergruppe ist (»Die Pizzabande«), fünf Jungen nannten die Protagonistin der aktuellen Klassenlektüre (O'Dell: »Insel der blauen Delphine«).

Frage 3:	weiblich	männlich
keine Nennung	45	8
Nennung	14	51

Tab. 6: Männliches Vorbild nach Geschlecht

Bei der Frage nach dem Vorbild nennen etwa ebenso viele Mädchen weibliche Personen (50), wie Jungen männliche Personen nennen (51). Auch wenn immer noch mehr Mädchen (meist zusätzlich) auch eine Person des anderen Geschlechts nennen (14) als Jungen dies tun (9), entspricht sich die Wahl der beiden Gruppen hier fast spiegelbildlich.

Damit ist Hypothese 1 mit einem sehr signifikanten Ergebnis belegt:[22] Auf die Frage nach Vorbildern aus Büchern nennen Jungen und Mädchen in erster Linie Personen ihres eigenen Geschlechts. Daraus folgt, daß wir, wenn wir ein Interesse daran haben, daß Kinder und Jugendliche sich an Personen aus Büchern orientieren, darauf achten müssen, daß sowohl Jungen als auch Mädchen in den Büchern, die wir für sie auswählen, Personen ihres eigenen Geschlechts begegnen können. Ein vorrangig wichtiges Kriterium für die Auswahl von Texten für den Unterricht stellt folglich das Geschlecht der darin vorkommenden Personen dar.

Wenn wir wollen, daß auch Mädchen in der Schule etwas für ihr Leben und nicht nur für einen guten Schulabschluß lernen, müssen sie dort und in den Unterrichtsmaterialien möglichst viele unterschiedliche weibliche Personen kennenlernen können. Die Kinder- und Jugendliteratur (und ebenso die Erwachsenenliteratur) bietet hierfür zahlreiche Möglichkeiten. Es hängt (neben den Kultusbehörden und Lehrbuchverlagen) von den Lehrern und vor allem von den Lehrerinnen ab, ob die Schülerinnen dieses Angebot innerhalb ihrer schulischen Ausbildung nutzen können. Immerhin ist es den hier befragten Hauptschülerinnen, die sicher in ihrer Mehrheit nicht den kompetentesten Leserinnen zuzurechnen sind, (da hierfür der Bildungshintergrund nachgewiesenermaßen neben dem Geschlecht ebenfalls eine wichtige Rolle spielt), gelungen, in der von ihnen selbst gewählten Literatur weibliche Personen zu finden, an denen sie sich orientieren können. Daß Frauen und Mädchen ebenfalls in der Lage sind, sich an männlichen Personen zu orientieren, wenn ihnen weibliche Personen nicht zur Verfügung stehen, ist kein Grund, ihnen diesen Ausweg weiterhin zuzumuten.

Da Jungen bei den »erinnerten Personen« nur wenige Frauen und Mädchen nannten, war zu erwarten, daß sie bei der Frage nach einem Vorbild ihr eigenes Geschlecht noch deutlicher bevorzugen würden. Auch bisher schon begegnen Jungen in den in der Schule gelesenen Texten mehr männlichen Personen als weiblichen, daher muß für sie – was das Angebot an Vorbildern angeht – die bisherige Praxis nicht korrigiert werden. Jedoch muß über die »Qualität« der ihnen gebotenen männlichen Orientierungsmodelle nachgedacht werden. Daß Jungen offensichtlich so viel weniger in der Lage sind, sich an weibliche Personen aus Büchern zu erinnern als Mädchen an männliche, gibt einen Hinweis auf ein ernst zu nehmendes Defizit der Jungen. Das Vermeiden des Kontakts mit weiblichen Personen und mit den von ihnen besetzten Bereichen wirkt sich auf das gesamte Sozialverhalten von Jungen aus und schränkt zudem ihre Bildungsmöglichkeiten ein. Hier muß nach Veränderungsmöglichkeiten geforscht werden.

3.4.6. Aussagen über Vorbilder: »Person«, »Bezug zur Welt« und »Beziehung« (Frage 4, Hypothese 4)

Obwohl die Auswertung dieser offenen Frage nach einer Begründung für die Wahl der Vorbildperson erhebliche Schwierigkeiten bereitete, hielt ich die Ergänzung des in der übrigen Befragung gewählten quantitativen Verfahrens durch ein qualitatives für notwendig. Erst aus den Begründungen für die Wahl einer »beeindruckenden Person« kann ich erkennen, daß die Befragten hier wirklich ein Vorbild gewählt haben. Darüber hinaus kann ich feststellen, in welchen Aspekten diese Buch-Figur für die befragten Kinder und Jugendlichen wichtig geworden ist.

Eine zusätzliche Schwierigkeit ergab sich dadurch, daß die Texte der Hauptschüler und Hauptschülerinnen sprachlich nicht sehr differenziert sind. Durch teilweise sehr kurze Aussagen fehlte auch der Kontext, aus dem ich hätte erschließen können, wie eine Aussage zu verstehen ist. So läßt sich zweifellos darüber streiten, ob z. B. die Formulierung »ist hilfsbereit« zu den Ist-Aussagen über die Person oder zu den Beziehungsaussagen gehört oder ob es richtig ist, »kämpft für Gerechtigkeit« zu den Welt-Aussagen zu rechnen, während »setzt sich für die Rechte der Schwarzen ein« als Beziehungsaussage gewertet wurde. Die Offenlegung meiner Kriterien für die Einordnung der Aussagen und die Auflistung der zu den einzelnen Aspekten gezählten Äußerungen (leicht zusammengefaßt) macht meine Entscheidungen nachvollziehbar und ermöglicht damit gegebenenfalls eine Relativierung der Ergebnisse.

Die Auflistung der Aussagen erfolgte nach der Reihenfolge der Klassenstufen. Jeweils am Anfang stehen daher die Aussagen der jüngeren Schüler und Schülerinnen, am Ende die der ältesten.

Ist-Aussagen über die Person: »Seins-Vorbilder«

Hier orientierte ich mich fast ausschließlich an der Formulierung »ist/war/sind/waren + Adjektiv oder Prädikatsnomen«.

Mädchen über weibliche Personen:

Sie war Tänzerin; ist nett und hilfsbereit; ist lustig und manchmal traurig; ist nett, schlau, elegant, hübsch; ist witzig, fast nie traurig und stark; ist hübsch (4mal); ist fantasievoll und künstlerisch; war immer sie selbst; war fröhlich, lustig, freundlich; sieht hübsch aus; war dick, aber innerlich besser und netter als die anderen Mädchen; ist mutig (4mal); ist schlau (2mal); sieht gut aus; war immer direkt; war selbständig (2mal); war sehr sympathisch; hatte ihren eigenen Willen; ist selbstbewußt; ist klug (3mal), nett, ein einfaches Mädchen; war stark in ihrem Inneren; war etwas besonderes; ist frech; wirkt mutig und überzeugend; ist stark als Person; ist eine Persönlichkeit ganz besonderer Art; war stark; hatte viel Selbstbewußtsein, war immer fröhlich.

Jungen über männliche Personen:

Er ist lustig (6mal); war stark (2mal); ist König im Wald; hat Kraft; ist witzig (2mal); war ein aufgeschlossener Typ, hatte Phantasie und Witz; ist brutal; ist so schön blöd; ist lustig und ungeniert; hatte ein gutes Auffassungsvermögen; ist mutig (2mal); ist schlau (4mal); sieht lustig aus; korrekt und cool; nett und kinderlieb; sehr groß und nicht ganz schlau; ist klug.

Mädchen über männliche Personen:

Er hatte gute Augen wie ein Luchs; sie sehen gut aus, sind mir sympathisch; sie waren abenteuerlustig, schlau, manchmal eingebildet.

Jungen über eine weibliche Person:

Sie ist wild und schnell; war schlau; war hinterlistig.

Aussagen über Beziehungen zu anderen Menschen: »Vorbilder für die gute(?) Gemeinschaft«

Hierzu gehörten alle Aussagen, die sich auf die Einstellung oder das Verhalten des Vorbilds zu anderen Menschen bezogen. Auch Beziehungen zu Tieren rechnete ich dazu, wenn für ihre Beschreibung eine eher persönliche Formulierung gewählt wurde.

Mädchen über weibliche Personen:

Sie will was für andere tun; ist bei allen beliebt; kennt sich mit Kindern aus; erzählt von Liebe, Ehrgeiz und Eifersucht; setzte(n) sich durch (2mal); wurde von einem Prinzen wachgeküßt; hat einen Hund gefunden und sich um ihn gekümmert; macht sich Sorgen um ein Mädchen, weil es keinen Freund hat; hatte nette Freundinnen, die immer zu ihr standen; war freundlich zu Bekannten und Freunden; war fröhlich und freundlich, obwohl sie keine Eltern mehr hatte; erzählt, wie sie sich fühlt bei Alkoholismus der Eltern und der Schwester; versteht Spaß; hat ihren Bruder nicht im Stich gelassen; sagt, was sie denkt; haben immer einen Streit gemildert (geschlichtet); hatte immer Geduld; konnte Leuten mit Problemen lange zuhören; sie haben alles gemeinsam gemacht; sie ist freundlich anderen gegenüber; hatte gute Freunde, die ihr halfen; war immer für andere da; war zuerst Außenseiterin in der Clique; hat ihrer Freundin geschworen, sie nie im Stich zu lassen; verkraftete den Tod ihres Neugeborenen und die Schläge ihrer Herrin, wurde Kämpferin; war immer bei den Jungs beliebt; wußte immer, wie sie mit ihren fünf Brüdern umgehen muß; hat 'ne Super-Oma, die Spaß macht und Pudding kocht; weint nicht gleich; bei ihr und ihrer Familie geht's immer lustig zu; hecken Streiche aus; sie waren die besten Freunde (Mädchen und Pferd); sie stand zu ihrem nicht so schönen Körper; hatte eine *gute* Freundin.

Jungen über männliche Personen:

Er hat ein Mädchen vor den Entführern gerettet; bringt den Täter dazu, sich selbst zu verraten; hat immer gewonnen; hilft Menschen in Not; beschützt andere; ist der Beste des Trail; ist Rettungsschwimmer; hatte viel Verantwortung für seine Mannschaft; hat sich brutal gerächt; Freundschaft zählt für ihn mehr als Stärke; er wird bewundert; setzte sich für die Rechte der schwarzen Bürger von Amerika ein; wollte nicht töten, wollte normal sein (Vampir); hat selbst herausgefunden, daß man niemand vertrauen sollte; mochte die Unmenschen aus dem KZ nicht; konnte mit seinem Freund über alles reden, kümmerte sich um ihn, streichelte ihn (Hund); löste Kriminalfälle mit seinen Freunden; machte den kleinen elternlosen R. wieder fröhlich, damit er wieder am Leben Freude hatte (Hund).

Mädchen über männliche Personen:

Er fand immer Ausreden; machte immer gute Vorschläge; kann jedem verzeihen; er hatte einen Freund, dem er alles anvertrauen konnte.

Jungen über weibliche Person:

Sie hatte keinen Bruder, keinen Vater und keine Schwester mehr, lebte allein; erzog einen Wolf, obwohl er sie töten wollte; hat Tiere als Freunde gewonnen; war allein, ohne jemand zum Reden oder Spielen.

Aussagen über die Beziehung zur »Welt«: »Könnens-Vorbilder«

Hier geht es um das, was eine Person kann, wozu sie fähig ist, worin sie geschickt ist, was sie weiß, wie sie mit Sachen umgeht, welche Einstellung sie zum Leben hat, was sie in ihrem Leben erreichen will.

Mädchen über weibliche Personen:

Sie wird Tänzerin, obwohl es sehr hart ist und alle gegen sie sind; sie meistert das Leben; kann gut mit Tieren umgehen; hat viel erlebt; ist gut in der Schule (2mal); hat gute Noten; erzählt, was man alles tun kann, auch in der Natur; erzählt von ihren Erfahrungen, gibt Ratschläge; nahm alles leicht; regelten alles, konnten mit Pferden umgehen (2mal); hat es geschafft, ihr Temperament und ihren Trotz untenzuhalten; hat gelernt, wie man mit Waffen umgeht; weiß, was sie will und tut; hat Mut gegenüber Tieren; hat es jahrelang allein geschafft; hat Freiheit, Freunde und eine Dachkammer; war gefangen und hat sich befreit; hat viele Abenteuer erlebt; haben viel erlebt; hatte gute Ideen; hat fast alles geschafft und erlaubt gekriegt; mußte viel aushalten und durchstehen; zog eine Ritterrüstung an und führte ein Heer in den Krieg; entwickelt sich vom Mädchen, das spielt, zur verantwortungsvollen Frau; sie meistert jede Situation perfekt; sie haben Pferde und andere Tiere; sie wohnte allein; sie hatte sich ein Pferd erarbeitet.

Jungen über männliche Personen:

Er erzählt, wie man überlebt, z.B. wie man Feuer ohne Feuerzeug macht; sie haben anders gelebt; er deckt Fälle mit Humor auf; sie haben immer wieder neue Ideen; er kämpft für Gerechtigkeit (3mal); nimmt alles locker; hat eine gute Lebenseinstellung; kämpfte für das Gute (2mal); wehrte sich gegen den Rassismus und den Sklavenhandel; ist ein guter Schauspieler; kann große Steine tragen; war ein guter Feuerwehrmann; hat Bankräuber gefaßt; hat viele Abenteuer erlebt (2mal); handelte verantwortungsbewußt; kann gut kämpfen, kämpft gegen alles; ist ein guter Bogenschütze; gab die Hoffnung nicht auf; konnte durch Löcher und Ritzen schlüpfen (Gespenst); sie bauten ein gigantisches Schiff; er hat gut kombiniert, war ein guter Detektiv; ist mit dem Kanu nach Osten gefahren; machte der Sklaverei ein Ende; hat für das Recht der Schwarzen gekämpft; hatte den Mut, die Piraten zu besiegen; macht viel Quatsch; machen gute Musik; seine Tricks sind gut; er kann gut fighten; führt zu Ende, was er begonnen hat; bringt Action und Romantik rüber; kann Karate; löste Kriminalfälle; konnte snowboarden, konnte skateboarden, konnte gut angeln.

Mädchen über männliche Personen:

Er kann gut tanzen; konnte gut riechen und Sachen finden (Hund); er führt alles durch, was er sich in den Kopf setzt.

Jungen über weibliche Person:

Sie hat keine Angst; konnte sich sehr gut verteidigen, konnte allein leben; hat allein gegen Wölfe gekämpft, hat vieles durchgestanden; hat sich durch das Leben gekämpft; hat gekämpft bis zum letzten, gab nie auf.

Geschlechterstereotyp polarisierende Aussagen

Bei der obigen Auflistung fielen mir die teilweise geschlechterstereotypen Aussagen auf. Um herauszufinden, wie viele Befragte sich geschlechterstereotyp äußerten und wie diese sich auf die Geschlechter verteilen, unterzog ich das Material einer zweiten Analyse.

Ich richtete mich dabei nach den polarisierenden Geschlechterzuordnungen und -festlegungen, wie ich sie als Ausdruck des traditionellen Geschlechterdiskurses in Kap. 4.2.1. beschrieben habe.

Auf weibliche Personen bezogene geschlechtsstereotype Aussagen:

Sie wird Tänzerin; ist nett und hilfsbereit; bei allen beliebt; elegant und hübsch; hübsch und süß; kennt sich mit Kindern aus; erzählt über Liebe und Eifersucht; macht sich Sorgen, weil ihre Freundin keinen Freund hat; war freundlich; war innerlich besser und netter als die anderen Mädchen; haben immer Streit geschlichtet; hatte Geduld, konnte zuhören; war immer für andere da; bei den Jungs beliebt.

Auf männliche Personen bezogene geschlechtsstereotype Aussagen:

Er gibt Anweisungen zum Überleben; hat ein Mädchen vor den Entführern gerettet; hat immer gewonnen; kämpft für Gerechtigkeit; beschützt andere; Kampf für das Gute; kann große Steine tragen; hat viele Abenteuer erlebt; kann gut kämpfen; ist stark; ist mutig; ist brutal und kämpft gegen alles; hat sich brutal gerächt; haben ein gigantisches

Schiff gebaut; hatte den Mut, die Piraten zu besiegen; kann gut fighten; korrekt und cool.

In der quantitativen Auswertung wurde Hypothese 4, die einzelnen Aspekte der Vorbildperson seien in den Texten von Mädchen und Jungen etwa gleich oft vertreten, nur teilweise bestätigt. Ich zählte hierbei nicht die einzelnen Aussagen, sondern nur das Vorkommen oder Nichtvorkommen der verschiedenen Dimensionen der Vorbildfigur bei den einzelnen Befragten.

Mit 58,8% kamen Welt-Aussagen in den meisten Texten vor. Ist-Aussagen enthielten 64 der 114 Texte, also 56,1%. An dritter Stelle standen Beziehungs-Aussagen, die von der Hälfte der Befragten aufgeschrieben wurden. Nur 26,3% der Texte enthielten geschlechterstereotype Zuordnungen.

Obwohl der Anteil der Beziehungs-Aussagen etwas geringer ist, können wir also von einer etwa gleichen Verteilung der drei Aspekte von Vorbildern ausgehen. Ein erfreuliches Ergebnis stellt der geringe Anteil von weniger als einem Drittel an geschlechterstereotypen Aussagen dar.

Die beiden Geschlechter wandten sich jedoch in unterschiedlichem Maß den verschiedenen Aspekten der Vorbildperson zu: Signifikant war der Unterschied zwischen Jungen und Mädchen bei den Ist-Aussagen über die Vorbild-Person.[23] Mit 38 zu 26 äußerten sich deutlich mehr Mädchen als Jungen zu diesem Aspekt.

Ebenfalls signifikant unterschied sich die Zahl der Aussagen über die Beziehung des Vorbilds zu anderen Menschen: Mit 35 zu 22 äußerten sich hierzu ebenfalls mehr Mädchen als Jungen.[24]

Dagegen waren die Unterschiede bei den Welt-Aussagen und bei den geschlechterstereotypen Äußerungen so gering, daß sie als zufällig gelten können.

3.4.7. Auswertung der Klassenfragebögen

Im Unterrichtsgespräch stellte ich dieselben Fragen wie in den Schülerfragebögen. Zum einen wollte ich etwas über die Klassenlektüre erfahren, zum anderen interessierte mich, ob sich die in der Klassenzimmer-Öffentlichkeit gemachten Äußerungen von denen in den Fragebögen unterschieden.

Die Klassenlektüre

Wie unterschiedlich das Bücherangebot ist, das den Schülern und Schülerinnen in den einzelnen Klassen gemacht wird, zeigte sich bereits bei der Überprüfung der Erfüllung oder Nicht-Erfüllung der Lehrplanvorgaben. Da die Grundschulzeit für einige Befragte schon recht weit zurücklag und die Kinder und Jugendlichen aus mehreren Grundschulklassen in einer Hauptschulklasse zusammengeführt worden waren, beschränke ich mich hier auf die Aussagen über die Klassenlektüre in der Hauptschulzeit. Pro Schuljahr soll hier laut Lehrplan ein Kinder- und Jugendbuch gelesen werden. Da die Untersuchung am Ende des Schuljahrs stattfand, hätten z.B. in der 6. Klasse zwei, in der neunten Klasse fünf Bücher genannt werden müssen. Erfüllt wurden die Vorgaben in vier Klassen, nicht erfüllt in drei Klassen, wobei hier in einer 6. Klasse noch gar kein Buch gelesen worden war, in einer 8. Klasse nur zwei.

Unterschiedlich waren auch die Angebote, die die Kinder und Jugendlichen bezüglich der in den Büchern dargestellten weiblichen oder männlichen Personen bekamen. Während in drei Klassen männliche und weibliche Hauptfiguren etwa gleich oft vorkamen, waren die Hauptfiguren in vier Klassen ausschließlich männlich. Insgesamt hatten 13 der in den Klassen gelesenen Bücher männliche Hauptpersonen, sechs davon hatten immerhin noch weibliche Nebenpersonen. Weibliche Hauptpersonen hatten fünf Bücher, drei davon hatten männliche Nebenpersonen. Vier Bücher waren reine Tiergeschichten.

Die Tatsache, daß das Indianermädchen aus dem in zwei Klassen gelesenen Buch »Insel der blauen Delphine« – in einer der Klassen zur Zeit der Befragung aktuelle Klassenlektüre – sowohl bei den »erinnerten Personen« als auch bei den Vorbildern oft genannt wurde, legt die Vermutung nahe, daß aufgrund der überproportional häufigen Nennung von Personen aus der aktuellen Klassenlektüre die Ergebnisse der Untersuchung relativiert werden müssen. Eine Überprüfung anhand der Klassenfragebögen zeigte, daß dies nur für das oben genannte Buch zutrifft. Die weibliche Hauptfigur des ebenfalls in zwei Klassen gelesenen Buches »Auf nach Amerika« (Cummings) – zur Zeit der Befragung Klassenlektüre in einer 8. Klasse – tauchte zwar bei den »erinnerten Personen« auf – Jungen nannten auch männliche Nebenfiguren aus diesem Buch –, bei den Vorbildern wurde aber keine Person aus diesem Buch genannt. Ebenfalls häufig erwähnt wurden Personen aus einer weiteren aktuellen Klassenlektüre (Dürrenmatt: Der Verdacht). Die männliche Hauptfigur aus diesem Buch, Bärlach, wurde in dieser Klasse fünfmal als Vorbild gewählt, einmal auch von einem Mädchen. Personen aus den übrigen in den Klassen gelesenen Büchern, deren Lektüre länger zurücklag, wurden nicht öfter genannt als Personen aus anderen Büchern.

Das Unterrichtsgespräch über »erinnerte Personen« und Vorbilder

In den einzelnen Klassen beteiligten sich Mädchen und Jungen unterschiedlich stark an dem Gespräch über die in der Klasse gelesenen Bücher. In drei Klassen redeten überwiegend Jungen, in zwei Klassen überwiegend Mädchen, in zwei Klassen war die Beteiligung der Geschlechter ausgeglichen. Hierbei spielte möglicherweise das Geschlecht der wichtigsten Personen in den zuletzt oder zur Zeit der Untersuchung gelesenen Büchern eine Rolle. Diese Übereinstimmung kann aber auch zufällig sein.

Wie aufgrund der Geschlechterverteilung in den gelesenen Ganzschriften zu erwarten war, erinnerten sich Mädchen und Jungen an mehr männliche als weibliche Personen. Von 68 genannten männlichen Personen erinnerten sich Jungen an 44, Mädchen an 24. Nur 17 weibliche Personen wurden genannt, 13 von Mädchen und vier von Jungen.

Es sei dahingestellt, ob dieses für die Schule beschämende Ergebnis noch deutlicher ausfällt, da Mädchen sich mit »weiblichen« Bezugnahmen in der Klassenzimmer-Öffentlichkeit zurückhalten. Denn sie haben ja längst gelernt, daß es in der Öffentlichkeit mehr gilt, wenn man sich auf Männliches bezieht. Auf jeden Fall zwingt die Auswahl der in der Schule gelesenen Bücher die Mädchen dazu, sich mehr mit männlichen Personen zu beschäftigen als mit weiblichen. Daß dies nicht ihren Bedürfnissen entspricht, zeigt der Unterschied zu den Ergebnissen der schriftlichen Befragung: Aus den überwiegend in der Freizeit gelesenen (und daher größtenteils selbst ausgewählten) Büchern erinnerten sich die Mädchen an mehr weibliche Personen als an männliche (341 gegenüber 273).

Daß Mädchen in der ihnen in der Schule angebotenen Literatur im Gegensatz zu ihrer Privatlektüre kaum Vorbilder finden konnten, bzw. daß sie sich scheuten, sich im Klassengespräch zu einem weiblichen Vorbild zu bekennen, zeigt die Auswertung der Antworten auf die Frage nach einer besonders beeindruckenden Person. Während in einer Klasse gar keine Vorbildperson genannt werden konnte – die Klasse hatte in 4 Jahren nur 2 Bücher gelesen –, wurden in den übrigen 6 Klassen insgesamt 19 männliche Vorbilder und 3 weibliche genannt. (Bei dieser Frage wurden auch die in der Grundschule gelesenen Bücher in die Auswertung einbezogen.)

Während Jungen von 16 männlichen Personen beeindruckt waren und von keiner weiblichen, nannten Mädchen je drei männliche und weibliche Vorbilder. Hinzu kamen zwei Tier-Vorbilder bei den Mädchen. Ein Vergleich der Begründungen für die Vorbild-Wahl nach Geschlecht ergibt wenig Sinn, da Mädchen hier nur halb so viele Stellungnahmen abgeben konnten wie Jungen. Es fällt jedoch auf, daß Welt-Aussagen insgesamt in diesen Unterrichtsgesprächen ebensooft vorkamen wie Ist- und Beziehungs-Aussagen zusammen. Mädchen äußerten sich hier nur über die Beziehung zu bzw. zwischen Tieren, während immerhin fünf Jungen die Beziehung ihres Vorbilds zu anderen Menschen wichtig war. Es wäre zu untersuchen, ob Mädchen das Thema »Beziehungen zwischen Frauen« als besonders »mädchenspezifisches« und daher von Abwertung bedrohtes Thema im Unterrichtsgespräch ebenso vermeiden wie Lehrerinnen (und Lehrer) die Wahl von »Mädchenliteratur«. Die Tatsache, daß Beziehungen zwischen Frauen auch in Lesebuchtexten kaum thematisiert werden, spricht dafür, daß dieses Thema in der Schule generell nicht bearbeitet wird.[25] Frauen und Mädchen müssen dafür sorgen, daß sich das ändert.

3.4.8. Fazit

1. Diese Fragebogenuntersuchung belegt, daß Hauptschülerinnen und Hauptschüler sich an Personen aus Büchern, die sie gelesen haben, erinnern können. Damit ist eine Voraussetzung dafür erfüllt, daß sie von Personen aus Büchern etwas lernen können. Da Hauptschüler und Hauptschülerinnen zu einer in bezug auf das Lernen und die Lesekompetenz benachteiligten Gruppe gehören, können wir davon ausgehen, daß dieses Ergebnis auch auf Kinder und Jugendliche an anderen Schulen übertragbar ist.

Es erscheint daher sinnvoll, sich bei der Literaturauswahl für Kinder und Jugendliche über die Darstellung der Personen in den Büchern Gedanken zu machen. Die weiteren Untersuchungsergebnisse zeigen, daß dabei dem Geschlecht der Personen mehr Beachtung zukommen muß, als dies bisher üblich war.

2. Es zeigte sich, daß sich Jungen kaum an weibliche Personen aus Büchern erinnern, während Mädchen sich zwar an mehr Personen ihres eigenen Geschlechts, aber auch an fast ebensoviele männliche Personen erinnern. Die Analyse der Unterrichtsgespräche über die in den Klassen gelesenen Ganzschriften legt den Schluß nahe, daß Mädchen durch die schulische Lektüreauswahl und die in der Klassenzimmeröffentlichkeit geboten scheinende Schwerpunktsetzung gezwungen werden, sich in der Schule überwiegend mit männlichen Personen zu beschäftigen, während sie kaum Gelegenheiten geboten bekommen, sich mit weiblichen Personen aus der Literatur und damit auch mit ihrem eigenen Geschlecht auseinanderzusetzen. Den Jungen wird dagegen erlaubt, das fehlende Interesse für weibliche Personen und die von ihnen besetzten Lebensbereiche beizubehalten, was ihre Möglichkei-

ten, von Personen aus Büchern zu lernen, im Vergleich zu denen der Mädchen von vornherein fast um die Hälfte reduziert.

3. Ein weiteres Ergebnis war, daß Mädchen und Jungen ihre Vorbilder in der Literatur fast ausschließlich unter den Personen ihres eigenen Geschlechts suchen. Dies galt im gleichen Ausmaß für Mädchen wie für Jungen. Damit werden Untersuchungsergebnisse relativiert, die eine ausgeglichene oder überwiegend männliche Vorbildwahl bei Mädchen und jungen Frauen ergaben. Möglicherweise kam dieses Ergebnis dadurch zustande, daß den Mädchen in den untersuchten Bereichen zu wenig weibliche Personen bekannt waren, um ihnen die Wahl eines weiblichen Vorbilds zu ermöglichen. Die Ergebnisse der Auswertung der Klassenfragebögen unterstützt diese Annahme.

4. Da die überwiegende Mehrheit der Befragten (114 von 133) ein Vorbild aus einem Buch nannte und diese Wahl auch begründen konnte, ergibt die Untersuchung weiterhin, daß Hauptschüler und Hauptschülerinnen sich von bestimmten Personen aus Büchern beeinflussen lassen. Auch dieses Ergebnis kann – aus denselben Gründen wie oben angeführt – auf Kinder und Jugendliche aus anderen Schulen übertragen werden.

Damit eröffnet sich die Möglichkeit, über das Angebot »anderer« Vorbilder in Büchern Einfluß auf Einstellungen und Verhaltensweisen der Kinder und Jugendlichen mit dem Ziel einer Demokratisierung der Geschlechterverhältnisse zu nehmen.

5. Wie an anderer Stelle begründet (Kap. 4.4.), ist dafür das Sprechen über Geschlechterstereotype kein geeigneter Weg. Die Analyse der Texte über Vorbilder zeigte, daß gar kein Grund besteht, Geschlechterstereotypen beim Sprechen über Gelesenes so großes Gewicht beizumessen, denn in den Begründungen für die Wahl eines Vorbilds kamen geschlechterstereotype Aussagen nur in weniger als einem Drittel der Texte vor.

6. Aufgrund der Ergebnisse der Befragung kann des weiteren davon ausgegangen werden, daß Kinder und Jugendliche ihre Vor-

bilder aus Büchern sowohl als Einzelperson mit bestimmten Eigenschaften wahrnehmen als auch in ihren Bezügen zu anderen Menschen sowie in ihren Fähigkeiten, sich mit »Welt« auseinanderzusetzen. Die Bezugnahme auf die Aspekte »Person und ihre Eigenschaften« und »Beziehungen zu anderen Menschen« kam bei den Mädchen deutlich öfter vor als bei den Jungen. Ein aufgrund geschlechterstereotyper Zuschreibungen bei den Mädchen vermuteter Mangel an Interesse an den Bezügen zur »Welt« konnte dagegen nicht bestätigt werden.

Wie im folgenden noch genauer zu begründen sein wird, halte ich eine Veränderung der *Beziehungen* zwischen Frauen und Männern und auch der Beziehungen unter Frauen und unter Männern für den erfolgversprechendsten Ansatzpunkt zu einer Demokratisierung der Geschlechterverhältnisse. Ohne sich auf die Geschlechterverhältnisse zu beziehen, beklagt auch von Hentig das Fehlen von »Vorbildern für die gute Gemeinschaft« (vgl. Hentig 1994: 247). Damit rückt der Aspekt »Beziehungen zu anderen Menschen« bei der Beschäftigung mit Vorbildern in den Mittelpunkt des Interesses. Die von mir durchgeführte Befragung ergab, daß auch Jungen sich für die Beziehungen ihres Vorbilds zu anderen Menschen interessieren. 19,3% der Jungen und 30,7% der Mädchen war dieser Aspekt in ihren Aussagen über das von ihnen gewählte Vorbild wichtig. Dieses Interesse sollte durch Lernprozesse in der Schule gefördert und ausgebaut werden. Dagegen zeigte die Auswertung der Unterrichtsgespräche über Bücher, daß die personenbezogenen Aspekte der Vorbildfigur hier einen geringeren Raum einnahmen als in den schriftlichen Äußerungen der Mädchen und Jungen. Möglicherweise wirkt die Schule mit ihrer einseitigen Förderung von Sach-Interessen dem bei beiden Geschlechtern vorhandenen Interesse an Personen und ihren Beziehungen entgegen, bei Jungen verstärkt sie dabei eine geschlechtertypische Tendenz noch weiter, anstatt ihr entgegenzuwirken. Unter welchen Bedingungen der weiterführende Leseunterricht hier gegensteuern könnte, werde ich im folgenden Abschnitt unter Einbeziehung von Ergebnissen der literarischen Wirkungsforschung und der Rezeptionsforschung weiter ausführen.

3.5. Von literarischen Vorbildern lernen: Ergebnisse aus literarischer Wirkungsforschung und Rezeptionsforschung

Aus Erkenntnissen der literarischen Wirkungsforschung und der Rezeptionsforschung können wir mehr über die Bedingungen erfahren, unter denen die Begegnung mit einem literarischen Vorbild Einstellung und Handeln von Mädchen und Jungen beeinflussen kann und damit zu einer Veränderung der Geschlechterverhältnisse beitragen könnte.

Häufig wird statt des Begriffs »Vorbild« oder auch zusätzlich, quasi als Synonym, der Begriff »Identifikationsmodell« verwendet. Er weist auf zwei theoretische Erklärungsansätze hin, die in der literarischen Wirkungsforschung bzw. in der Rezeptionsforschung eine Rolle spielen:

3.5.1. Modell-Lernen

Banduras integrativer Ansatz des Modell-Lernens, der aus der behavioristischen Verhaltenspsychologie stammt und später in die sozial-kognitive Lerntheorie übernommen wurde, wird vor allem »zur Erklärung der Wirkung von Vorbildern [...], Geschlechtsrollenidentifikation und zur Wirkung von Medien« herangezogen (Richter 1996: 154), ist also eng mit den drei Aspekten des Themas dieser Arbeit verbunden.[26] Das Modell-Lernen ist durch vier Faktoren gekennzeichnet: Aufmerksamkeit, Behalten, Reproduktion und Verstärkung. Vor allem die Faktoren »Aufmerksamkeit« und »Verstärkung« sind für die Frage interessant, was es Jungen und Männern erschweren könnte, von Mädchen und Frauen zu lernen. Hier liegen auch die Stellen, an denen Veränderungen Erfolg versprechen.

a) Nur wenn der Beobachter dem Modell seine Aufmerksamkeit zuwendet, kann ein Verhalten ›durch Modell‹ gelernt werden. Ob z.B. ein Kind dem Verhalten einer erwachsenen Person Aufmerksamkeit schenkt, hängt außer von seinen eigenen Persönlichkeitsmerkmalen und Bedürfnissen vor allem von Merkmalen des Modells ab, z.B. von dessen Macht, Ansehen und Geschlecht. Wenn Jungen auf vielfältige Weise vermittelt wird – von Frauen und von Männern –, daß Frauen für sie nicht als Modell in Frage kommen, wobei »weibliches Geschlecht« ja oft noch zusätzlich mit »wenig Macht« und »geringem Ansehen« verknüpft wird (oder auch real damit verknüpft ist), werden sie dem Verhalten von Frauen mit zunehmendem Alter immer weniger Aufmerksamkeit schenken. Allerdings gab es für Mädchen und Jungen gleichermaßen eine Zeit, in der sie einer Frau – ihrer Mutter – die höchste Aufmerksamkeit entgegenbrachten und in der sie von ihr Grundlegendes für ihr weiteres Leben gelernt haben. Ich halte es für möglich, an diese Erfahrung anzuknüpfen.[27]

b) Bei der Umsetzung des Gelernten in eigenes Verhalten spielt nicht nur eine Rolle, ob das Modell für sein Verhalten Bekräftigung erfuhr, sondern auch, ob der oder die Lernende mit positiven Konsequenzen für das Umsetzen des gelernten Verhaltens rechnen kann (vgl. Richter 1996: 154). Auch hier ist die Wahrscheinlichkeit für Jungen, von Frauen zu lernen, geringer. Zum einen erfahren Frauen symbolisch-gesellschaftlich weniger Anerkennung als Männer, d.h. ihr Verhalten wird nicht in dem Maß verstärkt (weshalb auch für Mädchen Männer in bestimmten Bereichen als Modell interessanter sind), zum anderen müssen Jungen damit rechnen, daß sie – vor allem von Gleichaltrigen – wenig Wertschätzung erfahren, wenn sie ein Verhalten zeigen, das sie nach traditionellem Geschlechterdenken nur von Frauen gelernt haben können.

Nicht Aufwertung des von Frauen gezeigten Verhaltens kann hier etwas verändern, denn es bleibt dann nach wie vor ein Verhalten, das für Männer nicht in Frage kommt, da es mit »Weiblichkeit« verknüpft ist. Verändernd wirkt dagegen die positive Darstellung der männlichen Fähigkeit, von Frauen zu lernen, und ihre Bekräftigung durch andere Männer.

Groeben/Vorderer übernahmen und erweiterten den Theorieansatz des Modell-Lernens im Hinblick auf die literarische Rezeption. Ob es infolge des Lesens zu »emanzipationsfördernden Prozessen« komme, hänge von folgenden Aspekten ab:

1. vom Text, d.h. davon, »ob und welche Modelle ein Text liefert und wie diese Modelle (fiktional im Text) ›verstärkt‹ werden«,
2. vom Rezipienten, vor allem von dessen (eventuell in Interaktion mit Texten veränderten) internen Standards,
3. von der Situation, in der der Rezipient für das Erlernen neuer Haltungen, Handlungen etc. positive Unterstützung erfahren kann oder nicht.

Alle diese Aspekte können wiederum in Wechselwirkung treten, »z.B. indem der Rezipient aktiv bestimmte Texte aus- und konkrete Situationen (soziale Bezugsgruppen etc.) aufsucht« (vgl. Groeben-Vorderer 1988: 270).

3.5.2. Mittleres Komplexitätsmaß

Mit dem Begriff des »Erwartungshorizontes« entwickelte Jauss erstmalig in der Literaturwissenschaft ein Konzept, mit dessen Hilfe es möglich wurde, den ästhetischen Wert eines literarischen Textes anhand von dessen Wirkung auf die Leser zu bestimmen. Auf dieser Grundlage und mit Hilfe der Neugiertheorie Berlynes stellten Groeben/Vorderer die Hypothese auf, »daß Personen ästhetische Objekte (hier: Bücher) rezipieren, weil es für sie angenehm ist, die darin enthaltenen (semantischen) Strukturen zu entdecken bzw. neue zu generieren, Ordnungsrelationen zwischen ihnen aufzuspüren und so neue (kognitive und auch emotionale) Erfahrungen zu machen«. Dabei spiele das Ausmaß von Komplexität des ästhetischen Objekts, das vom jeweiligen Individuum subjektiv als »mittel intensiv« empfunden werde (»mittleres Komplexitätsmaß«), eine zentrale Rolle. Der ästhetische Wert eines »Reizgegenstandes« wird im Rahmen der Neugiertheorie als eine Kombination von zwei gegensätzlichen und komplementären Faktoren gesehen: auf der einen Seite stehen »genußvolle Reaktion, Attraktion, Lust, Belohnung (›reward‹)«, auf der anderen »Überforderung, Ablehnung, Unlust (›aversion‹)«. Wir können davon ausgehen, daß Leser und Leserinnen »genau diejenigen ästhetischen Objekte auswählen, die für sie (in etwa) ein mittleres Maß an Komplexität bereitstellen« (vgl. Groeben/Vorderer

1988: 161). Was »mittlere Komplexität« für die einzelnen bedeutet, hängt von ihrer »Analysekompetenz« ab, dem Auflösungsgrad ihrer Rezeption, die sie in ihrer Leseentwicklung erworben haben, wobei »Komplexität« sich sowohl auf inhaltliche als auch auf formale Aspekte bezieht. Dieses Komplexitätsniveau kann noch zusätzlich situativ beeinflußt werden, z.B. durch die psychische Situation. So ist es möglich, daß Leser und Leserinnen »in für sie psychisch schwierigen Lebensabschnitten wie Pubertät oder anderen Lebenskrisen weniger Toleranz gegenüber Unsicherheit zeigen als sonst und deshalb das unter normalen Umständen von ihnen bevorzugte mittlere Komplexitätsniveau deutlich verringert ist« (vgl. ebd.: 162/163).

Wie weit Leser und Leserinnen bereit sind, einer kurzfristigen Erhöhung der Unsicherheit über das für sie (normalerweise) erträgliche Maß zuzustimmen, hängt »in erster Linie von der Antizipation der Auflösbarkeit dieser Unsicherheit« ab (ebd.: 182). Meines Erachtens spielt an dieser Stelle das im Rahmen einer Vorbild- bzw. Autoritätsbeziehung vorhandene Vertrauen eine große Rolle, sei es zu einer Lehrperson, in deren Unterricht ein bestimmtes Buch gelesen wird, oder zu einer Freundin, die das Buch empfohlen hat, oder auch zu einem Autor oder einer Autorin, mit dem oder der schon positive Erfahrungen gemacht wurden. So haben z.B. Untersuchungen über den Einfluß des Partners/der Partnerin auf das Lesen ergeben, daß ohne Unterstützung der jeweiligen PartnerInnen eher Lesestoffe von geringerer Qualität gewählt wurden (vgl. Gilges 1992: 102). Auch die Kommunikationsformen in einer Schulklasse – z.B. das Risiko des Ausgelachtwerdens – spielen für die Bereitschaft, sich auf Ungewohntes einzulassen, im Hinblick auf das Sicherheitsbedürfnis der einzelnen eine Rolle (vgl. hierzu Markert 1998).

3.5.3. Identifikation

In der Untersuchung zur Lesesozialisation, die Bonfadelli/Fritz bei Jugendlichen durchführten, berichteten 50% der Jugendlichen, aber zwei Drittel der Vielleser davon, »daß ein Buch sie auch schon einmal stark berührt und Denken und Verhalten nachhaltig beeinflußt habe« (Bonfadelli u.a. 1993: 23). Über identifikatorisches Lesen berichteten die dreizehn- bis fünfzehnjährigen Befragten doppelt so oft wie die sechzehn- bis achtzehnjährigen. Auffallend war, daß sich VielleserInnen doppelt so häufig beim Lesen mit den RomanheldInnen identifizierten wie WenigleserInnen (vgl. ebd.: 184/185). Diese Ergebnisse legen die Vermutung nahe, daß die Fähigkeit zur Identifikation sowohl mit der Lesemotivation als auch mit der Möglichkeit der Beeinflussung durch die Lektüre in Zusammenhang steht. Älteren LeserInnen geht die Fähigkeit zur Identifikation entweder wieder verloren oder sie geben nicht mehr zu, daß sie sich identifizieren, da der schulische Literaturunterricht dies als »weibliches Lesen« oder als »unreifes Lesen« schlechtgemacht hat. Eine weitere Erklärungsmöglichkeit bietet die Untersuchung zur »Entwicklung literarischer Rezeptionskompetenz« von Schön:

Schön gelang es mit Hilfe einer SchülerInnenbefragung mit Fragebögen und schriftlichen autobiographischen Interviews bei jungen Erwachsenen, verschiedene Niveaus der Lesefähigkeit herauszuarbeiten, die es »auch unterhalb der Fähigkeit zur kompetenten Rezeption von Literatur« gibt. Der Schwerpunkt von Schöns Untersuchung liegt auf der Qualität des Rezeptionsaktes selbst, ihm ging es um die »Intensität des Erlebens oder die Art der Erfahrungen, die ein Leser in der Rezeption machen kann« (Schön 1990: 230). Dabei ging Schön davon aus, daß das Lesen in der jeweiligen entwicklungspsychologischen Situation »statusspezifischen« Bedürfnissen und Erfordernissen entgegenkommt, die sich vielleicht nur in zweiter Linie auf die »eigentliche stoffliche Ebene der Lesestoffe« beziehen, sondern vielmehr auf »die Art der zu machenden Erfahrungen«. Schön belegt die Hypothese, daß die Funktion der Lektüre nicht zuletzt darin bestehe, »statusspezifisch – und damit auch durch die Anforderungen des sozialen Kontextes provoziert – eben diese Erfahrungsmodi als Fähigkeiten einzuüben«. Diese Erfordernisse werden sogar »notfalls deformierend« an »(aus der Sicht des Textsinns) ›ungeeigneten‹ Texten durchgesetzt und realisiert«. Die gleichen »Kompetenzen der sozialen Interaktion«, die auch in der personalen sozialen Interaktion zu diesem Zeitpunkt erlernt werden müssen, würden in der Rezeption von Literatur eingeübt (ebd.: 231/232).

Im Hinblick auf den speziellen Gegenstand »Literatur« müssen Leser und Leserinnen zwei Voraussetzungen erfüllen, bevor sie überhaupt den »engeren Bereich literarischer Kompetenzen« aufbauen können:

a) Sie müssen in der Lage sein, literarische Figuren und Handlungen als solche wahrzunehmen, auch wenn sie ihnen nur »symbolisch (medial) vermittelt« entgegentreten. Diese Fähigkeit wird in unserer Kultur in der Regel schon früh erworben.

b) Außerdem muß es den Lesern und Leserinnen möglich sein, eine emotionale Beziehung zum wahrgenommenen Geschehen aufzubauen, d.h. sie müssen die alltagsweltliche Kompetenz zur Aufnahme affektiver Beziehungen auch gegenüber symbolischen Gebilden anwenden können. Das literarisch vermittelte Geschehen muß beim Leser oder bei der Leserin Betroffenheit auslösen können. Diese Fähigkeit hält Schön für die Voraussetzung dafür, auch als Erwachsene/r ein stabiles Verhältnis zum Lesen von Literatur aufrechtzuerhalten (vgl. ebd: 249). In diesem Punkt fand Schön bereits deutliche geschlechtsspezifische Unterschiede. Nur ca. ein Drittel der männlichen Personen bejahte die Frage, ob ein Buch sie gefühlsmäßig schon einmal sehr stark getroffen habe, so daß sie bei der Lektüre beispielsweise geweint hätten, im Gegensatz zu drei Viertel der weiblichen Befragten (vgl. ebd.: 251). Hier wird deutlich, wie eng die Möglichkeit, Zugang zu Literatur zu finden, mit dichotomen Konzepten von Männlichkeit und Weiblichkeit und der entsprechenden Aufteilung affektiver Kompetenzen auf die Geschlechter verbunden ist, da wir davon ausgehen müssen, daß viele Männer durch das als »männlich« geltende Unterdrücken von »weichen« Gefühlen schon im Vorfeld von der Entwicklung weiterer literarischer Rezeptionskompetenz ausgeschlossen werden. Für die Leseerziehung wichtig ist darüber hinaus das Ergebnis, daß der Anteil derjenigen, die die Erfahrung starken Betroffenseins durch ein Buch gemacht haben, mit dem Alter nicht steigt.

»Sie wurde offenbar bereits mit 14, spätestens 15 Jahren gemacht; wer das bis zu diesem Alter nicht hat, macht sie auch später nicht mehr (oder nur in Ausnahmefällen)« (ebd.: 251).

Schön unterscheidet drei Stufen der Identifikation, in denen »ein Rezipient im Rezeptionsakt für sich ›Illusion‹ realisiert«: »Substitution«, »Projektion« und »Empathie«.

- Mit »*Substitution*« bezeichnet Schön den Vorgang des (teilweise) Ersetzens der eigenen sozialen Welt durch die fiktionale bzw. literarische Welt, einen in der Phantasie vollzogenen Austausch der umgebenden Welt. Der Leser oder die Leserin nimmt als »sie selbst« oder »er selbst« am literarischen Geschehen teil und nimmt dabei auch affektive soziale Beziehungen zu den »anderen« Protagonisten des Geschehens auf (vgl. ebd.: 255-257).

Seilmann stellte in einer interkulturellen Studie fest, daß vor allem in der einleitenden Phase des Lesens Erinnerungen an spezifische frühere persönliche Erlebnisse des Lesers oder der Leserin mit dem fiktionalen Geschehen in Verbindung gebracht werden, was unter Umständen auch ein etwas beschränktes Verständnis vom Inhalt des Textes mit sich bringen kann. Durch unterschiedliche Verfügbarkeit und Bedeutsamkeit solcher Erinnerungen entstehen Unterschiede kultureller, sozialer und persönlicher Art im Verständnis des Textes und in seiner persönlichen Bedeutungsfülle für verschiedene LeserInnen. Ohne diesen Prozeß der »persönlichen Resonanz«, in dem die fiktionale Welt des Textes der persönlichen Welt des Lesers oder der Leserin angenähert wird, kann die Geschichte für die LeserInnen nicht lebendig werden, nicht »sie selbst betreffend verstehbar« werden. Erst die »persönliche Resonanz« erlaubt es, Gefühle, Motive und Handlungen anderer Leute zu verstehen, nur dann kann einer Erzählung ein tiefgreifender und allgemeingültiger Sinn beigemessen werden (vgl. Seilmann 1990: 323 u. 340).

Für den Leseunterricht haben diese Erkenntnisse folgende Konsequenzen:

a) Um sich auf einen Text einlassen zu können, muß den Lernenden in der einleitenden Phase des Lesens die Gelegenheit geboten werden, sich selbst in die Geschichte »hineinzubegeben«. Daher sollte der Anfang des Textes von der Lehrperson oder von guten VorleserInnen vorgelesen werden. Erst wenn den Lernenden die »persönliche Resonanz« gelungen ist, reicht ihre eigene Motivation aus, um den Text selbständig weiter zu erlesen.

b) Die üblicherweise im Deutschunterricht behandelten kurzen Lesebuchtexte eignen sich nicht dazu, Rezeptionskompetenz einzuüben, da sie möglicherweise schon zu Ende sind, bevor die Lernenden Gelegenheit zur »Substitution« oder zur »persönlichen Resonanz« hatten. Ich wunderte mich immer wieder darüber, daß Schülerinnen und Schüler Texte, die mir beeindruckend erschienen und über die wir auch gesprochen hatten, bereits am nächsten Tag wieder vergessen hatten. Da sie für die Lernenden nicht »sie selbst betreffend verstehbar« werden konnten, wurden sie nicht behalten. Bei Ganzschriften war dies anders, wie durch die Ergebnisse meiner Befragung von HauptschülerInnen bestätigt wird.[28]

– Unter »*Projektion*« versteht Schön den Vorgang, der alltagssprachlich meist »Identifikation« genannt wird: ProtagonistInnen literarischer Texte wird ein Teil der eigenen Eigenschaften, Bedürfnisse und Einstellungen zugeschrieben, der Leser oder die Leserin tritt in der Phantasie an die Stelle einer Buch-Figur und kann so »phantasiehaft sein eigenes Selbst mit seiner gesamten kognitiven und affektiven Befindlichkeit in der Situation jenes Protagonisten realisieren, dessen Platz er damit einnimmt«, z.B. kann er eigene Bedürfnisse »mit den Handlungsmöglichkeiten jenes Protagonisten ausleben« (Schön 1990: 258).

Schöns Untersuchung ergab, daß die Zahl derer, die diese »komplexere Identifikationsform als die Substitution« realisieren konnten, deutlich kleiner war. Im Vergleich zu den anderen beiden Formen war hier aber der Geschlechterunterschied am geringsten. Die Antworten von 28,7% der männlichen Befragten und von 41,8% der weiblichen wiesen auf die Fähigkeit zu dieser Identifikationsform hin.

– »*Empathie*« ist laut Schön »die als Form sozialer Interaktion kompetenteste Form der Identifikation«. Diese erlaubt es,

»Fremdes« in die eigene Identität aufzunehmen, und erfordert die Fähigkeit »zu einem kontrolliert gehandhabten flexiblen Umgang mit den Grenzen eigener und fremder Identität« (ebd.: 261). Dabei werden neben der Antizipation von Einstellungen, Erwartungen oder Reaktionen anderer auch deren affektive Zustände nacherlebt. Jedoch ist Empathie mehr als Affekt-Übernahme. Sie beinhaltet zunächst eine Interpretation, »die an anderen Merkmale identifiziert und von diesen beobachtbaren Merkmalen auf nicht beobachtbare Befindlichkeiten schließt«. Im Gegensatz zur Projektion ist in dieser Aktivität Fremderfahrung möglich.

Schöns Untersuchung bestätigte die Erwartung, »daß empathisches Rezipieren ein eher weibliches Rezeptionsmuster ist«. Er bringt dies in Verbindung mit »all dem, was von feministischer Seite über ›Beziehungsarbeit‹ als weiblicher Domäne herausgearbeitet worden ist« (ebd.: 263). Offensichtlich findet er sich damit ab, daß Männer diese »kompetenteste Form der Identifikation« in ihrer Mehrheit nicht erlernen, was sich doch nach seinem Ansatz auch auf die soziale Interaktion auswirkt. Daß Mädchen und Frauen diese Kompetenz eher erwerben, verdanken sie einem lebenslangen Training in der Übernahme der männlichen Perspektive, während Jungen ein entsprechendes Training in der Übernahme der weiblichen Perspektive vorenthalten wird.

Schön stellt im Fazit seiner Untersuchung einen Zusammenhang zwischen literarischer und sozialer Kompetenz her:

> Wenn im literarischen Lesen Interaktionsweisen wie die beschriebenen Formen der Rollenübernahme erfahren und eingeübt werden, die letztlich – im Transfer von einem Teil der Lebenswelt der Leser in einen anderen – soziale Kompetenzen sind, dann könnten diese Fähigkeiten in dem Maße verlorengehen, wie die ›Lesekultur‹ verlorengeht: Der wachsenden ›Wissenskluft‹ auf kognitiv-informatorischem Gebiet würde dann eine Kluft in den emotiven und sozial-interaktiven Kompetenzen entsprechen. Die eine beeinträchtigt die Fähigkeit zur demokratischen Partizipation; die andere könnte unsere gesamte politische Kultur verändern (Schön 1991: 267).

Meines Erachtens ist diese Veränderung schon längst im Gange. Wenn Schön mit seiner Verknüpfung sozialer mit literarischer

Kompetenz recht hat, müßte die Schule größte Anstrengungen unternehmen, um das weitere Verlorengehen der Fähigkeit, sich auf Fiktionsliteratur einzulassen, zu verhindern.

Hannelore Christs Analyse dreier Unterrichtsstunden über literarische Erzählungen[29] bestätigen und ergänzen Schöns Ergebnisse. In den Unterrichtsgesprächen nahmen Mädchen eine empathische Haltung gegenüber den kindlichen Figuren ein. Christ deutet dies als »Anstrengung, trotz der Differenz verstehen zu wollen«. Wo aufgrund des Geschlechtsunterschieds Identifikation nicht gelingen könne, sei Empathie der Weg, in der Differenz Verständnis zum Ausdruck zu bringen.

Jungen interessierten sich dagegen nur für gleichgeschlechtliche Figuren, mit denen sie sich identifizieren konnten. Wenn diese sich dafür nicht eigneten, z.B. weil sie »schwierig« oder die »Opfer« waren, orientierten sie sich an den männlichen Erwachsenen. Wie auch die Ergebnisse meiner Fragebogenuntersuchung vermuten lassen und meine Unterrichtserfahrungen bestätigen, tendieren Jungen dazu, Texte dann ganz abzulehnen, wenn sie darin keine männlichen Personen finden, mit denen sie sich identifizieren können. Christ schließt daraus, mit einer gegengeschlechtlichen Textauswahl scheine »keineswegs die Auseinandersetzung mit dem jeweils anderen Geschlecht einherzugehen«. Jungen würden nicht angemessen gefördert, wenn man ihnen erlaube, der Konfrontation mit weiblichen Hauptfiguren auszuweichen. Christ stellte den Kindern daher die Aufgabe, sich über die Gefühle von Renate in »Die Ohrfeigen« (Welsh) Gedanken zu machen, damit sich auch die Jungen mit Renates Erfahrung intensiver beschäftigen mußten (vgl. Christ 1994: 87).

Während Mädchen die ganze Figurenkonstellation in den Blick nahmen, folgten Jungen überwiegend der Erzählperspektive. Auch dies weist darauf hin, daß bei den Mädchen die Fähigkeit zum Perspektivenwechsel besser entwickelt wurde. Christ fordert für die Auswahl von Texten für den Unterricht, daß dabei die Figurenkonstellation genau analysiert werden müsse (ebd.).[30]

3.6. Zusammenfassung der Ergebnisse

Durch die Auswertung der wissenschaftlichen Literatur der mit den Fragen dieser Arbeit befaßten Fachrichtungen (Kap. 2) sowie die Ergebnisse der schriftlichen SchülerInnenbefragung und weiterer empirischer Untersuchungen zur Frage der Beeinflussung durch Lesen (Kap. 3) können nun einige der in der Einleitung gestellten Fragen beantwortet werden:

a) Die in Büchern dargestellten Personen und ihre Beziehungen spielen sowohl bei der Entwicklung von Lesemotivation als auch bei der Beeinflussung durch Bücher eine bedeutende Rolle.

b) Von zentraler Bedeutung ist bei der Wahl eines literarischen Vorbilds sowohl das Geschlecht dieser Person als auch die Perspektive, die auf diese Figur eröffnet wird. Daher muß bei der Auswahl geeigneter Literatur für den Unterricht mehr als bisher darauf geachtet werden, welche Angebote ein Text für Mädchen und Jungen enthält, sich identifizierend oder empathisch mit Personen ihres eigenen und des anderen Geschlechts auseinanderzusetzen. Offensichtlich wurden den Mädchen im schulischen Kontext bisher zu wenig Identifikationsangebote gemacht, während sie sich über die Maßen empathisch betätigen mußten. Dagegen wurde den Jungen erlaubt, die Beschäftigung mit Frauen und Mädchen sowie mit »anderen« Jungen zu verweigern, wodurch sie in ihrer Empathiefähigkeit nicht gefördert wurden.

c) Wenn wir Leseförderung und das damit verbundene Einüben psychosozialer Fähigkeiten im Blick haben, ergibt sich daraus die Notwendigkeit einer Veränderung der Geschlechterverhältnisse in folgenden Punkten:

- Emotionale Beteiligung sowohl an realem als auch an fiktivem Geschehen darf nicht mehr mit »Weiblichkeit« (bzw. Kindlichkeit) verknüpft und damit als für männliche (bzw. erwachsene) Personen als nicht erstrebenswert dargestellt werden.
- Die Beibehaltung der eigenen Perspektive und die Beschäftigung mit Beziehungen untereinander muß in der Öffentlich-

keit ebensosehr wertgeschätzt werden, wenn es sich um Frauen handelt, wie wenn es sich um Männer handelt. Frauen müssen hierzu ermutigt werden.

- Um dies zu erreichen, muß auch männlichen Personen erlaubt werden bzw. muß von ihnen gefordert werden, sich mit Frauen und ihrer Sichtweise der Dinge auseinanderzusetzen und gegebenenfalls auch von ihnen zu lernen, ohne daß sie fürchten müssen, dadurch von ihren Geschlechtsgenossen oder auch von den Frauen selbst als unmännlich diffamiert zu werden.
- Sowohl der Respekt vor »anderen« Jungen und Männern als auch der Respekt vor Frauen in all ihrer Unterschiedlichkeit muß daher von Jungen und von Männern eingeübt werden.

Welche Veränderungen für die Erziehung in früher Kindheit sowie für schulische Erziehungs- und Bildungsziele mit diesen Forderungen verbunden sind, soll im folgenden Kapitel erarbeitet werden.

4. Was heißt »Demokratisierung der Geschlechterverhältnisse« für Pädagogik und Lesedidaktik?

4.1. Respekt und Bindung beim Aufwachsen als Mädchen oder Junge

Um die – im Vergleich zu allen anderen – geringen biologischen Unterschiede als Ursachen derjenigen sozialen Konsequenzen ansehen zu können, die scheinbar selbstverständlich aus ihnen folgen, bedarf es eines umfassenden, geschlossenen Bündels sozialer Glaubensvorstellungen und Praktiken […] (Goffman 1994: 106).

Das Interesse an der Sozialisation der Geschlechter geht in unterschiedliche Richtungen: Während die einen beweisen wollen, daß Geschlechterunterschiede angeboren sind und daß daher z.B. eine geschlechtliche Arbeitsteilung sinnvoll ist, wollen andere den Nachweis erbringen, daß eine veränderte Sozialisation Geschlechterunterschiede aufheben könnte. Wieder andere wollen belegen, daß Frauen bereits durch die geschlechtsspezifische Sozialisation benachteiligt werden.

Bei der Bewertung der Ergebnisse von Geschlechtervergleichen muß daher vielleicht noch mehr als bei anderen Untersuchungen mit einem »sex bias« und mit dem Einfluß des Interessenhintergrunds auf das Untersuchungsdesign gerechnet werden. Das »umfassende, geschlossene Bündel sozialer Glaubensvorstellungen und Praktiken« (Goffman) wirkt sich darüber hinaus nicht nur auf die Interpretation der Ergebnisse aus, sondern auch darauf, welche Ergebnisse öffentliches Interesse finden. So erhalten Untersuchungen, bei denen keine Geschlechterdifferenzen gefunden wurden, weitaus weniger öffentliche Resonanz als solche Ergebnisse, die Geschlechterunterschiede belegen (vgl. Richter 1996: 24). Obwohl sich in allen Untersuchungen zu Geschlechterunterschieden die statistischen Verteilungen in einem breiten Bereich überschneiden – die individuellen Unterschiede innerhalb eines Geschlechts sind stets größer als die Unterschiede zwischen den beiden Geschlechtergruppen – werden immer wieder aus den Mittelwertsunterschieden eindeutige Geschlechtergegensätze konstruiert, die nichts mit der Realität zu tun haben (ebd.: 25/26). Offensichtlich hat hier das Festhalten an bestimmten sozialen Glaubensvorstellungen Vorrang vor dem Streben nach wissenschaftlicher Erkenntnis.[1]

Viel interessanter als Geschlechterunterschiede erscheint mir daher die Untersuchung der »sozialen Glaubensvorstellungen« und die Frage danach, auf welche Weise diese auf die Geschlechtersozialisation einwirken. Ich halte mich dabei an den von Bilden vorgestellten Ansatz, Geschlecht als »dichotomes Symbolsystem« zu untersuchen, der aus ethnomethodologischen und poststrukturalistischen Richtungen hervorging. Dieses dichotome Symbolsystem spielt in alle gesellschaftlichen Bereiche hinein und produziert »ein ganzes Netz von polaren Bedeutungen, Chiffren und Zuschreibungen«. Auf diese Weise entstehen für Frauen und Männer je unterschiedliche Wirklichkeiten (Bilden 1991: 294).

> Das symbolische System der Zweigeschlechtlichkeit durchwirkt den Alltag mit polaren Deutungsmustern, Zuschreibungen und Erwartungen, *die das gleiche verschieden bewerten lassen* bzw. verschiedene Verhaltensmodalitäten als Darstellung der Geschlechtszugehörigkeit erfordern. Der heimliche Code dieses Regelsystems wird dem Kind über die Sprache, jedoch, wie ich meine, auch nonverbal, frühzeitig vermittelt. Er bleibt *unbewußt, ja gesellschaflich tabuisiert* – worüber gerade seine Reproduktion abgesichert ist (ebd.: 295, Hervorh. D.M.).

Folgende Erfahrung machte mir eindrücklich bewußt, wie sehr auch meine Wahrnehmung durch dieses dichotome Interpretationssystem verzerrt wird:

Bei einer Tagung lernte ich ein ca. vierjähriges Kind kennen. Es hatte lange Haare, die mit Schleifchen geschmückt waren, und trug einen indischen Namen, der auf -a endete. Ich erlebte dieses Kind als lebhaftes, selbstbewußtes Mädchen, das schnell Vertrauen zu mir faßte und auch körperliche Nähe zu mir suchte. Nachdem ich am nächsten Tag erfahren hatte, daß das Kind ein Junge war, schien ich plötzlich ein ganz anderes Kind vor mir zu haben: Ich erlebte sein Verhalten nun als aggressiv und distanzlos. Während ich am Tag zuvor keinerlei Probleme mit diesem Kind gehabt hatte, war ich nun so verunsichert im Umgang mit ihm, daß der Kontakt zwischen uns gestört war. Da das Kind nichts von seiner Geschlechtsumwandlung in meinem Kopf wußte, konnte diese Veränderung nur an mir liegen.

Marianne Grabrucker, deren Tagebuch über die ersten drei Jahre mit ihrer Tochter in bezug auf Genauigkeit in Beobachtung und Selbstbeobachtung bisher unübertroffen ist, berichtet von folgenden Erfahrungen mit dem dichotomen Interpretationssystem:

> Auf dem Geburtstagsfest ist auch ein gleichaltriger Bub namens Tim eingeladen. Er ist sehr zurückhaltend, schüchtern und von zierlicher Statur im Vergleich zu den anderen anwesenden Buben. Seine Kleidung ist völlig neutral.[...] Ich stelle fest, daß es mich lange Zeit stört, nicht das Geschlecht dieses Kindes auf den ersten Blick feststellen zu können. Er war für mich nicht sofort als Bub erkennbar, ich deute mein Gefühl der Unsicherheit als meine Unfähigkeit, ein Kind tatsächlich neutral zu betrachten. Und nicht nur das, es ist meine Unfähigkeit, mit dem Kind geschlechtsunspezifisch in Kontakt zu treten (Grabrucker 1993: 103).

> Schorschi (ca. 2 1/2 Jahre alt, D.M.) hat sich beim Spiel so verletzt, daß er ein Loch in der Stirn hat, das genäht werden muß. Wir gehen zum Arzt; Schorschi liegt auf einem Tisch, als der Arzt den Raum betritt. Er redet sehr sanft mit Schorschi, streichelt ihn, bezeichnet ihn als Mäderl und fragt, wie er heißt. Da stellt sich heraus, daß Schorschi ein Bub ist. Der Arzt ist wie ausgewechselt. Er entschuldigt sich gleich mal heftig bei Schorschi dafür, daß er ihn für ein Mädchen hielt, und schlägt dann einen kräftigen Ton gegenüber Schorschi an, er spricht von da an mit ihm sozusagen von Mann zu Mann, auf du und du. Er betont jetzt, daß Schorschi tapfer sein müsse, daß es aber so weh täte, daß er dann sogar heulen dürfe (ebd.: 146).

So wie es uns nicht möglich ist, nicht zu kommunizieren (Watzlawick u.a. 1974), können wir auch nicht nicht interpretieren. Wie die oben beschriebenen Situationen zeigen, ist es uns wahrscheinlich auch nicht möglich, nicht im Rahmen des Geschlechtersystems zu interpretieren.[2] Wenn wir dies als Ausgangspunkt einer Veränderung der Geschlechterverhältnisse akzeptieren, stellt sich die Aufgabe, die mit dem jeweiligen Geschlecht verbundenen Interpretationen zu untersuchen, nicht um Geschlechterunterschiede abzuschaffen – dies ist uns wahrscheinlich gar nicht möglich –, sondern um diese Interpretationen dort zu verändern, wo sie demokratischen Geschlechterverhältnissen im Wege stehen. Dies ist vor allem dann der Fall, wenn Interpretationen ausschließlich dichotom gestaltet werden: Wenn ein Junge stark ist, muß ein Mädchen schwach sein, wenn Mädchen weinen, dürfen Jungen dies nicht. Darf ein Junge dominieren, muß das Mädchen sich unterordnen. Wenn Mädchen gern lesen, dürfen Jungen sich nicht für Bücher interessieren. Denkbar ist dagegen eine nicht-dichotome Interpretationsweise im Rahmen des Geschlechtersystems, bei der dasselbe Verhalten für beide Geschlechter erlaubt ist, das aber bei einer männlichen Person als männliches Verhalten und bei einer weiblichen als weibliches Verhalten erlebt und interpretiert werden kann, unabhängig von der jeweiligen inhaltlichen Ausgestaltung. Männlich ist dann alles, was bei Männern vorkommt und was von Männern gelernt werden kann, weiblich all das, was von einer Frau kommt (vgl. Günter 1997: 118). So könnte es für Jungen ebenso wie für Mädchen erlaubt sein, der Mutter (und anderen weiblichen Personen) Liebe und Achtung entgegenzubringen und auch außerhalb des Hauses dazu zu stehen, ohne deshalb als Muttersöhnchen verspottet oder gar verprügelt zu werden. Jungen und Mädchen könnte derselbe Respekt entgegengebracht werden, beide könnten in gleicher Weise zu rücksichtsvollem Sozialverhalten erzogen werden.

Im folgenden werde ich an Untersuchungsergebnissen zum Aufwachsen als Mädchen oder Junge zeigen, wie in bezug auf »Respekt« und »Bindung« dichotom interpretiert wird und welche Nachteile für die Entwicklung des jeweiligen Kindes und für ein demokratisches Zusammenleben der Geschlechter sich daraus ergeben. Dabei möchte ich zeigen, daß eine Veränderung der Interpretationen in Richtung einer nicht-dichotomen Geschlechterzuordnung sowohl für die einzelnen Kinder als auch für die Gemeinschaft aus psychohygienischen und sozialen Gründen von Vorteil wäre.

4.1.1. Vor der Geburt

Auch als das Geschlecht des Kindes noch nicht vor der Geburt festgestellt werden konnte, begannen die geschlechtsspezifischen Interpretationen bereits während der Schwangerschaft. Je lebhafter das Kind z.B. im Bauch strampelte, für desto größer hielt man die Wahrscheinlichkeit, einen Jungen zu bekommen, je weniger es die Mutter plagte, um so eher wurde es ein Mädchen. Unabhängig davon, ob das eine oder das andere Verhalten positiver oder negativer bewertet wird, ist mit einer solchen Interpretation schon der Spielraum des Kindes abgesteckt: Ein Junge macht mehr Mühe, ein Mädchen weniger, an diesem unterschiedlichen »Normalmaß« wird das tatsächliche Verhalten des Kindes gemessen werden.

Grabrucker sprach mit schwangeren Frauen, die das Geschlecht ihrer Kinder bereits wußten, über die mit dem Geschlecht der Kinder verbundenen Vorstellungen und Gefühle: Sie erfuhr, daß Töchter-Mütter sich stark mit dem Mädchen verbunden fühlten und sich für die Erziehung der Tochter kompetent fühlten bis weit über die Pubertät hinaus. Was sie für sich selbst als Frau herausgefunden hatten, sollte auch Gültigkeit für die Tochter haben. Die Regeln für ihre Erziehung »sind von der Mutter an sich selbst erarbeitet und sind ihr bekannt« (Grabrucker 1993: 23). Eine Mutter, die froh war, *kein* Mädchen zu bekommen, begründete dies folgendermaßen:

> Ich hätte einer Tochter damals gar nicht so sicher in mir selbst und in meinen Vorstellungen von meiner eigenen Stellung gegenübertreten können; da war es mir lieber, mit einem Buben konfrontiert zu sein, denn der war eben gleich das Fremde und andere. Bei dem mußte ich mich nicht so mit mir selbst auseinandersetzen (ebd.: 22).

Söhne-Mütter waren sich unsicher gegenüber dem »fremden kleinen Mann« und ließen die Zukunft für ihn offen. Sie wollten »einfach alles auf sich zukommen lassen und sich nach der ›Natur‹ des Kindes richten«. Das Anderssein des Sohnes bedeutete für die Mutter Distanz. Die Regeln, die die Mutter für sich (und für eine Tochter) gelten ließ, konnte sie ihrem Sohn nicht mit auf den Weg geben (ebd.: 22/23).

Schon bevor das Kind auf der Welt ist, ist also die Bereitschaft zu Respekt und Bindung ihm gegenüber je nach Geschlecht unterschiedlich: Direkte Verbundenheit und wenig Respekt vor seiner Andersheit wird einem Mädchen entgegengebracht, Distanz und Fremdheit, aber uneingeschränkter Respekt vor seinem Anderssein ist für den Jungen vorgesehen. Beide werden auch unterschiedlichen Müttern begegnen: Dem Mädchen tritt eine sichere Mutter gegenüber, die sich für seine Erziehung kompetent fühlt und ihre eigenen Maßstäbe und Regeln ihm gegenüber durchsetzen wird, der Junge erhält eine unsichere Mutter, die abwartet, was er zu sagen hat, eine Mutter, die sich nicht kompetent fühlt, die Führung zu übernehmen. Damit ist nichts darüber ausgesagt, wie die Kinder ihre Mütter erleben werden: Sowohl für den Jungen als auch für das Mädchen wird die Mutter zunächst als groß, mächtig, kompetent und Sicherheit gewährend erscheinen, jedoch ist das Bild, das das Mädchen von seiner Mutter hat, eher im Einklang mit der Vorstellung, die die Mutter von sich selbst ihm gegenüber hat.[3]

Aus der folgenden Aussage einer Mutter wird deutlich, wie »Kompetenz« bei einer Tochter-Mutter bei der Mutter, bei einer Sohn-Mutter beim Sohn angesiedelt sein kann und wie unterschiedlich die entsprechende Selbstsicherheit ausfällt:

> Bei der ersten Schwangerschaft hatte ich mich innerlich vollkommen auf die Geburt eines Buben eingestellt. [...] Mein Selbstwertgefühl hing davon ab, denn ich glaubte über einen von mir geborenen Sohn endlich die Kompetenz im Leben zu erhalten, die in meiner Jugend immer nur mein großer Bruder besessen hatte. Der Sohn wäre endlich all das Wünschenswerte gewesen, das ich selbst nie sein konnte – das ganz andere.
>
> Über das Mädchen, das ich gebar, war ich aber dann auch glücklich, weil ich jetzt auf einmal eine ganz andere Art von Kompetenz verspürte, nämlich die, über einen anderen Körper sicher Bescheid zu wissen und mich selbst noch einmal in kleiner Ausgabe vor mir zu haben. Das gab mir ungeheure Sicherheit (ebd.: 23).

4.1.2. Frühe Kindheit

Ursula Scheu stellte in ihrem Buch »Wir werden nicht als Mädchen geboren, wir werden dazu gemacht« (1977) eine Fülle von Untersuchungen aus unterschiedlichen Kontexten zusammen, die die Benachteiligung der Mädchen von klein an belegen sollten. Sie fand Unterschiede in der taktilen und kinästhetischen Stimulation, im Stillverhalten, in der Sauberkeitserziehung, in der Förderung von Selbständigkeit und Autonomie. Betrachten wir diese Ergebnisse mit Blick auf die Unterschiede in Bindung und Respekt in der jeweiligen Mutter-Kind-Beziehung, so finden wir bestätigt, was schon die Phantasien der Schwangeren vermuten ließen:

Dem Mädchen gegenüber setzt die Mutter eher ihre eigenen Bedürfnisse durch, dem Jungen gegenüber ist sie unsicher und überläßt ihm daher die Führung. Sie »weiß« zudem von vornherein, daß Jungen mehr Mühe machen, und akzeptiert dies. So ist zu erklären, warum Jungen öfter und länger auf den Arm genommen wurden, warum sie öfter und länger gestillt wurden, warum ihnen beim Stillen und bei der Flaschenfütterung mehr Zeit für Pausen gelassen wurde, warum Mädchen früher entwöhnt wurden (vgl. Scheu 1977: 51-57). Während das Mädchen früher damit konfrontiert wird, daß es den Eigensinn der Mutter respektieren muß, erfährt der Junge, daß die Mutter ihm zur Verfügung steht: Scheu nennt Untersuchungen, nach denen die Jungen vom 2. bis 5. Monat mehr Anregung, Angebote und Aufmerksamkeit erhielten, während die Mädchen öfter sich selbst überlassen wurden (Scheu 1977: 61-63).

All dies muß sich nicht zum Nachteil des Mädchens auswirken, wenn die Mutter dabei im Einklang mit ihren eigenen Bedürfnissen handelt. Denn auf der emotionalen Ebene der Beziehung (von der Mutter zur Tochter) ist der Effekt offensichtlich eher positiv, die Mutter-Tochter-Bindung wird gestärkt. Dafür spricht die ab dem 3. Monat beobachtete Zunahme körperlicher Nähe zwischen Müttern und Töchtern, während Mütter von Söhnen vom gleichen Zeitpunkt an ihr zärtliches Verhalten den Jungen gegenüber allmählich reduzierten und sie statt dessen auf die Dinge in der Umgebung verwiesen.[4] Scheu interpretiert dies als Beginn der Erziehung zum Mädchen- und Jungenstereotyp und damit als Benachteiligung des Mädchens. Mädchen waren nach den von Scheu zitierten Untersuchungen auch früher sauber als Jungen, sie lernten früher, selbständig zu essen und sich allein anzuziehen. Sie wurden nicht nur darauf hinerzogen, weniger Mühe zu machen, sondern nahmen der Mutter auch schon Arbeit ab (vgl. ebd.: 63/64).[5]

Die Veröffentlichungen feministischer Autorinnen zur Benachteiligung der Mädchen in der frühen Kindheit haben das Erziehungsverhalten von Müttern möglicherweise dahingehend beeinflußt, daß ihnen auch die größere Sicherheit, die sie in bezug auf die Erziehung von Mädchen bis dahin hatten, genommen wurde. Ich halte es nicht für positiv, wenn das Erziehungsverhalten gegenüber den Töchtern an das bisherige Erziehungsverhalten gegenüber Söhnen angeglichen wird. Ich halte es nicht für erstrebenswert, daß Kinder von Müttern aufgezogen werden, die sich selbst nicht für die Erziehung ihrer Kinder kompetent fühlen und aus Unsicherheit und Angst, etwas falsch zu machen, ihren Söhnen und Töchtern die Führung überlassen und dabei weit über ihre eigenen Grenzen gehen. Mütter, die sich auch ihren kleinen Töchtern gegenüber wie niedrige Bedienstete verhalten und sich von ihren Kindern wie Dienstmädchen früherer Zeiten behandeln lassen, sind kein gutes Vorbild für Mädchen in bezug auf starke erwachsene Weiblichkeit.[6]

4.1.3. Kleinkindphase

Marianne Grabruckers ›Tagebuch‹ enthält zahlreiche Beispiele dafür, wie Mütter ihren Töchtern gegenüber mit großer Selbstverständlichkeit ihre eigenen Maßstäbe durchsetzen, so daß diese z.B. nicht hauen oder raufen (S. 52/53, 55, 62/64), daß sie anderen helfen (S. 157, 162/163, 173) und sich und ihre Umgebung sauberhalten (S. 96). Dagegen fiel ihr bei den Müttern von Söhnen folgendes auf: Wenn sich ihr Sohn entgegen ihren Maßstäben verhielt (oder einfach grob anti-sozial), stellten Söhne-

Mütter wohlwollend fest, daß er halt ein »Mann« sei. Sie beurteilten sein Verhalten nicht kritisch, schränkten ihn nicht ein, »erzogen« ihn also nicht, sondern strichen sein unsoziales Verhalten sogar noch als besonders heraus (S. 31, 52/53, 57-60, 67, 135/ 136, 143). Den angerichteten Schaden machten sie selbst wieder gut, indem sie z.B. aufräumten oder das »Opfer« trösteten, oder sie muteten dies den anderen Frauen oder älteren Mädchen zu, die dies auch bereitwillig für den »kleinen Mann« erledigten (S. 144 u. 158). Im besten Fall entschuldigten sich die Mütter für ihre Söhne, aber sie setzten sich den Söhnen gegenüber nicht durch.

Der Sohn wird auch dann noch in seinem Besonders-Sein respektiert oder gar bewundert, wenn alle anderen unter ihm zu leiden haben: So trampelte ein dreijähriger Junge bei einer Geburtstagfeier über alles hinweg, womit die anderen Kinder (vier Mädchen) spielten, worauf seine Mutter stolz bemerkte: »Er ist halt ein richtiger Platzhirsch.« Keine der Töchter-Mütter widersprach ihr oder kritisierte gar das Verhalten des Jungen.

Während Jungen auch dort noch respektiert werden, wo dies eindeutig der Gemeinschaft schadet, wird den Mädchen bereits dann zu wenig Respekt entgegengebracht, wenn ihr Interesse von dem der Mutter abweicht (Grabrucker: 32, 81-83, 108).

Daß mit Mädchen schon im Kleinkindalter deutlich mehr geschmust wird als mit Jungen,[7] stellt für Grabrucker ebenfalls ein Beispiel für mangelnden Respekt dar, wenn dabei das Mädchen in seinem Expansionsdrang eingeschränkt oder von einem momentan anderen Interesse abgelenkt wird (S. 125/126, 168). In der folgenden Situation wird jedoch deutlich, daß dem Jungen hier auch die Möglichkeit vorenthalten wird, Bindung körperlich zu erfahren und auszudrücken:

(Ingrid) wendet sich an die Kinder: »Na, Schorschi, daß ich dich auch mal wieder sehe. Gehst du denn jetzt auch fleißig Schlitten fahren?« Der Ton ist munter bis sachlich. Die Höhe der Stimme unverändert. Jetzt beugt sie sich zu Anneli herab, lächelt ihr intensiv zu, nimmt sie auf den Arm und sagt: »Ach, du kleine Süße, siehst du aber niedlich aus. Und deine schönen Locken, die werden ja immer noch mehr. Ich hab was für dich.« Ihre Stimme hat sie im Vergleich zu vorher deutlich angehoben. Die letzten Worte sprach sie in besonders einschmeichelndem Ton. Schorschi steht die ganze Zeit daneben und schaut zu Ingrid, mit Anneli auf dem Arm, hoch. Dann verschwindet sie mit Anneli im Haus und holt eine Brezel. Dafür erbittet sie sich von Anneli ein Bussi auf die Wange, und sie beginnt Anneli zu kitzeln und mit ihr zu schäkern und bewundert ihre Mütze, ihren Schneeanzug – alles ganz normale Kleidungsstücke. Schorschi steht inzwischen daneben. Dann trollt er sich davon und spielt mit dem Schnee, während Anneli immer noch auf dem Arm von Ingrid festgehalten wird. Für mich ist es keine Frage mehr, warum Mädchen personenbezogen, Buben dagegen sachbezogen sind bzw. so gelten (Grabrucker 1993: 127).

Ulrike Schmauchs Beobachtungen über die Beziehungen der Mütter und Väter zu ihren Töchtern und Söhnen in der Kleinkindphase und deren Reaktion darauf – sie betreute insgesamt 15 Kinder über den Zeitraum von vier Jahren in einer Krabbelgruppe – bestätigen und ergänzen Grabruckers Bericht:

Die Bindung zwischen Müttern und Söhnen wurde »wie in einem Séparée« gelebt, »abseits all des beeindruckenden Großseins und des scheinbar so autonomen Agierens des Jungen, heimlich und zärtlich«. Die Söhne wurden von ihren Müttern »intensiver und bedeutend länger als Mädchen in vielerlei alltäglichen Handlungen verwöhnt und bedient«, bis hin zu der Gewohnheit, im Bett bei der Mutter zu schlafen. Daher mußten sie »jenseits des Séparées« um so aktivistischer und grandioser ihre Autonomie demonstrieren (Schmauch 1987: 109).[8]

Ihre Beobachtungen über die Beziehung zwischen Müttern und Töchtern faßt Schmauch folgendermaßen zusammen:

Sehr früh schon scheint die Liebe zwischen Müttern und kleinen Töchtern die kaum bewußte Notwendigkeit zu enthalten, daß die Töchter sie verstehen und rücksichtsvoll, zärtlich behandeln. Man kann ein sanftes Interagieren beobachten, in dem das kleine Mädchen der Frau entgegenkommt, ihr einfühlsam hilft und sie tröstet; im Grunde geht es mütterlich mit der eigenen Mutter um (Schmauch 1987: 102).[9]

Mehr Respekt gegenüber den Töchtern fordert Schmauch, wenn sie betont, es sei notwendig, »daß Frauen ihre Töchter von Geburt an auch anerkennen als Andere, Fremde; daß sie auch die frühe Mutter-Tochter-Liebe als Erfahrung sehen, in der Dissonanz, Spannung aggressiver und erotischer Art, Konkurrenz und Konflikte ihren Platz haben« (ebd.: 107).

In dieselbe Richtung gehen Prengels Überlegungen zu einer »Erziehung zur Gleichberechtigung«:

In der Jungenerziehung, so könnte man vermuten, herrscht unbewußt viel mehr als in der Mädchenerziehung die Haltung vor, daß man seinem Kind einen Gefallen tut, wenn man eigene Bedürfnisse zurückstellt und Jungen selbst die Situationen und ihre Spielregeln bestimmen läßt. Jessica Benjamin konnte zeigen, daß es in der Erziehung um zweierlei gehen müßte: Die respektvolle Anerkennung der Bedürfnisse des Kindes und eine ebenso respektvolle Bestätigung der Bedürfnisse der Bezugspersonen. In der Erziehung müßte es also gelingen, zwischen diesen beiden Polen eine Balance zu finden (was leider kaum je zum Bestandteil idealer Mütterlichkeit erklärt worden ist). Während Mädchen im Übermaß die Bedürfnisse anderer anerkennen lernen, lernen Jungen viel zu wenig, solche Bedürfnisse wahrzunehmen. Wirkliche Individuation würde hingegen für beide Geschlechter bedeuten, daß sie die Spannung zwischen den sich widersprechenden Impulsen der Selbstbehauptung und der Anerkennung des Anderen aufrechterhalten können (Prengel 1987a: 30/31).

4.1.4. Kindergartenzeit

Über das geschlechtsspezifische Aufwachsen in der Kindergartenzeit liegen nur sehr wenige Einzeluntersuchungen vor (vgl. Richter 1996: 164). AutorInnen berichten übereinstimmend von ihrem Eindruck, daß sich Mädchen und Jungen bereits zu diesem Zeitpunkt ihrer Entwicklung stark in ihrem Verhalten und in ihren Interessen unterscheiden (vgl. z.B. Dittmann 1993: 10). Weiter verstärkt werden diese Unterschiede nun durch den Einfluß der gleichgeschlechtlichen Gleichaltrigengruppen (peers), in denen sich Kinder untereinander »rigoros im Sinne geschlechtstypischen Verhaltens« sozialisieren (Bilden 1991: 287). In Jungen- und Mädchengruppen werden unterschiedliche Interaktionsstile eingeübt: Jungen kompetitiv und tendenziell in Opposition zur Erwachsenenautorität, Mädchen kooperativ miteinander und mit Erwachsenen (vgl. Enders-Dragässer/Fuchs 1988). Diese Interaktionsstile in Jungen- und Mädchengruppen sind die logische Konsequenz dessen, was die Mädchen und die

Jungen in ihren ersten Beziehungen in bezug auf Respekt und Bindung gelernt haben: »Männlichkeit« heißt, in der Öffentlichkeit keine Bindung an die Mutter zu haben, sich ihr zu entziehen, und – gestärkt durch die Gleichaltrigengruppe, die bei Jungen meist auch deutlich größer ist als bei den Mädchen – sich über die Gebote und Verbote der Mutter (später der Erzieherin, der Lehrerin) hinwegzusetzen. »Männlichkeit« heißt aber auch zu dominieren, die Führung zu haben, sich Respekt zu verschaffen: Je besser ihm dies gelingt, um so männlicher kann ein Junge sich fühlen. So üben sich Jungen nun untereinander darin, »eine dominante Position einzunehmen, Zuhörer zu fesseln und sich auch gegen das Rederecht anderer durchzusetzen« (Bilden 1991: 287).[10] Daß sich die Jungen dem Zugriff der Erwachsenen (fast ausschließlich Frauen) entziehen und die Bindung an die Gleichaltrigengruppe suchen, mag allerdings auch damit zusammenhängen, daß sie in ihren Bindungswünschen von diesen Erwachsenen enttäuscht wurden. Die Distanz der Mutter zu dem »kleinen Fremden« setzt sich fort in der Distanz der Erzieherinnen zu den Spiel-Welten der Jungen im Kindergarten. Haberkorn kritisiert, daß Jungen von vielen Erzieherinnen wenig Anleitung und Akzeptanz erfahren, wenn sie sich in Rollenspielen versuchen oder mit kriegerischen Plastikpuppen aus Fernsehserien spielen, da den Erzieherinnen die Inhalte dieser Spiele fremd oder gar zuwider sind.[11] Anstatt diese Spiele von vornherein als Kriegsspiele abzulehnen, sollten sie nach Haberkorns Ansicht vorrangig als Puppen- und Rollenspiele behandelt werden, deren Wert ebenso wie in den Puppen- und Rollenspielen der Mädchen darin besteht, daß durch sie Sprache, Kommunikation und Phantasie gefördert werden, Handlungsmöglichkeiten erprobt und Bedürfnisse ausgelebt werden können, wodurch sie auch eine wichtige psychohygienische Funktion haben (vgl. Haberkorn 1992: 69-72, Arbeitskreis Grundschule 1990: 130/131). Möglicherweise unterscheidet sich die Bindung eines Jungen dieser Altersgruppe an sein Plastikmonster nicht sehr von der Bindung eines Mädchens an eine Babypuppe.[12] Erwachsene sind dafür verantwortlich, daß Jungen überwiegend häßlich aussehende Puppen aus gewaltverherrlichenden Filmen als Spielzeug angeboten werden und daß ihre Bindungswünsche an »Übergangsobjekte« nicht in gleichem Maße wahrgenommen und respektiert werden wie bei den Mädchen.

Mädchen brauchen keine großen Gruppen, um sich von der Mutter abzugrenzen, sie erhalten aber auch nicht den Freiraum (zeitlich und räumlich), um sich ihre eigene Welt aufzubauen. Da gruppenintern nur Gleichheit und Harmonie erlaubt sind, ist der Gruppengröße eine natürliche Grenze gesetzt: Denn wer sich nicht einfügt, kann nur ausgegrenzt werden.[13] Im Kindergarten verhalten sich die Mädchen kooperativ auch in dem Sinne, daß sie die Angebote der Erzieherinnen nutzen (z.B. die Puppenecke, das Vorlesen, die Rollenspiele). Sie müssen sich nicht entziehen, um gegen das »Weibliche« dieser Angebote zu opponieren. Wenn sie andere Wünsche haben, können sie aber auch nicht in dem Maß wie die Jungen damit rechnen, daß dies von Frauen grundsätzlich respektiert wird. Haberkorn, die selbst im Kindergarten und dann in der Aus- und Weiterbildung von Erzieherinnen tätig war, wendet sich gegen die Selbstverständlichkeit, mit der von Erzieherinnen das kooperative Verhalten von Mädchen ausgenützt wird. Sie beobachtete immer wieder, daß in Streßsituationen »gerade die älteren Mädchen beginnen, sich für die Gruppe mitverantwortlich zu fühlen, die Erzieherin unterstützen oder zumindest nicht noch eigene Bedürfnisse anmelden« und als unausgesprochene Bündnispartnerinnen und Helferinnen der Erzieherin zur Verfügung stehen. Haberkorn beobachtete, daß Erzieherinnen den Jungen eher zubilligten, sich ihren Erwartungen zu widersetzen und den Konflikt zu suchen als den Mädchen.

Ebenfalls als Beleg für mangelnden Respekt gegenüber Mädchen in »öffentlichen« Situationen bei stärkerer Bindung an diese im »privaten« Kontext können die Untersuchungsergebnisse von Fried interpretiert werden. Fried fand die Ergebnisse einer englischen Untersuchung zum Gesprächsverhalten von Kindergartenerzieherinnen in deutschen Kindergärten bestätigt: In Situationen mit informellem Charakter, z.B. bei Freispielgesprächen, wählten die Erzieherinnen einen Gesprächstyp, wie er auch bei Müttern im familiären Umfeld beobachtet wurde. Dieser ist durch das Bemühen um Partnerschaftlichkeit und durch

Handlungsnähe gekennzeichnet, Beziehungsarbeit nimmt in diesen Gesprächen viel Raum ein. Hier unterhielten sich Erzieherinnen »öfter, spontaner und vertrauter mit den Mädchen als mit den Jungen« (Fried 1990: 67/68). In stärker formalisierten, schulähnlichen Situationen, z.B. bei Stuhlkreisgesprächen, wählten die Erzieherinnen den »öffentlichen« Gesprächsstil, in dem sie selbst den Gesprächsablauf stark lenkten und bestimmten. Dabei behandelten sie Mädchen und Jungen ebenfalls unterschiedlich: Jungen wurden in allen Gesprächskreisen weitaus häufiger angesprochen, zum Gesprächsgegenstand gemacht oder zum Sprechen ermutigt. Sie profitierten also – so Fried – von der »stärker sachbezogen-herausfordernden Seite« dieses Gesprächsstils. Mädchen wurden, wenn sie auch nur zu »Gedankenflügen« ansetzten, eher gestoppt und entmutigt. Hier wurde die »bindend-kontrollierende Seite« des öffentlichen Gesprächsstils wirksam. Wenig erstaunlich ist es, daß Mädchen in diesen Gesprächen deutlich passiver waren als Jungen (Fried 1990: 68-70). Mangelnder Respekt gegenüber den Mädchen zeigt sich hier daran, daß von ihnen nichts Bedeutendes erwartet wird, daß niemand neugierig ist auf das, was sie zu sagen haben, daß sie sogar daran gehindert werden, ihre Gedanken zu entwikkeln, wenn sie nicht zum »Plan« der Erzieherin passen.

4.1.5. Schulzeit

Im Laufe der Grundschulzeit wird das geschlechtstypische Verhalten, das nun bereits sechs Jahre lang eingeübt wurde, noch weiter verfestigt. Die je nach Geschlecht unterschiedliche Bereitschaft und Fähigkeit der Erziehungspersonen zu Bindung und Respekt gegenüber dem Kind spielt hierbei weiterhin eine Rolle:

Durch ihre größere Bereitschaft zur Kooperation mit den Lehrpersonen – auch in der Grundschule immer noch fast ausschließlich Frauen – sind die Mädchen überall dort im Vorteil, wo es um das genaue Befolgen von Vorgaben und die sorgfältige Durchführung einer gestellten Aufgabe, d.h. auch um eintöniges Üben geht.[14] Richters Erklärung für den vielfach nachgewiesenen Vorsprung der Mädchen im schriftsprachlichen Bereich, »daß im Schriftsprachunterricht der Grundschule die von Mädchen bevorzugten Inhaltsbereiche und die damit verbundenen Wörter eine erheblich größere Rolle spielen als die der Jungen« (Richter 1996: 327), weshalb diese Wörter für Mädchen emotional bedeutsamer sind als für Jungen und daher von ihnen leichter gelernt werden können, greift m. E. zu kurz. Ich sehe die Bindung der Mädchen an die Lehrperson – in Fortsetzung der engen Bindung an die Mutter – als Hintergrund für die größere Bereitschaft der Mädchen, sich an die ihnen von den Lehrenden angebotene Grundschul-Kinderwelt anzupassen. Erst dadurch wird diese zu einer »Mädchenwelt«. Jungen demonstrieren dagegen ihre Bindung an die männliche Gleichaltrigengruppe, indem sie sich gegen diese Welt abgrenzen.[15] Die größere Bereitschaft der Mädchen zur Kooperation – d.h. Unterstützung der Lehrpersonen, kooperatives Gesprächsverhalten, Hilfsbereitschaft gegenüber MitschülerInnen, Beiträge zur »Schulkultur« – wird durch Untersuchungen der feministischen Schulforschung bestätigt (Weschke-Meissner 1990, Skinnigsrud 1984, Zornemann 1993).

Als Hinweis auf die engere Bindung von Lehrerinnen an Mädchen im Vergleich zu Jungen können auch Aussagen von hessischen Lehrerinnen gewertet werden, die im Rahmen von qualitativen Interviews über Erfahrungen mit den Interaktionsstrukturen in der Schule geführt wurden. Enders-Dragässer/Fuchs fassen sie folgendermaßen zusammen:

> Wenn die Lehrerinnen ihre Schülerinnen schildern und ihr Verhältnis zu ihnen, fällt auf, daß alle bis auf eine Lehrerin ihr Verhältnis zu den Mädchen als »enger«, »intensiver«, »offener«, »direkter« und besser als zu den Jungen darstellen, mit Erläuterungen wie: »weil ich sie leichter verstehe, weil bestimmte Verhaltensweisen mir vertrauter sind [...]« (Enders-Dragässer/Fuchs 1989: 58).

Daß diese größere Nähe ihren Ursprung in der Vorstellung von der Gleichheit durch das gleiche Geschlecht haben könnte, läßt folgende Aussage einer Lehrerin vermuten:

> Ich setze mich eigentlich mit den Jungen mehr auseinander, aber so ein spontaneres Gefühl habe ich schon eher zu den Mädchen, weil ich mich viel eher in die reinversetzen kann. Ich verstehe besser, was da in ir-

gendwelchen Momenten abläuft, *weil ich das natürlich kenne* (ebd., Hervorh. D.M.).

Boten die spannenden Aktivitäten in den Jungengruppen zunächst einen lustvollen Ausgleich gegenüber der größeren Nähe, insbesondere der körperlichen Bindung, zu der die Mädchen von den Müttern und Vätern, aber auch von anderen Erwachsenen (Kindergärtnerinnen, Verwandten und Bekannten) ermutigt wurden – das demonstrative Übertreten von Erwachsenenverboten und die damit verbundene Selbstgefährdung ist zu diesem Zeitpunkt oft noch als Trotzreaktion durchschaubar – wird den kleinen Jungen nun zunehmend der Rückweg in die Arme der »Mütter« von den gleichaltrigen oder älteren Jungen abgeschnitten, die eifersüchtig über die Ausschließlichkeit der Bindung ihrer Mitglieder an die von ihnen gestaltete und dominierte »Männerwelt« wachen und ständig neue Loyalitätsbeweise verlangen. Das Übertreten von Erwachsenenverboten, die Teilnahme an waghalsigen Aktionen und das öffentliche Sich-Lossagen von der Welt der Frauen (und der eigenen Kindheit) wird nun zum Gruppenzwang. Die Sozialforscherinnen Benard und Schlaffer, die 160 Kinder an Wiener Ganztagsschulen in Stadtteilen mit überwiegender Mittelschichtspopulation befragten, ergänzt durch Interviews mit Schulanfängern an diesen Schulen, waren erschüttert über »die Gewalt, die zum Erlernen der Männlichkeit gehört«.[16] Als Fazit ihrer Fragebogenuntersuchung stellen sie fest:

Die Männlichkeit wird unseren Söhnen im wahrsten Sinn des Wortes eingeprügelt – von der sogenannten *peer-group* der Jungengemeinschaft, und mehr noch von den etwas älteren Jungen. Gemeinsam bilden sie eine Kontrollinstanz, die wir als »Geschlechterpolizei« beschreiben können (Benard/Schlaffer 1994: 70).

60% der befragten Jungen (und 16% der Mädchen) berichteten über kränkenden Spott. In einer durchschnittlichen Schulwoche nie geschlagen worden zu sein, gaben nur 6% der Jungen (gegenüber 83% der Mädchen) an, ein- bis zweimal pro Woche der Gewalt ausgesetzt gewesen zu sein, berichteten 66% der Jungen (und 16% der Mädchen), 26% der Jungen erlebten dies sogar noch öfter. Von mehreren Mitschülern gemeinsam verprügelt worden zu sein, gab ein Mädchen an, jedoch machten 26% der Jungen diese Erfahrung ein- bis zweimal in der Woche, 13% sogar noch öfter (vgl. ebd.: 75). Nach Benard/Schlaffer werden den Jungen »all die Eigenschaften, die wir an den erwachsenen Männern so sehr vermissen« in dieser Zeit von ihren Geschlechtsgenossen ausgetrieben.

Auch wenn ein großer Teil der hier ausgeübten psychischen und körperlichen Gewalt, an deren Ausmaß ich aufgrund meiner eigenen Beobachtungen nicht zweifle, sich nicht direkt vor den Augen der Lehrpersonen abspielt, bleibt sie doch nicht völlig unbemerkt. Hier stellt sich die Frage, warum die Lehrkräfte so wenig gegen diese Übergriffe ausrichten können, warum nicht an dieser Stelle mit »Friedenserziehung« begonnen wird. Schließlich sind die Lehrenden doch verpflichtet, die persönliche Würde und körperliche Unversehrtheit ihrer Schutzbefohlenen zu verteidigen. Dies hat wohl folgende Gründe:

– Männliche Lehrer gehören mit zum Männlichkeitssystem, d.h., sie haben in der Hierarchie der Jungen die Position der ältesten Jungen inne, die keine direkte Gewalt mehr ausüben müssen, um die Kleinen einzuschüchtern. Da sie selbst diese Zeit ja überlebt haben und »gestärkt« daraus hervorgingen, glauben viele von ihnen selbst daran, daß diese »Schule« zur Abhärtung eines Jungen eben dazugehört. Mit Sprüchen wie »Jungen sind halt so«, »Uns hat es auch nicht geschadet« und »Wir mußten da auch durch«, »Das sind doch nur kleine Raufereien« verharmlosen sie, was ihren jungen Geschlechtsgenossen hier angetan wird.
– Lehrerinnen autorisieren sich nicht, ihre eigene Sichtweise denen der Kollegen entgegenzusetzen, da sie sich – wie die Mütter – für die Erziehung von Jungen nicht wirklich kompetent fühlen. So wie Mütter von Jungen schon vor der Geburt akzeptiert haben, daß Jungen mehr Mühe machen, gehören für Lehrerinnen Verhaltensprobleme von Jungen wie selbstverständlich zum Schulalltag und werden als normale Störungen und Disziplinverstöße behandelt, die nichts mit dem Geschlecht zu tun haben (vgl. Enders-Dragässer/Fuchs 1988: 13). Auf der anderen Seite »wissen« auch die Jungen schon in

der Grundschule, daß das Urteil von Frauen in bezug auf ihre Jungenwelt keine Gültigkeit hat, sie sind in diesem Punkt von klein auf fast grenzenlosen Respekt gewöhnt.[17] So belehrten mich Zweitklässler meiner Schule, als ich sie auf dem Nachhauseweg von der Schule zur Rede stellte, weil etwa acht von ihnen einen Mitschüler verprügelten: »Wissen Sie, wir sind eben Jungen. Und bei uns ist das ganz normal.« Obwohl sie mich als Lehrerin kannten, zählte für sie mein Urteil mangelnder Fairness in diesem Fall überhaupt nicht, weibliche Autorität war in ihrer Welt nicht maßgeblich. Denn: »Als Junge muß man das aushalten. Ich bin auch schon von mehreren verprügelt worden. Das ist bei uns Jungen eben so.«

Es ist das Verdienst der feministischen Schulforschung, die Selbstverständlichkeit in Frage gestellt zu haben, mit der die Verhaltensprobleme der Jungen im Schulalltag akzeptiert werden, und den Zusammenhang aufgedeckt zu haben, der zwischen diesen »Disziplinproblemen« und stereotypen Männlichkeitsvorstellungen besteht. Enders-Dragässer/Fuchs sprachen hier erstmals von Defiziten im Sozialverhalten bei den Jungen (Enders-Dragässer/Fuchs 1988):

In den gleichen Lerngruppen, in denen Selbstdisziplin von den Mädchen erwartet und ihnen gegenüber auch durchgesetzt wird, können sich »normale« Jungen ein dominantes, konkurrentes, unsoziales Verhalten leisten, weil es als »männliches« Verhalten sozial anerkannt wird, ungeachtet der dadurch produzierten Unterrichtsbeeinträchtigungen und Unterrichtsstörungen, mit denen sich die Jungen selbst am Lernen hindern. Eine auf Selbstdisziplin und Kooperation basierende Mitarbeit können Jungen durchaus als »nicht männlich« und damit als *nicht rollenkonform* abtun. Jungen, die sich mit ihren Störungen und Disziplinverstößen durchsetzen können, beweisen allen vordergründigen Bestrafungen zum Trotz »männliche« Stärke und Durchsetzungsfähigkeit und erhalten dafür, sei es augenzwinkernd oder zornbebend, soziale Anerkennung für letztlich defizitäre Verhaltensweisen (Enders-Dragässer 1989: 26).

Obwohl diese Untersuchungen vor allem die Benachteiligungen der Mädchen in den Blick nahmen, klang hier doch schon die Erkenntnis an, daß diese Art von Erziehung auch den Jungen selbst schaden könnte. Dies wurde von der nun einsetzenden Männerforschung aufgegriffen: Neutzling/Schnack wandten sich entschieden gegen die in der Rede von der Benachteiligung der Mädchen enthaltene Annahme, »den Jungen gehe es gut, sie würden in Freiheit und Zufriedenheit aufwachsen«. Empört stellen sie fest, die »schwierigen« Kinder unserer Gesellschaft seien in der Mehrzahl Jungen, »ohne daß über diese Tatsache weiter nachgedacht oder geforscht würde«. So seien die weitaus meisten Schulstörer Jungen, sie stellten 85% der hyperaktiven Kinder, die Mehrheit der Sitzenbleiber und der Sonderschüler sowie die Mehrheit derer, die die Schule ohne Abschluß verlassen. Spielsucht und Gewaltbereitschaft seien fast ausschließlich männliche Probleme (Neutzling/Schnack 1991: 133). Die beiden Autoren weisen eindringlich auf die Not der »kleinen Helden« hin, darauf, wie schwer es ihnen gemacht wird, ihre »weichen« Seiten zu zeigen. Jungen hätten Angst, nicht als »richtige Jungen« angesehen zu werden, unmännlich, mädchenhaft zu wirken oder zu sein. Daher dürften sie keine Angst zeigen, was zu hohen Unfallraten unter Jungen führe. Tatsächlich kommen fast doppelt so viele Jungen wie Mädchen im Alter von 1 bis 15 Jahren durch Vergiftungen, Unfälle im Straßenverkehr, durch Sturz und Ertrinken ums Leben. Jungen hätten Angst vor Niederlagen und Versagen, da nach wie vor von ihnen erwartet werde, daß sie die Überlegenen sind. Jungen hätten Angst vor körperlicher Gewalt und vor seelischem Schmerz und Kummer, lernten aber früh, Niederlagen und Verletzungen mit sich allein auszumachen. Sie hätten auch Angst vor Rührung und vor Zärtlichkeit, da diese dazu führen könnte, von Gefühlen »übermannt« zu werden und möglicherweise sogar zu weinen. Auch vor Sexualität hätten Jungen Angst sowie vor dem Urteil der Mädchen und Frauen. Vor allem hätten sie aber Angst vor der Angst und müßten daher ständig in Bewegung oder beschäftigt sein, um möglichst keine Gefühle hochkommen zu lassen (vgl. Neutzling/Schnack 1992: 136-144).

Spätestens an dieser Stelle wird deutlich, welche Unmenschlichkeit mit dieser Form der Männlichkeitserziehung verbunden ist, wie ungesund und gefährlich das Aufwachsen als Junge unter diesen Geschlechterbedingungen ist[18] und welche Belastungen für das soziale Zusammenleben dadurch verursacht werden, daß »Männlichkeit« höher bewertet wird als humanitäre Werte, wie z.B. das Recht auf körperliche Unversehrtheit und die Achtung der Menschenwürde. Der Respekt vor dem, was hier unter Männlichkeit verstanden wird, schadet den Jungen, beeinträchtigt Bildung und Ausbildung und wirkt sich negativ auf das Zusammenleben in der Gesellschaft aus.

Mädchen dagegen wird auch in der Schule weiterhin zu wenig Respekt entgegengebracht. Nicht nur weil die Probleme der Jungen so viel Raum einnehmen, daß die Mädchen dabei »untergehen«, erhalten die Mädchen weniger Aufmerksamkeit als die Jungen. Wie bereits im Abschnitt »Kindergarten« erwähnt, erwarten Lehrpersonen in »öffentlichen Gesprächen« von Mädchen keine interessanten und originellen Beiträge, sprechen sie weniger an, geben ihnen weniger Raum, hindern sie an geistigen »Höhenflügen«. Wie Mütter schon vor der Geburt alles über ihre Töchter zu wissen glaubten, sind auch Lehrerinnen vor allem neugierig auf das, was die »Anderen«, die Jungen zu sagen haben. Untersuchungen über Erwartungen von Lehrpersonen an gute Schülerinnen und an gute Schüler zeigen, daß Lebendigkeit, Wißbegierde und Kreativität bei den Jungen, mit einem geordneten Ablauf des Schullebens zusammenhängende Eigenschaften bei den Mädchen angesiedelt wurden (vgl. Richter 1996: 166/67 u. 169; Pfister/Valtin 1993: 26/27). Entsprechend wird gelobt und getadelt, gefördert und unterdrückt (vgl. ebd.: 31/32). Entsprechend unterschiedlich entwickelt sich das Selbstbewußtsein: Jungen schreiben ihrer Meinung nach gute Noten, weil sie begabt sind, Mädchen führen diese auf Fleiß, Glück oder die Hilfe anderer zurück (vgl. Rustemeyer 1982, Horstkemper 1987).

Daß Mädchen es unter diesen Bedingungen aufgeben – teilweise bereits im Kindergarten – ihre originellen Ideen in das öffentliche Gespräch einzubringen und statt dessen das tun, was von ihnen erwartet wird und wofür sie wenigstens gelobt und nicht getadelt oder ausgelacht werden, ist eigentlich nicht weiter erstaunlich. Viel erstaunlicher ist es, wenn einzelne Mädchen trotz dieser Behinderungen auch in der Schule noch mit ihren Ideen in Erscheinung treten.[19]

Die Grundschuldidaktikerin Schütte zeigte bei einem Vortrag an Beispielen aus dem Mathematikunterricht im 2. Schuljahr, wie unterschiedlich sich Mädchen und Jungen verhielten, als sie eigene Aufgaben »erfinden« sollten: Die Lehrerin hatte zur Einführung der Dreierreihe Clowns an die Tafel gezeichnet, die jeweils mit drei Bällen jonglierten. Die Mädchen folgten der Vorgabe der Lehrerin und zeichneten jeweils eine unterschiedliche Anzahl von Clowns, die mit je drei Bällen jonglierten. Sie übten also, wie es die Lehrerin beabsichtigt hatte, die Dreierreihe. Die Jungen hielten sich nicht lange mit den Clowns auf, einer ließ sie einfach weg und zeichnete nur Bälle bzw. Kringel. Auch sonst hielten sie sich nicht an die Vorgabe der Lehrerin, sondern erfanden ganz andere Aufgaben, die zudem über den zu diesem Zeitpunkt erarbeiteten Zahlenraum hinausgingen: Ein Junge verließ die Dreierreihe und ließ zwei Clowns mit 19 bzw. 27 Bällen jonglieren, ein anderer brachte es (ohne Clowns) auf einem zweiten Blatt bis zu der Rechnung 43 mal 3 mit der falschen Lösung 127. Wen wundert es, daß die Aufmerksamkeit des Vortragspublikums sich ausschließlich auf die Arbeiten der Jungen richtete, daß niemand deren schlampige Ausführung bemängelte und die gelungenen Zeichnungen der Mädchen lobte? Witzig und originell waren die Arbeiten der Jungen, sie zeugten von selbständigem Denken und der Fähigkeit, Grenzen zu überschreiten. Dabei spielte es keine Rolle, daß sie die Dreierreihe nicht geübt hatten. Es wurde sogar unterstellt, die einfachen Aufgaben seien ihnen zu langweilig gewesen, weil sie die Dreierreihe längst begriffen hätten. Dieser falsche Schluß aus dem Überschreiten der Grenzen des Vorgegebenen durch die Jungen führte auch in meinem Unterricht oft dazu, daß ich die durch mangelnde Übung entstandenen Defizite erst viel später bemerkte.

4.1.6. Pubertät und Adoleszenz

Obwohl diese Zeit bei den meisten Mädchen und Jungen größtenteils mit der Schulzeit zusammenfällt, widme ich Pubertät und Adoleszenz einen eigenen Abschnitt. Denn bereits an der Forschungsliteratur über Jugendliche läßt sich zeigen, zu welchen Wahrnehmungsverzerrungen der mangelnde Respekt der Forschenden gegenüber den Mädchen und ihre Blindheit gegenüber den Bindungsbedürfnissen der Jungen (und der Mädchen) führt.

Wenn die Jugendforschung von der Familie als – besonders für Jungen – nebensächlichem Aufenthaltsort ausgeht, so fällt sie damit auf ihre eigenen Vorurteile und die Darstellung der männlichen Jugendlichen herein, die ja inzwischen gelernt haben, ihre Bindung an die Mutter bzw. an die ganze Familie in der Öffentlichkeit zu verbergen und die damit verbundenen Gefühle zu unterdrücken. Mit der Familie als weiblicher Domäne haben doch junge Männer nichts mehr zu tun!

Tillmann weist dagegen nach, daß der Lebensort Familie für die Sozialisation im Jugendalter eine bedeutende Rolle spielt:

> Erst vom 19. Lebensjahr an wird der Auszug aus dem Elternhaus zu einem quantitativ bedeutsamen Ereignis, er wird von den Mädchen im Durchschnitt etwas früher vollzogen als von den Jungen (Tillmann 1992: 41).

Auch in der Altersgruppe der 25- bis 30jährigen lebt jeder vierte junge Mann und jede zehnte junge Frau noch bei den Eltern. Es sind nicht nur Bequemlichkeit und finanzielle Vorteile, die die jungen Leute veranlassen, im Elternhaus wohnen zu bleiben. Sie schätzen ihre Eltern als Gesprächspartner und Ratgeber, durch die Bindung an die Eltern fühlen sie sich weniger einsam (Braitsch 1997; vgl. Herms-Bohnhoff 1992). Übereinstimmend berichten Untersuchungen, daß vor allem die Mütter diesen Anspruch erfüllen. Söhne und Töchter erklären, daß sie zur Mutter ein gutes Verhältnis haben und mit ihren Sorgen zu ihr gehen können. In einer 1982 durchgeführten Sinus-Studie erklärten 63% der befragten männlichen Jugendlichen zwischen 15 und 17, die Mutter sei ihre wichtigste Vertrauensperson, Freunde nahmen mit 56% den zweiten Platz ein, der Vater folgte mit 39%. Bei den Mädchen wurden Gleichaltrige und die Mutter etwa gleich oft genannt, die Bedeutung des Vaters war noch geringer als bei den Jungen (29%). Eine Fallstudie bei HauptschülerInnen ergab ähnliche Werte, sogar bei den »subkulturorientierten« Jugendlichen aus dieser Gruppe war die Mutter nach den Freunden und Freundinnen noch am zweitwichtigsten (vgl. Tillmann 1992: 42).

Nach der Pubertät[20] treten verstärkt Störungen in der Mutter-Tochter-Beziehung auf. Daß die Auseinandersetzungen zwischen Müttern und Töchtern in dieser Altersstufe oft heftiger sind als zwischen Müttern und Söhnen, wird mit der besonderen Enge und Innigkeit dieser Beziehung erklärt. Daher seien die »Ablöseprozesse in dieser Beziehung häufig besonders schwierig, konfliktreich und langdauernd« (Tillmann 1992: 43). Diese Erklärung genügt dann nicht, wenn man das Aufgeben der Bindung an die Eltern, insbesondere der Bindung an die Mutter, für das Erwachsenwerden nicht als naturgegebene Notwendigkeit ansieht. Vieles spricht dafür, daß – ähnlich wie beim kleinen Jungen – eine Ablösung nur vordergründig stattfindet, daß das Weiterbestehen der Bindung nur besser verborgen wird, weil es nicht zu den gesellschaftlichen Vorstellungen von Erwachsensein (Autonomie!) paßt.[21] Indem die Adoleszenzkonflikte der Mädchen mit ihren Müttern zu einer Entwicklungsnotwendigkeit erklärt werden, kann der Zusammenhang dieser Konflikte mit den Geschlechterverhältnissen verborgen bleiben.

Untersuchungen amerikanischer Psychologinnen kamen nach Hagemann-White übereinstimmend zu dem Schluß, daß

> die Beziehung zwischen Mutter und Tochter durch die gesamte Adoleszenz hindurch gleichbleibend wichtig ist, und daß nicht die Entfernung, die innere Trennung für die Reifung des Mädchens förderlich ist, sondern die verwandelte Nähe, die beibehaltene Loyalität, die Erringung einer Stimme im Dialog anstelle des Zwangs, die Mutter zu verlassen. Die wachsende Selbständigkeit, die neu erworbenen Kompetenzen, die Schritte in Richtung auf ein selbstverantwortetes eigenes Leben sind in einem Kampf um Anerkennung mit der Mutter eingebettet, dessen Ziel nicht die Loslösung, sondern die Wiederherstellung von Vertrautheit und Nähe auf neuem Niveau ist. Die Mutter ist für die Selbstfindung und das emotionale Befinden des adoleszenten Mädchens weit wichtiger [...] als gleichaltrige Freundinnen (Hagemann-White 1989: 76/77).

Für Gilligan stellt die Adoleszenz für Mädchen in den westlichen Kulturen eine »Bindungskrise« dar. Was sie bis dahin über

»weibliche Güte« erfahren haben, vor allem im intensiven Erleben der Bedeutung mütterlicher Zuwendung für ihr eigenes Wohlergehen, steht im Gegensatz dazu, wie in der Öffentlichkeit Egoismus und Unabhängigkeit wertgeschätzt werden. »Diese Bindungskrise im Leben von adoleszenten Mädchen verbindet die Psychologie von Frauen mit den grundlegendsten Fragen zur Natur von Beziehungen und zur Definition von Realität« (Gilligan 1989: 59 u. 43 – 45).

Was Gilligan hier sehr vorsichtig umschreibt, möchte ich etwas drastischer formulieren: Die Adoleszenz ist die Zeit, in der jedes Mädchen für sich allein die Widersprüche unserer Geschlechterordnung erfährt. Die daraus entstehenden Konflikte trägt es mit seiner Mutter (oder anderen Frauen) aus, was im schlimmsten Fall auf Kosten der Beziehung zur Mutter geht und damit oft auch auf Kosten der Anbindung an die Welt der Frauen. Im besten Fall endet diese Krise in einer einigermaßen erträglichen individuellen Kompromißlösung, bei der aber immer ein Teil des Begehrens aufgegeben werden muß, sei es das Begehren, eigene Kinder zu haben, oder der Wunsch nach beruflichem Erfolg. Junge Männer stehen nicht vor diesem Konflikt.

Offensichtlich wird dem Mädchen erst während der Pubertät die ungerechte Verteilung von Respekt gegenüber Mädchen und Jungen richtig bewußt. Bis zum Beginn körperlicher Veränderungen trafen abwertende Äußerungen gegenüber Mädchen und Frauen diese als Gruppe, was die Mädchen in ihrem Selbstbewußtsein nicht in dem Maß verunsichern konnte, da sie die Kompetenz von Mädchen und Frauen und ihre Bedeutung für die anderen Familienmitglieder täglich vor Augen hatten und sich in der engen Bindung an die Mutter sicher fühlten. Durch respektlose Kommentare zu seinen körperlichen Veränderungen – z.B. besorgte Äußerungen über die Größe der Brüste oder die Körpergröße, vor allem von Frauen gern in Verbindung mit späteren Heiratschancen gebracht – und frauenfeindliche Witzeleien bis hin zu körperlichen Übergriffen durch männliche Personen erfährt nun das einzelne Mädchen diesen mangelnden Respekt in der Scham über das eigene Frausein am eigenen Leib. Einschränkungen der Bewegungsfreiheit werden begründet mit den Reaktionen der Männer auf die eigenen körperlichen Veränderungen. Mädchen fühlen sich damit bestraft für etwas, was mit ihrem Erleben von sich selbst zunächst nichts zu tun hat.

Nach Tillmann haben 15- bis 19jährige Mädchen nach wie vor schärfere Ausgangsbeschränkungen als die gleichaltrigen Jungen. Während die Väter sich bis dahin wenig um die Erziehung ihrer Töchter (und Söhne) kümmerten, »schalten sie sich bei der Frage des abendlichen Weggehens und der ›richtigen‹ oder ›falschen‹ Jungenfreundschaften massiv ein« (Tillmann 1992: 46). Dagegen wird von den jungen Männern »wenig gefordert, Einschränkungen werden ihnen kaum zugemutet« (ebd.: 45). Daß sich die Mütter nicht gegen Väter und Brüder durchsetzen, nehmen die Töchter ihren Müttern jetzt übel, vor allem, wenn ihnen dadurch selbst Nachteile entstehen. Sie wehren sich vor allem gegen das Einklagen von Hausarbeitsleistungen durch die Mütter:

Die Töchter werden »um 1980 herum etwas später und vorsichtiger, aber dennoch selbstverständlich in die Hausarbeit einbezogen« (Bilden 1991: 294), während Väter und Söhne in der Familie immer noch weitgehend in der »*Entbundenheit gegenüber allen Verpflichtungen*« leben (Vogt 1994: 31, Hervorh. D.M.). Dies betrifft alle Schichten, aber in besonderem Maße die Unterschicht, insbesondere auch dann, wenn die Mütter ganztags berufstätig sind. Die Mädchen führen ihre »Abgrenzungsgefechte keineswegs mit den Nutznießern der Hausarbeit, mit den Vätern oder Brüdern, sondern – paradoxerweise – mit der eigenen Mutter« (Tillmann 1992: 44). Von klein auf an den Respekt vor dem Männlichen gewöhnt, wagen sie auch jetzt nicht wirklich den Aufstand. Ihr Vorhaben, später in ihrer Familie die Hausarbeit gleichmäßig unter den Geschlechtern aufzuteilen, hat wenig Verwirklichungschancen, solange es die Hauptsorge der entsprechenden jungen Männer ist, daß durch ihre Mithilfe im Haushalt ihre männliche Identität Schaden erleiden könnte (vgl. Tillmann 1992: 44/45). Erst wenn Mädchen und Frauen dieser »Männlichkeit« keinen Respekt mehr entgegenbringen, kann sich an der ungerechten Verteilung der Hausarbeit etwas ändern.

Im Zusammenhang mit der Notwendigkeit für die Mädchen, in einem individuellen Kompromiß die Widersprüche des Geschlechtersystems aufzuheben oder vorläufig zu verdecken, kann auch die Veränderung ihrer Interessenstruktur während der Adoleszenz gesehen werden. Eine Untersuchung von Hannover ergab, daß die Einengung der Interessen der Mädchen auf »mädchentypische« Fächer und Wissensbereiche mit den körperlichen Veränderungen zusammenfiel und daß diese Selbstbeschränkung um so stärker wirksam wurde, je mehr die Mädchen von außen (durch Mitschüler und Lehrer) auf ihr Zur-Frau-Werden hingewiesen wurden (Hannover 1992: 33-40). Verbunden mit erwachsener Weiblichkeit ist aber in unserem Geschlechtersystem die Aufgabe, die »Vereinbarkeitsleistung« zu erbringen, »die größtenteils allein den Mädchen abverlangt wird«, da die Vereinbarkeitsleistung »von der Gesellschaft auf die Frau abgewälzt wird« (Hagemann-White 1989: 69 u. 72-74). Wenn die Mädchen, die Kinder haben wollen, nun dieses Problem dadurch zu lösen versuchen, daß sie sich in ihrer Berufswahl danach ausrichten, ob ihnen das Vorhandensein vieler Frauen in einem Berufsfeld die Vereinbarkeit von Beruf und Familie in diesem Bereich signalisiert, gereicht ihnen dies nicht nur zum Nachteil (was Bezahlung und Aufstiegsmöglichkeiten betrifft), es wird ihnen auch noch als Defizit angekreidet. Vorenthalten wird ihnen hier der Respekt vor dem Erbringen einer Leistung, die so lange erbracht werden muß, bis andere gesellschaftliche Lösungen für das Problem der Kinderbetreuung gefunden worden sind.[22]

4.1.7. Schlußfolgerungen für die Auswahl von Kinder- und Jugendbüchern: Personen aus Büchern als Phantasiegefährten

In zahlreichen Kinder- und Jugendbüchern, die seit Beginn des gesellschaftlichen Einflusses der Frauenbewegung der 70er Jahre geschrieben wurden, werden einige der durch die Geschlechterverhältnisse verursachten Probleme beim Aufwachsen als Junge oder Mädchen angesprochen. So thematisieren emanzipatorische Mädchenbücher in den 70er und 80er Jahren das Bedürfnis der Töchter, einen anderen Weg zu gehen als die Mütter, wobei sie den Schwerpunkt auf die Loslösung aus der engen Bindung an die Mutter und deren Maßstäbe legen.[23] Mit den ersten Veröffentlichungen der Männerforschung Ende der achtziger Jahre werden Ängste, Kummer und Sorgen der kleinen Jungen in Kinderbüchern angesprochen.[24] In den neunziger Jahren erschienen einige Bücher, die sich mit der Gewalt unter Kindern, vor allem der zwischen Jungen auseinandersetzten.[25] Die Männlichkeits-Zwänge in den peer-groups der Jungen werden besonders eindrucksvoll geschildert in Boies »Ich ganz cool« und Bauers »Der Angst hat, bist doch du«. Einzelne Bücher wandten sich sogar dem schwierigen Thema der Bindung zwischen Jungen und ihren Vätern bzw. anderen Männern zu.[26] Der mangelnde Respekt gegenüber den Mädchen wurde vor allem im Zusammenhang mit dem Thema »Sexuelle Übergriffe/Mißbrauch« angesprochen, z.B. in Presslers »Novemberkatzen« und Chicks »Meine Mutter, dieser Mann und ich«.

Obwohl die meisten dieser Bücher aus anderen Gründen durchaus lesens- und empfehlenswert sind, halte ich diese Form des Direktansprechens der Geschlechterprobleme nicht für geeignet, Veränderungen der Geschlechterverhältnisse zu bewirken. Was sollen Kinder damit anfangen, wenn sie in den Büchern, die sie lesen, nochmals mit den Problemen konfrontiert werden, in denen sie selbst mittendrin stecken und für die auch die Erwachsenen keine Lösung wissen? Außer Betroffenheit und Ratlosigkeit auszulösen, scheinen mir solche Bücher keine Hilfen zu bieten. Dagegen finde ich es sehr wichtig, daß Eltern und Lehrer und Lehrerinnen diese Bücher lesen und über die angesprochenen Themen diskutieren, um daraus Anregungen für eine veränderte Geschlechter-Erziehung zu gewinnen.

Hilfreich erscheinen mir Bücher, die den Mädchen und den Jungen Vorbilder anbieten für Beziehungen, die die Einschränkungen und Zwänge der gegenwärtigen Geschlechterbeziehungen überwinden oder doch zumindest das Bedürfnis nach ihrer Überwindung und die Möglichkeit des Gelingens deutlich machen. Wo ein Junge darunter leidet, daß er seinen Kummer oder seine Angst verstecken muß, kann ihm ein Junge aus einem Buch vorführen, daß es möglich ist, diese Gefühle einem anderen Menschen zu zeigen und trotzdem »männlich« zu bleiben. Wo ein Mädchen unter der Selbstverständlichkeit leidet, mit der über es verfügt wird, kann es sich von einem Buch-Mädchen begleiten lassen, das sich dagegen wehrt und trotzdem nicht fallengelassen wird. Personen aus Büchern können genau die Lebens- und Beziehungsmöglichkeiten vorleben, die die gegenwärtigen Geschlechterverhältnisse nicht erlauben, die sie aussparen, nicht wahrhaben wollen, die Beziehungsmöglichkeiten, die (noch) den meisten Mädchen und Jungen aufgrund ihres Geschlechts vorenthalten werden, worunter sie leiden. Aus dem über Respekt und Bindung beim Aufwachsen als Mädchen oder Junge Geschriebenen ergeben sich folgende Aspekte, in denen dies zutrifft:

- Mädchen und Jungen müssen erfahren, daß sie die Bindung an Mutter und Vater nicht aufgeben müssen, um erwachsen zu werden.
- Jungen müssen erleben, daß es männlich ist, seine Bindung an Mädchen und Frauen öffentlich zuzugeben.
- Jungen brauchen weibliche und männliche Autoritäten, die humanitäre Werte über die alten Männlichkeitswerte stellen und sie vor den Männlichkeitszwängen schützen.
- Mädchen brauchen Frauen und Männer, die sie in ihrer Andersheit respektieren, die sie nicht ausbeuten, die sie unterstützen, ihren eigenen Weg zu finden, die Großes von ihnen erwarten.

Rückert zitiert in seinem Buch »Wege zur Kinderliteratur« eine Untersuchung über den positiven Einfluß von Phantasiegefährten auf die seelische Gesundheit von Kindern.[27] 65% der damals befragten Kinder gaben an, Phantasiegefährten zu haben. Diese Kinder »waren weniger aggressiv und kooperativer, sie lächelten häufiger; sie konnten sich besser als die anderen konzentrieren; sie klagten seltener über Langeweile und sie hatten – das galt besonders für die Jungen – einen größeren Sprachschatz und ein besseres Sprachvermögen« (Rückert 1980: 77). Aus meinen eigenen Erfahrungen und aus den Gesprächen mit meinen Schülerinnen und Schülern schließe ich, daß Personen aus Büchern selbst solche Phantasiegefährten sein können, die einen Menschen eine Zeitlang begleiten und für bestimmte Entwicklungsprozesse hilfreich sein können (siehe Kap.1.2.3.).

Für den Unterricht wähle ich daher Bücher aus, in denen Personen vorkommen, die für die Mädchen und Jungen zu Phantasiegefährten werden können, die ihnen hilfreiche Begleiter in ihren Entwicklungsprozessen sein könnten. Will ich eine Veränderung der Geschlechterverhältnisse durch die Auswahl meiner Bücher unterstützen, suche ich nach Personen aus Büchern, die in ihren Beziehungen die Möglichkeit aufzeigen, die Aspekte zu leben, die in den gegenwärtigen Geschlechterbeziehungen nicht vorgesehen sind bzw. nicht wahrgenommen und wertgeschätzt werden. Auch wenn es den Kindern nicht gelingt, ihre Beziehungen entsprechend dem Buch-Vorbild umzugestalten, erleben sie durch ihre Phantasiegefährten, daß ihre eigenen Wünsche berechtigt und grundsätzlich lebbar sind. Sie sind dadurch gestärkt oder doch zumindest getröstet. Verstärkt wird diese Wirkung dann, wenn im Unterricht gerade diese Aspekte der Beziehungen in einem gemeinsam gelesenen Buch von der Lehrperson durch Aufgabenstellungen, Gesprächsimpulse oder gar durch Veröffentlichung eigener Erfahrungen besonders hervorgehoben werden.

Um dazu in der Lage zu sein, sollten Lehrpersonen (bzw. KinderbuchkritikerInnen und LiteraturdidaktikerInnen) sich mit den gesellschaftlichen Diskursen auseinandersetzen, die unser Geschlechter-Denken beeinflussen. Eine solche Auseinandersetzung findet im folgenden Abschnitt statt.

4.2. Ein hilfreiches Denkmodell: Geschlechterdiskurse

In einem Artikel über Feminismus und Postmoderne beschreibt die Frauenforscherin Thürmer-Rohr die gegenwärtige Situation in der Frauenbewegung als verwirrend: Wir fänden hier sowohl ein Denken, das »das Weibliche zelebriert und in ›der Frau‹ eine originäre Wesens- und Eigenart vermutet« als auch das andere

Extrem eines Denkens, das das Geschlecht und den Körper als Konstrukt bezeichnet und damit die Kategorie »Frau« auflöst (vgl. Thürmer-Rohr 1995: 87). Diese unterschiedlichen Positionen spiegeln sich auch in den Vorschlägen für eine Veränderung von Schule und Unterricht bis hin zu den konkreten Unterrichtstexten und -interaktionen. So verteidigte z.B. in einer Arbeitsgruppe beim Kongreß »Frauen und Schule« (1995) eine Kollegin ihre Praxis ausschließlich geschlechtsgemischter Partner- und Gruppenarbeit, zu denen sie ihre Schülerinnen und Schüler sogar zwang, während andere Kolleginnen darüber nachdachten, Mädchen und Jungen in ihrem Unterricht phasenweise zu trennen. So fruchtbar die Vielfalt der Denkansätze für die politische und wissenschaftliche Diskussion ist, so sehr schadet es, wenn auf der Ebene der Praxis neben den traditionellen, Sicherheit bietenden Denkmustern nur das »anything goes« regiert. Da wir als Pädagoginnen ständig gezwungen sind, im Rahmen der zweigeschlechtlichen Kultur Entscheidungen zu treffen und zu handeln, können wir es uns nicht leisten, ohne Orientierung an einem einigermaßen fundierten theoretischen Bezugsrahmen mit verschiedenen Ansätzen herumzuexperimentieren. Wir werden damit unglaubwürdig, wie es im Zusammenhang mit der Koedukationsdiskussion ja auch geschehen ist. Vor allem können wir aber den von uns unterrichteten Kindern und Jugendlichen nicht die Orientierung bieten, die sie angesichts der Veränderungen der Geschlechterverhältnisse und der Auswirkungen, die diese auf ihr soziales Umfeld haben, dringend benötigen. Schülerinnen und Schüler haben andere Aufgaben zu bewältigen, als sich mit den ungelösten Problemen der Erwachsenen herumschlagen zu müssen, ohne dabei angemessene Hilfen zu bekommen (vgl. hierzu Hentig 1994: 150 u. 176). Die Erarbeitung einer pädagogischen Orientierung für die Veränderung der Geschlechterverhältnisse ist daher überfällig.

Im folgenden sollen mit Hilfe eines diskursanalytischen Modells die unterschiedlichen Strömungen gegenwärtiger Veränderungen der Geschlechterverhältnisse beschrieben werden. Mit dem Begriff »Geschlechterdiskurse« bezeichne ich typische Rede- und Denkformen, in denen sich die Vorstellungen vom

Geschlechterverhältnis artikulieren. Sie enthalten Vorannahmen über Männer, Frauen und das Verhältnis der Geschlechter. Diese Vorannahmen strukturieren Wahrnehmung, Denken, Sprechen und Handeln. In Geschlechterdiskursen werden »Wahrheiten« darüber vermittelt und tradiert, wie Männer, Frauen und ihr Verhältnis zueinander sind und wie sie sein sollten.[28] Der Begriff »Diskurs« unterstellt eine gewisse Einheitlichkeit, eine gemeinsame innere Logik, strukturelle Ähnlichkeiten, gemeinsame zentrale Topoi. Es gibt aber auch innerhalb eines Diskurses und zwischen Diskursen »historische Ungleichzeitigkeiten, Auseinandersetzungen und Widersprüche« (Maihofer 1995: 81).

Prengel ist die einzige zeitgenössische Pädagogin, die sich mit Geschlechterdiskursen befaßt hat. In einem 1986 erschienenen Aufsatz über die Beurteilung von Schulbüchern stellt sie »patriarchalen Diskursen« drei »Diskurse der Frauenbewegung« gegenüber (Prengel 1987: 40-53).

4.2.1. Traditionelle Geschlechterdiskurse[29]

Das in Geschlechterdiskursen formulierte und durch sie wirkende gesellschaftliche Wissen über Geschlechter ist untrennbar mit unserer gesamten Kulturentwicklung verbunden. Religiöse Mythen, philosophische Lehrsätze, aber auch gesellschaftliche Erfahrung haben es beeinflußt (vgl. Berchem 1992: 7). Bis zur Aufklärung bildeten in unserer von Judentum und Christentum geprägten Kultur die beiden Schöpfungsgeschichten die wichtigste Grundlage für die Auseinandersetzung um die Geschlechterverhältnisse:[30] Legitimationsgrundlage traditioneller, patriarchaler Geschlechterdiskurse war und ist teilweise bis heute die ältere der beiden Geschichten in Gen. 2, 4b-24, in der Gott zuerst Adam, den Mann, erschuf und dann erst, abgeleitet von ihm und auf ihn bezogen, die Frau (vgl. Pithan 1995: 96/97). Daß es auch schon zu biblischen Zeiten eine andere Sichtweise gab, zeigt die Darstellung in Gen. 1, 27, in der Gott die Menschen zu seinem Bild schuf, und zwar zweigeschlechtlich, als Mann und Frau. Auf diese biblische Darstellung bezieht sich z.B. der Pädagoge des 17. Jahrhunderts, Comenius, der für beide Geschlechter gleiche Bildungsmöglichkeiten schaffen wollte (vgl. Böhm 1992: 205).

Die wichtigsten Denkfiguren traditioneller Geschlechterdiskurse sind folgende:

a) Androzentrismus

Traditionelle Geschlechterdiskurse erzeugen ein *androzentrisches* Weltbild: Hören wir ihnen zu, dann erscheint uns die Welt als überwiegend von Männern bewohnt. Frauen erscheinen als Minderheit, die es nur durch die Männer und für die Männer gibt. Der androzentrische Diskurs, der die Wahrnehmung strukturiert, bewirkt, daß alles, was mit Männern zu tun hat, wie in einem Vergrößerungsglas erscheint, während alles, was die Frauen angeht, wie durch ein umgekehrtes Fernrohr betrachtet aussieht. Menschen sind Männer, Frauen sind etwas anderes, eine Besonderheit, nicht das Allgemeine. Damit werden Fragen nach dem Geschlechterverhältnis zu persönlichen Problemen einer besonderen Gruppe, die als Minderheit erscheint. Sie sind nicht mehr erkennbar als Fragen, die alle angehen, d.h. als politische Fragen. Es gibt in dieser Welt z.B. mehrere Ministerien für die Angelegenheiten der Menschen, aber ein besonderes Ministerium für die besonderen Angelegenheiten der Frauen (und der Familien!).

Das Bedürfnis, alle weiblichen Erscheinungen auf Männliches zu beziehen oder es von ihm abzuleiten, führt zur Denkfigur des Vergleichens, wobei Maßstab und Bezugspunkt der Mann ist (vgl. Prengel 1993: 42). Qualitative Unterschiede verschwinden hierbei zugunsten eines quantitativen Mehr oder Weniger.[31] Dabei spielen Unterschiede zwischen Frauen keine Rolle, sie werden unsichtbar.[32]

In einer androzentrischen Kultur empfinden es Mädchen und Jungen, Lehrerinnen und Lehrer als gerecht, wenn Jungen im Mittelpunkt des Geschehens im Klassenzimmer stehen, und es erscheint ihnen als Bevorzugung der Mädchen, wenn die Aufmerksamkeit sich gleichermaßen auf Jungen und Mädchen richtet (vgl. Enders-Dragässer/Fuchs 1989). Jungen und Mädchen lernen in einer solchen Kultur, daß den Jungen die ganze Welt gehört. Folglich ist es für Jungen selbstverständlich, über den ganzen Raum in Klassenzimmer und Schulhof zu verfügen, während sich Mädchen genauso selbstverständlich mit den übriggebliebenen Nischen zufriedengeben (vgl. Pfister 1993). Niemand stört sich in einer solchen Kultur daran, wenn Mädchen oder Frauen z.B. als Schüler, Studenten oder Lehrer bezeichnet werden, da es allen selbstverständlich ist, daß die »Anderen« entweder unter das Allgemeine subsumiert oder aber ausgeschlossen werden (vgl. Frauenfachgruppe 1990: 7-9; Braun 1996).

Ebenfalls eine Folge von Androzentrismus ist es, wenn Forscher und Forscherinnen nicht wahrnehmen, daß zu den »Lesern« mehr Frauen als Männer gehören und weiterhin von »*dem* Leser« als Normalfall ausgehen. Mit androzentrischem Wahrnehmen und Denken läßt sich auch erklären, warum die VerfasserInnen von Zulassungsarbeiten zur Kinder- und Jugendliteratur in der Schule »vergaßen«, daß Schulklassen etwa zur Hälfte aus Mädchen bestehen. Dasselbe gilt für das Übergewicht männlicher Autoren in den Lektürelisten der Lehrpläne und das Überwiegen männlicher Protagonisten in den im Deutschunterricht der Hauptschule gelesenen Kinder- und Jugendbüchern. Ebenfalls androzentrischem Denken verpflichtet ist das Ausgrenzen der Mädchenliteratur, vor allem in Verbindung mit pauschaler Abwertung und undifferenzierter Betrachtung.

b) Hierarchiebildung

Traditionelle Geschlechterdiskurse sind *hierarchiebildend*: Sie behaupten, der Mann herrsche über die Frau, und dies sei notwendig und gut. Auch dazu finden wir die Begründung und Legitimation schon in der Sündenfall-Geschichte der Bibel. Spätere Begründungen gingen von einer durch die Natur vorgegebenen Überlegenheit der Männer aus. Über- und Unterordnung ist *die* patriarchale Form der Deutung der Zweigeschlechtlichkeit, diese Denkfigur bleibt dann auch die einzige, die für die Deutung anderer Unterschiede zur Verfügung steht, z.B. die der Hautfarbe, der Religion, des Alters oder der sexuellen Präferenz. Die jeweils »Anderen« können und dürfen nach diesem Denken nicht als Menschen in Erscheinung treten, die beurteilen, entscheiden und bestimmen, d.h. als Menschen, die Macht und Autorität haben. Ihre angebliche Unterlegenheit rechtfertigt ihre Ausbeutung und Unterdrückung, und umgekehrt bestätigt ihr Opfer-Sein ihre Unterlegenheit.

In einer geschlechtshierarchisch aufgebauten Gesellschaft und Kultur sind Führungspositionen in allen Bereichen den Männern vorbehalten. So haben Lehrerinnen im Rahmen des traditionellen Geschlechterdiskurses Schwierigkeiten, ihre Autoritätsstellung auszufüllen bzw. sich darin zu behaupten. Wo das Weibliche als das »untergeordnete Komplementäre« (Fuchs 1994: 8) aufgefaßt wird, muß ihr Geschlechtsstatus mit dem beruflichen Status als unvereinbar erlebt werden: Lehrerinnen werden also dazu neigen, sich selbst in ihrer Leitungsfunktion zu boykottieren, das hierarchische Gefälle zu den SchülerInnen zu verringern und zu verschleiern (vgl. Flaake 1990 und 1990a). Andererseits werden auch Jungen mit zunehmendem Alter immer mehr mit der Lehrerin um die Führungsposition in der Klasse konkurrieren, »sie abwerten und kontrollieren, [...] nicht mit ihr kooperieren und sich dabei selbst am Lernen hindern« (Fuchs 1994: 9).[33]

Die Hierarchiebildung des traditionellen Geschlechterdiskurses zeigt sich ebenfalls in der Dominanz männlicher Forscher und der Tatsache, daß diese es sich leisten können, Forschungsergebnisse von Frauen zu ignorieren, ohne daß ihnen deshalb jemand die Kompetenz in ihrem Fachgebiet abspricht. Die den Männern zugeordnete rational-distanzierte Leseweise bestimmte aufgrund der Höherbewertung alles »Männlichen« und der männlichen Dominanz in der Lesedidaktik schulisches Lesen, »das heißt eine kognitivistisch überformte, in Selbstbeherrschung, vielleicht sogar Selbstverleugnung einübende Leseweise« (Dahrendorf 1994: 12), und ist verantwortlich für das schwierige Verhältnis von Schule und Lesen bis heute.

c) Dichotomisierung

Traditionelle Geschlechterdiskurse spalten im Denken, Sprechen und Handeln die Welt und alle menschlichen Angelegenheiten in *dichotome* Gegensätze auf:

Wenn die Einteilung der Welt in »gut« und »böse« mit dem Geschlecht in Verbindung gebracht wird, sprechen wir von einem dualistischen Geschlechterdiskurs. Die Deutung der Sündenfallgeschichte, die sich in der Auslegungstradition durchgesetzt hat, behauptet, durch Eva sei die Sünde in die Welt gekommen. So wurde der weibliche Körper im Laufe des Mittelalters bis hin zur Neuzeit immer wieder mit dem Bösen schlechthin in Verbindung gebracht. Frauen galten als gefährlich (z.B. als »Hexen«), jede Unterdrückung und Barbarei bis hin zur physischen Vernichtung war dadurch gerechtfertigt. Dualistische Deutungen des Geschlechterunterschieds finden wir auch in anderen religiös-kulturellen Kontexten, z.B. bei Pythagoras:

Es gibt ein gutes Prinzip, das die Ordnung, das Licht und den Mann, und ein schlechtes Prinzip, das das Chaos, die Finsternis und die Frau geschaffen hat (vgl. Beauvoir 1990: 7).

Im Zusammenhang mit den einschneidenden gesellschaftlichen Veränderungen im Zeitalter der Aufklärung[34] wurde der dualistische Geschlechterdiskurs weitgehend vom polarisierenden Diskurs abgelöst. In diesem Diskurs erscheint die Frau als Ergänzung des Mannes. Frauen erfahren im Vergleich zum dualistischen Geschlechterdiskurs eine Aufwertung. Daher begrüßten gerade viele bürgerliche Frauen in Deutschland das Erziehungskonzept zu polaren Geschlechtscharakteren, das Rousseau in seinem »Emile« vorlegte, und trugen zu seiner Verbreitung bei (vgl. Alder 1992). Da dieses Buch als grundlegend für die moderne Pädagogik gilt (vgl. Böhm 1992: 205), soll es etwas ausführlicher betrachtet werden:

Rousseau legitimiert seine Vorstellung über die Geschlechterverhältnisse nicht mehr biblisch, sondern mit »Vernunft« und »Natur« (vgl. Rousseau 1993: 393). Die Zweigeschlechtlichkeit selbst bekommt nun Sinn und Inhalt: Die Frau ist nicht mehr bloßes Anhängsel oder das Negative, das es zu unterdrücken gilt, sondern sie bekommt eigene Lebensbereiche zugesprochen, sie muß besondere Fähigkeiten ausbilden und bestimmte Eigenschaften entwickeln:

Es ist Aufgabe der Frauen, gewissermaßen die praktische Moral zu finden; unsere ist es, sie in ein System zu bringen. Die Frau hat mehr Witz; der Mann mehr Genie. Die Frau beobachtet; der Mann zieht Schlüsse. Aus diesem Zusammenwirken kommen die klarsten Erkenntnisse und das umfassendste Wissen, die der menschliche Geist aus sich selbst erwerben kann (ebd.: 421).

Doch nach wie vor bleibt alles, was die Frau ist und tut, auf den Mann bezogen, der seinerseits auf die Welt bezogen ist. Nachdem Rousseau in vier Büchern über die Erziehung des Emile nachgedacht hat, beschreibt er im fünften Buch die Erziehung von Sophie, der Frau, die zu diesem Emile paßt (ebd.: 392). An der Aufrechterhaltung der Geschlechterhierarchie läßt er ebenfalls keinen Zweifel:

Die erste und wichtigste Eigenschaft einer Frau ist die Sanftmut: bestimmt, einem so unvollkommenen Wesen wie einem Mann zu gehorchen, der oft selbst voller Laster und immer voller Fehler ist, muß sie frühzeitig lernen, Unrecht zu erdulden und Übergriffe eines Mannes zu ertragen, ohne sich zu beklagen (ebd.: 401).

Wie sehr dieses damals von vielen als Fortschritt erlebte polare Geschlechterdenken über die Jahrhunderte weg bis in unsere Zeit hinein wirksam ist, zeigt ein Vergleich zwischen den Beschreibungen der Geschlechtscharaktere in Lexika und wissenschaftlichem Schrifttum des ausgehenden 18. und des 19. Jahrhunderts mit heute noch in der Psychologie gebräuchlichen Beschreibungsmerkmalen von Maskulinität und Femininität (Hausen 1976: 368, Trautner 1987). Weitgehend übereinstimmend wird dort dem Mann Verstand, Geist, Rationalität, Aktivität und Öffentlichkeit zugesprochen, während die Frau mit Gefühl, Körper, Irrationalität, Passivität und dem Privatbereich in Verbindung gebracht wird. Bei einer 1972 durchgeführten Faktorenanalyse zu Geschlechtsrollenstereotypen nannten Brovermann et al. als zentralen Faktor der Männern zugeschriebenen Eigenschaften »Kompetenz«, die zentralen Faktoren bei den Frauenbeschreibungen waren »Fehlen von Kompetenz« und »Wärme und Expressivität« (vgl. Richter 1996: 145). Auf diese Weise werden im traditionellen polarisierenden Geschlechterdiskurs Eigenschaften geschlechterstereotyp in männliche und weibliche aufgeteilt, ebenso Interessen, Aktivitäten, Berufe und Lebensbereiche.

Feministische Schulbuchkritik wandte sich neben dem Androzentrismus hauptsächlich gegen diese geschlechterstereotype Aufteilung der Welt. Die Polarisierung und Festlegung nach Geschlecht im traditionellen Geschlechterdiskurs finden wir wieder in der Vorstellung von »männlichem« und »weiblichem« Lesen, wobei dem einen Distanziertheit und Rationalität, dem anderen Identifikation und Emotionalität zugeordnet werden. Damit verbunden ist die Zuordnung des informatorischen Lesens zu den Männern, der Fiktionslektüre zu den Frauen sowie die geschlechtsspezifische Zuordnung der einzelnen Genres.

Daß der traditionelle Geschlechterdiskurs in seinen polarisierenden Aspekten heute nicht mehr ausschließlich unser Denken und Handeln bestimmt, verdanken wir im wesentlichen dem Einfluß der Frauenbewegungen.

4.2.2. Geschlechterdiskurse der Frauenbewegungen, einzelner unterstützender Männer und der Männerbewegung

Bei den politischen Gruppen und Bewegungen, die gegen den traditionellen Geschlechterdiskurs kämpften, finden wir im wesentlichen zwei Richtungen des Denkens, die sich als Gleichheits- und Differenzdiskurs der Frauenbewegung beschreiben lassen. Ich stelle sie hier in der Reihenfolge dar, in der ich sie in der neuen Frauenbewegung kennengelernt habe bzw. an ihrer Entwicklung und Verbreitung beteiligt war. Auch in der ersten Frauenbewegung finden wir beide Diskurse, den Gleichheitsdiskurs bei sozialistischen und anarchistischen Frauen, teilweise auch beim sogenannten radikalen Flügel der bürgerlichen Frauenbewegung, den Differenzdiskurs bei der sogenannten konservativen bürgerlichen Frauenbewegung (vgl. Schenk 1980; Grunder 1988, S.9; Stoehr 1991; Kreienbaum 1992, S. 13-17).

Der Gleichheitsdiskurs

Als die Ideale der Aufklärung in der französischen Revolution geschichtsmächtig wurden, brachten auch Frauen die Forderung nach Gleichheit vor (z.B. Olympe de Gouges). So entwickelte sich parallel zum polaren traditionellen Diskurs ein Diskurs der Gleichheit der Geschlechter. Daß dieser Diskurs historisch erfolgreich war, verdanken wir den Frauen, die als Sozialistinnen und Anarchistinnen oder bürgerliche Frauen in der ersten Frauenbewegung für soziale und politische Freiheiten gekämpft haben, die uns heute selbstverständlich sind: die juristische Anerkennung der Frau als mündige Bürgerin, Wahlrecht, Versammlungsrecht, freie Wahl des Ehe- oder Liebespartners und das Recht auf Ausbildung und Universitätsstudium (vgl. Prengel 1986: 44). Frauen mußten in diesen Kämpfen beweisen, daß sie in Fähigkeiten und Leistungen den Männern gleich waren und damit gleiche Rechte beanspruchen konnten (vgl. Maihofer 1995a: 37). Der Kampf um das Bildungsrecht der Mädchen spielte eine große Rolle, entsprechend dem Grundgedanken der bürgerlichen Gesellschaft, daß Bildung Grundlage für die Verteilung von Berufspositionen und damit von gesellschaftlichen Lebenschancen sei (vgl. Heuer 1994: 77).

Daß Chancengleichheit in der Bildung und formale politische Gleichberechtigung keine soziale Gleichheit zwischen Frauen und Männern bewirkt hatten, führte in der zweiten Frauenbewegung dazu, daß nach anderen Ursachen für die Ungleichheit gesucht wurde. Gekämpft wurde nun gegen die mit der gesellschaftlichen Arbeitsteilung zwischen Männern und Frauen verbundene Benachteiligung und die ihr entsprechende polarisierende Erziehung. Zunehmend wurden männliche Herrschaftsinteressen für die weiterbestehende Ungleichheit verantwortlich gemacht. Alice Schwarzer schrieb 1975:

> Die Ideologie vom Unterschied und den zwei Hälften, die sich angeblich so gut ergänzen, hat uns verstümmelt und eine Kluft zwischen uns geschaffen, die heute kaum überwindbar scheint. Frauen und Männer fühlen unterschiedlich, bewegen sich unterschiedlich, arbeiten unterschiedlich, leben unterschiedlich. Wie das auf unsere Stirn gebrannte Stigma der »Weiblichkeit« und »Männlichkeit« uns festlegt und einengt, weiß jede, weiß jeder von sich selbst nur zu gut. Nichts, weder Rasse noch Klasse, bestimmt so sehr ein Menschenleben wie das Geschlecht. Und dabei sind Frauen und Männer Opfer ihrer Rollen – aber Frauen sind noch die Opfer der Opfer (Schwarzer 1981: 182/183).

Schwarzer ruft daher dazu auf, »verstärkt in Männerdomänen ein(zu)dringen« und »den Frauendomänen [...] unsere vorrangige Bereitschaft auf(zu)kündigen« (Schwarzer 1977: 231). Wie in diesem Zitat anklingt, bedeutet Gleichstellung mit dem Mann im Gleichheitsdiskurs der zweiten Frauenbewegung vielfach Angleichung an bisher Männliches und Abwertung von traditionell weiblichen Fähigkeiten und Lebensbereichen. Frauen wurden in dieser Phase des Gleichheitsdiskurses an einem Männerideal gemessen und galten als minderwertig, wenn sie sich für Hausarbeit und Kindererziehung und gegen Berufsarbeit entschieden.

Im Einklang mit sozialistischen Bewegungen, aus denen sie hervorgingen oder in deren Umfeld sie entstanden (vgl. Schenk 1980: 84, Poppenhusen 1992: 23), glaubten dem Gleichheitsdiskurs verpflichtete Frauengruppen der zweiten Frauenbewegung, Herrschaft und Unterdrückung aus der Welt schaffen zu können, indem sie jede Ungleichheit unter Menschen bekämpften. Solidarische Aktionen vieler »Gleicher« sollten Veränderungen bewirken. Sichtbare Kompetenz, Macht und Autorität einzelner Frauen waren nicht erwünscht, sie wurden als »patriarchal« abgelehnt und bekämpft. Schwarzer hielt eine »Sensibilisierung gegen die alle Frauen entmündigende Männerherrschaft« für notwendig *»und (gegen) Herrschaft überhaupt«* (Schwarzer 1977: 231, Hervorh. D.M.). Sie selbst wurde wegen ihrer aus der geforderten Gleichheit herausragenden Rolle in der Frauenbewegung von vielen Feministinnen angefeindet.

Dem Geschlechterdiskurs der Gleichheit ist Pyerin verpflichtet, wenn sie davon ausgeht, daß Mädchenlektüre dann der Emanzipation dient, wenn bei der kritischen Auseinandersetzung mit der traditionellen Mädchenrolle eine »Ablehnung der traditionellen Hausfrauen- und Mutterrolle« erfolgt (Pyerin 1989: 182ff.) Als weitere Kennzeichen einer der Emanzipation dienenden Mädchenliteratur nennt sie »Mädchen und Beruf als zentrales Thema« und »aktives weibliches Konfliktlösungsverhalten«.

Bei Keiner, Pressler (1996: 28), Dahrendorf und Knobloch finden wir die pauschale Abwertung von Mädchenliteratur in den Rahmen des Gleichheitsdiskurses gestellt, indem sie mit der Ablehnung traditioneller Rollenzuschreibungen begründet wird.

Zum Anspruch auf Gleichheit gehört die Rede von der Benachteiligung eines Geschlechts, z.B. wenn behauptet wird, Jungen würden benachteiligt, wenn im Unterricht fiktionale Literatur behandelt oder wenn das häufigere Schmusen mit Mädchen ausschließlich als Einschränkung ihrer expansiven Impulse interpretiert wird (vgl. Grabrucker 1993: 127).

Der feministische Differenzdiskurs der Aufwertung des Weiblichen

Erst als einige privilegierte Frauen die Freiheit hatten, ein weitgehend an die Lebensweise der Männer angeglichenes Leben zu führen, konnten sie Wertschätzung für das entwickeln, was ihnen dabei verlorenzugehen drohte. Zunächst als Gegenbewegung gegen das Gleichheitsdenken, dann aber mehr und mehr als Ergänzung und Korrektiv, entwickelte sich ein Diskurs, der die historisch entstandenen Qualitäten der weiblichen Existenzweise, insbesondere die der Mütter, aufzuwerten suchte: Lebenszugewandtheit, Fürsorglichkeit, Sinn für Lebensqualität, Ganzheitlichkeit, Beziehungsfähigkeit und Friedfertigkeit wurden als besondere weibliche Fähigkeiten hervorgehoben. In Verbindung mit einer Idealisierung von Kindern als Hoffnungsträgern für die Zukunft warben z.B. Frauen der Grünen in ihrem »Müttermanifest« (1987) für eine »grundsätzliche Umorientierung«, die dazu führen sollte, daß »auch kinderlose Frauen und auch Männer Lust und Laune haben, teilzuhaben an dieser bunten und lebensfrohen Welt, die ihre Lebendigkeit auf alle Institutionen ausstrahlen kann« (Müttermanifest 1987: 1).

Auch Schwarzer hatte Frauen dazu aufgefordert, sich nicht vorbehaltlos in Männerdomänen zu integrieren, sondern es gleichzeitig zu wagen, »männliche Spielregeln und Inhalte in Frage zu stellen« (Schwarzer 1977: 231). Dies wurde aber erst möglich durch die Entdeckung und positive Bewertung einer »weiblichen« Geschlechterkultur und die damit verbundene Idee zweier Geschlechterkulturen. Jetzt erst konnten bisher allgemeingültige Werte in Frage gestellt werden, indem sie als partielle, zur männlichen Kultur gehörende Werte begriffen wurden. Damit war die bisher gültige und im Gleichheitsdenken bestätigte normative Eingeschlechtlichkeit, der männliche Universalismus, überwunden. Nun eröffnete sich ein weites Feld für die Erforschung weiblichen Lebens in anderen Zeiten und anderen Kulturen. Die Wiederentdeckung weiblicher Genealogien ermöglichte Frauen nun eine eigene Traditionsbildung, z.B. in der Literaturwissenschaft (vgl. Günter 1997).

Frauen-Geschichtsforschung, insbesondere auch die Neuinterpretation von Ergebnissen der Archäologie und Altertumsforschung in der feministischen Matriarchatsforschung, machte bewußt, daß der Anteil der Frauen an der menschlichen Kulturentwicklung wesentlich größer ist, als bisherige androzentrische Forschung und Wissenstradierung uns glauben machen wollten (Meier-Seethaler 1988, Weiler 1989 und 1997).

In der Psychologie stellte Gilligan (1984) dem durch Kohlberg aufgestellten Maßstab zur moralischen Entwicklung des Kindes einen anderen entgegen, in dem nicht Autonomie, sondern Fürsorglichkeit und Beziehungsfähigkeit den höchsten Stellenwert einnahmen.

Linguistinnen und Kommunikationsforscherinnen (Trömel-Plötz 1982, Pusch 1983, Tannen 1991) beschrieben unterschiedliche Kommunikationsstile von Männern und Frauen, auch die feministische Schulforschung machte durch ihre Untersuchungen, vor allem über Interaktionsstrukturen im Unterricht, den bis dahin öffentlich nicht wertgeschätzten und überwiegend von Mädchen und Frauen eingebrachten »Beitrag zur Schulkultur« sichtbar (z.B. Weschke-Meissner 1990, Skinnigsrud 1984, Flaake 1990). Hier fand auch der konservative Flügel der bürgerlichen ersten Frauenbewegung eine späte Würdigung, der aus der Sicht des Gleichheitsdiskurses nur Abwertung erfahren hatte. Der Gedanke der Notwendigkeit eines weiblichen Einflusses auf die Kultur und die daraus abgeleitete Forderung »Mädchenbildung in Frauenhand« (Helene Lange, Gertrud Bäumer, vgl. Stoehr 1991) bekam nun wieder Sinn. Die Neubewertung von Mädchenschulen und Frauencolleges gehört ebenfalls in diesen Denkzusammenhang.

Obwohl die Forscherinnen sich bemühten, keine neuen Weiblichkeitsstereotypen entstehen zu lassen, indem sie ihre Ergebnisse nicht als zum Wesen von Frauen gehörend, sondern durch Sozialisation und Lebensweise entstanden beschrieben[35], konnten sie nicht verhindern, daß andere Frauen ihre Ergebnisse auf diese Weise benutzten. Vor allem im Kontext von durch Matriarchatsforschung, feministische Theologie und Esoterik beeinflußten religiösen Bewegungen wurden im Rahmen des Diskurses der Aufwertung des Weiblichen teilweise alte Weiblichkeitsklischees bestätigt, teilweise entstand wieder ein geschlechterdualistisches Denken, diesmal mit umgekehrtem Vorzeichen: Frauen galten nun als die besseren Menschen, die mit ihren (natürlichen) positiven Eigenschaften die Welt retten sollten (vgl. z.B. Mulack 1990).

Dualistisches Denken zeigt sich auch in der Rede über Vergewaltigung und über sexuellen Mißbrauch von Kindern. Wurden diese kriminellen Handlungen im Gleichheitsdiskurs noch als Herrschafts- und Unterdrückungsverhalten patriarchal verformter Männer gedeutet, die mit der Überwindung des »Patriarchats« verschwinden würden, so setzte sich bei Teilen der feministischen Bewegung im Kontext des Differenzdiskurses eine dualistische Sichtweise von Männern als Tätern und Frauen als Opfern durch, die biologische Männlichkeit direkt mit potentieller Täterschaft als Vergewaltiger oder Kinderschänder in Verbindung brachte.

Obwohl er dualistisches Denken begünstigte und auch zu neuen Festlegungen über Weiblichkeit beitrug, z.B. zum Stereotyp weiblicher Beziehungsfähigkeit, war der feministische Differenzdiskurs der Aufwertung des Weiblichen ein wichtiger Schritt zu einem Denken der Differenz, das auf dichotome Darstellungen verzichten kann. Erst die positive Sicht auf die empirisch vorgefundenen »Weiblichkeiten« ermöglicht eine kritische Auseinandersetzung mit den »männlichen« Geschlechtscharakteren und mit »männlichen« Werten. Werden im Gleichheitsdenken nur die Defizite der Frauen erfaßt, die sie an einer gleichberechtigten Teilnahme in Beruf und Politik hindern, so kommen jetzt auch die Defizite in den Blick, zu denen das Aufwachsen als Junge und die Lebensweise der Männer führen. Entspricht der Vorstellung von den Defiziten und der Benachteiligung der Frauen politisch die Forderung nach Frauenförderung, so ermöglicht das Denken der Differenz die Erkenntnis, daß eine Umgestaltung der Gesellschaft unter Beteiligung beider Geschlechter in allen Bereichen anzustreben ist. Anstatt Computerkurse für Mädchen an den Schulen einzurichten, wird nun über eine Erziehung nachgedacht, die z.B. auch den Jungen die Beteiligung an Haus- und Familienarbeit eröffnen könnte.[36] Wenn zweierlei geschlechtlich geprägte Menschen gemeinsam die Welt bewohnen und gestalten, haben wir das androzentrische Weltbild verlassen, in dem die Frau immer das Andere, das Besondere, der Mann dagegen das Allgemeine ist.

Kriterien für die Beurteilung von Kinder- und Jugendliteratur aus dem Kontext des Differenzdiskurses der Aufwertung des Weiblichen finden wir bei Lehmann/Schultz (1992: 121-130), Keiner (1994: 273-284) und Weisser (1996). Letztere wendet sich z.B. gegen die negative Darstellung von Müttern im »emanzipatorischen Mädchenbuch« und fragt nach weiblichen Vorbildern und danach, ob »sich das Erwachsenwerden lohnt«. Es sollen nicht nur »Schattenseiten des Frauseins« dargestellt werden. Bei ihrem Versuch, »Weibliches« aufzuwerten, fällt Weisser allerdings zurück in die polare Zuschreibung von Eigenschaften: Als Auswahlkriterium gilt, ob »weibliche Qualitäten wie Emotionalität, Solidarität, Mütterlichkeit als positive und wichtige Eigenschaften vermittelt« werden. Nicht länger höher eingeschätzt werden sollen »›typisch männliche‹ Eigenschaften, wie Tatkraft, Mut, körperliche Stärke und Gewandtheit« gegenüber »›typisch weiblichen‹« (vgl. Weisser 1996: 21/22).

Verwirrung durch fehlende Unterscheidung der Diskurse

Durch die Unterscheidung der Geschlechterdiskurse kann nun z.B. auch aufgedeckt werden, wodurch die Ungereimtheiten der Koedukationsdiskussion verursacht wurden:

Das Wahrnehmen der positiven Aspekte einer unter Frauen entstehenden Kultur, das Entdecken der Vorzüge, die Mädchenschulen haben könnten, wenn sie nicht dem traditionellen Geschlechterdenken unterworfen wären, ist eine Errungenschaft des Differenzdiskurses der Aufwertung des Weiblichen. Anstatt in diesem Rahmen weiterzudenken und z.B. die Idee des weiblichen Kultureinflusses der bürgerlich-konservativen Frauenbewegung wieder aufzugreifen, über weibliche Vorbilder nachzudenken, sich über die Bedeutung weiblicher Schulleitung (vor allem an Mädchenschulen) klarzuwerden und von dort aus Veränderungen anzustreben, wurde mit Forderungen aus dem Gleichheitsdiskurs eine politische Auseinandersetzung inszeniert, die sich gegen die »Benachteiligung von Mädchen in Koedukationsschulen« richtete. Eine solche Benachteiligung war aber zumindest in bezug auf den Schulerfolg nicht nachzuweisen, und für die Nachteile der Frauen im Berufsleben konnten neben der koedukativen Schule zahlreiche andere Faktoren verantwortlich sein. Die wesentlichen Veränderungsforderungen blieben ebenfalls im Denken des Gleichheitsdiskurses: Vor allem in den im Hinblick auf traditionelle Männerberufe wichtigen Fächern sollten Mädchen besonders gefördert werden, um ihnen den Zugang zu diesen Berufen wegen besserer Bezahlung und Aufstiegsmöglichkeiten zu ermöglichen. In die Diskussion wurden Argumente aus den verschiedenen Diskursen eingebracht, z.B. wurde behauptet, Koedukation mache Mädchen »brav«, im Gleichheitsdiskurs negativ bewertet, während der »stille Beitrag der Mädchen zur Schulkultur« als nicht wahrgenommene Stärke gehandelt wurde (vgl. Pfister/Valtin 1993: 8, 27 u. 29).

Wenn Bilden fordert, »in die sozialwissenschaftliche Analyse die Doppeltheit und Widersprüchlichkeit der Realität gezielter aufzunehmen«, dann bezieht sie sich m. E. auf die fehlende Unterscheidung der Geschlechterdiskurse, denn sie fährt fort:

> Neben und über dem tiefsitzenden Symbolsystem der Zweigeschlechtlichkeit wirkt in unserer Gesellschaft das bürgerliche Deutungssystem der Gleichheit. Beide Deutungsmuster, Differenz und Gleichheit, kollidieren gegenwärtig in allen gesellschaflichen Bereichen, in der Privatsphäre der Familie ebenso wie in der Öffentlichkeit, in Politik und Wissenschaft besonders deutlich (Bilden 1991: 299).

Nach Richters Ansicht würden Geschlechterstereotype in den verbalisierten Kognitionen abgelehnt, seien dagegen in den handlungsleitenden stark wirksam (vgl. Richter 1996: 310). Das mehrfach belegte Scheitern von Lehrkräften im Unterricht, die die »Ungleichheit von Frauen und Männern« oder gar die »Unterdrückung von Frauen« zum Thema machen wollten (vgl. Linke/Oomen-Welke 1995: 165-229), ist möglicherweise ebenso durch eine solche – mit dem Gleichheitsimperativ verbundene – verzerrte Wahrnehmung bedingt.

Ebenfalls als Versuch einer Kompromißbildung im Sinne einer unkritischen Harmonisierung zwischen den Geschlechterdiskursen kann das Androgynie-Konzept bezeichnet werden, das den weitgehend unreflektierten Hintergrund der geschlechtskompensatorischen Erziehung bildet (vgl. 2.1.3.). In Abkehr vom traditionellen Geschlechterdiskurs, nach dem sich beide Geschlechter in ihren Eigenschaften ergänzten und eine geschlechtstypische Entwicklung zu einander ausschließenden Eigenschaften als gelungene, gesunde Persönlichkeitsentwicklung betrachtet wurde, basiert das Androgynie-Konzept darauf, »daß die psychologische Geschlechtsrollenorientierung auf (mindestens) zwei Dimensionen anzusiedeln sei, nämlich einer Maskulinitäts- und einer Feminitätsdimension, und daß jedes Individuum, Mann wie Frau, unabhängig vom biologischen Geschlecht auf diesen beiden Dimensionen jeden beliebigen Punkt einnehmen kann« (Alfermann 1995: 37). Dieser Ansatz ist in mehrfacher Hinsicht zu kritisieren:

- Durch die Beibehaltung bestimmter Eigenschaften als »maskulin« oder »feminin« wird die Verknüpfung bestimmter Eigenschaften mit dem Geschlecht auf der symbolischen Ebene fortgesetzt, auch wenn nun biologischen Männern »feminine« und biologischen Frauen »maskuline« Eigenschaften zugestanden werden.[37]
- Die Vorstellung einer besonders gelungenen Kombination von Eigenschaften, die Schaffung eines Ideal-Typs, halte ich vor allem in Verbindung mit der Rede von der besonderen psychischen Gesundheit der »Androgynen« für gefährlich. Abwertung und Ausgrenzung scheinen mir hier vorprogrammiert.
- Alfermanns Untersuchungen belegen, daß Androgynie für Mädchen und Frauen erstrebenswerter ist als für männliche

Personen. Sie begründet dies damit, daß »es die maskulinen Eigenschaften sind, die in unserer Gesellschaft im Endeffekt den größeren Erfolg und die größere Anerkennung versprechen und so das Selbstwertgefühl stärken« (Alfermann 1995: 48). Damit bewirkt aber das Androgynitätskonzept ebenso wie der Gleichheitsdiskurs Angleichung an bisher traditionell Männliches.[38]

Geschlechterdiskurse der Postmoderne

Sowohl das Androgynitätsideal als auch das scheinbar problemlose Nebeneinanderexistieren verschiedener Geschlechterdiskurse kann auch in den Rahmen des postmodernen Denkens gestellt werden. Da die Autoren und Autorinnen der postmodernen Theoriebildung sich selbst jedoch gegen die Subsumierung unter den Oberbegriff »Postmoderne« wenden, ist dieser Begriff schwer zu definieren. Im Bereich der Geschlechterforschung finden wir hier äußerst gemäßigte Positionen wie die von Cornell, wonach Dekonstruktion »am Entzug der falschen Legitimationen unserer derzeitigen Gender-Hierarchie« arbeitet (Cornell 1993: 101), oder die von Hagemann-White, wonach wir uns nicht nur in einem »symbolischen System der Zweigeschlechtlichkeit« bewegen, sondern bei dessen kultureller Konstruktion täglich mitwirken: »Das Geschlecht, in dieser Sicht, ist nicht etwas, was wir ›haben‹ oder ›sind‹, sondern etwas, was wir tun« (Hagemann-White 1995: 183).

Wesentlich bekannter wurde allerdings die extreme Position von Judith Butler, die Geschlecht als »ideologische Fiktion« beschreibt. Die Faszination, die von Butlers Konzeption ausgeht, hängt m. E. mit der starken Sehnsucht zusammen, den Zwängen der gegenwärtigen Geschlechterverhältnisse zu entrinnen, sowie mit der Enttäuschung über die geringen Erfolge der Frauenbewegung. Die Absage der Postmoderne an die »großen Erzählungen«, an die Utopien, für die es sich noch zu kämpfen lohnte, beinhaltet auch eine Absage an die »große Erzählung« der Frauenbewegung vom Patriarchat und den Möglichkeiten seiner Überwindung.[39]

4.2.3. Geschlechterdiskurse in Kinder- und Jugendbüchern

Dieses Kapitel soll darstellen, wie sich Geschlechterdiskurse in der Kinder- und Jugendliteratur spiegeln. Darüber hinaus möchte ich zeigen, daß das Modell der Geschlechterdiskurse auch für die Beurteilung der literarischen Qualität von Kinder- und Jugendbüchern hilfreich sein kann.

Sensibilisiert durch den Einfluß der Diskurse der Frauenbewegung, nehmen wir die durch den traditionellen Geschlechterdiskurs verursachten ideologischen Verzerrungen der Realität eher wahr als die Verzerrungen, die der Gleichheits- und Differenzdiskurs der Frauenbewegung hervorbringt. So kann es geschehen, daß die Geschlechterklischees, die diese Diskurse verursachen, sogar als innovativ gefeiert werden, Hauptsache, es wird »eine neue Rollenverteilung gezeigt« (vgl. Materialien Jugendliteratur und Medien 1992: 17). Den deutschen Jugendliteraturpreis erhielt beispielsweise 1989 das Buch »Oma und ich« von Achim Bröger, obwohl die Protagonistin Jutta und ihr neuer Freund Dirk darin äußerst undifferenziert und klischeehaft dargestellt sind, allerdings nicht nach den Geschlechterklischees des traditionellen Geschlechterdiskurses: Jutta kann gut auf Bäume klettern (Oma sagt: »Schlimmer als ein Junge«), während Dirk heimlich in einem Versteck mit Nuckelflasche und Puppe spielt.

Meines Erachtens besteht ein enger Zusammenhang zwischen der literarischen Qualität eines Kinderbuchs und der Vielfalt der in ihm auffindbaren Geschlechterdiskurse bzw. der Brüche zwischen ihnen. Konsequent nach einem Geschlechterdiskurs gestaltet (dem traditionellen) sind z.B. die Bücher von Enid Blyton. Gute Literatur zeichnet sich dagegen dadurch aus, daß sie Geschlechterdiskurse aufbricht und die durch sie verursachten Verzerrungen der Realitätswahrnehmung tendenziell aufhebt.

Da in der Welt der Kinder Themen zentral sind, die vom traditionellen Geschlechterdiskurs, aber auch vom Gleichheitsdiskurs unsichtbar gemacht oder abgewertet werden, da sie den Frauen (bzw. im Gleichheitsdiskurs den nicht-emanzipierten Frauen) zugerechnet werden, müssen diese Themen (Familie, Mutter, Versorgtwerden, Essen, Gefühle, Abhängigkeit, Beziehungen) in Kinderbüchern bearbeitet werden, auch wenn es dem jeweils intendierten Geschlechterdiskurs zuwiderläuft. So entstehen Brüche, die gegebenenfalls im Unterricht als Gesprächsanlässe genutzt werden können. Zum Beispiel werden in traditionellen Jungenbüchern, wenn in ihnen keine Frauen vorkommen, Versorgungsaufgaben von Männern oder Jungen übernommen (z.B. in Mühlenweg 1982, Mattheus o.J., sehr schön auch in Janoschs Bilderbüchern von Tiger und Bär), was der geschlechtstypischen Aufgabenzuordnung in diesem Diskurs nicht entspricht. Aus den zentralen Themen der kindlichen Welt ergeben sich Brüche zwischen den Geschlechterdiskursen automatisch, wenn AutorInnen Kaminskis Forderungen an gute Kinderliteratur, die er unter den Begriffen »Antizipation und Erinnerung« zusammenfaßt, erfüllen:

Für einen Kinder- und Jugendbuchautor stellt sich die Aufgabe, die eigene Kindheit präsent zu halten, eigene kindliche Wünsche nicht zu verraten, sie auf dem Hintergrund einer biographisch und sozial fortgeschrittenen Situation einem Text einzuarbeiten und der nachfolgenden Kindergeneration im Fremdbild das eigene zu entwerfen, derart, daß sich Antizipation und Erinnerung verschränken (Kaminski 1992: 138).

Mattenklott fügt als einen weiteren Weg, sich der Kindheit anzunähern, und zwar der gegenwärtigen, die »Beobachtung« hinzu:

Sehr unterschiedlich kann das Maß an Realität sein, was auf diesen Wegen in ein Kinderbuch einfließt. Erinnerung und Beobachtung und ihre sprachliche Verarbeitung können genau und detailliert sein, können bewußt, kritisch, sorgfältig geprüft und von Vorurteilen und ideologischem Ballast so weit wie möglich befreit sein (Mattenklott 1994: 9).

Wenn ich im folgenden an einigen Beispielen aus Kinder- und Jugendbüchern auf Verzerrungen der Realitätsdarstellung hinweise, die mit den jeweiligen Geschlechterdiskursen verbunden sind, maße ich mir damit keine Beurteilung der jeweiligen Werke in ihrer Gesamtheit an. Auch Bücher, die stereotype Darstellungen enthalten, können einen positiven Einfluß auf Menschen haben bzw. gesellschaftliche Veränderungen unterstützen. Zur Auseinandersetzung mit den Diskursen der Frauenbewegung durch große Teile der Gesellschaft trug die aus ihr hervorgehende Literatur wesentlich bei. So stellt Garbe fest: »Abgesehen von einem kleinen Kreis von frauenbewegten ›Aktivistinnen‹ hat sich der Bewußtseinswandel bei Frauen vor allem aufgrund der Lektüre von ›Frauenliteratur‹ vollzogen« (Garbe 1993: 16).[40] Die erste Generation der »starken Mädchen« in Kinderbüchern, Pippi, Madita, die Rote Zora, Ronja, sogar auch »Georg« aus der Fünf-Freunde-Serie von Enid Blyton, halfen zweifellos mit bei diesem Bewußtseinswandel. Wenn wir sie und die Bücher, in denen sie vorkommen, aus unserer heutigen Sicht kritisieren, so soll damit nicht vergessen werden, daß wir ohne sie vielleicht nicht dort angekommen wären, wo wir heute sind.

Der traditionelle Geschlechterdiskurs in Kinder- und Jugendbüchern[41]

a) Naturbedingte Wesensunterschiede der Geschlechter

Georgina aus der Fünf-Freunde-Serie von Blyton (Fünf Freunde erforschen die Schatzinsel o.J.)[42] nennt sich Georg, denn sie »haßt es, ein Mädchen zu sein« (S. 16). Blyton zeigt aber, daß Georgs weibliche »Natur« stärker ist als ihr Wunsch, ein Junge zu sein, z.B. muß sie weinen (S. 32 u. 112), und einmal passiert es ihr, daß sie Anne »impulsiv« umarmt (S.38/39). Für beide Mädchen ist es selbstverständlich, daß Jungen so etwas nicht tun. Anne ist froh, ein Mädchen zu sein, weil sie als Junge schöne Kleider und Puppen nicht lieben dürfte (S. 19). Bei den Abenteuern mit den Jungen zusammen gelingt es ihr oft nicht, ihre »weibliche« Ängstlichkeit und Geschwätzigkeit zu unterdrükken (S. 38 u. 63).

Die zwölfjährige Petra schlüpft in die Rolle eines Jungen, weil das humanistische Gymnasium keine Mädchen aufnimmt (Fischer: »Die Klasse ist für Petra«). Sie muß doppelt so viel lernen wie einige Jungen und fragt sich, ob Jungen vielleicht tatsächlich gescheiter sind als Mädchen (S. 87). Petras Bruder ist in ihren Augen »kein richtiger Junge«, denn er ist still und ordentlich, bleibt gern allein und liest oder musiziert (S. 11). Sie selber merkt bald, daß sie sich nach einer Freundin und nach schönen Kleidern sehnt, daß sie ganz anders ist als die Jungen (S. 101 u. 132).

b) Männlich heißt: erwachsen, unabhängig handelnd, dominierend
Annes Vorlieben werden von »Georg« als »kindisch«, als etwas »für ein Baby« abgewertet (»Fünf Freunde erforschen die Schatzinsel«, S. 19). Weinen sei ebenfalls kindisch, deshalb würden Jungen dies nie tun (S. 32).

In Nesbits phantastischer Erzählung »Die verzauberte Stadt« (1981)[43] ist Philip, die männliche Hauptfigur, in der von ihm selbst gebauten Spielzeugstadt unterwegs. Bei den Wachsoldaten fühlt er sich wohl, denn endlich ist er weg von dem gleichaltrigen Mädchen Lucy und dem Kinderfräulein. Er kommt sich sehr »männlich und erwachsen« vor, bis Lucy hereinkommt. Dadurch ist es gleich wieder »wie im Kindergarten« (S. 37). Mädchen und Frauen erinnern einen Jungen an die eigene Kindheit. Ihre Anwesenheit oder gar die Vorstellung, er könnte auf ihre Hilfe angewiesen sein, ist für ihn daher unerträglich. Um von Philip akzeptiert zu werden, hilft Lucy mit, ihn seine Abhängigkeit nicht spüren zu lassen, indem sie ihre eigene Leistung zum Verschwinden bringt. Obwohl Philip ohne ihre Hilfe keines seiner Probleme hätte lösen können, bestärkt Lucy ihn darin, daß er ein Held ist, der natürlich keine Hilfe braucht, »und schon gar nicht von Mädchen« (S. 108). Sie bittet ihn immer wieder unterwürfig, ihre Hilfe doch gnädig anzunehmen.

c) Anerkennung in der Welt gibt es nur in Verbindung mit Mann-Sein; Frauen und Mädchen erlangen allenfalls Wertschätzung als Mütter oder »kleine Hausmütterchen«
Blyton läßt Georginas Mutter zu den anderen Kindern sagen: »Ihr könnt euch getrost Georg anvertrauen. Sie kann mit dem Boot umgehen wie ein Mann« (S. 51). Auch Georginas Vater lobt sie mit den Worten: »Du bist ein richtiger Junge, jederzeit« (S. 181).

Während Philip in der verzauberten Stadt in Anerkennung »seiner« Leistungen Ritter und dann König werden kann, steht Lucy nur die Position der Prinzessin offen (S. 108).

In zahlreichen Abenteuerbüchern treten Frauen und Mädchen nur auf den Plan, um die Ernährung der Helden sicherzustellen, (z.B. in der Käpt'n-Konny-Serie von Ulrici), sie zu bewundern oder als Negativfolie für ihre besondere Tapferkeit zu dienen.

Auch in Kästners Kinderbuch-Klassikern sind Frauen nur dann positiv dargestellt, wenn sie sich als Mütter aufopfern; Berufstätigkeit aus Not wird dabei akzeptiert (Antons Mutter in »Pünktchen und Anton«, Emils Mutter in den beiden »Emil«-Bänden, die Mutter der Zwillinge im »Doppelten Lottchen«). Frauen, die noch etwas anderes wollen, werden als pflichtvergessen, egoistisch, geltungssüchtig usw. gegeißelt (Pünktchens Mutter in »Pünktchen und Anton«, Fräulein Gerlach im »Doppelten Lottchen«).[44]

Geschlechtsspezifischer Pflichtvergessenheit, d.h. dem Nachgeben gegenüber einem Begehren, das außerhalb der für das jeweilige Geschlecht vorgesehenen Möglichkeiten liegt, muß durch harte Erziehungsmaßnahmen begegnet werden, die auch den Erziehenden oft schwerfallen. So muß Frieder in der »Familie Pfäffling« (Sapper 1946) vom ausschließlichen Träumen und Musizieren geheilt werden, Bibi (Michaelis 1971) muß ihr Erforschen der Welt durch Herumvagabundieren aufgeben. Nach der mehr oder weniger rigorosen »Zähmung« stellt sich dann heraus, daß das Mädchen jetzt viel glücklicher, da im Einklang mit seinem »natürlichen« Wesen, ist.

Der Gleichheitsdiskurs in Kinder- und Jugendbüchern

a) Frauen dringen in Männerdomänen ein und steigen dadurch auf

Kitty Brombeere (Mechtel 1979) bekommt Anerkennung von dem wesentlich älteren Jungen Alf mit den Worten: »Ich glaube fast, an dir ist ein Junge verlorengegangen« (S. 64). Auch Kittys Oma, die sie wegen Berufstätigkeit beider Eltern versorgt, sagt dies immer zu Kitty, worauf diese sehr stolz ist. Von den Mädchen in ihrer Klasse hat sie keine Unterstützung zu erwarten, als sie Klassensprecherin werden will. Sie denkt: »Komisch, mit Jungen verstehst du dich immer besser als mit Mädchen« (S. 88).

Bei einem Fußballspiel gegen den Nachbarort darf Kitty, die zunächst trotz bestandener Mutprobe nicht in die Mannschaft aufgenommen wurde, dann doch als Ersatzfrau mitspielen. Dabei schießt sie gleich zwei Tore (S. 111/112).[45]

b) Beziehungen zwischen Frauen verschwinden, traditionelle Frauendomänen und die dort verbleibenden Frauen werden abgewertet

Für Lindgrens Mädchenfiguren ist der Eintritt in die Welt der Männer ohne den Verlust der Beziehungen zu Frauen und deren Unterstützung möglich. Abbe wird von Alva, der Hausangestellten, der Kopf gewaschen, weil er Madita erschreckt hat, Madita wird getröstet (Lindgren 1977). Auch Ronja Räubertochter (Lindgren 1982) verliert nie die Unterstützung ihrer Mutter, wobei beider Leben ansonsten ausschließlich auf Männer bezogen und durch deren Konflikte bestimmt ist. Zwar verliert Kitty Brombeere die Unterstützung durch Oma und Mutter ebenfalls nicht ganz, sie versucht aber ohne diese zurechtzukommen. Mit Mädchen versteht sie sich nicht mehr. Die beliebtesten Mädchenfiguren des Gleichheitsdiskurses, Pippi Langstrumpf und die Rote Zora, leben in einer Welt ohne ernst zu nehmende und unterstützende Frauen – die Mütter sind tot –, sie sind ausschließlich auf Männer und Jungen bezogen und orientieren sich an ihnen. Die einzige positive Erwachsenenfigur in »Pippi Langstrumpf« ist ihr Vater, die Frauen sind überwiegend als phantasielose, dumme und lächerliche Personen dargestellt. Zora orientiert sich am alten Fischer Gorian.[46] Auch Momo (Ende 1973) lebt in einer überwiegend von Männern bevölkerten Welt und hat fast ausschließlich männliche Bezugspersonen. Das Mädchen selbst ist allerdings keine Figur des Gleichheitsdiskurses. Durch die Aufwertung einer traditionell den Frauen zugeschriebenen Fähigkeit, dem Zuhörenkönnen, verbunden mit einer Gesellschaftskritik, die gerade das Fehlen dieser Fähigkeit anprangert, ist Momo eine typische Figur des Differenzdiskurses der Aufwertung des Weiblichen.

Für die beiden Mädchen Hilde und Sofie in »Sofies Welt« (Gaarder 1993), sind die Väter und der Philosophielehrer wichtige Gesprächspartner, die (selbstverständlich berufstätigen) Mütter dagegen erscheinen als unbedarfte Mitbewohnerinnen. Sie kaufen ein, kochen und machen sich Sorgen um ihre Töchter. Jeder Versuch eines etwas differenzierteren Gesprächs mit den Müttern scheitert an deren Verständnislosigkeit und Phantasielosigkeit. Im Gegensatz zu seiner Darstellung der beiden Mütter steht Gaarders verbales Bekenntnis zur Gleichwertigkeit der Geschlechter, wenn er den Philosophielehrer den Ausschluß der Frauen aus der Philosophie oder frauenfeindliche Positionen kritisieren läßt (S. 506).

c) Berufstätige Mütter und die Beteiligung der Männer an der Haus- und Familienarbeit

Berufstätigkeit von Müttern, im traditionellen Geschlechterdiskurs immer mit Armut oder Egoismus verbunden, betrachtet der Gleichheitsdiskurs ausschließlich positiv: Es wird nun als Mangel empfunden, wenn eine Frau keinen Beruf erlernt hat. Als negative Aspekte reiner Hausfrauentätigkeit werden mangelndes Selbstbewußtsein, finanzielle Abhängigkeit, Vereinsamung, Putzsucht und Eßsucht thematisiert. Gleichzeitig wird über eine gerechte Verteilung der Haus- und Familienarbeit nachgedacht, wobei zunächst einmal die Männer und Jungen etwas dazulernen müssen.

Sowohl in »Blaufrau« (Ladiges 1981) als auch in »Der Denker greift ein« (Nöstlinger 1981) werden Unselbständigkeit und Ängstlichkeit der Mütter sowie ihre Neigung zu hysterischen Reaktionen mit ihrer Situation als Nur-Hausfrauen in Verbindung gebracht. Diese Mütter haben in der Familie keine Autorität, die Töchter haben von ihnen keine Unterstützung zu erwarten, sie müssen sich bei jeder Entscheidung an den Vater wenden. Das negativste Mutterbild finden wir ebenfalls bei Nöstlinger in »Pfui Spinne!«. Erklärt werden die Eßsucht dieser Mutter und die schlechte Beziehung zu ihrer Tochter damit, daß die Mutter schwanger wurde, als sie gerade gegen den Widerstand ihres Mannes eine Ausbildung anfangen wollte. Sie gab der Tochter die Schuld, daß sie keinen Beruf hatte.

Maslief in »Erzähl mir von Oma« (Kuijer 1987) findet im Lauf der Erzählung heraus, daß ihre vor kurzem verstorbene Großmutter, die sie kaum gekannt hat, so lieblos, putzsüchtig und schließlich krank geworden war, weil das Leben als Hausfrau und Mutter sie in ihren wichtigsten Interessen verkümmern ließ.

Bereits 1977 thematisierte Nöstlinger in »Lollipop« die Auseinandersetzung, die ein Junge mit der ein Jahr älteren Schwester, der Mutter und der Großmutter darüber führt, daß »Hausarbeit Frauenarbeit ist«, wie er, unterstützt durch einen Klassenkameraden, meint (S. 32, 37, 45).

In »Mit Clara sind wir sechs« (Härtling 1991) wird der Streit der Eltern über die Ungerechtigkeit der familiären Aufgabenverteilung vor den Kindern ausgetragen. Seinem Freund und Kollegen, der bei dem Streit dabei war, erklärt der Vater:

> »Sie ist neidisch, das verstehe ich. Müßte sie nicht für die Kinder sorgen, könnte sie in einer Bibliothek arbeiten und zu Kongressen reisen. Aber sie hat die Kinder gewollt« (S. 64).

Wie schwer die Bewältigung von Hausarbeit und Kindererziehung für einen Anfänger ist, wird im Zusammenhang mit dem Aufgabentausch der Eltern betont. Überwiegend als bedrückend erlebt Nele die Familiensituation in »Mit Jakob wurde alles anders« (Boie 1986), nachdem ihre Mutter wieder in ihren Beruf zurückgekehrt ist, während der Vater sich als Hausmann versucht. Nele begründet ihre Zustimmung damit, daß sie später auch berufstätig sein will (S. 9). Mit großer Selbstverständlichkeit unterstützen Nele und ihre Mutter den Vater, damit nicht alles im Chaos endet. Alle sind auf ihn und seine besondere Leistung bezogen, während erwartet wird, daß Mutter und Tochter die Veränderungen problemlos verkraften.

In später geschriebenen Kinderbüchern wird das Thema »Hausmanntätigkeit« des Vaters mit größerer Gelassenheit behandelt, so z.B. in »Rennschwein Rudi Rüssel« (Timm 1989),[47] »Das Mädchen, das nicht in den Kindergarten wollte« (Widerberg 1987), »Dulcie Dando« (Stops 1990) und »Wehr dich, Mathilda« (Holm 1994).

Der feministische Differenzdiskurs der Aufwertung des Weiblichen in Kinder- und Jugendbüchern

a) Positive Darstellung der »Welt der Frauen« und der Bedeutung weiblicher Bezugspersonen

In bezug auf die Bewertung der Haus- und Familienarbeit findet eine Kehrtwende statt: Diese Arbeit wird nun nicht mehr als beschwerlich und als Hindernis für die Selbstverwirklichung der Frauen im Beruf dargestellt, sondern als die eigentliche Selbstverwirklichung für Frauen und Männer, das große Glück. Ob mit Leichtigkeit partnerschaftlich geteilt oder von einem Elternteil bewältigt, in den Vordergrund treten Spaß, Bereicherung durch Phantasie und liebevolle Beziehungen (z.B. Kuijer 1979, 1980, 1987, Hazelhoff 1993, Hokke 1993, Kromhout 1993).

Nicht mehr das Mädchen, das mit den Jungen nach deren Maßstäben mithalten kann, das »emanzipierte Mädchen«, tritt jetzt als Protagonistin auf. Wurden zunächst allenfalls Großmütter positiv dargestellt,[48] werden nun auch Schwestern und Freundinnen (von Jungen und Mädchen) wichtig, schließlich wird sogar der Mutter-Tochter-Beziehung mehr und mehr Aufmerksamkeit entgegengebracht, wobei die Mütter durchaus als lern- und entwicklungsfähig dargestellt werden[49].

In dem Maße wie sich die Frauenbewegung und insbesondere die Frauenforschung den Frauen in der Geschichte, in anderen kulturellen Kontexten und in außergewöhnlichen Situationen zuwandte, traten diese »anderen Frauen« auch zunehmend in Kinderbüchern auf. Das Interesse an historischen Frauenfiguren galt dabei weniger den auch nach männlicher Geschichtsschreibung »berühmten Frauen« (Kerner: »Lise Meitner, Atomphysikerin«, Waite: »Helen Keller-Anne Sullivan«, Vinke: »Das kurze Leben der Sophie Scholl«), sondern vor allem den Hexen (Engelhardt: »Hexen in der Stadt«, Andersen: »Hexenfieber«, Furlong: »Junipers Hexenkind«) und den armen Mädchen und Frauen (Johannsson: »Als ob ich Luft wäre«, Michels: »Lena vom Wolfsgraben«, Cummings: »Auf nach Amerika«, Welsh: »Johanna«). Auch in anderen Kulturen interessieren nicht mehr die »Heldinnen« nach männlichem Vorbild (wie z.B. die Geschichte eines weiblichen Robinson in: O'Dell, »Die Insel der blauen Delphine«), sondern der Alltag von Frauen und die Stärken, die zum Überleben notwendig sind. Nicht eine Frau ragt heraus, sondern der Zusammenhalt einer Familie oder einer Gruppe ist wichtig (Pausewang: »Ich habe Hunger, ich habe Durst«, »Der Streik der Dienstmädchen«, Craighead George: »Stimme aus den großen Sümpfen«, Laird: »Trag mich über die Berge«, Siege: »Sombo, das Mädchen vom Fluß«, Naidoo: »Naledi. Ketten des Zorns«). Auch Frauen aus Randgruppen können eine positive Rolle spielen, indem sie wichtige Anstöße zur Persönlichkeitsentwicklung der Protagonistin geben (Donnelly: »Der rote Strumpf«, Schins: »Hallo, Charlie! Tag, Miakind«, Rauprich: »Das Mädchen unter der Brücke«, Meißner-Johannknecht: »Uluru – Platz der Wunder«).

b) Dualistische Tendenzen: Frauen als die besseren Menschen

In »Novemberkatzen« (Pressler 1990) sind alle Männer und Jungen gewalttätig, belästigen Mädchen und Frauen sexuell, die meisten sind Trinker. Nur der querschnittsgelähmte Helmut ist anders, doch Ilse, die Protagonistin, vermutet, daß dies nur die Folge seines Unfalls ist. Frauen sind auch manchmal lieblos und ungerecht (Mutter und Großmutter), jedoch wird dies aus ihrer Opferposition heraus verständlich und entschuldigt.

Ein Lehrstück zum Thema »Gewalt ist männlich« schrieb Holm mit dem Buch »Wehr dich, Mathilda« (1994). In den Gesprächen der Mädchen werden »die Jungs« den fröhlichen, lieben Mädchen als ausschließlich böse gegenübergestellt (S. 14 f. u. 114).

Die Vorstellung einer ansteckenden Krankheit liegt nahe bei den Begriffen »Jungsvirus« und »jungsfrei«: Weil sie aus Angst vor den Jungen nicht in den Pausenhof gehen wollen, überlegen sich die Mädchen eine Ausrede:

»Können wir nicht einfach sagen, daß wir allergisch sind?«
[...]
»Gegen ... gegen irgendwas. Gegen ... Jungs.« Alle lachen. »Im Frühling ist der Jungsvirus am schlimmsten! ... besonders auf Schulhöfen. ... Und es gibt keine Medikamente gegen den Jungsvirus« (S. 74).

Ja, morgen ist Samstag! Jungsfrei! Mathilda muß sich noch mal umdrehen und Marie dieses wunderbare Wort zurufen: »Jungsfrei!« (S. 102)

Postmoderne Geschlechterdiskurse

Nicht mehr zum Differenzdiskurs der Aufwertung des Weiblichen passen die »Lösungen«, die (z.B. bei Holm 1994 u. Zeevaert 1993) für das Geschlechterproblem angeboten werden. Diese müssen eher postmodernem Denken zugeordnet werden. Wir finden hier die Auflösung der Zweigeschlechtlichkeit in androgyner Harmonie vorgezeichnet. Die Kinder gehen den Weg von zwei Geschlechterwelten voller Vorurteile zu einer gemeinsamen Welt, die vor allem Spaß macht. Kinderbücher, die den Kindern die Einsicht vermitteln wollen, daß getrennte Geschlechterwelten ihnen nur schaden, indem sie ihre negativen Aspekte besonders eindringlich – d.h. auch pauschalisierend – vor Augen führen, sind als Lehr-Erzählungen konstruiert, realitätsfremd und damit literarisch schlecht. Die propagierte Lösung, mit ein bißchen gutem Willen die Probleme der Geschlechterdifferenz ganz einfach aus der Welt schaffen zu können, verhindert eine sachgerechte Auseinandersetzung geradezu.

4.2.4. Gesellschaftsveränderung durch den Einfluß der Diskurse der Frauenbewegung

Der Erfolg der Geschlechterdiskurse der Frauenbewegung kann »gemessen« werden, wenn wir die gesellschaftlichen Veränderungen, die sie bewirkt haben, ihren zentralen Veränderungsforderungen gegenüberstellen. Die Kritik der Frauenbewegung(en) am traditionellen Geschlechterdiskurs richtete sich hauptsächlich gegen a) Festlegung b) Bewertung und c) Hierarchiebildung aufgrund des Geschlechts.

Tab. 7 zeigt den Vergleich der Geschlechterdiskurse im Überblick.

Vergleich der Geschlechterdiskurse

Traditionelle Geschlechterdiskurse	polar, dichotom; Eigenschaften u. Aufgaben sind festgelegt; polare Zuschreibungen, Denken in Dichotomien	androzentrisch; Frauen sind gesellschaftlich und kulturell wenig sichtbar und abgewertet, innerhalb ihres Sonderbereichs dagegen idealisiert	hierarchisch; Männer sind Frauen übergeordnet, weibliche Autorität nur als von männlicher Autorität abgeleitete
Gleichheitsdiskurs	«Emanzipation«: Freiheit von Rollenfestlegung aber: Gleichheit ist Gleichheit mit dem Mann	Frauen sind genausogut wie Männer, Kampf gegen «Sexismus« aber: weitere Abwertung von traditionell Weiblichem	Kampf gegen Benachteiligung Abschaffung aller Hierarchien jede Ungleichheit ist herrschaftsverdächtig
Differenzdiskurs der Aufwertung des Weiblichen	Neue Festlegungen und Idealisierungen, z.B. Kommunikationsfähigkeit, Fürsorglichkeit, Friedfertigkeit	Aufwertung durch positive Interpretation »weibl.« Eigenschaften aber: Dämonisierung der Männer	Die weibliche Macht der Liebe zum Leben ist letztlich dem männlichen Machthabertum überlegen
Geschlechterdiskurse der Postmoderne	Geschlecht ist Fiktion, wird ständig hergestellt, muß dekonstruiert werden; es gibt viele Geschlechter	Bewertung nach Geschlecht ist automatisch mit Differenzierung nach Geschlecht verbunden	Hierarchiebildung ist ebenfalls untrennbar mit Kategorisierung nach Geschlecht verbunden

a) Festlegung

Statt aufgrund der bipolaren Aufteilung der Welt im traditionellen Geschlechterdiskurs auf Eigenschaften, Verhaltensweisen, Fähigkeiten, Interessen, Lebens- und Arbeitsbereiche festgelegt zu werden, kämpften Frauen für die Freiheit jeder einzelnen Frau, aus der Fülle der Möglichkeiten jene wählen zu können, die ihrem Begehren, ihr Leben und die Welt zu gestalten, entsprachen. Hier war und ist das Gleichheitsdenken ein sinnvoller Denkrahmen, um den Frauen die Legitimation zu geben, ihre Möglichkeiten in die bisherigen Männerdomänen hinein zu erweitern, sich zu »emanzipieren«.

b) Bewertung

Gegen den Androzentrismus, die normative Eingeschlechtlichkeit und den männlichen Universalismus richtete sich der Wunsch der Frauen, als Andere nicht im Allgemeinmenschlichen, das aber ein Männliches war, vereinnahmt bzw. als Sonderfall ausgegrenzt zu werden, sondern in ihrer Differenz sichtbar zu sein und wertgeschätzt zu werden. Das Denken der Differenz und der Aufwertung des Weiblichen machte erst den Blick frei für den Wert der von Frauen hervorgebrachten Kultur. Von der Wertschätzung des Eigenen aus wurde es möglich, bisher als allgemeingültig betrachtete Werte, Normen und Lebensweisen als partielle zu erkennen und zu kritisieren.

c) Hierarchiebildung

In bezug auf den Kampf gegen die mit dem Geschlecht in Verbindung gebrachte Hierarchiebildung, die Überordnung des Männlichen über das Weibliche, verbunden mit allem, was dem jeweiligen Geschlecht zugeschrieben wurde, z.B. die Dominanz des öffentlichen Bereichs gegenüber dem Privatbereich (vgl. Bilden 1991: 292), lassen sich keine eindeutigen Ziele und Veränderungsforderungen der beiden Diskurse der Frauenbewegung formulieren. Der Wunsch nach gleichem Zugang zu höheren Positionen (Gleichheitsdiskurs) und nach Wertschätzung und Sichtbarkeit von Frauen in der Gesellschaft (Aufwertungs-Differenzdiskurs) kollidierte mit dem Anspruch in beiden Diskursen, daß alle Hierarchien abgeschafft werden sollten und daß statt dessen durch solidarisches Handeln in Gruppen und Bewegungen (Gleichheitsdiskurs) oder durch die Macht der Liebe und die Überzeugungskraft des Guten (Aufwertungs-Differenzdiskurs) Veränderungen bewirkt werden sollten. Das Verhältnis zu Macht und Autorität einzelner Frauen blieb so in beiden Diskursen ambivalent.

Im folgenden soll anhand der Aspekte »Festlegung«, »Bewertung«, »Hierarchiebildung« gezeigt werden, in welchen Bereichen die Diskurse der Frauenbewegung sich gesellschaftlich durchgesetzt und materielle Veränderungen bewirkt haben, und wo dies nicht gelungen ist. So läßt sich zeigen, wo konkrete Ansatzpunkte für weitere Veränderungen liegen.

Einschränkung bzw. Überforderung durch Festlegung per Geschlecht auf Eigenschaften, Fähigkeiten, Zuständigkeit für bestimmte Lebensbereiche und Aufgaben

Frauenemanzipation bedeutete zunächst, daß sich einzelne Frauen gegen die Einschränkung ihrer Lebensmöglichkeiten wehrten, die die geschlechtliche Festlegung im traditionellen Diskurs mit sich brachte. Die alte Frauenbewegung erreichte eine Erweiterung der Möglichkeiten von Frauen; auf dieser Grundlage bewirkte die neue Frauenbewegung, daß die Überzeugung, Frauen hätten grundsätzlich dieselben Fähigkeiten wie Männer, heute zumindest in den westlichen Demokratien von den meisten Menschen geteilt wird. Die Berufsmotivationen von Frauen gehen inzwischen in allen Schichten über den Wunsch oder die Notwendigkeit hinaus, zum Lebensunterhalt der Familie beizutragen, und sie haben sich auf eigene Interessen erweitert (vgl. Bilden 1991: 297). Einer Frau die Fähigkeit zu etwas abzusprechen oder ihr den Zugang zu bestimmten Tätigkeiten zu verwehren, gilt heute als Diskriminierung aufgrund des Geschlechts. Die Lebensform ist für Frauen und Männer gleichermaßen wählbar und revidierbar, auch Elternschaft ist wählbar geworden. Allerdings »sind Frauen, wenn sie Kinder erziehen, weiterhin ökonomisch abhängig vom Ehemann – oder von der Sozialadministration« (Bilden 1991: 297-299).

Daß es auch eine Überforderung der Frauen darstellt, wenn die Verantwortung für die Versorgung und Betreuung von Kindern, die Zuständigkeit für Hausarbeit und für Harmonie in Beziehungen den Frauen aufgeladen werden, obwohl diese Aufgaben doch beide Geschlechter angehen, ist ebenfalls Thema politischer Auseinandersetzungen. Es ist vielen Menschen klar, daß sich an der »Doppelbelastung« vieler Frauen langfristig etwas ändern muß, auch wenn der Wille zu konkreten Veränderungen noch wenig sichtbar ist (vgl. Bilden 1991: 292).[50] Rigide Geschlechtsrollenstereotype werden bei einigen Menschen aufgeweicht, eher bei den (jungen) Frauen als bei den Männern. Auch hier liegen die Veränderungen mehr auf der Bewußtseinsebene als auf der Ebene des Verhaltens und sie »erfassen bisher nur einen bescheidenen Teil der Bevölkerung« (Bilden 1991: 299).

Da die Männerbewegung sehr jung und auch noch nicht sehr einflußreich ist, gibt es erst wenige Stimmen, die sich gegen die Festlegung von Jungen und Männern auf bestimmte Eigenschaften und Lebensbereiche wehren. Zweifellos überfordern patriarchale Männlichkeitsfestlegungen Männer, wenn sie ihnen die Verantwortung für die Gestaltung der ganzen Welt außerhalb des Hauses aufbürden, verbunden mit dem Anspruch, dabei stark und überlegen zu sein (vgl. Schnack-Neutzling 1990, Gilmore 1991, Böhnisch/Winter 1993). Einzelne Männer beklagen auch die Einschränkung ihrer Lebensmöglichkeiten, die darin besteht, daß ihnen der Zugang zu traditionell weiblichen Lebensbereichen erschwert wird (vgl. Schnack-Neutzling 1990).

Betrachten wir die gesellschaftlichen Veränderungen seit der ersten Frauenbewegung in bezug auf die Einschränkung bzw. Überforderung, die mit Mann-Sein und Frau-Sein verbunden war, so ist der Erfolg der Frauenbewegungen in diesem Bereich unübersehbar. Die Erweiterung der Lebensmöglichkeiten für Frauen und – in geringerem Maß – auch für Männer hat jedoch keine Demokratisierung des Verhältnisses zwischen den Geschlechtern bewirkt. In bezug auf die gesellschaftliche Arbeitsteilung kam es zwar zu Verschiebungen, aber nicht zu einer grundsätzlichen Umgestaltung.

Bewertung von Menschen aufgrund ihres Geschlechts: Sichtbarkeit und Wertschätzung gegenüber Vereinnahmung und Abwertung

Abwertende Äußerungen über Frauen, wie sie im 19. Jahrhundert noch gang und gäbe waren, sind heute zumindest aus der Wissenschaft weitgehend verschwunden. Es gibt nur noch wenige Orte, an denen Männer damit rechnen können, daß sie mit sexistischen Äußerungen auf einhellige Zustimmung stoßen. Daneben werden aber weiterhin Filme, Videos, Computerspiele und Zeitschriften mit frauenverachtenden Inhalten verbreitet (vgl. Bilden 1991: 288).

Die Freude bei der Geburt eines Kindes ist heute – in den nördlichen Industrieländern – kaum mehr vom Geschlecht des Kindes abhängig. Wo Frauen nach der Heirat ihren Namen behalten können, spielt nicht einmal mehr der »Stammhalter« eine große Rolle.

Wertschätzung von Frauen in einer Gesellschaft drückt sich auch darin aus, wie sichtbar sie und ihre Leistungen in Sprache und Kultur sind. Bilden ist der Meinung, die Produktion der symbolischen Kultur sei noch weitgehend in der Hand von Männern (Bilden 1991: 298). Damit ignoriert sie die Fortschritte, die die Frauenbewegung in diesem Bereich erzielt hat. So wurden Gesetzestexte, Formulare, Schulbücher usw. mittlerweile dahingehend verändert, daß Frauen darin sichtbar sind (Brehmer 1991: 37, Bildungsplan 1994), eine Fülle von Material über bedeutende Frauen wurde erarbeitet, Straßen und Schulen werden nun auch hin und wieder nach berühmten Frauen benannt.

Auch wenn Frauen für ihre Arbeit – vor allem die in der Familie – noch lange nicht angemessen bezahlt werden, so sind doch Schritte zu mehr Anerkennung ihrer Leistungen unternommen worden, z.B. durch die Berücksichtigung von Kindererziehungszeiten bei der Rente und durch das Verbot, Frauen bei gleicher Arbeit schlechter zu bezahlen. Doch nach wie vor verdienen Frauen deutlich weniger als ihre männlichen Kollegen und sind überproportional in den unteren Gehalts- und Lohngruppen vertreten (vgl. Verdiensterhebung des Statistischen Landesamtes Baden-Württemberg, b&w 3/1996).

Die Öffnung bestimmter Berufe für Frauen, die bis dahin nur Männer ausüben konnten, hat in der Vergangenheit Abwertung ganzer Berufszweige mit sich gebracht, sobald dort mehr Frauen als Männer beschäftigt waren. Dies gilt z.B. für Sekretäre und Sekretärinnen, für Ärztinnen in osteuropäischen Ländern, und auch für Lehrer und Lehrerinnen.[51]

So kann die Freiheit von Festlegungen auf bestimmte Lebensbereiche, wenn nicht gleichzeitig gegen eine Abwertung per Geschlecht vorgegangen wird, sich letztlich zum Nachteil derer auswirken, die neue Lebensentwürfe wagen. An den Ungerechtigkeiten der Geschlechterverhältnisse ändert sich nichts, solange die Frauen nicht auf die Bewertungsmaßstäbe Einfluß nehmen können, d.h. so lange sie nicht Macht und Autorität haben. Nur in Verbindung mit der Abschaffung von Hierarchiebildung aufgrund des Geschlechts bewirken Freiheit von Festlegungen und Aufwertung von Frauen eine Demokratisierung der Geschlechterverhältnisse. Denn – so Bilden –:

> Situationen haben zwar im Geschlechtssystem für Männer und Frauen unterschiedliche Bedeutungen; aber diese sind nicht fest vorgegeben, sondern Gegenstand der Interpretation der Interagierenden, […]. Nur, solange das Geschlechterverhältnis ein hierarchisches ist, haben Männer in den meisten Fällen mehr Macht zur Durchsetzung ihrer Situationsinterpretationen (Bilden 1991: 286/287).

Hierarchiebildung aufgrund des Geschlechts: Über- und Unterordnung, Herrschaft und Unterdrückung, Macht und Ohnmacht, männliche und weibliche Autorität

Während in bezug auf Festlegung per Geschlecht und Bewertung aufgrund des Geschlechts durch die beiden Diskurse der Frauenbewegung gesellschaftliche Veränderungen in Gang gekommen sind, hat sich in punkto Hierarchiebildung noch kaum etwas geändert. Weibliche Autorität – sei es in Führungspositionen in Wirtschaft und Staat oder in Wissenschaft und Kultur – tritt nach wie vor nur ausnahmsweise in Erscheinung.[52]

Die Einflußmöglichkeiten von Frauen auf gesellschaftlich-politische Entscheidungen bleiben damit weiterhin unsichtbar, und nach wie vor werden wichtige Entscheidungen, die auch das Leben von Frauen massiv betreffen, fast ausschließlich unter Männern ausgehandelt. Wie die oben aufgestellte Bilanz der Veränderungen in bezug auf Freiheit von Festlegung per Geschlecht und Aufhebung der Bewertung aufgrund des Geschlechts zeigte, kann auch in diesen Punkten eine grundlegende Umgestaltung der Gesellschaft nur erfolgen, wenn das Geschlechterverhältnis nicht mehr hierarchisch ist. Die Feststellung in Kreisen der Frauenbewegung, »daß in den vielen Jahren trotz großen Engagements nur sehr wenig erreicht worden ist« (Maihofer 1995: 39) ist in bezug auf die Aufhebung der Geschlechterhierarchie berechtigt. Allerdings liegt dies an der Frauenbewegung selbst, denn beide Diskurse der Frauenbewegung bieten an diesem Punkt keinen sinnvollen Veränderungsansatz:

Der Gleichheitsdiskurs strebt die Abschaffung aller Hierarchien an. Macht und Autorität werden ausschließlich als Phänomene der Herrschaftsausübung zur Unterdrückung von anderen Menschen begriffen. Folglich muß jede vertikale Ungleichheit unter Frauen schon im Ansatz bekämpft werden. Keine Frau darf aus der Gleichheit der »Schwesterlichkeit« herausragen. In einem solchen Klima können keine Führungspersönlichkeiten entstehen. Frauen, die trotzdem »groß« werden wollen, müssen dies ohne die Unterstützung der Frauen und gegen den Widerstand von Männern und Frauen schaffen. Wenn sie ihre Kompetenz nutzen, um einen höheren Status zu erreichen, anstatt sie ausschließlich und direkt anderen Frauen zugute kommen zu lassen, wird dies als unsolidarisches Verhalten betrachtet.

Im Diskurs der Aufwertung des Weiblichen wurde zwischen einer positiven weiblichen Macht, z.B. der Macht der Mütter, und einem negativen männlichen Machthabertum unterschieden (Weiler 1989: 174). Hoffnungen wurden gesetzt auf die Verwandlung der Welt durch die Macht der Liebe und der Lebensbejahung, die von Frauen ausgehen sollte.[53]

Einige Vertreterinnen des aus postmodernen Richtungen hervorgegangenen feministischen Konstruktivismus halten die Aufrechterhaltung der Geschlechterhierarchie für untrennbar verbunden mit der sozialen Konstruktion der Zweigeschlechtlichkeit. »Die Höherwertigkeit des Männlichen wird nicht zusätzlich zu einer an sich neutralen Differenz erzeugt«, behauptet Hagemann-White und fährt fort: »In der Interaktion zeigt sich bei genauerer Beobachtung vielmehr, daß wir Männlichkeit *als* Dominanz, Weiblichkeit *als* Unterordnung symbolisch vollziehen« (Hagemann-White 1995: 186/187). Wenn dies stimmt, kann es nur dann eine Befreiung von der Geschlechterhierarchie geben, wenn »die Konstrukteurinnen und Konstrukteure des Geschlechts [...] die Produktion einstellen« (Wetterer 1995: 219). Die Utopie dieses Denkens wäre also Geschlechtslosigkeit bzw. die Aufhebung der Zweigeschlechtlichkeit durch eine Vervielfältigung in unendlich viele Geschlechter, Frauenbefreiung wäre Befreiung vom Frausein (vgl. Prengel 1995: 20).[54]

Im Gegensatz zu dieser Position halte ich wie Maihofer eine »nicht-hierarchisierende Anerkennung weiblicher Differenz« für möglich (vgl. Maihofer 1995: 38). Ihre Verwirklichung setzt das Vorhandensein von weiblicher Autorität in der Welt voraus. Frauen müssen in öffentlicher, politischer Auseinandersetzung als Frauen auf die Maßstäbe Einfluß nehmen können, nach denen geurteilt und gehandelt wird (vgl. Libreria 1988: 172/173, Günter 1996).

4.2.5. Zusammenfassung

Geschlechterdiskurse sind hilfreich zur Beschreibung gegenwärtiger Geschlechterverhältnisse und ihrer historischen Veränderungen. Durch den Vergleich der Geschlechterdiskurse konnten die Forderungen der Frauenbewegung herausgearbeitet werden, die für eine Demokratisierung der Geschlechterverhältnisse wesentlich sind. Dabei wurde die Schlüsselposition der Forderung nach Abbau der Geschlechterhierarchie deutlich sowie der geringe Erfolg, den die Frauenbewegung in diesem Bereich hatte. So entstand der falsche Eindruck, es habe sich im wesentlichen nichts verändert.

Die Überlegungen und Untersuchungen zum Einfluß auf das Lesen und zur Beeinflussung durch Lesen (Kap. 3), die Erkenntnisse über die Bedeutung von Respekt und Bindung beim Aufwachsen in der Zweigeschlechtlichkeit (Kap. 4.1.) und die Beschreibung gegenwärtiger und vergangener gesellschaftlicher Veränderungen durch Veränderungen der Geschlechterdiskurse (Kap. 4.2.) weisen alle in dieselbe Richtung: Um Demokratisierung der Geschlechterverhältnisse zu erreichen, müssen Frauen lernen, Autorität zu sein, und Frauen und Männer müssen lernen, weibliche Autorität zu respektieren.

Um Kinder- und Jugendbücher zu finden, die eine Demokratisierung der Geschlechterverhältnisse unterstützen können, reicht das Raster der Geschlechterdiskurse nicht aus. Hier bedarf es der Ergänzung durch normative Überlegungen.

4.3. Grundzüge einer Pädagogik zwischen Gleichheit und Differenz, Nähe und Distanz, Bindung und Freiheit

Von Prengel stammt der Begriff »Demokratisierung des Geschlechterverhältnisses«.[55] Sie versteht darunter »die Erarbeitung und Erprobung eines Vertrages im gesellschaftlichen Geschlechterverhältnis, der erstmals wirklich zwischen zwei Geschlechtern als Vertragspartnern auszuhandeln ist und nicht wie bisher den Frauen aufoktroyiert wäre« (Prengel 1990: 40). Die Schwierigkeiten, »ein demokratisches Differenzkonzept zu erarbeiten« – gerade auch in der Frauenbewegung – haben nach Prengel historische Gründe: »Differenz steht fast automatisch im Verdacht, hierarchischen Verhältnissen verhaftet zu sein, weil die bürgerlich-patriarchale Frauenunterdrückung mit der Unterschiedlichkeit zwischen den Geschlechtern legitimiert wurde.« Bei ihrer »Annäherung an einen demokratischen Differenzbegriff« nennt Prengel daher an erster Stelle folgenden Punkt: »Ein demokratischer Differenzbegriff wendet sich gegen Hierarchien und damit gegen die Legitimation von Unterdrückung, Ausbeutung und Entwertung durch Differenzen.«

Unklar bleibt in Prengels Ansatz das Verhältnis von Gleichheit und Differenz. Einerseits spricht sie von der »Dialektik von

Gleichheit und Differenz«, die in der Demokratisierung des Geschlechterverhältnisses zum Ausdruck komme, an anderer Stelle ist Gleichheit für sie die Basis, auf der Differenz zu entfalten sei »im Hinblick auf Lebens-, Arbeits-, Denk-, und Kommunikationsweisen«. Obwohl es bei der Demokratisierung der Geschlechterverhältnisse um die Erarbeitung eines Vertrags gehen sollte, hat Prengel längst dessen Grundlagen bestimmt, indem sie den Begriff »Gleichheit« inhaltlich füllt:

> Gleichheit soll meines Erachtens realisiert werden im Hinblick auf die Verfügung über materielle Ressourcen und Rechte, im Hinblick auf Zugang zu Bildung, Ausbildung und zu Positionen auf allen Hierarchieebenen und im Hinblick auf die Arbeitsbelastung in Haushalt und Kindererziehung (Prengel 1990: 41-43).

Ist Gleichheit also ein Ziel, das realisiert werden kann und soll und das sich auf bestimmte Inhalte bezieht? Hier bleibt Prengel dem Gleichheitsverständnis der bürgerlichen Moderne verpflichtet und sieht nicht, daß der Gleichheitsbegriff ebenso, wie sie es in bezug auf den Freiheits- bzw. Autonomiebegriff durchaus wahrnimmt, eng mit »dem Lebensentwurf des bürgerlichen Mannes« verknüpft ist (Prengel 1988: 12) und daher unbedingt hinterfragt werden muß. Erst dann kann das Verhältnis von Gleichheit und Differenz genauer bestimmt werden.

4.3.1. Zu den Begriffen »Gleichheit« und »Freiheit«

a) »Gleichheit«

Wie Maihofer ausführt, war in der französischen National-versammlung, als nach zähen Auseinandersetzungen 1789 die Erklärung der Menschen- und Bürgerrechte formuliert wurde, die Gleichberechtigung der Frau kein Thema. »Aber nicht etwa, weil es selbstverständlich war, daß die Menschenrechte eine Erklärung auch der Rechte der Frauen waren, sondern weil es viel zu selbstverständlich war, daß die Frauen keine in diesem Sinne gleichberechtigten Menschen sind« (Maihofer 1995a: 35).

Frauen galten aufgrund ihrer Geschlechtlichkeit als Naturwesen, die sich primär durch ihre Gebärfähigkeit auszeichnen. In diesem Zusammenhang wurden ihnen »dann genau *die* Fähigkeiten abgesprochen, die den Menschen im Sinne der Menschen- und Bürgerrechte als Menschen auszeichnen und worauf sich seine Rechte gründen« (Maihofer 1995a: 36). Maihofer schließt daraus, daß somit »der Diskurs der Gleichheit (mit dem die gleichen Rechte aller begründet werden) und der Diskurs der Geschlechterdifferenz (mit dem der Ausschluß der Frauen legitimiert wird)« historisch den gleichen Ursprung haben, »gleichsam konstitutiv miteinander verwoben« sind. Als nun während der französischen Revolution versucht wurde, Menschen- und Bürgerrechte auch für Frauen einzuklagen, mußte folgerichtig in der Begründung eine wesentliche Andersartigkeit der Frau bestritten, und es mußte betont werden, »daß der Unterschied zwischen Männern und Frauen ebenso unwesentlich ist wie der zwischen Männern« (ebd.: 37). Maihofer zeigt damit auf, »wie eng im modernen Gleichheitsdiskurs letztlich die Idee der Gleichheit aller Menschen als Menschen und die Anerkennung ihrer gleichen Rechte legitimatorisch verbunden sind. Nur wer sich als gleicher Mensch erweist, erhält gleiche Rechte. Für Frauen bedeutet das: Sie müssen, um ihre Forderung nach gleichen Rechten zu rechtfertigen, entweder ihr Anderssein völlig bestreiten oder darauf insistieren, daß es lediglich sekundärer Natur ist, [...]. Aus diesem Grund erweist sich das moderne Gleichheitsverständnis, das angesichts der feudalen Ständegesellschaft zweifellos eine emanzipatorische Errungenschaft war, aus der Sicht der Frau als zweischneidig, inzwischen sogar zunehmend als historische Schranke für ihre gesellschaftliche Gleichberechtigung« (ebd.: 39).[56]

Im Rahmen seines Plädoyers »für die Wiederherstellung der Aufklärung«, in dem er dafür eintritt, an der Idee der Aufklärung festzuhalten, wobei man sie »reinigen, ändern, neu zuschneiden« könne (Hentig 1985: 36), wendet sich auch von Hentig gegen die Behauptung, die Menschen seien gleich, und gegen den Versuch, sie gleich zu machen: »Die Menschen sind verschieden, aber in ihrer Verschiedenheit haben sie gleiche

Rechte und gleiche Würde.« Ebenso kritisiert von Hentig die Vorstellung, die Menschen seien gleich wert (ebd.: 26).

Sogar in bezug auf die »Chancengleichheit« bezweifelt von Hentig, ob man sie herstellen kann, ohne die Verschiedenheit der Menschen zu mißachten und den Reichtum zu zerstören, den sie bedeutet. Dagegen plädiert er dafür, Chancenungleichheit viel konsequenter als bisher zu bekämpfen (vgl. ebd.: 26/27).

b) »Freiheit«

Sowohl in der politisch-philosophischen Auseinandersetzung über die Ideale der Aufklärung als auch in der pädagogischen Diskussion wird der Begriff »Freiheit« heute meist durch den Begriff »Autonomie« ersetzt, wobei beide Begriffe synonym verwendet werden (vgl. Günter 1995: 72). In der Pädagogik werden die Erziehungsziele »Selbstbestimmung« und »Mündigkeit« ebenfalls dem Ideal der Freiheit bzw. der Autonomie zugeordnet (vgl. z.B. Prengel 1988: 12, Hentig 1994: 220, Klafki 1993: 52, Lassahn 1990). Dieses Ideal (und die entsprechenden Bildungskonzeptionen) »stellt sich bei näherer Betrachtung als ›männliche‹ Vorstellung von Autonomie heraus, als eine normative Verallgemeinerung ›männlicher‹ Denk-, Gefühls- und Handlungsweisen« (Maihofer 1995: 102).[57]

Chodorows Untersuchung zur unterschiedlichen Identitätsbildung bei Mädchen und Jungen, Gilligans Arbeit zur unterschiedlichen Moralentwicklung und die Entdeckung des »anderen Denkens« durch Belenky u.a. (Chodorow 1985, Gilligan 1984, Belenky u.a. 1991, vgl. auch Bilden 1991: 295/296) führten zu der Erkenntnis, daß Identitätsbildung, Moral- und Denkentwicklung auch möglich sind, ohne das autonome Individuum nach traditionell männlichem Maßstab zum Ziel haben zu müssen.[58]

Freiheit wurde im Kontext der Revolutionen bürgerlicher Männer als Freiheit von Bindungen verstanden. Bindungen sind aber die Grundlage unseres Lebens. Ohne Eingebundensein in die Natur, Bindung an andere Menschen und an unseren Körper ist menschliches Leben nicht möglich. Als Folge des Freiheitsverständnisses bürgerlicher Aufklärung mußte Bindung also geleugnet und verborgen werden. Die Menschen, zu denen Bindung besteht, werden abgewertet und zu Objekten degradiert, die Tätigkeiten, die mit dem Gebundensein zu tun haben, werden ebenfalls unsichtbar gemacht, für unwichtig erklärt oder abgewertet. Beziehung, Bedürftigkeit und Eingebundensein werden ersetzt durch Beherrschung und Ausbeutung. Dies gilt für die Bindung an Frauen, das Gebundensein an die Natur und – als Teil davon – den männlichen und mit zunehmender »Emanzipation« auch den weiblichen Körper und die Welt der Gefühle, es gilt tendenziell ebenso für die Abhängigkeit von Rohstofflieferanten in anderen Erdteilen sowie von Bauern und Arbeitern im eigenen Land.[59]

Als ein grundlegendes Mißverständnis von Freiheit bezeichnet Günter in Auseinandersetzung mit der Freiheitsvorstellung der Athener, wie Hannah Arendt sie beschreibt, die Vorstellung, Freiheit bestünde in der Erfüllung der eigenen Wünsche. »Freiheit besteht allein darin, einen Wunsch in die Welt zu bringen, im Wissen darum, daß er sich mit der Welt konfrontieren muß.« Es gelte zu überlegen, »welche Bedeutung Freiheit in einer Welt hat, die aus Beziehungen aufgebaut ist« (Günter 1995: 74/75).

4.3.2. Menschenrechte im Spannungsfeld zwischen Gleichheit und Differenz

Als normativer Hintergrund für eine Pädagogik, die die Zweigeschlechtlichkeit der Menschen nicht ignoriert, die nicht Auslöschung, Unterdrückung, Zwang zur Angleichung oder Ausgrenzung bewirkt, indem sie Vereinheitlichung anstrebt, sind die Ideale der Aufklärung »Freiheit – Gleichheit – Brüderlichkeit«, so wie sie im Zusammenhang bürgerlicher Revolutionen verstanden wurden, nicht geeignet:

- *Gleichheit* darf weder inhaltlich bestimmt werden, noch darf sie Ziel politischen oder pädagogischen Handelns sein. Gleichheit steht immer in einem Spannungsverhältnis zu Differenz/Ungleichheit und muß daher grundsätzlich mit dieser zusammen gedacht werden.

- *Freiheit* ist nur auf der Basis der Anerkennung von Bindung und Abhängigkeit möglich. Wird menschliches Eingebundensein geleugnet, muß durch Unterdrückung und Ausgrenzung dafür gesorgt werden, daß alles aus dem Blickfeld verschwindet, was die Illusion von Autonomie zerstören könnte. Freiheit als politischer Begriff bezieht sich auf die Möglichkeit zur vollen Teilhabe an der gemeinsamen Gestaltung der gemeinsamen Welt. Sie ist ebenfalls nicht Inhalt oder Ziel, sondern bezeichnet eine Qualität von Sprechen, Austausch und Handeln, durch die es den einzelnen möglich wird, ihr Begehren in die Welt zu bringen.
- Der Begriff »*Brüderlichkeit*« betont wiederum die Gleichheit und Solidarität der »Kinder« gegenüber den »Eltern«, die ausschließlich als unterdrückerische Autoritäten erlebt werden, weshalb man sich aus der Bindung an sie befreien, sich »emanzipieren« muß. Ein anderer Aspekt des Begriffes ist der Aufruf zu gegenseitiger Fürsorge unter den »Gleichen«, die jedoch ebenfalls der Stärkung für den Kampf gegen die Autoritäten dient.[60]

Eine Formulierung der Menschenrechte, bei der weniger die Gefahr besteht, daß »Gleichheit« als Ziel mißverstanden wird, wählten die Verfasser der amerikanischen Unabhängigkeitserklärung: »[...], daß alle Menschen gleich geschaffen sind, [...] mit gewissen unveräußerlichen Rechten ausgestattet: Leben, Freiheit und Streben nach Glück.«

Im folgenden werde ich ausführen, was »Gleich geschaffen«, »Recht auf Leben, Freiheit und Streben nach Glück« als normativer Hintergrund für eine Pädagogik bedeuten könnte, die die Kategorie »Geschlecht« angemessen berücksichtigt.

a) Grundlage und Bezugspunkt der drei Rechte: »Gleich geschaffen«

Betrachten wir den Beginn menschlichen Lebens, ohne die Ebene der Transzendenz einzubeziehen, so können wir »Gleich geschaffen« gleichsetzen mit »Von Müttern geboren«. Die Bedeutung dieses für alle Menschen gleichen Ausgangspunkts des Lebens versucht Luisa Muraro in ihrem Buch »Die symbolische Ordnung der Mutter« in Erinnerung zu rufen, indem sie grundlegende philosophische Gedanken in Verbindung bringt mit der symbolischen Dimension, die wir in der konkreten Beziehung zur leiblichen Mutter erfahren.

Nach Muraro erleben Menschen in der Mutter-Kind-Dyade erstmals Beziehung, und zwar als Beziehung vertikaler Ungleichheit, die, wenn sie gelingt, von gegenseitiger Liebe und Achtung geprägt ist. Für Muraro ist die Mutter Vermittlerin der Sprache – nicht wie nach Freud und Lacan der Vater –, und damit ermöglicht sie den Eintritt ins Symbolische und den Zugang zur Welt. Muraro will mit ihrem Buch »die alte Mutterbindung in unser Leben als Erwachsene übersetzen, um sie dort als Prinzip symbolischer Autorität wieder aufleben zu lassen« (Muraro 1993: 45). Jede Autorität von Frauen (weibliche Autorität) erinnert an diese frühe Erfahrung. Leugnet und verdrängt eine Kultur die Bedeutung der frühen Beziehung zur Mutter – dies ist das Zentrum der patriarchalen Kultur –, so ist auch ihr Umgang mit weiblicher Autorität gestört. Dies gilt für Männer und Frauen.

Gleichheit besteht am Anfang des Lebens in dem Sinne, daß alle Möglichkeiten noch offen sind. Die Idee einer Gleichheit der Chancen bezieht sich auf den Moment der Geburt, der allerdings gleichzeitig den Ausgangspunkt und den Beginn der Entwicklung zur Ungleichheit darstellt. Denn durch den Ort und die Zeit, in die wir hineingeboren werden, durch Schicht, Kultur, Sprache, Bildungsumgebung und unsere eigene Körperlichkeit, zu der auch unser Geschlecht gehört, werden diese Möglichkeiten Schritt für Schritt eingeschränkt werden. Der Bezug auf die Fülle der Möglichkeiten am Beginn unseres Lebens kann uns helfen, eine Pädagogik zu entwickeln, die diesen Einschränkungen der Möglichkeiten immer wieder entgegenarbeitet.

Das Symbol von Mutter und Kind als Ort der Gleichheit der Menschen (und Ausgangspunkt der Verschiedenheit) beinhaltet noch mehr:

– Gleich sind die Menschen darin, daß sie von einer Frau geboren werden und in der Regel zu ihr die erste Beziehung haben.

Gleich sind Menschen in der grundsätzlichen Bedürftigkeit, darin, daß sie am Anfang des Lebens nur im Rahmen einer liebevollen Beziehung überleben können. Alle Menschen sind ihr Leben lang immer wieder auf Bindung und Fürsorge angewiesen, auch wenn dies in einer Gesellschaft, die Erwachsensein mit »Autonomie« gleichsetzt, möglichst verborgen werden muß.

Die unterschiedliche Gestaltung der ersten Beziehung zwischen Mutter und Kind ist wiederum Ausgangspunkt für Ungleichheit. Hier wirkt sich z.B. aus, wie die jeweilige Mutter »Beziehung« durch ihre Mutter (und andere Bezugspersonen) gelernt hat, ebenso spielt hier eine Rolle, wie die Mutter durch andere Beziehungen – zu ihrem Partner, zu ihren anderen Kindern, zu FreundInnen, Familienangehörigen und den Beziehungen im Zusammenhang mit ihrer Berufstätigkeit – in der optimalen Gestaltung der Beziehung zu ihrem Kind unterstützt oder behindert wird.

- Gleich sind Menschen auch darin, daß ihre erste Beziehung eine Beziehung vertikaler Ungleichheit war, daß sie »Beziehung« in Verbindung mit Ungleichheit erlernt haben. Menschen könnten allerdings in dieser ersten Beziehung nicht groß werden, wenn die Mutter ihnen nicht gleichermaßen (wenn auch nicht auf die gleiche Weise!) Liebe und Respekt entgegenbrächte wie sie ihr. So gehört nicht die Erfahrung der Gleichheit in Beziehungen zu den menschlichen Grunderfahrungen, sondern die Ungleichheit. Gleich sind Menschen also darin, daß sie dazu neigen, in Beziehungen zu hierarchisieren, daß Autorität und Macht immer eine Rolle spielen. Allerdings erfahren wir bei der Betrachtung der frühen Mutter-Kind-Beziehung auch, daß Macht und Autorität hier mit Fürsorge, Respekt und Unterstützung des Wachstums (des Großwerdens) untrennbar verbunden sind.[61]
- Gleich sind Menschen darin, daß sie im Rahmen ihrer ersten Beziehung in die Sprachlichkeit hineinwachsen und daß sie die »Welt« letztlich nur in Verbindung mit Sprache erfahren können. In einem kreativen Prozeß zwischen Körper, Sprache und den Dingen lassen Mutter und Kind im Rahmen einer un-

gleichen Beziehung die Welt entstehen. Dies ist die erste Lernerfahrung und der Beginn von Bildung.

Sprachlichkeit bedeutet, nicht sprechen und denken zu können, ohne zu interpretieren, zu symbolisieren, Bedeutungen zu erfinden, zu bewerten, zu beurteilen. Dies heißt auch: ordnen und einteilen, festlegen, unterscheiden, differenzieren. Jede dieser Ordnungsmaßnahmen ist auch eine Vereinfachung und damit eine Einschränkung von Möglichkeiten.[62]

So ist auch Sprache Ausgangspunkt von Ungleichheit. Über die Sprache wird ein Mensch in eine bestimmte Kultur hineinsozialisiert, mit dem Erlernen der Sprache orientieren sich Menschen in der Welt und schaffen sich Ordnungssysteme, die die Fülle der Möglichkeiten begrenzen. Eine solche erste Unterscheidung, die Menschen kennenlernen, stellt auch das Geschlecht dar.[63] Es muß betont werden, daß Festlegungen im Zusammenhang mit dem Geschlecht einem menschlichen Bedürfnis nach Orientierung entsprechen,[64] daß das Bewerten (z.B. im Zusammenhang mit dem Geschlecht) ebenfalls untrennbar mit Sprachlichkeit verbunden ist. Das heißt aber nicht, daß die Einteilung nach Geschlechtern, insbesondere was Bewertung und inhaltliche Festlegung auf Eigenschaften, Verhalten, Interessen, Arbeitsbereiche usw. betrifft, nicht durch differenziertere sprachliche Ordnungssysteme ersetzt werden könnte.[65]

– Gleich sind Menschen also in bezug auf die Tatsache der Zweigeschlechtlichkeit, d.h. darin, daß sie entweder Frauen oder Männer sein müssen. Verschieden sind sie durch die Art und Weise, wie die jeweilige Ethnie, Gesellschaft, Schicht, Familie und auch jede und jeder einzelne zu einem gegebenen historischen Zeitpunkt Mannsein und Frausein verstehen und leben.

Beziehen wir »Gleich geschaffen« auf das Symbol der Mutter-Kind-Beziehung am Anfang menschlichen Lebens, so können wir beschreiben, worin die Gleichheit der Menschen als Grundlage und Bezugspunkt menschlicher Grundrechte bestehen könnte. Gleichzeitig erkennen wir, daß jede Gleichheit auch einen Ausgangspunkt der Ungleichheit darstellt. Gleichheit besteht in der Fülle der Möglichkeiten zum Zeitpunkt der Geburt, im Angewiesensein auf Beziehung, die die Erfahrung körperlicher Begrenztheit erträglich macht, in der Erfahrung von Ungleichheit in dieser Beziehung, in der durch Fürsorge und Respekt, d.h. durch Autorität Wachstum ermöglicht wurde, in der Gleichzeitigkeit von Erlernen der Sprache mit Weltbegegnung, beides ebenfalls in Beziehung(en) eingebettet.

b) Recht auf »Leben«, »Streben nach Glück« und »Freiheit«

Menschen bekommen diese Rechte »zugesprochen« als Gleiche in der Abstraktheit des Menschseins, als »alle Menschen«, sie erreichen die Menschen aber als Verschiedene, Einzigartige, beziehen sich also, sobald sie konkret werden, auf Menschen in ihrer Differenz.

Dabei erfordert die Gewährleistung des Rechts auf Leben den Respekt

- vor der Einzigartigkeit des anderen Menschen, mit seinen Möglichkeiten und Grenzen
- mit dem ihm eigenen Entwicklungstempo und seinen eigenen Rhythmen
- vor dem Körper mit seinen Bedürfnissen, auch mit seiner Hinfälligkeit
- vor den Gefühlen
- vor der Lebenszeit des anderen Menschen als einer begrenzten
- vor dem Lebensraum der anderen Person, auch dem seelischen

... und meint den Menschen als einzelnen.

Das Recht auf Streben nach Glück erfordert den Respekt

- vor der Richtung der anderen Energie, d.h. vor Wunsch, Wille, Begehren, Interesse oder Leidenschaft des anderen Menschen
- vor dem Streben nach Beziehung und Bindung
- vor dem Streben nach Perfektion, Kompetenz, Größe, Einfluß auf die Gestaltung der Welt

... und hat den Menschen in den für ihn wichtigen und von ihm gewählten Beziehungen und Gemeinschaften im Blick.

Das Recht auf Freiheit bezieht sich auf den Respekt
- vor Urteils- und Entscheidungsfähigkeit einer Person
- vor ihrer Verantwortlichkeit
- vor ihrer Freiheit der Wahl

... und zielt auf die Möglichkeit der vollen Teilhabe an der gemeinsamen Gestaltung der Welt.

4.3.3. Demokratischer Umgang mit Differenz

Luce Irigaray bezeichnete die sexuelle Differenz als »eine der Fragen oder die Frage, die in unserer Epoche zu denken ist« (Irigaray 1991: 11). Eine »Pädagogik der Differenz«, die man auch »Pädagogik der Ungleichheit« nennen könnte, ist der erste Schritt, der zu gehen ist, bevor wir uns auf den Weg zu einer »Pädagogik der Vielfalt« (Prengel 1993) machen können. Differenz zu demokratisieren, d.h. die Gültigkeit der Menschenrechte nicht an die Gleichheit zu binden, ist Voraussetzung für die Fähigkeit, mit der Vielfalt – der Geschlechter, der Schichten, der Ethnien – sinnvoll umgehen zu können. Solange wir keine brauchbaren Konzepte zum Abbau der Geschlechterhierarchie entwickelt haben, werden die hierarchisierenden Muster, nach denen die sexuelle Differenz bewältigt wird, auch weiterhin auf die anderen Differenzverhältnisse angewandt werden. Eine Erziehung für eine multikulturelle Gesellschaft wird wenig Erfolg haben, solange in neuen pädagogischen Konzepten die Zweigeschlechtlichkeit einfach vergessen wird und die Lehrkräfte den negativen Folgen der gegenwärtigen Geschlechterverhältnisse in Lehrerzimmern, Klassenräumen und Schulhöfen weiterhin hilflos gegenüberstehen, wenn sie sie überhaupt wahrnehmen.

Daß ich mich im folgenden mit dem pädagogischen Ansatz von Hentigs auseinandersetze und nicht mit anderen erziehungswissenschaftlichen Richtungen, ist darin begründet, daß er seine Pädagogik aus der engen Verzahnung von Theorie und Praxis heraus entwickelt hat. Dieser Ansatz erscheint mir der ergiebigste für mein Anliegen, eine Pädagogik der Differenz zu erarbeiten, die für die schulische Praxis taugt.

Von Hentig widmet dem Thema »Geschlechterdifferenz« in seinem Buch »Die Schule neu denken« keinen einzigen Satz. In dem Kapitel »Mit Unterschieden leben«, schreibt er:

Wir aber leben unter Ungleichen: als Erwachsene und Kinder, als Frauen und Männer, als Deutsche und Ausländer, als Arme und Reiche, als solche, die über andere verfügen, und solche, über die verfügt wird, als solche, die vornehmlich in der Sprache leben, und solche, die vornehmlich in Handlungen leben (Hentig 1994: 220).

Sein Vorschlag zum Umgang damit bleibt äußerst vage: »Wir müssen, um in Freiheit zu leben, gesellschaftlich bedingte Ungleichheit soweit wie irgend möglich aufheben und umgekehrt persönliche Unterschiede wahrnehmen, bejahen, wenigstens auszuhalten lernen« (ebd.). Sind Unterschiede zwischen Frauen und Männern gesellschaftlich bedingt oder persönlich? Und wo verläuft die Grenze zwischen diesen beiden Ebenen von Ungleichheit? Ist nicht jede Ungleichheit gesellschaftlich *und* persönlich bedingt?

Es ist notwendig, eine Pädagogik zu entwickeln, die einen sinnvollen Umgang mit Differenz lehrt als einer Kunst, die in dem Spannungsraum zwischen Differenz und Gleichheit, Distanz und Nähe, Respekt und Bindung zum Urteilen, Entscheiden und Handeln fähig macht. Dies soll geschehen aus einer Haltung heraus, wie sie Thürmer-Rohr als »Denken der Differenz« beschreibt:

Das Denken der Differenz heißt denken, daß wir verschieden sind. Damit stellen sich an alle Begegnungen ungewohnte Anforderungen. Sie verlangen Offenheit, Respekt, Neugierde, die Fähigkeit zum Zuhören, Aufmerksamkeit gegenüber dem Detail, Zweifel gegenüber jedem Urteil, das ein Vorurteil sein könnte, Skepsis gegenüber den üblichen Tagesordnungen und Hauptsachen (Thürmer-Rohr 1995: 96).

Da es sich um die Entwicklung einer »Pädagogik« handelt, muß zunächst das Verhältnis zwischen Kindern und Erwachsenen im Spannungsfeld zwischen Gleichheit und Differenz beleuchtet werden.

4.3.4. Kinder und Erwachsene – Beziehungen der Ungleichheit

Die Existenzberechtigung der Pädagogik wird in Frage gestellt, wenn Gleichheit zum Ziel wird, anstatt daß sie als Grundlage und Bezugspunkt (politischen und) pädagogischen Handelns als Ansporn und ständige Mahnung fungiert, der Ungleichheit zwischen Menschen dort entgegenzuarbeiten, wo sie zum Verstoß gegen die Menschenrechte (nach dem oben dargestellten Verständnis) führt. Denn die Pädagogik beschäftigt sich mit der Gestaltung eines Verhältnisses, in dem sich Ungleiche gegenüberstehen. Wenn also z.B. der Medienpädagoge Sinhart-Pallin davon ausgeht, daß »vernunftbegründete, interaktionelle Pädagogik auf Gleichheit« ziele, so kann er mit Bernfeld und Mollenhauer nur zu dem Schluß kommen, daß das Verhältnis zwischen Erzogenen und Erziehenden »machtförmig« sei. Auf Seiten der Kinder und Jugendlichen sei folglich Ungleichheit mit Ohnmacht gepaart, die pädagogisch handelnde Person lebe in einem durch Herrschaft strukturierten Kontext (vgl. Sinhart-Pallin 1993: 185).

Wenn eigentlich Gleichheit herrschen sollte, muß man sich nicht die Mühe machen, dort, wo Ungleichheit herrscht, zwischen verschiedenen Möglichkeiten, Beziehungen zwischen Ungleichen zu gestalten, zu unterscheiden.[66] Dann müssen Stärke, Autorität und Macht genauso bekämpft werden wie Herrschaft, Zwang und Gewalt.[67] Alle Verhältnisse der Ungleichheit werden dann als »Herrschafts«- oder gar »Gewaltverhältnisse« bezeichnet, die Begriffe »Herrschaft« und »Gewalt« erfahren eine Bedeutungserweiterung.

Der Gleichheitsdiskurs im Verhältnis zwischen Kindern und Erwachsenen, jeweils unterschiedlich umgesetzt in »antiautoritärer Erziehung«, »offener Erziehung« und »emanzipatorischer Erziehung«, versuchte die Ungleichheit zwischen Kindern und Erwachsenen aufzuheben, indem der Unterschied zwischen beiden Gruppen geleugnet, für unwesentlich erklärt oder als etwas begriffen wurde, das beseitigt werden mußte. Dies führte vor allem zu einer Überforderung der Kinder (vgl. Mattenklott 1994: 196), die ja nun vor keinem Übel der Erwachsenenwelt mehr geschützt werden durften (und mußten), da sie gleichberechtigt in die Freuden und Leiden des Erwachsenenlebens einbezogen wurden. Wie bei den Geschlechterdiskursen entwickelte sich als Gegenbewegung und Ergänzung zum Gleichheitsdiskurs ein Diskurs der Aufwertung und Idealisierung von Kindern und Kindheit, der z.B. in dem Lied »Die Kinder an die Macht« (Grönemeyer) zum Ausdruck kommt (vgl. Mattenklott 1994: 160-205). Die Lösung all der Probleme unserer Welt erhofft sich dieses Denken davon, daß Erwachsene wie Kinder werden, von Kindern lernen, und daß Kinder Einfluß auf politische Entscheidungen bekommen, nicht als Gleiche, sondern als die besseren Menschen.

Pädagogik als Wissenschaft, die an einer optimalen Gestaltung des *Differenz*verhältnisses zwischen Kindern und Erwachsenen arbeitet, muß zunächst die Erziehenden, die Eltern und Lehrer gegen die Diskurse, die aus dem Gleichheitsdenken der Moderne entstanden sind, davon überzeugen, daß sie »für die Kinder erwachsen sein« (Hentig 1985: 120) müssen, um ihnen helfen zu können, »in ihrer Welt erwachsen zu werden« (Hentig 1994: 62). Das heißt nach von Hentig (1985: 121):

- daß es selbstverständlich ist, daß Eltern ihr Kind schützen und versorgen und für das Kind verantwortlich sind[68]
- daß sie als Erwachsene für die Welt einstehen und den Kindern die Möglichkeit des guten Lebens vorleben sollten
- daß Erwachsene für Kinder »so etwas wie eine Wand« sein sollten, die ihnen Rückendeckung, Schutz, aber auch Widerstand bietet.[69]

4.3.5. Aus Menschenrechten und Forderungen zur Demokratisierung der Geschlechterverhältnisse abgeleitete Bildungs- und Erziehungsziele

Zum Recht auf Leben

Solange das Recht auf Leben im Sinne von »am Leben bleiben« für viele Menschen auf der Welt noch nicht garantiert ist – bedroht durch Hunger, Krieg, Gewaltkriminalität, Todesstrafe, staatlichen Terror, Umweltzerstörung –, erscheint es mir als vordringliche Aufgabe, darüber nachzudenken, wie Kinder dazu erzogen werden können, daß sie das Recht auf Leben der anderen Menschen respektieren. Dabei verstehe ich unter menschenwürdigem Leben mehr als »Überleben«, und es muß dabei auch noch mehr geschützt werden als die »körperliche Unversehrtheit« (vgl. GG, Art. 3):

- Respekt vor dem Leben heißt Respekt vor der Einzigartigkeit jedes Menschen. Das Bewußtsein, daß jedes Kind etwas Neues in die Welt bringt, macht uns offen und bereit für Veränderungen. Diesem Respekt müssen in der Schulpädagogik die (Weiter-)Entwicklung von Bildungsorganisation und Unterrichtsmethoden entsprechen, mit dem Ziel, Individualisierung und Differenzierung zu ermöglichen. Entwickelt werden müssen auch Beurteilungssysteme, die nicht Menschen vergleichen, sondern ihre Fortschritte messen.

Für von Hentig bietet nur »eine früh angelegte Gewohnheit gegenseitiger Neugier und Aufmerksamkeit unter Menschen mit verschiedener ›Wahrheit‹« Schutz vor Irrationalismus und Fundamentalismus (Hentig 1994: 91).

- Respekt vor dem Leben heißt Respekt vor der Körperlichkeit, der eigenen und der der anderen. Körperlichkeit heißt immer auch Geschlechtlichkeit und Bedürftigkeit. Zur Körperlichkeit gehören Sexualität, Stärke und Schwäche, Begrenztheit. Zur Körperlichkeit gehören Gefühle: Angst und Scham, Trauer, Wut, Freude, Sehnsucht. Respekt vor Körperlichkeit erlernen, heißt vor allem: Grenzen erfahren, Grenzen akzeptieren, Grenzen setzen, mit eigenen Grenzverletzungen und denen anderer umgehen.

Damit dies ohne permanente Überforderung möglich ist, dürfen Gruppen und Klassen nicht zu groß sein (vgl. auch Hentig 1985: 111). Schul-Räume müssen so gestaltet sein, daß das Bewegungsbedürfnis von Kindern (und Lehrkräften) berücksichtigt wird.

Nach von Hentigs Pädagogik ist die Schule in erster Linie Lebensraum (Hentig 1994: 215ff.), und der ganze Mensch muß sich in ihr entfalten können (ebd.: 226/227). Das heißt auch, daß wir lernen, mit dem Körper zu leben, nicht gegen ihn (Hentig 1985: 117). Schule ist aber auch ein überschaubares Gemeinwesen, eine Art »Polis« (Hentig 1994: 225). Zur Vermeidung von Überforderung schlägt von Hentig vor, »Reviere« zu bilden, da man nicht Verantwortung für beliebig vieles tragen kann. Bei der Lösung oder Vermeidung von Konflikten helfen »Regeln«, die die Schüler sich selbst geben »und die sie befolgen, weil sie selber sie gemacht haben«. Auch »Rituale«, die auf Vereinbarung beruhen, erleichtern den Umgang miteinander (vgl. ebd.: 224).

- Zum Respekt vor dem Leben gehört das Bewußtsein, daß jedes menschliche Leben zeitlich begrenzt ist, und damit ein Respekt vor der Lebenszeit anderer Menschen.

In der Pädagogik folgt daraus, daß wir die Entwicklungsgemäßheit dessen beachten, was wir den Kindern zumuten, und daß wir uns bemühen, ihnen nicht durch Über- und Unterforderungen oder sinnlose Beschäftigungen Lebenszeit zu stehlen.[70]

Von Hentig fordert, daß wir uns in der Schule freimachen von dem »unerbittlichen Gesetz der Akkumulation und Akzeleration« und statt dessen auf »Bescheidung, Verkleinerung, Verlangsamung« (Hentig 1994: 74) hinarbeiten. In der Laborschule Bielefeld wurde die Erfahrung gemacht, daß es sich lohnt, jedem Kind die ihm angemessene Zeit zu lassen und nicht auf Gleichschritt zu drängen, auch wenn man »manchmal Jahre warten« muß (ebd.: 222). Empörend findet von Hentig, daß Schulen so langweilig sind und daß sie den Kindern kostbare Zeit stehlen (ebd.: 83 u. 125). Besonders in den Jahren der Pubertät werde die Schule zur Qual. »In diesem Alter richtet das schulische Lernen so gut wie nichts aus – und die Schule ignoriert dies hartnäckig« (ebd.: 242). Von Hentig plädiert dafür, »Kinder in Ruhe (zu) lassen, eher weniger (zu) tun als mehr« (Hentig 1985: 123).

Aus den Forderungen zur Veränderung der Geschlechterverhältnisse ergeben sich nun folgende Überlegungen zu Erziehungszielen, bezogen auf das Recht auf Leben:

a) Keine Festlegung aufgrund des Geschlechts
Eine Pädagogik der Differenz arbeitet einer geschlechtsspezifischen Aufteilung der verschiedenen Aspekte von Körperlichkeit (Gefühle, Stärken, Grenzen) entgegen.

Sie geht davon aus, daß geschlechtsstereotype Wahrnehmung blind macht für die Einzigartigkeit jedes Menschen und daß geschlechtsstereotype Erwartungen Kinder über- oder unterfordern und damit Entwicklung behindern. Die Begriffe »männlich« und »weiblich« in bezug auf Eigenschaften, Gefühle, Fähigkeiten, Interessen, Berufe, Lebensaufgaben und Lebensbereiche müssen aus dem Wortschatz von PädagogInnen gestrichen werden.

b) Keine Auf- und Abwertung aufgrund des Geschlechts
Eine Pädagogik der Differenz bemüht sich um die Wiederherstellung der körperlichen Würde von Männern und Frauen. Es muß darüber nachgedacht werden, wie ein Selbstwertgefühl aufgebaut werden kann, das Stolz auf Frausein bzw. Mannsein einschließt, ohne daß dieser Stolz durch die Abwertung des jeweils anderen Geschlechts gewonnen wird. Hilfreich erscheint mir hierfür ein Ansatz, der Frausein und Mannsein im Rahmen von männlichen und weiblichen Genealogien beschreibt. Günter schlägt vor, das »Weibliche« der Frau zu definieren als

- das, was von einer Frau herkommt,
- das eine Frau/Frauen ›repräsentiert‹ (vergegenwärtigt), ihr Leben mit all seinen Bereichen, seien sie psychologischer, seien sie politischer, historischer oder ökonomischer Natur,
- und das deshalb auch einer Frau/Frauen in einzelnen Situationen Sinn und Freiheit verspricht (Günter 1997: 118).

(Entsprechendes gilt für die Definition von »Männlichem«).

In der pädagogischen Arbeit muß deutlich werden, daß eine unterschiedliche Bewertung der Lebenszeit von Frauen und Männern nicht hingenommen werden darf, sei es in dem selbstverständlichen Verfügen über die Zeit von Großmüttern, Müttern, Schwestern, Ehefrauen und Freundinnen oder auch in der unterschiedlichen Bezahlung von Tätigkeiten, je nachdem, welches Geschlecht sie überwiegend ausübt. Eingeübt werden müssen

Formen des Ausdrucks von Anerkennung und Dankbarkeit für alles, was wir bekommen und was nicht mit Geld bezahlt werden kann oder damit nicht ausreichend anerkannt ist, um anderweitig ein Bewußtsein vom Wert dieser Tätigkeiten zu schaffen. Erarbeitet werden muß eine klare Unterscheidung zwischen selbstverständlichem Versorgen von Bedürftigen auf der einen Seite und Arbeitsteilung auf der anderen Seite, für die Tauschregeln gelten, die ausgehandelt werden müssen.

c) Keine Über- und Unterordnung aufgrund des Geschlechts

Eine Pädagogik der Differenz wendet sich gegen Erziehungskonzepte, die Gleichheit von Kindern und Erwachsenen propagieren und den Kindern damit den zu ihrer Entwicklung notwendigen Schutz und die für sie notwendige Unterstützung und Begleitung verweigern. Die krasseste Folge dieser Leugnung von vertikaler Ungleichheit und entsprechend unterschiedlicher Verantwortlichkeit für das Handeln ist der körperliche und seelische Mißbrauch von Kindern, von dem überwiegend Mädchen betroffen sind.

PädagogInnen müssen sich bewußt machen, daß ein Kind des gleichen Geschlechts für sie genausosehr ein »Anderes« ist wie ein Kind des anderen Geschlechts, daß sie für ein Kind des gleichen Geschlechts nicht automatisch besser wissen, was ihm gut tut als bei einem Kind des anderen Geschlechts. So müssen sie ihre eigenen Wertmaßstäbe bei jedem Kind gleichermaßen anwenden und kritisch überprüfen, im Respekt vor der eigenen Urteilsfähigkeit und der des Kindes.

Mit Mädchen und Jungen muß das Verhandeln über die Gestaltung der gemeinsamen Räume und gemeinsam verbrachter Zeit eingeübt werden. Dabei müssen auch stille Mädchen und Jungen ermutigt werden, sich selbst und sich gegenseitig zum Sprechen zu autorisieren.

Pädagogische Haltungen, die dem Respekt vor dem Leben entsprechen, sind Aufmerksamkeit, Beobachten, Zuhören, Forschen und Bereitschaft zur Veränderung.[71]

Entsprechend der Gleichzeitigkeit, in der jeder Mensch mit der Sprache einerseits Beziehung und andererseits »Welt« (kennen-)lernt, richtet sich auch das Streben nach Glück, das Begehren, auf Glück in Beziehungen *und* Gestaltung der Welt. Dies gilt grundsätzlich für Männer und Frauen.

Aufgabe der Pädagogik ist es, jedes Kind in der Verwirklichung seiner Begehren zu unterstützen, ihm dabei zu helfen, im Rahmen seines Lebens und eines Maximums an Wahlmöglichkeiten seinen einzigartigen Weg zu finden, der ihm ermöglicht, glücklich zu sein und andere glücklich zu machen, sowohl in seinen persönlichen Beziehungen als auch in der Verwirklichung seiner Begabungen in bezug auf einen Beitrag zur Gestaltung der Welt.

Von Hentig interpretiert das »unveräußerliche Recht auf ›pursuit of happiness‹« (Streben nach Glück) folgendermaßen: »Laß dir die Bestimmung darüber, was du für dein Glück hältst, nicht nehmen, nicht abkaufen, nicht wegerziehen – von niemandem, auch vom Staat nicht« (Hentig 1994: 107/108). Im Unterschied zu »Ausbildung« bereite »Bildung« nicht nur auf Erwerbstätigkeit und allenfalls noch auf Freizeit vor, sondern auch darauf, wichtige gesellschaftliche Aufgaben zu erfüllen: »die Einmischung in die gemeinsamen Angelegenheiten, das Nachdenken über das Gemeinwohl, die richtige Weitergabe des für gut Befundenen« (ebd.: 96/97).

a) Keine Festlegung nach Geschlecht

Jungen müssen darin unterstützt werden, daß sie die Bedeutung von Bindung in ihren persönlichen Beziehungen zugeben können, ohne dies als Gefährdung ihrer Männlichkeit und »Ehre« zu erleben. – Mädchen müssen bestärkt werden, ihre Vorhaben in der »Welt« zu verwirklichen, auch wenn sie damit andere Wege gehen als ihre Mütter. Streben nach Glück in Beziehungen und nach Glück in der Welt steht beides beiden Geschlechtern zu.

b) Keine Bewertung nach Geschlecht

Da das »Werk der Mutter«, die Verbindung von Beziehung,

»Welt« und Sprache am Anfang unseres Lebens, in der Pädagogik der Differenz von grundlegender Bedeutung ist, wendet sie sich gegen Entwicklungen, die den Wert von Beziehungsarbeit und der Arbeit an der Sprache zugunsten von technologischen Lösungen leugnen und damit auch gegen die Abwertung der Geisteswissenschaften gegenüber den Naturwissenschaften sowie gegen die Abwertung der Belletristik gegenüber der Sach- und Fachliteratur.

Da sie sich der engen gegenseitigen Durchdringung von persönlichem und öffentlichem Bereich bewußt sind, zeigen DifferenzpädagogInnen auf, wie unsinnig es ist, den privaten Bereich gegenüber dem öffentlichen abzuwerten.

Eine unterschiedliche Bewertung von Liebesbeziehungen nach dem Geschlecht der beteiligten Personen widerspricht ebenfalls dem Recht auf Streben nach Glück.

c) Keine Hierarchiebildung nach Geschlecht

Mädchen und Jungen müssen dabei unterstützt werden, daß sie Kompetenz entwickeln und »das Beste« geben in dem Bereich, auf den sich ihr Begehren richtet. Es darf nicht akzeptiert werden, daß sie sich in einem Bereich nicht entwickeln oder nur Mittelmäßiges leisten, weil dieser dem anderen Geschlecht zugesprochen wird, oder daß Kinder aus diesem Grund sogar daran gehindert werden, eine bestimmte Begabung zu entfalten. An dieser Stelle müssen PädagogInnen das Recht des Kindes auf die Freiheit der Wahl aus allen Möglichkeiten auch gegen die Eltern durchsetzen. PädagogInnen dürfen nicht zulassen, daß Mißerfolge mit der Geschlechtszugehörigkeit entschuldigt werden, (z.B. mit Benachteiligung oder Bevorzugung[72]).

Kindern muß vermittelt werden, daß es selbstverständlich ist, daß Frauen und Männer Verantwortung übernehmen in privaten Beziehungen *und* »Welt«, daß beide in beiden Bereichen Autorität haben, indem sie sprechen, urteilen und handeln.

Pädagogische Aufgaben in diesem Zusammenhang sind Beratung, Ermutigung und Unterstützung.

Ein Recht auf Freiheit, das unser Gebundensein nicht ignoriert und bekämpft, kann nur die Freiheit der Wahl meinen. Das Recht auf Freiheit bestünde dann in der Freiheit der Wahl zwischen einem Maximum an Möglichkeiten.

Eine Pädagogik, die auf diese Freiheit hinarbeitet, muß den Kindern alles zur Verfügung stellen, was eine Kultur zu bieten hat, damit sie Interessen entwickeln und aus der Fülle der Möglichkeiten auswählen können. Gleichzeitig muß sie zur Entscheidungsfähigkeit erziehen, also Wahrnehmungs- und Urteilsfähigkeit bilden. Die Bereitschaft, Verantwortung zu übernehmen, ist untrennbar mit dem Bewußtsein verbunden, sich selbst für etwas entschieden zu haben.[73] Pädagogische Aufgabe ist also Vermittlung von Wissen, Fähigkeiten und Fertigkeiten mit dem Ziel, jedem Kind die freie Wahl von Interessen, Beruf, Religion, Lebensweise, Partnern und Freunden, politischem Engagement, Freizeitbeschäftigung usw. zu ermöglichen. Im Rahmen dieses Auftrags kommt einer umfassenden Leseerziehung zentrale Bedeutung zu.

Erlernt werden muß auch die Fähigkeit, die Grenzen der Wahlmöglichkeiten zu akzeptieren, die in unserem grundsätzlichen Eingebundensein in Natur und Gesellschaft bestehen.[74] Diese Grenzen können nur in der Auseinandersetzung jeder einzelnen Person mit den Notwendigkeiten ihrer Realität gefunden werden. Vorweg gesetzte Grenzen der Wahlmöglichkeiten aus Gründen von Schicht-, Geschlechts- oder Kulturzugehörigkeit widersprechen dem Recht auf Freiheit.

a) Keine Festlegung nach Geschlecht

Beide Geschlechter müssen alle Wahlmöglichkeiten haben. Dies erfordert Veränderung und Ergänzung des tradierten Wissens, indem historische Leistungen von Frauen einbezogen werden, indem Wissen nicht nur in männlichen, sondern auch in weiblichen Genealogien vermittelt wird, so daß Mädchen unterschiedliche Frauen als mögliche Vorbilder kennenlernen.

Anzustreben ist eine Bildung, die Mädchen und Jungen eine

echte Wahlfreiheit bietet, ob sie in der Familie Kinder (oder Alte) versorgen, sich beruflich weiterentwickeln oder einen Kompromiß zwischen beidem finden wollen. Gemessen an den gegenwärtigen Bedingungen von hoher Arbeitslosigkeit und unzureichenden Kinderbetreuungsmöglichkeiten kann dies auch bedeuten, den Schülern und Schülerinnen die Illusion nehmen zu müssen, Familie mit Kindern und berufliche Karriere seien leicht zu vereinbaren.

b) Keine Bewertung nach Geschlecht

Auf allen Wissensgebieten muß an einer Neubewertung von Lebensbereichen und Tätigkeiten gearbeitet werden, hierzu haben Frauen in den verschiedenen Fachbereichen schon zahlreiche Forschungsergebnisse vorgelegt. Jungen und Mädchen müssen dazu ermutigt werden, jenseits der geschlechtsgebundenen Bewertungen ihre eigenen Wertmaßstäbe aufzustellen, die mit ihren realen Erfahrungen von Lebensqualität zu tun haben.

Entscheidungsbegründungen, die mit abwertenden Äußerungen über das andere Geschlecht verbunden sind, dürfen nicht akzeptiert werden, z.B. die Ablehnung eines Buchs als »Mädchenbuch« durch Jungen, wenn die Protagonistin weiblich ist, oder die Ablehnung einer Tätigkeit, z.B. Aufräumen, als weibliche Tätigkeit.

c) Keine Hierarchiebildung nach Geschlecht

In allen Bildungszusammenhängen muß neben männlicher Autorität auch weibliche Autorität gleichermaßen sichtbar werden und sowohl von Männern als auch von Frauen respektiert werden. Männer müssen Jungen vorleben, daß sie Respekt und Achtung vor Frauen haben und daß dies ihrer Männlichkeit keinen Abbruch tut. Jungen müssen erleben, daß es nichts »Ehrenrühriges« für einen Mann ist, wenn er von einer Frau lernt, die für ihn Autorität ist, oder ihren Ratschlägen folgt. Frauen müssen Mädchen vorleben, daß andere Frauen für sie ebenfalls Autorität sind, indem sie sich auf ihre Äußerungen beziehen, ihre Entscheidungen respektieren und sich an ihren Maßstäben orientieren.

4.4. Ansatzpunkte der Veränderung: Strukturen, Situationen, Beziehungen

4.4.1. Strukturen

Wie anhand der Geschlechterdiskurse gezeigt wurde, sind Veränderungen gesellschaftlicher Strukturen eng verbunden mit der Veränderung von Diskursen und damit auch mit Strukturen des Denkens. Auch von Hentig geht ja davon aus, daß man »die Schule neu denken« muß, damit eine grundlegende Umgestaltung und nicht nur eine oberflächliche Reform initiiert werden kann. So hängen z.B. die Grenzen struktureller Veränderungen, die durch die beiden Diskurse der Frauenbewegung möglich werden konnten, eng zusammen mit bestimmten Denkverboten, die Bestandteil der jeweiligen Diskurse sind und die es Frauen erschweren, weibliche Autorität in die Welt zu bringen. Ohne weibliche Autorität ist aber – wie ich gezeigt habe – ein Abbau der Geschlechterhierarchie und damit eine Demokratisierung der Geschlechterverhältnisse nicht möglich.

Ich halte es nicht für legitim, Schülerinnen und Schüler zu Ansatzpunkten der Veränderung zu machen, indem ihnen die Diskussion über die Geschlechterverhältnisse aufgezwungen wird, bevor sich die Erwachsenen über Art und Richtung der entsprechenden strukturellen Veränderungen geeinigt haben. Die wenigsten Lehrerinnen und Lehrer werden in der Lage sein, den Kindern das vorzuleben, was sie ihnen auf kognitiver Ebene – durch Bewußtmachen von Geschlechterklischees – oder durch »Gegenerfahrungen«[75] vermitteln wollen, da sie weder ihre eigenen Denkstrukturen und Diskurse entsprechend verändert noch Material zur Verfügung haben, das nicht androzentrisch und dichotom strukturiert ist.[76] Daher sollte zuerst daran gearbeitet werden, Denkstrukturen zu verändern, die einer Demokratisierung der Geschlechterverhältnisse im Wege stehen, sowohl in der Wissenschaft (z.B. in Philosophie, Pädagogik, Didaktik und Literaturwissenschaft) als auch in gesellschaftlichen Institutionen, z.B. den Schulen und Hochschulen, den Parteien, der Wirtschaft, den Kirchen, Ministerien und (Bildungs-) Gewerkschaften.

Nach Maihofer liegt die grundsätzliche Schwierigkeit bei dem Versuch einer Neubestimmung der Kategorie »Geschlecht« in der »binären Struktur unseres Denkens und seinen dichotomen Oppositionen zwischen Natur und Kultur, Körper und Geist, Materie und Bewußtsein« (Maihofer 1995: 74). Dieser Logik zufolge kann »eine Sache entweder nur Natur *oder* Kultur, Materie *oder* Bewußtsein, Körper *oder* Geist sein (ebd.: 74/75), wir können z.B. entweder nur autonom *oder* nur abhängig und gebunden sein. Alle Versuche einer Neubestimmung des Begriffes »Geschlecht« bleiben in diesen Dichotomien befangen und neigen dazu, den Begriff »in die eine oder andere Richtung zu verengen« (vgl. ebd.: 76). Da es bisher noch keine Begrifflichkeit jenseits dieses Denkens in Dichotomien gibt, muß jeder Versuch, diesem strukturellen Dilemma zu entrinnen, »als eine Hilfskonstruktion verstanden werden, die letztlich an die dichotome Struktur unseres gegenwärtigen Denkens gebunden bleibt und die keineswegs die Sache selbst trifft« (ebd.: 77).

Fraser hält es daher für eine vordringliche Aufgabe, »neue Paradigmen feministischer Theoriebildung zu entwickeln«, die ein Denken jenseits von Dichotomien begrifflich faßbar machen (Fraser 1993: 77).

Der kognitivistische Denkansatz zeigt für die Literaturdidaktik Möglichkeiten auf, Dichotomien zu überwinden. Der Kognitionsbegriff ist in diesem Denkzusammenhang in den letzten Jahren erweitert worden, so daß Kognition nicht mehr im Gegensatz zu Emotion gesehen wird, sondern die emotionale Ebene und auch Körperempfindungen und Vorstellungskraft einschließt (vgl. Spinner 1994: 156). Auch »aus der Antinomie zwischen Lernziel- und Schülerorientierung kann die kognitive Lernpsychologie herausführen, weil sie eine Reihe von Gegensätzen, die die Vorstellung von Unterricht prägen, auflöst«. Denn in kognitivistischer Sicht »ist jedes Lernen *aktive Konstruktion*, nicht bloße Übernahme von Information oder Aneignung einer Verfahrensweise, und schließt deshalb die Inanspruchnahme des Subjekts ein« (ebd.: 148).

4.4.2. Situationen

Eine Veränderung von Denk- und Sprachstrukturen als Voraussetzung für eine Veränderung der Geschlechterverhältnisse können wir im Unterricht der Schule aus den oben dargelegten Gründen nicht diskutieren. Wenden wir uns aber konkreten Situationen zu, sprechen wir über unser Erleben, beurteilen wir, was gerade geschieht und schlagen alternative Handlungsmöglichkeiten vor oder handeln einfach anders, so können wir in diesem Rahmen die symbolischen Bedeutungen verändern, die Dinge, Handlungen und Darstellungen im Geschlechterverhältnis haben (vgl. Bilden 1991: 291). In der einzelnen Interaktion sowie in jahrelangen Interaktionen, also in Beziehungen, können diese symbolischen Bedeutungen neu ausgehandelt und damit verändert werden. Voraussetzung für ein solches Aushandeln sind aber adäquate VerhandlungspartnerInnen. Erst wenn Frauen und Mädchen sich zum Sprechen und Urteilen autorisieren, erst wenn weibliche Autorität neben der männlichen selbstverständlich von Frauen und Männern anerkannt wird, wird hier Veränderung möglich, die das Erleben und Urteilen von Frauen und Männern gleichermaßen berücksichtigt. Weibliche Autorität kommt jedoch nur dann in die Welt, wenn Frauen und Mädchen sich selbst autorisieren und die Autorität anderer Frauen und Mädchen anerkennen. Hier gilt es Unterstützungsstrukturen aufzubauen.

Im Unterricht der Grundschule entdeckte Claudia Fuchs Ansatzpunkte der Veränderung in all jenen Bereichen, »in denen Vermischungen stattfinden, in denen klare Abgrenzungen und Bewertungen (noch) nicht erworben sind, in denen sich die Kinder (noch) nicht in der geltenden Ordnung verortet haben, ihren Platz in der Zweigeschlechtlichkeit (noch) nicht gefunden haben« (Fuchs 1994: 15). Die Kinder erfahren hier die »immanenten Widersprüche der Geschlechterkonzeption und versuchen, sie auszudrücken und auf sie aufmerksam zu machen« (ebd.: 17). Es genügt, wenn Lehrer und Lehrerinnen hier aufmerksam werden und behutsam nachfragen, wenn sie den Kindern »Freiheit für ihre Suchbewegungen« geben, es kann aber auch notwendig sein, einzelne Kinder besonders zum Sprechen zu ermutigen und darin zu unterstützen, bei ihrer Sichtweise zu bleiben. Solche Situationen, wie sie Fuchs für die Grundschule als Ansatzpunkte für Veränderungen sieht, entstehen in weiterführenden Schulen ebenfalls, auch wenn dort die Kinder sich schon besser an das geltende System der Zweigeschlechtlichkeit angepaßt und »Paradoxes, Sinnwidriges oder Peinliches« besser zu verdecken gelernt haben. Zusätzlich zu den Situationen, die sich im Alltag von selbst ergeben, kann über *erzählte Situationen* gesprochen werden. In literarisch anspruchsvollen Texten finden wir auch Leerstellen und Brüche, anhand derer wir durch »Konkretisation« (Frommer)[77] an einer Veränderung des symbolischen Systems der Zweigeschlechtlichkeit arbeiten können.

4.4.3. Beziehungen

Sowohl für das Beurteilen von Situationen als auch für eine Veränderung von Denk- und Gesellschaftsstrukturen brauchen wir neue Maßstäbe. Diese können nicht wie bisher allein unter Männern ausgehandelt werden. Ebenso undemokratisch ist es, wenn einzelne Frauen, die sich schon an den Verhandlungstisch der Männer »gedrängt« haben, das, was sie für die Interessen *der* Frauen halten, im Namen aller Frauen in die Verhandlungen einbringen. Damit wir wirklich etwas darüber erfahren, was *die* Frauen wollen, müssen neue Maßstäbe für das gesellschaftliche Zusammenleben aller in politischen Beziehungen unter Frauen, d.h. auch öffentlich, ausgehandelt werden. Demokratisierung bedeutet an dieser Stelle, daß Frauen in Auseinandersetzung um eine Sache und zur Lösung eines Sachproblems zu einer Einigung zu kommen suchen, ohne daß andersdenkende Frauen subsumiert oder ausgegrenzt werden müssen.

Da im androzentrischen Denken nur Bedeutung hatte, was sich auf den Mann bezog, wurde Beziehungen unter Frauen in unserer Kultur bisher wenig Beachtung geschenkt. Im Gegensatz zur intensiven Beschäftigung mit Beziehungen unter Männern und den Beziehungen zwischen Männern und Frauen bietet unsere kulturelle Überlieferung uns kaum Beziehungen zwischen Frauen an, an denen wir uns orientieren können, wenn wir die realen Beziehungen gestalten wollen. Aus der Sicht des Mannes, der sich selbst als »das Allgemeine« setzte, waren Frauen als »die Anderen« alle gleich. Solange Frauen als gleich wahrgenommen werden und sich auch selbst so verstehen, kann jede Frau für alle anderen sprechen. Dann sind Beziehungen unter Frauen nicht notwendig, zwischen ihnen muß nichts ausgehandelt werden.

Die Politik der Beziehungen unter Frauen wurde daher für die italienischen Philosophinnen der wesentliche Ansatzpunkt für eine Veränderung der Geschlechterverhältnisse. In der Auseinandersetzung unter Frauen entwickeln Frauen neue Maßstäbe, die sie in die Verhandlungen mit Männern einbringen, wenn es um die Gestaltung der Welt geht. Geschlechtertrennung ist dort notwendig, wo es Sinn macht, zu einer Einigung innerhalb einer Geschlechtergruppe zu finden, bevor diese Position in weitere politische Verhandlungen zwischen den Geschlechtern eingebracht werden kann. Für eine Einigung unter Frauen in pädagogischen Fragen bedarf es z.B. der öffentlichen, politischen Auseinandersetzung zwischen Müttern und Lehrerinnen, zwischen Müttern von Söhnen und Müttern von Töchtern, zwischen berufstätigen Frauen und Hausfrauen, zwischen jüngeren und älteren Frauen.

Über verschiedene Möglichkeiten der Gestaltung von Beziehungen zwischen Frauen (und zwischen Mädchen und Frauen) und über neue Möglichkeiten der Gestaltung von Beziehungen zwischen Männern (und zwischen Jungen und Männern) sowie zwischen den Geschlechtern können Schülerinnen und Schüler auch etwas aus der Literatur erfahren. Einen Ansatzpunkt der Veränderung sehe ich daher auch im Auswählen von Kinder- und Jugendbüchern für den Unterricht, in denen Beziehungen dargestellt werden, die neue Möglichkeiten der Geschlechterverhältnisse aufscheinen lassen.[78]

4.4.4. Kriterien für die Auswahl von Kinder- und Jugendbüchern, die eine Demokratisierung der Geschlechterverhältnisse unterstützen können

Ob Kinder- und Jugendbücher geeignet sind, eine Demokratisierung der Geschlechterverhältnisse zu unterstützen, ist nach dem in diesem Kapitel Erarbeiteten daran zu erkennen, wie die Beziehungen in dem jeweiligen Buch gestaltet sind.

Geeignet ist ein Buch dann, wenn darin Beziehungen zwischen weiblichen Personen vorkommen,

- in denen der Respekt vor der Andersartigkeit der anderen und vor ihren Entscheidungen deutlich wird, bzw. in denen das Bedürfnis nach diesem Respekt geäußert oder darum gekämpft wird
- in denen weibliche Autorität respektiert wird, d.h., daß das Urteil einer weiblichen Person zum Maßstab gemeinsamen Handelns wird.

Vorbildhaft können Beziehungen zwischen männlichen Personen im angestrebten Sinne dann sein, wenn

- in ihnen die Bindung aneinander betont wird
- die Bindung an weibliche Personen nicht versteckt werden muß
- weibliche Autorität respektiert wird, d.h., daß das Urteil einer weiblichen Person zum Maßstab gemeinsamen Handelns wird.

Beziehungen zwischen einer männlichen und einer weiblichen Person sind dann vorbildhaft, wenn in ihnen

- Bindung der männlichen Person an die weibliche sichtbar wird
- weibliche Autorität respektiert wird.

Mittels dieser Kriterien wird nun im folgenden Kapitel eine Inhaltsanalyse durchgeführt. Dabei soll zum einen geklärt werden, ob eine nennenswerte Zahl von Kinder- und Jugendbüchern diese Ansprüche erfüllt. Zum anderen sollen an Beispielen die jeweiligen vorbildhaften Beziehungen und Beziehungsaspekte so deutlich herausgearbeitet werden, daß Leser und Leserinnen selbst in der Lage sind, andere Kinder- und Jugendbücher auf ihre Eignung zur Unterstützung der angestrebten Ziele zu überprüfen.

5. Vorbildhafte Beziehungen in Kinder- und Jugendbüchern: Qualitative Inhaltsanalyse

5.1. Richtung der Analyse

Von den drei Grundformen inhaltsanalytischer Verfahren nach Mayring kommt für die Fragestellung dieser Arbeit am ehesten die Kontingenzanalyse in Betracht, in der das Vorkommen bestimmter Textelemente im Zusammenhang mit anderen Textelementen untersucht wird (vgl. Mayring 1983: 13). Nach der Bestimmung der Materialstichprobe muß hierbei zunächst ein Kategoriensystem aufgestellt werden, in dem die Textbestandteile definiert und festgelegt werden, deren Zusammenhang untersucht werden soll. Dies ist hier der Zusammenhang zwischen bestimmten in einem Kinder- oder Jugendbuch dargestellten Beziehungen auf der einen Seite und bestimmten Textelementen, die Hinweise auf Bindung, Respekt oder weibliche Autorität geben, auf der anderen Seite.[1]

- Dabei wird »*Beziehung*« verstanden als Hinwendung eines Menschen zu einem anderen Menschen (auch zu einem Tier oder zu einem Phantasiewesen), indem die andere Person wahrgenommen wird, an sie gedacht oder über sie gesprochen wird oder indem auf irgendeine Weise mit ihr kommuniziert wird.
- Als Hinweise auf »*Bindung*« gelten Textstellen, in denen eine Person die (körperliche, emotionale oder gedankliche) Nähe zu einer anderen Person sucht, herstellt oder/und positiv erlebt, sich nach dieser Nähe sehnt oder über den Verlust der Nähe zu dieser Person trauert.
- »*Respekt*« sehe ich dort in einem Buch dargestellt, wo in Gedanken, Worten oder Handlungen einer Person gegenüber ei-

ner anderen Person deutlich wird, daß das Anderssein dieser Person wahrgenommen und akzeptiert oder sogar wertgeschätzt wird.

- Von der Darstellung »*weiblicher Autorität*« spreche ich dann, wenn die Worte, die Entscheidungen oder das Handeln einer weiblichen Person oder Phantasiefigur einer anderen Person als Maßstab dienen, mit dem sie sich bei ihrem Sprechen, Denken und Handeln auseinandersetzt. Auch wo die negativen Folgen des Fehlens von weiblicher Autorität offensichtlich werden, also wo ein Bedarf nach weiblicher Autorität deutlich wird, sehe ich dieses Merkmal als gegeben an.

Im Sinne von »Ankerbeispielen« oder »Prototypen«[2] sollen nun Kinder- und Jugendbücher vorgestellt werden, in denen die sieben »Kontingenzen« besonders deutlich auszumachen sind. Als Kontingenz gilt die Verbindung von einer der drei betrachteten Beziehungen mit einem der Textelemente, die auf »Bindung«, »Respekt« oder »weibliche Autorität« hinweisen. Folgende Kontingenzen ergeben sich aus dem in Kap. 4 erarbeiteten Kategoriensystem:

- Bindung in einer Beziehung zwischen zwei männlichen Personen
- Bindung einer männlichen Person an eine weibliche Person in einer Beziehung zwischen einer männlichen und einer weiblichen Person
- Respektvoller Umgang mit Bindung an eine weibliche Person in einer Beziehung zwischen zwei männlichen Personen
- Respekt in einer Beziehung zwischen zwei weiblichen Personen
- Weibliche Autorität in einer Beziehung zwischen zwei weiblichen Personen
- Weibliche Autorität in einer Beziehung zwischen einer männlichen und einer weiblichen Person
- Weibliche Autorität in einer Beziehung zwischen zwei männlichen Personen.

5.2. Festlegung und allgemeine Charakterisierung des Ausgangsmaterials

Analysiert werden 270 Kinder- und Jugendbücher, die ich von 1993 bis 1997 gelesen und ausgewertet habe. Die Textauswahl erfolgte weder rein zufällig noch nach vorher festgelegten Quoten aufgrund von Repräsentativitätsüberlegungen. Ich wählte die Bücher aus, bei denen ich es nach Titel und Klappentext oder aufgrund von Empfehlungen für wahrscheinlich hielt, daß ich darin die von mir gesuchten vorbildhaften Beziehungen gestaltet finden würde. Ein solches Vorgehen bei der Buchauswahl erscheint mir gerechtfertigt, da ich das Ziel verfolgte, möglichst viele Kinder- und Jugendbücher zu finden, die den von mir entwickelten Kriterien entsprechen, um im Rahmen dieser Arbeit andere auf deren Existenz hinweisen zu können.

Von den 270 Büchern wurden 189 von Frauen geschrieben (70%), 81 von Männern (30%). Von 26 AutorInnen stammen je zwei Bücher, von 8 AutorInnen je drei Bücher, von 5 AutorInnen je vier. Fünf der analysierten Bücher schrieb Ursula Wölfel, je sechs Bücher wurden von Gudrun Mebs, Gudrun Pausewang und Renate Welsh geschrieben. Von Guus Kuijer stammen sieben, von Peter Härtling acht Bücher. Am häufigsten wählte ich Bücher von Kirsten Boie (12) und Christine Nöstlinger (17).

Zehn der 270 Bücher wurden vor 1945 geschrieben oder erstmals veröffentlicht, ebenfalls zehn stammen aus der Zeit nach dem 2. Weltkrieg bis zur Studentenrevolte und dem Beginn der neuen Frauenbewegung. Von 1970 bis 1985 erschienen 99, nach 1985 151 der 270 Bücher. Mehr als die Hälfte der analysierten Kinder- und Jugendbücher wurden also in der Zeit geschrieben, als der Gleichheitsdiskurs in der Frauenbewegung gegenüber dem Differenzdiskurs an Boden verlor und sich erste Ansätze einer Männerbewegung bildeten.

Die Mehrzahl der Bücher (162) stammt von deutschsprachigen AutorInnen, 108 Bücher sind Übersetzungen. Davon kommt die Hälfte (54) aus dem angloamerikanischen Raum, 19 aus England, 34 aus den USA und eines aus Kanada. In Skandinavien wurden 21 der Bücher erstmals veröffentlicht, davon 12 in

Schweden, 7 in Dänemark und 2 in Norwegen. 20 Bücher sind Übersetzungen aus dem Niederländischen, 6 aus dem Hebräischen, 3 aus dem Russischen, 2 aus dem Brasilianischen, je 1 aus dem Spanischen und dem Polnischen.

Fast die Hälfte der Bücher waren Taschenbücher (121), weitere liegen als Taschenbücher vor, so daß einer Anschaffung im Klassensatz für die gemeinsame Schul-Lektüre bei mehr als der Hälfte der Bücher nichts im Wege steht.

Aufgrund von Empfehlungen der Verlage, von Altersangaben der RezensentInnen und meiner eigenen Einschätzung nahm ich folgende Verteilung des Materials auf die Altersgruppen vor:

Empfohl. etwa für Klasse	1-3	4-6	7/8	9/10
Anzahl der Bücher	46	104	84	36
Prozentanteil	17%	39%	31%	13%

Tab. 8: Verteilung der analysierten Bücher auf die Altersgruppen

Von den Hauptpersonen in den Büchern sind 146 Frauen oder Mädchen, 103 sind Männer oder Jungen. 21 Bücher haben je eine weibliche und eine männliche Hauptfigur oder mehrere Hauptpersonen verschiedenen Geschlechts.

In 30 der 270 Bücher werden soziale Unterschiede aus der Perspektive »von unten« thematisiert. Um ethnisch-kulturelle Unterschiede – das Leben zwischen zwei Kulturen, Flucht, Vertreibung, Einwanderung, Fremdheit und Rassismus – geht es in 40 Büchern. In 15 Büchern kommen Personen vor, die einen Menschen des gleichen Geschlechts lieben.[3] Behinderten begegnen wir ebenfalls in 15 Büchern.

Von einer ergänzenden Auflistung der im folgenden dargestellten Bücher nach Inhalten habe ich Abstand genommen. Es sei hierzu angemerkt, daß Kinderbuchverlage den Service einer Auswahl nach inhaltlichen Themen bieten. Zudem stellt der Arbeitskreis für Jugendliteratur seine Kurzrezensionen nach Inhalten zusammen.

5.3. Respekt, Bindung und weibliche Autorität in Kinder- und Jugendbüchern

5.3.1. Respekt in Beziehungen zwischen weiblichen Personen (Kategorie 1)

Kirsten Boie: »Mittwochs darf ich spielen«

Die Mutter der Erstklässlerin Fabia will ihren Mann auf eine Dienstreise begleiten. Tante Pia, die von Fabia und ihrer Mutter wenig geliebte jüngere Schwester der Mutter, wird gegen Bezahlung zur Kinderbetreuung engagiert. Diese bereitet sich gerade auf eine Prüfung vor und ist nicht bereit, sich um Fabias zahlreiche Nachmittagstermine zu kümmern. In einer Ich-Erzählung erfahren wir, wie Fabia die fünf Tage mit ihrer Tante erlebt, welche neuen Erfahrungen ihr diese Situation ermöglicht – sie findet z.B. eine Freundin – und wie sie dabei lernt, sich über vieles in Auseinandersetzung mit der Sichtweise ihrer Mutter ein eigenes Urteil zu bilden.

Fabia begründet ihre Abneigung gegenüber Tante Pia damit, daß diese nicht »mit Kindern umgehen« könne. Die Beispiele, die sie dafür anführt, zeigen Fabias Bedürfnis nach Respekt: Sie will als eigenständige Person wahrgenommen, ernstgenommen und angesprochen werden (S. 7, 14, 22, 28).

Im Zusammenleben mit Tante Pia lernt Fabia allerdings eine andere Art von Respekt kennen und schätzen, der darin besteht, daß ihr die Verantwortung für ihre eigenen Angelegenheiten zugetraut und zugemutet wird, so wie ja auch Tante Pia dafür sorgt, daß sie selbst zu dem kommt, was sie sich vorgenommen hat (z.B. S. 18/19).

Als Fabia nach und nach begreift, daß ihre Tante sie nicht zu ihren üblichen Nachmittagsterminen begleiten wird, reagiert sie zunächst wütend und trotzig (S. 32), dann geht sie sich selbst eine Spielkameradin suchen (S. 88).[4] Für Tante Pia ist es im Gegensatz zu Fabias Mutter selbstverständlich, daß Fabia ihre Freundinnen selbst auswählt. Sie zeigt jedoch freundliches Interesse (S. 77).

Bei der Begegnung mit dem Aussiedlermädchen Bruno ist Fabia erschüttert über deren Lebensbedingungen. Dabei schützt sie ihre wachsende Bindung an Bruno davor, das abwertende Urteil ihrer Mutter und ihrer Umgebung nachzuvollziehen. Fabia bemüht sich, respektvoll mit Bruno umzugehen (S. 46/47, 48, 51, 55).

Die Konfrontation mit Unterschieden unter Mädchen (Bruno und Fabia) und unter Frauen (Mutter und Tante Pia) ermöglicht Fabia eine Auseinandersetzung mit den Normen der Mutter, die sie bisher kritiklos übernommen hat (S. 38-40, 43, 47). Ohne die Bindung an die Mutter und deren Autorität in Frage zu stellen, findet Fabia ihre eigenen Maßstäbe (S. 40, 52, 60, 87, 89, 97, 109; *Kategorie* 2).

Benno Pludra: »Das Herz des Piraten«

Aus Titel, Titelbild und Klappentext oder gar aus Dahrendorfs Unterrichtsmodell zu Pludras Kinderbuch (Dahrendorf 1996: 56/57), erfahren wir nicht, daß wir hier die Darstellung einer Mutter-Tochter-Beziehung finden können, in der Respekt und Bindung auf vorbildliche Weise zum Ausdruck gebracht werden. Diese Beziehung steht m. E. im Mittelpunkt der Geschichte, ihre Tragfähigkeit erweist sich in der Belastung durch äußere und innere Veränderungen, die mit den jeweils anderen Beziehungen der Mutter und der Tochter zu tun haben. Sowohl Dahrendorf als auch der Klappentext ignorieren die Bedeutung der Mutter-Tochter-Beziehung und bauen statt dessen einen Gegensatz zwischen der Vater-Sehnsucht der Tochter und dem »individuellen Glücksanspruch der Mutter« (ebd.: 57) auf, der aus dem Roman nicht zu belegen ist. Dieser Gegensatz ergibt sich aus der androzentrischen Überbewertung der Beziehungen zwischen den Geschlechtern – in diesem Fall der Tochter-Vater-Beziehung gegenüber der gleichgeschlechtlichen Beziehung zwischen der Tochter und ihrer Mutter. Zur Verdeutlichung stelle ich den Klappentext meiner eigenen Interpretation voraus:

Da ist ein kleines Mädchen, Jessika, stets Jessi genannt. Sie lebt mit ihrer Mutter Elise in einem Dorf, irgendwo am Meer. Einen Vater hat sie nicht. Sie hat ihn nie kennengelernt, den Schausteller, Reiter und

Schwertakrobaten Jakko. Plötzlich war er weg. Das ganze Dorf weiß das längst, aber Jessi ist keine, die darüber redet – bis sie am Meer den Stein findet, *den einzigen, ganz und gar lebenswichtigen Stein, mit dem sie reden kann* und der ihr so warm in der Hand liegt.
Dieses Buch ist karg und herb und schlicht und schön und handelt davon, wie Menschen miteinander umgehen, wenn sie sich lieben. Es handelt von Freundschaft, und es ist die Geschichte eines Mutter-Tochter-Lebens, von dem die Mutter sagt: »Jessi und ich, wir leben beide ganz gut so, wie wir leben. Brauchen keinen Mann.« *Aber Jessi, die liebt den unbekannten Vater, den Piraten, den Zirkusreiter Jakko* ... (Hervorh. D.M.)

Daß Mutter und Tochter »ganz gut so« leben, wie sie leben, wird an zahlreichen Stellen im Buch aus Jessis Perspektive bestätigt. Sie fühlt sich im Bett geborgen, »während unten die Mama rumort« (S. 58), es ist gemütlich, wenn Jessi nach Hause kommt und die Mutter Tee gekocht hat (S. 77). Auch Jessis Beteiligung an der Erledigung der Haushaltspflichten ist normalerweise kein Problem (S. 13, 82, 90). Trotz Berufstätigkeit der Mutter fühlt sich Jessi nicht alleingelassen: Die Mutter hinterläßt kleine schriftliche Nachrichten, Jessi kann ihre Mutter bei der Arbeit besuchen (S. 162/163), und auch im Dorf sind Mutter und Tochter gut integriert.

Die Vereinbarung von Bewältigung der Notwendigkeiten des Alltags, von gegenseitiger Zuneigung und Respekt vor dem, was Mutter und Tochter jeweils in ihrem eigenen Leben für sich wichtig ist, drückt Pludra meisterhaft in folgendem Abschnitt aus:

Es lagen dreißig Zentner Kohlen vor dem Zaun, letzten Mittwoch, als der letzte Schultag war, die Kartoffelferien hatten begonnen. Der Himmel war blau, die Sonne golden wie im Sommer kaum, und drinnen in der Küche lag ein Zettel: Kohlen haben Zeit, machen wir morgen.
Der Zettel war von Mama geschrieben, und Mama selber war zur Stadt, wie jeden Monat jeden zweiten Mittwoch, Kaufhalle und Frisör, nachher ins Café – jeden Monat jeden zweiten Mittwoch, und Jessi hatte gedacht: Wenn sie zurückkommt, abends, soll sie keine Kohlen mehr sehn (S. 13).

Fehlender Respekt vor dem, was der Stein für Jessi bedeutet, führt zum Streit mit ihrer bisherigen Freundin Tine (S. 51, 52, 95, 97, 98). Auch die Frauen im Laden halten Jessi für überspannt (S. 94). Dagegen nimmt die Mutter Jessis Erfahrung ernst, auch wenn sie selbst ebensowenig wie alle anderen die Wärme des Steins spürt, sein Leuchten sieht und seine Stimme hört (S. 156/157, 163).

Obwohl die Mutter keine Katzen mag, hat sie Jessi erlaubt, Tines Katzengeschenk anzunehmen (S. 19). Nun stellt sich für Jessi die Aufgabe, ihrerseits ja zu sagen zu etwas, das ihr selbst nicht paßt, das der Mutter aber sehr wichtig ist: zu einer neuen Beziehung zu einem Mann.[5] Diese Beziehung stört zunächst die gewohnte Ordnung, verunsichert, schmerzt (S. 23):

Zu Hause ist niemand. Der Garten hinter dem hölzernen Zaun und hinter den Hainbuchensträuchern ist leer.
Auch die Stuben drinnen sind leer: unten zwei und oben zwei, Wohnküche, Waschküche, Stall – nirgendwo jemand, nirgendwo Mama, und Jessi hätte sie jetzt mal gerne dringend was gefragt. Doch die Mama ist unterwegs. Zur Stadt gefahren, wie der Zettel auf dem Küchentisch besagt, obwohl noch längst nicht wieder zweiter Mittwoch ist, und auch erst mit dem Viererbus gefahren, also ungewöhnlich spät. Da wird sie bleiben, vielleicht bis in die halbe Nacht und Jessi kann nicht fragen, was sie ganz dringend fragen möchte (S. 19).

Mama, ach Mama, denkt Jessi, und das Herz tut ihr gleich wieder weh, wenn sie nur an die Mama denkt, den fremden Mann auf dem roten Sofa. Ich gehe sie fragen, denkt Jessi (S. 33).

Solange sie sie für ein Geschenk der Mutter hält, freut Jessi sich über die neuen Strümpfe (S. 31/32). Als sie erfährt, daß »der Mann« sie ihr geschenkt hat, will sie sie nicht mehr (S. 37). In dieser Situation hat sie ein feines Gespür für die Unangemessenheit dieses Geschenks: »›Ich kenn ihn ja gar nicht‹, sagt Jessi. ›Was hat er mir Strümpfe zu schenken?‹« (S. 56)

Glücklicherweise kehren Mutter und Tochter bald zu ihrer gewohnten Offenheit und Direktheit im Gespräch zurück:

»Er gefällt mir nicht«, sagt Jessi.
»Gefällt dir nicht.«
»Viel zu klein«, sagt Jessi. »Viel zu dick.«
»Aber wenn er mir gefällt?«
»Meinst du das wirklich?« fragt Jessi, die Mama muß lächeln, und nachher fragt sie: »Von wo hast du uns eigentlich gesehn?« (S. 38).

Nach einer heftigen Auseinandersetzung, in der Jessi schreit, sie wolle ihren eigenen Papa haben (S. 56/57), wird Jessi damit konfrontiert, daß der fremde Mann die Mutter heiraten will. Sie meint, da ihr Papa nun aufgetaucht sei, dürfe die Mutter den andern nicht nehmen (S. 130).

Die Mutter macht jedoch Jessi keine Hoffnungen, daß sie Jakko heiraten wird (S. 132, 146/147). Sie bleibt auch bei ihrer Entscheidung, den Zirkus, in dem Jakko auftritt, nicht zu besuchen. Schließlich erlaubt sie aber Jessi, allein dort hinzugehen (S. 148).

Am Ende der Auseinandersetzung steht Jessis Bereitschaft, mit der Mutter in die Stadt zu ziehen, falls diese den fremden Mann heiraten will. Sie glaubt (und hofft) aber, daß die Mutter sich nicht von ihrem Zuhause auf dem Dorf trennen kann, vor allem nicht von ihrer geliebten Arbeit bei den Hühnern (S. 164/165).

Daß die Mutter entgegen den Vorschriften die Hühner aus dem Stall herausläßt und einzelnen Hühnern sogar Namen gibt, vertritt Jessi sowohl gegenüber ihrer Freundin als auch gegenüber deren Vater, Mutters Vorgesetztem, als richtig (*Kategorie* 2).

Bindung einer männlichen Person an eine weibliche wird ebenfalls in diesem Buch dargestellt (*Kategorie* 6): William, das Herz des Piraten, ist auf Jessi angewiesen; der Freund der Mutter steht nach dem Abschied »verloren hinter dem Auto, und wie er der Mama nachblickt, tut er Jessi beinah leid« (S. 130).

Margret Steenfatt: »Nele. Ein Mädchen ist nicht zu gebrauchen«

Nele (12) lebt mit ihrer Mutter bei deren neuem Mann Mathias in dessen Wohnung. Auch die – in Neles Augen häßlichen – Möbel in ihrem Zimmer gehören dem Stiefvater, der Nele meist ignoriert. Er hat die Stieftochter in Kauf genommen und läßt sie dies spüren. So ist ihr Platz im Klassenzimmer für Nele eher ein Zuhause als ihr Zimmer in Mathias' Wohnung. Die Mutter arbeitet hart als Kassiererin im Supermarkt und verdient zu wenig, um Nele Flötenstunden zu bezahlen. Auch sieht es Mathias nicht gern, wenn seine Frau Nele zu viele Geschenke macht, manche Geschenke werden daher vor ihm verheimlicht.

Wolfgang (35), ein Bekannter des Stiefvaters, zeigt Interesse an Nele, umwirbt sie und zeigt sich großzügig. Recht schnell stellt sich heraus, daß er dafür Sex will. Er versteht es geschickt, Nele trotz ihres Entsetzens über den Mißbrauch zur weiteren Verheimlichung der Beziehung zu bewegen. Ihre Freundschaft mit Sabine leidet darunter, auch ihre Schulleistungen verschlechtern sich. Die positiven Beziehungen zur Mutter, zur Freundin und zu ihrer Geschichtslehrerin, Frau Fischer, geben Nele die Kraft, die unheilvolle Beziehung zu Wolfgang abzubrechen.[6] Sie spricht jedoch mit niemandem über das Erlebte.

Die schlimmste Form von Nicht-Respektieren einer Person außer dem Verletzen der körperlichen Unversehrtheit ist es, ihr zu vermitteln, daß sie überflüssig und im Weg ist, daß es besser wäre, wenn sie überhaupt nicht existierte. Auch wenn es der Stiefvater und nicht die Mutter ist, die Nele dieses Gefühl vermittelt, fühlt sie sich auch der Mutter gegenüber schuldig, daß sie da ist, als herauskommt, daß sie beim Einkaufen Geld unterschlagen hat (S. 30/31).

Dieser grundlegende Mangel an Selbst-Respekt macht Nele so bedürftig für jedes Zeichen von Beachtung durch andere Menschen, daß die Gefahr besteht, daß sie nicht unterscheiden kann, ob die Beachtung ihr als Person oder anderen Zwecken dient. Aus Neles Perspektive läßt die Autorin die LeserInnen Neles Hunger nach Beachtung und Freundlichkeit nachempfinden:

»Du hast ja den Baum geschmückt«, lobte die Mutter, wandte sich jedoch sofort wieder Mathias zu, der das Essen in sich hineinschlang und gleichzeitig von seinem Ärger beim Tischtennis-Turnier heute Nachmittag erzählte (S. 11).

»Wir haben die gleichen dunklen Haare«, sagte die Lehrerin. »So lang und glatt, wie du sie trägst, sind sie wunderschön!« Nele war zu überrascht, um antworten zu können. Außer Sabine hatte noch kein Mensch etwas Schmeichelhaftes über ihre Haare gesagt. [...]
Gern wollte Nele noch mehr Schönes an sich herausfinden lassen, aber nun waren sie bei der Kreuzung angelangt (S. 34/35).

So gewinnt Wolfgang Neles Zuneigung einfach dadurch, daß er »freundlich« ist, sie nicht ignoriert wie der Stiefvater, sie begrüßt, nach ihrem Namen fragt und sich von ihr verabschiedet

(S. 27). Im Schwimmbad erhält sie von ihm Anerkennung für ihren Startsprung (S. 52/53), als er ihr in seiner Wohnung etwas zu essen und zu trinken serviert, fühlt sie sich wie eine Königin (S. 72).

Da Nele das gemeinsame Geheimnis mit ihrer Mutter um das zusätzliche Geschenk – die Mutter hat ihr eine Flöte geschenkt, was Mathias nicht wissen soll – als Ausdruck ihrer Bindung in Abgrenzung gegen Mathias als etwas Positives betrachtet (S. 6, 14) und auch mit Sabine zusammen ihr Geheimnis um die Schlangenringe genießt (S. 103), findet sie es zunächst nicht schlimm, als Wolfgang ihr die Geheimhaltung ihrer Beziehung nahelegt (S. 43).

Obwohl die Mutter, Sabine und Frau Fischer nichts über Neles Beziehung zu Wolfgang erfahren, ist es der Respekt, den Nele in diesen Beziehungen erfährt, der ihr hilft, die Mißbrauchsbeziehung zu Wolfgang zu beenden:

Frau Fischer macht Nele keine Vorhaltungen wegen des Leistungsabfalls in der Schule, statt dessen bietet sie ihr immer wieder Gelegenheit, mit ihr über ihre Sorgen zu sprechen (S. 93, 114 f., 122-125, 133-135). Sie gibt ihr Anerkennung und Ermutigung: »Eine gute Zwei! Mach weiter so!« (S. 95)

Sabine zieht sich nicht beleidigt zurück, als Nele plötzlich kaum noch Zeit für sie hat, Verabredungen vergißt und ihr offensichtlich etwas verschweigt. Sie fragt nach: »Bist du meine Freundin oder nicht?« (S. 62), meldet ihre Bedürfnisse an (S. 63) und protestiert, worauf Nele denkt: »Wegen Wolfgang verlier ich noch Sabine!« (S. 84). Immer wieder stellt Sabine ihre Freundin zur Rede:

»Willst du mich loswerden?«
»Nein!« rief Nele. »Bestimmt nicht!«
»Aber warum läßt du mich sitzen?«
»Nicht mit Absicht!« beteuerte Nele (S. 115).

Als schließlich wieder eine Verabredung mit Nele zustandekommt, zeigen Sabine und ihre kleinen Geschwister, wie sehr sie sich freuen:

»Sabines Augen strahlten, als sie Nele die Tür öffnete« (S. 116/117).

Immer wieder sucht Nele die Nähe der Mutter, deren Zuneigung zu Nele auch jedesmal spürbar wird:

Heute trug die Mutter drei Taschen nach draußen. »Na, mein Kind?!« sagte sie und lächelte Nele müde zu (S. 62).
Frau Winter freute sich, Nele ein Frühstück vorzusetzen. »So wie früher, als ich noch viel Zeit für dich hatte!« (S. 131).

Nach der Erfahrung des Mißbrauchs ist Nele nahe daran, mit der Mutter darüber zu sprechen (S. 91). Obwohl Nele sich nicht dazu durchringen kann, fühlt sie sich gestärkt durch die positive Beziehung zu ihr, besonders dann, wenn sie ihrer Mutter eine Freude machen kann:

»Ich möchte Rosen von derselben Sorte, die Sie eben verkauft haben«, sagte Nele und legte alles, was von ihrem Taschengeld noch übrig war, auf den Ladentisch.
Sieben blühende Rosen veränderten nicht Mathias' häßliche Wohnung, aber sie würden der Mutter Freude bereiten, und solche Freude machte Nele manchmal Mut (S. 122).

Obwohl die Bindung von Männern in der Beziehung zu einer Frau bzw. einem Mädchen (*Kategorie 6*) in diesem Buch nur in negativer Weise zum Ausdruck kommt, erscheint es mir wichtig, die Bedürftigkeit und Abhängigkeit der beiden Männer von weiblichen Personen, die dahinter zu erkennen ist, nicht hinter einem übermächtigen Täter-Bild verschwinden zu lassen. Mathias kann diese Bedürftigkeit nur zum Ausdruck bringen, indem er versucht, sich zwischen Nele und ihre Mutter zu drängen. Wolfgang hat sein Bedürfnis nach Nähe zu einer Frau auf Sex mit Mädchen reduziert, den er sich mit Geschenken erkaufen will.

Diese Sichtweise ist durchaus vereinbar mit der Verurteilung des Mißbrauchs. Wenn über dieses Buch gesprochen wird, sollte unbedingt kritisiert werden, daß der Mißbraucher nicht angezeigt wird. Denn als Konsequenz von Neles Schweigen kann Wolfgang möglicherweise unbehelligt weitere Mädchen mißbrauchen.

Zusammenfassung

Respekt in Beziehungen unter Frauen tritt in den besprochenen Büchern auf sehr unterschiedliche Weise in Erscheinung.

In Boies »Mittwochs darf ich spielen« wird die Bereicherung des Lebens durch Wahrnehmen und Respektieren der Verschiedenheit zwischen weiblichen Personen dargestellt. Thematisiert werden Unterschiede im Lebensalter (Pia und Fabia, Mareikes Mutter und Mareike), Unterschiede in der Prioritätensetzung im Leben, die sich auch auf Erziehungsvorstellungen auswirkt (Fabias Mutter und Fabias Tante) sowie Unterschiede der Lebensbedingungen (soziale, ethnische und sprachliche Unterschiede zwischen Fabia und ihrer Freundin Bruno).

In Pludras »Das Herz des Piraten« erleben wir die Bewältigung eines Konflikts mit, der durch eine Veränderung im Kontext der Mutter-Tochter-Beziehung entsteht. Diese gelingt durch gegenseitigen Respekt und durch die Fähigkeit, der Bindung aneinander Ausdruck zu verleihen.

Steenfatts »Nele« kann sich durch die Erfahrung des Respektiertwerdens in drei Beziehungen zu weiblichen Personen aus einer Mißbrauchsbeziehung zu einem älteren Mann befreien.

5.3.2. Weibliche Autorität in Beziehungen zwischen weiblichen Personen (Kategorie 2)

Dorothy Canfield Fisher: »Das allerbeste Apfelmus«

Dieses bereits 1917 in New York erschienene Kinderbuch[7] enthält eine Gegenüberstellung von zwei Möglichkeiten der Beziehungen unter Frauen und entsprechenden Erziehungshaltungen: Die neunjährige Waise Elizabeth Ann, auch Betsy genannt, lebt zunächst bei ihrer Großtante und deren Tochter Tante Frances. Tante Frances glaubt, für das Mädchen das Beste zu tun, wenn sie eine symbiotische Beziehung mit ihr lebt, in der sie alles versteht und auf die kleinste Gefühlsregung des Kindes ausführlich eingeht. Die Tante selbst bezeichnet sich und Betsy als »einfach unzertrennlich« (S. 9). Betsy wird zu einem ängstlichen, schwachen, unselbständigen Mädchen, das mit der Tante zusammen jede Schwierigkeit zu einem Drama aufbauschen muß (z.B. Alpträume, Schulereignisse, körperliche Beschwerden). Wegen einer ernsten Erkrankung der Großtante muß Betsy anderswo untergebracht werden. Sie landet ausgerechnet bei den Verwandten, über die sie bisher nur Negatives gehört hat. Die auf Selbständigkeit ausgerichtete, aber dennoch liebevolle Erziehungshaltung, die sie dort kennenlernt, bekommt ihr jedoch gut. Am Ende gelingt es ihr, auf der Farm bleiben zu können, ohne die Gefühle ihrer Tante Frances zu verletzen.

Anfangs orientiert sich Betsy an Tante Frances, die sich aber wiederum an ihr orientiert (S. 13) bzw. an »den Leuten« oder »der Wissenschaft« (S. 32), die also nicht aufgrund ihrer eigenen Urteile spricht und handelt:

> Tante Frances hatte sich immer bemüht, sie zum Essen von Bohnen zu bewegen, weil diese soviel Protein enthalten, und Kinder im Wachstum brauchen Protein. Elizabeth Ann hatte das so oft gehört, daß sie es hätte rückwärts beten können, aber deswegen fand sie Bohnen kein bißchen weniger scheußlich (S. 32).

> Im stillen hatte sie ihre Musikstunden gar nicht gern gehabt, aber es wäre ihr nie eingefallen, sie nicht hinzunehmen, wie sie alles von Tante Frances hinnahm. Auch hatte sie gern gehört, wenn Tante Frances stolz verkündete, wieviel besser sie spielen könne als andere Kinder ihres Alters (S. 42).

An diesen Beispielen ist zu erkennen, daß Tante Frances durch ihre geliehene Autorität sich davor drückt, als Person für ihre Entscheidungen einzustehen, wodurch der damit verbundene fehlende Respekt vor dem Kind verschleiert wird. Da Betsy kein Gegenüber hat, mit dem eine Auseinandersetzung Aussicht auf Erfolg verspricht, bleibt ihr gar nichts anderes übrig, als alles hinzunehmen.

Weibliche Autorität, wie Betsy sie bei ihrer Kusine Ann kennenlernt, zeigt sich darin, daß Ann als Person hinter ihren Vorschlägen, Urteilen und Entscheidungen steht. Da sie aber gleichzeitig das Wachstum der anderen Person im Auge hat, ist bei Ann immer auch der Respekt vor Betsy spürbar in der Bereitschaft, sich mit deren Sichtweise auseinanderzusetzen:

Als Elizabeth Ann mit dem Frühstück fertig war, machte Kusine Ann drei Vorschläge, alle in genau dem gleichen Tonfall. Sie sagte: »Ob du wohl gleich dein Geschirr spülst, bevor es klebrig wird? Und nimm dir einen von diesen roten Äpfeln aus der Schale auf der Anrichte. Vielleicht möchtest du ja mal durchs Haus gehen, damit du dich hier zurechtfindest?« (S. 40).

Die Begegnung mit Anns Autorität macht es Betsy zunächst schwer, Ann gern zu haben:

Kusine Ann mit ihren dunklen Augen, dem geraden Rücken, den langen Armen und ihrer Art zu sprechen, die keinen Einwand zu dulden schien – Kusine Ann wirkte einschüchternd, und Elizabeth Ann war nicht sicher, ob sie sie eigentlich leiden mochte (S. 42).

Auch denkt Betsy gar nicht daran, Ann zu gehorchen, sobald diese nicht in ihrer Nähe ist. Der Hund Shep und Anns Eltern Tante Abigail und Onkel Henry machen sich ebenfalls hin und wieder einen Spaß daraus, hinter Anns Rücken anders zu handeln, als Ann dies möchte, worüber alle, einschließlich Ann, herzlich lachen müssen (S. 51/52, S. 55).

Als Betsy eine Prüfung »verpatzt« hat, zeigt Ann ihr, daß die Dramatisierung eines solchen Ereignisses gar nicht in ihrem eigenen Interesse ist, und hilft ihr bei der »Ent-Dramatisierung«:

»Jetzt hör mal her, Betsy, *willst* du mir das eigentlich alles erzählen?« Kusine Ann sprach mit der schnellen, klingenden Stimme, die sie manchmal hatte und bei der jedermann, angefangen beim alten Shep, wach wurde und seinen Grips sammelte. Auch Betsy versuchte, ihren Grips zu sammeln und nachzudenken, und sie kam zu einem unerwarteten Schluß. Nein, in Wirklichkeit wollte sie dies alles ja gar nicht erzählen. Warum tat sie es? Weil sie dachte, es gehöre sich so. »Denn wenn du es nicht wirklich willst«, sprach Kusine Ann weiter, »dann sehe ich nicht ein, wofür das gut sein soll. Ich denke, das Hemlock-Gebirge wird ruhig stehenbleiben, auch wenn du Pfirsich mit F schreibst. Und dein Sirup ist gleich zu kalt zum Formen, wenn du ihn nicht schleunigst hinausbringst« (S. 87/88).

Betsys Vertrauen, daß Ann schon die richtige Entscheidung treffen wird, zeigt sich, als sie beschließt, der kleinen Molly zu helfen, die zu fremden Leuten geschickt werden soll, weil ihre Mutter erkrankt ist:

Wißt ihr, was sie machte, geradewegs, ohne weiter nachzudenken? Sie ging nicht zu Tante Abigail. Sie wartete nicht, bis Onkel Henry aus dem Stall kommen würde. So schnell ihre Füße sie tragen konnten, flog sie zu Kusine Ann ins Vorratshaus. Ich kann auch nicht sagen (außer, daß Kusine Ann eben Kusine Ann war), warum Betsy sofort zu ihr rannte und so sicher war, daß alles in Ordnung kommen würde, aber auf jeden Fall war es ein guter Gedanke. Zwar nahm Kusine Ann sich nicht die Zeit, Molly zu umarmen und auszufragen – sie schaute sie nur einmal kurz und scharf an – aber nach einer kleinen Pause sagte sie, [...]: »Wenn ihre Familie erlaubt, daß sie hierbleibt – möchtest du Molly bei dir haben, bis ihre Mutter aus dem Krankenhaus zurückkommt? Du hast ja jetzt ein eigenes Zimmer, und wenn du willst, kannst du von mir aus mit ihr zusammen schlafen« (S. 91).

Durch die Orientierung an dem, was Ann wohl tun würde, bewältigt Betsy zwei beängstigende Situationen: Einmal fällt Molly im Wald in eine tiefe Grube, als sich die beiden verlaufen haben (S. 95), ein andermal gehen sie ohne eigene Schuld auf dem Jahrmarkt in einer fremden Stadt verloren, und Betsy verdient schließlich das Geld für die Rückfahrt mit dem Zug:

Betsys Kopf schwamm. Sie versuchte es wieder mit der Formel, die ihr geholfen hatte, als Molly in die Wolfsgrube gefallen war: Was würde Kusine Ann tun, wenn sie hier wäre? – Aber diesmal nützte ihr das nichts, denn sie konnte sich einfach nicht vorstellen, wie Kusine Ann in so einer schrecklichen Lage handeln würde. Doch, eines würde Kusine Ann bestimmt tun, sie würde Molly zunächst einmal beruhigen. Betsy setzte sich also auf den Boden, zog das total verängstigte Kind auf den Schoß, wischte ihm die Tränen ab und sagte fest: »So, Molly, nun hör auf zu weinen. Ich bleibe ja bei dir. Ich bringe dich schon nach Hause!« (S. 128/129)

Jetzt, jetzt war der Augenblick, sich zu erinnern, was Kusine Ann getan haben würde. Sie würde gewiß nicht aus gekränkten Gefühlen am ganzen Leibe gezittert haben. Und sie würde nicht erlauben, daß ihr Tränen brennend in die Augen stiegen. Kusine Ann würde auch diesem entsetzlichen sinkenden Gefühl in der Magengrube nicht nachgeben, sondern unverdrossen einen nächsten Versuch machen. Also ergriff Betsy, die am liebsten ihre Arme über die Augen gelegt und nach Herzenslust geweint hätte, Mollys Hand, straffte den Rücken und ging weiter, Übelkeit im Magen, aber äußerlich gefaßt (S. 132).

Betsy errötete – sie ließ sich nicht gern auslachen – aber sie blickte fest in die spottenden Augen. »Ich bin heute zehn geworden«, sagte sie,

»und ich kann genau so gut abwaschen wie jeder andere!« Sie sprach mit Würde (S. 133).

Betsy macht mit Molly auch die Erfahrung, wie schön es ist, für jemand anderen Autorität zu sein:

Elizabeth Ann hatte sich noch nie mit kleineren Kindern abgegeben, und sie war ganz stolz, daß jemand zu *ihr* aufblickte! Sie legte den Arm um Mollys warmen weichen Körper und drückte sie. Molly schmiegte sich enger an sie, die beiden Kinder steckten die Köpfe zusammen über der gedruckten Seite, und Elizabeth Ann verbesserte Molly freundlich, wenn diese einen Fehler gemacht hatte, und wartete geduldig, wenn Molly zögerte. Es war ihr noch frisch in Erinnerung, wie sie immer unter den raschen, nervösen Tadeln gelitten hatte, so daß sie sich sehr bemühte, ganz ruhig zu sprechen und das kleine Mädchen nicht öfter zu unterbrechen als unbedingt nötig (S. 62/63).

In der Beziehung mit Molly zeigt sich auch, daß Betsy den Respekt, der ihr von Tante Abigail, Onkel Henry und Ann in zahlreichen Situationen entgegengebracht wurde (S. 31, 44, 47, 78/79, 107, 141), ihrerseits Molly entgegenbringen kann (*Kategorie 1*):

Betsy hätte gern losgelacht, aber als sie bemerkte, daß ihre Verwandten nur mit kaum sichtbarem Kräuseln ihrer ernsten Lippen reagierten, versuchte auch sie, so unauffällig wie möglich in sich hineinzuschmunzeln.
Ich kann euch nicht sagen, warum – aber durch diese Bemühung, Mollys Gefühle nicht zu verletzen, empfand sie eine plötzliche Aufwallung von Zuneigung (S. 123).

Ähnlich geht es ihr mit Tante Frances. Als diese Betsy wieder zu sich holen möchte, überzeugt Betsy ihre Tante, ohne sie zu kränken, daß es besser ist, wenn sie allein wieder abreist. So können sich die beiden ohne Groll voneinander trennen und sich darauf freuen, sich bei einem Besuch wiederzutreffen (S. 154 u. 159).

Catherine Brett: »... total verknallt in Anne«

Stephanie, die in die 9. Klasse geht, hat zwei Probleme: Sie hat sich in ein Mädchen aus ihrer Schule (Anne) verliebt und sie hat einen Kunstwettbewerb gewonnen und muß ihre Skulptur – bestehend aus Saurierknochen – nun irgendwie bauen. Ihr zaghafter Versuch, mit ihrem älteren Bruder Mark über ihre Verliebtheit zu sprechen, scheitert. Die Mutter unterstützt Stephanie beim Bau ihrer Skulptur, indem sie den Kontakt zu der Paläontologin Kate Burton herstellt, die Stephanie gern helfen will. Diese lebt schon seit 25 Jahren mit ihrer Freundin Mary zusammen. Stephanie findet schnell heraus, daß die beiden eine Liebesbeziehung haben. Die Selbstverständlichkeit, mit der die beiden zu ihrer Lebensweise stehen, erleichtert es Stephanie, sich mit ihren eigenen, zunächst verwirrenden Gefühlen auseinanderzusetzen. Mit der Unterstützung durch eine Gruppe von SchulkameradInnen und durch Kate und Mary gelingt auch der Bau der Plastik. Die Gespräche über Homosexualität, die während der gemeinsamen Arbeit geführt werden, helfen Stephanie, sich über ihre Beziehungen zu Anne, ihrer Freundin Devi und dem Mitschüler Eric klarer zu werden.[8]

Stephanie hat Vorbilder besonders nötig, da sie sowohl in der Liebe als auch in bezug auf ihre Berufswahl – sie will Paläontologin werden – einen ungewöhnlichen Weg vor sich hat. Als sie wider Erwarten den Skulpturenwettbewerb gewonnen hat, verzweifelt sie zunächst an der Größe der Aufgabe, die Skulptur zu bauen. Ihre Mutter hilft ihr durch kritische Fragen, unterstützende Vorschläge und konkretes Handeln über diese Hürde hinweg (S. 36/37). Sie läßt sich nicht in Stephanies Ängste verwickeln, sondern setzt diesen etwas entgegen. Außer dem Vorschlag, eine Gruppe zu organisieren, die ihr beim Bau und beim Aufstellen der Plastik hilft, vermittelt sie ihr auch noch den Kontakt zu der Paläontologin Kate, von der sie Genaueres über die Form der Knochen erfahren kann. Nun kann Stephanie sich über ihr Vorhaben freuen (S. 40).

Auch Kate wird Autorität für Stephanie zunächst einfach dadurch, daß sie ihr an Alter und Erfahrung voraus ist (S. 51/52; 54, 77). Auf die Frage, wie es Kate ging, als sie sich für den ungewöhnlichen Beruf der Paläontologin entschied, antwortet diese mit einem Bericht über ihre Schwierigkeiten, aber sie macht Stephanie auch Mut (S. 106).

Als Zeuginnen für die Möglichkeit, als gleichgeschlechtliches

Paar ein gutes Leben zu führen, werden Kate und Mary für Stephanie sehr wichtig (S. 57, 61, 63). Als ihr Vater meint, sie solle nicht mehr zu den beiden Frauen gehen, da dies »kein guter Einfluß für ein junges Mädchen« sei, hat sie das Gefühl, es sei lebenswichtig für sie, dort wieder hinzugehen (S. 63). Zu ihrem Glück widerspricht ihm die Mutter (*Kategorie* 7). Aus Furcht vor einer ablehnenden Reaktion wagt Stephanie es nicht, mit ihrer Mutter oder ihrer Freundin Devi über ihre Gefühle zu sprechen. Schließlich vertraut sie sich Kate und Mary an. Sie spricht über ihr Verliebtsein und über die Ängste, die es bei ihr auslöst, daß sie vielleicht lesbisch ist. Kates und Marys positive Beurteilung ihrer Situation sind für Stephanie hilfreich (S. 113).

Stephanie leidet unter dem mangelnden Respekt in der Gesellschaft gegenüber den Menschen, die sich zu einem Menschen ihres eigenen Geschlechts hingezogen fühlen (*Kategorie 1*):

Wenn sie in Eric Sullivan verliebt wäre, könnte sie es aller Welt erzählen, und alle würden sich freuen. Aber dies war etwas anderes. Du konntest ohne weiteres sagen, daß du lieber Erdbeereis magst als Schokolade, wenn alle anderen lieber Schokolade mochten. Aber deinen Freundinnen erzählen, daß du für ein Mädchen schwärmst, das war etwas ganz anderes. [...]

Jedesmal, wenn Stephanie einen Ausdruck wie »lesbisch« oder »Lesbe« oder »homosexuell« hörte, hatte es einen verächtlichen Klang gehabt. Als sie einmal als Kind mit ihrer Familie in einem Park gewesen war, waren zwei Frauen eng umschlungen über den Rasen gegangen. Ihr Vater hatte in verächtlichem Ton gesagt: »Guckt euch bloß diese Lesben an!« Es klang wie »Guckt euch bloß diese Monster an!« Er hatte sich aufgeführt, als wären sie nicht nur anders, sondern abartig, böse (S. 17).

In bezug auf ihren Berufswunsch fällt es ihr viel leichter, Respekt von ihrer Mutter einzufordern:

»Aber du verstehst eine Menge von Knochen. Das ist dein Hobby.«
»Das ist kein Hobby«, sagte Stephanie gereizt. »Es ist mehr als ein Hobby. Das wird mein Beruf.«
»Verzeihung« (S. 39).

Stephanie selbst bringt Respekt auf für die Zukunftsvorstellungen von Anne, die einfach nur reich werden will:

»Ich meine, es ist in Ordnung, wenn man das unbedingt will. Aber es paßt überhaupt nicht zu meiner Vorstellung vom Leben« (S. 122).

Zibby Oneal: »Bist du traurig, Spiegelbild?«

Die 16jährige Anne fährt ungern über Weihnachten vom Internat nach Hause. Ihre Mutter ist im Oktober vor einem Jahr an einem Hirnschlag gestorben, und ihr Vater, ein Geschichtsprofessor, hat inzwischen wieder geheiratet. Anne kann nicht begreifen, wieso er ausgerechnet Dory, die Sekretärin des Historischen Instituts, heiraten mußte, die in allem das Gegenteil ihrer Mutter ist.

Annes Mutter war in allem, was sie tat, um Vollkommenheit bemüht, ob es sich um ihr Klavierspiel, die Gestaltung von Haus und Garten, die Erziehung und Förderung ihrer Kinder, das Schreiben und Veröffentlichen von Gedichten oder um Eislaufen handelte. Für Anne ist die Mutter nach wie vor höchste, unangreifbare Autorität. Als sie nach Hause kommt, wird jede Erinnerung an die Mutter zugleich zur Kritik an der Stiefmutter: das Haus ist unaufgeräumt, die Rosen im Garten sind nicht zugedeckt, Dory hat einen in Annes Augen unmöglichen Geschmack und gibt offen zu, daß sie die »druckreifen« Formulierungen der Familienmitglieder oft nicht versteht. Anne empfindet es als Verrat, als sie wahrnimmt, wie glücklich der Vater mit Dory ist. Auch von ihrem älteren Bruder Spencer ist sie enttäuscht, der sich gut mit Dory versteht und sie ihr gegenüber verteidigt. Wie hinter einer Glaswand fühlt sie sich auch gegenüber Eric, mit dem sie im Sommer ausgegangen ist, und gegenüber Laura, ihrer langjährigen Freundin.

Nur ganz allmählich kann Anne sich eingestehen, daß sie nicht immer mit den Entscheidungen der Mutter einverstanden war, und kann sich von dem Vollkommenheitsideal der Mutter lösen. Dadurch gewinnt sie Raum für die Trauer um den Verlust der Mutter. Sie kann endlich weinen, sich aber auch trösten lassen.

Hier wird die schwierige Entwicklungsaufgabe geschildert, sich von der absoluten Autorität der Mutter zu lösen und – in Orientierung an eigenen Erfahrungen und Bedürfnissen und an den Maßstäben anderer Frauen – eigene Maßstäbe zu finden, ohne daß die Bindung an die Mutter darunter leidet. Für Anne ist dieser Schritt besonders schwierig. Zum einen ist die Mutter aufgrund ihrer Perfektion für alle immer unangreifbar gewesen, zum anderen ist sie nicht mehr da als reales Gegenüber, mit dem Anne sich auseinandersetzen könnte. Als Annes Freundin Laura sich über ihre eigene Mutter beklagt, mit der sie ständig Streit hat, sagt Anne:

»Meine war nicht so.«
»Das meine ich ja. Du hast nie ein böses Wort über sie verloren.«
»Es gab nie etwas Böses zu sagen« (S. 92).

So mächtig erschien die Mutter, daß Anne sich nicht hatte vorstellen können, »daß die Mutter ihren eigenen Tod zulassen würde« (S. 49). An diesem Punkt regt sich auch erstmals leise Kritik an der Mutter: »Es gab nichts, was ihre Mutter nicht konnte – nur am Leben bleiben, das konnte sie letzten Endes nicht« (S. 48).

Anne hat viel von der Mutter gelernt. Ihr fällt es leicht, Ordnung zu halten, die gestellten Aufgaben anzupacken und bei dem zu bleiben, was sie sich vorgenommen hat. Beim Schlittschuhlaufen hat sie folgende Worte ihrer Mutter im Ohr:

»Wenn du dich gehen läßt und dich aufregst, wirst du es nie ordentlich fertigbringen.« Sie war nicht sicher, ob sie das laut gesagt oder nur die Stimme der Erinnerung gehört hatte. Aber sie wußte, es stimmte. Die Beherrschung zu verlieren, war das Schlimmste, was man tun konnte. Es hieß, Unheil heraufbeschwören.
Sie lief die Figur noch einmal. Dann wiederholte sie sie ständig. Nach und nach wurde der Bogen runder. Er war nicht vollkommen, aber er war besser (S. 81/82).

Gegen den leisen Zweifel, ob das Buch, das sie sich für einen Literatur-Aufsatz ausgesucht hat, nicht zu schwer für sie ist, »helfen« wiederum Worte der Mutter:

Möglicherweise hatte Mrs. Liggett (ihre Lehrerin; D.M.) recht – das Buch war zu schwer. Möglicherweise – und doch sträubte sich fast augenblicklich etwas in ihr gegen die Vorstellung, daß sie es nicht schaffen könnte. Wie ihre Mutter ihr oft genug erklärt hatte, war Leistung hauptsächlich eine Frage der Anstrengung (S. 95).

Weitere Sätze der Mutter klingen ihr in den Ohren, als ihr eine Klassenarbeit mißlingt:

»Aber du weißt doch, daß du es besser kannst« (S. 108).

»Wenn du dein Bestes gegeben hast, solltest du versuchen, es noch besser zu machen« (S. 109).

Vorsichtige Kritik am mütterlichen Perfektionismus äußert der Vater:

»Deine Mutter war sehr gut in sehr vielem«, sagte er, und Anne nickte. »Ich glaube, ihr fielen die meisten Dinge leicht. Sie konnte manchmal nur schwer begreifen, daß sie anderen Menschen schwerer fielen« (S. 83).

Annes eigene Kritik äußert sich zunächst nur in Form eines »flüchtigen Zweifels«, ob ihre Weihnachten wirklich so vollkommen gewesen waren, wie sie glaubt (S. 66). Nachdem ihr einer von Mutters Lieblingstellern aus der Hand gerutscht ist, ist sie erleichtert über Dorys Reaktion:

Dann hielt sie inne und sah Anne forschend ins Gesicht. »Ist schon gut«, sagte sie freundlich. »Es sind doch nur Teller.«
»Aber die guten. Ich hätte besser aufpassen sollen.«
»Du hast ihn doch nicht absichtlich fallenlassen.«
Anne schüttelte den Kopf und schaute in die Scherbensammlung auf der Müllschaufel, weiß und blau. Hyazinthenfarben.
»Meine Mutter hat immer gesagt, ›zerbrochenes Geschirr kann man ersetzen‹«, setzte Dory hinzu. »Sorgen hat sie sich immer nur um Knochen gemacht.«
»Knochen?«
»Na ja, um Arme und Beine.« Dory leerte die Müllschaufel in den Abfallkorb. »Verglichen damit sind Teller eine Kleinigkeit.«
Und für die Dauer dieses Augenblicks schien es wirklich eine Kleinigkeit, genau wie Dory sagte – nur ein Teller (S. 105).

Kurz darauf regt sich in Anne selbst Widerstand gegen ihre eigenen hohen Leistungsansprüche:

Sie mußte unbedingt eine Eins bekommen, dachte sie, und dann, unvermittelt, fragte sie sich, warum.
Diese Frage kam ihr gänzlich überraschend. Einen Augenblick lang gab sie ihr ein herrlich schwindelerregendes Gefühl der Freiheit. Einen Augenblick lang schien es ihr, als wirbelte sie am Rande unbegrenzter

Möglichkeiten dahin, jenseits von Erwartungen und Forderungen (S. 106).

Nach einem Sturz auf dem Eis genießt Anne es, von Dory versorgt zu werden. Ein Satz, den der Arzt bei der Untersuchung gesprochen hat, klingt dabei in ihr nach:

Es gibt Dinge, die wir nicht unter Kontrolle haben. Sie versank, ließ sich versinken – endlich, dankbar, ließ sie sich fallen (S. 132).

Daß es für Anne so schwer ist, die Autorität der Mutter in Frage zu stellen, hängt auch mit der großen Ähnlichkeit zwischen beiden zusammen. Von Vater und Bruder werden Anne und ihre Mutter oft in einem Atemzug genannt, als wären sie eine Einheit (S. 9, 15, 41). Der fehlende Respekt der Mutter vor dem Anderssein ihrer Tochter kommt Anne erst allmählich ins Bewußtsein (*Kategorie 1*):

Seit die Mutter, nachdem Anne sich mit acht Jahren beim Klavierunterricht gegen ihre überhöhten Ansprüche gewehrt und die Mutter angeschrien hatte, die Familie für einige Zeit verlassen hatte, wagte Anne es nicht mehr, ihrem Wunsch nach Respekt offen Ausdruck zu verleihen. Nach und nach erinnert sich Anne, daß sie die Lieblingsfarbe der Mutter, Blau, die die Mutter auch für Annes Kleidung gewählt hatte, immer gehaßt hatte. Das Internat, auf das auch die Mutter gegangen ist, möchte sie eigentlich nicht besuchen, entscheidet sich aber dann doch dafür:

Merkwürdigerweise erinnerte sie sich nicht genau, wie sie zu der Entscheidung gekommen waren, aber irgendwann an diesem regnerischen Nachmittag war es geschehen. Sie waren miteinander einig geworden, daß sie an diese Schule gehen würde, während der hyazinthfarbene Wollfaden sich zu dem Pullover verdichtete, den sie im September obenauf in ihren Koffer packten. Ihn in das Seidenpapier einpackten, in dem er, nie ausgepackt, noch immer in der untersten Lade ihrer Kommode lag (S. 45/46).

»Ich will nicht dorthin. Ich *will* nicht!« Sie erinnert sich, es mehr als einmal gesagt zu haben. Es hatte keine Rolle gespielt. Das hatte es niemals. Sie war wieder einmal vom Wortstrom ihrer Mutter fortgeschwemmt worden, wie ein Zweig, war hier in dieser Schule gelandet, wo sie nie hatte hinwollen (S. 134).

Anne wird erst »heil«, als sie begreift, daß sie nicht die Bindung an die Mutter aufgeben muß, wenn sie beginnt, deren Maßstäbe, Urteile und Entscheidungen in Frage zu stellen. Voller Staunen entdeckt Anne bei einem Streit zwischen Laura und deren Mutter, daß Unterschiedlichkeit und Auseinandersetzung durchaus vereinbar sind mit einer liebevollen Bindung:

Anne beobachtete sie, erstarrt. Sehnsucht erfüllte sie mit einer solchen Heftigkeit, daß sie die Augen schloß (S. 120).

Mit der Unantastbarkeit der Maßstäbe der Mutter stellt Anne nun auch ihre Bindung an sie in Frage. Hat sie ihre Mutter je geliebt?

Während sie an diesem langen Nachmittag vor sich hingedöst hatte, erinnerte sie sich an vieles: an das jahrelange Bemühen, ihre Mutter zufriedenzustellen, das Bemühen, nicht wütend zu werden und sich zu beherrschen. Aber es gab andere Erinnerungen, ebenso real wie die Wut.
[...]
Manchmal hatte ihre Mutter sie in den Armen gewiegt. Auf dem Schoß ihrer Mutter sitzend, von ihr gewiegt, benommen an sie geschmiegt, hatte Anne nicht gewußt, wo ihr eigener Körper aufhörte und der ihrer Mutter begann.
War das Liebe? Anne wußte es nicht. Es war das älteste, tiefste Gefühl, das sie kannte, und daher nannte sie es Liebe. Keine bequeme Liebe. Für keine von beiden war je etwas bequem gewesen. Aber dennoch Liebe. Liebe, so alt und hart wie ein Feuerstein (S. 136).

Nun erst kann Anne die Trauer um den Tod der Mutter zulassen:

Sie berührte die Schulter von Mutters samtenem Abendmantel.
Sie erinnerte sich an den Mantel. Sie erinnerte sich, wie die beiden abends ausgingen, so prächtig in ihrer Abendkleidung, daß sie wie Fremde aussahen. Und sie erinnerte sich auch, wie sie viel später aufgewacht war und ihre Mutter neben sich gespürt hatte, die ihr übers Haar streichelte.
Jetzt streichelte sie den Mantel – den prachtvollen Mantel, den niemand mehr tragen würde – und begriff in ihrem tiefsten Inneren und zum ersten Mal ohne Angst, daß ihre Mutter tot war.
Sie schmiegte ihr Gesicht an den weichen Samt, wie an eine Schulter. Und dann weinte sie, weinte um ihre Mutter, und nahm Abschied von ihr (S. 140).

Zusammenfassung

Weibliche Autorität kann dort wirksam werden, wo die Tatsache, daß verschiedene Menschen, auch verschiedene weibliche Menschen, sich an unterschiedlichen Maßstäben orientieren müssen, um dem gerecht zu werden, was ihre Einzigartigkeit ausmacht, von den an einer Handlung beteiligten Personen respektiert wird. Diesen Respekt müssen sich Töchter oftmals gegen ihre Mütter und andere Erwachsene erkämpfen, worunter die Bindung zu diesen Personen leidet. Solange unter mütterlicher Autorität immer noch die Unterwerfung unter einen anderen Maßstab verstanden wird, geraten die Mädchen in eine Krise, wenn sie merken, daß die Maßstäbe der Mütter ihnen nicht mehr genügen. In »Bist du traurig, Spiegelbild?« kann sich die Protagonistin Anne in Orientierung an Freundin und Stiefmutter von den strengen, überfordernden Maßstäben der Mutter lösen. In »Das allerbeste Apfelmus« und »... total verknallt in Anne« wird die stärkende und wachstumfördernde Wirkung weiblicher Autorität dargestellt.

5.3.3. Bindung in Beziehungen zwischen männlichen Personen (Kategorie 3)

Gudrun Pausewang: »Der Großvater im Bollerwagen«

Pepito soll seinen Großvater, der das Leben als alter Mann satt hat, im »Bollerwagen« auf den höchsten Berg bringen, damit er sich in den Abgrund stürzen kann. Unterwegs zeigen verschiedene Dorfbewohner dem alten Mann, daß er noch gebraucht wird, indem sie ihn um seinen Rat fragen. Niemand versucht, ihm sein Vorhaben auszureden, er wird aufgrund seines Alters in seinen Entscheidungen respektiert. Alle versuchen jedoch mit den jeweils eigenen Mitteln, dem Großvater die Rückkehr vom Berg schmackhaft zu machen, z.B. durch die Aussicht auf ein schönes Essen, gemeinsames Musizieren oder ein Geschenk. Der Lehrer bietet ihm an, ihm die Welt des Lesens und Schreibens zu eröffnen. Auch Pepito versucht unterwegs, beim Großvater Interesse für das Lesenlernen zu wecken, indem er für ihn bei jeder Rast einen Buchstaben seines Namens »Aurelio« in den Sand schreibt.[9] Erst kurz vor dem Erreichen des Gipfels gibt der Großvater zu, daß ihn das Lesenlernen interessiert. Zur Rückkehr ist er schließlich bereit, als Pepito ihm zeigt, wie wichtig der Großvater selbst für ihn ist.

Während dem Großvater der Aufstieg anfangs nicht schnell genug gehen kann, hat er es nach jeder Begegnung unterwegs etwas weniger eilig. Dies spiegelt sich auch in seiner Beziehung zu Pepito: Anfangs treibt er ihn ungeduldig vorwärts, schließlich nimmt er Pepitos Anstrengung wahr und sorgt für seine Ruhepausen. Dabei bekommt mit der Bindung aneinander in der gegenseitigen Fürsorge auch die Bindung des Großvaters an das Leben allmählich wieder eine Chance:

»Gleich sind wir oben«, ächzte Pepito und wischte sich den Schweiß aus den Augen. Der Großvater schob die Krücken aus dem Wagen und stützte ihn ab, damit er nicht umkippte.
»Laß uns rasten«, meinte er nach einer Weile. »Heb mich aus dem Wagen!«
Pepito hob ihn aus dem Wagen und setzte ihn so ins Gras, daß er sich an einen Felsblock lehnen konnte. Der Großvater hob die Nase und schnupperte.
»Thymian und Kamille«, sagte er, schloß die Augen und legte die Hände in den Schoß. »Wie es hier summt«, flüsterte er.
»Bienen und Hummeln«, sagte Pepito. [...]
»Mir ist warm«, sagte der Großvater.
»Willst du nicht ein bißchen schlafen?« fragte Pepito.
»Wenn nur die Träume nicht wären, die bösen und die traurigen«, sagte der Großvater und seufzte (S. 45-48).

Als Pepito nach einer Stunde zum Weiterfahren drängt, will der Großvater noch nicht. Beide genießen die Nähe, die sie miteinander haben:

Pepito kuschelte sich an ihn. Da schliefen sie beide ein. Eng umschlungen schliefen sie lange. Eine Hummel weckte Pepito, als sie ihm ins Nasenloch kriechen wollte.
»Komm, Großvater«, sagte er, aber der Großvater tat, als habe er nichts gehört. Und so saßen der alte Mann und der Junge zwischen den Bäu-

men und Kräutern am Hang, bis die Sonne über den Gipfel gerückt war (S. 50).

Doch Pepito weiß, daß der Großvater sein Vorhaben noch nicht aufgegeben hat. Als es Abend wird, steht er da, »mit gesenktem Kopf«, und wartet:

»Jetzt bin ich bereit«, sagte der Großvater. »Den Wagen nimm nur wieder mit. Kannst dich ja hineinsetzen und hinuntersausen. So eine Fahrt macht dir doch Spaß?«
»Nur mit dir, Großvater, nur mit dir«, sagte Pepito und brach in Tränen aus.
»Also gut«, sagte der Großvater, »ich laß mich erweichen. Außerdem hab ich Lust aufs Lesen und Singen bekommen, und den Nierenwärmer und das Gitarrenspiel will ich mir nicht entgehen lassen. [...]
Verschieben wir das hier bis nach der Taufe von Isabels und Isidors Kind. Oder bis später. Wenn überhaupt.«
Da umarmte Pepito seinen Großvater mit einem Jubelschrei, kickte die zwei Steine weg, drehte den Wagen um, schob ihn an, sprang auf und kauerte sich, während sie schon den Hang hinunterrollten, hinter den Großvater, der die Deichsel zwischen den Füßen hatte.
»Es lohnt sich noch!« schmetterte der Großvater. »Holladihoooooo!« (S. 62).

Bjarne Reuter: »Das Ende des Regenbogens«

Dies ist der dritte von drei Bänden über den inzwischen zwölf- bis dreizehnjährigen Buster Oregon Mortensen aus Kopenhagen. Im Gegensatz zu seinem Vater, der zusammen mit seinem Freund und Kollegen Larsen das Zaubern und Singen in den Höfen resigniert aufgegeben und sich dem Alkohol zugewandt hat, führt Buster die Familientradition weiter und inszeniert sich als großer Unterhaltungskünstler. Obwohl er mit seinen Darbietungen selten ankommt und seine Tricks zudem meist mißlingen – er ist auch noch der geborene Pechvogel –, versäumt er keine Gelegenheit, sich in Szene zu setzen. Dabei gelingt es ihm tatsächlich immer wieder, andere Menschen froh zu machen, vor allem solche, die wie er und seine Familie zu den »Verlierern« gehören: Die Familie ist arm und lebt in einer winzigen Wohnung, der Vater ist mittlerweile für mehrere Monate in einer Trinkeranstalt, die Mutter kann sich kaum um die Kinder kümmern, die Schwester wird aufgrund ihrer körperlichen Behinderung gehänselt, und er selbst kommt jetzt auch noch in eine Sonderschulklasse. Zusammen mit seiner Schwester Ingeborg verzaubert Buster die triste Realität: Sie finden das »Geheime Land Iorrendrill«.

Von Busters Bindung an seinen Vater ist in diesem Band nur dort etwas zu spüren, wo die ganze Familie und Larsen ihn in der Trinkerheilanstalt besuchen. Bezieht man die vorhergehenden Bände mit ein, so kann auch jeder von Busters Auftritten, in denen er die Zauberutensilien des Vaters und das von ihm Gelernte präsentiert, sowie der Stolz, mit dem er seinen Namen ausspricht, mit seiner Bindung an den Vater in Verbindung gebracht werden.

Beim Besuch in der Trinkerheilanstalt auf der Insel Fünen können Vater und Sohn ihre Bindung aneinander nicht mehr verbergen, obwohl ihre Begegnung in der Öffentlichkeit stattfindet:

Man kann nicht behaupten, daß die Männer besonders gut gesungen hätten, aber trotzdem hörte es sich schön an. Sie zögerten einen Moment, dann packte Buster die Klinke und öffnete die Tür. Er konnte es einfach nicht lassen, denn er hatte sich nun schon so lange auf diesen Tag gefreut, seit über zwei Monaten hatte er seinen Vater nicht gesehen, und nun konnte er eben nicht länger warten. [...]
Lange stand Buster nur da und starrte, dann entdeckte er endlich seinen Vater in der zweiten Reihe des Kreises. Doch Buster blieb bei der Tür stehen und wartete, bis sein Vater ihn erblickte. Es dauerte nicht lange. Er hob nur eine Sekunde lang den Blick von seinem Gesangbuch, dann sah er in eine andere Richtung und senkte den Kopf. Und dann lief Buster quer durch den Saal, mitten durch die Reihen zu seinem Vater, der schon aufgesprungen war. Keiner sagte etwas, sie umarmten einander nur, und Buster spürte das nasse Gesicht des Vaters an seiner Wange und wußte, daß er ihn mehr liebte als irgend etwas anderes auf der Welt.
Um sie herum sangen die Männer weiter, einige von ihnen lächelten und nickten, andere schwiegen und wandten den Blick ab. Unterdessen trug der Vater Buster zur Tür, wo die Mutter und Ingeborg mit ihren Taschentüchern standen. Und Buster drückte sich fest an sie alle und bohrte seinen Kopf in den Bauch des Vaters, während er versuchte, alle

drei zu umarmen. Und dieses eine Mal war er froh darüber, daß niemand etwas sagte (S. 141/142).

Larsen dagegen bemüht sich, seine Bindung an Busters Vater und seine Rührung über das Wiedersehen zu verbergen:

Dann ging der Vater zu Larsen, der beiseite getreten war und versuchte, wie jemand auszusehen, der auf einen Bus wartet. Zuerst schüttelten sich die beiden Männer lange die Hand, und Buster sah, wie Larsen versuchte, ein sehr barsches und grimmiges Gesicht zu machen. Dann zog Larsen den Vater an sich und schlug ihm energisch auf den Rücken, und der Vater lachte und weinte und schwang Ingeborg hoch in die Luft, während Larsen etwas darüber murmelte, daß er nun nach dem Vergaser sehen müsse (S. 142/143).

Beim Abschied findet folgendes kurze Gespräch zwischen Buster und seinem Vater statt:

»[...] auch wenn ich jeden Abend Heimweh habe und viel an euch denke, so habe ich hier doch viele Freunde gefunden. Viele prächtige Menschen, denen es auf die eine oder andere Weise genauso geht wie mir. Verstehst du, Buster, es ist wichtig zu sehen, daß man nicht der einzige ist. Daß man denselben Traum hat. Verstehst du das, Buster?«
»Ja«, flüsterte Buster, »und vergiß nicht, die Lampe anzumachen, sonst können wir dich nicht sehen, wenn wir fahren.«
Der Vater lächelte und schaltete die Taschenlampe ein. [...]
Auch als sie abgebogen waren und schon auf der Hauptstraße fuhren, starrte Buster nach hinten in die Finsternis.
»Wohin guckst du?«, fragte Ingeborg.
»Auf das kleine Licht«, antwortete Buster fest.
»Kannst du es immer noch sehen?«
»Ja«, sagte Buster, »ich kann es immer noch sehen« (S. 145/146).

Buster und Ingeborg kümmern sich um Larsen, der sich nach dem Tod seiner Frau völlig dem Alkohol ergeben hat. Busters Bindung an den alten Mann zeigt sich in seinem Bemühen, ihn aus seiner Depression herauszuholen, was ihm durch unfreiwillige Komik und durch die tröstliche Erzählung vom »Geheimen Land Iorrendrill« für kurze Zeit gelingt (S. 58-60). Die Bindung zeigt sich auch darin, daß Buster sich bei Larsen wohlfühlt, obwohl dieser völlig verwahrlost ist und stark riecht (S. 57).

Larsen kehrt »ins Leben« zurück, nachdem Buster ihn zu Hilfe geholt hat, um die Lehrerin Ose-Dose ins Krankenhaus zu bringen, die dort eine Tochter zur Welt bringt:

»Ich habe gehört, ein Kind ist da!« sagte er.
»O ja«, sagte Buster strahlend, »und es soll Ingrid heißen. Wie Frau Larsen.«
Larsen wurde auf einmal ganz still.
»Hat sie das gesagt, deine Lehrerin?«, murmelte er.
»Ja, das hat sie«, strahlte Buster.
Larsen ging zum Fenster.
»Das ist ja ein verdammtes Ding«, brummte er und versuchte, grimmig auszusehen.
Buster trat zu ihm.
»So ist das Leben, Larsen«, flüsterte er. »Es geht immer weiter« (S. 95).

Die Bindung männlicher Personen an Frauen und Mädchen nimmt in diesem Buch (und auch in den beiden anderen Bänden) breiten Raum ein (*Kategorie* 6). Da Buster sich seiner eigenen Bindung an Frauen nicht schämt, was ihm den Spott anderer Jungen einbringt (S. 15), nimmt er auch die Bindung erwachsener Männer an Frauen wahr: zwischen Larsen und seiner Frau, zwischen dem Friseur Samson und dessen Freundin Doris, zwischen seinem Vater und seiner Mutter. Buster selbst ist als Junge in der Pubertät ständig auf Mädchen und Frauen bezogen und sehnt sich danach, von ihnen gemocht zu werden. Am wichtigsten ist die Bindung an seine Schwester Ingeborg (S. 26-28), auch zur Mutter versucht er Nähe herzustellen, was ihm aber kaum gelingt (S. 136/137).

Buster scheut sich nicht, sich vor älteren Jungen auf die Autorität seiner Mutter zu berufen, worauf diese ihn verspotten und quälen (S. 15; *Kategorie* 5).

Ingeborg ist für Buster Autorität sowohl in bezug auf die Bewältigung des Alltags – sie erinnert ihn an die notwendigen Einkäufe und daran, sich zu waschen – als auch in bezug auf moralische Fragen und das gemeinsame Land der Phantasie (S. 26, 45, 51, 98/99, 135, 167/168; *Kategorie* 7).

Marion Dane Bauer »Der Angst hat, bist doch du«

Die beiden zwölfjährigen Nachbarjungen Tony und Joel, die fast wie Brüder aufgewachsen sind, brechen zu einer Radtour zum Nationalpark auf. Tony möchte, daß sie dort die gefährlichen Todesfelsen hochklettern. Joel hofft, daß sein Vater die Fahrt verbietet, da er nicht wagt, Tony gegenüber zuzugeben, daß er Angst hat. Doch der Vater nimmt ihm nur sein Ehrenwort ab, daß sie vorsichtig sind und nirgends anders hinfahren als zum Park.

Unterwegs fällt es Tony plötzlich ein, in dem stark verschmutzten und wegen seiner Strömungen gefährlichen Fluß Vermillion zu baden. Wieder gelingt es ihm durch gezielten Spott, Joel zum Mitmachen zu bewegen. Weiteres gegenseitiges Imponiergehabe führt zum Ertrinken Tonys, der gar nicht richtig schwimmen kann. Joel fühlt sich schuldig, kehrt aber schließlich doch nach Hause zurück. Er muß lernen, daß ihm der Vater seine Mitverantwortung für das Geschehene nicht abnehmen kann, z. B. durch eine Strafe, aber er erfährt auch, daß der Vater ihn nicht allein läßt.

Joel kann nicht sagen, was ihn eigentlich an Tony bindet, da er sich immer wieder ärgert, wenn Tony sich ihm gegenüber mit seinen verrückten Launen durchsetzt. Trotzdem hätte er ihn gern zum Bruder (S. 21/22). Es fällt Joel schwer, Tony einen Wunsch abzuschlagen, so tauscht er auch mit ihm das Fahrrad, obwohl Tonys Rad keine Gangschaltung hat (S. 17). Als Tony am Brückengeländer herumturnt, muß Joel sich wegdrehen, er hat Angst um seinen Freund. Als Tony wie üblich sein Rad achtlos am Straßenrand liegenläßt, überlegt Joel einen Moment, ob er Tonys Rad einfach genauso offen stehenlassen soll. Schließlich versteckt er aber doch beide Räder, da er weiß, daß Tony kein neues bekäme, wenn sein Rad gestohlen würde (S. 26). Trotz all seiner Angst vor dem Klettern an den Todesfelsen will Joel Tony nicht allein dorthin fahren lassen, als es im Fluß zum Streit zwischen den beiden kommt. Um Tony umzustimmen, taucht er sogar kopfüber in den schmutzigen Fluß (S. 31). Noch während Joel zur Sandbank schwimmt, um zu beweisen, daß er kein Angsthase ist, nimmt er sich vor, sich gleich bei Tony wegen des vorausgegangenen Streits zu entschuldigen.

Die Bindung des kleinen Bruders Bobby an ihn ist Joel normalerweise lästig. Bobby will immer bei allem »helfen«, was Joel tut, er hilft ihm sogar beim Abwaschen. Joels Kommentar: »Bescheuertes Kleinkind« (S. 69). Doch nachdem Tony ertrunken ist, bringt Joel es plötzlich nicht fertig, Bobby wegzuschicken:

»Kann ich, Joel? Bitte!« fing Bobby wieder an, und als Joel auf seinen kleinen Bruder hinabsah, den Eifer in Bobbys nach oben gerichtetem Gesicht bemerkte, da schnürte es ihm die Kehle zu und er mußte sich wegdrehen.
»Ja«, brachte er krächzend heraus, »glaube schon, daß du mir heute helfen kannst« (S. 70).
Eine Welle von Fürsorglichkeit überkam Joel. Er würde Bobby das Schwimmen beibringen müssen. Bobby hatte noch Angst davor, sein Gesicht ins Wasser zu tauchen. Joel würde sofort anfangen, mit ihm zu üben (S. 80).

Während Tony ständig demonstrieren muß, daß er an nichts und niemand gebunden ist – er nimmt keine Rücksicht auf seine körperliche Begrenztheit (S. 19, 23, 25-27, 31, 51), er tut so, als könne und wisse er alles schon (S. 21, 34/35), er geht achtlos mit seinen Sachen um (S. 62), er nimmt die Warnungen anderer Menschen nicht ernst und sagt seiner Mutter nicht, was er vorhat (S. 13) –, fühlt Joel sich an seinen Vater gebunden. Er hofft sogar, der Vater würde die Fahrt verbieten, damit er vor Tony das Gesicht wahren kann, und ist wütend, als der Vater das nicht tut. Trotzdem hält Joel sich an die Mahnungen des Vaters und achtet z.B. beim Wenden auf den Verkehr (S. 21). Der offene Streit zwischen Joel und Tony bricht aus, als Tony sich über Joels Vater und seine Fürsorglichkeit lustig macht (S. 29/30).

Joel hat großes Vertrauen zu seinem Vater. Als keine Hoffnung mehr besteht, daß Tony noch am Leben ist, kommt ihm zuerst der Gedanke, den Vater zu bitten, mit ihm zur Polizei zu gehen. Doch dann wagt er es nicht, da er selbst ja sein Ehrenwort gebrochen hat (S. 53). Joel möchte am liebsten seinem Vater die Schuld an Tonys Tod geben (S. 58/59, 68, 73, 95), später hofft er, der Vater würde seine Lügen durchschauen (S. 71) und ihn bestrafen, »damit es endlich vorbei war« (S. 97):

»Mach, daß es weggeht«, flüsterte Joel, als redeten sie über eine Person, die im Zimmer stand, über jemanden, der so dazu gebracht werden konnte, zu verschwinden.
Sein Vater strich Joel das Haar aus dem Gesicht. »Das kann ich nicht«, sagte er leise.
Wut wogte durch Joels Adern. Er wollte seinen Vater wegstoßen, wieder mit den Fäusten bearbeiten. Wozu war dieser Mann denn gut, wenn er ihn nicht davor beschützen konnte, daß schlimme Dinge passierten, und ihn nicht bestrafte, damit diese Dinge wieder in Ordnung kamen? (S. 101)

Der Vater macht Joel jedoch nichts vor. Aber er läßt ihn nicht allein mit seiner Verantwortung für das Geschehene:

»Es wird schwer werden, damit zu leben, für uns beide«, sagte sein Vater schließlich. »Aber wir können daran nichts ändern.«
Joel setzte sich hin. Jetzt schrie er: »Was sagst du da ... Wir? *Du* hast doch gar nichts getan. Du hast doch nicht gewußt, daß du es nicht erlauben durftest!«
»Aber wir alle haben heute eine Entscheidung getroffen, Joel. Du, ich, Tony. Tony ist der einzige, der mit seiner nicht zu leben braucht.«
Für einen Augenblick konnte Joel diesen Mann, der den Kummer nicht von ihm nahm, nicht nehmen konnte, nur verständnislos anstarren. Tony war frei, während er, er und sein Vater mit diesem schrecklichen Tag für immer leben mußten. Und obwohl Joel seine Kiefer aufeinanderpreßte und seine Augen zusammenkniff – es half nicht. Er begann zu schluchzen (S. 102).

Der Vater hält Joel fest im Arm, während er weint. Joel läßt es geschehen, obwohl er sich zu groß dafür fühlt. Schließlich legt ihn der Vater auf seine Bitte hin wieder ins Bett. Auch dann läßt er Joel nicht allein (S. 102/103). Noch einmal muß der Vater ihn enttäuschen: Er kann ihm nicht mit Sicherheit sagen, daß Tony jetzt im Himmel ist, er kann nur darüber sprechen, daß er daran glaubt, »daß es etwas vom Leben gibt, das weitergeht«:

Aber er mußte sich mit dem begnügen, was er bekommen hatte.
Und was er bekommen hatte, das war eine milde Sommernacht, ein Loch im Magen, das sich anfühlte, als könne es nie wieder gefüllt werden, und diesen Mann, seinen Vater, der neben seinem Bett saß.
»Bleibst du noch da?« fragte er und tastete suchend mit einer Hand,

um das Knie seines Vaters zu berühren. »Bleibst du, bis ich eingeschlafen bin?«
»Ja, natürlich«, sagte sein Vater (S. 104).

Zusammenfassung

Bindung zwischen männlichen Personen scheint nur dort sichtbar werden zu dürfen, wo mindestens einer von beiden auf irgendeine Weise geschwächt ist, meist durch existenz- oder lebensbedrohende Ereignisse. Der Großvater in »Der Großvater im Bollerwagen« will sich das Leben nehmen, der Vater in »Das Ende des Regenbogens« ist in einer Trinkerheilanstalt, und Joel in »Der Angst hat, bist doch du« macht sich mitschuldig am Tod seines Freundes. Dies trifft auch für die anderen untersuchten Bücher zu, in denen Bindung zwischen männlichen Personen dargestellt ist: in 75 der 89 Bücher mit dieser Kategorie geht es entweder um eine Extremsituation des Lebens (Scheidung, Krankheit, Behinderung, Tod, Krieg, atomare Katastrophe u. ä.) oder einer der beiden ist als Verlierer oder Außenseiter gekennzeichnet (z.B. arbeitslos, obdachlos, alkoholabhängig, inhaftiert, Angehöriger einer Minderheit). Damit die dargestellten Beziehungen vorbildhaft wirken können, müßte es gelingen, Jungen zur Identifikation oder zumindest zur Empathie mit diesen Personen zu bewegen. Dafür müßte die Verknüpfung von »Verlierer«, »Außenseiter«, »Hilfsbedürftiger« mit »kein richtiger Mann« im Gespräch mit den Jungen aufgebrochen werden. Von den vorgestellten Büchern bietet sich für eine Auseinandersetzung mit dieser Frage besonders »Der Angst hat, bist doch du« an, da hier gleichzeitig gezeigt wird, wie lebensgefährlich das »männliche« Verleugnen von Gefühlen, vor allem von Gefühlen der Angst, und das Ignorieren der eigenen körperlichen Begrenztheit ist.

5.3.4. Respektvoller Umgang mit Bindung an eine weibliche Person in einer Beziehung zwischen zwei männlichen Personen (Kategorie 4)

Erich Kästner: »Das fliegende Klassenzimmer«

In diesem Buch werden die Erlebnisse einer 8. Gymnasialklasse eines Knabeninternats in der Vorweihnachtszeit geschildert. Die Jungen lieben ihren Hauslehrer, Doktor Bökh, den sich vor allem der Klassenbeste, Martin, zum Vorbild genommen hat (S. 53). Ebenso wichtig ist ihnen die Beziehung zu ihrem »Nichtraucher«, der in einem alten Eisenbahnwaggon lebt. Durch eine Erzählung ihres Lehrers finden die Jungen heraus, daß die beiden Männer einmal Freunde waren und auch dieses Knabeninternat besuchten. Sie sorgen für eine Begegnung zwischen ihrem Hauslehrer und dem »Nichtraucher«.

Die Klasse führt aus alter Tradition »Krieg« gegen eine Oberrealschulklasse der Kleinstadt. Dabei erfährt Matthias, dem Prügeleien Spaß machen, von seinem Freund Uli, wie sehr der sich schämt, daß er so ängstlich ist. Matthias gibt ihm den Rat, einmal etwas Aufsehenerregendes zu tun, damit alle sehen, daß Uli kein Feigling ist. Beim Sprung von einem Klettergerüst bricht sich Uli dann zum Glück nur ein Bein. Kurz vor der Weihnachtsfeier mit der Aufführung des selbstgedichteten Theaterstücks »Das fliegende Klassenzimmer« erfährt Martin, daß er an Weihnachten nicht heimfahren kann, da seine Eltern das Fahrgeld nicht bezahlen können, denn der Vater ist schon länger arbeitslos. Der Hauslehrer Bökh bemerkt jedoch seine Verstörtheit und schenkt ihm das Geld.

Als Beispiel für eine Situation, in der es gerechtfertigt ist, sich nicht an Verbote zu halten, berichtet Bökh seinen Schülern und einem aufsichtführenden Primaner von seiner eigenen Zeit im Internat. Seine Mutter war damals schwer krank, und er lief trotz Ausgehverbots und immer schwererer Strafen aus dem Internat weg, um sie täglich zu besuchen. Nur seinem Freund vertraute er sich an, da er davon ausgehen mußte, daß die Lehrer kein Verständnis haben würden. Sein Freund ließ sich schließlich an seiner Stelle im Karzer einsperren, damit er wieder zu seiner Mutter gehen konnte (S. 85-88). Die Jungen hören ihrem Lehrer gebannt zu. Er hat in ihren Augen durch das Bekenntnis zu seiner Bindung an die Mutter nicht an Achtung verloren:

> Da standen sie auf, machten eine feierliche Verbeugung und verließen leise sein Zimmer. Der schöne Theodor ging gesenkten Kopfes an ihnen vorüber.
> Auf der Treppe sagte Matthias: »Für diesen Mann da oben laß ich mich, wenn's sein muß, aufhängen.«
> Uli sah aus, als ob er nach innen geweint hätte, und meinte: »Ich auch« (S. 88).

Ebenso respektiert Bökh Martins Bindung an seine Eltern, insbesondere an seine Mutter, und gibt ihm deshalb das Geld für die Fahrt nach Hause (S. 167).

Bindung zwischen männlichen Personen spielt in diesem Buch ebenfalls eine große Rolle (*Kategorie 3*). Die Jungen lieben ihren Hauslehrer (S. 83, 88) und den »Nichtraucher« (S. 156/157). Oft wird die Bindung der Jungen an Bökh und die an den »Nichtraucher« in einem Atemzug genannt (S. 38, 114, 140/141). Über die Bindung zwischen den beiden erfahren wir etwas aus Bökhs Erzählung (S. 87) und aus der Schilderung ihrer Wiederbegegnung (S. 113-115, 154-156). Die liebevolle Bindung zwischen dem immer hungrigen Matthias und dem zarten Jungen Uli wird eindrucksvoll dargestellt, indem nicht nur auf den gegenseitigen Nutzen dieser Beziehung angespielt wird – Matthias beschützt Uli, Uli hilft Matthias beim Lernen und gibt ihm von seinem Essen ab –, sondern gezeigt wird, daß beiden die Nähe miteinander wichtig ist (z.B. S. 25, 41-43, 110/111, 124, 136/137).

Christa Laird: »Im Schatten der Mauer«
Ein Roman um Janusz Korczak

Der dreizehnjährige Misha lebt mit seinen beiden jüngeren Schwestern Rachel (ca. 12) und Elena (18 Mon.) im Warschauer Ghetto in Janusz Korczaks Waisenhaus. Sein Vater ist an Typhus gestorben, die Mutter ist schwer lungenkrank. Misha versorgt seine Mutter durch teilweise lebensgefährliche Tauschgeschäfte. Korczak unterstützt ihn dabei, obwohl er selbst unter der Last, bei den durch ständige Schikanen immer schwierigeren Bedingungen für die Waisenkinder zu sorgen, beinahe zusammenbricht. Mit Korczaks Hilfe gelingt es, für Elena die Aufnahme in einer »arischen« Familie zu erwirken und sie aus dem Ghetto hinauszuschmuggeln. Nach dem Tod der Mutter entschließt sich Misha, aus dem Waisenhaus auszuziehen und sich einer jüdischen Widerstandsorganisation anzuschließen, obwohl ihm die Trennung von seiner Schwester Rachel schwerfällt.

Kurz darauf sieht er Korczak und die Kinder aus dem Waisenhaus – unter ihnen seine Schwester Rachel – zur Sammelstelle marschieren, von wo aus sie in ein Vernichtungslager gebracht werden.

Das Entsetzen über das, was Menschen anderen Menschen im Warschauer Ghetto und in den Lagern angetan haben, verstärkt sich bei der Lektüre dieses Buches durch den Blick auf die Bindung zwischen den Menschen, durch die spürbar wird, wie kostbar jedes einzelne Menschenleben für die ihm Nahestehenden ist.

Korczak weiß, daß er es Misha nicht verbieten kann, sich beim Schmuggeln in Gefahr zu bringen, da Misha sonst seinem Verbot zuwiderhandeln müßte. Er respektiert es, daß Mishas Bindung an die Mutter, die ihn veranlaßt, alles zu tun, um für sie Lebensmittel zu organisieren, stärker ist als seine eigene Autorität. Korczak versucht sich gegenüber Mishas Mutter zu rechtfertigen. In diesem Gespräch drücken beide ihre Verzweiflung über die Entscheidungen aus, zu denen sie durch die Unmenschlichkeit ihrer Peiniger gezwungen werden (S. 21/22).

Im Gespräch mit Misha macht Korczak deutlich, daß die Situation im Ghetto es unmöglich macht, sich »richtig« zu entscheiden:

»Es geht mir nicht darum, die Dinge für dich noch schwieriger zu machen, Misha. Aber was ich dir sagen muß, wird genau dazu führen. Wenn du derartige Risiken eingehst, um für deine Mutter zu sorgen, dann vergiß bitte nicht, daß *du* das Wertvollste bist, das sie auf der Welt hat – und ebenso unersetzlich bist du auch für Rachel.« [...]

»*Phantastisch*. Es gibt also zwei Möglichkeiten. Wie auch immer, meine Mutter muß sterben, aber in einem Fall nicht nur vor Hunger, sondern auch noch an gebrochenem Herzen.« Misha klang bitter. Er sah den alten Mann vorwurfsvoll an, denn sonst gab es keinen, den er hätte verantwortlich machen können. Der Doktor rutschte von seiner Schreibtischecke und legte fest die Hände auf die hängenden jungen Schultern. »Misha, wir werden alles tun, um deiner Mutter zu helfen – irgendwie werden wir es auch ohne deine Unternehmungen jenseits der Mauer schaffen.«
Aber Misha schüttelte den Kopf. »Sie tun schon jetzt alles, was Sie können. Ja, Sie tun ganz offensichtlich schon mehr, als Sie sich eigentlich zumuten sollten. Sie können nicht auch noch die Eltern mit übernehmen. Die Kinder werden immer hungriger und hungriger, und Sie, Sie werden jeden Tag kränker und – na ja, trauriger.« Misha, der befürchtete, er könnte zu weit gegangen sein, brach ab (S. 48).

Um Verständnis für einen schwierigen Jungen zu wecken, erzählt Korczak den Kindern, daß dessen Mutter ihn einfach verlassen hatte, worauf er drei Tage auf sie gewartet hatte, bis er sich auf den Weg ins Waisenhaus machte. Er fordert die Kinder auf, »sich auszumalen, wie ihnen zumute wäre, wenn ihre Mütter nicht gestorben, sondern einfach verschwunden wären und sie ihrem Schicksal überlassen hätten« (S. 78).

Neben der Bindung zwischen Misha und Korczak, der für ihn Vorbild ist, dessen Erschöpfung und Traurigkeit er aber ebenfalls wahrnimmt (S. 10/11, 48, 125/126, 151), wird in kurzen Episoden auch Mishas Bindung an andere Jungen im Waisenhaus sichtbar (z.B. S. 34/35, 49/50, 158; *Kategorie 3*).

Als Misha sieht, wie Rachel bei ihrem letzten gemeinsamen Frühstück ihre Kunsthonigration auf das Brot ihrer kleinen Schwester streicht, muß er lächeln, denn am Tag zuvor hat er dasselbe getan: »Warum nur gestern? überlegte er mit diesem unangenehmen Gefühl, das in die Lücke aufsteigt, die ungetane Dinge hinterlassen« (S. 86). Angesichts der allgegenwärtigen Gefahr, von nahestehenden Menschen getrennt zu werden, wird Misha immer wieder schmerzlich bewußt, wie oft er es versäumt, positive Gefühle gegenüber diesen Menschen auszudrükken. Die Bindung an seine Mutter und an Rachel zeigt er durch das, was er für sie tut – er besorgt unter Lebensgefahr Lebensmittel für die Mutter und liest seiner Schwester noch vor, als er todmüde nach Hause kommt – seine Gefühle verschließt er tief in seinem Inneren (S. 7).

Als Misha und Rachel zu ihrer im Sterben liegenden Mutter eilen, ist plötzlich Mishas Scheu, die Bindung an seine Schwester zu zeigen, nicht mehr so wichtig:

> Misha schämte sich nicht, als er die Hand nahm, die ihm Rachel entgegenstreckte, während sie mit Leon zusammen in die Panskastraße rannten (S. 121).

Mishas Bindung an Rachel zeigt sich auf absurde Weise, als darüber gesprochen wird, wie erstaunlich es ist, daß Korczak das Angebot der SS, im Ghetto zu bleiben, nachdem er mit den Kindern zu den Viehwaggons gegangen ist, nicht angenommen hat: »[...], aber Misha war erleichtert, daß Korczak dabei war, fast, als wäre dadurch Rachels Sicherheit ein paar Stunden länger gewährleistet« (S. 154; *Kategorie* 6).

Neben Frau Stefa, die zusammen mit Korczak das Waisenhaus führt, sind es vor allem Rachel und ihre Mutter, die – außer Korczak – für Misha Autorität sind (*Kategorie* 7). Rachel merkt es, wenn Misha lügt (S. 32), sie kritisiert ihn, als er sich zu wenig um die kleine Schwester kümmert und als er einen kleineren Jungen, der einen anderen drangsaliert hat, heftig schlägt (S. 58 u. 125). Obwohl Misha sich manchmal wünscht, seine Schwester wäre nicht »so verdammt einfühlsam« und nicht so ein »Tugendbold« (S. 117 u. 125), verlangt ihm diese »zähe kleine Person« »irgendwie Respekt ab« (S. 19). Als Misha sich bei seinem Auszug aus dem Waisenhaus von Rachel verabschiedet, ist er dankbar für ihren Vorschlag, gemeinsam ein Gebet zu sprechen (S. 143).

Es war die Sichtweise der Mutter gewesen, die ihm angesichts all der schwierigen Entscheidungen, die einen 13jährigen Jungen völlig überfordern mußten, das Gefühl vermittelt hatte, daß er ein anständiger Kerl war:

> Jetzt kam alles um ihn herum ins Wanken, und ohne das liebevolle Gesicht, das ihn aus schäbigen grauen Kissen heraus anlächelte und vom Gegenteil überzeugte, kam es ihm langsam so vor, als wäre seine Anständigkeit nur Eitelkeit gewesen und sonst gar nichts (S. 125).

Zusammenfassung

Respektvoller Umgang mit der Bindung an eine weibliche Person kommt in den beiden vorgestellten Büchern nur im Rahmen einer Beziehung zwischen männlichen Personen vor, in der Nähe möglich ist und auch die Bindung aneinander nicht versteckt werden muß. Dies gilt auch für die meisten anderen Bücher des untersuchten Samples.[10] Während jedoch in 88 der 270 Bücher Bindung zwischen männlichen Personen dargestellt ist, finden wir nur in weniger als einem Drittel davon (27) Hinweise auf respektvollen Umgang mit Bindung an eine weibliche Person.

In »Das fliegende Klassenzimmer« kann es sich ein Lehrer leisten, mit seinen Schülern über die Bindung an seine Mutter zu sprechen, ohne daß sie ihn deshalb weniger achten. In »Im Schatten der Mauer« weiß der Leiter des Waisenhauses, Korczak, daß sich sein Zögling durch verbotene Tauschgeschäfte in Lebensgefahr begibt, unternimmt aber nichts dagegen, da der Junge seine Mutter nur auf diese Weise mit Lebensmitteln versorgen kann.

5.3.5. Weibliche Autorität in Beziehungen zwischen männlichen Personen (Kategorie 5)

Forrest Carter: »Der Stern der Cherokee«

Der Autor, der mit fünf Jahren Waise wurde, erzählt in einer Ich-Erzählung von seinem Aufwachsen bei seinen indianischen Großeltern, die ihm die Kultur und Geschichte der Cherokee nahebringen. Er lernt, sich als Teil der Natur zu begreifen und sich ihr gegenüber verantwortungsvoll zu verhalten. Wie sehr diese Lebenseinstellung im Gegensatz zur amerikanischen Mehrheitskultur steht, erfährt »Little Tree«, als er in ein Waisenhaus gebracht wird, da seine Großeltern angeblich einen schlechten Einfluß auf ihn haben. Auf Druck des alten Indianers »Willow-John« wird Little Tree aus dem Waisenhaus entlassen und darf in die Berge zurückkehren. Nachdem Willow-Tree, Großvater und Großmutter gestorben sind, bricht er in das alte Heimatland der Cherokee auf.

Daß die Großmutter ihren Mann Wales beeinflußt, wird in der folgenden Szene sorgfältig verborgen:

Hinter mir sagte Granma: »Wales, er wird müde.«
Granpa blieb stehen und drehte sich um. Er blickte auf mich herab. Im Schatten des großen Hutes konnte ich sein Gesicht nicht sehen.
»Müde werden tut gut, wenn man jemand verloren hat«, sagte er. Er drehte sich um und ging weiter, aber jetzt konnte ich leichter Schritt halten. Granpa ging langsamer, also dachte ich, daß er auch müde geworden war (S. 11).

Da Großmutter lesen und schreiben kann, kümmert sie sich um die Bildung von Granpa und Little Tree. Sie müssen Bücher aus der Bibliothek holen, woraus sie ihnen abends vorliest. Little Tree bringt sie Lesen und Schreiben bei (S. 21-25):

Wenn ich zurückdenke, glaube ich, Granpa und ich waren ziemlich dumm und unwissend. Granpa wußte eine Menge – über die Berge, die Tiere, das Wetter und viele andere Dinge. Aber wenn es um die Wörter und um die Bücher ging, na ja, dann überließen wir lieber Granma die Entscheidung. Sie fand immer die richtige Lösung (S. 28).

Dabei ist die Großmutter bemüht, daß Granpa nicht »das Gesicht verliert«:

Beim Abendessen fiel mir die Sache wieder ein, und ich beschloß, Granma zu fragen: »Granma, was ist ein Ausländer?«
Granpa hörte auf zu essen, aber er hob nicht den Blick vom Teller.
Granma schaute mich an, dann schaute sie Granpa an. Sie zwinkerte mit den Augen. »Ja also«, sagte sie, »ein Ausländer ist jemand, der irgendwo ist, wo er nicht geboren ist.«
»Granpa hat gesagt«, erklärte ich, »daß er glaubt, daß wir Ausländer sind«. Und ich erzählte die Geschichte mit der Dame in dem großen Auto und wie sie gefragt hatte, ob wir Ausländer sind, und wie Granpa »Ja« gesagt hatte.
»Ich dachte mir«, sagte er, »daß wir an dieser Stelle am Straßenrand nicht geboren sind, und deshalb sind wir an dieser Stelle Ausländer. Und überhaupt ist das schon wieder so ein verdattertes Wort (wenn Granma dabei war, sagte er immer »verdattert« anstatt »verdammt«, weil er nicht fluchen durfte). Ich sage ja immer, es gibt, verdattert noch mal, zu viele Wörter!« (S. 33/34).

Als Little Tree einmal im Gespräch mit dem Großvater das Wort »Hundesohn« verwendet, erinnert ihn der Großvater daran, daß dies »schon wieder so ein schlimmes Fluchwort war und daß wir es in Granmas Gegenwart nur ja nicht aussprechen durften« (S. 84), da sie sonst beide aus der Hütte jagt (S. 92).

Das Geld, das Granpa und Little Tree für ihren schwarz gebrannten Whisky erhalten, verwahrt die Großmutter in einem Krug:

Das war unsere Sparkasse, und Granma sagte, daß ein Teil davon mir gehörte, weil ich schwer arbeitete und das Handwerk erlernte (S. 63).

Die Aussage der Großmutter, Little Tree sei ein Kind der Natur, wird von Little Tree und vom Großvater aufgegriffen:

Granma sagte, daß nur wenige Menschen das große Glück haben, von der ganzen Schöpfung geliebt zu werden: von den Bäumen, den Vögeln, den Gewässern – vom Regen und vom Wind. Solange ich lebe, sagte sie, kann ich immer, wenn ich Trost brauche, zur Mutter Natur und zu allen meinen Geschwistern heimkehren, während andere Kinder um ihre toten Eltern trauern und sich verlassen fühlen. Ich aber würde mich nie verlassen fühlen.
[...]
Ich sagte zu Granma, daß ich stolz war, ein Kind der Natur zu sein. Und da war mir klar, daß ich keine Angst mehr vor finsteren Tälern zu haben brauchte.
Granpa sagte, daß ich ihm gegenüber im Vorteil war – wo ich doch ein Lieblingskind der Natur war. Er selbst, so sagte er, hatte es viel schwerer, weil er sich manchmal in der Dunkelheit fürchtete. Jetzt aber war er froh, daß ich da war. Ich konnte ihn in der Finsternis führen. Das versprach ich ihm (S. 141/142).

In mehreren Beziehungen zwischen männlichen Personen zeigt sich die Bindung aneinander (*Kategorie 3*): zwischen Granpa und seinem Vater (S. 42, 75, 107), zwischen Granpa und Willow-John (S. 146), zwischen Little Tree und Willow-John (S. 148, 211, 216) und zwischen Granpa und Little Tree (S. 14, 16/17, 18/19, 36, 185, 204, 219/220). Wilburn, ein Leidensgenosse im Waisenhaus, drückt seine Zuneigung zu Little Tree in Gewaltphantasien aus, nachdem dieser vom Pfarrer geprügelt worden ist:

Wilburn sagte, daß er, wenn er später mal aus dem Waisenhaus entlassen sein würde, um Banken zu überfallen und so, den Herrn Pfarrer als ersten umbringen würde. Es war ihm auch ganz egal, so sagte er, ob er dafür in die Hölle kam. Wo ich sowieso schon in die Hölle mußte (S. 198).

Daß Granpa seine Frau liebt, wird vor Little Tree nicht verheimlicht (S. 11, 34, 144; *Kategorie 4+6*). Die Nähe der Großmutter gibt Little Tree Sicherheit vom ersten Tag an. Durch ihre Lieder und Geschichten fühlt er sich getröstet (S. 12-14). Als er ins Waisenhaus muß und beim Abschied weint, verspricht sie ihm, daß er mit ihr, Granpa und Willow-John Verbindung halten kann, wenn er abends den Hundsstern anschaut (S. 181/182).

Granma ist neben Granpa für Little Tree Autorität (*Kategorie* 7). Wie die Großmutter es vorausgesagt hat, spürt er durch seine Mokassins, daß die Erde lebendig ist (S. 15). Ebenso überprüft Little Tree an seiner eigenen Erfahrung, was ihm die Großmutter aus der indianischen Überlieferung oder ihrer eigenen Lebenserfahrung vermittelt (S. 55-57): »Granma sagte, es gibt im Leben nichts, was nicht irgendwie einen Haken oder Stachel hat. Und das, finde ich, ist wahr« (S. 99). Als Granpa von einer Klapperschlange gebissen worden ist, vertraut Little Tree darauf, daß Granma ihn nicht sterben lassen wird (S. 104). Da Little Tree sich für das Unglück verantwortlich fühlt, hat er Granmas entlastendes Urteil sehr nötig: »Sie sagte, bei Dingen, die einfach passieren, gibt es weder Schuld noch Verdienst« (S. 106).

Peter Härtling: »Krücke«

Der fast dreizehnjährige Thomas wird kurz vor Kriegsende bei der Flucht aus dem Osten von seiner Mutter getrennt und schlägt sich dann nach Wien durch, da er hofft, dort seine Mutter wie vereinbart bei einer Tante wiederzufinden. Das Haus, in dem die Tante gewohnt hat, steht jedoch nicht mehr. Jetzt weiß er nicht, wohin er sich wenden soll. Da lernt er den beinamputierten ehemaligen Soldaten »Krücke« kennen, einen Schwarzmarktschieber, der ihn bei sich und seiner Freundin Bronka aufnimmt und ihn Tom nennt. Bronka ist Jüdin, die den Völkermord überlebt hat, da sie von Freunden versteckt wurde. Sie kümmert sich um jüdische Waisenkinder und will später nach Palästina auswandern. Auf Bronkas Drängen gibt Krücke beim Roten Kreuz eine Suchanzeige nach Thomas' Mutter auf. Sie sorgt ebenfalls dafür, daß Krücke und Thomas nach Deutschland zurückkehren können, obwohl ihr selbst der Abschied von beiden schwerfällt. Nachdem Krücke und Thomas längere Zeit in Viehwaggons unterwegs sind, werden sie schließlich in einem schwäbischen Ort untergebracht. Nach mehreren Quartierwechseln findet Krücke sogar Arbeit, und Thomas geht in die Schule. Da kommt die Nachricht, daß Toms Mutter in München lebt. Er kehrt zur Mutter zurück, muß sich aber von Krücke trennen.

Nicht weil sie etwas gegen die Bindung zwischen Krücke und Thomas hat, sondern um ihnen Kummer zu ersparen, sorgt Bronka dafür, daß eine Suchanzeige nach Toms Mutter aufgegeben wird. Zunächst geht es ihr dabei hauptsächlich um Krücke, aber sie denkt auch an Thomas und seine Mutter:

> Aber da sprach Bronka, ungeheuer sachlich, als ginge es gar nicht um ihn: Sosehr du den Jungen ins Herz geschlossen hast (das stimmt, dachte Thomas, Krücke mag mich, selbst wenn er mich manchmal grob behandelt) – du kannst ihn nicht so einfach mitschleppen. Seine Mutter sucht nach ihm (S. 46).

Im Gespräch mit Thomas gibt Krücke Bronka recht:

> Ich hätte dich gleich wegschicken sollen. Zu Beginn warst du mir noch egal, sogar lästig. Irgendein streunender Junge. Doch jetzt?
> Das fragende Jetzt enthielt für Tom alles, was sie in den letzten Tagen gemeinsam erlebt hatten.
> Jetzt, sagte Krücke, wird uns erst klar, daß wir wie Kinder handelten. Ohne groß nachzudenken. Bestimmt wird deine Mutter nach dir suchen lassen. [...]
> Wir dürfen nichts mehr aufschieben, müssen das rasch hinter uns bringen. Das schmerzt am wenigsten (S. 47/48).

Nach einem gefährlichen Schwarzmarktabenteuer, durch das Bronka eine ganze Nacht in Sorge gewesen ist, entscheidet Bronka, daß »mit solchem Unsinn« jetzt Schluß ist:

Du wirst dir eine Arbeit suchen, Krücke, oder mit einem der nächsten Transporte nach Deutschland fahren. Und ich werde mich mehr meinen Kindern widmen (S. 68).

Thomas weiß, daß Krücke darunter leidet, daß er nichts Vernünftiges tun kann. Aber der läßt sich treiben. Bronka findet es auch unverantwortlich, daß Thomas nicht in die Schule geschickt wird. »Weil du verblödest«, so ihre Begründung gegenüber Thomas. Eines Tages bringt sie die Fahrbescheide für Krükke und Thomas für einen Transport nach Deutschland (S. 74).

Thomas begann die Tage zu zählen. Die Zeit rannte. Bronka hatte ihm und Krücke verboten, von Abschied zu sprechen. Doch der Abschied steckte in ihnen. Sie waren unruhig und launisch (S. 75).

Als Thomas Krückes eigenartiges Verhalten nicht deuten kann, der schon seit drei Wochen weiß, daß Toms Mutter gefunden wurde, hilft Thomas ein Satz aus Bronkas Brief, um wieder mit Krücke ins Gespräch zu kommen:

Thomas sprach den letzten Satz laut vor sich hin. Warum dachte Krükke nicht wie er an Bronkas Brief, dann würde er sich nicht so aufführen. Er wiederholte Bronkas Sätze, redete mit ihnen gegen die Musik im anderen Zimmer an, gegen den fremd gewordenen Krücke. Mit den Sätzen auf den Lippen schlief er ein. [...]
Wir haben dich nötig, flüsterte Thomas. Er lag auf dem Rücken und spürte den Arm von Krücke.
Bronka übertreibt, brummte Krücke.
Nein. Es stimmt. Das kannst du gar nicht beurteilen.
Kann ich nicht? Krücke holte tief Atem.
Nein (S. 151/152).

Zwischen Krücke und Thomas wird erstaunlich schnell Nähe möglich (S. 14-27), so daß Thomas, als er befürchtet, Krücke sei »abgehauen«, einen Kloß im Hals spürt (S. 28; *Kategorie 3*). Als Krücke dann wieder auftaucht, kann Thomas seine Gefühle nicht verbergen:

Er vergaß alle Vorsicht, begann zu rennen, rannte, rief, rannte. Als er Krücke erreichte, war sein Gesicht naß. Er rang nach Atem, brachte kein Wort heraus.
Krücke schloß ihn fest in die Arme, geriet ins Wanken, brummte über

seinen Kopf weg: Nur nicht so heftig, Tom. Mit meinem einen Bein halte ich deine Freude nicht durch (S. 30).

Durch zärtliche Gesten und Tränen bei Trennung und Wiedersehen zeigen beide, wie sehr sie aneinander hängen (S. 43, 111, 123, 140, 150-154).

Im Rahmen dieser Beziehung können sie sich auch gegenseitig die Bindung an Frauen eingestehen, ohne sich dafür schämen zu müssen (*Kategorie 4*): Krücke bezieht sich verständnisvoll auf Toms Sehnsucht nach seiner Mutter (S. 79, 138/139), er selbst spricht mit Tom über seine Liebe zu Bronka:

Seither – ach ja, du wolltest wissen, weshalb ich da draußen auf dem Marchfeld hauste. Er lehnte sich zurück, blickte zur Decke, als könne er dort lesen, was ihm so schwer fiel zu sagen. Ich weiß nicht, Tom, ob du mich verstehst. Mogeln will ich nicht. Ich habe Bronka sehr lieb. Sie mich wohl auch. Uns verbindet viel, wahrscheinlich zu viel. Genau das tut oft weh. Vor allem dann, wenn einem klar wird, daß man sich irgendwann trennen muß. Manchmal probier ich das aus. Das war's (S. 72/73).

Beim Abschied von Bronka sind beide sehr traurig und helfen sich gegenseitig, ihn ohne »heulendes Elend« zu überstehen (S. 77, 81, 84).

Härtling betont immer wieder Toms Bindung an seine Mutter (S. 40, 43, 45, 107, 146, 148, 154/155; *Kategorie 6*). Auch an Bronka hängen sowohl Thomas (S. 67, 74, 80/81) als auch Krücke (S. 74 u. 80).

Zur Autorität wird für Thomas und Krücke außer Bronka (s.o. und S. 41 u. 43) auch die Krankenschwester Monika (S. 118-120; *Kategorie 7*).

Unterschiede zwischen Buch und Film »Krücke«

In einem Zeitungsinterview sagte Härtling, er halte die Verfilmung von »Krücke« für sehr gelungen.[11] Kann aus dieser Aussage geschlossen werden, daß ihm die oben aufgeführten »Kostbarkeiten«, die sein Buch enthält, nicht sehr wichtig sind, daß er möglicherweise gar nicht darum weiß? Im Film sind nämlich gerade die Episoden weggelassen oder verändert, die die Zuschauer – nach meinem Verständnis – in Richtung Geschlechterdemokratie beeinflussen könnten:[12]

1. Der im Film dargestellte Thomas ist viel jünger, höchstens zehn. Denn ein Dreizehnjähriger darf nach geschlechterklischeehaften, homophoben Normalitätsvorstellungen weder Sehnsucht nach seiner Mutter haben noch einem erwachsenen Mann körperlich nahekommen. Die Gegenseitigkeit der Bindung und das Bemühen um gegenseitigen Respekt zwischen Krücke und Thomas, wie sie im Buch dargestellt werden (z.B. S. 17, 19, 30, 42, 47) verschiebt sich dadurch im Film zur banalen Erzählung von einem Erwachsenen, der ein verängstigtes Kind aufnimmt, bis es zu seiner Mutter zurückkehren kann.
2. Auch wenn Thomas jünger ist, soll niemand auf die Idee kommen, die Trennung von der Mutter genüge, um einen Jungen zur Verzweiflung zu bringen. Daher wird in einer spektakulären Rückblende gezeigt, was Thomas vor Kriegsende alles an Schrecklichem erlebt hat.
3. Daß Krücke im Bauwagen haust, um sich auf die Trennung von Bronka vorzubereiten, muß im Film weggelassen werden, da sonst zu viel von seiner Bindung an Bronka sichtbar werden könnte. Daher wird der Bauwagen durch Besatzungssoldaten in die Luft gejagt, weshalb Thomas und Krücke bei Bronka Unterschlupf suchen müssen. Nicht die Bindung zwischen Bronka und Krücke führt zu deren Zusammenleben, sondern die äußeren Umstände sind dafür verantwortlich.
4. Bronka hat weder eine eigene Wohnung noch eine selbständige Arbeit – sie bedient (überwiegend Männer) in einer Kneipe –, sondern sie ist von einem Mann abhängig. Da dieser in sie verliebt ist, gibt es Eifersüchteleien wegen Bronkas Beziehung zu Krücke. Im Film ist Bronka ein Opfer der Umstände, keine Frau, die selbst urteilt und entscheidet.
5. Krücke ist nicht aufgrund seiner Beziehungsfähigkeit – bzw. einfach als Person – liebenswert, sondern er macht sich beliebt als Alleinunterhalter und Musiker.
6. Kaum haben Krücke und Thomas Wien verlassen, ist Krücke

schon mit einer anderen Frau zusammen. So kann niemand auf die Idee kommen, Krücke sei an Bronka und Thomas oder an sonst jemand gebunden.

Malcolm Bosse: »Die Prüfung oder die abenteuerliche Reise der Brüder Chen und Hong«

Chen (ca. 19) und Hong (ca. 15) leben in einem Dorf im Westen Chinas im 16. Jahrhundert. Der lebens- und geschäftstüchtige Hong begleitet seinen für Sprache, Schrift und Philosophie hochbegabten älteren Bruder quer durch das riesige Land durch viele Gefahren, damit dieser schließlich in Peking die höchste Prüfung ablegen kann. Während der Reise lernen die ungleichen Brüder den Begabungsschwerpunkt des anderen immer besser schätzen, und es wird deutlich, wie sehr »Theorie« und »Praxis« einander nötig haben. Beide jungen Männer, »die nach mehr strebten, als ihnen gegeben schien« (Vorwort), finden am Ende der gemeinsamen Reise zu der Lebensaufgabe, die ihren Begabungen und Interessen am besten entspricht.

Obwohl die Brüder sich während der Reise an unterschiedlichen männlichen Autoritäten orientieren – Chen vor allem an Konfuzius, Hong an Ye Pan, der ihn in eine geheime revolutionäre Brüderschaft einführt und an General Ma, zu dem er nach der gemeinsamen Reise zurückkehrt –, ist es die Autorität der Mutter, durch die die ganze Unternehmung überhaupt zustande kommt. Der Wunsch dieser »hochgebildeten« Frau war es, bevor sie an einem Fieber starb, daß Chen, den sie in den ersten Jahren unterrichtet hatte, später einmal zu den Prüfungen antreten würde. Obwohl es ihm schwerfällt, verläßt Hong deshalb sein geliebtes Dorf: »Aber jedes Selbstmitleid war zwecklos. Wenn eine Entscheidung gefallen war, dann war sie gefallen. Er hatte vor, sein eigenes Wohlergehen einem Bruder zu opfern, der niemals ohne ihn zurechtkommen würde« (S. 13). Hongs Freund Wujiang will ihn umstimmen:

»Wenn er dich so sehr braucht«, sagte Wujiang hart, »soll er hier bleiben, dann kannst du dich dort um ihn kümmern, wo es dir gefällt.«

»Nein. Mutter hätte es gewollt, daß er die Prüfungen macht, soweit er sie schafft.«
»Dann tust du es für deine Mutter?«
Hong nickte (S. 68).

Hong möchte auch die gehässigen Dorfbewohner demütigen, »die in ihrem fanatischen Bemühen, den Vater zu schmähen, die Größe seiner Mutter vergessen hatten« (S. 74).

Der Wunsch der Mutter bestärkt Hong immer wieder, daß er das Richtige tun, wenn unterwegs Zweifel oder Schwierigkeiten auftauchen. Als Hong sich nach der bestandenen Distriktprüfung Sorgen macht, ob sein Bruder ihn auch noch brauchen wird, wenn er erst die Palastprüfung in Peking bestanden hat, hilft ihm folgender Gedanke: »Mutter würde sich wünschen, daß wir die Sache zu Ende bringen. Was dann passiert, mochten die Götter entscheiden« (S. 177). Als Hong gar nicht mehr weiter weiß, weil Chen sich entschlossen hat, Lehrling eines Erfinders zu werden, in dessen Tochter er sich verliebt hat, wendet er sich über eine Wahrsagerin an den Geist seiner Mutter, »einen weisen und wohlwollenden Geist« (S. 275). Die Mutter fordert ihn auf, mit Chen zu reden (S. 280). Das anschließende Gespräch zwischen den Brüdern erscheint zunächst erfolglos. Aber auch Chen kann sich dem Wunsch der Mutter nicht so leicht entziehen:

»Geh nach Beijing. Mutter wollte es. Ich war dabei, als sie starb, und es war ihr letzter Wunsch. Ich habe es ihr versprochen.«
»Es war dein Versprechen, nicht meines«, stellte Chen nüchtern fest.
»Aber es war ihr Wunsch, nicht meiner.«
Für eine Weile sagte keiner der beiden etwas (S. 281).

Daß der Vater zum Trinker und Spieler geworden ist, wird mit der Bindung an seine Frau in Verbindung gebracht (*Kategorie* 6): »[...], bevor der Tod der Mutter aus seinem gramgebeugten Vater einen Säufer und Spieler gemacht hatte« (S. 14 u. 42).

Da für Chen die Frauen ebenso wichtig sind wie das Studium der Klassiker[13], ist die Weiterreise immer wieder durch seine Bindung an Frauen gefährdet. Auch wenn Hong jedesmal alles tut, um Chen zur Weiterreise zu bewegen, respektiert er dabei Chens Bindung an Frauen (S. 168; *Kategorie* 4).

Hong zeigt die Bindung an seine Mutter im Gespräch mit deren Geist, vermittelt durch die Wahrsagerin (*Kategorie 6*). Bevor er zu seinem Anliegen kommt, fragt er die Mutter, ob sie dort glücklich sei, wo sie jetzt ist. Am Ende des Gesprächs steht sein Aufschrei: »Mutter! Bleib da! Du fehlst mir!« (S. 280)

Die Bindung zwischen männlichen Personen (*Kategorie 3*) wird in diesem Buch auf besonders eindrückliche Weise dargestellt. Der Kummer beider Brüder über die fehlende Nähe zum Vater wird offensichtlich in ihrem Gespräch über die Gefahr einer Heuschreckenplage in ihrer Heimat:

»Was mich betrifft«, sagte Hong, »Sorgen mache ich mir nur wegen einiger weniger. Große Schwester, Wuijang und vielleicht noch ein paar. Und Vater«, fügte er hinzu. Nach einem langen Schweigen, er starrte dabei auf den Boden, schaute Hong hinüber zu seinem Bruder, in dessen Augen die Tränen standen (S. 149).

Hong verachtet seinen Bruder manchmal, wenn er in der Welt der Verse versinkt, »weil hier einer an der Welt vorbeilebte, so wie sie war – eine solche Verachtung empfand er auch dem Vater gegenüber« (S. 84/85). An einer anderen Stelle wird deutlich, daß auch hinter diesem Gefühl der Verachtung die Sehnsucht nach Nähe steht: Als Hong sich mit einem Kaufmann angefreundet hat, ist es für ihn eine beglückende Erfahrung, als der alte Mann den Arm um seine Schulter legt:

Hong lief auch ein Freudenschauer über den Rücken, aber nicht wegen irgendwelcher Glücksaussichten. Es war wegen der Berührung des alten Mannes, der seinen Arm so vertraulich auf seine Schulter legte. Und es gab Hong einen Stich, daß sein eigener Vater nie etwas Ähnliches gemacht hatte (S. 182).

Die beiden Brüder lernen erst im Verlauf ihrer Reise, ihre Bindung aneinander durch Worte und Gesten auszudrücken. Zunächst erfahren wir darüber nur etwas durch den Autor:

Ständig kritisierte er Zweiter Bruder, trotz ihrer vier Jahre Altersunterschied. Er schnitt Grimassen über die offenkundige Torheit seines älteren Bruders und schalt ihn sogar in der Öffentlichkeit – eine Verletzung der Bruderliebe, die die Alten des Dorfes empörte –, aber wenn jemand anzudeuten wagte, Chen sei undankbar oder nicht wirklich begabt, wurde Hong böse und manchmal richtig wütend. [...] Zur Verteidigung seines älteren Bruders war Hong bereit, sich mit jedem anzulegen (S. 15).

Erst nach einer längeren Trennung, verursacht durch die Gefangennahme durch Piraten, können die Brüder über ihre Bindung aneinander sprechen:

Chen sah verwahrlost aus mit der zerrissenen, geschwungenen Kappe und dem schmutzigen Gewand; gleichwohl erkannte man in ihm den außergewöhnlichen Gelehrten. Es war eine Ehre, der Bruder eines solchen Mannes zu sein.
»Du hast mir gefehlt«, sagte Hong zu ihm.
Chen drehte sich um und lächelte ihn an. »Als ich gefangen war, habe ich stets an dich gedacht. Ich habe an dich mit den Worten des großen Dichters Li Yu gedacht: ›Der Schmerz der Trennung ist wie Frühlingsgras. Wie weit ich auch gehe, ich spüre sein stetes Wachsen‹« (S. 257/258).

Als die Brüder sich am Ende ihrer gemeinsamen Reise voneinander verabschieden, können sie ihre Bindung aneinander offen zeigen:

»[...] Ich sehe dich in Qufu, wie du durch den Pinienhain wandelst und an deinen Meister denkst, der gleich in der Nähe ruht. Ich sehe es und bin glücklich.« Er verschnürte sein Bündel. »Aber ich werde dich auf der Landstraße vermissen. Erinnerst du dich an die vielen hundert Kilometer – nie wußte man, was einen als nächstes erwartete? Wir waren gute Reisegefährten.«
»Das waren wir, Dritter Bruder. Schreib mir. Wirst du mir bitte oft schreiben?«
»Das Schreiben mußt vor allem du übernehmen. Aber ich werde dich immer wissen lassen, wo ich mich aufhalte. Leb wohl, Gege.«
»Leb wohl, Didi. Warte, Didi.« Chen umarmte ihn. »Vielen Dank, daß du mich hierher gebracht hast«, sagte Zweiter Bruder mit zitternder Stimme« (S. 281).

Zusammenfassung

Daß sich zwei männliche Personen in ihrem Denken, Sprechen oder Handeln an einer weiblichen Person orientieren, kommt auch in der Kinderliteratur selten vor, in diesem Sample nur in neun Büchern von 270. Wie der Respekt vor Bindung an eine weibliche Person (Kategorie 4) scheint auch weibliche Autorität nur dort unter männlichen Personen sichtbar werden zu dürfen, wo sie miteinander eine Beziehung haben, in der Nähe möglich ist (Kategorie 3). Offensichtlich können Männer und Jungen voreinander erst dann zugeben, daß Frauen und Mädchen für sie wichtig sind, wenn sie dazu in der Lage sind, sich gegenseitig Gefühle zuzugestehen. Dabei scheint es noch etwas einfacher zu sein, Bindung an eine weibliche Person zu zeigen, als dazu zu stehen, daß Aussagen, Urteile und Entscheidungen von weiblichen Personen Einfluß auf Männer und Jungen haben. Denn von klein auf lernen Jungen, daß sie als »Muttersöhnchen« oder »Pantoffelhelden« von ihren Geschlechtsgenossen verspottet und von Frauen und Mädchen möglicherweise verachtet werden, wenn sie sich dazu bekennen.

In welchem Lebensbereich sich der Einfluß einer weiblichen Person in den vorgestellten Büchern bemerkbar macht, halte ich nicht für wesentlich. Auf keinen Fall sollten daraus neue Festlegungen abgeleitet werden über Verantwortlichkeiten und Zuständigkeiten der Geschlechter. In »Der Stern der Cherokee« ist die Großmutter für Großvater und Enkel Autorität in bezug auf Sprache, Bildung und kulturelle Überlieferung. In »Krücke« akzeptieren ein junger Mann und ein Dreizehnjähriger die Entscheidungen einer jungen Frau, die dazu führen, daß sie nach den Wirren des Kriegsendes wieder in ein geregeltes Leben zurückkehren. In »Die Prüfung« richten sich zwei Brüder nach dem Wunsch der verstorbenen Mutter, dem älteren der beiden das Bestehen der höchsten Prüfung zu ermöglichen.

5.3.6. Bindung einer männlichen Person an eine weibliche Person (Kategorie 6)

Kirsten Boie: »Paule ist ein Glücksgriff«

Der Erstkläßler Paule wurde von seinen jetzigen Eltern adoptiert, als er vier Wochen alt war. Sein leiblicher Vater war Afrikaner,

Paule hat eine dunkle Hautfarbe. Durch sein anderes Aussehen und das Wissen darum, daß er ein Adoptivkind ist, bekommen manche Alltagskümmernisse für ihn existentielle Bedeutung. Vor allem die Mutter, aber auch der Vater, die Großeltern und der Freund Andreas helfen Paule, daß er sich nicht durch die Vorurteile in seiner Umgebung daran hindern läßt, sich in seiner Familie und in seiner Welt sicher und geborgen zu fühlen.[14]

Bei der Mutter kann Paule sich erstmal ausweinen und dann trösten lassen:

Plötzlich hat er so ein warmes Gefühl, als ob er weinen muß.
»Ich soll Kaspar sein!« ruft er und wirft seine Arme ganz fest um Mamas Bauch, so daß sie fast umgefallen wäre. Seine Stimme wackelt schon, und dann kommen auch die Tränen.
Ein Glück, daß Mama ganz lange warten kann, bis er ihr alles erklärt hat, und daß sie gar nicht ungeduldig wird. Sie knuddelt ihn nur ein bißchen, wenn er vor Weinen nicht reden kann, und nach und nach versteht sie die ganze Geschichte (S. 22).[15]

»War's schön?« fragt Papa, und Mama guckt Papa böse an, und Paule merkt, daß seine Stimme jetzt bestimmt wackelt, und deshalb nickt er nur und rennt ganz schnell die Treppe rauf in sein Zimmer. Da wirft er sich aufs Bett mit dem Gesicht ins Kissen, und Mama kommt und nimmt ihn in den Arm (S. 57).

Paule ist froh, daß seine Kusine Janne, die in den Ferien zu Besuch ist, kein Heimweh hat, »sonst würde Mama sie vielleicht den ganzen Tag auf dem Schoß haben und trösten« (S. 53). Doch dies ist nicht der einzige Grund, warum er mit Janne spielt. Schon als sie ankommt, nimmt er wahr, daß sie »traurig, allein und klein und so« aussieht, und als sie ihn anlächelt, gefällt sie ihm so gut, daß er sie »immerzu beschützen« möchte und »machen, daß sie nicht traurig ist, aber wie das gehen soll, sagt einem keiner« (S. 49). Sogar langweilige Spiele spielt er mit Janne gern, und aufs Fußballspielen verzichtet er, da Janne das langweilig findet (S. 52/53). Als Janne bei einem Kindergeburtstag anstatt mit ihm mit dem Geburtstagskind tanzt, ist Paule sehr traurig und so tief gekränkt, daß er sich nicht einmal von ihr verabschiedet, als sie am nächsten Tag wieder abreist (S. 56-58).

Anfänglich ist Paule nicht begeistert, als er eine einjährige Adoptivschwester bekommt, da er sich einen gleichaltrigen Bruder gewünscht hat. Aber es rührt ihn, daß Ulla sich freut, wenn sie ihn sieht (S. 99-101). Als der Opa ihm ein Meerschweinchen schenkt, obwohl er sich einen Hund gewünscht hat, faßt er zusammen, was er inzwischen über Bindung gelernt hat:

Es ist wie mit der Ulla, denkt er. Zuerst denkt man, man kriegt einen Bruder, und dann ist es nur die Ulla. Aber dann mag man sie plötzlich doch und will sie gar nicht wieder hergeben (S. 128).

Nachdem die Mutter Paule erklärt hat, daß es Situationen gibt, in denen eine Mutter ihr Kind weggibt, weil es das Kind dann besser hat als bei ihr, daß sie es also tut, weil sie ihr Kind liebhat, kann Paule das »ein bißchen« verstehen:

»Und dann ist die Mutter ganz traurig«, sagt Paule.
Mama nickt. »Ich denke schon, ja«, sagt sie und drückt Paule ein bißchen. Darüber hat Paule noch nie nachgedacht, daß seine erste Mutter vielleicht unglücklich war, als sie ihn weggegeben hat. »Meinst du, sie ist immer noch traurig?« fragt er. Das wäre nicht gerecht. Wo es Paule gutgeht und Mama und Papa auch, soll für seine erste Mutter auch alles in Ordnung sein.
»[...] Ich hoffe, sie ist nicht mehr oft traurig.«
Das hofft Paule auch. Eigentlich möchte er sie jetzt ganz schnell mal kennenlernen. Dann könnte er sie zur Not trösten (S. 122/123).

Paules Bindung an seinen Freund Andreas wirkt sich dahingehend aus, daß Unternehmungen »noch schöner« sind, wenn dieser dabei ist (S. 39 u. 77; *Kategorie 3*). Ob Andreas Paule zuliebe den Kaspar spielt oder weil er die Rolle gern haben möchte, erfahren wir nicht (S. 24). Paule ist auch gern mit seinem Vater zusammen, und dieser hat ihn gern dabei, auch wenn er nicht beim Jäten hilft. Es macht auch nichts, daß der Vater recht unbeholfen ist bei seinem Versuch, Paule zu erklären, warum die Mutter nicht seine Stiefmutter ist (S. 59-63).

In folgender Szene fordert Paule von Andreas Respekt für Janne, weil er sie liebgewonnen hat (*Kategorie 4*):

»Die redet aber komisch«, sagt Andreas, als Janne sich unten bei Mama etwas zu trinken holt.

»Bist du blöd?« fragt Paule energisch. »Da reden die doch alle so. Und es klingt außerdem sehr schön. Weich und zierlich.«
Andreas zuckt die Achseln.
»Ich find's komisch«, sagt er.
»Weil du keine Ahnung hast!« sagt Paule wütend. »Man sagt so was nicht! Die ist doch dann traurig!«
»Aber Janne kann das doch gar nicht hören«, sagt Andreas verblüfft.
»Aber ich«, sagt Paule und geht lieber auch nach unten (S. 51/52).

Außer von seinem Opa, der gern »unfeine« Ausdrücke benutzt, lernt Paule in diesem Buch ausschließlich von Frauen und Mädchen (*Kategorie* 7). Die Mutter versichert ihm, daß Engel, falls es sie gibt und falls sie wie Menschen aussehen, jede Haut- und Haarfarbe haben. Trotzdem kann Paule nicht verlangen, daß er der Engel Gabriel sein darf, wenn die anderen Kinder jemand anderen in diese Rolle wählen (S. 22/23).

Paule ärgert sich, als die Mutter gleich mit ihm schimpft, »ohne überhaupt zu fragen, was los war«. Denn sie hat ihm beigebracht, daß man immer zuerst fragen muß, bevor man jemanden beschuldigt. Als die Mutter dann erfährt, daß er den Spruch »Ausländer raus« mit Autolack übersprüht hat, sagt sie zu dem Polizisten, der Paule gebracht hat: »Da hätten Sie dem Kind vielleicht lieber helfen sollen« (S. 69/70).

Da es Paule gefällt, wie hübsch sich Janne für den Kindergeburtstag anzieht, ist er unzufrieden, daß er ein Hemd und eine Hose anziehen muß, die er sonst auch immer anhat. Er möchte sich auch für das Fest schönmachen (S. 54).

Patricia MacLachlan: »Ein Meer für Sarah«

Auf einer Farm im amerikanischen Mittelwesten leben in der Zeit vor der Industrialisierung in der Landwirtschaft Anna, ihr kleiner Bruder Caleb und ihr Vater Jacob. Die Mutter ist gleich nach Calebs Geburt gestorben. Die Erinnerung an die Zeit, als die Mutter noch lebte, wird durch Erzählungen wachgehalten. In einer Ich-Erzählung berichtet Anna über die Zeit, in der Sarah von der Ostküste probehalber bei ihnen lebt, bevor sie sich entscheidet, Jacobs Frau zu werden. Von Anfang an merken die Kinder, daß Sarah nur dann bei ihnen bleibt, wenn Sarahs Bindung an sie stärker ist als ihr Heimweh nach dem Leben am Meer.

Obwohl es Jacob, Anna und Caleb miteinander gutgeht (S. 8/9), fehlt »das Singen«, seit die Mutter nicht mehr da ist:

»Hat Mama wirklich jeden Tag gesungen?«, fragte Caleb. »Jeden und jeden Tag?« [...]
»Jeden und jeden Tag«, bestätigte ich ihm zum zweitenmal in dieser Woche. Zum zwanzigstenmal in diesem Monat. Zum hundertstenmal in diesem Jahr? Und in den Jahren zuvor?
»Und hat Papa auch gesungen?«
»Ja. Papa hat auch gesungen. [...]« (S. 5).

Um sich wieder an »die alten Lieder« zu erinnern, hat der Vater eine Anzeige aufgegeben. Sarahs Antwortbrief liest er den Kindern vor. Obwohl Sarah schreibt, daß sie nicht »sanft und unterwürfig« ist, freuen sich Anna und Caleb über den Brief (S. 11). Alle drei beantworten Sarahs Brief, und jeder erhält wiederum Antwort. Ob Sarah singt, ist die wichtigste Frage der Kinder (S. 13).

Als der Vater Sarah abholt, kämmt er sich »die Haare so glatt und glänzend, daß Caleb lachte«, zieht ein sauberes blaues Hemd an und trägt einen Gürtel anstelle von Hosenträgern (S. 19). Eines Abends ist es dann »Zeit zum Singen«. Sarah bringt allen ein neues Lied bei. »Sogar Papa sang, als hätte er nie etwas anderes getan« (S. 30). Nachdem Sarah erzählt hat, wieviel Spaß sie und ihr Bruder beim Herunterrutschen von den Sanddünen hatten, erklärt Jacob die Heuhaufen im Stall zur Sanddüne und fordert Sarah auf, von dort herunterzurutschen (S. 34/35). Er pflückt Gänseblümchen für Sarah (S. 41) und bringt ihr die ersten Rosen (S. 46). Während eines schweren Sturms sucht Jacob Sarahs Nähe, nachdem sie ihm versichert hat, es werde schon alles gutgehen:

Papa sagte nichts. Aber er legte den Arm um sie, beugte sich vor und legte sein Kinn auf ihr Haar. Ich machte die Augen zu. Plötzlich konnte ich mich daran erinnern, wie Papa und Mama so dagestanden hatten. Mama war kleiner gewesen als Sarah, sie hatte den Kopf mit dem blonden Haar an Papas Schulter gelehnt. Als ich die Augen wieder aufmachte, war es Sarah, die dort stand. Caleb sah mich an und lächelte und lächelte, bis er gar nicht mehr breiter lächeln konnte (S. 53).

Caleb zeigt von allen dreien am offensten, wie sehr er sich wünscht, daß Sarah bleibt, und wieviel Angst er hat, daß es ihr nicht bei ihnen gefallen könnte (S. 15, 16, 20, 51). Aufmerksam registriert er jedes Zeichen, das dafür spricht, daß Sarah bleiben könnte (S. 27, 29). Als Sarah ihrem Bruder William geschrieben hat: »Unsere Heudüne kann man fast genausogut hinunterrutschen wie die Sanddünen am Meer«, ist Caleb froh:

Caleb lächelte mir über den Tisch hinweg zu. Er sagte nichts, aber er formte mit den Lippen die Worte, die ich auch gehört hatte. *Unsere Heudüne* (S. 35).

Caleb möchte nicht, daß der Vater Sarah das Kutschieren und Reiten beibringt, weil Sarah angekündigt hat, daß sie dann allein in die Stadt geht. Er befürchtet, daß sie dort eine Fahrkarte kauft, um ans Meer zurückzukehren. Als Sarah spätabends von ihrem Ausflug zurückkommt, bricht Caleb in Tränen aus:

Sarah nahm ihn in die Arme, und er heulte in ihr Kleid. »Und wir haben gedacht, das Haus ist zu klein! Und ich bin laut und lästig!«
Über Calebs Kopf hinweg sah Sarah zu Papa und mir hin.
»Wir haben geglaubt, du wolltest vielleicht wieder fort von uns«, sagte Papa. »Weil dir das Meer fehlt« (S. 60).

In dem Wunsch Calebs und seines Vaters nach einer Frau, die bei ihnen lebt, ist ihre Verbundenheit miteinander spürbar (S. 5, 10, 53; *Kategorie 3+4*).

Da Sarah sehr genau weiß, was sie will, müssen Caleb und sein Vater einige überholte Vorstellungen verändern (*Kategorie 7*):

»Es wird angenehm sein, eine Katze im Stall zu haben«, sagte Papa. »Wegen der Mäuse.«
Sarah lächelte. »Es wird auch angenehm sein, eine Katze im Haus zu haben«, sagte sie (S. 23).

»Frauen tragen doch keine Overalls«, sagte Caleb, der hinter ihr herlief wie eins von Sarahs Hühnern.
»Diese Frau hier schon«, sagte Sarah knapp (S. 48).

»Ich muß das Dach vom Wohnhaus reparieren. Ein Stück davon ist lose. Und es kommt ein Sturm.«
»Wir«, sagte Sarah.
»Wie bitte?« Papa drehte sich um.

»*Wir* werden das Dach reparieren«, sagte Sarah. »So was habe ich auch schon früher gemacht. Mit Dächern kenne ich mich aus. Ich bin ein guter Zimmermann. Das hab ich dir doch gesagt, weißt du noch?« (S. 50).

Als die Kinder fragen, warum Sarah weggefahren ist, antwortet der Vater seufzend und mit »zusammengekniffenen Augen«:

»Sarah ist Sarah. Die läßt sich nicht dreinreden, wißt ihr.«
»Ich weiß«, sagte Caleb sehr leise (S. 58).

Zusammenfassung

In »Paule ist ein Glücksgriff« und in »Ein Meer für Sarah« wird gezeigt, welche Bedeutung Frauen im Leben von männlichen Personen haben. Mit der Bindung an eine Frau bzw. ein Mädchen ist in beiden Büchern auch die Möglichkeit verbunden, von weiblichen Personen zu lernen.

5.3.7. Weibliche Autorität in einer Beziehung zwischen einer weiblichen und einer männlichen Person (Kategorie 7)

Kirsten Boie / Jutta Bauer: »Juli und das Monster«

Juli traut sich zu Hause nicht aufs Klo, weil er Angst vor einem Monster hat, das aus der Kanalisation kommen und ihn beißen könnte. Die Angst geht nicht weg, als die Mutter sagt, es gäbe keine Monster. Im Kindergarten kann Juli normalerweise mit anderen zusammen aufs Klo gehen. Aber tags zuvor hat ihn die Kindergärtnerin beschimpft, als sie ihn mit Nina und Katrin dort erwischte. Während er noch versucht, jemanden zu finden, der mitgeht, macht er mitten im Gruppenraum des Kindergartens in die Hose. Als er in einer Ersatzhose aus dem Erzieherinnenzimmer zurückkommt, und alle über ihn lachen und »Baby« zu ihm sagen, geht er mit Fäusten auf die Kinder los. Juli wird in die Fensterecke geschickt, mit den anderen Kindern geht die Erzieherin hinaus. Nur Katrin ist heimlich dageblieben. Zuerst droht Juli, ihr die Nase blau zu schlagen, wenn sie nicht abhaut, aber dann läßt er sich doch auf ein Gespräch mit ihr ein. Er erfährt von ihr, wie er mit dem Monster fertigwerden kann:

Aber Katrin haut überhaupt gar nicht ab.
»Ich hab mir auch mal in die Hose gemacht«, sagt Katrin. »Im Kaufhaus. Da war mir das Klo so eklig.«
»Hau ab!« sagt Juli wieder. Aber das von der blauen Nase sagt er nicht noch mal.
»Hier sind die Klos ja nicht eklig«, sagt Katrin. »Hier geh ich immer.«
»Im Klo sitzt ein Monster«, murmelt Juli. »Vielleicht.«
Jetzt muß Katrin sagen, daß es keine Monster gibt. Und schon gar nicht im Klo. Aber das sagt Katrin nicht.
»Ich weiß«, sagt Katrin. »Bei uns zu Hause auch.«
»Bei euch zu Hause auch?« fragt Juli verblüfft. »Und was machst du da?«
»Ich pinkel ihm auf den Kopf«, sagt Katrin zufrieden. »Und dann haut es ab.«
»Ehrlich wahr?« fragt Juli ungläubig. »Und dann haut es ab?«
»Heilig geschworen«, sagt Katrin, [...].

Juli probiert »den Trick« zu Hause gleich aus. Das Monster mag es nicht, als Juli ihm auf den Kopf pinkelt. Von da an ist es verschwunden, »für immer und immer«.

Guus Kuijer: »Erzähl mir von Oma«

Die Mutter von Masliefs Mutter ist gestorben. Maslief hat sie kaum gekannt. Sie wundert sich, daß ihre Mutter nicht traurig ist, und erfährt, daß die Oma »nicht lieb« war. Ihr Opa, der zunächst bei ihnen lebt und den Maslief dann in sein Haus begleitet, gibt ebenfalls nur zögernd Auskunft über das Leben seiner Frau. Maslief will jedoch herausfinden, warum die Oma so streng, steif, putzwütig und humorlos geworden ist. Durch ihre Detektivarbeit hilft sie auch ihrer Mutter und deren Bruder, daß diese ihre Mutter besser verstehen können. Der Opa kann gegenüber seinen Kindern sein Bedauern darüber äußern, daß er die Stärken seiner Frau nicht wertschätzen konnte und ihr damit auch keine Möglichkeit bieten konnte, diese Stärken sinnvoll einzusetzen.

Masliefs Fragen ermöglichen es ihrem Opa, sich mit den Schuldgefühlen auseinanderzusetzen, die er gegenüber seiner verstorbenen Frau hat. Sie »führt« die Untersuchung und ist dadurch Autorität. Seine Versuche, sich hinter seinem Erwachsenenstatus zu verstecken, kritisiert sie. Bevor Opa und sie das leere Haus betreten, in dem er mit seiner Frau gelebt hat, gesteht Opa Maslief, daß er davor Angst hat. Später kann er sich angeblich nicht mehr daran erinnern:

»Hast du noch Angst?« fragt Maslief.
»Ich?« fragt Opa. »Ich hab niemals Angst. Erwachsene dürfen keine Angst haben.«
»Aber vorhin hast du doch gesagt ...« stottert Maslief.
»Ich? Hab ich gesagt, daß ich Angst hab? Also wirklich, du kannst ja phantasieren, sag mal.«
Maslief schaut ihn an. »Du machst dich über mich lustig«, sagt sie ruhig.
Da muß Opa drüber nachdenken. Lange. »Es tut mir leid«, sagt er. »Ich tu's nicht wieder« (S. 45).

Auf Masliefs Frage, ob die Oma denn lieb war, als er sie geheiratet hat, antwortet er:

»Lieb, lieb«, sagt er. »Das ist nicht das richtige Wort, glaub ich. Weißt du, wenn wir zwanzig Kilometer gelaufen waren, dann wollte sie noch mal zwanzig Kilometer. Und ich, ach, ich war mehr von der ruhigeren Sorte. Morgen ist auch noch ein Tag, und so.«
Maslief denkt nach. Sie sieht Oma vor sich. Immer vorneweg, und Opa trabt hinterher. Ein komisches Bild. Fast muß sie darüber lachen. [...]
»*Sie* war kein Tourist, das stimmte schon. Mehr so eine Art Forschungsreisender« (S. 37/38).

Erst jetzt begreift Masliefs Opa, daß seine Frau auf zuviel verzichtet hat, weil sie ihn »lieb hatte«:

»Deine Oma«, fängt er an, »deine Oma, die wollte lieber in der Stadt wohnen. Sie wollte viel lernen und viel sehen, verstehst du?
Aber ich war jung, und ich hab das nicht verstanden. Ich hab gesagt: ›Wozu willst du lernen? Wir sind verheiratet, wir haben ein Haus, und ich hab Arbeit.‹ Das hab ich gesagt. Ich hab's einfach nicht verstanden.«
»Was nicht verstanden?« fragt Maslief.
»Daß es nicht gut für sie war, in einem Dorf zu wohnen und zu Hause

zu sitzen. Mußt du dir mal vorstellen: ein Forschungsreisender, der immer zu Hause bleiben muß!« (S. 47)

Bevor Maslief, ihre Mutter und ihr Onkel Wimm wieder abreisen, möchte der Opa noch einmal über seine Frau Marie sprechen, um etwas loszuwerden, was er nicht »mit sich allein abmachen« kann. Es ist der Kummer darüber, daß er nicht auf seine Frau gehört, sie nicht ernst genommen hat:

»Sie hat mir allerhand Geschichten erzählt. Was wir alles miteinander unternehmen könnten. Schöne Geschichten. Ach ja.«
Opa schweigt. Er sieht müde aus. Vielleicht muß er sich zwischendurch ein bißchen erholen.
»Ich hab das alles nie so richtig begriffen. Aber das hab ich erst gegen Ende gemerkt. Als sie im Sterben lag.
Wir haben nie viel miteinander geredet. Vor allem in den letzten Jahren nicht mehr. Rheumatismus, wißt ihr, das sind Schmerzen. Das hat sie alles ganz für sich allein durchgestanden. [...]
Ich saß neben ihr. Den ganzen Tag. Ich sah sie an, und ich wußte kaum was zu sagen.
Aber am allerletzten Tag konnte ich es nicht mehr aushalten.
Ich sagte: ›Marie, es tut mir so leid.‹
Sie sah mich an. Ganz lange. Ich dachte schon, es käme keine Antwort mehr.
Dann sagte sie: ›Still, mein Junge.‹ Sie schob ihre steife Hand auf meine. Danach haben wir nichts mehr gesagt« (S. 111/112).

Wie wichtig es für Masliefs Opa ist, daß seine Frau ihm verziehen hat, soll auch sein Sohn Wimm erfahren. Dieser möchte eigentlich nicht, daß Masliefs Opa über seine Frau spricht. Wimm versucht daher immer wieder, das Thema zu wechseln (S. 94 u. 110). Daß sein Vater so sehr an seine Frau gebunden war, ist ihm peinlich. Doch Opa steht zu seiner Bindung, er verteidigt auch die Strenge seiner Frau gegenüber ihren Kindern, da er weiß, wie schwer es ihr fiel, diese Strenge durchzuhalten (S. 94; *Kategorie 4*).

Opa bedauert es, daß er nicht stolz auf seine Frau war, nachdem sie dafür gesorgt hatte, daß sein Chef ihn nicht mehr schikanierte. Die spöttische Bemerkung eines Kollegen »Mit Willem darfste keinen Streit anfangen, der schickt seine Frau auf dich los« hatte sogar dazu geführt, daß er seine Frau angeschrien hatte:

»Heute verstehe ich das überhaupt nicht mehr. Denn jetzt, als alter Mann, jetzt weiß ich erst, warum die so eifersüchtig auf mich waren. Weil deine Oma *so* 'ne Frau war. Darum.«
Und er hält den ausgestreckten Daumen in die Luft (S. 64/65; *Kategorie 5*).

Gegenüber Maslief zeigt Opa, wie sehr ihm seine Frau fehlt:

»Warum konntest du denn nicht schlafen?« fragt sie.
»Ich war traurig«, antwortet Opa.
»Das hab ich mir gedacht«, sagt Maslief. »Haste geweint?«
»Ja.«
»Weißt du, was du dann tun mußt? Dann mußte Licht machen. Und dann rufst du Mama.«
Opa schüttelt den Kopf. »Das ist lächerlich«, sagt er. »Dazu bin ich zu alt.«
Darauf weiß Maslief nichts mehr zu sagen. Opa hat recht. Wenn man alt ist, kann man nicht mehr nach der Mutter rufen. Nicht mal, wenn einem sterbensangst ist, mitten in der Nacht (S. 19/20; *Kategorie 6*).

Daß Maslief und ihre Mutter sich über die Oma unterhalten, ist nur möglich, solange sie sich gegenseitig respektieren. Als Maslief sagt, sie finde es verrückt, daß ihre Mutter nicht weint über den Tod ihrer Mutter, bekommen sie fast Streit. Maslief kann es kaum verstehen, daß es möglich ist, daß man seine eigene Mutter nicht gern hat (S. 7-9; *Kategorie 1*). In einem Brief an ihre Mutter macht sie sich Gedanken, ob sie vielleicht später auch einmal mit ihrer Mutter »Streit kriegt«. Sie hat verstanden, daß ein solcher Streit entsteht, wenn beide »eigensinnig« sind und nicht respektieren, daß man auch anders sein kann (S. 68/69). Später bestätigt Masliefs Mutter Masliefs Vermutungen: »Sie hielt nichts von den Kleidern, die ich trug, und nichts von meinen Freunden. Sie fand eigentlich überhaupt nichts gut« (S. 90).

Maslief findet es schade, daß sie die Oma jetzt nicht mehr fragen kann, »wenn man groß ist, was man tun muß« (S. 108; *Kategorie 2*). Mit der Frage, ob ihre Oma vielleicht glücklich geworden wäre, wenn sie sich von Opa getrennt hätte, wendet sie sich an ihre Mutter. Das Urteil der Mutter ist Maslief auch wichtig in der Frage, ob sie selbst Oma ähnlich ist. Als die Mutter meint, Maslief sei »schmusiger« als die Oma, und ihr klarmacht, wie viel das Schmusen in den Beziehungen verändert, kommt Maslief auf die Idee, daß die Oma das Schmusen vielleicht von ihr hätte lernen können:

> »Doch schade, daß sie jetzt tot ist«, sagt Maslief. »Vielleicht hätte ich es ihr zeigen können, das Schmusen.« Sie traut sich nicht, ihre Mutter anzusehen. Sie findet sich selbst ziemlich vorlaut. Aber zum Glück lacht ihre Mutter sie nicht aus. Sie sagt: »So was – daran hab ich überhaupt noch nicht gedacht. Vielleicht hättest du's geschafft« (S. 101-104).

Zusammenfassung

Weibliche Autorität in Beziehungen zwischen einer männlichen und einer weiblichen Person kommt zwar in dem analysierten Material recht häufig vor – in 37% der analysierten Bücher –, es besteht jedoch die Gefahr, daß sie ebensowenig wie im Alltag als solche wahrgenommen wird. So kann es in den hier vorgestellten Büchern bei oberflächlicher Interpretation geschehen, daß die weibliche Autorität hinter den anderen Aspekten der jeweiligen Beziehung verschwindet: Die Autorität der Mütter kann relativiert werden, indem so getan wird, als sei sie auf den vorübergehenden Zustand der Kindheit begrenzt. Die Autorität von Partnerinnen in einer Liebesbeziehung wird dadurch abgeschwächt, daß oft unklar bleibt, ob eine männliche Person den Vorschlägen einer weiblichen folgt, um einfach in ihrer Nähe sein zu können (also aufgrund der Bindung), oder ob sie sich wirklich an ihren Maßstäben orientiert bzw. sich damit auseinandersetzt. Da die Bindung in Beziehungen zwischen Männern oft versteckt wird, scheint dort die einzige Motivation, sich an einer anderen Person zu orientieren, deren Autorität zu sein. Es wird so getan, als handle es sich um eine völlig autonome Entscheidung, die nichts mit Bindung zu tun hat.

In dem Bilderbuch »Juli und das Monster« lernt ein Junge von einem gleichaltrigen Mädchen, wie er sich von seiner Angst vor einem Monster befreien kann. In »Erzähl mir von Oma« kann Masliefs Großvater die Größe seiner Frau erst nach deren Tod anerkennen, nachdem er in den Gesprächen mit seiner Enkelin gelernt hat, die Bindung an seine Frau nicht mehr zu verstecken.

5.4. Gesamtdarstellung des analysierten Materials

In der folgenden Zusammenstellung bedeutet Kl. die Klassenstufe (1-3, 4-6, 7/8 oder 9/10), für die das Buch empfohlen wird. Mit der Klassenstufe + E bezeichne ich Bücher, die m.E. eher oder auch für Erwachsene geeignet sind, die also z.B. von (zukünftigen) Erziehungs- und Lehrpersonen gelesen werden sollten. Unter Prot. folgt die Angabe, ob der Protagonist/die Protagonistin männlich oder weiblich (m oder w) ist oder ob die männliche und weibliche Perspektive etwa gleich stark vertreten ist (m+w). Die im Buch gestalteten Beziehungen werden unter Bez. (ww, mm, wm/mw) aufgeführt. Schließlich werden unter Kategorie (Kat. 1-7) diese Beziehungen folgendermaßen in Verbindung mit den genannten qualitativen Merkmalen gesetzt:

1. Respekt in einer Beziehung zwischen zwei weiblichen Personen
2. Weibliche Autorität in einer Beziehung zwischen zwei weiblichen Personen
3. Bindung in einer Beziehung zwischen zwei männlichen Personen
4. Respektvoller Umgang mit Bindung an eine weibliche Person in einer Beziehung zwischen zwei männlichen Personen
5. Weibliche Autorität in einer Beziehung zwischen zwei männlichen Personen
6. Bindung einer männlichen Person an eine weibliche Person in einer Beziehung zwischen einer männlichen und einer weiblichen Person
7. Weibliche Autorität in einer Beziehung zwischen einer männlichen und einer weiblichen Person

Kursiv gedruckt sind die Kategorien, die im vorhergehenden Kapitel erwähnt bzw. belegt werden.

Aiken, Joan (1995): Die Wendeltreppe. Kl. 1-3; Prot. w; Bez. ww, wm; Kat. 2, 7

Dies. (1995): Ferien mit Mortimer. Kl. 1-3; Prot. w; Bez. ww, wm; Kat. 7

Allfrey, Katherine (1970): Delphinensommer. Kl. 4-6; Prot w; Bez. ww, wm; Kat. 1, 2, 6

Amir, Eli (1994): Nuris Vorstellung. Kl. 7/8; Prot. m; Bez. mm, mw, Kat. 3, 7

AVI (1993): Sturmvogel. Kl. 4-6; Prot. m; Bez. mw, mm; Kat. 7

Bakker, Piet (1987): Ciske, die Ratte. Kl. 9/10+E; Prot. m; Bez. mm, mw; Kat. 3, 6

Bauer, Marion Dane (1987): Der Angst hat, bist doch du. Kl. 7/8; Prot. m; Bez. mm, mw; Kat. *3*, 6

Bernhard-von Luttitz, Marieluise (1986): Bumfidelgeschichten. Kl. 1-3; Prot. m; Bez. mw, mm; Kat. 6

Bexell, Eva (1981): Ein Freund ist ein Freund. Kl. 4-6; Prot. m; Bez. mw, mm; Kat. 3, 4, 6

Bittner, Wolfgang (1994): Die Insel der Kinder. Kl. 4-6; Prot. m+w; Bez. mw/wm, mm, ww

Boie, Kirsten (1985): Paule ist ein Glücksgriff. Kl. 1-3; Prot. m; Bez. mm, mw; Kat. *3*, *4*, 6, 7

Dies. (1986): Mit Jakob wurde alles anders. Kl. 4-6; Prot. w; Bez. ww, wm, mm; Kat. 1, 6

Dies. (1988): Opa steht auf rosa Shorts. Kl. 7/8; Prot. w; Bez. wm, ww; Kat. 6, 7

Dies. (1990): Mit Kindern redet ja keiner. Kl. 4-6; Prot. w; Bez. ww; Kat. 1, 2

Dies. (1990): Das Ausgleichskind. Kl. 7/8; Prot. w; Bez. ww, wm; Kat. 1, 2

Dies. (1991): Moppel wär gern Romeo. Kl. 7/8; Prot. m; Bez. mw, ww; Kat. 1, 6, 7

Dies. (1992): Ich ganz cool. Kl. 7/8+E; Prot. m; Bez. mm, mw, ww; Kat. 3, 6, 7

Dies. (1993): Mittwochs darf ich spielen. Kl. 1-3; Prot. w; Bez. ww, wm; Kat. *1*, *2*

Dies. (1993): Jeder Tag ein Happening. Kl. 7/8; Prot. w; Bez. ww, wm, mm; Kat. 1, 2, 6, 7

Dies. (1994): Erwachsene reden. Marco hat was getan. Kl. 9/10+E; Prot. m; Bez. mm, mw; Kat. 3, 6

Dies./Knorr, Peter (1994): Mutter – Vater – Kind. Kl. 1-3; Prot. w; Bez. ww, wm; Kat. 6, 7

Dies./Bauer, Jutta (1995): Juli und das Monster. Kl. 1-3; Prot. m; Bez. mw; Kat. 7

Bosse, Malcolm (1997): Die Prüfung oder die abenteuerliche Reise der Brüder Chen und Hong. Kl. 9/10+E; Prot. m; Bez. mm, mw; Kat. 2, *3*, *4*, *5*, *6*, *7*

Brender, Irmela (1976): Jeanette zur Zeit Schanett. Kl. 1-3; Prot. w; Bez. ww, wm; Kat. 1, 2

Brett, Catherine (1997): ... total verknallt in Anne. Kl. 7/8+E; Prot. w; Bez. ww, wm; Kat. *1*, *2*, 6, 7

Bröger, Achim (1977): Mensch, wär' das schön! Kl. 1-3; Prot. w; Bez. wm,ww; Kat. 6

Ders. (1989): Oma und ich. Eine Kindergeschichte. Kl. 4-6; Prot. w; Bez. ww, wm; Kat. 6, 7

Bruns, Ursula (1990): Dick und Dalli und die Ponys. Kl. 4-6; Prot. w; Bez. ww, wm; Kat. 1, 2, 7

Buck, Pearl S. (1972): Der Drachenfisch. Kl. 1-3; Prot. w; Bez. ww, wm, mm; Kat. 1, 6

Burnett, Frances Hodgson (1987): Der geheime Garten. Kl. 4-6; Prot. w; Bez. ww, wm, mm; Kat. 1, 2, 3, 6, 7

Carmi, Daniella (1991): Die Explosion in der Ahalanstraße. Kl. 7/8; Prot. w; Bez. ww, wm, mm; Kat. 1, 6, 7

Dies. (1996): Samir und Jonathan. Kl. 7/8; Prot. m; Bez. mm, mw; Kat. 3, 4

Carter, Forrest (1985): Der Stern der Cherokee. Kl. 4-6; Prot. m; Bez. mm, mw; Kat. *3*, *4*, *5*, *6*, *7*

Chambers, Aidan (1990): Tanz auf meinem Grab. Kl. 9/10+E; Prot. m; Bez. mm, mw; Kat. 3, 7

Ders. (1991): Wer stoppt Melanie Prosser? Kl. 7/8; Prot. w; Bez. ww, wm; Kat. 1, 6

Chick, Sandra (1989): Meine Mutter, dieser Mann und ich. Kl. 7/8; Prot. w; Bez. ww, wm; Kat. *1*

Chidolue, Dagmar (1988): Ponzl guckt schon wieder. Kl. 4-6; Prot. w; Bez. ww, wm; Kat. *1*, 2

Dies. (1989): London, Liebe und all das. Kl. 9/10; Prot. w; Bez. ww, wm, mw; Kat. 1, 6

Cummings, Betty Sue (1993): Auf nach Amerika. Kl. 9/10; Prot. w; Bez. ww, wm, mm; Kat. 1, 2, 6, 7

Dahl, Roald (1989): Matilda. Kl. 4-6; Prot. w; Bez. ww, wm; Kat. 1, 2
Denneborg, Heinrich M. (1970): Jan und das Wildpferd. Kl. 4-6; Prot. m; Bez. mm, mw; Kat. 3
Dierks, Martina (1996): Das Oma-Komplott. Kl. 9/10+E; Prot. w; Bez. ww, wm; Kat. 1, 2, 6
Donnelly, Elfie (1982): Der rote Strumpf. Kl. 4-6; Prot. w; Bez. ww, wm; Kat. 1, 2, 7
Dies. (1985): Servus Opa, sagte ich leise. Kl. 4-6; Prot. m; Bez. mm, mw; Kat. 3, 4, 6
Eide, Torill (1992): Ein Sehnen nach etwas. Kl. 7/8; Prot. w; Bez. wm, ww; Kat. 1
Ende, Michael (1973): Momo. Kl. 4-6; Prot. w; Bez. wm, ww, mm; Kat. 6, 7
Engelhardt, Ingeborg (1991): Hexen in der Stadt. Kl. 7/8; Prot. m+w; Bez. wm/mw, ww, mm; Kat. 3, 4, 6
Fährmann, Willi (1971): Das Jahr der Wölfe. Die Geschichte einer Flucht. Kl. 7/8; Prot. m; Bez. mm, mw, ww; Kat. 3, 6
Ders. (1984): Der überaus starke Willibald. Kl. 4-6; Prot. m+w; Bez. mm, mw/wm, ww; Kat. 2, 7
Ders. (1985): Es geschah im Nachbarhaus. Die Geschichte eines gefährlichen Verdachtes und einer Freundschaft. Kl. 7/8; Prot. m; Bez. mm, mw; Kat. 3, 6
Faerber, Regina (1992): Der weite Horizont. Vom Beginn einer Frauenliebe. Kl. 9/10+E; Prot. w; Bez. ww, wm; Kat. 1, 2
Fischer, Marie Louise (o.J.): Die Klasse ist für Petra. Kl. 4-6; Prot. w; Bez. wm, mm; Kat. 5, 7
Dies. (o.J.): Ulrike, das schwarze Schaf im Internat. Kl. 4-6; Prot. w; Bez. ww; Kat. 1, 2
Fisher, Dorothy Canfield (1993): Das allerbeste Apfelmus. Kl. 4-6; Prot. w; Bez. ww, wm, mm; Kat. *1, 2, 3, 6, 7*
Frischmuth, Barbara (1991): Sommersee. Kl. 7/8; Prot m+w; Bez. mw/wm, mm, ww; Kat. 1, 7
Fuchs, Ursula (1979): Emma oder Die unruhige Zeit. Kl. 4-6; Prot. w; Bez. ww, wm; Kat. 1
Dies. (1986): Charlotte, einfach nur Charlotte. Kl. 4-6; Prot. w; Bez. ww, wm; Kat. 1, 2
Dies. (1992): Steine hüpfen übers Wasser. Kl. 4-6; Prot. m; Bez. mm, mw; Kat. 3, 4, 5, 6, 7
Dies. (1993): Das macht man aber nicht. Kl. 4-6; Prot. m; Bez. mm, mw, ww; Kat. 1, 3, 6
Furlong, Monica (1991): Junipers Hexenkind. Kl. 4-6; Prot. w; Bez. ww; Kat. 1, 2
Gaarder, Jostein (1993): Sofies Welt. Ein Roman über die Geschichte der Philosophie. Kl. 9/10+E; Prot. w; Bez. wm, ww; Kat. 1
George, Jean Craighead (1975): Julie von den Wölfen. Kl. 7/8; Prot. w; Bez. wm, ww
Dies. (1982): Aufstieg zur Sonne. Kl. 9/10; Prot. m; Bez. mm, mw, ww; Kat. 2, 6, 7
Dies. (1985): Stimme aus den großen Sümpfen. Kl. 4-6; Prot. w; Bez. ww, wm; Kat. 2

Gernhardt, Robert/ Gernhardt, Almut (1983): Der Weg durch die Wand. Kl. 4-6; Prot. m+w; Bez. mm, wm/mw
Guy, Rosa (1990): Phyllisia. Kl. 7/8; Prot. w; Bez. ww, wm, mm; Kat. 1, 2
Hadley Irwin (1987): Liebste Abby. Kl. 9/10; Prot. m; Bez. mw, mm, ww; Kat. 3, 4, 6, 7
Dies. (1989): Mähne im Wind. Kl. 7/8; Prot. w; Bez. ww, wm; Kat. 1, 2, 6, 7
Hagemann, Marie (1993): Schwarzer, Wolf, Skin. Kl. 9/10+E; Prot. m; Bez. mm, mw; Kat. 6
Hanewald, Renate (1990): Felix ohne Oma. Kl. 4-6; Prot. m; Bez. mw, mm; Kat. 6
Harel, Nira (1991): Frontalzusammenstoß. Kl. 7/8; Prot. w; Bez. ww, wm; Kat. 1, 6
Hartig, Monika (1989): Joschi und Uri. Kl. 4-6; Prot. w; Bez. ww, wm; Kat. 1, 2, 7
Härtling, Peter (1983): Jakob hinter der blauen Tür. Kl. 7/8; Prot. m; Bez. mm, mw; Kat. 3, 6
Ders. (1986): Ben liebt Anna. Kl. 4-6; Prot. m; Bez. mw, mm; Kat. 4, 6, 7
Ders. (1991): Mit Clara sind wir sechs. Kl. 4-6; Prot. m+w Bez. mm, mw/wm, ww; Kat. 3, 4, 6
Ders. (1991): Oma. Kl. 4-6; Prot. m+w; Bez. mw/wm, ww; Kat. 6
Ders. (1992): Theo haut ab. Kl. 4-6; Prot. m; Bez. mm, mw; Kat. 3
Ders. (1993): Lena auf dem Dach. Kl. 7/8; Prot. w; Bez. wm, mm, ww; Kat. 1, 2, 3, 4, 6
Ders. (1993): Sofie macht Geschichten. Kl. 1-3; Prot. w; Bez. ww, wm; Kat. 1
Ders. (1994): Krücke. Kl. 7/8; Prot. m; Bez. mm, mw; Kat. 3, 4, 5, 6, 7
Hautzig, Deborah (1984): Hallo, Engelchen. Kl. 7/8; Prot. w; Bez. ww, wm; Kat. 1
Haworth, Josephine (1993): Ein Pferd, schnell wie der Wind. Kl. 4-6; Prot. m; Bez. mw, mm
Hazelhoff, Veronica (1995): Mensch, Mama! Tochter-Geschichten. Kl. 4-6; Prot. w; Bez. ww, wm; Kat. 1
Held, Kurt (1974): Die Rote Zora und ihre Bande. Kl. 4-6; Prot. w; Bez. wm, mm; Kat. 7
Heyne, Isolde (1984): Treffpunkt Weltzeituhr. Kl. 7/8; Prot. w; Bez. ww; Kat. 1
Hill, Kirkpatrick (1993): Starker-Sohn und Schwester. Kl. 4-6; Prot. w+m; Bez. mw/wm, ww; Kat. 2, 6, 7
Hinton, Nigel (1994): Hände weg vom Spukpaket! Kl. 4-6; Prot. w; Bez. wm, mm; Kat. 3, 6
Hokke, Henk (1993): Marieke. Kl. 1-3; Prot. w; Bez. wm, ww; Kat. 1, 7
Ders. (1993): Marieke und Benjamin. Kl. 1-3; Prot. w+m; Bez. wm/mw, ww; Kat. 1, 7
Holm, Anne (1980): Ich bin David. Kl. 7/8; Prot. m; Bez. mm, mw; Kat. 3, 6
Holm, Annika (1994): Wehr dich, Mathilda. Eine Geschichte aus der Schule. Kl. 4-6+E; Prot. w; Bez. ww, wm; Kat. 1, 2, 7
Ibbotson, Eva (1994): Ein Spukschloß wandert aus. Kl. 4-6; Prot. m; Bez. mm, mw, ww; Kat. 3, 6

Inkiow, Dimiter (1989): Meine Schwester Klara und Oma Müllers Himbeeren. Kl. 1-3; Prot. m; Bez. mw
Jannausch, Doris (1989): Joschi wehrt sich. Kl. 4-6; Prot. w; Bez. ww, wm; Kat. 1, 2
Johansson, Kerstin (1987): Moa und Pelle. Der verflixte 1. Schultag. Kl. 1-3; Prot. w+m; Bez. wm/mw, ww, mm; Kat. 6
Dies. (1990): Als ob ich Luft wäre. Kl. 4-6; Prot. w; Bez. ww, wm; Kat. 1, 2
Kästner, Erich (o.J.): Emil und die Detektive. Kl. 4-6; Prot. m; Bez. mm, mw; Kat. 6, 7
Ders. (o.J.): Das doppelte Lottchen. Kl. 4-6; Prot. w; Bez. ww, wm; Kat. 1, 2, 7
Ders. (o.J.): Das fliegende Klassenzimmer. Kl. 4-6; Prot. m; Bez. mm, mw; Kat. 3, 4, 6, 7
Ders. (1973): Pünktchen und Anton. Kl. 4-6; Prot. m+w; Bez. wm/mw, mm, ww; Kat. 6, 7
Kekule, Dagmar (1991): Ich bin eine Wolke. Kl. 9/10; Prot. w; Bez. ww, wm; Kat. 1, 6, 7
Dies. (1992): Das Blaue vom Himmel. Kl. 9/10; Prot. w; Bez. ww, wm; Kat. 1
Kerr, Judith (1976): Warten bis der Frieden kommt. Kl. 9/10; Prot. w; Bez. wm, ww, mm; Kat. 1, 2, 6
Dies. (1980): Als Hitler das rosa Kaninchen stahl. Kl. 4-6; Prot. w; Bez. ww, wm, mm; Kat. 1
Kerr, M. E. (1990): Drachen in der Nacht. Kl. 9/10+E; Prot. m; Bez. mm, mw; Kat. 3, 4, 6
Kötter, Ingrid (1990): Die Kopftuchklasse. Kl. 4-6; Prot. w; Bez. ww, wm; Kat. 1
Dies. (1993): Alle sagen Neuer zu mir. Kl. 4-6; Prot. m; Bez. mw, mm, ww; Kat. 3, 6
Kohlhagen, Norgard (1984): Für Mädchen verboten. Kl. 7/8; Prot. w; Bez. ww, wm, mm; Kat. 1
Dies. (1986): Was soll ich denn mit Mutters Traum? Kl. 7/8; Prot. w; Bez. ww, wm; Kat. 1
Korczak, Janusz (1994): Der kleine König Macius. Kl. 7/8+E; Prot. m; Bez. mm, mw; Kat. 3, 6, 7
Korinetz, Juri (1973): In der Mitte der Welt. Kl. 4-6; Prot. m; Bez. mw, mm; Kat. 6, 7
Ders. (1977): Ein Junge und ein Pferd. Kl. 4-6; Prot. m; Bez. mw, mm; Kat. 6, 7
Ders. (1980): Wolodjas Brüder. Kl. 4-6; Prot. m; Bez. mm, mw; Kat. 3, 6
Krollpfeiffer, Hannelore (1986): Die Zeit mit Marie. Kl. 7/8; Prot. w; Bez. ww, wm; Kat. 1, 2
Kromhout, Rindert (1993): Olaf der Starke. Kl. 1-3; Prot. m; Bez. mm, mw; Kat. 3, 6
Kühl, Katharina (1991): Wackelpudding. Kl. 1-3; Prot. m; Bez. mw, mm; Kat. 3, 6, 7
Kuijer, Guus (1979): Vernagelte Fenster, da wohnen Gespenster. Kl. 1-3; Prot. w; Bez. ww, wm; Kat. 1, 2, 6, 7

Ders. (1980): Kopfstehn und in die Hände klatschen. Kl. 1-3; Prot. w; Bez. ww, wm; Kat. 6
Ders. (1983): Mal sehen, ob du lachst. Kl. 4-6; Prot. w; Bez. wm, ww, mm; Kat. 6
Ders. (1987): Erzähl mir von Oma. Kl. 4-6; Prot w; Bez. ww, wm, mm; Kat. *1, 2, 3, 4, 5, 6, 7*
Ders. (1987): Ich fühle mich wie Apfelmus. Kl. 1-3; Prot. m; Bez. mm, mw; Kat. 3, 4, 6, 7
Ders. (1990): Tina und der Schatz von Zweibeinland. Kl. 1-3; Prot. w; Bez. ww, wm; Kat. 1, 6
Ders. (1991): Im Land der Nashornvögel. Kl. 7/8; Prot. m; Bez. mm, mw; Kat. 3, 7
Kutsch, Angelika (1979): Nichts bleibt, wie es ist. Kl. 9/10+E; Prot. w; Bez. wm, ww, mm; Kat. 1, 2
Ladiges, Ann (1981): Blaufrau. Kl. 7/8; Prot. w; Bez. ww, wm, mm; Kat. 1, 2, 7
Laird, Elisabeth (1993): Trag mich über die Berge. Kl. 7/8+E; Prot. w; Bez. ww, wm, mm; Kat. 1, 2
Dies. (1995): Im Schatten der Mauer. Kl. 7/8; Prot. m; Bez. mw, mm, ww; Kat. *3, 4, 6, 7*
Leeuwen, Joke von (1987): Deesje macht das schon. Kl. 4-6; Prot. w; Bez. wm, mm, ww; Kat. 1
Levin, Anna (1994): Verstecken ist out. Kl. 7/8; Prot. w; Bez. ww, wm; Kat. 1, 2
Levoy, Myron (1996): Der gelbe Vogel. Kl. 9/10; Prot. m; Bez. mw, mm; Kat. 6
Lindgren, Astrid (1982): Ronja Räubertochter. Kl. 4-6; Prot. w; Bez. ww, mm, wm; Kat. 1, 2, 6, 7
Lishout, Ted van (1993): Der allerliebste Junge von der ganzen Welt. Kl. 1-3; Prot. m; Bez. mm, mw, ww; Kat. 6
Ders. (1994): Ich bin ein Held. Kl. 1-3; Bez. mm; Kat. 3
Little, Jean (1985): Alles Liebe, Deine Anna. Kl. 4-6; Prot. w; Bez. ww, wm, mm; Kat. 1, 2, 7
Dies. (1988): Ist das dein Hund, Lucy? Kl. 4-6; Prot. w; Bez. ww, wm; Kat. 1
Lobe, Mira (1977): Die Räuberbraut. Kl. 7/8; Prot. w; Bez. ww, wm, mm; Kat. 1
Dies. (1982): Bäbu. Der Bärenbund. Kl. 1-3; Prot. m+w; Bez. mm, mw/wm, ww; Kat. 1, 7
Dies. (1991): Die Sache mit dem Heinrich. Kl. 4-6; Prot. w; Bez. ww, wm, mm; Kat. 1, 2, 7
Lütgen, Kurt (1987): Kein Winter für Wölfe. Kl. 7/8; Prot. m; Bez. mm; Kat. 3
Maar, Nele/ Verena Ballhaus (1989): Papa wohnt jetzt in der Heinrichstraße. Kl. 1-3; Prot. m; Bez. mm, mw; Kat. 3, 4, 6
Maar, Paul (1976): Andere Kinder wohnen auch bei ihren Eltern. Kl. 4-6; Prot. m; Bez. mm, mw; Kat. 3, 6
Ders. (1984): Lippels Traum. Kl. 4-6; Prot. m; Bez. mw, mm, ww; Kat. 2, 6
Ders. (1993): Jakob und der große Junge. Kl. 1-3; Prot. m; Bez. mm, mw; Kat. 6, 7
MacLachlan, Patricia (1988): Ein Meer für Sarah. Kl. 4-6; Prot. w; Bez. wm, mm, ww; Kat. *1, 2, 3, 4, 6, 7*

Dies. (1988): Sieben Küßchen hintereinander. Kl. 1-3; Prot. w; Bez. wm, ww, mm; Kat. 1, 2, 7
Dies. (1993): Schere, Stein, Papier. Sophies Geschichte. Kl. 9/10+E; Prot. w; Bez. ww, wm; Kat. 2, 6, 7
Dies. (1995): Sarah singt wie eine Lerche. Kl. 4-6; Prot. w; Bez. ww, wm, mm; Kat. 1, 2, 3, 5, 6, 7
Martinez-Menchen, Antonio (1990): Pepito und der unsichtbare Hund. Kl. 4-6; Prot. m; Bez. mw, mm; Kat. 4, 6
May, Sibylle (1993): Ich bin ich. Kl. 9/10; Prot. w; Bez. ww, wm; Kat. 1, 2
Mebs, Gudrun (1984): Sonntagskind. Kl. 4-6; Prot. w; Bez. ww, wm; Kat. 1, 2
Dies. (1985): Meistens geht's mir gut mit dir. Kindergeschichten. Kl. 4-6; Prot. w+m; Bez. mw/wm, mm, ww; Kat. 3, 6
Dies. (1987): Ich weiß ja, wo der Schlüssel hängt. Kl. 4-6; Prot. m; Bez. mw, mm; Kat. 3, 4, 6
Dies. (1991): Der Mond wird dick und wieder dünn. Eine Geschichte vom Liebhaben. Kl. 1-3; Prot. w; Bez. wm, ww; Kat. 6
Dies. (1993): »Oma!« schreit der Frieder ... Kl. 1-3; Prot. m; Bez. mw; Kat. 6
Dies. (1993): Mariemoritz. Kl. 1-3; Prot. m; Bez. mm, mw, ww; Kat. 3, 6
Mechtel, Angelika (1979): Kitty Brombeere. Kl. 4-6; Prot. w; Bez. wm, mm, ww; Kat. 1
Dies. (1990): Flucht ins fremde Paradies. Kl. 7/8; Prot. w; Bez. wm, ww, mm; Kat. 1, 2, 6, 7
Meinderts, Koos (1996): Sag Leen zu mir. Kl. 4-6; Prot. m; Bez. mw, mm; Kat. 3, 6
Meister, Nicole (1991): Moons Geschichte. Kl. 9/10+E; Prot. m; Bez. mm, mw; Kat. 3, 6
Meißner-Johannknecht, Doris (1994): Leanders Traum. Kl. 4-6; Prot. m; Bez. mw, mm, ww; Kat. 1, 3, 6, 7
Dies. (1994): Uluru – Platz der Wunder. Kl. 7/8; Prot. w; Bez. ww, wm; Kat. 1, 2
Dies. (1996): Amor kam in Leinenschuhen. Kl. 7/8; Prot. w; Bez. ww, wm; Kat. 1, 2, 6
Michaelis, Karin (o.J.): Bibis große Reise. Kl. 4-6; Prot. w; Bez. wm, ww; Kat. 6
Dies. (1971): Bibi. Kl. 4-6; Prot. w; Bez. wm, ww; Kat. 6
Michels, Tilde (1989): Halim von der fernen Insel. Kl. 4-6; Prot. m; Bez. mw, mm; Kat. 3, 6
Dies. (1991): Lena vom Wolfsgraben. Kl. 7/8; Prot. w; Bez. ww, wm, mm; Kat. 1, 2, 6, 7
Molander, Jannike (1981): Maifeuer. Kl. 4-6; Prot. w; Bez. ww, wm; Kat. 1, 2
Mühlenweg, Fritz (1982): Großer-Tiger und Christian. Kl. 4-6; Prot. m; Bez. mm, mw; Kat. 3, 4, 6
Mwangi, Meja (1992): Kariuki und sein weißer Freund. Kl. 7/8; Prot. m; Bez. mm, mw; Kat. 3
Naidoo, Beverly (1992): Naledi. Ketten des Zorns. Kl. 7/8; Prot. w; Bez. ww, wm, mm; Kat. 1, 2, 7
Nöstlinger, Christine (o.J.): Geschichten vom Franz. Kl. 1-3; Prot. m; Bez. mm, mw; Kat. 3, 6

Dies. (1973): Wir pfeifen auf den Gurkenkönig. Kl. 4-6; Prot. m; Bez. mw, mm, ww; Kat. 2, 7
Dies. (1973): Maikäfer flieg. Kl. 7/8; Prot. w; Bez. wm, mm, ww; Kat. 1
Dies. (1974): Der Spatz in der Hand. Kl. 4-6; Prot. w; Bez. ww, wm; Kat. 1, 6, 7
Dies. (1977): Lollipop. Kl. 1-3; Prot. m; Bez. mw, mm, ww; Kat. 3, 7
Dies. (1978): Die Kinder aus dem Kinderkeller. Kl. 1-3; Prot. w; Bez. wm, ww; Kat. 7
Dies. (1980): »Pfui Spinne!« Kl. 7/8; Prot. w; Bez. ww, wm, mm; Kat. 1
Dies. (1981): Der Denker greift ein. Kl. 4-6; Prot. m; Bez. mm, mw, ww; Kat. 1, 3, 6
Dies. (1981): Rosalinde hat Gedanken im Kopf. Kl. 4-6; Prot. w; Bez. wm, ww; Kat. 1
Dies. (1982): Das Austauschkind. Kl. 7/8; Prot. m; Bez. mm, mw, ww; Kat. 2, 7
Dies. (1984): Olfi Obermeier und der Ödipus. Kl. 9/10; Prot. m; Bez. mw, mm; Kat. 3, 6, 7
Dies. (1988): Gretchen mein Mädchen. Kl. 7/8; Prot. w; Bez. wm, ww, mm; Kat. 1, 6
Dies. (1990): Nagle einen Pudding an die Wand. Kl. 7/8; Prot. w; Bez. wm, ww, mm; Kat. 7
Dies. (1991): Wie ein Ei dem anderen. Kl. 4-6; Prot. w; Bez. ww, wm, mm; Kat. 1, 2, 6, 7
Dies. (1991): Allerhand vom Franz. Kl. 1-3; Prot. m; Bez. mw, mm, ww; Kat. 6
Dies. (1992): Man nennt mich Ameisenbär. Kl. 7/8; Prot. w; Bez. ww, wm, mm; Kat. 1, 2, 6, 7
Dies. (1994): Oh, du Hölle! Julias Tagebuch. Kl. 7/8; Prot. w; Bez. ww, wm, mm; Kat. 1, 6
Nunes, Lygia Bojunga (1983): Maria auf dem Seil. Kl. 7/8+E; Prot. w; Bez. ww, wm; Kat. 1, 2
Dies. (1983): Die gelbe Tasche. Kl. 4-6+E; Prot. w; Bez. ww, wm; Kat. 1, 6
O'Brien, Robert (1984): Z wie Zacharias. Kl. 9/10+E; Prot. w; Bez. wm; Kat. 6, 7
Oneal, Zibby (1987): Bist du traurig, Spiegelbild? Kl. 9/10+E; Prot. w; Bez. ww, wm, mm; Kat. *1, 2*, 6, 7
Pausacker, Jenny (1990): Was bist du? Kl. 7/8; Prot. w; Bez. ww, wm; Kat. 1, 2
Pausewang, Gudrun (1980): Rosinkawiese. Alternatives Leben vor 50 Jahren. Kl. 9/10+E; Prot. w; Bez. wm, ww, mm; Kat. 2, 6, 7
Dies. (1983): Die letzten Kinder von Schewenborn oder ... sieht so unsere Zukunft aus? Kl. 7/8+E; Prot. m; Bez. mm, mw, ww; Kat. 3, 6
Dies. (1984): Ich habe Hunger. Ich habe Durst. Kl. 7/8; Prot. w; Bez. wm, ww, mm; Kat. 1, 2, 7
Dies. (1986): Auf einem langen Weg. Kl. 4-6; Prot. m; Bez. mm, mm; Kat. 3, 4, 6
Dies. (1988): Das Tor zum Garten der Zambranos. Kl. 7/8; Prot. m; Bez. mm, mw, ww; Kat. 1, 3, 6
Dies. (1993): Der Großvater im Bollerwagen. Kl. 1-3+E; Prot. m; Bez. mm, mw; Kat. *3*
Pludra, Benno (1985): Das Herz des Piraten. Kl. 4-6; Prot. w; Bez. ww, wm; Kat. *1, 2*, 6

Ders. (1990): Insel der Schwäne. Kl. 4-6; Prot. m; Bez. mm, mw; Kat. 3, 7

Pohl, Peter (1989): Jan, mein Freund. Kl. 7/8; Prot. m; Bez. mm, mw; Kat. 3, 6

Ders. (1991): Nennen wir ihn Anna. Kl. 9/10+E; Prot. m; Bez. mm, mw; Kat. 3

Ders. (1997): Glittras Auftrag. Kl. 1-3; Prot. w; Bez. ww, wm; Kat. 2, 7

Porter, Eleanor H. (1995): Pollyanna. Ein Waisenkind in Amerika. Kl. 7/8; Prot. w; Bez. ww, wm; Kat. 1, 2, 7

Pressler, Mirjam (1980): Bitterschokolade. Kl. 9/10+E; Prot. w; Bez. ww, wm, mm; Kat. 1

Dies. (1981): Nun red doch endlich. Kl. 4-6; Prot. w; Bez. ww, wm; Kat. 1, 2

Dies. (1984): Katharina und so weiter. Kl. 4-6; Prot. w; Bez. ww, wm; Kat. 1

Dies. (1986): Nickel Vogelpfeifer. Kl. 1-3; Prot. m; Bez. mm, mw; Kat. 3, 6

Dies. (1990): Novemberkatzen. Kl. 7/8+E; Prot. w; Bez. ww, wm, mm; Kat. *1*, 7

Dies. (1992): Kratzer im Lack. Kl. 7/8+E;Prot. m; Bez. mm, mw;

Dies. (1992): Zeit am Stiel. Kl. 4-6; Prot. w; Bez. ww, wm; Kat. 1

Dies. (1994): Wenn das Glück kommt, muß man ihm einen Stuhl hinstellen. Kl. 4-6; Bez. ww, wm; Kat. 1, 2

Preußler, Otfried (1981): Krabat. Kl. 7/8, Prot. m; Bez. mm, mw; Kat. 3, 6

Rabinovici, Schoschana (1994): Dank meiner Mutter. Kl. 9/10+E; Prot. w; Bez. ww, wm, mm; Kat. 1, 2

Rauprich, Nina (1990): Das Mädchen unter der Brücke. Kl. 7/8; Prot. w; Bez. ww, wm; Kat. 1, 2

Recheis, Käthe (1978): Der weite Weg des Nataiyu. Kl. 4-6; Prot. w+m; Bez. wm/mw, ww, mm; Kat. 3, 6, 7

Reiche, Dietlof (1977): Der Bleisiegelfälscher. Kl. 7/8; Prot. m; Bez. mm, mw; Kat. 3, 4, 6, 7

Reiss, Johanna (1982): Und im Fenster der Himmel. Kl. 7/8; Prot. w; Bez. ww, wm; Kat. 1

Reuter, Bjarne (1987): »So einen wie mich kann man nicht von den Bäumen pflücken«, sagt Buster. Kl. 7/8+E; Prot. m; Bez. mm, mw, ww; Kat. 3, 6

Ders. (1991): Wir beide, Oskar ... für immer! Kl. 1-3, Prot. m; Bez. mw, mm; Kat. 3, 6

Ders. (1995): Küß die Sterne! Kl. 7/8; Prot. m; Bez. mm, mw; Kat. 3, 6

Ders. (1996): Das Ende des Regenbogens. Kl. 7/8; Prot. m; Bez. mw, mm; Kat. 1, 2, *3*, *5*, 6, 7

Rhue, Morton (1985): Die Welle. Kl. 9/10+E; Prot. w+m; Bez. wm/mw, mm, ww; Kat. 6, 7

Robinson, Barbara (1975): Hilfe, die Herdmanns kommen! Kl. 4-6; Prot. w; Bez. ww, wm, mm; Kat. 1, 2

Rood, Lydia (1993): Mohnkind. Kl. 7/8; Prot. w; Bez. ww, wm; Kat. 1

Dies. (1996): Der Sommer mit Sophie. Kl. 9/10+E; Prot. w; Bez. ww, wm; Kat. 1, 2, 7

Rosman, Yael: (1992): Seltsames Mädchen mit Ohrringen. Kl. 7/8; Prot. w; Bez. wm, ww; Kat. 1, 6, 7

Ruck-Pauquet, Gina (1975): Das Pfannkuchen-Glück. Kl. 1-3; Prot. m; Bez. mm, mw; Kat. 3

Sanders, Dori (1992): Daddys Tochter oder Im Schatten der Pfirsichbäume. Kl. 7/8; Prot. w; Bez. wm, ww; Kat. 1, 2
Schins, Marie-Therese (1990): Hallo, Charlie! Tag, Miakind. Kl. 7/8; Prot. w; Bez. ww, wm; Kat. 1, 2, 6
Dies. (1995): 2 mal Papa. Oder: Zwischenfall auf dem Pausenhof. Kl. 7/8+E; Prot. m; Bez. mw, mm; Kat. 3, 4, 6
Seck-Agthe, Monika (1990): Pink Flamingo. Kl. 7/8; Prot. w; Bez. ww, wm; Kat. *1*
Seiffert, Dietrich (1991): Einer war Kisselbach. Kl. 9/10; Prot. m; Bez. mm, mw, ww; Kat. 6
Siege, Nasrim (1990): Das Mädchen vom Fluß. Kl. 7/8; Prot. w; Bez. ww, wm; Kat. 1
Sommer-Bodenburg, Angela (1991): Der kleine Vampir. Kl. 1-3; Prot. m; Bez. mm, mw; Kat. 6, 7
Dies. (1993): Das Biest, das im Regen kam. Kl. 1-3; Prot. w; Bez. ww, wm; Kat. 1, 2
Dies. (1995): Hanna, Gottes kleinster Engel. Kl. 7/8+E; Prot. m; Bez. mw, ww, mm; Kat. 1, 3, 4, 6, 7
Stark, Ulf (1986): Alle halten mich für einen Jungen. Kl. 7/8; Prot. w; Bez. ww, wm; Kat. 1
Steenfatt, Margret (1976): Die sanften Banditen. Kl. 9/10; Prot. m+w; Bez. mm, mw/wm; Kat. 7
Dies. (1982): Haß im Herzen. Im Sog der Gang. Kl. 9/10+E; Prot. m; Bez. mm, mw; Kat. 3, 6
Dies. (1990): Nele. Ein Mädchen ist nicht zu gebrauchen. Kl. 7/8+E; Prot. w; Bez. ww, wm, mm; Kat. *1*, 6
Dies. (1991): Unvermeidliche Begegnungen. Kl. 9/10+E; Prot. w; Bez. ww, wm, mm;
Steinwart, Anne (1991): Super-Willi, wilde Janne. Kl. 1-3+E, Prot. w+m; Bez. wm/mw, ww; Kat. 1, 6, 7
Stops, Sue/ Gliori, Debi (1991): Dulcie Dando. Kl. 1-3; Prot. w; Bez. ww, wm, mm;
Stowe, Rebecca (1993): Bloß ein böses Mädchen. Kl. 9/10+E; Prot. w; Bez. ww, wm, mm; Kat. 1, 2
Strachan, Jan (1985): Moses Beech. Kl. 9/10; Prot. m; Bez. mm, mw; Kat. 3, 4, 6, 7
Taylor, Sydney (1984): Die Mädchenfamilie. Kl. 4-6; Prot. w; Bez. ww, wm, mm; Kat. 2
ter Haar, Jaap (1980): Behalt das Leben lieb. Kl. 7/8; Prot. m; Bez. mm, mw; Kat. 3, 6
Timm, Uwe (1989): Rennschwein Rudi Rüssel. Kl. 4-6; Prot. m+w; Bez. mw/wm, ww, mm; Kat. 2, 7
Tollmien, Cordula (1987): La gatta heißt Katze. Kl. 4-6; Prot. w; Bez. ww, wm; Kat. 1
Treiber, Jutta (1992): Das Dazwischenkind. Kl. 4-6; Prot. w; Bez. ww, wm;
Unefäldt, Walter (1979): Glaubt bloß nicht, daß ich heule. Kl. 7/8; Prot. m; Bez. mm, mw; Kat. 3

Verroen, Dolf (1995): So geht es dir, wenn Krieg ist. Kl. 7/8; Prot. m; Bez. mm, mw; Kat. 6, 7
Welsh, Renate (1985): Drittes Bett links. Kl. 4-6; Prot. w; Bez. ww, wm; Kat. 1
Dies. (1987): Empfänger unbekannt – zurück! Kl. 4-6; Prot. m; Bez. mw, mm; Kat. 3, 6
Dies. (1988): Drachenflügel. Kl. 4-6; Prot. w; Bez. ww, wm, mm; Kat. 1, 6
Dies. (1993): Melanie Miraculi. Kl. 1-3; Prot. w; Bez. ww, wm, mm; Kat. 2, 6, 7
Dies. (1993): Johanna. Kl. 7/8; Prot. w; Bez. ww, wm, mm; Kat. 1
Dies. (1994): Sonst bist du dran! Eine Erzählung zum Thema »Gewalt in der Schule«. Kl. 4-6; Prot. m; Bez. mm, mw, ww; Kat. 2, 3, 6, 7
Widerberg, Siv (1989): Eine unglaubliche Geschichte? Kl. 7/8; Prot. w; Bez. ww, wm, mm; Kat. 1, 2
Dies. /Torudd, Cecilia (1987): Das Mädchen, das nicht in den Kindergarten wollte. Kl. 1-3; Prot. w; Bez. ww, wm; Kat. 1
Windsor, Patricia (1994): Die Sache mit dem Haß und der Liebe. Kl. 4-6; Prot. m; Bez. mm, mw; Kat. 3
Wölfel, Ursula (1965): Joschis Garten. Kl. 4-6; Prot. m; Bez. mm, mw; Kat. 3, 4, 6
Dies. (1969): Feuerschuh und Windsandale. Kl. 1-3; Prot. m; Bez. mm, mw; Kat. 3, 4, 5, 6
Dies. (1970): Der rote Rächer. Kl. 4-6; Prot. m; Bez. mm, mw, ww; Kat. 3, 6
Dies. (1971): Mond Mond Mond. Kl. 4-6; Prot. w; Bez. ww, wm, mm; Kat. 1, 2
Dies. (1993): Die Glückskarte. Kl. 7/8; Prot. m+w; Bez. mm, wm/mw, ww; Kat. 1, 3, 6, 7
Zeevaert, Sigrid (1986): Max, mein Bruder. Kl. 4-6; Prot. w; Bez. mw, ww, mm; Kat. 1, 3, 6
Dies. (1993): Die unschlagbaren Fünf. Kl. 4-6; Prot. w+m; Bez. ww, mm, wm/mw; Kat. 7
Zweig, Stefanie (1983): Ein Mundvoll Erde. Kl. 7/8; Prot. w; Bez. wm, ww, mm; Kat. 7

5.5. Quantitative Ergebnisse der Inhaltsanalyse

Beziehungen zwischen weiblichen Personen und zwischen männlichen Personen kommen jeweils nur in etwa 2/3 der analysierten Bücher vor, Beziehungen zwischen weiblichen Personen etwas häufiger. Dagegen finden wir Beziehungen zwischen den Geschlechtern in fast allen Büchern. Damit reduziert sich die Möglichkeit für das Vorkommen der Kategorien 1 bis 5 von vornherein.

Beziehung	mm	ww	mw/wm
Zahl der Bücher	172	186	264
Prozentanteil	64%	69%	98%

Tab. 9: In den Büchern dargestellte Beziehungen

Belege für zwei Kategorien fand ich in 107 Büchern, also mit 40% am häufigsten. In 25% der Bücher konnte eine Kategorie nachgewiesen werden, in 20% drei Kategorien. Vier Kategorien fand ich immerhin noch in 8% der Bücher, fünf, sechs und sieben Kategorien erfüllten noch insgesamt 12 Bücher (4%). In 9 Büchern fand ich für keine der Kategorien einen Beleg (3%).

Kategorie	0	1	2	3	4	5	6	7
Zahl der Bücher	9	68	107	51	22	7	4	1
Prozentanteil	3%	25%	49%	20%	8%	2%	1,5%	0,5%

Tab. 10: Anzahl der in den Büchern aufgefundenen Kategorien

Damit ist die Frage, ob vorbildhafte Beziehungen in Kinder- und Jugendbüchern dargestellt sind, die eine Demokratisierung der Geschlechterverhältnisse unterstützen können, positiv zu beantworten.

In mehr als der Hälfte der Bücher kam Kategorie 6 vor, Bindung einer männlichen Person an eine weibliche. Fast ebenso häufig finden wir Kategorie 1, Respekt in Beziehungen zwischen weiblichen Personen. Der Anteil der Bücher, in denen Kategorie 2 (weibliche Autorität in Beziehungen zwischen weiblichen Personen) und Kategorie 3 (Bindung in Beziehungen zwischen männlichen Personen) belegt werden konnte, beträgt jeweils ein Drittel. Mit 37% noch etwas häufiger finden wir Kategorie 7, weibliche Autorität in Beziehungen zwischen einer männlichen und einer weiblichen Person. Nur sehr selten kommt Kategorie 4 vor, respektvoller Umgang mit Bindung an eine weibliche Person in einer Beziehung zwischen männlichen Personen, noch seltener Kategorie 5, weibliche Autorität in einer Beziehung zwischen männlichen Personen.

Kategorie	1	2	3	4	5	6	7
Anzahl der Bücher	131	86	89	30	9	144	100
Prozentanteil	49%	32%	33%	11%	3%	53%	37%

Tab. 11: Anzahl der Bücher, in denen die jeweilige Kategorie vorkommt

Beziehen wir die Anzahl der Bücher, in denen die jeweiligen Kategorien vorkommen, auf die Anzahl der Bücher, in denen die entsprechende Beziehungskonstellation gestaltet ist (vgl. Tab. 15), so liegt der Prozentanteil der Kategorien 1 bis 5 deutlich höher:

Kategorie	1	2	3	4	5	6	7
Anzahl der Bücher	131	86	89	30	9	144	100
Prozentanteil	70%	46%	52%	17%	5%	55%	38%

Tab. 12: Prozentanteil der Bücher pro Kategorie, bezogen auf die Anzahl der jeweiligen Beziehungskonstellation

Hieran wird deutlich, daß es bei der Auswahl geeigneter Bücher durchaus sinnvoll ist, zunächst einmal auf das Vorkommen der drei Beziehungsmöglichkeiten zu achten, da es dadurch wahrscheinlicher wird, daß das Buch mehrere der gesuchten Kategorien erfüllt.

6. Schlußbemerkungen

Die Kinder- und Jugendliteratur, die eine Demokratisierung der Geschlechterverhältnisse unterstützen kann, muß nicht erst geschrieben werden. Vorbildbeziehungen, in denen Respekt, Bindung und weibliche Autorität zum Tragen kommen, waren in 261 von 270 analysierten Büchern zu finden. Dabei überwog die Darstellung von Bindung einer männlichen Person an eine weibliche und von Respekt und dem Bedürfnis danach in einer Beziehung zwischen zwei weiblichen Personen. Noch selten waren Hinweise auf respektvollen Umgang mit Bindung an eine weibliche Person in Beziehungen zwischen männlichen Personen. Noch seltener orientierten sich männliche Personen gemeinsam an einer weiblichen Person, folgten also z.B. ihren Ratschlägen oder lernten von ihr. Da die Offenlegung der Bindung zwischen männlichen Personen Voraussetzung für eine Haltung ist, die die beiden zuletzt genannten Merkmale ermöglicht, wäre es wünschenswert, daß die Darstellung dieser Bindung noch deutlicher und häufiger in der Kinder- und Jugendliteratur zu finden wäre. Auch unter weiblichen Personen spielt weibliche Autorität noch eine zu geringe Rolle, um die Stärkung von Frauen zu bewirken, die Voraussetzung für Geschlechterdemokratie ist.

Trotzdem ist die Klage nicht berechtigt, es gäbe keine Kinder- und Jugendbücher, die – z.B. im Unterricht eingesetzt – Kinder und Jugendliche im Hinblick auf Geschlechterdemokratie beeinflussen könnten. Wie das in der Einleitung dargelegte Beispiel der Lilibeth-Mutter zeigt, genügt oft ein kleiner Anstoß aus einem Buch, um eine Veränderung in Gang zu setzen. Ob dies geschieht, hängt allerdings davon ab, ob über das durch das Buch Angeregte gesprochen werden kann, ob es, z.B. im Unterricht oder in Gesprächen unter Gleichaltrigen, aufgegriffen wird. Es hängt auch davon ab, ob KinderbuchrezensentInnen, DeutschdidaktikerInnen und AutorInnen von Klappentexten die »Kostbarkeiten«, die manche Bücher enthalten, überhaupt wahrnehmen und auf sie in ihren Schriften hinweisen, damit Lehr- und Erziehungspersonen, aber auch BuchhändlerInnen und BibliothekarInnen sie ihrerseits hervorheben können. Damit das Veränderungspotential der Kinder- und Jugendliteratur wirksam werden kann, muß also dafür gesorgt werden, daß die dort dargestellten Vorbildbeziehungen und deren besondere Merkmale nicht weiterhin übersehen werden, wie dies z.B. bei der Verfilmung von »Krücke« (Kap. 5.3.5.), beim Klappentext von »Das Herz des Piraten« und bei der Unterrichtshilfe zu »Nele« (Kap. 5.3.1.) geschehen ist.

Diese Arbeit soll dazu beitragen, daß es den Erwachsenen, die sich aus beruflichen oder anderen Gründen mit Kinder- und Jugendliteratur befassen, zu einem wichtigen Anliegen wird, die in den Büchern dargestellten Vorbildbeziehungen hervorzuheben. Ich wünsche mir, daß sie selbst und auch die Kinder und Jugendlichen, die die von ihnen empfohlenen Bücher lesen, dadurch zu einer Demokratisierung der Geschlechterverhältnisse ermutigt werden.

Anmerkungen

Kapitel 1

1 Wie sehr Theorie und Praxis einander nötig haben und wie viel zu gewinnen ist, wenn ein Dialog entsteht, in dem dem jeweils anderen Schwerpunkt Wertschätzung entgegengebracht wird, stellt Malcolm Bosse in dem Jugendbuch »Die Prüfung« dar (Bosse 1997; siehe Kap. 5.3.5.).

2 Vgl. hierzu Bremerich-Vos 1994

3 »Consciousness-raising«, wörtlich »Bewußtseins-Hebung«, wurde als Methode in Frauengruppen entwickelt, um aus dem Sprechen über Alltagserfahrungen heraus zu politischen Erkenntnissen zu kommen, die die Frauen handlungsfähig machten. Die Frauenbewegung entwickelte diesen Ansatz aus der Einsicht heraus, daß gegenüber den von Männern für Männer entwickelten politischen Strukturen und Weltanschauungen Mißtrauen angebracht war (vgl. Pamela Allen 1972).

4 Mit dieser Feststellung möchte ich die Verdienste der Frauen in jedem einzelnen dieser beiden Bereiche nicht schmälern. Im einen wurde eine Infrastruktur für Frauen geschaffen, die zu vielen positiven Veränderungen für den Alltag von Frauen geführt hat. Im anderen wurde Wissen erarbeitet, das uns helfen kann, weitere (und vielleicht radikalere) Veränderungen zu initiieren.

5 Neben zahlreichen Zeitschriftenaufsätzen gilt dies in erster Linie für das 1983 erschienene Sottosopra verde (Libreria 1986) sowie für die beiden Bücher »Wie weibliche Freiheit entsteht« (Libreria 1988) und »Die symbolische Ordnung der Mutter« (Muraro 1993).

6 Mit folgenden Aussagen grenzt sich Bowlby deutlich gegen andere Richtungen der Psychoanalyse ab: »Als Verhaltensklasse mit einer eigenen Dynamik wird Bindungsverhalten als unterschieden von Nahrungsverhalten und Sexualverhalten aufgefaßt, und ihm wird eine mindestens ebenso wichtige Rolle im menschlichen Leben zugemessen« (Bowlby 1983: 58). »In Anbetracht der Tatsache, daß Bindungsverhalten potentiell das ganze Leben hindurch aktiv bleibt und die beschriebene lebenswichtige biologische Funktion hat, betrachte ich es als großen Irrtum anzunehmen, daß aktives Bindungsverhalten seitens eines Erwachsenen ein Anzeichen für Pathologie oder für eine Regression auf unreifes Verhalten ist. Letztere Betrachtungsweise, für fast alle anderen Versionen psychoanalytischer Theorien charakteristisch, ist Folge der aus Theorien über Oralität und Abhängigkeit abgeleiteten Konzepte, die hier abgelehnt werden, weil sie mit dem Beweismaterial nicht übereinstimmen« (ebd.: 59).

7 Neuere therapeutische Richtungen der humanistischen Psychologie wenden sich ebenfalls ab von der ausschließlich negativen Einschätzung familiärer Bindungen. Lauterbach kritisiert die Einseitigkeit eines Menschenbilds, das nahelegt, »eine günstige und für gut bewertete Entwicklung dann anzunehmen, wenn Einengungen lebensgeschichtlich bedeutsamer, meist familiärer Rollen zugunsten neuer Wahlmöglichkeiten überwunden werden. [...] Familien werden konzeptualisiert als Institutionen zur Freiheitsbehinderung. Gefördert wird das Überwinden der Familie, vernachlässigt wird das *wertschätzende Gestalten* (Hervorh. D.M.) dieser besonderen Beziehungen« (Lauterbach 1995: 99/100).

8 Zur Auseinandersetzung über die »sprachliche Vereinfachung« durch das generische Maskulinum vgl. Braun 1996, Häberlin/Schmid/Wyss 1992, Linke 1993, Markert 1992, Oomen-Welke 1993, Ulrich 1991.

9 Vgl. hierzu Linke/Oomen-Welke 1995

Kapitel 2

1 M.E. ist die »ältere Koedukationsdebatte« eine in die Vergangenheit projizierte Übertragung der heutigen »Debatte« auf eine Diskussion, in der die Koedukation ebenfalls nie im Mittelpunkt der Überlegungen stand (vgl. Stoehr 1991, Markert 1996a).

2 »In der Koedukationsdiskussion wird nirgends eine durchgängige Trennung von Mädchen- und Jungenschulen gefordert«, so Heuers Fazit (Heuer 1994: 87).

3 »Frauenbildung ist ein Begriff des 19. Jahrhunderts, ein Kampfbegriff, mit dem Frauen dafür stritten, ihre gesellschaftlichen Interessen und politischen Rechte wahrnehmen zu können« (Nuissl 1993: 12).

4 Diese Untersuchung ergab in Übereinstimmung mit früheren Untersuchungsergebnissen in Deutschland (Frasch/Wagner 1982) und Großbritannien (Spender 1985), daß Jungen im Unterricht deutlich mehr Aufmerksamkeit erhalten als Mädchen (ca. 2/3 zu 1/3), daß sie öfter gelobt und getadelt werden, öfter und länger reden und fast doppelt so oft wie Mädchen unaufgefordert zu reden beginnen, wobei sie auch öfter andere unterbrechen. Besonders interessant erscheint mir, daß alle Beteiligten diesen Zustand als gerecht empfanden, ein Gefühl von Ungleichbehandlung kam erst auf, wenn Lehrkräfte versuchten, Mädchen ebensoviel Aufmerksamkeit zukommen zu lassen wie Jungen.

5 Vgl. hierzu auch Rustemeyers Untersuchung »Wahrnehmungen eigener Fähigkeiten bei Jungen und Mädchen«. Diese zeigte bei Mädchen ein signifikant geringeres Selbstkonzept der Begabung als bei Jungen. Bei neuen Aufgaben waren sie weniger erfolgszuversichtlich. Maßen sie sich mit Jungen, sank ihre Erfolgszuversicht, während Jungen gegenüber Mädchen am erfolgszuversichtlichsten waren (Rustemeyer 1982).

6 Der Arbeitskreis »Schule – Wirtschaft« führte 1988 Veranstaltungen zu diesem Thema durch.

7 Vgl. Faulstich-Wieland 1991: 68, Giesen u.a. 1992.

8 In ihrer »Bilanz der Koedukationsdebatte« gibt Faulstich-Wieland (1993) einen Überblick über »Politische Entwicklung, [...] Gesetzes- und Erlaßlage sowie die Aktivitäten in den einzelnen Bundesländern«, die infolge der Koedukationsdiskussion in Gang kamen.

9 Richter beklagt in ihrer Arbeit über »Geschlechtsspezifische Aspekte des Schriftsprachenerwerbs« das geringe öffentliche Interesse an diesem Themenbereich, das sich auch in wissenschaftlichen Veröffentlichungen abbilde. Während zum Themenbereich »Mädchen und Mathematik/ Technik/Naturwissenschaften in den letzten Jahren zahlreiche wissenschaftliche Bücher erschienen seien, beschäftige sich nur ein Buch (Richter/Brügelmann 1994) mit den schriftsprachlichen Leistungen der Jungen (vgl. Richter 1996: 17).

10 Ein ähnlich nichtssagendes »Konzept« legt Hoffmann vor, dessen Buch immerhin unter dem beeindruckenden Titel »Geschlechterpädagogik« erschien (Hoffmann 1994).

11 Der geschlechtskompensatorische Ansatz geht letztlich davon aus, daß eine Art »menschlicher Vollständigkeit« erst in der Androgynität erreicht ist. Ein solcher androgyner Mensch setzt sich nach dieser Vorstellung aus der Summe der weiblichen und männlichen Stereotype zusammen. In der literarischen Figur »Pippi Langstrumpf« finden wir Züge eines solchen Wesens. Daß sie eine Phantasiegestalt ist, wird leider oft vergessen.

12 Vgl. Beinlich 1974: 135-137

13 Genaugenommen zählen nach Garbes Definition auch die Kinder zu den LeserInnen, die noch nicht selbständig lesen können, die aber bereits durch eigene Erfahrungen Wertschätzung für Literatur erworben haben. Ein Leseunterricht aus dieser Perspektive, die nicht »Defizitorientierung« ist, sondern »Orientierung am Können, an den Fähigkeiten und Entwicklungsmöglichkeiten« (Sieber 1994: 13), müßte von Anfang an viel sorgsamer darauf achten, die vorhandene Lesemotivation nicht zu zerstören, als ein Leseunterricht, der glaubt, zum Leser/ zur Leserin werde man ausschließlich durch Alphabetisierung. Außerdem ermöglicht diese Perspektive auch das Erkennen unterschiedlicher Förderungsnotwendigkeiten für Kinder mit oder ohne Zugang zur Literatur von zu Hause aus.

14 Aufschluß über den Anteil, den die Schule am Entstehen von Analphabetismus hat, gibt z.B. die Arbeit »Stiefkinder des Bildungssystems« von Namgalies/Heling/Schwänke 1990 (vgl. auch Dahrendorf 1995: 9-11; zur schulischen und außerschulischen Prävention von Analphabetismus vgl. Stark u.a. 1995).

15 B. Hurrelmann kommt bei ihrer Untersuchung bei neun- bis elfjährigen Kindern zu einem etwas anderen Ergebnis: Ein kurzer Lesetest ergab, daß Mädchen flüssiger und angemessener in der Sinngestaltung vorlesen konnten (vgl. B. Hurrelmann 1993: 51). Auch in der großen internationalen Lesestudie IEA 1992 wurde in repräsentativen Stichproben in 30 Ländern eine weibliche Überlegenheit im Lesen festgestellt, während in verschiedenen deutschen Lesetests keine signifikanten Unterschiede gefunden wurden (vgl. Richter 1996: 104/105).

16 Das bedeutendste Lesevorbild stellt die Mutter dar. Sie ist auch die wichtigere Vermittlerin von Lesekultur. Unabhängig von den Bildungsvoraussetzungen der Familie wirkt ihr Einfluß lesefördernd auf die Kinder. Das Leseverhalten des Vaters spielt nur am Rande eine Rolle (B. Hurrelmann u.a. 1993: 38).

17 Was es bedeutet, nicht mit den Lesenormen der Mittelschicht aufgewachsen zu sein, zeigt Ummel anschaulich am Beispiel der Gymnasiastin Yvette, in deren Elternhaus kaum die Zeitung gelesen wurde, geschweige denn Bücher: Mit »Ehrfurcht und Bewunderung« steht sie vor dem Bücherregal in der Bibliothek und traut sich nicht, das Buch »Der Archipel Gulag«, das im Unterricht besprochen wurde, für die private Lektüre herauszunehmen (vgl. Ummel 1995: 119). Linke/Oomen-Welke ziehen aus diesem Beispiel u.a. den Schluß, daß Leseförderung durch die Schule »zunächst einmal (noch) gar nicht beim Lesen selbst, sondern bei der Lesesituation« ansetzen müsse. Den Kindern aus »literaturfernen« Familien fehle in vielen Fällen weniger die Motivation, sondern ein »Ort« für Bücher (und deren berechtigte Lektüre) in ihrem eigenen Leben (Linke/Oomen-Welke 1995: 136).

18 Vgl. z.B. Haas 1984, Wilkending 1987, Kaminski 1994; einen ausgezeichneten Forschungsüberblick bieten Eggert/Garbe 1995.

19 Ähnlich argumentieren Groeben/Vorderer: »Solange ›gute Literatur‹ immer ›schwierige Literatur‹ sein muß und ›Leichtverständlichkeit‹ gleichzeitig immer auch Primitivität bedeutet, so lange dürfte es auch der Literaturdidaktik an genügend literarischen Ansatzpunkten [...] mangeln, um die Schichtspezifität des Lesens zu verändern. Unter (lese)-motivationspsychologischer Perspektive muß einem also vieles am herrschenden Literaturbetrieb einfach paradox erscheinen: Es wird immer wieder und nachdrücklich über die Gefahren für das Buch [...] geklagt, gleichzeitig wird aber (fast) alles getan, um (durch elitären Kulturpessimismus, dichotomistische Genußablehnung etc. [...]) den Perpetuierungszirkel schicht-spezifischer Lesemotivation aufrechtzuerhalten« (Groeben/Vorderer 1988: 188/189).

20 Zum Beispiel schreibt Ladenthin (1993, S. 240): »Gegen das Kinder- und Jugendbuch ist einiges zu sagen. Im schlimmsten Fall stellt es Manipulation dar, [...] so, wie es besonders für Mädchenbücher ja auch nachgewiesen wurde.«

21 Auch Grenz (1981) und Zahn (1983) trugen zu einer differenzierteren Wahrnehmung traditioneller Mädchenliteratur bei (vgl. auch Wulf 1996).

22 Sind damit die Literaturkritiker gemeint?

23 »Über die Hälfte der Lektüre der männlichen Jugendlichen besteht aus Abenteuerbüchern einerseits und Sachbüchern andererseits. Die weibliche Lektüre scheint im Vergleich dazu vielfältiger zu sein, verteilt sie sich doch gleichmäßiger auf die sechs literarischen Gattungen« (Bonfadelli/Fritz 1993: 173).

24 Kaisers Gegenüberstellung von über 100 Fabrikbildern von Mädchen und Jungen veranschaulicht diesen Zusammenhang: Während die Jungen mehr Aufmerksamkeit auf die Darstellung technisch-funktionaler Abläufe legten

und nur wenige Personen zeichneten, standen bei den Zeichnungen der Mädchen die Arbeiterinnen und Arbeiter und deren unmittelbare Bedürfnisse im Mittelpunkt, während sie sich kaum um den Produktionsablauf als Ganzes kümmerten (vgl. Mantovani 1994: 278-282).

25 B. Hurrelmann denkt hier »geschlechtskompensatorisch«.

26 Z.B. Kaminski 1992 u. 1994, Mattenklott 1987, Haas 1984, Fischer 1991

27 Fichera 1990, Fichera/Weyerhäuser 1987, Fischer 1991, Goldbach 1987, Kommission Rollenklischees 1988, Lehmann/Schultz 1992, Mattenklott 1987, Pyerin 1989

Kapitel 3

1 Noch schlechter erging es bei diesem Prozeß dem Begriff »Autorität«. Während das »Vorbild« vergleichsweise unauffällig zusammen mit der alten Pädagogik in die Sozialwissenschaften überging und sich dort schließlich auflöste, wurde »Autorität« im Rahmen der breit rezipierten Kritischen Theorie direkt mit »Herrschaft« und der Erziehung zum Totalitarismus in Verbindung gebracht (vgl. Adorno 1973). Daher nimmt bis jetzt niemand Anstoß an dem Wiederauftauchen des »Vorbilds« in unterschiedlichen Kontexten, während Personen, die den Begriff »Autorität« verwenden, sofort unterstellt wird, sie wollten wieder zur Untertanenerziehung zurückkehren (vgl. z.B. Hentig 1985: 53 u. 1994: 118). In der Frauenbewegung wurde der Begriff »Autorität« ebenfalls vermieden, statt dessen gibt es seit Ende der 80er Jahre zahlreiche Veranstaltungen zum Thema »Frauen und Macht«. »Macht« ist wie »Leitbild« ein Begriff, der die persönliche Bindung zwischen Menschen außer acht läßt und damit auch keinen Zugang ermöglicht zu dem dynamischen Aspekt, der immer mit Beziehungen unter Menschen verbunden ist. Die Rede über »Macht« ist daher nicht sehr geeignet, unser Zutrauen zu unserer eigenen Fähigkeit zu stärken, die Geschlechterverhältnisse zu verändern, während »Autorität« uns hierfür zahlreiche Möglichkeiten eröffnet. Vgl. zur theoretischen Auseinandersetzung über »Macht und Autorität« Arendt 1970 und 1994, E. Weber 1974, Weimann 1991. Den Ansatz der italienischen Philosophinnen (Diotima, Libreria) denkt Andrea Günter weiter in »Weibliche Autorität, Freiheit und Geschlechterdifferenz« (1996).

2 An der Entidealisierung von Elternfiguren wirken auch Kinderbücher mit, indem sie die kindlichen ProtagonistInnen mit ihren hilflosen, schwachen Erziehungspersonen alleinlassen. Auch wenn es sicher lehrreich sein kann, wie Kinder unter diesen Umständen überleben, halte ich es für problematisch, den jungen LeserInnen eine Welt vorzuführen, in der sie sich ohne Hilfe von lebenstüchtigen Erwachsenen durchschlagen müssen. Vgl. z.B. Mebs (1987): »Ich weiß ja, wo der Schlüssel hängt«; Welsh (1987): »Empfänger unbekannt – Zurück!«; Kekule (1991): »Ich bin eine Wolke«; Boie (1990): »Mit Kindern redet ja keiner«.

3 Daß Mädchen »am liebsten« Problembücher lesen, bekommt vor diesem

Hintergrund eine etwas andere Bedeutung. Vielleicht wählen sie einfach nur vorrangig Bücher mit weiblichen Hauptpersonen. Daß dies oft Problembücher sind, nehmen sie möglicherweise einfach nur in Kauf. Abenteuerbücher mit weiblichen Hauptpersonen sind nach wie vor selten.

4 M. E. wird am Abbruch der Lesekarrieren von Frauen aufgrund »sozialer Umstände« dagegen deutlich, daß Frauen sich noch zu wenig autorisieren, das durchzusetzen, was sie (für sich und für ihre Kinder) als sinnvoll erkannt haben. Anders ausgedrückt, auch hier fehlt weibliche Autorität.

5 Solange Männlichkeit vor allem bedeutet, sich von Mädchen zu unterscheiden und sich von ihnen abzugrenzen, ist die Verzweiflung und Ratlosigkeit von Jungen und Männern angesichts des Vordringens der Mädchen und Frauen in ihre Bereiche verständlich, wie Schweikart sie in bezug auf die Kinderliteratur zum Ausdruck bringt: »Was immer Jungs heute auch anfangen, die Mädchen sind schon da. [...] Ratlos blicken sich die Jungs um und müssen achselzuckend feststellen, daß sie nicht mehr gebraucht werden. Denn Mädchen sind längst die besseren Jungs, so scheint es zumindest in der Kinderliteratur. [...] Was bleibt für sie also übrig von der alten männlichen Herrlichkeit?« (Schweikart 1995: 10).

6 Siehe Kap. 4.2.2.

7 Vgl. auch Dernutz 1994 u. Seitz 1994

8 Erste Schulbuchanalysen von Frauen gab es schon in den siebziger Jahren, z.B. Krüger/Silbermann 1971, Grauel 1973, einen Überblick über die weiteren Arbeiten zu diesem Thema siehe Lindner/Lukasch (Hrsg.), 1994.

9 Zum Beispiel wird im 1995 erschienenen Sprachbuch »geradeaus« seitenlang in »Die Welt der Ritter« eingeführt, ohne daß über die Frauen in dieser Kultur etwas zu erfahren ist. Nur eine Seite widmet sich der »Burgherrin, der Frau des Ritters«. Daß bei dieser Darstellung des Rittertums mit der zentralen Stellung von Frauen in der höfischen Kultur und den darauf bezogenen Tugenden der Ritterlichkeit auch eine wichtige Grundlage europäischer Kulturentwicklung unterschlagen wird, was dazu führt, daß die kriegerischen Aspekte ein um so größeres Gewicht bekommen, halte ich für das eigentliche Problem dieser Geschichtsverfälschung (vgl. hierzu z.B. Diers 1994: 122-141 u. 186-221).

10 Aufgrund ihrer benachteiligten Stellung in koedukativen Schulen könnten Lehrerinnen dort von Schülerinnen nicht vorbehaltlos als Vorbild anerkannt werden, meinen Kauermann-Walter und Kreienbaum (1993). Meines Erachtens wird bei dieser Einschätzung die Bedeutung der Position in der Schulhierarchie (also der Macht) überbewertet. Für wesentlich wichtiger halte ich die Einstellung der Lehrerinnen selbst zu ihrem Frausein, ihrer Autorität und ihrem beruflichen Status (vgl. Markert 1992: 66-68 u. 1994: 14/15). Daß 50% der Gymnasiallehrerinnen und 63% der Hauptschullehrerinnen stolz sind, wenn sie nicht als Lehrerin erkannt werden (Flaake 1989), scheint mir ein deutlicher Hinweis darauf zu sein, daß Lehrerinnen sich selbst in der Ausübung ihres Berufs nicht als mögliche Vorbilder betrachten und darstellen.

11 Auf der symbolischen Ebene lernt dies auch der fünfjährige Junge, zu dem

seine Mutter ganz partnerschaftlich und kindgemäß sagt: »Heute bin aber mal *ich* der Indianerhäuptling.« Auch wenn jetzt noch die Mutter über ihn bestimmen kann, wird er darauf vorbereitet, daß dies in der »Welt« nicht so ist, da es in der Sprache anscheinend kein Wort gibt für eine weibliche Führungsperson. Hierzu Jansen/Jockenhövel-Poth (1992: 270): »Die defizitäre bzw. nicht vorhandene gesellschaftliche Bereitstellung von symbolischen und präsymbolischen Repräsentanzen für weibliche Entwicklung und Weiblichkeit selbst bedeutet, daß es Mädchen und jungen Frauen nicht möglich ist, sich ohne Vorgabe männlicher Symbolik und Attribute finden und wiederfinden zu können.«

12 Er bezieht sich hier auf die Untersuchung von Enders-Dragässer/Fuchs über Jungensozialisation in der Schule, in der erstmals die Defizite thematisiert wurden, die durch die fehlende Beachtung der Zweigeschlechtlichkeit bei den Jungen entstehen (vgl. Enders-Dragässer/Fuchs 1988).

13 Oft konnten sich die SchülerInnen nicht einmal an die Namen der Personen erinnern, über die, z.B. im Religionsunterricht, über längere Zeit gesprochen worden war.

14 Die statistischen Berechnungen wurden von der Forschungsstelle der Pädagogischen Hochschule Freiburg mit dem Programm SPSS für Windows pc plus, Version 401, durchgeführt.

15 Signifikanz nach Pearson (Chi-Quadrat): 0.00194

16 Signifikanz im Mann-Whitney U – Wilcoxon Rank Sum W Test : Erinnerung an männliche Personen: 0.5586, Erinnerung an weibliche Personen: 0.0000

17 Ein Junge erinnert sich explizit nur an »die *Jungen* aus den Vorstadtkrokodilen«, ein anderer streicht, bezogen auf eine weibliche Buchfigur, das Wort »sie« durch und ersetzt es durch »er«.

18 Christ berichtet von einer Lehrerin, die dieses Buch auswählte, um Jungen dazu zu bringen, sich mit einem Mädchen als Handlungsträgerin empathisch auseinanderzusetzen. Während mehrerer Stunden sprachen die Jungen in ihrer Klasse von der weiblichen Hauptfigur von »er« und »ihm«. Als sie darauf hinwies, daß es sich um ein Mädchen handle, schienen die Jungen sehr erstaunt (vgl. Christ 1995: 127).

19 Signifikanz von 0.05327 nach Pearson

20 Mattenklott betont die »entwicklungspsychologischen Vorzüge« von Tierverwandlungserzählungen als Unterrichtsgegenstand. Sie bieten – so Mattenklott – eine »reiche Symbolsprache« für die Verwandlungsprozesse in Pubertät und Adoleszenz und »erlauben den Umgang mit zentralen Fragen des jugendlichen Denkens und Fühlens, ohne diese explizit zum Unterrichtsgegenstand zu machen« (Mattenklott 1995: 71). Gerade für Jungen (D.M.) bieten sie »Schutz durch Masken und Verkleidungen« und ermöglichen so Unterrichtsgespräche, die zu einer »Bildung des Gefühls« beitragen.

21 Als »Vorbilder der Kinder von heute« werden in einem Zeitungsbericht über eine Umfrage bei SchülerInnen nach ihren Idolen z.B. Mitglieder der Kelly Family, Jesus Christus, Boris Becker und Goethe bezeichnet (vgl. Badische Zeitung vom 23. 5. 96).

22 Signifikanz nach Pearson (Chi-Quadrat): Bei männlichem und bei weiblichem Vorbild jeweils 0.00000
23 Signifikanz nach Pearson: 0.02352
24 Signifikanz nach Pearson: 0.01489
25 Kreienbaum fiel auf, daß Lehrerinnen und Lehrer einer Koedukationsschule, die nach Mädchenfreundschaften in ihren Klassen gefragt wurden, diese Frage entweder als Frage nach den Beziehungen zwischen Mädchen und Jungen mißverstanden oder schnell zu diesem Thema umschwenkten (Kreienbaum 1992: 107). Die Bedingungen für Mädchenfreundschaften an Mädchenschulen scheinen besser zu sein: In einer Untersuchung von Kauermann-Walter u.a. bejahten 80% der befragten ehemaligen Schülerinnen von Mädchenschulen die Frage nach einer intensiven Mädchenfreundschaft während ihrer Schulzeit gegenüber nur 40% der Befragten aus Koedukationsschulen (Kauermann-Walter u.a. 1988).
26 Vgl. auch Groeben/Vorderer 1988: 264 und Bandura 1979
27 Die Erinnerung an diese Erfahrung und der gesellschaftliche Umgang mit ihr hat vermutlich großen Einfluß auf die Haltung gegenüber weiblicher Autorität (vgl. Günter 1996: 146-180).
28 SchülerInnen aus Neuseeland kamen in ihrer Fähigkeit im Lesen und Schreiben auf den ersten Platz in der Welt. Dort werden von Anfang an ganze Bücher gelesen. Neben der Schaffung einer »Atmosphäre des Vertrauens« wird vor allem Wert darauf gelegt, daß Lesen von Anfang an »Sinn macht« (vgl. Rossa 1995: 142-147).
29 Kaschnitz: »Popp und Mingel«, Welsh: »Die Ohrfeigen« und Wölfel: »Das Miststück«
30 Hierzu die Mitherausgeberin Fuchs: »Mädchen sind geübt darin, empathisch auf Jungen(-probleme) einzugehen, sie sind ebenfalls geübt darin, auf identifikatorische Auseinandersetzung mit Mädchen- und Frauenfiguren zu *verzichten* (Hervorh. D.M.). Die Schule hat ihnen diese Übung ebenso nahegelegt wie viele Kinderbücher, Filme und Spielfiguren« (Fuchs 1995: 266).

Kapitel 4

1 Viele Studierende in meinen Seminaren an der Pädagogischen Hochschule weigerten sich einfach, die vorgestellten empirischen Untersuchungsergebnisse zur Kenntnis zu nehmen, die belegten, daß keine eindeutigen angeborenen Geschlechtsunterschiede nachzuweisen sind. Manche hielten bis zum Ende des Seminars an ihrem Glauben an die »natürlichen Unterschiede« fest und »belegten« sie mit ihren Einzelerfahrungen aus dem Alltag.
2 Vgl. hierzu Hagemann-White 1988: 234
3 Vielleicht hat die männliche Vorstellung von der »heimlichen weiblichen Allmacht« ihren Ursprung in dem Widerspruch, den kleine Jungen hier erleben: Die Frau, die aus ihrer Sicht im Besitz aller Macht der Welt ist, tritt ihnen gegenüber nicht machtvoll auf, sondern überläßt ihnen (vielleicht viel zu oft?) die Führung (vgl. Bilden 1991: 292).

4 Die Psychoanalytikerin Schmauch nennt als mögliche Gründe für die größere Distanz bzw. Ambivalenz der Mutter gegenüber einem Jungen: »Die symbiotisch sich hingebende Art von Liebe, die der Junge (ebenso wie das Mädchen) als Baby braucht, wird in einer Frau nicht selten ihre Erfahrungen mit dem männlichen Ausbeuten weiblicher Hingebung anrühren. Das eigene Kind, das einen Penis hat, kann [...] in seiner Maßlosigkeit ein ›typischer Vertreter des rücksichtslosen Herrengeschlechts‹ sein. Es kann daher Rachsucht wecken oder aber Sehnsucht nach Harmonie mit dem gegnerischen mächtigen Geschlecht« (Schmauch 1988: 82/83).

5 Vgl. hierzu Grabrucker 1993, z.B. S. 157

6 Das Wissen darum, daß eine Mutter, die wie eine verachtete Dienstmagd behandelt wird, nicht in der Lage ist, einen Sohn richtig zu erziehen, hat in den traditionellen türkischen Familienstrukturen ihren Niederschlag darin gefunden, daß die junge Schwiegertochter, die in die Familie ihres Mannes einheiratet, nur so lange die niedrigste Stellung in der Hierarchie innehat, bis sie einen Sohn zur Welt bringt. Dann wird sie zu einer »hanim«, einer Herrin.

7 Daß er nicht mit einem Jungen schmusen kann, begründet Annelis Vater damit, daß er sich dies bei einem Buben peinlich vorstellen würde, »mit einem Mann, und sei er auch noch so klein, könne er nicht einen so intensiven körperlichen Kontakt haben. Das Schmusen zum Beispiel habe für ihn einfach eine erotische Komponente, die er sich nur mit einem Mädchen vorstellen könne« (Grabrucker 1993: 68). Hollstein nennt die Homophobie als einen von sechs Zwängen, die der Männer-Rolle »nachgerade inhärent sind« (Hollstein 1994: 96). Die Bedeutung der körperlichen Präsenz des Vaters für einen Jungen hält Vogt dagegen für »eine große Macht«: »Wenn ein Junge aufwächst und den Körper eines erwachsenen Mannes berühren kann, kann er viele Dinge über einen Mann fühlen, wahrnehmen, erfahren: [...] Diese konkreten Sinneseindrücke entstehen aus der körperlichen Nähe zum Vater und zu anderen Menschen, und sie sind lebenswichtig für die Entwicklung des Bewußtseins unserer Menschlichkeit in Fleisch und Blut« (Vogt 1994: 34/35).

8 Entsprechend der psychoanalytischen Theorie meint Schmauch, es sei unübersehbar, wie beide, die Frau und der kleine Sohn, diese Intimitäten genießen (Schmauch 1987: 109). Ich bezweifle dies, was die Mütter betrifft. Aus Gesprächen mit Müttern von Söhnen komme ich eher zu dem Schluß, daß sie das Gefühl haben, dem Sohn in bezug auf Nähe etwas schuldig zu sein, da sie die Nähe nicht so direkt und problemlos zu dem kleinen »Fremden« herstellen konnten wie zu einer Tochter. Aufgrund dieser Schuldgefühle und ihrer Unsicherheit in bezug auf die »richtige« Erziehung eines Jungen fällt es ihnen schwer, »nein« zu sagen, Grenzen zu setzen und Forderungen zu stellen.

9 Daß Töchter ihre Mütter »bemuttern«, finden wir häufig in Kinder- und Jugendbüchern, die die Gleichheit zwischen Tochter und Mutter hervorheben. Am deutlichsten wird dies in Chidolue: »Ponzl guckt schon wieder« – die Tochter ist hier erst zehn –, in Kekule: »Ich bin eine Wolke« und »Das

Blaue vom Himmel« sowie in Seck-Agthe: »Pink Flamingo«, wo die Tochter sich allmählich aus dieser Rolle befreit.

10 Wie der Männerforscher Gilmore feststellte, ist diese »Männlichkeit« ständig bedroht und muß immer wieder neu erworben werden (vgl. Gilmore 1991).

11 Auch feministisch eingestellte Mütter von Söhnen wirkten eher erleichtert, wenn sie berichten konnten, daß ihre Söhne nicht mit den Puppen spielten, die sie ihnen aus feministischer Einsicht heraus gekauft hatten. Einen liebevollen Umgang mit diesen Puppen hatten sie ihnen natürlich nicht beigebracht.

12 In dem Jugendbuch »Jeder Tag ein Happening« erzählt Kirsten Boie vom Spiel des fünfjährigen Jason mit den Plastikfiguren eines Kindergarten-Freundes. Den Horror der Mutter vor diesen Figuren kann der Junge nicht nachvollziehen, denn sie haben gespielt, daß einer verletzt war und ein anderer ihn liebevoll versorgt hat. Jason findet, daß die Figur, die später seinen Schlaf bewacht, ganz lieb guckt (vgl. Boie 1993a: 28-33).

13 Daß die Spiele der Mädchengruppen in der Regel nicht so lange dauern wie die der Jungengruppen, steht ebenfalls im Zusammenhang mit der anderen Gruppenstruktur: In Mädchengruppen wurde die Fortsetzung des Spiels der Aufrechterhaltung der guten Beziehungen untereinander eher untergeordnet, d.h., wenn z.B. ein Konflikt über die Spielregeln drohte, wurden entweder die Regeln verändert oder es wurde schnell ein anderes Spiel begonnen, um die Austragung des Konflikts zu vermeiden (vgl. Gilligan 1988: 18).

14 Als einzigen deutlichen Geschlechterunterschied im »allgemeinen kognitiven Bereich« nennt Richter eine Überlegenheit weiblicher Individuen in der Konzentrationsleistung (Richter 1996: 69).

15 Für diese Annahme spricht auch Richters Vergleich der von Lehrpersonen und Lehramtsstudierenden dem jeweiligen Geschlecht zugesprochenen Lieblingswörter mit den von den Mädchen und Jungen genannten Wörtern: Wie erwartet, gab es mit den Mädchen eine Übereinstimmungsquote von 2/3, mit den Jungen nur zu 1/3. Jedoch war die Übereinstimmung zwischen Lehrerinnen/Studentinnen und Jungen größer als die zwischen Lehrern/Studenten und ihren jungen Geschlechtsgenossen. Würde Richters These von geschlechtstypischen »männlichen« Lieblingswörtern zutreffen, müßte es umgekehrt sein.

16 Die Autorinnen wählten bewußt Schulen, »in denen Waffen, Drogen, Banden und dergleichen noch nicht Einzug gehalten haben«, um die »Probleme auf niedriger Schwelle« zu untersuchen (Benard/Schlaffer 1994: 73).

17 Daß Jungen sich von einem Tag auf den anderen weigern, mit Mädchen zu spielen oder bestimmte Dinge zu tun, wodurch sie mit Mädchen in Verbindung gebracht werden könnten, wird ebenfalls von Eltern und Lehrpersonen ohne Einwände respektiert, da es für die Entwicklung zum Jungen für normal und wichtig gehalten wird. Als ein vierjähriger Junge nach einigen Wochen im Kindergarten die Entscheidung traf, nicht mehr mit Mädchen zu spielen, akzeptierten dies seine Eltern und die seiner gleichaltrigen

Freundin sofort und änderten ihr Kinderbetreuungsarrangement. Niemand machte dem Jungen klar, wie diskriminierend dieses Verhalten war und wie sehr er das Mädchen damit kränkte. Hätte dasselbe Kind beschlossen, nicht mit Kindern anderer Hautfarbe, anderer Volkszugehörigkeit oder anderer Religion zu spielen, wäre dies zweifellos ganz anders problematisiert worden.

18 Als der Männer-Rolle inhärenten »Zwang« bezeichnet Hollstein die »unsorgsame Gesundheitspflege«, z.B. das »Mißachten körperlicher Warnsignale«. Er bringt die im Vergleich zu den Frauen um acht Jahre geringere Lebenserwartung der Männer in den Industrienationen mit der »Brutalität der Männerrolle« in Verbindung (Hollstein 1994: 96/97).

19 Nicht nur Lehrerinnen, auch Lehrer und Jungen bringen den Mädchen wenig Respekt entgegen, da sie ja von der Überlegenheit alles Männlichen überzeugt sein müssen. Was Mädchen können, »muß« daher oft abgewertet werden.

20 Mangelnder Respekt vor den Mädchen zeigt sich auch daran, wie wenig Beachtung der unterschiedliche Verlauf von Pubertät und Adoleszenz bei Mädchen und Jungen bisher in der sozialwissenschaftlichen Literatur fand. Pubertät und Adoleszenz von »Jugendlichen« wurden nach dem männlichen Modell beschrieben. Hagemann-White zeigt, daß – im Gegensatz zu den Jungen – bei den Mädchen die körperlichen Veränderungen (Pubertät) und die psychischen und sozialen Veränderungen (Adoleszenz) nicht gleichzeitig verlaufen, sondern in einem weitgehend getrennten Nacheinander. Bei den Mädchen setzt der hormonell ausgelöste Triebschub erst gegen Ende der körperlichen Veränderungen ein, bei den Jungen mit Beginn dieser Veränderungen. Folglich steht für Jungen die Verwandlung des Körpers erlebnismäßig im Zusammenhang mit der eigenen Sexualität, für Mädchen hauptsächlich mit den sexuellen Reaktionen anderer (vgl. Hagemann-White 1989: 66).

21 »Insbesondere in der psychologischen und psychoanalytischen Literatur zur Adoleszenz wird es als deren zentrale Aufgabe bestimmt, die innere und äußere Trennung von den Eltern zu erlangen. In den letzten fünf Jahren hat eine Fülle von Studien bestätigt, daß die weibliche Adoleszenz diesem Modell nicht entspricht« (Hagemann-White 1989: 76).

22 Frauen aus der Mittelschicht, vor allem Lehrerinnen und Politikerinnen, die aufgrund ihrer eigenen privilegierten Situation (günstige Arbeitszeit oder/und genügend Geld, um private Kinderbetreuung zu finanzieren) die problemlose Vereinbarkeit von Familie und Beruf (bzw. sogar Karriere) für Frauen propagieren, bieten den Mädchen keine Hilfe beim Erbringen der Vereinbarkeitsleistung, sondern erschweren diese durch Wecken von Illusionen und Aufstellen von Ansprüchen, vor denen das einzelne Mädchen seinen für sich gefundenen Kompromiß nur als Scheitern erleben kann. Der geringe Erfolg der Kampagnen »Mädchen in Männerberufe« zeigt m. E. nicht die Rückständigkeit der jungen Frauen, sondern ihr Realitäts- und Verantwortungsbewußtsein.

23 Z.B. Ladiges: »Blaufrau«, Sommer-Bodenburg: »Das Biest, das im Regen

kam«, Kohlhagen: »Was soll ich denn mit Mutters Traum?«, Nöstlinger: »Rosalinde hat Gedanken im Kopf« und »Maikäfer flieg«, Boie: »Das Ausgleichskind« und »Mittwochs darf ich spielen«, Chidolue: »London, Liebe und all das«. Die Auseinandersetzung um die Verteilung der Hausarbeit ist Thema in folgenden Büchern: Nöstlinger: »Lollipop«, Boie: »Mit Jakob wurde alles anders«, Härtling: »Mit Klara sind wir sechs«, Chidolue: »Ponzl guckt schon wieder«.

24 Z.B. in van Lishout: »Der allerliebste Junge von der ganzen Welt«, Haworth: »Ein Pferd, schnell wie der Wind«, Welsh: »Empfänger unbekannt – zurück!«, Mebs: »Ich weiß ja, wo der Schlüssel hängt«, Härtling: »Jakob hinter der blauen Tür«, Pressler: »Kratzer im Lack«, Bexell: »Ein Freund ist ein Freund«, Unefäldt: »Glaubt bloß nicht, daß ich heule«

25 Pohl: »Nennen wir ihn Anna«, Chambers: »Wer stoppt Melanie Prosser?«, Welsh: »Sonst bist du dran!«, Maar: »Jakob und der große Junge«

26 Reuter: »Das Ende des Regenbogens«, Fuchs: »Steine hüpfen übers Wasser«, Strachan: »Moses Beech«, Härtling: »Theo haut ab«.

27 Maya Pines: Die unsichtbare Maus und der lachende Tiger. In: Psychologie heute, 2/1979: 55-59

28 Ich beziehe mich hier auf Maihofer, die »Diskurs« im Anschluß an Foucault definiert als »Denk-, Gefühls- und Handlungsweisen, Körperpraxen, Wissens(chafts)formen, Institutionen, gesellschaftliche Macht- und Herrschaftsverhältnisse, Naturverhältnisse, Kunst, Architektur, innere Struktur von Räumen etc.« (Maihofer 1995: 80)

29 Ich bevorzuge die neutralere Bezeichnung »traditionell« gegenüber »patriarchal«, da mit der letzteren eine Abwertung verbunden ist. Maihofer bezeichnet den »traditionellen Diskurs« mit »hegemonial«, da dieser bürgerliche Geschlechterdiskurs gesellschaftlich (noch) dominiert, wie sie annimmt. Sie räumt aber ein, daß die hegemoniale Bedeutung nicht für alle »Gruppen, Klassen, Schichten und Individuen in der Gesellschaft die gleiche« sei (vgl. Maihofer 1995: 81/82).

30 Die besonderen Schwierigkeiten beim Zusammenleben mit Moslems lägen an »subtilen kulturellen Differenzen, die schwer zu erklären sind« (so Mihciyazgan 1993), in denen sich der andere religiöse Hintergrund z.B. auf die Vorstellungen über Geschlechtlichkeit ausgewirkt habe. Eine Beschäftigung mit den unterschiedlichen Geschlechterdiskursen beider Kulturen wäre dringend erforderlich, wie der Bericht von Mihciyazgan zeigt. Auch bei der Beurteilung der Darstellung ausländischer Mädchen in Kinder- und Jugendbüchern würde eine solche theoretische Auseinandersetzung uns vor ungewollter und unbemerkter »eurozentrischer Überheblichkeit« schützen (vgl. Grenz 1992).

31 »Bei einem großen Teil vor allem der biologisch orientierten Geschlechtsunterschiedeforschung ist erkennbar, daß es nicht Ziel war, die – wertneutrale – Andersartigkeit der Geschlechter zu erforschen, sondern daß im Sinne einer ›Defizitanalyse‹ Belege für die Unterlegenheit der Frau gesucht wurden« (Richter 1996: 22).

32 Androzentrisches Denken ist universalistisches Denken, d.h., ein Teil setzt

sich für das Ganze und vergißt sein eigenes Teil-Sein. Auch Frauen der Frauenbewegungen in den westlichen Industrieländern dachten universalistisch, solange sie sich anmaßten, für alle Frauen zu sprechen. Damit setzte sich diese Gruppe privilegierter Frauen der Dominanzkultur als allgemein und subsumierte Frauen anderer Kulturen und Schichten bzw. grenzte sie als rückständig, unterentwickelt usw. aus (vgl. Bilden 1991: 280; Hagemann-White 1995: 185/186; Thürmer-Rohr 1995: 88). Wenn bestimmte Themen zu »Frauenthemen« erklärt werden, verbunden mit dem Anspruch, daß sich alle Frauen für diese Themen interessieren und für die entsprechenden Forderungen engagieren müßten, steckt ebenfalls universalistisches Denken dahinter. Für manche Frauen hat z.B. das »Frauenthema« Kinderbetreuung weniger reale Bedeutung in ihrem Leben als für viele Männer (Väter, Lehrer, Sozialarbeiter, Politiker).

33 Vgl. auch Fuchs 1990: 369 ff.; Skinnigsrud 1984: 22

34 Die zunehmende Auflösung des »ganzen Hauses«, in dem Wohnen und Arbeiten im Rahmen einer Großfamilie mit allen MitarbeiterInnen eines Handwerks- oder bäuerlichen Betriebs gemeinsam stattgefunden hatte, die Notwendigkeit für die Männer, das Zuhause zu verlassen und allein »ihren Mann zu stehen«, macht verständlich, warum neue Formen von Männlichkeit und Weiblichkeit entwickelt werden mußten, die die Menschen unterstützten, diese Veränderungen auch psychisch zu verkraften (vgl. Alder 1992, Böhm 1992: 208).

35 Z.B. Gilligan: »Die andere Stimme, die ich zum Ausdruck bringe, ist nicht an ein Geschlecht gebunden, sondern durch ihre Thematik bestimmt. Daß sie den Frauen gehört, ist ein empirischer Sachverhalt, und ich verfolge ihre Entwicklung überwiegend anhand der Äußerungen von Frauen. Sie ist aber keineswegs ausschließlich an Frauen gebunden [...]«(Gilligan 1984: 10).

36 Vgl. hierzu auch Prengel 1993: 55

37 Als positive maskuline Eigenschaften gelten hier: klug, kräftig, aktiv, unabhängig, entschlossen. Als positive feminine Eigenschaften werden die folgenden genannt: hilfsbereit, freundlich, einfühlsam, herzlich (vgl. Alfermann 1995: 37).

38 Es ist sicher kein Zufall, daß die bekannteste androgyne literarische Figur, Pippi Langstrumpf, ein Mädchen ist. Diese Figur hat zweifellos den Emanzipationsprozeß vieler Frauen angeregt und unterstützt. Wenn Pippi Langstrumpf aber als weibliches Vorbild bezeichnet wird, wird aus einer im Buch deutlich als Phantasiewesen gekennzeichneten Figur ein reales Mädchen. (Die Verfilmung hat diese »Verfälschung« sicher verstärkt.) Androgynität kann als Idealvorstellung Entwicklungen in Gang bringen und unterstützen, aber als real anzustrebendes Erziehungs- und Entwicklungsziel halte ich sie für inhuman.

39 Wenn wir »Postmoderne« so verstehen, gehört auch die Flugschrift des Mailänder Frauenbuchladens »Das Patriarchat ist zu Ende« (Libreria 1996) in diesen Denkzusammenhang.

40 Vgl. hierzu auch Günter/Mariaux (Hrsg.) 1994

41 Nach wie vor lesenswert in bezug auf die Stereotype des traditionellen Geschlechterdiskurses in Kinder- und Jugendbüchern ist Oestreich 1973: 20/21 u. 41-51.

42 Vgl. zu Blyton und der »Ausnahmefigur Georgina«: Rückert 1980: 102-117; Brunken 1995: 408-410; Prieger 1982; Hett-Schiller/Schwalb 1992

43 Nesbit verfolgt in diesem Buch (1910 erstm. veröff.) sicherlich die Intention, »Weibliches« aufzuwerten, indem sie Philip die Erfahrung machen läßt, daß er Lucys Hilfe braucht und daß es gerade ihre »weiblichen Fähigkeiten« (wie das Erkennen eines Häkelmusters) sind, die dafür gebraucht werden. Ich rechne ihr Werk trotzdem nicht dem feministischen Diskurs der Aufwertung des Weiblichen zu, da Frauen hier ausschließlich im Bezogensein auf Männer und als Männern Untergeordnete Aufwertung erfahren.

44 Vgl. Müller (1994), die feststellt, daß ›nonkonformistische‹ deutsche Jugendbücher der dreißiger und vierziger Jahre (von Kästner, Tetzner und Held) in bezug auf die Geschlechterpolarisierung traditionell bleiben.

45 Gut Fußball spielen zu können, scheint in der Kinderliteratur so etwas wie eine Eintrittskarte in die Männerwelt zu sein. Es ist zugleich eines der häufigsten »neuen« Geschlechterklischees des Gleichheitsdiskurses. Daß Kitty hier gleich zwei Tore schießt, obwohl vorher nie die Rede davon war, daß sie dafür trainiert hat, erscheint mir genauso unwahrscheinlich wie die Behauptung Kuijers in »Ich fühle mich wie Apfelmus«, der phantasievolle, verträumte Jonathan, der nie mitgeht, wenn er zum Spielen abgeholt wird, sei ein ausgezeichneter Fußballspieler (Kuijer 1987a: 103).

46 Für Gräfin Schönfeldt ist der »eigentliche Held« in »Die rote Zora« das Bandenmitglied Branko (vgl. Gärtner 1992: 62/63).

47 In der Verfilmung wird dagegen das Klischee von der männlichen Unfähigkeit zur Hausarbeit breit ausgewalzt.

48 Der Boom der Oma-Literatur steht m. E. in direktem Zusammenhang damit, daß im Gleichheitsdiskurs die positive Darstellung von Müttern (als Hausfrauen) nicht mehr möglich war. Da sich das Leben von Kindern aber zu einem großen Teil im Familienkontext abspielt, wurden die »Omas« an die Stelle der Mütter gesetzt. Vor allem bei Mebs, aber auch bei Härtling, der sich um eine realistischere Oma-Darstellung bemüht, hat die »Oma« keinen anderen Lebensinhalt als die Beziehung zu dem Enkel, in der sie akzeptierend-liebevoll, bzw. phantasievoll und humorvoll dargestellt ist (Härtling: »Oma««, Kleberger: »Unsere Oma« u. 3 Folgebände, Mebs: »Oma, schreit der Frieder« u. 2 Folgebände). In Lindgrens Michel-Bänden finden wir diese liebevoll-akzeptierende Haltung einem anstrengenden Jungen gegenüber noch bei der Mutter.

49 Z.B. Mebs: »Sonntagskind«, Rauprich: »Das Mädchen unter der Brücke«, Kohlhagen »Was soll ich denn mit Mutters Traum«, Boie: »Mittwochs darf ich spielen«, Sommer-Bodenburg: »Das Biest, das im Regen kam«, Meißner-Johannknecht: »Uluru – Platz der Wunder«

50 Hollstein wies eine veränderte Einstellung der Männer zur Hausarbeit nach sowie eine Erhöhung der dazu notwendigen Fähigkeiten, jedoch blieb

der Anstieg bei den entsprechenden Aktivitäten gering (vgl. Hollstein 1990).

51 »Für Männer bedeutet die Übernahme weiblicher Zuschreibungen in einer patriarchalen Kultur einen Statusverlust, während für Frauen bei einer ›Angleichung an männliches Verhalten‹ ein Statusgewinn verbunden sein kann«, so Metz-Göckel (1988: 92). Wetterer analysierte die Statusdifferenz und den Wandel in den geschlechtlichen Zuschreibungen verschiedener Berufe und stellte fest, daß aufgrund zunehmenden Legitimationsbedarfs wegen der Forderung nach Gleichberechtigung die »Verfahren der Vergeschlechtlichung von Berufsarbeit« die Tendenz entwickelten, »nicht mehr unbedingt einen Beruf als ganzen, wohl aber dessen prestigeträchtigere Teilbereiche als Männerdomäne (zu) bewahren« (Wetterer 1995: 213). Der Erziehungswissenschaftler Hans-Günter Rolff stellt bei einer Tagung zum Lehrerbild bereits die »Grundschullehrerinnen« (und ihre »mangelnde Professionalität«) den »Philologen« gegenüber (Heinemann 1996). In einigen Bundesländern haben GrundschullehrerInnen bereits kürzere Ausbildungszeiten, die geringere Bezahlung und niedrigeren Status legitimieren.

52 Der Frauenanteil in der freien Wirtschaft liegt in mittleren Führungspositionen bei 5 – 6%, auf der Vorstandsebene bei 0,5%; im öffentlichen Dienst sind bei einem Frauenanteil der Beschäftigten von 53,7% im höheren Dienst nur noch 23,7% weiblich, in den Spitzenämtern sind 1,7% Frauen. Im Hochschulbereich stellen Frauen 5,2% der ProfessorInnen und 2,6% der C 4-ProfessorInnen. Im Schulbereich ist der Anteil der Frauen in Schulleitungspositionen seit 1974, als er 12,8% betrug, rückläufig. Auf gleicher Hierarchie-Ebene weisen Frauen höhere Bildungsabschlüsse auf als Männer (vgl. Ehrhardt 1994: 51/52).

53 Ein Musterbeispiel für ein solches weibliches Wirken zum Guten ohne Ansprüche auf Sichtbarkeit oder eine entsprechende Leitungsposition ist Lillimaus in dem Kinderbuch »Der überaus starke Willibald« (Fährmann 1984). Nachdem sie die Mäuse durch ihre Klugheit und unermüdliche Aktivität von der (übrigens stark verharmlosten, D.M.) totalitären Herrschaft befreit hat, lehnt sie es ab, »der Boß« zu sein. Sie stellt sich aber auch nicht für eine demokratische Wahl zur Verfügung: »Sie wählten einen jungen Präsidenten, und Lillimaus versprach, ihm das Zählen beizubringen« (S. 85).

54 Wenig produktiv erscheint mir der Streit zwischen Anhängerinnen der Kritischen Theorie und der Postmoderne, der m. E. die Funktion hat, die Ratlosigkeit und Resignation beider Richtungen bezüglich Frauen- und Geschlechterpolitik zu verdecken (vgl. Bernardoni 1995, Thürmer-Rohr 1995, List 1993, Benhabib u.a. 1993, Prengel 1995).

55 Um deutlich zu machen, daß es sich um eine Vielzahl von Beziehungen zwischen einer Vielzahl von Menschen handelt und daß es nicht nur um das Verhältnis zwischen Frauen und Männern geht, sondern auch um die Verhältnisse innerhalb der Geschlechtergruppen, hat sich mittlerweile der Begriff »Demokratisierung der Geschlechterverhältnisse« eingebürgert (vgl. auch Bilden 1991: 280).

56 Maihofer zufolge war sich Elisabeth Selbert bei der Auseinandersetzung um den im wesentlichen von ihr ins Grundgesetz eingebrachten Gleichberechtigungsgrundsatz dieser Problematik des Gleichheitsbegriffs durchaus bewußt. Sie »bezeichnete es als einen grundlegenden Irrtum, bei der Gleichberechtigung von der Gleichheit auszugehen«, konnte sich aber nicht mit einem Verständnis von Gleichberechtigung durchsetzen, »in dem die Forderung nach Gleichberechtigung der Frauen ihre Gleichberechtigung auch in ihrer Andersartigkeit/Verschiedenheit *einschließt*« (Maihofer 1995: 165).

57 Der Begriff »männlich« bezieht sich hier auf die Vorstellungen von »Männlichkeit«, die seit dem Aufstieg des Bürgertums gesellschaftlich dominieren.

58 Für die Psychoanalytikerin Benjamin war es vor allem feministisches Denken, das das Ideal des autonomen Individuums in Frage stellte: »Reflecting on women's inability to detach themselves from personal ties, especially from their responsibilities to children, they have questioned the ideal of the autonomous individual« (Benjamin 1987: 76).

59 »The one-sided autonomy that denies dependency characteristically leads to domination. Since the child continues to need the mother, and man continues to need woman, he searches of absolute independence – this requires possessing and controlling the needed object« (Benjamin 1987: 76; vgl. auch Schaeffer-Hegel 1987: 123/124). Wie das Verbergen von Bindung und das Totschweigen von körperlichem Gebundensein in einer bürgerlichen Familie am Ende des 19. Jahrhunderts eingeübt wurde, schildert Wölfel in »Die Glückskarte« (Wölfel 1993).

60 Statt des Begriffs »Brüderlichkeit« wird heute vielfach der Begriff »Solidarität« aus der Arbeiterbewegung verwendet. »Frauensolidarität« wurde in der Frauenbewegung zu einem Hemmschuh für die Entwicklung einer politischen Kultur unter Frauen, wo der Zwang zur Gleichheit und die Selbstverständlichkeit gegenseitiger Ausbeutung zu einer politischen Tugend erklärt wurde. Statt durch gegenseitige Kritik und politische Auseinandersetzung sinnvolle Lösungen für sachliche Probleme zu finden, mußten künstlich gleiche Interessen hergestellt werden, indem Mißstände, von denen nur bestimmte Frauen betroffen waren, zu einer Angelegenheit aller Frauen erklärt wurden. So wurde z.B. das Leiden unter dem »Patriarchat« als allen Frauen gemeinsam betrachtet. Urteilen und Handeln war anstatt am Begehren der beteiligten Frauen und der jeweiligen Sache an einer gedachten Gleichheit orientiert (vgl. Markert 1996: 3/4). Vgl. zur Kritik am Solidaritätsideal auch Prengel 1988: 12.

61 Das lateinische Stammwort, von dem »Autorität« abgeleitet ist, heißt augere (auctum) und bedeutet »wachsen machen, mehren, fördern, vergrößern, erhöhen [...]« (vgl. Duden 7: 43). Weber bezeichnet Autorität als »universelles soziales Phänomen«. Autorität sei keine persönliche Eigenschaft eines bestimmten Menschen, sondern ein zwischenmenschliches Verhältnis, »also eine spezifische Sozialbeziehung, zu der es bei der Interaktion und Kommunikation von Menschen kommt«. Erst durch eine Au-

toritätsanerkennung komme ein Autoritätsverhältnis zustande. Autoritätsbeziehungen seien Beziehungen zwischen Menschen, die immer zugleich auf ein »Drittes« bezogen seien, »nämlich auf bestimmte Gebiete, auf denen der Autoritätsträger infolge seiner Überlegenheit für den Autoritätsanerkenner eine Orientierungs- und Regulierungsfunktion auszuüben vermag« (Weber 1974: 186/187). Autoritätsbeziehungen seien nicht zeitlos, sondern »nur temporär und überholbar, d.h. sie bestehen nur mehr oder weniger befristet« (ebd.: 189). Nach Arendts Definition schließt Autorität Zwang aus, »wo Gewalt gebraucht wird, um Gehorsam zu erzwingen, hat Autorität immer schon versagt«. Andererseits sei sie aber auch unvereinbar mit Überzeugen, »welches Gleichheit voraussetzt und mit Argumenten arbeitet« (Arendt 1994: 159).

62 Für die postmoderne Kritik ist nach Thürmer-Rohr »das klassifizierende Ordnungschaffen selbst [...] ein Gewaltakt«, da es »ohne Säubern und Durchkämmen, ohne Sortieren, Aussortieren und Einsortieren nicht auskommt« (Thürmer-Rohr 1995: 93). Prengel bemerkt in ihrer Auseinandersetzung mit postmodernem Denken, daß wir »nicht nicht konstruieren« können. Daher – so ihr Vorschlag –: »Konstruieren wir bewußt!« (Prengel 1995: 21/22).

63 Günthner/Kotthoff zufolge hat die ethnologische Forschung nachgewiesen, daß sich unterschiedliche Geschlechtsrollen in allen Kulturen herausgebildet haben (vgl. Günthner/Kotthoff 1991: 29).

64 »Anscheinend ist diese Quelle zur Selbstidentifikation eine der wichtigsten, die unsere Gesellschaft zur Verfügung stellt, vielleicht noch wichtiger als Altersstufen. Droht eine Trübung oder Veränderung dieser Idealbilder, so wird dies niemals auf die leichte Schulter genommen« (Goffman 1994: 110).

65 Jede Typenlehre, wenn sie nicht die Geschlechterklischees von vornherein in ihre Beschreibungen eingebaut hat, ermöglicht eine differenziertere Wahrnehmung von Menschen als die Geschlechterpolarität. Das zunehmende Interesse an Astrologie, Enneagramm und Typenlehren aus der Psychologie in der Zeit der Verunsicherung in den alten Geschlechtsrollen durch die Frauenbewegung weist auf ein Bedürfnis hin, durch Ordnen und Einteilen neuen Halt zu finden.

66 Hier liegt der Denkfehler des feministischen Konstruktivismus, wenn er behauptet, Geschlechterdifferenz sei nicht von Geschlechterhierarchie zu trennen. Vgl. hierzu auch Frasers Kritik an Butler, die Butlers Subjektverständnis einer Ermächtigung einiger Menschen zum Sprechen, weil andere zum Schweigen gebracht werden, folgendermaßen in Frage stellt: »Aber ist es wirklich so, daß keiner zum Subjekt der Rede werden kann, ohne daß andere zum Schweigen gebracht werden?« (Fraser 1993: 71).

67 Zur Definition der Begriffe »Macht«, »Stärke«, »Autorität« und »Gewalt« vgl. Arendt 1970: 45-47.

68 Ich bin nicht von Hentigs Meinung, daß Kinder dafür nicht dankbar sein müssen. Gerade die Selbstverständlichkeit, mit der das Versorgen und Schützen von Kindern, Kranken und Alten (hauptsächlich von Frauen) er-

wartet wird, trägt dazu bei, daß diese Arbeit weiterhin unsichtbar bleibt und damit auch gesellschaftlich keine Wertschätzung erfährt. Ich stimme zu, daß erwachsene Hilfeleistung selbstverständlich sein muß, wo ein Kind etwas noch nicht selbst kann oder wo ein erwachsener Mensch etwas nicht mehr kann. Dazu gehört aber auch, daß das Kind seine Fähigkeiten selbstverständlich in das gemeinsame Leben einbringt. Wie soll es sonst lernen, später selbstverständlich Bedürftige mitzuversorgen? Jedoch auch hier heißt »selbstverständlich« nicht »ohne Anerkennung«!

69 Hannah Arendt sah in der Autoritätsfeindlichkeit, bezogen auf die Eltern-Kind-Beziehung, »eine Art Abdankung der Zeitgenossen [...], die sich als Eltern und Erzieher gewissermaßen weigern, eine der allerelementarsten Funktionen in jedem Gemeinwesen, das Hinleiten derer, die durch Geburt neu in die Welt gekommen und daher in ihr notwendigerweise Fremdlinge sind, zu übernehmen und so die Kontinuität dieser gemeinsamen Welt zu sichern. Es ist, als wollten die Eltern ihren Kindern gegenüber die Verantwortung für die Welt, in die sie sie hineingezeugt und hineingeboren haben, nicht mehr übernehmen« (Arendt 1994: 165).

70 Für Linke/Oomen-Welke ist ein entscheidender Punkt bei ihrer Entwicklung einer Deutschdidaktik, die auch Kindern von »unten« und »anderswo« gerecht wird, daß Lehrpersonen die »Allmählichkeit« und »Phasengerechtigkeit« des Lernens beachten. Pädagogik habe viel mit der Betrachtung von Langzeitwirkungen zu tun. In der Schule zahle sich nicht die schnelle Aktion aus, sondern »sensible Langfristigkeit« (Linke/Oomen-Welke 1995: 231).

71 Richter betont in ihrem Modell einer »ökologischen Didaktik« die Bedeutung der »Beobachtungsfähigkeit«, die neben psychologischen und fachdidaktischen Kenntnissen und einem breiten didaktisch-methodischen Repertoire in der LehrerInnenausbildung vermittelt werden müsse (Richter 1996: 355 u. 361/362). Für Simone Weil ist die Tugend der Aufmerksamkeit sowohl für den ästhetischen als auch für den pädagogischen und ethisch-politischen Bereich von zentraler Bedeutung (Weil 1990: 45-53)

72 Linke/Oomen-Welke lehnen die Benachteiligungsperspektive ebenfalls ab: »Es sollte auch nicht darum gehen, die Themen Schicht, Geschlecht, Herkunft unter dem Aspekt der (möglichen) Benachteiligung zu thematisieren. Die entscheidenden Stichworte sollten hier vielmehr Vielfalt und Fairness sein, die Zuschreibung von Opfer- und Täterrolle muß vermieden, *die Möglichkeiten individuellen Verhaltens hervorgehoben werden*« (Linke/Oomen-Welke 1995: 231, Hervorh. D.M.).

73 Für von Hentig ist die Zunahme von Selbstverantwortung im Lernen der Kern von Illichs Programm zur »Entschulung der Schule«: »Lernen ist meine Sache: *ich* lerne – und das bekommt mir. In der Schule wird mir dabei geholfen, vor allem durch die Gegenstände und Gelegenheiten, die sie bereitstellt. Ich werde immer unabhängiger von Belehrung, Lehrern, Lehrplänen; ich kann immer schwierigere Entscheidungen über den Gegenstand und die Verfahren der Aneignung selber treffen; Freude, Freiheit, Selbstverantwortung nehmen miteinander zu« (Hentig 1994: 110).

74 In Auseinandersetzung mit postmodernem Feminismus weist Prengel darauf hin, daß der »beglückende(n) Freiheit der Wahlmöglichkeit« die Tatsache gegenübersteht, daß »jeder denkbare Entwurf einer geschlechtlichen Existenz« mit »spezifischen Begrenztheiten« zu tun hat. Jede Wahl erfordere zugleich einen »Abschied von größenwahnsinnigen Illusionen«. So beinhalte eine Wahl auch die »Trauerarbeit über die Beschränkung«. Jedoch sei »solche schmerzlich befreiende Annahme von Begrenztheit [...] nicht zu verwechseln mit affirmativer Anpassung an vorgegebene Grenzen« (Prengel 1995: 22).

75 Geschlechterstereotypen werden bestätigt oder neu gebildet in jedem Gespräch, in dem Verallgemeinerungen wie »Frauen« oder »Männer«, »männlich« oder »weiblich« gebraucht werden, ohne dabei die individuelle Einzigartigkeit von Frauen und Männern sowie die verschiedenen Geschlechterdiskurse mitzubedenken, in denen Frauen und Männer heute leben. Für die wissenschaftliche Arbeit brauchen wir diese Verallgemeinerungen, müssen uns dabei aber bewußt sein, daß »stets nur Tendenzaussagen, Feststellungen punktueller gesellschaftlicher Dominanzen, kultureller oder kulturübergreifender Normalitäten gemacht werden« können (vgl. Maihofer 1995: 107). In Alltagsgesprächen – und besonders in Gesprächen mit oder unter Schülerinnen und Schülern – wird eine solche Relativierung meist nicht mitbedacht. Daher sollten Verallgemeinerungen hier immer in Frage gestellt werden, anstatt daß Gespräche initiiert werden, die ohne solche Verallgemeinerungen gar nicht geführt werden können. Wie sehr eine »Reflexion über die eigene Geschlechterrolle« im Unterricht Geschlechterklischees bestätigt und verstärkt, zeigt z.B. der Unterrichtsvorschlag von Waag (1996).

76 Dies ist meine Hauptkritik an der »reflexiven Koedukation«, wie sie von der Bildungskommission NRW (1995: 131-133) für die Schule der Zukunft vorgeschlagen wird.

77 Frommer betrachtet einen erzählenden Text als Partitur für eine unsichtbare Aufführung, die »in den Köpfen der Leser stattfindet«, diese nennt er »Konkretisation«. Es komme nun darauf an, diese Tätigkeit, »die sich für gewöhnlich im Innern des einzelnen Lesers abspielt, nach außen zu wenden« (Frommer 1988: 24).

78 Indem ich von »aufscheinen lassen« spreche und nicht von »thematisieren«, betone ich nochmals die Behutsamkeit und Beiläufigkeit, mit der Veränderungen der Geschlechterverhältnisse bei Kindern m. E. nur initiiert werden dürfen.

Kapitel 5

1 Da sowohl »Beziehungen« als auch deren qualitative Merkmale »Bindung«, »Respekt« und »weibliche Autorität« bereits Zusammenfassungen und Interpretationen von konkreten Textelementen sind, entspricht mein Vorgehen hier nicht mehr dem Verfahren der Inhaltsanalyse. Nachvollzieh-

bar werden meine Interpretationen durch zahlreiche Belegstellen zu den jeweiligen »Kontingenzen«.

2 Vgl. Mayring 1983: 82-85

3 Da diese Minderheit auf einen prozentualen Bevölkerungsanteil von 5-10% geschätzt wird, ist sie in diesem Sample fast ausreichend repräsentiert. Dies ist deshalb wichtig, weil in jeder Schulklasse durchschnittlich ein bis drei Kinder sitzen, die später einen Partner oder eine Partnerin des gleichen Geschlechts wählen werden. Diese erfahren über ihre zukünftige Lebensweise bisher überwiegend Abwertendes und Klischeehaftes. Ein vielfältiges Literaturangebot in den Klassen-, Schüler- und Stadtbibliotheken sowie informierte Lehr- und Erziehungspersonen könnten diesem Mangel entgegenwirken und dazu beitragen, das Informationsdefizit bei der heterosexuellen Mehrheit abzubauen.

4 Dabei erlebt Fabia den mangelnden Respekt einer Mutter gegenüber ihrer Tochter und kommentiert ihn folgendermaßen: »Mareikes Mutter hat ganz laut gelacht, und dann hat sie mich mit dem Finger herangewinkt, wie das die Butterhexen tun, und sie hat mir ins Ohr geflüstert: ›Die hat ja noch nicht einmal Bronze! Die hat ja noch immer erst ihr Seepferdchen! Die hat Angst vor dem Wasser, unsere Mareike!‹ Und dann hat sie wieder so gelacht, aber mir ist es dabei eiskalt den Rücken runtergelaufen wie bei einer echten Butterhexe. Weil ich es nicht richtig finde, wenn eine Mutter ihr Kind verpetzt und weil jeder mal Angst vor irgendwas hat, das braucht die Mutter dann gar nicht zu sagen« (S. 91/92).

5 Diese Problematik wird in einigen weiteren Kinder- und Jugendbüchern angesprochen, z.B. in Chick »Meine Mutter, dieser Mann und ich«; Chidolue »Ponzl guckt schon wieder«; Kekule »Ich bin eine Wolke«; Pressler »Novemberkatzen«, Seck-Agthe »Pink Flamingo« und Steenfatt »Nele«. In all diesen Büchern spielt bei der Tochter die Angst um das Weiterbestehen der Bindung und bei Mutter und Tochter das Bedürfnis nach Respekt eine Rolle.

6 Weder im Klappentext noch in Dahrendorfs Unterrichtsmodell zu diesem Buch (Dahrendorf 1996: 93-95) wird auf die Bedeutung der Beziehungen zu Mutter, Freundin und Lehrerin für Neles (Selbst-)Befreiung aus der Mißbrauchssituation hingewiesen.

7 Die meisten in diesem Buch angesprochenen Fragen sind verblüffend aktuell. Neben der Bedeutung der Autorität in der Erziehung und in den Beziehungen unter Frauen trifft dies auch für die Infragestellung der Jahrgangsklassen, die Kritik an der Leseerziehung (S. 58-61), das Prinzip »Lernen durch Lehren« (S. 62/63) und die Darstellung der Vorteile des Lernens durch genaue Beobachtung und durch eigene Erfahrung zu (S. 25, 44-48). Ebenfalls aktuell ist – z.B. im Zusammenhang mit dem »social sponsoring« – auch die Frage, wie Bedürftigen geholfen werden kann, ohne daß dabei deren Stolz verletzt wird und das Bedürfnis nach Selbstdarstellung des Hilfeleistenden im Vordergrund steht (S. 106-118).

8 Weitere für die Schullektüre empfehlenswerte Bücher über gleichgeschlechtliche Liebe sind Meißner-Johannknecht »Amor kam in Leinen-

schuhen«, Dies. »Leanders Traum«, Pausacker »Was bist du?« und Schins »2 mal Papa«.

9 Dieses Buch eignet sich hervorragend für Leseanfänger, auch wenn sie schon älter sind. Vermittelt wird, daß das Lesen Menschen neue Welten eröffnen kann. Gleichzeitig wird in der Erzählung selbst der Vorgang des Lesenlernens nachvollzogen, indem der Name »Aurelio« Laut für Laut erarbeitet wird. In jeder Episode werden bestimmte Sätze wörtlich wiederholt. Erleichternd für das Erlesen wirken auch der große Druck und die zahlreichen Bilder.

10 Nur in Härtling »Ben liebt Anna« finden wir keinen Hinweis auf besondere Nähe zwischen den beiden männlichen Personen, die respektvoll mit Bindung an eine weibliche Person umgehen. Hier tritt der Lehrer Seibmann dem Spott in der Klasse über Bens Liebe zu Anna mit selbstverständlicher Wertschätzung für diese Bindung gegenüber (S. 43 u. 71/72).

11 Vgl. Badische Zeitung vom 10. 10. 1995

12 Entsprechendes läßt sich auch bei anderen Kinderliteratur-Verfilmungen nachweisen, z.B. bei »Die dumme Augustine«. Wahrscheinlich werden die potentiell innovativen Elemente nicht bewußt eliminiert, sondern sie gehen bei einer Orientierung an den vermuteten Publikumserwartungen verloren. Daher ist es so wichtig, diese Elemente zu unterstreichen.

13 Für Chen ist das Schlimmste an seiner Gefangenschaft bei den Piraten nicht Hunger, Durst, Prügel und Demütigung, sondern der Verzicht auf das Lesen (S. 255).

14 In diesem Buch können Angehörige von Minderheiten einen nicht-dramatisierenden Umgang mit gesellschaftlichen Vorurteilen kennenlernen (vgl. hierzu auch Pagenstecher 1996). Die Neigung von potentiell Diskriminierten, jede Unannehmlichkeit, die ihnen widerfährt, mit ihrem Minderheitenstatus in Verbindung zu bringen, wird von Paules Mutter nicht durch eine Identifizierung mit ihrem Kind in der Opferposition unterstützt. Geduldig und liebevoll bringt sie Paule bei, zwischen Diskriminierung und Vorurteilen auf der einen Seite und Informationsdefizit und normalen Alltagsproblemen auf der anderen Seite zu unterscheiden (S. 22/23, 43, 64/65, 68, 121/122). Nachvollziehbar für LeserInnen mit und ohne Minderheitenerfahrung wird Paules Freude an der Vorstellung von einer Situation, in der er selbst zur Mehrheit gehört (S. 45 u. 95). Verständlich wird auch, warum es für Paule wichtig ist, einen erwachsenen Afrikaner kennenzulernen und später auch einmal seine leibliche Mutter, obwohl er mit seinen Eltern und seinem Zuhause vollständig zufrieden ist.

15 Daß Paule aufgrund eines körperlichen Merkmals – der Hautfarbe – auf eine bestimmte Rolle festgelegt wird, und die Rolle, für die er sich interessiert, aus dem gleichen Grund für ihn angeblich nicht in Frage kommt (S. 20), ist eine Erfahrung, die Mädchen und Frauen oft machen, wenn sie Festlegung und Einschränkung aufgrund ihres Geschlechts erleben.

Literaturverzeichnis

Wissenschaftliche Literatur

Adorno, Theodor W. (1973): Studien zum autoritären Charakter. Frankfurt: Suhrkamp

Alder, Doris (1992): Die Wurzel der Polaritäten. Frankfurt: Campus

Alfermann, Dorothee (1995): Männlich – Weiblich – Menschlich: Androgynie und die Folgen. In: Pasero/Braun (Hrsg.), S. 29-49

Allen, Pamela (1972): Der Freiraum. In: Arbeitskollektiv d. Sozialist. Frauen (Hrsg.): Frauen gemeinsam sind stark! Frankfurt: Roter Stern

Arbeitskreis für Jugendliteratur (Hrsg.)(1995): Ich Tarzan – du Jane? München: Selbstverlag

Arendt, Hannah (1970): Macht und Gewalt. München: Piper

Dies. (1981): Vita Activa oder Vom tätigen Leben. München: Piper

Dies. (1994): Zwischen Vergangenheit und Zukunft. München: Piper

Arbeitskreis Grundschule (Hrsg.)(1990): Kinder heute – Herausforderung für die Schule. Frankfurt: Selbstverlag

Artzt, Ilse (1995): Mädchen entdecken neue Leitbilder anhand von Lektüren, ohne daß dies ausdrücklich thematisiert wird. Unveröff. Material beim Kongreß »Frauen und Schule«, Esslingen

Bandura, Albert (1979): Sozial-kognitive Lerntheorie. Stuttgart: Klett-Cotta

Barz, Monika (1990): Körperliche Gewalt gegen Mädchen. In: Enders-Dragässer/Fuchs (Hrsg.), S. 92-119

Baumgärtner, Clemens (Hrsg.)(1974): Lesen – Ein Handbuch. Hamburg: Verlag für Buchmarkt-Forschung

Beauvoir, Simone de (1990): Das andere Geschlecht. Reinbek: Rowohlt (Originalausgabe 1949)

Beinlich, Alexander (1974): Leser und Leseverhalten In: Baumgärtner (Hrsg.), S. 117- 230

Beisbart/Eisenbeiß/Koß/Marenbach (Hrsg.) (1993): Leseförderung und Leseerziehung. Donauwörth: Auer

Belenky, Mary Field u.a. (1991): Das andere Denken. Frankfurt: Campus

Benard, Cheryl/Schlaffer, Edit (1994): Wer sozialisiert die Jungen? In: Blum/Schützeichel (Hrsg.), S. 70-86

Benhabib, Seyla u.a. (1993): Der Streit um die Differenz. Frankfurt: Fischer

Benjamin, Jessica (1987): From Object to Subject. In: Prengel u.a. (Hrsg.), S. 75-93

Dies. (1993): Die Fesseln der Liebe. Frankfurt: Fischer

Berchem, Theodor (1992): Geleitwort zu Böhm/Lindauer (Hrsg.), S. 5-11

Bernardoni, Claudia (1995): Differenz statt Gleichheit – Sind Menschenrechte überflüssig? In: Zeitschrift für Frauenforschung 1+2/1995, S. 83-93
Bertschi-Kaufmann, Andrea / Gschwend-Hauser, Ruth (1994): Mädchengeschichten – Knabengeschichten. In: Symposion Deutschdidaktik, Zürich, S. 68 f.
Bilden, Helga: Geschlechtsspezifische Sozialisation. In: Hurrelmann/Ulich, S. 279-301
Bildungskommission NRW (1995): Zukunft der Bildung – Schule der Zukunft. Neuwied: Luchterhand
Bildungsplan für die Hauptschule, Bad.-Wttbg., Lehrplanheft 6/1984
Bildungsplan für die Hauptschule, Bad.-Wttbg., Lehrplanheft 2/1994
Bittner, Günther (1964): Für und wider die Leitbilder. Heidelberg: Quelle & Meyer
Blum, Mechthild/Schützeichel, Harald (Hrsg.) (1994): Mannsbilder. Freiburg: Verlag der Katholischen Akademie
Böhm, Winfried (1992): Geschlecht und Bildung. In: Böhm/Lindauer (Hrsg.): Mann und Frau – Frau und Mann. Stuttgart: Klett, S. 201ff.
Böhnisch, Lothar/Winter, Reinhard (1993): Männliche Sozialisation. Weinheim/München: Juventa
Bonfadelli, Heinz/Fritz, Angela/Köcher, Renate (1993): Lesesozialisation Bd. 2. Gütersloh: Bertelsmann
Bowlby, John (1983): Verlust, Trauer und Depression. Frankfurt: Fischer
Braitsch, Susanne (1997): Hotel Mama/Papa. Bad. Zeitung: 19. 3. 1997
Braun, Friederike (1996): Das große I und seine Schwestern. In: Der Deutschunterricht 1/1996, S. 54-62
Brehmer, Ilse (Hrsg.) (1982): Sexismus in der Schule. Weinheim/Basel: Juventa
Dies. (1991): Schule im Patriarchat – Schulung fürs Patriarchat. Weinheim: Juventa
Breitenbach, Eva (1994): Geschlechtsspezifische Interaktion in der Schule. In: Die Deutsche Schule 2/1994, S. 179-191
Bremerich-Vos, Albert (1994): An der Hochschule Deutschdidaktik lehren und lernen. In: Beiträge zur Lehrerbildung Heft 2/1994, S. 159-169
Brenner, Gerd/Grubauer, Franz (Hrsg.) (1991): Typisch Mädchen? Typisch Junge? Weinheim: Juventa
Brügelmann, Hans/Balhorn, Heiko/Füssenich, Iris (Hrsg.) (1995): Am Rande der Schrift. Langwil: Libelle
Brunken, Otto (1995): Das Rätsel Blyton und die Lust an der Trivialität. In: B. Hurrelmann (Hrsg.), S. 401 ff.
Büttner, Christian/Dittmann, Marianne (Hrsg.) (1992): Brave Mädchen, böse Buben? Weinheim: Juventa
Buschmann, Matthias: Jungen und Koedukation. In: Die Deutsche Schule 2/1994, S. 192-214
Butler, Judith (1991): Das Unbehagen der Geschlechter. Frankfurt: Suhrkamp
Dies. (1993): Kontingente Grundlagen: Der Feminismus und die Frage der »Postmoderne«. In: Benhabib u.a., S. 31-58
Canetti, Elias (1993): Die gerettete Zunge. Frankfurt: Fischer

Charlton, Michael/Neumann, Klaus (1990): Medienrezeption und Identitätsfindung. Tübingen: Narr
Chodorow, Nancy (1985): Das Erbe der Mütter. München: Frauenoffensive
Christ, Hannelore (1994): »Es kommt aber auch immer aufs Kind drauf an ...« In: Diskussion Deutsch, Heft 136, 4/1994, S. 82-97
Dies. (1995): »Der ist halt seelisch auch fertig.« In: Christ u.a., S. 85-128
Dies. (1995a): Jungen und Mädchen im literarischen Gespräch. In: Christ u.a., S. 255-262
Christ, Hannelore/Fischer, Eva/Fuchs, Claudia/Merkelbach, Valentin/Reuschling, Gisela (1995): »Ja aber es kann doch sein ...« Frankfurt: Lang
Cornell, Drucilla (1993): Gender, Geschlecht und gleichwertige Rechte. In: Benhabib u. a., S. 101 ff.
Dahrendorf, Malte (1978): Das Mädchenbuch und seine Leserin. Weinheim/Basel: Juventa
Ders. (1984): Mädchenliteratur. In: Haas (Hrsg.), S. 110ff.
Ders. (1987): Literarische Rezeption bei Kindern und Jugendlichen – insbesondere Mädchen. In: Grossmann/Naumann (Hrsg.), S. 27-39
Ders. (1993): Replik zu Ladenthin: Erziehung durchs Kinderbuch? In: Beiträge Jugendliteratur und Medien 4/1993, S. 245-246
Ders. (1994): Ist Lesen geschlechtsspezifisch? In: Bulletin Jugend+Literatur 8/1994, S. 11-15
Ders. (Hrsg.) (1995): Grenzen der Literaturvermittlung. 6. Beiheft Beiträge Jugendliteratur und Medien. Weinheim: Juventa
Ders. (1996): Umgang mit ... Kinder- und Jugendliteratur. Berlin: Volk und Wissen
Dernutz, Susanne (1994): Mädchensozialisation in Österreich. In: Haller (Hrsg.), S. 105-112
Dethloff, Cyrus (1995): Jungenpaare, Mädchenpaare. Paderborn: Igel
Diers, Michaela (1994): Vom Nutzen der Tränen. Köln: DuMont
Dilewsky, Klaus Jürgen (1993): Christine Nöstlinger als Kinder- und Jugendbuchautorin. Frankfurt: Haag und Herchen
Dokumentation der 1. und 2. Fachtagung »Frauen und Schule«, Gießen 1982 und Bielefeld 1983, Die Schule lebt – Frauen bewegen die Schule, Hrsg.: Deutsches Jugendinstitut, München 1984
Duden Band 7 (1963): Herkunftswörterbuch. Mannheim: Dudenverlag
Eckart, Christel (1988): Das Vorbild des Vaters als Sackgasse zur Autonomie. In: Hagemann-White/Rerrich (Hrsg.), S. 170-193
Eggert, Hartmut/Garbe, Christine (1995): Literarische Sozialisation. Stuttgart/Weimar: Metzler
Ellermann LeseLexikon (1993): Wildermuth, Rosemarie (Hrsg.) München: Ellermann
Enders-Dragässer, Uta (1989): Mädchensozialisation – Jungensozialisation in der Schule. In: Kreienbaum, Maria Anna (Hrsg.), S. 23-28
Enders-Dragässer, Uta/Fuchs, Claudia (1988): Jungensozialisation in der Schule. Darmstadt: Gemeindedienste und Männerarbeit d. Ev. Kirche Hessen und Nassau

Dies. (1989): Interaktionen der Geschlechter. Weinheim/München: Juventa
Dies. (Hrsg.) (1990): Frauensache Schule. Frankfurt: Fischer
Engler, Steffani (1995): Vorbilder haben (k)ein Geschlecht. In: Zeitschrift für Frauenforschung 1+2/1995, S. 147-158
Ewers, Hans-Heino/Lehnert, Gertrud/O'Sullivan, Emer (Hrsg.) (1994): Kinderliteratur im Interkulturellen Prozeß. Stuttgart/Weimar: Metzler
Faulstich-Wieland, Hannelore (1987): Abschied von der Koedukation? Frankfurt: Fachhochschule
Dies. (1991): Koedukation – enttäuschte Hoffnungen? Darmstadt: Wissenschaftliche Buchgesellschaft
Dies. (1993): Bilanz der Koedukationsdebatte. In: Zeitschrift für Frauenforschung 3/1993, S. 33-48
Dies. (1993a): Koedukation aus der Sicht von Schülerinnen und Schülern. Forschungsjournal Westfälische Wilhelms-Universität Münster, 2 H. 1, S. 36-42
Fichera, Ulrike (1990): Schluß mit den sexistischen Stereotypen in Schulbüchern! In: Enders-Dragässer/Fuchs 1990, S. 257-259
Fichera/Weyerhäuser (1987): »...Die Frau muß hinaus ins feindliche Leben...« In: Grossmann/Naumann (Hrsg.) (1987), S. 58-68
Fischer, Erika (1991): Jugendliteratur als Sozialisationsfaktor. Frankfurt: Lang
Flaake, Karin (1989): Berufliche Orientierung von Lehrern und Lehrerinnen . Frankfurt: Campus
Dies. (1990): Geschlechterdifferenz und Institution Schule. In: Die Deutsche Schule, 1. Beiheft 1990, S. 160-172
Dies. (1990a): Die Angst vor der eigenen Stärke. In: Deutsche Gesellschaft für Bildungsverwaltung (Hrsg.): Frauen im Bildungswesen. Frankfurt/Bochum: DGBV
Dies. (1991): Frauen und öffentlich sichtbare Einflußnahme. In: Feministische Studien Mai 1991, S. 136-142
Flaake, Karin/King, Vera (Hrsg.) (1992): Weibliche Adoleszenz. Frankfurt: Campus
Fraser, Nancy (1993): Falsche Gegensätze. In: Benhabib u.a., S. 59-79
Frauenfachgruppe für ganzheitliche Bildung (1990): A(e)chtung Mädchen, Basel: Selbstverlag
Fritz, Angela (1991): Lesen im Medienumfeld. Gütersloh: Bertelsmann
Frommer, Harald (1988): Langsam lesen lernen! In: Deutschunterricht 4/1988, S. 21-40
Fuchs, Claudia (1990): Das Muster kennen und verändern. In: Enders-Dragässer/Fuchs (Hrsg.), S. 369-376
Dies. (1998): »...weil das kenn ich nämlich...« In: Linke/Oomen-Welke, S. 107-120
Dies. (1995): Die Sozialisation der Geschlechter und die Möglichkeiten der Lehrenden im literarischen Gespräch. In: Christ u.a., S. 263-269
Gärtner, Hans (Hrsg.) (1992): lieber lesen 6. Oberursel: Neuer Finken Verlag
Garbe, Christine (1993): Betrachtungen über das »lesende Frauenzimmer« In: Beiträge Jugendliteratur und Medien 1/1993, S. 9-20
Dies. (1996): Geschlechtsspezifische Differenzierungen in der »literarischen Pubertät«. In: Der Deutschunterricht 1/1996, S. 88-97

Gaschke, Susanne (1995): Die Welt in Büchern. Würzburg: Königshausen & Neumann
Geradeaus (1995): Sprachbuch fünf. Stuttgart: Klett
Gieseke, Wiltrud (1991): Feministische Bildungsforschung zur Analyse von Selbstaufklärungsprozessen und selbstdestruktiven Lern-Widerständen. In: Report Nr. 28, Frankfurt
Dies. (Hrsg.) (1993): Feministische Bildung – Frauenbildung. Pfaffenweiler: Centaurus
Giesen, Heinz u.a. (1992): Die Bedeutung der Koedukation für die Genese der Studienfachwahl. In: Zeitschrift für Pädagogik 38/1992, S. 65-81
Gilges, Martina (1992): Lesewelten. Bochum: Brockmeyer
Gilligan, Carol (1984): Die andere Stimme. München: Piper
Gilmore, David D. (1991): Mythos Mann. München: Artemis & Winkler
Glücks, Elisabeth/Ottemeier-Glücks, Franz Gerd (Hrsg.) (1994): Geschlechtsbezogene Pädagogik. Münster: Votum
Glumpler, Edith (1993): Kleine Mädchen wollen mehr als die Hälfte... In: Pfister/Valtin (Hrsg.), S. 51-66
Dies. (Hrsg.) (1994): Koedukation. Entwicklung und Perspektiven, Bad Heilbrunn: Klinkhart
Goffman, Erving (1994): Interaktion und Geschlecht. Frankfurt/New York: Campus
Goldbach, Gisela (1987): Angleichung der Eigenschaften – Ungleichheit der Rollen. In: Grossmann/Naumann 1987, S. 13-26
Grabrucker, Marianne (1985): »Typisch Mädchen..« Frankfurt: Fischer
Grenz, Dagmar (1981): Mädchenliteratur. Stuttgart : Metzler
Dies. (1990): Zur Analyse und Kritik von Kinder- und Jugendbüchern aus literaturwissenschaftlicher Sicht. In: Informationen Jugendliteratur und Medien 4/1990
Dies. (1992): Die Darstellung ausländischer Mädchen im Kinder- und Jugendbuch. In: Informationen Arbeitskreis für Jugendliteratur 2/92, S. 57-71
Groeben, Norbert/Vorderer, Peter (1988): Leserpsychologie: Lesemotivation – Lektürewirkung. Münster: Aschendorff
Grossmann, Wilma; Naumann, Britta (Hrsg.) (1987): Frauen- und Mädchenrollen in Kinder- und Schulbüchern. Frankfurt: Max-Traeger-Stiftung
Grunder, Hans-Ulrich (1988): »Wir fordern alles.« Grafenau: Trotzdem
Günter, Andrea (1995): Autonomie und die Illusion von Freiheit. In: Krankenpflege 8/95, S. 72-76
Dies. (1996): Weibliche Autorität, Freiheit und Geschlechterdifferenz. Königstein/Taunus: Ulrike Helmer
Dies. (1997): Literatur und Kultur als Geschlechterpolitik. Königstein/Taunus: Ulrike Helmer
Dies./Mariaux, Veronika (Hrsg.) (1994): Papierne Mädchen – Dichtende Mütter. Frankfurt: Ulrike Helmer
Günthner, Susanne/Kotthoff, Helga (Hrsg.) (1991): Von fremden Stimmen. Frankfurt: Suhrkamp
Haas, Gerhard (Hrsg.) (1984): Kinder- und Jugendliteratur. Stuttgart

Ders. (1994): Handlungs- und produktionsorientierter Literaturunterricht. In: Die Unterrichtspraxis 5/1994, S. 33-35
Haas/Menzel/Spinner (1994): Handlungs- und produktionsorientierter Literaturunterricht. In: Praxis Deutsch 123, S. 17-25
Haberkorn, Rita (1992): Wer sich nicht wehrt, kommt an den Herd. In: Büttner/Dittmann, S. 62-74.
Härter, Andreas (1994): Leseförderung in der Lehrerbildung für die Sekundarstufe. In: Beiträge zur Lehrerbildung 2/1994, S. 187-196
Hagemann, Cornelia (1981): Bilderbücher als Sozialisationsfaktoren im Bereich der Geschlechtsrollendifferenzierung. Frankfurt: Lang
Hagemann-White, Carol (1984): Sozialisation: Weiblich – männlich. Opladen: Leske & Budrich
Dies. (1988): Wir werden nicht zweigeschlechtlich geboren. In: Dies./Rerrich (Hrsg.), S. 224-235
Dies. (1992): Berufsfindung und Lebensperspektive in der weiblichen Adoleszenz. In: Flaake/King (Hrsg.), S. 64-83
Dies. (1995): Die Konstrukteure des Geschlechts auf frischer Tat ertappen? In: Pasero/Braun (Hrsg.), S. 182-198
Hagemann-White, Carol/Rerrich, Maria S. (Hrsg.) (1988): FrauenMännerBilder. Bielefeld: AJZ-Verlag
Haller, Verena (Hrsg.) (1994): Mädchen zwischen Tradition und Moderne. Innsbruck: Österreichischer Studienverlag
Hannover, Bettina (1992): Spontanes Selbstkonzept und Pubertät. In: Bildung und Erziehung 45, Heft 1/1992, S. 31-45
Hausen, Karin (1976): Die Polarisierung der ›Geschlechtscharaktere‹. In: Conze (Hrsg.): Sozialgeschichte der Familie in der Neuzeit Europas. Stuttgart: Klett
Harranth, Wolf (1992): Zur Beurteilung von Kinder- und Jugendbüchern. In: Materialien Jugendliteratur und Medien, 26/1992, S. 38-46.
Heimvolkshochschule Alte Molkerei Frille (Hrsg.) (o.J.): Parteiliche Mädchenarbeit und antisexistische Jungenarbeit. Petershagen: Selbstverlag
Heinemann, Karl-Heinz (1996): Wem nützt ein Leitbild? In: Erziehung & Wissenschaft 5/96, S. 12
Hempel, Marlies (Hrsg.) (1995): Verschieden und doch gleich. Bad Heilbrunn: Klinkhart
Hentig, Hartmut von (1985): Die Menschen stärken, die Sachen klären. Stuttgart: Reclam
Ders. (1990): Wir brauchen Leser. Wirklich? Konstanz: Faude
Ders. (1991): Meine Pädagogik: Eine lehrbare Praxis. In: Gudjons / Teske / Winkel (Hrsg.): Erziehungswiss. Theorien. Hamburg: Bergmann + Helbig, S. 67-79
Ders. (1994): Die Schule neu denken. München/Wien: Hanser
Ders. (1996): Bildung. München/Wien: Hanser
Herms-Bohnhoff, Elke (1992): Hotel Mama. Zürich: Kreuz
Herzog, Walter (1994): Von der Koedukation zur Koinstruktion. In: Die Deutsche Schule 1994, Heft 1, S. 78-95

Hett-Schiller, Dorothea/Schwalb, Renate (1992): Blyton, Hitchcock und Co. In: Informationen Arbeitskreis für Jugendliteratur 3/92, S. 77/78
Heuer, Ulrike (1994): Zur Kategorie ›Geschlecht‹ in der Bildung – ein Beitrag zur schulischen Koedukationsdiskussion aus der Erwachsenenbildung. In: Zeitschrift für Frauenforschung 3/1994, S. 75-97
Hochuli-Freund, Ursula (1996): Gewalt und Geschlechterdifferenz in der Schule. In: Unsere Jugend 8/1996, S. 331-343
Hoffmann, Berno (1994): Geschlechterpädagogik. Münster: Votum
Hollstein, Walter (1990): Die Männer. Vorwärts oder zurück? Stuttgart: Deutsche Verlagsanstalt
Ders. (1994): Macht und Ohnmacht der Männer. In: Blum/Schützeichel (Hrsg.), S. 87-98
Horstkemper, Marianne (1987): Schule, Geschlecht und Selbstvertrauen. Weinheim/München: Juventa
Dies. (1994): Eine Schule für Mädchen und Jungen. In: Friedrich Jahresheft 1994, S. 13-15
Hufnagel, Erwin (1993): Pädagogische Vorbildtheorien. Würzburg: Königshausen & Neumann
Hurrelmann, Bettina (1992): Aktuelle Kinder- und Jugendliteratur. In: Praxis Deutsch 1/1992, S. 9-18
Dies. (Hrsg.) (1995): Klassiker der Kinder- und Jugendliteratur. Frankfurt: Fischer
Hurrelmann, Bettina/Hammer/Nieß (1993): Lesesozialisation Bd.1. Gütersloh: Bertelsmann
Hurrelmann, Bettina/Dahrendorf, Malte (1995): Ursachen verhinderter Lesebereitschaft. Empirische Befunde. In: Dahrendorf (Hrsg.), S. 22-24
Hurrelmann, K./Ulich (Hrsg.) (1991): Neues Handbuch der Sozialisationsforschung. Weinheim/Basel: Beltz
Irigaray, Luce (1991): Ethik der sexuellen Differenz. Frankfurt: Suhrkamp
Jansen, Mechthild M./Jockenhövel-Poth, Annemarie (1992): Trennung und Bindung bei adoleszenten Mädchen aus psychoanalytischer Sicht. In: Flaake/King (Hrsg.), S. 266 ff.
Kaiser, Astrid (1988): Didaktische Differenzierung statt Koinstruktion. In: Pfister (Hrsg.), S. 153-164
Dies. (1991): Hausarbeit in der Schule? Pfaffenweiler: Centaurus
Dies. (1993): Beziehungsfähigkeit statt Gewalt – Jungenförderung in der Grundschule. In: Pfister/Valtin, S. 167-173
Kaminski, Winfried (1992): Antizipation und Erinnerung. Stuttgart: Wissen und Forschung
Ders. (1994): Einführung in die Kinder- und Jugendliteratur. Weinheim/München: Juventa
Kammerer, Dorothea (1993): Aggression und Gewalt bei Jungen. München: Mosaik
Kauermann-Walter, Jaqueline u.a. (1988): Formale Gleichheit und diskrete Diskriminierung. In: Rolff, Hans-Günter u.a. (Hrsg.): Jahrbuch der Schulentwicklung. Weinheim: Juventa, S. 157-188

Dies./Kreienbaum, Maria Anna (1993): Lehrerinnen und Schülerinnen. In: Luca u.a.
Keiner, Sabine (1994): Emanzipatorische Mädchenliteratur 1980-1990. Frankfurt: Lang
Klafki, Wolfgang (1993): Neue Studien zur Bildungstheorie und Didaktik. Weinheim u. Basel: Beltz
Kliewer, Annette (1995): Von der schwierigen Interaktion zwischen wohlmeinender Lehrerin und Feminismus-resistenter Schülerin. In: Linke/Oomen-Welke, S. 190-103
Klingberg, Göte (1973): Kinder- und Jugendliteraturforschung. Wien/Köln/Graz: Böhlaus Nachf.
Knab, Doris (1995): Die Bedeutung von Vorbildern und Leitbildern für die Lebensplanung von Mädchen und jungen Frauen. In: Krahn/Niederdrenk-Felgner (Hrsg.), S. 24-39
Köcher, Renate (1993): Lesekarrieren – Kontinuität und Brüche. In: Bonfadelli u.a., S. 215-310
Kommission Rollenklischees in Schulbüchern (1988): Mädchen und Frauen in Büchern der Grundschule. Saarbrücken
Krahn, Helga/Niederdrenk-Felgner, Cornelia (Hrsg.) (1995): Frauen machen Schule. Bielefeld: Kleine
Kreienbaum, Maria Anna (Hrsg.) (1989): Frauen Bilden Macht. Dortmund: Weissbach
Dies. (1992): Erfahrungsfeld Schule: Koedukation als Kristallisationspunkt. Weinheim: Juventa
Krüger, U.M./Silbermann, A. (1971): Abseits der Wirklichkeit. Köln: Wissenschaft und Politik
Künzler, Jan (1995): Geschlechtsspezifische Arbeitsteilung. In: Zeitschrift für Frauenforschung 1+2/1995, S. 115-132
Ladenthin, Volker (1993): Erziehung durchs Kinderbuch? In: Beiträge Jugendliteratur und Medien 4/1993, S. 240-245
Landesinstitut für Schule und Weiterbildung/Oberstufenkolleg Bielefeld (Hrsg.) (1993): Mit unserer eigenen Stimme sprechen. Soest
Landherr, Karl (1991): Das Kinder- und Jugendbuch in der Schule, Donauwörth: Auer
Lassahn, Rudolf (1990): Ziele von Erziehung und Unterricht. In: Jörg Petersen/Gerd-Bodo Reinert (Hrsg.): Pädagogische Positionen. Donauwörth: Auer, S. 54-67
Lauterbach, Mathias (1995): Die vergessenen Seiten der Familiendynamik. In: Psychodrama 1/1995, S. 95-114
Lehmann/Schultz (1992): Prinzessin Pfiffigunde träumt nicht von Prinzen. In: Büttner/Dittmann, S. 119-132
Lehnert, Gertrud (1994): Phantasie und Geschlechterdifferenz. In: Ewers/Lehnert/O'Sullivan, S. 27-44
Libreria delle donne di Milano (1986): Mehr Frau als Mann. In: Die Schwarze Botin 39/1986
Dies. (1988): Wie weibliche Freiheit entsteht. Berlin: Orlanda
Dies. (1996): Das Patriarchat ist zu Ende. Rüsselsheim: Göttert

Liebau, Eckart (1992): Habitus, Lebenslage und Geschlecht. In: Tillmann (Hrsg.), S. 134-148
Lindner, Viktoria; Lukasch, Helmut (Hrsg.) (1994): Geschlechtsrollenstereotype im deutschen Schulbuch. Regensburg: Roderer
Linke, Angelika (1993): Sprache und Geschlecht. In: Praxis Deutsch, Heft 122, S. 2-8
Linke, Angelika/Oomen-Welke, Ingelore (1995): Herkunft, Geschlecht und Deutschunterricht. Freiburg: Fillibach
List, Elisabeth (1993): Die Präsenz des anderen. Frankfurt: Suhrkamp
Luca, Renate/Kahlert, Heike/Müller-Balhorn, Sigrid (Hrsg.) (1993): Frauen bilden – Zukunft planen. Bielefeld: Kleine
Lutte, Gerard (1970): Leitbilder und Ideale der europäischen Jugend. Ratingen: Henn
Lypp, Maria (1984): Einfachheit als Kategorie der Kinderliteratur. Frankfurt: dipa
Maihofer, Andrea (1995): Geschlecht als Existenzweise. Frankfurt: Ulrike Helmer
Dies. (1995a): Gleichberechtigung in der Differenz. In: Kuhlmann, Helga (Hrsg.): Und drinnen waltet die züchtige Hausfrau. Gütersloh: Kaiser, S. 32-45
Mantovani, Linda (1994): Fremdbestimmt zur Eigenständigkeit. Chur/Zürich: Rüegger
Markert, Dorothee (1992): Mädchenerziehung an unseren Schulen: In: Beiträge pädagogischer Arbeit 1/1992, S. 54-70
Dies. (1994): Gretchenfrage. Feministische Lehrerin und brave Mädchen. In: Unterschiede 12, S. 14-15
Dies. (1994a): Das »Mehr« und das »Weniger«. In: Unterschiede 12, S. 16-18
Dies. (1996): »Kultivierung« der Beziehungen unter Frauen. In: FAMA 4, Dez. 1996, S. 3-5
Dies. (1996a): Für ein Ende der Diskussionen unter der irreführenden Überschrift »Koedukation«! In: Ethik und Sozialwissenschaften (EuS) 7 (1996) Heft 4, S. 556-559
Dies. (1998): »In der Schule vergeht dir das Lachen«. In: Oomen-Welke (Hrsg.), S. 39-52
Mattenklott, Gundel (1987): Starke Mädchenbücher zum Weitersagen. Berlin: Pädagogisches Zentrum
Dies. (1990): Buch-Befragung. In: Informationen Jugendliteratur und Medien 4/1990
Dies. (1994): Zauberkreide. Frankfurt: Fischer
Dies. (1995): Tierverwandlungserzählungen und Geschlechtermythen. In: Deutschunterricht (Berlin) 2/1995, S. 69-79
Matthiae, Astrid (1986): Vom pfiffigen Peter und der faden Anna. Frankfurt: Fischer
Meier-Seethaler, Carola (1988): Ursprünge und Befreiungen. Zürich: Arche
Metz-Göckel, Sigrid (1988): Geschlechterverhältnisse, Geschlechtersozialisation und Geschlechtsidentität. In: ZSE 8/1988, S. 85-98

Mihciyazgan, Ursula (1993): »Ich faß' doch keinen Jungen an« In: Pfister/Valtin, S. 97-110
Ministerium für Kultus und Sport (1995): schulintern. Informationen für Lehrer in Baden-Württemberg, 1/95
Mitscherlich, Margarete (1978): Das Ende der Vorbilder. München: Piper
Müller, Heidy Margrit (1994): Retrogarde Avantgarde? In: Fundevogel 9/1994, S. 19-34
Mulack, Christa (1990): Natürlich weiblich. Stuttgart: Kreuz
Muraro, Luisa (1993): Die symbolische Ordnung der Mutter. Frankfurt/New York: Campus
Namgalies/Heling/Schwänke (1990): Stiefkinder des Bildungssystems. Hamburg: Bergmann+Helbig
Neutzling, Rainer/Schnack, Dieter (1990): Kleine Helden in Not. Reinbek: Rowohlt
Dies. (1990a): Jungen sind ganz anders. In: Sozialmagazin 1990, 7/8, S. 14-25
Dies. (1991): Jungs sind halt so! Wirklich? In: Brenner/Grubauer (Hrsg.), S. 133-136
Dies. (1992): »Wir fürchten weder Tod noch Teufel!« In: Büttner/Dittmann (Hrsg.), S. 133-144
Niehoff, Erika (1993): Lernbedingungen von Frauen im Bereich gewerbl.-techn. Umschulungen. In: Giesecke 1993
Nuissl, Ekkehard (1993): Männerbildung. Frankfurt: VAS-Verlag
Oestreich, Gisela (1973): Erziehung zum kritischen Lesen. Freiburg: Herder
Oomen-Welke, Ingelore (1993): Mädchensprache – Frauensprache – Lehrerinnensprache. Freiburg: Vorlesungsmanuskript SS 1993
Dies. (1998): »... ich kann da nix!« Freiburg: Fillibach
Pasero, Ursula/Braun, Friederike (Hrsg.) (1995): Konstruktion von Geschlecht. Pfaffenweiler: Centaurus
Pfister/Valtin (Hrsg.) (1993): MädchenStärken. Frankfurt: Arbeitskreis Grundschule
Pfister, Gertrud (Hrsg.) (1988): Zurück zur Mädchenschule? Pfaffenweiler: Centaurus
Dies. (1993): Der Widerspenstigen Zähmung. In: Pfister/Valtin (Hrsg.), S. 67-83
Pithan, Annebelle (1995): Differenz als hermeneutische Kategorie im Vermittlungs- und Aneignungsprozeß. In: Becker/Scheilke (Hrsg.): Aneignung und Vermittlung. Gütersloh: Mohn
Poppenhusen, Margot (1992): Viel bewegt – nichts verrückt? Freiburg: Jos Fritz
Prengel, Annedore (1986): Gleichberechtigung in Schulbüchern? In: Grossmann/Naumann (Hrsg.): Frauen- und Mädchenrollen in Kinder- und Schulbüchern. Schmitten/Taunus, S. 40-53
Dies. (1986a): Erziehung zur Gleichberechtigung. In: Die Deutsche Schule 4/1986, S. 419-125
Dies. (1987): Vielfalt und Individualität als Prinzipien der feministischen Pädagogik. In: Kindermann u.a. (Hrsg.): Frauen verändern Schule. Berlin, S. 80-82

Dies. (1987a): Gleichberechtigung – ein utopisches Ziel von Schulpädagogik und Lehrer/innenbildung. In: Prengel u.a. (Hrsg.), S. 25-37
Dies. (1988): Gleichheit und Differenz. In: Frauen und Schule 11/1988, S. 12/13
Dies. (1990): Erziehung von Mädchen und Jungen. In: Pädagogik 7/8 – 1990, S. 40-44
Dies. (1993): Pädagogik der Vielfalt. Opladen: Leske & Budrich
Dies. (1995): »Wer sagt, daß Mädchen Mädchen sind?« In: Hempel (Hrsg.), S. 20 ff.
Prengel/Schmid/Sitalis/Willführ (Hrsg.) (1987): Schulbildung und Gleichberechtigung. Frankfurt: Nexus-Verlag
Pressler, Mirjam (1995): Als der Fleck auf der Bluse noch ein großes Unglück war. In: Arbeitskreis f. Jugendliteratur 1995, S. 5-9
Preuss-Lausitz, Ulf (1991): Der Kaiserin neue Kleider? In: Päd extra 1991, S. 5-12
Prieger, Almut (1982): Das Werk Enid Blytons – Eine Analyse ihrer Erfolgsserien in westdeutschen Verlagen. Frankfurt: dipa
Pusch, Luise (1983): Feminismus – Inspektion der Herrenkultur. Frankfurt: Suhrkamp
Pyerin, Brigitte (1989): Mädchenlektüre und Emanzipation. Frankfurt: dipa
Richter, Sigrun (1996): Unterschiede in den Schulleistungen von Mädchen und Jungen. Regensburg: Roderer
Rolff, Hans-Günter/Philipp, Elmar (1990): Schulgestaltung durch Organisationsentwicklung. Braunschweig: SL-Verlag
Rossa, Martin und Dagmar (1995): Erstunterricht in Neuseeland. In: Brügelmann/Balhorn/Füssenich (Hrsg.), S. 142-147
Rousseau, Jean-Jacques (1993, erstmals 1762): Emile oder Über die Erziehung, 11. Aufl., Paderborn: Schöningh
Rückert, Gerhard (1980): Wege zur Kinderliteratur. Freiburg: Herder
Rustemeyer, Ruth: (1982): Wahrnehmungen eigener Fähigkeit bei Jungen und Mädchen. Frankfurt: Lang
Rutschky, Katharina (1985): Kinder als Leser. In: Härtling (Hrsg.): Helft den Büchern, helft den Kindern, S. 37-53
Sahr, Michael (1992): Um der Kinder und Literatur willen! Kallmünz: Laßleben
Ders. (1993): Zur Wirkung literarischer Texte. In: Beisbart u.a., S. 19 ff.
Saxer, Ulrich (1991): Lese(r)forschung – Lese(r)förderung In: Fritz, S. 99ff.
Saxer, Ulrich (1993): Lesesozialisation. In: Bonfadelli u.a., S. 311 ff.
Scarbath, Horst (1992): Abschied von der Kindheit – Jugend und Geschlecht in psychoanalytischer Sicht. In: Tillmann (Hrsg.), S. 111-123
Schaeffer-Hegel, Barbara (1987): Plädoyer und Thesen für ein feministisches Bildungskonzept. In: Prengel/Schmid/Sitals/Willführ (Hrsg.), S. 121-129
Schenk, Herrad (1980): Die feministische Herausforderung. München: Beck
Scheu, Ursula (1977): Wir werden nicht als Mädchen geboren, wir werden dazu gemacht. Frankfurt: Fischer
Schmauch, Ulrike (1987): Kettenreaktion im Verhältnis der Geschlechter. In: Prengel u.a. (Hrsg.), S. 95-117

Dies. (1988): So anders und so lebendig... Über Mütter und Söhne. In: Hagemann-White/Rerrich (Hrsg.), S. 78-97
Schön, Erich (1990): Weibliches Lesen: Romanleserinnen im späten 18. Jahrhundert. In: Gallas, Helga (Hrsg.): Untersuchungen zum Roman von Frauen um 1800. Tübingen: Niemeyer
Ders. (1990a): Die Entwicklung literarischer Rezeptionskompetenz. In: SPIEL 9 (1990), Heft 2, S. 229-276
Ders. (1993): Das verlorene Lesen, biographisch und historisch. In: Beiträge Jugendliteratur und Medien 1/1993, S. 21-31
Schröder, Joachim (1995): Aufgabenfelder einer Jungenpädagogik in der Schule. In: Die Deutsche Schule 4/1995, S. 485-497
Schütz, Egon (1971). Autorität. Heidelberg: Quelle und Meyer
Schwarzer, Alice (1977): Der »kleine Unterschied« und seine großen Folgen. Frankfurt: Fischer
Dies. (1981): So fing es an! Köln: Emma
Schweikart, Ralf (1995): Männer über Bord. In: Arbeitskreis f. Jugendliteratur 1995, S. 10-12
Seilmann, Uffe (1990): Readers entering a fictional world. In: SPIEL 9 (1990); Heft 2, S. 323-342
Seitz, Rita (1994): »Ich wünsche mir, daß mir jemand sagt, was ich machen soll ...« In: Haller (Hrsg.), S. 31-56
Sieber, Peter (1994): Konzepte des Lernens – Bilder von Lernenden. In: Schweizer Schule 7-8/1994, S. 3-14
Sinhart-Pallin, Dieter (1993): Weibliche und männliche Medienkulturen. In: Die Deutsche Schule 2/1993
Skinnigsrud, Tore (1984): Mädchen im Klassenzimmer: Warum sie nicht sprechen. In: Frauen und Schule, 5/1984, S. 21-23
Spender, Dale (1985): Frauen kommen nicht vor. Frankfurt: Fischer
Spinner, Kaspar H. (Hrsg.) (1980): Identität und Deutschunterricht. Göttingen
Ders. (1992): Entwicklung des literarischen Verstehens. In: Beisbart u.a., S. 55 ff.
Ders. (1994): Neue und alte Bilder von Lernenden. In: Beiträge zur Lehrerbildung 2/1994, S. 146-158
Stalmann, Franziska (1991): Die Schule macht die Mädchen dumm. München: Piper
Stark, Werner/Fitzner, Thilo/Schubert, Christoph (1995): Schulische und außerschulische Prävention von Analphabetismus. Stuttgart: Klett
Stiftung Lesen (Hrsg.) (1993): Leseverhalten in Deutschland 1992/1993. Mainz: Stiftung Lesen
Stoehr, Irene (1991): Zur Selbstorganisation der Lehrerinnen vor 100 Jahren. In: Unterschiede 1-3, 1991
Tannen, Deborah (1991): Du kannst mich einfach nicht verstehen. Hamburg: Kabel
Thomae, Hans (1965): Vorbilder und Leitbilder der Jugend. München: Juventa
Thürmer-Rohr, Christina (1995): Denken der Differenz. In: Beiträge zur feministischen Theorie und Praxis 39/1995, S. 87-97
Tillmann, Klaus-Jürgen (Hrsg.) (1992): Jugend weiblich – Jugend männlich. Opladen: Leske und Budrich

Trautner, Hanns Martin (1987): Geschlecht, Sozialisation und Identität. In: Frey, Hans-Peter/Haußer, Karl (Hrsg.): Identität. Stuttgart: Enke
Trömel-Plötz, Senta (1982): Frauensprache, Sprache der Veränderung. Frankfurt: Fischer
Tzankhoff, Michaela (1992): Interaktionsforschung und Geschlechtersozialisation – Zur Kritik schulischer Interaktionsstudien, In: Tillmann (Hrsg.), S. 125-133
Ulrich, Winfried (1991): Movierte Feminina und motivierte Femina. In: Ders. (Hrsg.): Mädchen und Junge – Frau und Mann. Frankfurt, S. 103-112
Ummel, Hannes (1995): Fraglose Selbstverständlichkeit oder fragende Selbstverständigung: Das Lesen unter dem Einfluß des gymnasialen Deutschunterrichts. In: Linke/Oomen-Welke S. 115-133
Vogt, Gregory Max (1994): Söhne brauchen ihre Väter. In: Blum/Schützeichel (Hrsg.), S. 30-35
Waag, Gertrud (1996): Typisches Mädchen – typischer Junge. In: Die Unterrichtspraxis 2/1996, S. 9-11
Wagner/Frasch/Lamberti (1978): Mann – Frau. München: Urban & Schwarzenberg
Watzlawick, Paul/Beavin, Janet H./Jackson, Don D. (1974): Menschliche Kommunikation. Stuttgart: Huber
Weber, Erich (1974): Autorität im Wandel. Donauwörth: Auer
Weil, Simone (1990): Zeugnis für das Gute. München: dtv
Weiler, Gerda (1989): Das Matriarchat im Alten Israel. Stuttgart/Berlin: Kohlhammer
Dies. (1997): Ich brauche die Göttin. Königstein/Taunus: Ulrike Helmer (erstmals 1990)
Weimann, Robert (1991): Das Ende der Moderne? In: Ders./Gumbrecht, Hans-Ulrich: Postmoderne – globale Differenz. Frankfurt: Suhrkamp
Weisser, Sabine (1996): Auswahlkriterien für empfehlenswerte Kinder- und Jugendbücher. In: Beiträge Pädagogischer Arbeit 1/1996, S. 21-27
Weschke-Meissner, Marlene (1990): Der stille Beitrag der Mädchen zur Schulkultur. In: Die Deutsche Schule, 1. Beiheft 1990, S. 89-96
Wetterer, Angelika (1994): Rhetorische Präsenz – faktische Marginalität. In: Zeitschrift für Frauenforschung 1/1994
Dies. (1995): Das Geschlecht (bei) der Arbeit. In: Pasero/Braun S. 199-224
Wieler, Petra (1990): ›Verständigung über Verstehen‹ als ein Problem der Literaturdidaktik. In: SPIEL 9 (1990); S. 387-410
Wilkending, Gisela (1987): Kinder- und Jugendbuch. Bamberg: Buchners
Dies. (1994): Mädchenliteratur vom 18. Jahrhundert bis zum Zweiten Weltkrieg. Stuttgart: Reclam
Winter/Willems (Hrsg.) (1992): Was fehlt, sind Männer. Schwäbisch Gmünd/Tübingen: Neuling
Wulf, Carmen (1996): Mädchenliteratur und weibliche Sozialisation. Frankfurt: Lang
Zahn, Susanne (1983): Töchterleben. Frankfurt: dipa
Zornemann, Petra (1993): Hilfe, die Mädchen! In: Pfister/Valtin (Hrsg.), S. 84-91

Kinder- und Jugendliteratur

Übersetzungen erhalten den Zusatz Ü, die Originalsprache steht in Klammern. Mit * gekennzeichnet sind die Bücher, die *nicht* in Kap. 5 analysiert wurden.

Aiken, Joan (1995): Die Wendeltreppe. Frankfurt: Fischer. Ü (engl.)

Dies. (1995): Ferien mit Mortimer. Frankfurt: Fischer . Ü (engl.)

Allfrey, Katherine (1970): Delphinensommer. Eine Insel-Legende. Berlin: Dressler

Amir, Eli (1994): Nuris Vorstellung. Frankfurt: Alibaba. Ü (hebr.)

*Andersen, Leif Esper (1977): Hexenfieber. Zürich: Benziger

AVI (1993): Sturmvogel. Hamburg: Carlsen. Ü (amerik.)

Bakker, Piet (1987): Ciske, die Ratte. Würzburg: Arena. Ü (niederl., erstmals 1941)

Bauer, Marion Dane (1987): Der Angst hat, bist doch du. 104 Seiten. Erlangen: Boje. Ü (amerik.) von Helga Lüdtke

Bernhard-von Luttitz, Marieluise (1986): Bumfidelgeschichten. Reinbek: Rowohlt

Bexell, Eva (1981): Ein Freund ist ein Freund. Hamburg: Oetinger. Ü (schwed.)

Bittner, Wolfgang (1994): Die Insel der Kinder. München: Bertelsmann

*Blyton, Enid (o.J.): Fünf Freunde erforschen die Schatzinsel. München: Bertelsmann. Ü (engl., erstmals 1942)

Boie, Kirsten (1985): Paule ist ein Glücksgriff. Zeichnungen v. Magdalene Hanke-Basfeld. 128 S. Hamburg: Oetinger

Dies. (1986): Mit Jakob wurde alles anders. Hamburg: Oetinger

Dies. (1988): Opa steht auf rosa Shorts. Hamburg: Oetinger

Dies. (1990): Mit Kindern redet ja keiner. Hamburg: Oetinger

Dies. (1990): Das Ausgleichskind. Hamburg: Oetinger

Dies. (1991): Moppel wär gern Romeo. Hamburg: Oetinger

Dies. (1992): Ich ganz cool. Hamburg: Oetinger

Dies. (1993): Mittwochs darf ich spielen. Zeichnungen von Silke Brix-Henker. 111 Seiten. Hamburg: Oetinger

Dies. (1993): Jeder Tag ein Happening. Hamburg: Oetinger

Dies. (1994): Erwachsene reden. Marco hat was getan. Hamburg: Oetinger

Dies./Knorr, Peter (1994): Mutter – Vater – Kind. Hamburg: Oetinger

Dies./Bauer, Jutta (1995): Juli und das Monster. Bilderbuch. Weinheim/Basel: Beltz & Gelberg

Bosse, Malcolm (1997): Die Prüfung oder die abenteuerliche Reise der Brüder Chen und Hong. 282 S. München: Hanser. Ü (amerik.) von Lothar Schneider

Brender, Irmela (1976): Jeanette zur Zeit Schanett. München: dtv

Brett, Catherine (1997): ... total verknallt in Anne. 127 S. München: dtv. Ü (kanad.) v. Margarete Längsfeld

Bröger, Achim (1977): Mensch, wär' das schön! Stuttgart: Thienemann

Ders. (1989): Oma und ich. Eine Kindergeschichte. Reinbek: Rowohlt

Bruns, Ursula (1990): Dick und Dalli und die Ponys. München: dtv. 8. Aufl., 1959 schon in 11. Aufl. bei Herder
Buck, Pearl S. (1972): Der Drachenfisch. Ravensburg: Maier. 8. Aufl., Ü (amerik.)
Burnett, Frances Hodgson (1987): Der geheime Garten. München: dtv. Ü (engl.)
Carmi, Daniella (1991): Die Explosion in der Ahalanstraße. Frankfurt: Alibaba. Ü (hebr.)
Dies. (1996): Samir und Jonathan. München/Wien: Hanser. Ü (hebr.)
Carter, Forrest (1985): Der Stern der Cherokee. 223 S. München: dtv. Ü (amerik.) von Thomas Lindquist
Chambers, Aidan (1990): Tanz auf meinem Grab. Ravensburg: Maier. Ü (amerik.)
Ders. (1991): Wer stoppt Melanie Prosser? Ravensburg: Maier. Ü (amerik.)
Chick, Sandra (1989): Meine Mutter, dieser Mann und ich. Frankfurt: Alibaba. Ü (engl.)
Chidolue, Dagmar (1988): Ponzl guckt schon wieder. Weinheim/Basel: Beltz und Gelberg
Dies. (1989): London, Liebe und all das. Weinheim/Basel: Beltz & Gelberg
Cummings, Betty Sue (1993): Auf nach Amerika. München: dtv. Ü (amerik.)
Dahl, Roald (1989): Matilda. Reinbek: Rowohlt. Ü (engl.)
Denneborg, Heinrich M. (1970): Jan und das Wildpferd. Berlin: Dressler (erstmals 1957)
Dierks, Martina (1996): Das Oma-Komplott. Berlin/München: Altberliner
Donnelly, Elfie (1982): Der rote Strumpf. Hamburg: Dressler. 3. Aufl.
Dies. (1985): Servus Opa, sagte ich leise. München: dtv. 3. Auflage (erstmals 1977)
Eide, Torill (1992): Ein Sehnen nach etwas. Wien: St. Gabriel. 2. Aufl., Ü (norweg.)
Ende, Michael (1973): Momo. Stuttgart: Thienemanns
Engelhardt, Ingeborg (1991): Hexen in der Stadt. München : dtv. 14. Aufl.
Fährmann, Willi (1971): Das Jahr der Wölfe. Die Geschichte einer Flucht. München : Goldmann
Ders. (1984): Der überaus starke Willibald. Würzburg: Arena
Ders. (1985): Es geschah im Nachbarhaus. Die Geschichte eines gefährlichen Verdachtes und einer Freundschaft. Würzburg: Arena. 11. Aufl.
Faerber, Regina (1992): Der weite Horizont. Vom Beginn einer Frauenliebe. Homburg: Riedel
Fischer, Marie Louise (o.J.): Die Klasse ist für Petra. München/Wien: Schneider
Dies. (o.J.): Ulrike, das schwarze Schaf im Internat. München: Schneider
Fisher, Dorothy Canfield (1993): Das allerbeste Apfelmus. 164 S. München: dtv, 4. Aufl., Ü (amerik., erstmals 1917) v. Ilse Wiegand.
Frischmuth, Barbara (1991): Sommersee. Wien: Jugend und Volk.
Fuchs, Ursula (1979): Emma oder Die unruhige Zeit. Modautal-Neunkirchen: Anrich
Dies. (1986): Charlotte, einfach nur Charlotte. Kevelaer: Anrich

Dies. (1992): Steine hüpfen übers Wasser. Kevelaer: Anrich
Dies. (1993): Das macht man aber nicht. Recklinghausen: Georg Bitter
Furlong, Monica (1991): Junipers Hexenkind. Bindlach: Loewe. Ü (engl.)
Gaarder, Jostein (1993): Sofies Welt. Ein Roman über die Geschichte der Philosophie. München/Wien: Hanser. Ü (norweg.)
George, Jean Craighead (1975): Julie von den Wölfen. Aarau: Sauerländer. Ü (amerik.)
Dies. (1982): Aufstieg zur Sonne. München: dtv. Ü (amerik.)
Dies. (1985): Stimme aus den großen Sümpfen. Solothurn: Aare. 2. Aufl. Ü: (amerik.)
Gernhardt, Robert/Gernhardt, Almut (1983): Der Weg durch die Wand. Frankfurt: Insel. 2. Aufl.
*Grün, Max von der (1984): Vorstadtkrokodile. Reinbek: Rowohlt
Guy, Rosa (1990): Phyllisia. Frankfurt: Alibaba. Ü (amerik.)
Hadley Irwin (1987): Liebste Abby. Weinheim/Basel: Beltz & Gelberg. Ü (amerik.)
Dies. (1989): Mähne im Wind. Stuttgart: Frankl. Ü (amerik.)
Hagemann, Marie (1993): Schwarzer, Wolf, Skin. Stuttgart/Wien: Thienemann
Hanewald, Renate (1990): Felix ohne Oma. Recklinghausen: Georg Bitter
Harel, Nira (1991): Frontalzusammenstoß. Frankfurt: Alibaba. Ü (hebr.)
Hartig, Monika (1989): Joschi und Uri. Würzburg: Arena
Härtling, Peter (1983): Jakob hinter der blauen Tür. Weinheim/Basel: Beltz & Gelberg
Ders. (1986): Ben liebt Anna. Weinheim/Basel: Beltz & Gelberg
Ders. (1991): Mit Clara sind wir sechs. Weinheim/Basel: Beltz
Ders. (1991): Oma. Weinheim/Basel: Beltz & Gelberg
Ders. (1992): Theo haut ab. Weinheim/Basel. Beltz & Gelberg, (erstmals 1977)
Ders. (1993): Lena auf dem Dach. Weinheim/Basel: Beltz & Gelberg
Ders. (1993): Sofie macht Geschichten. Weinheim/Basel: Beltz & Gelberg
Ders. (1994): Krücke. Bilder von Sophie Brandes. 155 S. Weinheim/Basel: Beltz & Gelberg
Hautzig, Deborah (1984): Hallo, Engelchen. Frankfurt/Salzburg: Sauerländer. Ü (amerik.)
Haworth, A (1993): Ein Pferd, schnell wie der Wind. Berlin/München: Klopp. Ü (engl.)
Hazelhoff, Veronica (1995): Mensch, Mama! Tochter-Geschichten. Reinbek: Rowohlt. Ü (niederl.)
Held, Kurt (1974): Die Rote Zora und ihre Bande. Aarau : Sauerländer (erstmals 1941)
Heyne, Isolde (1984): Treffpunkt Weltzeituhr. Würzburg: Arena
Hill, Kirkpatrick (1993): Starker-Sohn und Schwester. Weinheim/Basel: Beltz & Gelberg. Ü (amerik.)
Hinton, Nigel (1994): Hände weg vom Spukpaket! München: dtv. Ü (engl.)
Hokke, Henk (1993): Marieke. Kevelaer: Anrich. Ü (niederl.)
Ders. (1993): Marieke und Benjamin. Kevelaer: Aurich. Ü (niederl.)
Holm, Anne (1980): Ich bin David. München: dtv. 6. Aufl. Ü (dän.)

Holm, Annika (1994): Wehr dich, Mathilda. Eine Geschichte aus der Schule. München/Wien: Hanser. Ü (schwed.)
Ibbotson, Eva (1994): Ein Spukschloß wandert aus. München: Klopp. Ü (engl.)
Inkiow, Dimiter (1989): Meine Schwester Klara und Oma Müllers Himbeeren. München: Schneider.
Jannausch, Doris (1989): Joschi wehrt sich. Freiburg: Herder
*Janosch (1979): Oh, wie schön ist Panama. Weinheim/Basel: Beltz & Gelberg
Johansson, Kerstin (1987): Moa und Pelle. Der verflixte 1. Schultag. München: Bertelsmann Ü (schwed.)
Dies. (1990): Als ob ich Luft wäre. München: dtv. Ü (schwed.)
Kästner, Erich (o.J.): Emil und die Detektive. Berlin: Dressler (erstmals 1930)
Ders. (o.J.): Das doppelte Lottchen. Berlin: Dressler (erstmals 1949)
Ders. (1973): Pünktchen und Anton. Berlin: Dressler (erstmals 1931)
Ders. (o.J.): Das fliegende Klassenzimmer. Ein Roman für Kinder, illustriert von Walter Trier. 188 Seiten. Gütersloh: Mohn (erstmals 1933)
Kekule, Dagmar (1991): Ich bin eine Wolke. Reinbek: Rowohlt
Dies. (1992): Das Blaue vom Himmel. Reinbek: Rowohlt
Kerner, Charlotte (1997): Lise, Atomphysikerin: Die Lebensgeschichte der Lise Meitner. Weinheim: Beltz & Gelberg
Kerr, Judith (1976): Warten bis der Frieden kommt. Ravensburg: Maier. Ü (engl.)
Dies. (1980): Als Hitler das rosa Kaninchen stahl. Ravensburg: Maier. Ü (engl., erstmals 1971)
Kerr, M. E. (1990): Drachen in der Nacht. Ravensburg: Maier. Ü (amerik.)
*Kleberger, Ilse (1978): Unsre Oma. 8. Aufl.
*Dies. (1978): Ferien mit Oma. 5. Aufl.
*Dies. (1978): Villa Oma. 3. Aufl.
*Dies. (1979): 2:O für Oma. Alle 4 Bände: Berlin: Klopp
Kötter, Ingrid (1990): Die Kopftuchklasse. Würzburg: Arena
Dies. (1993): Alle sagen Neuer zu mir. Würzburg: Arena. 2. Aufl.
Kohlhagen, Norgard (1984): Für Mädchen verboten. Reinbek: Rowohlt
Dies. (1986): Was soll ich denn mit Mutters Traum?
Korczak, Janusz (1994): Der kleine König Macius. Freiburg: Herder. 3. Aufl., geschrieben vor 1942. Ü (poln.)
Korinetz, Juri (1973): In der Mitte der Welt. Weinheim/Basel: Beltz & Gelberg. Ü (russ.)
Ders. (1977): Ein Junge und ein Pferd. Weinheim/Basel: Beltz & Gelberg. Ü (russ.)
Ders. (1980): Wolodjas Brüder. München: dtv. Ü (russ., erstmals 1974)
Krollpfeiffer, Hannelore (1986): Die Zeit mit Marie. Berlin: Klopp
Kromhout, Rindert (1993): Olaf der Starke. Berlin/München: Klopp. Ü (niederl.)
Kühl, Katharina (1991): Wackelpudding. München. dtv
Kuijer, Guus (1979): Vernagelte Fenster, da wohnen Gespenster. Hamburg: Oetinger. Ü (niederl.)
Ders. (1980): Kopfstehn und in die Hände klatschen. Hamburg: Oetinger. Ü (niederl.)

Ders. (1983): Mal sehen, ob du lachst. Hamburg: Oetinger. Ü (niederl.)
Ders. (1987): Erzähl mir von Oma. Mit Zeichnungen v. Mance Post. 112 Seiten. TB Deutscher Jugendliteraturpreis. Ravensburg: Maier. Ü (niederl.) von Hans Georg Lenzen
Ders. (1987): Ich fühle mich wie Apfelmus. Ravensburg: Maier. Ü (niederl.)
Ders. (1990): Tina und der Schatz von Zweibeinland. Ravensburg: Maier. Ü (niederl.)
Ders. (1991): Im Land der Nashornvögel. Ravensburg: Maier. Ü (niederl.)
Kutsch, Angelika (1979): Nichts bleibt, wie es ist. Ravensburg: Maier
Ladiges, Ann (1981): Blaufrau. Reinbek: Rowohlt
Laird, Elisabeth (1993): Trag mich über die Berge. Hamburg: Oetinger. Ü (engl.)
Dies. (1995): Im Schatten der Mauer. 173 Seiten. München: dtv. Ü (engl.) von Ulla Neckenauer
Leeuwen, Joke von (1987): Deesje macht das schon. Weinheim/Basel: Beltz & Gelberg. Ü (niederl.)
Levin, Anna (1994): Verstecken ist out. Wien: Ueberreuter
Levoy, Myron (1996): Der gelbe Vogel. Würzburg: Arena. Ü (amerik., erstmals 1981)
*Lindgren, Astrid (1967): Pippi Langstrumpf. Gesamtausgabe. Hamburg: Oetinger. Ü (schwed.)
*Dies. (1977): Madita. München: dtv. Ü (schwed.)
*Dies. (1980): Michel muß mehr Männchen machen. Ü (schwed.)
*Dies. (1981): Michel in der Suppenschüssel. Ü (schwed.)
*Dies. (1982): Michel bringt die Welt in Ordnung. Alle drei Michel-.Bände: Hamburg: Oetinger. Ü (schwed.)
Dies. (1982): Ronja Räubertochter. Hamburg: Oetinger. Ü (schwed.)
Lishout, Ted van (1993): Der allerliebste Junge von der ganzen Welt. München: dtv. Ü (niederl.)
Ders. (1994): Ich bin ein Held. München: Middelhauve. Ü (niederl.)
Little, Jean (1985): Alles Liebe, Deine Anna. München: dtv. Ü (amerik.)
Dies. (1988): Ist das dein Hund, Lucy? Reinbek: Carlsen. Ü (amerik.)
Lobe, Mira (1977): Die Räuberbraut. Reinbek: Rowohlt.
Dies. (1982): Der Bärenbund. Wien/München: Jungbrunnen
Dies. (1991): Die Sache mit dem Heinrich. Wien/München: Arena
Lütgen, Kurt (1987): Kein Winter für Wölfe. München: Arena. 8. Aufl.
Maar, Nele/Verena Ballhaus (1989): Papa wohnt jetzt in der Heinrichstraße. Lohr: Modus vivendi
Maar, Paul (1976): Andere Kinder wohnen auch bei ihren Eltern. Hamburg: Oetinger
Ders. (1984): Lippels Traum. Hamburg: Oetinger
Ders. (1993): Jakob und der große Junge. Hamburg: Oetinger
MacLachlan, Patricia (1988): Ein Meer für Sarah. Illustriert von Jub Mönster. 63 Seiten. Aarau: Sauerländer. Ü (amerik.) von Cornelia Krutz-Arnold
Dies. (1988): Sieben Küßchen hintereinander. Aarau: Sauerländer. Ü (amerik.)
Dies. (1993): Schere, Stein, Papier. Sophies Geschichte. München: Hanser. Ü (amerik.)

Dies. (1995): Sarah singt wie eine Lerche. Aarau: Sauerländer. Ü (amerik.)
Martinez-Menchen, Antonio (1990): Pepito und der unsichtbare Hund. Hamburg: Dressler. Ü (span.)
*Mattheus, Peter (o.J.): Minnewitt macht nicht mehr mit. München: Schneider
May, Sibylle (1993): Ich bin ich. Reinbek. Rowohlt
Mebs, Gudrun (1984): Sonntagskind. Aarau: Sauerländer
Dies. (1985): Meistens geht's mir gut mit dir. Kindergeschichten. Zürich: Nagel & Kimche
Dies. (1987): Ich weiß ja, wo der Schlüssel hängt. Aarau: Sauerländer
*Dies. (1989): Und wieder schreit der Frieder »Oma!«. Aarau: Sauerländer
Dies. (1991): Der Mond wird dick und wieder dünn. Eine Geschichte vom Liebhaben. Aarau: Sauerländer
Dies. (1993): »Oma!« schreit der Frieder ... Aarau: Sauerländer, 10. Aufl.
Dies. (1993): Mariemoritz. München: dtv
*Dies. (1994): Oma und Frieder – jetzt schreien sie wieder. Aarau: Sauerländer, 3. Aufl.
Mechtel, Angelika (1979): Kitty Brombeere. Reinbek: Rowohlt
Dies. (1990): Flucht ins fremde Paradies. Ravensburg: Maier
Meinderts, Koos (1996): Sag Leen zu mir. Hamburg: Dressler. Ü (niederl.)
Meister, Nicole (1991): Moons Geschichte. Würzburg: Arena. 3. Aufl.
Meißner-Johannknecht, Doris (1994): Leanders Traum. Kevelaer: Anrich
Dies. (1994): Uluru – Platz der Wunder. Recklinghausen: Bitter
Dies. (1996): Amor kam in Leinenschuhen. Ravensburg: Maier
Michaelis, Karin (o.J.): Bibis große Reise. Gütersloh: Bertelsmann. Ü (dän.).
Dies. (1971): Bibi. Wien: Breitschopf. Ü (dän.), (deutsch erstmals 1929)
Michels, Tilde (1989): Halim von der fernen Insel. München: dtv
Dies. (1991): Lena vom Wolfsgraben. Zürich/Frauenfeld: Nagel & Kimche
Molander, Jannike (1981): Maifeuer. Hamburg: Oetinger. Ü (schwed.)
Mühlenweg, Fritz (1982): Großer-Tiger und Christian. München: dtv
Mwangi, Meja (1992): Kariuki und sein weißer Freund. Göttingen: Lamuv. 2. Aufl., Ü (engl.)
Naidoo, Beverly (1992): Naledi. Ketten des Zorns. Frankfurt: Alibaba. Ü (engl.)
*Nesbit, Edith (1981): Die verzauberte Stadt. Oldenburg: Stalling (erstmals 1910)
Nöstlinger, Christine (o.J.): Geschichten vom Franz. Hamburg: Oetinger
Dies. (1973): Wir pfeifen auf den Gurkenkönig. Weinheim/Basel: Beltz & Gelberg. 3. Aufl.
Dies. (1973): Maikäfer flieg. Weinheim/Basel: Beltz & Gelberg
Dies. (1974): Der Spatz in der Hand. Weinheim/Basel: Beltz & Gelberg
Dies. (1977): Lollipop. Weinheim/Basel: Beltz & Gelberg
Dies. (1978): Die Kinder aus dem Kinderkeller. Weinheim/Basel: Beltz & Gelberg
Dies. (1980): »Pfui Spinne!« Weinheim/Basel: Beltz & Gelberg
Dies. (1981): Der Denker greift ein. Wien: Jugend und Volk. 2. Aufl.
Dies. (1981): Rosalinde hat Gedanken im Kopf. Hamburg: Oetinger

Dies. (1982): Das Austauschkind. Wien: Jugend und Volk
Dies. (1984): Olfi Obermeier und der Ödipus. Hamburg: Oetinger
Dies. (1988): Gretchen mein Mädchen. Hamburg: Oetinger
Dies. (1990): Nagle einen Pudding an die Wand. Hamburg: Oetinger
Dies. (1991): Wie ein Ei dem anderen. Weinheim/Basel: Beltz & Gelberg
Dies. (1991): Allerhand vom Franz. Hamburg: Oetinger
Dies. (1992): Man nennt mich Ameisenbär. Hamburg: Oetinger
Dies. (1994): Oh, du Hölle! Julias Tagebuch. Weinheim/Basel: Beltz & Gelberg
Nunes, Lygia Bojunga (1983): Die gelbe Tasche. Hamburg: Dressler. Ü (brasil.)
Dies. (1983): Maria auf dem Seil. Hamburg: Dressler. 2. Aufl. Ü (brasilian.)
O'Brien, Robert (1984): Z wie Zacharias. München: dtv. 5. Aufl. Ü (amerik., erstmals 1975)
*O'Dell, Scott (1985): Insel der blauen Delphine. München: dtv
Oneal, Zibby (1987): Bist du traurig, Spiegelbild? 141 S. München: dtv. Ü (amerik.) von Utta Roy-Seifert
Pausacker, Jenny (1990): Was bist du? Frankfurt: Alibaba. Ü (amerik.)
*Pausewang, Gudrun (1979): Der Streik der Dienstmädchen. Ravensburg: Maier
Dies. (1980): Rosinkawiese. Alternatives Leben vor 50 Jahren. Ravensburg: Maier.
Dies. (1983): Die letzten Kinder von Schewenborn oder ... sieht so unsere Zukunft aus? Ravensburg: Maier.
Dies. (1984): Ich habe Hunger. Ich habe Durst. Ravensburg: Maier
Dies. (1986): Auf einem langen Weg. Ravensburg: Maier. 5. Aufl. (erstmals 1978)
Dies. (1988): Das Tor zum Garten der Zambranos. Ravensburg: Maier
Dies. (1993): Der Großvater im Bollerwagen. Mit Bildern von Inge Steineke. 63 Seiten. Reinbek: Rowohlt
Pludra, Benno (1986): Das Herz des Piraten. Bilder von Jutta Bauer. 172 Seiten. Weinheim/Basel: Beltz & Gelberg (1. Aufl. 1985).
Ders. (1990): Insel der Schwäne. Würzburg: Arena
Pohl, Peter (1989): Jan, mein Freund. Ravensburg: Maier. Ü (schwed.)
Ders. (1991): Nennen wir ihn Anna. Ravensburg: Maier. Ü (schwed.)
Ders. (1997): Glittras Auftrag. München/Wien: Hanser. Ü (schwed.)
Porter, Eleanor H. (1995): Pollyanna. Ein Waisenkind in Amerika. Würzburg: Arena. Ü (amerik., erstmals 1913)
Pressler, Mirjam (1980): Bitterschokolade. Weinheim/Basel: Beltz und Gelberg
Dies. (1981): Nun red doch endlich. Weinheim/Basel: Beltz und Gelberg
Dies. (1984): Katharina und so weiter. Weinheim/Basel: Beltz & Gelberg
Dies. (1986): Nickel Vogelpfeifer. Weinheim/Basel: Beltz & Gelberg
Dies. (1990): Novemberkatzen. Weinheim/Basel: Beltz & Gelberg
Dies. (1992): Kratzer im Lack. Weinheim/Basel: Beltz & Gelberg
Dies. (1992): Zeit am Stiel. Weinheim/Basel: Beltz & Gelberg
Dies. (1994): Wenn das Glück kommt, muß man ihm einen Stuhl hinstellen. Weinheim/Basel: Beltz & Gelberg
Preußler, Otfried (1981): Krabat. München: dtv
Rabinovici, Schoschana (1994): Dank meiner Mutter. Frankfurt: Alibaba. Ü (hebr.)

Rauprich, Nina (1990): Das Mädchen unter der Brücke. Berlin/München: Klopp
Recheis, Käthe (1978): Der weite Weg des Nataiyu. Wien/Freiburg: Herder
Reiche, Dietlof (1977): Der Bleisiegelfälscher. Kevelaer: Anrich
Reiss, Johanna (1982): Und im Fenster der Himmel. München: dtv. 6. Aufl. Ü (engl., erstmals 1972)
Reuter, Bjarne (1987): »So einen wie mich kann man nicht von den Bäumen pflücken«, sagt Buster. Frankf.: Fischer. Ü (dän.)
Ders. (1991): Wir beide, Oskar ... für immer! Aarau: Sauerländer. Ü (dän.)
Ders. (1995): Küß die Sterne! Frankfurt: Fischer. Ü (dän.)
Ders. (1996): Das Ende des Regenbogens. 198 S. Frankfurt: Fischer. Ü (dän.) von Gabriele Haefs
Rhue, Morton (1985): Die Welle. Ravensburg: Maier. Ü (amerik.)
*Richter, Hans Peter (1985): Damals war es Friedrich. München: dtv. 21. Aufl. (erstmals 1969)
Robinson, Barbara (1975): Hilfe, die Herdmanns kommen! Hamburg: Oetinger. Ü (amerik.)
Rood, Lydia (1993): Mohnkind. Wien: Ueberreuter. Ü (niederl.)
Dies. (1996): Der Sommer mit Sophie. Wien. Ueberreuter. Ü (niederl.)
Rosman, Yael: (1992): Seltsames Mädchen mit Ohrringen. Frankfurt: Alibaba. Ü (hebr.)
Ruck-Pauquet, Gina (1975): Das Pfannkuchen-Glück. München/Gütersloh: Bertelsmann
Sanders, Dori (1992): Daddys Tochter oder Im Schatten der Pfirsichbäume. Reinbek: Rowohlt. Ü (amerik.)
*Sapper, Agnes (1962): Die Familie Pfäffling. Hannover: Gundert (erstmals 1946)
Schins, Marie-Therese (1990): Hallo, Charlie! Tag, Miakind. Reinbek: Rowohlt
Dies. (1995): 2 mal Papa. Oder: Zwischenfall auf dem Pausenhof. Reinbek: Rowohlt
Seck-Agthe, Monika (1990): Pink Flamingo. Ravensburg: Maier
Seiffert, Dietrich (1991): Einer war Kisselbach. Ein Jugendroman. Reinbek: Rowohlt
Siege, Nasrim (1990): Das Mädchen vom Fluß. Weinheim/Basel: Beltz & Gelberg.
Sommer-Bodenburg, Angela (1991): Der kleine Vampir. Reinbek: Rowohlt
Dies. (1993): Das Biest, das im Regen kam. Reinbek: Rowohlt
Dies. (1995): Hanna, Gottes kleinster Engel. Stuttgart/Wien: Tienemann
Stark, Ulf (1986): Alle halten mich für einen Jungen. Wien: Ueberreuter
Steenfatt, Margret (1976): Die sanften Banditen. Baden-Baden: Signal
Dies. (1982): Haß im Herzen. Im Sog der Gang. Reinbek: Rowohlt
Dies. (1990): Nele. Ein Mädchen ist nicht zu gebrauchen. 138 Seiten. Reinbek: Rowohlt
Dies. (1991): Unvermeidliche Begegnungen. Freiburg: Herder
Steinwart, Anne (1991): Super-Willi, wilde Janne. Würzburg: Arena

Stops, Sue/Gliori, Debi (1991): Dulcie Dando. Frankfurt: Alibaba. Ü (engl.)
Stowe, Rebecca (1993): Bloß ein böses Mädchen. München: dtv. Ü (amerik.)
Strachan, Jan (1985): Moses Beech. Kevelaer: Anrich. Ü (engl.)
Taylor, Sydney (1984): Die Mädchenfamilie. München: dtv. Ü (amerik., erstmals 1951)
ter Haar, Jaap (1980): Behalt das Leben lieb. München: dtv. Ü (niederl.)
Timm, Uwe (1989): Rennschwein Rudi Rüssel. Zürich/Frauenfeld: Nagel & Kimche
Tollmien, Cordula (1987): La gatta heißt Katze. Weinheim/Basel: Beltz & Gelberg
Treiber, Jutta (1992): Das Dazwischenkind. Wien: Herder & Co.
*Ulrici, Rolf (o.J.): Käpt'n Konny schnuppert Seeluft. München: Schneider
Unefäldt, Walter (1979): Glaubt bloß nicht, daß ich heule. München: Weismann. Ü (schwed.)
Verroen, Dolf (1995): So geht es dir, wenn Krieg ist. Frankfurt: Fischer. Ü (niederl.)
*Vinke, Hermann (1986): Das kurze Leben der Sophie Scholl. Ravensburg: Maier
*Waite, Helen N. (1986): Helen Keller – Anne Sullivan. Stuttgart: Verlag freies Geistesleben
Welsh, Renate (1985): Drittes Bett links. München: dtv
Dies. (1987): Empfänger unbekannt – zurück! Wien/München: Arena
Dies. (1988): Drachenflügel. Zürich: Nagel & Kimche
Dies. (1993): Melanie Miraculi. München: dtv
Dies. (1993): Johanna. Hamburg: Oetinger
Dies. (1994): Sonst bist du dran! Eine Erzählung zum Thema »Gewalt in der Schule«. Würzburg: Arena.
Widerberg, Siv (1989): Eine unglaubliche Geschichte? Hamburg: Oetinger. Ü (schwed.)
Dies./Torudd, Cecilia: Das Mädchen, das nicht in den Kindergarten wollte. Hamburg: Oetinger. Ü (schwed.)
Windsor, Patricia (1994): Die Sache mit dem Haß und der Liebe. Hamburg: Carlsen. Ü (engl.)
Wölfel, Ursula (1965): Joschis Garten. Düsseldorf: Hoch
Dies. (1969): Feuerschuh und Windsandale. Düsseldorf: Hoch
Dies. (1970): Der rote Rächer. Ravensburg: Maier
Dies. (1971): Mond Mond Mond. München: dtv
Dies. (1993): Die Glückskarte. Ravensburg: Maier
Zeevaert, Sigrid (1986): Max, mein Bruder. Würzburg: Arena
Dies. (1993): Die unschlagbaren Fünf. Würzburg: Arena
Zweig, Stefanie (1983): Ein Mundvoll Erde. München: dtv

Zum Weiterlesen ...

Barbara Rendtorff *Geschlecht und symbolische Kastration*
Über Körper, Matrix, Tod und Wissen

Als eine »Rückeroberung der Differenz« beschreibt Barbara Rendtorff ihren Ansatz einer erneuten Debatte über Geschlecht und Geschlechterdifferenz und verläßt damit den aktuellen Trend, Geschlecht als eine überlebte oder überflüssige Kategorie zu behandeln. In Auseinandersetzung mit Lacan und TheoretikerInnen in seinem Umfeld schreibt sie über die Notwendigkeit der Anerkennung des eigenen Geschlechts – verstanden als symbolische Kastration, als Anerkennung von Nicht-Vollständigkeit und Abhängigkeit vom Anderen.
Ein Text über kleine Mädchen, über Sprache und Geschlecht, über Angewiesenheit, Getrenntsein und Verleugnung und über den Mangel als das produktive Element, das den Menschen zum geschlechtlichen und zum Sprachwesen macht. ISBN 3-927164-06-2

Barbara Rendtorff *Geschlecht und différance* –
Die Sexuierung des Wissens. Eine Einführung

Die Bedeutung von Geschlecht, die Funktion und das Funktionieren der Geschlechterordnung zu verstehen, ist eine der wichtigsten Herausforderungen unserer Zeit, ein Schlüsselaspekt im Kontext von Modernisierung, Individualisierung und der Problematik gegenseitiger Anerkennung.
Die hier vorgelegte Einführung ist der Versuch, diese Thematik systematisch zu entfalten. Mit Rückgriff auf Begriffe und Überlegungen von Lacan, Derrida, Merleau-Ponty u.a. wird schrittweise, auf systematische und zugleich anschauliche Weise ein theoretisches Konzept entwickelt, das die Bedeutung von Geschlecht und die Aufgabe der Geschlechterordnung in ein neues Licht rücken kann. ISBN 3-927164-64-X

Andrea Günter *Literatur und Kultur als Geschlechterpolitik*
Feministisch-literaturwissenschaftliche Begriffswelten und ihre Denk(t)räume

Das Gewicht der feministischen Literaturwissenschaft liegt auf der Rekonstruktion von Begriffen, Kategorien und Verfahren einer bislang androzentischen literaturwissenschaftlichen Tradition und im Versuch einer Neukonzeptionierung. Andrea Günters Argumentationsgang wird geleitet von der Frage nach der politischen Bedeutsamkeit der einzelnen Themenfelder feministischer Literaturwissenschaft. Wichtige Referenzpunkte bilden die Überlegungen der Philosophinnen von DIOTIMA und der Frauen um den Mailänder Frauenbuchladen sowie die politische Theorie und Anthropologie Hannah Arendts.
ISBN 3-927164-96-8

Reihe MATERIALIENBAND
Facetten feministischer Theoriebildung
Herausgegeben von der
Frankfurter Frauenschule e.V.

Die Reihe MATERIALIENBAND ist nicht ›einem‹ Diskurs verpflichtet, sondern der prozeßhaften Auseinandersetzung, dem Sprechen mit anderen Frauen. Ein Ort dieses Sprechens sind die Tagungen, Vortragsreihen, Sommerwochen der Frankfurter Frauenschule. Die Reihe MATERIALIENBAND dokumentiert die in diesen Veranstaltungen gewonnenen Ansätze seit 1987 in kontinuierlicher Folge.

Die FRANKFURTER FRAUENSCHULE / SFBF e.V. bietet seit 1982 Bildungsveranstaltungen an, um Erfahrungen, Erkenntnisse, politische Einsichten der Frauenbewegung weiterzutragen und weiterzuentwickeln. Sie ist öffentlicher Ort der Informationen und Diskussionen über aktuelle pol-tische Themen. Zugleich fördert sie die Beschäftigung mit politischen wie psychologischen und philosophischen Theorien, um der Frage nach eigenständiger weiblicher Subjektivität nachzugehen und Vorstellungen von einer feministischen Praxis zu entwickeln.

MATERIALIENBAND 17
Geschlecht und Kindheit

In welchen Dimensionen wirkt das Geschlechterverhältnis, wie tief ist es in der individuellen psychischen Entwicklung von Kindern verankert? Wie repräsentiert sich welches Geschlecht? Materialien aus: Reihe »Fortbildungen für Erzieherinnen, Lehrerinnen und Mütter«.

Mit Beiträgen von Monika Gutheil, Barbara Köster und Barbara Rendtorff
ISBN 3-927164-92-5.

Bezugs- und Erscheinungsweise

Die Reihe MATERIALIENBAND erscheint zweimal pro Jahr (Frühling und Herbst). Die Bände sind einzeln oder im Abonnement über den Buchhandel oder (ab Band 16) den Ulrike Helmer Verlag zu beziehen. Ein Abonnement umfaßt jeweils zwei Bände.